凱信企管

用對的方法充實自己，
讓人生變得更美好！

凱信企管

用對的方法充實自己，
讓人生變得更美好！

凱信企管

用對的方法充實自己，
讓人生變得更美好！

凱信企管

用對的方法充實自己，
讓人生變得更美好！

征服考場

高中英單

High School English Vocabulary

••108新課綱••

得分王

Preface 作者序

　　「學英文」對大多數的人來説，真是很頭痛的一件事！但在這個講求語言能力的時代，卻是無法避免、而且必須要做的事；尤其，對學生們來説，「考試的需求」更是當務之急。

　　你是否也和很多人一樣，從小開始，一路到國中、高中背了無數的單字，花了許多時間努力記、認真背，卻總是背了又忘、忘了再背呢？為了讓讀者可以將有限的學習時間效果發揮到最大，《征服考場－高中英單得分王》收錄大考中心針對 108 新課綱所頒布的《高中英文參考詞彙表》，依據國中小與高中大學階段，從基礎到進階，讀者可以因應自己的需求直接翻到該 Level 來研讀單字。每一單字延伸補充同反義字、相關片語，並搭配活用例句，在短時間內，研讀本書，不論是會考、學測、統測、全民英檢、多益等考試都能輕鬆迎戰，為高分奠定穩固基礎。

　　另外，全書單字與例句皆有音檔供讀者自行運用，可以邊聽邊朗讀單字及例句，假以時日，定能大幅提升發音水準並增進口語能力。

　　不論你是國中小、高中學生，或是單純想要增加單字量、提升閱讀能力的英語學習者，又或是想要參加各種英文檢定考試的讀者們，這本單字書，絕對是你的唯一首選！全心投入學習，絕對能「試在必行」，高分垂手可得。

Contents 目錄

－ 完勝 108 新課綱 －

基礎字彙 LEVEL 1

▶ *Track001 － Track038*

LEVEL 1 音檔雲端連結

因各家手機系統不同，若無法直接掃描，
仍可以至以下電腦雲端連結下載收聽。
（*https://tinyurl.com/yc2dnknt*）

LEVEL 1

基礎英文單字，奠定初級能力！

Aa

 Track 001

☑ **a/an** [ə/æn]

[冠] 一、一個

» Leo has **a** cute dog.
立歐有一隻可愛的狗。

☑ **a·bil·i·ty** [əˋbɪlətɪ]

[名] 能力

[同] capacity 能力

» Due to his excellent **ability**, he makes tons of money.
因為他有傑出的能力，他賺了大把的鈔票。

☑ **a·ble** [ˋebl]

[形] 能幹的、有能力的

[同] capable 有能力的

[片] be able to 可以

» He says he is **able** to fly!
他說他會飛！

☑ **a·bout** [əˋbaʊt]

[副] 大約

[介] 關於

[同] concerning 關於

» This pen costs me **about** one hundred dollars.
這枝筆花了我大約一百塊。

☑ **a·bove** [əˋbʌv]

[形] 上面的

[副] 在上面

[介] 在……上面

[名] 上面

» There is a rainbow **above** the hill.
山丘上有一道彩虹。

☑ **a·broad** [əˋbrɔd]

[副] 在國外、到國外

[同] overseas 在國外

[片] go abroad 出國

» I will study **abroad**.
我要出國唸書。

☑ **a·cross** [əˋkrɔs]

[副] 橫過

[介] 穿過、橫過

[同] cross 越過

» I walk **across** this road.
我穿越這條馬路。

☑ **act** [ækt]

[名] 行為、行動、法案

[動] 行動、扮演、下判決

» She **acts** as Queen Elizabeth in the play.
她在這齣劇中扮演伊莉莎白女王。

☑ **ac·tion** [`ækʃən]

名 行動、活動

同 behavior 行為、舉止

» His **action** is quick.
他的動作很敏捷。

☑ **ac·tor** [`æktə]

名 男演員

同 performer 演出者

» Leonardo Dicaprio is my favorite **actor**.
李奧納多是我最喜歡的男演員。

☑ **ac·tress** [`æktrɪs]

名 女演員

同 performer 演出者

» I want to be an **actress** in the future.
以後我想要當一名女演員。

☑ **add** [æd]

動 增加

反 subtract 減去

» **Add** salt into this soup.
加點鹽到湯裡面。

☑ **a·fraid** [ə`fred]

形 害怕的、擔心的

反 brave 勇敢的

» I am **afraid** of spiders.
我怕蜘蛛。

☑ **af·ter** [`æftə]

形 以後的

副 以後、後來

連 在……以後

介 在……之後

反 before 在……之前

» **After** I brush my teeth, I go to bed.
我刷完牙就上床了。

☑ **af·ter·noon** [`æftə͵nun]

名 下午

反 morning 上午

» I read some books in the **afternoon**.
我下午在看書。

☑ **a·gain** [ə`gɛn]

副 又、再

» Don't say that **again**.
不要再說了。

☑ **age** [edʒ]

名 年齡

動 使變老

同 mature 使成熟

片 at the age of... 在……歲

» What's your **age**?
你幾歲？

☑ **a·go** [ə`go]

副 以前

同 since 以前

» She was fat two years **ago**.
她兩年前很胖。

☑ **a·gree** [ə`gri]

動 同意、贊成

反 disagree 不同意

片 agree with... 認同某人

» I can't **agree** with you more!
我完全同意你。

☑ **a·gree·ment** [ə`grimənt]

名 同意、一致、協議

反 disagreement 意見不一

» It's hard to have an absolute **agreement**.
很難得到完全的同意！

☑ **air** [ɛr]

名 空氣、氣氛

同 atmosphere 氣氛

片 air pollution 空氣汙染

» The **air** pollution here is very serious.
這裡的空氣污染很嚴重。

☑ **air·plane/plane** [`ɛr͵plen]/[plen]

名 飛機

» I am taking an **airplane** to Japan.
我搭飛機去日本。

☑ **air·port** [ˈɛrˌport]

　名 機場

　» Do you know how to go to the ***airport***?
　你知道機場怎麼走嗎？

☑ **all** [ɔl]

　形 所有的、全部的
　副 全部、全然
　名 全部
　同 whole 全部

　» ***All*** you have is money.
　你有的只是錢。

☑ **al·low** [əˈlaʊ]

　動 允許、准許
　同 permit 允許

　» My mother doesn't ***allow*** me to buy it.
　我媽媽不允許我買這個。

☑ **al·most** [ˈɔlˌmost]

　副 幾乎、差不多
　同 nearly 幾乎、差不多

　» You are ***almost*** as good as he.
　你幾乎要跟他一樣強了。

☑ **a·long** [əˈlɔŋ]

　副 向前
　介 沿著
　同 forward 向前

　» Walk ***along*** the river.
　沿著河走。

☑ **al·ready** [ɔlˈrɛdɪ]

　副 已經
　反 yet 還（沒）

　» I've ***already*** finished my homework.
　我已經寫完作業了。

☑ **al·so** [ˈɔlso]

　副 也
　同 too 也

　» She thinks the shoes are great and I ***also*** like them.
　她認為那雙鞋子很棒，我也很喜歡。

☑ **al·though** [ɔlˈðo]

　連 雖然、縱然
　同 though 雖然

　» ***Although*** she is fat, she is pretty.
　雖然她很胖，但她很美。

☑ **al·ways** [ˈɔlwez]

　副 總是
　反 seldom 不常、很少

　» I ***always*** think he's your Mr. Right.
　我總是認為他是妳的白馬王子。

☑ **am/a.m.** [æm]

　動 是

　» I ***am*** a student.
　我是學生。

☑ **and** [ænd]

　連 和

　» You ***and*** I are friends.
　你和我是朋友。

☑ **an·gry** [ˈæŋgrɪ]

　形 生氣的
　同 furious 狂怒的

　» The teacher is always ***angry*** at him.
　老師總是對他生氣。

☑ **an·i·mal** [ˈænəml̩]

　形 動物的
　名 動物
　同 beast 動物、野獸

　» I love ***animals***.
　我很喜歡動物。

an·oth·er [əˋnʌðə]

形 另一的、再一的
代 另一、再一
» Could you please give me ***another*** shirt?
你可以給我另外一件襯衫嗎？

an·swer [ˋænsə]

名 答案、回答
動 回答、回報
同 response 回答
片 answer the telephone 接電話
片 answer blows with blows 以牙還牙
» No one knows the ***answer***.
沒人知道答案。

ant [ænt]

名 螞蟻
» I don't want to see an ***ant*** in my room.
我不希望在我房間看到一隻螞蟻。

an·y [ˋɛnɪ]

形 任何的
代 任何一個
» Do you have ***any*** question?
你有任何問題嗎？

an·y·bod·y/an·y·one
[ˋɛnɪˌbɑdɪ]/[ˋɛnɪˌwʌn]

代 任何人
» Can ***anyone*** help me?
誰可以幫我嗎？

an·y·thing [ˋɛnɪˌθɪŋ]

代 任何事物
片 Anything else 其他東西
» Do you want ***anything*** else?
你還需要任何的東西嗎？

ap·art·ment [əˋpɑrtmənt]

名 公寓
同 flat 公寓
» I live in an ***apartment*** in Taipei.
我住在臺北的一間公寓。

ap·pear [əˋpɪr]

動 出現、顯得
反 disappear 消失
» The ghost just ***appears*** in the opera!
有鬼出現在歌劇院！

ap·ple [ˋæpl̩]

名 蘋果
» An ***apple*** a day keeps the doctors away.
一天一蘋果，醫生遠離我。

ar·e·a [ˋɛrɪə]

名 地區、領域、面積、方面
同 region 地區
» Stay away from this ***area***.
遠離這區域。

arm [ɑrm]

名 手臂
動 武裝、裝備
片 be armed to the teeth 全副武裝
» I broke my ***arm***.
我摔斷了手。

a·round [əˋraʊnd]

副 大約、在周圍
介 在……周圍
» ***Around*** the corner, you will see the shop.
在轉角你就會看到這家商店。

ar·rive [əˋraɪv]

動 到達、來臨
反 leave 離開
» We are ***arriving*** in Amsterdam.
我們正抵達阿姆斯特丹。

art [ɑrt]

名 藝術
» You can find the beauty of life in ***art***.
你可以在藝術中尋找人生的美好。

☑ **as** [æz]

副 像……一樣、如同
連 當……時候
介 作為
代 與……相同的人事物
片 as...as... 像……一樣……
» Jean is **as** pretty as her mother.
吉恩跟她媽媽一樣漂亮。

☑ **ask** [æsk]

動 問、要求
同 question 問
» May I **ask** you a question?
我可以問你一個問題嗎？

☑ **at** [æt]

介 在
» I will meet you **at** the park.
我將在公園跟你碰面。

☑ **at·tack** [əˋtæk]

動 攻擊
名 攻擊
同 assault 攻擊
» The terrorist usually **attacks** the tourist spot.
恐怖分子總是攻擊知名觀光景點。

☑ **aunt** [ænt]

名 伯母、姑、嬸、姨
» I met my **aunt** this morning.
早上我遇到我阿姨。

☑ **a·way** [əˋwe]

副 遠離、離開
片 stay away 遠離
» Stay **away** from this man.
遠離這男人。

Bb

☑ **ba·by** [ˋbebɪ]

形 嬰兒的
名 嬰兒
同 infant 嬰兒
片 have a baby 生小孩
» My sister is going to have a **baby**.
我姊姊要生小孩了。

☑ **back** [bæk]

形 後面的
副 向後地
名 後背、背脊
動 後退
反 front 前面、正面
» I have pain in my **back**.
我背後好痛。

☑ **bad** [bæd]

形 壞的
反 good 好的
片 be bad at... 很不會……
» My son is not a **bad** boy.
我兒子不是壞孩子。

☑ **bag** [bæg]

名 袋子
動 把……裝入袋中
同 pocket 口袋
» There is no space in my **bag**.
我包包沒有空間了。

☑ **ball** [bɔl]

名 舞會、球
同 sphere 球
» Margret went into the **ball**.
瑪格麗特走進舞會。

ba·nan·a [bəˈnænə]

名 香蕉

» **Bananas** are Kevin's favorite fruit.
香蕉是凱文最喜歡的水果。

band [bænd]

名 帶子、隊、樂隊
動 聯合、結合
同 tie 帶子

» The Beatles is my father's favorite **band**.
披頭四是我爸爸最喜歡的樂團。

bank [bæŋk]

名 銀行、堤、岸

» I need to go to the **bank**.
我要去銀行。

base·ball [ˈbesˌbɔl]

名 棒球

» I watch **baseball** game very often.
我很常看棒球比賽。

bas·ket [ˈbæskɪt]

名 籃子、籃網、得分

» You need to bring the **basket** to collect the apples.
你需要帶個籃子去撿蘋果。

bas·ket·ball [ˈbæskɪtˌbɔl]

名 籃球

» I want to be a **basketball** player in the future.
我想要當籃球員。

bat [bæt]

名 蝙蝠、球棒

» There are a lot of **bats** in the cave.
山洞中有很多的蝙蝠。

bath [bæθ]

名 洗澡
動 給……洗澡

» I want to take a **bath** to relax.
我想泡澡放鬆。

bath·room [ˈbæθˌrum]

名 浴室

» I will go to the **bathroom** to take a shower.
我去浴室洗澡。

be [bi]

動 是、存在

» **Be** nice to your parents.
對你爸媽好一點。

beach [bitʃ]

名 海灘
動 拖（船）上岸
同 strand 海濱

» I will go to the **beach** to see the sunset.
我要去海邊看日落。

bean [bin]

名 豆子、沒有價值的東西
同 straw 沒有價值的東西

» Tofu is made from soy **bean**.
豆腐是由黃豆製成的。

bear [bɛr]

名 熊
動 忍受、負荷、結果實、生子女
同 withstand 禁得起

» I can't **bear** the pressure.
我無法忍受這種壓力。

beau·ti·ful [ˈbjutəfəl]

形 美麗的、漂亮的
反 ugly 醜陋的

» It was a **beautiful** night.
這是個美麗的夜晚。

be·cause [bɪˈkɔz]

連 因為
同 for 為了
片 because of... 因為……

» **Because** of the rain, we cancel the trip.
因為大雨，我們取消了行程。

☑ **be·come** [bɪˋkʌm]

動 變得、變成

» She **becomes** prettier than before.
她變得漂亮了。

☑ **bed** [bɛd]

名 床

動 睡、臥

片 go to bed 上床睡覺

» I go to **bed** early to have good health.
我早睡早起身體好。

☑ **bed·room** [ˋbɛdˏrum]

名 臥房

» Where is your **bedroom**?
你的房間在哪裡？

☑ **bee** [bi]

名 蜜蜂

» There are so many **bees** in the flowers.
花叢裡有很多蜜蜂。

☑ **beef** [bif]

名 牛肉

» He loves to eat **beef**.
他喜歡吃牛肉。

☑ **be·fore** [bɪˋfor]

副 以前

介 早於、在……以前

連 在……以前

反 after 在……之後

» **Before** I go to bed, I brush my teeth.
我在睡前刷牙。

☑ **be·gin** [bɪˋgɪn]

動 開始、著手

反 finish 結束、完成

» I **begin** to think about my future in my
college years.
在我大學期間，我開始想我的未來了。

☑ **be·hind** [bɪˋhaɪnd]

副 在後、在原處

介 在……之後

反 ahead 在前

» There is a lion **behind** me!
我後面有一隻獅子！

☑ **be·lieve** [bɪˋliv]

動 認為、相信

同 trust 信賴

» I **believe** I can fly.
我相信我會飛。

☑ **bell** [bɛl]

名 鐘、鈴

同 ring 鈴聲、鐘聲

» The **bell** rang and everyone ran to their
classrooms.
聽到鐘聲，大家都跑回教室裡面。

☑ **be·long** [bəˋlɔŋ]

動 屬於

片 belong to 屬於……

» I don't **belong** to anyone.
我不屬於任何人。

☑ **be·low** [bəˋlo]

介 在……下面、比……低

副 在下方、往下

同 under 在……下面

» **Below** the tree, there are so many
beautiful flowers.
在樹的下面有好多漂亮的花朵。

☑ **belt** [bɛlt]

名 皮帶

動 圍繞

同 strap 皮帶

» The **belt** will make you in trend.
這條皮帶會讓你更有型。

bench [bɛntʃ]

名 長凳

同 settle 長椅

» She sat on the **bench** in the park whole day long.
這整天都坐在公園的長凳上。

be·side [bɪˋsaɪd]

介 在……旁邊

同 by 在……旁邊

» Her husband stands **beside** her.
她丈夫站在她身邊。

best [bɛst]

形 最好的

副 最好地

反 worst 最壞的

» Violet is my **best** friend forever.
費歐蕾是我最好的朋友。

be·tween [bɪˋtwin]

副 在中間

介 在……之間

» I slept **between** my parents.
我以前睡在爸媽中間。

bi·cy·cle/bike [ˋbaɪsɪkl̩]/[baɪk]

名 自行車

同 cycle 腳踏車

» Everyone in Amsterdam rides a **bike**.
在荷蘭，大家都騎腳踏車。

big [bɪg]

形 大的

反 little 小的

» This shirt is too **big**.
這件襯衫太大了。

bird [bɝd]

名 鳥

同 fowl 禽

片 go bird-watching 賞鳥

» There is a blue **bird**.
那裡有一隻青鳥。

bite [baɪt]

名 咬、一口

動 咬

同 chew 咬

» The dog once **bit** me.
這隻狗曾經咬了我。

black [blæk]

形 黑色的

名 黑人、黑色

動 （使）變黑

反 white 白色

» The **black** man is good at basketball.
這黑人男人很會打籃球。

blind [blaɪnd]

形 瞎的

片 love is blind 愛情是盲目的

» The **blind** can play the piano well.
那個瞎掉的男人很會彈鋼琴。

block [blɑk]

名 街區、木塊、石塊

動 阻塞

反 advance 前進

» My house is two **blocks** away from here.
我家就在兩個街區之外。

blow [blo]

名 吹、打擊

動 吹、風吹

同 breeze 吹著微風

» She **blows** a balloon for the kids.
她吹一個氣球給孩子們。

blue [blu]

形 藍色的、憂鬱的

名 藍色

片 Monday blue 藍色星期一

» The sky is so **blue** today!
天空好藍喔！

☑ **boat** [bot]

名 船

動 划船

同 ship 船

片 in the same boat 同舟共濟

» We row the **boat**.
我們划船。

☑ **bo·dy** [`bɑdɪ]

名 身體

反 soul 靈魂

片 body shape 體型

» The health of **body** and mind are both important.
身心健康都很重要。

☑ **book** [bʊk]

名 書

動 登記、預訂

同 reserve 預訂

» My favorite **book** is Jane Eyre.
我最喜歡的書是簡愛。

☑ **bored** [bɔrd]

形 厭倦的、感到無趣的、煩人的

» I'm **bored** at home.
我在家裡很無聊。

☑ **boring** [`borɪŋ]

形 鑽孔用的、令人厭倦的、令人無聊的

» The movie was **boring**, so I fell asleep.
電影很無聊，所以我睡著了。

☑ **born** [bɔrn]

形 天生的

同 natural 天生的

片 a born leader 天生的領導者

» LeBron James is a **born** basketball player.
雷霸龍詹姆士是天生的籃球員。

☑ **bor·row** [`bɑro]

動 借來、採用

反 loan 借出

» I **borrow** the car from my brother.
我跟我哥哥借車。

☑ **boss** [bɔs]

名 老闆、主人

動 指揮、監督

同 manager 負責人、經理

» My **boss** assigned me this project.
老闆指定我完成這項計畫。

☑ **both** [boθ]

形 兩、雙

代 兩者、雙方

反 neither 兩者都不

» **Both** of our parents like him.
我父母親都很喜歡他。

☑ **bot·tle** [`bɑtl̩]

名 瓶

動 用瓶裝

同 container 容器

» I drank a **bottle** of water every day.
我每天喝一瓶水。

☑ **bot·tom** [`bɑtəm]

名 底部、臀部

形 底部的

反 top 頂部

» There is an ant at the **bottom** of the cup.
杯子的底部有一隻螞蟻。

☑ **bow** [baʊ]

名 彎腰、鞠躬

動 向下彎

» In Japan, it's common to greet people by a **bow**.
在日本，人們很常鞠躬問候他人。

☑ **bowl** [bol]

名 碗

動 滾動

» I need a **bowl** for the soup.
我需要一個碗裝湯。

☑ **box** [bɑks]

名 盒子、箱

動 把……裝入盒中、裝箱

同 container 容器

» We need some more **boxes** for moving.
我們需要一些箱子搬家。

☑ **boy** [bɔɪ]

名 男孩

反 girl 女孩

» You used to be a good **boy**.
你以前是個好男孩。

☑ **brave** [brev]

形 勇敢的

同 valiant 勇敢的

» He told me not to be **brave** anymore.
他告訴我再也不用勇敢了。

☑ **bread** [brɛd]

名 麵包

» I bought some **bread** for breakfast.
我買一點麵包當早餐。

☑ **break** [brek]

名 休息、中斷、破裂

動 打破、弄破、弄壞

反 repair 修補

片 take a break 下課

» Let's take a short **break**.
我們下課休息一下吧。

☑ **break·fast** [ˈbrɛkfəst]

名 早餐

反 dinner 晚餐

片 have breakfast 吃早餐

» I eat **breakfast** every morning.
我每天早上都會吃早餐。

☑ **bridge** [brɪdʒ]

名 橋

» London **Bridge** is falling down.
倫敦鐵橋正在降下來。

☑ **bright** [braɪt]

形 明亮的、開朗的

同 light 明亮的

» It's a **bright** room.
這是一個很明亮的房間。

☑ **bring** [brɪŋ]

動 帶來

同 carry 攜帶

» Could you **bring** me home?
你可以載我回家嗎？

☑ **broth·er** [ˈbrʌðɚ]

名 兄弟

反 sister 姊妹

» He's my **brother**.
他是我哥哥。

☑ **brown** [braʊn]

形 褐色的、棕色的

名 褐色、棕色

» You have **brown** hair.
你有褐色的頭髮。

☑ **bug** [bʌg]

名 小蟲、毛病

同 insect 昆蟲

» There is a **bug** in my soup.
在我的湯裡面有一隻小蟲。

☑ **build** [bɪld]

動 建立、建築

同 construct 建造

» You need some bricks to **build** a house.
你需要一些磚塊蓋房子。

☑ **bus** [bʌs]

名 公車

» I go to school by **bus** every day.
我每天早上搭公車上學。

☑ **busi·ness** [ˈbɪznɪs]

名 商業、買賣

同 commerce 商業

» I studied a lot about ***business*** in my college.
我大學期間學了很多商業相關。

☑ **bus·y** [ˈbɪzɪ]

形 忙的、繁忙的

反 free 空閒的

» I have been ***busy*** recently.
我最近很忙。

☑ **but** [bʌt]

副 僅僅、只

連 但是

介 除了……以外

同 however 可是、然而

» I want nobody ***but*** you.
我只要你。

☑ **but·ter** [ˈbʌtɚ]

名 奶油

» I need some ***butter*** for the toast.
我需要奶油配吐司。

☑ **but·ter·fly** [ˈbʌtɚ͵flaɪ]

名 蝴蝶

» There are so many ***butterflies*** in the garden.
花園中有很多的蝴蝶。

☑ **but·ton** [ˈbʌtn̩]

名 扣子

動 用扣子扣住

同 clasp 扣住

» I am sewing the ***button*** of my coat.
我在縫大衣的扣子。

☑ **buy** [baɪ]

名 購買、買

動 買

同 purchase 買

» Let's buy some ***pizza*** for the party!
我們去買一些披薩到派對吧！

☑ **by** [baɪ]

介 被、藉由、在……之前、在……旁邊

» I was hit ***by*** the man.
我被這男人打了。

Cc

☑ **cake** [kek]

名 蛋糕

片 It's a piece of cake. 這很簡單。

» I love to eat ***cake***.
我喜歡吃蛋糕。

☑ **call** [kɔl]

名 呼叫、打電話

動 呼叫、打電話

» Please ***call*** me.
請你打電話給我。

☑ **ca·me·ra** [ˈkæmərə]

名 照相機

» I took a picture with a ***camera***.
我用相機攝影。

☑ **camp** [kæmp]

名 露營

動 露營、紮營

片 go camping 露營

» We will go ***camping*** next week.
我們下周要去露營。

☑ **can** [kæn]

動 裝罐
動 能、可以
名 罐頭

» I believe I **can** fly.
我相信我可以飛。

☑ **cap** [kæp]

名 帽子、蓋子
動 給……戴帽、覆蓋於……的頂端
同 hat 帽子

» A **cap** would be a nice gift for him.
送他帽子當禮物很棒。

☑ **car** [kɑr]

名 汽車

» My brother bought a **car** for his work.
我哥哥為了工作買了一輛車。

☑ **card** [kɑrd]

名 卡片

» I wrote a **card** for my mother.
我寫張卡片給我媽媽。

☑ **care** [kɛr]

名 小心、照料、憂慮
動 關心、照顧、喜愛、介意
同 concern 使關心
片 take care 照顧

» My girlfriend takes **care** of the dogs.
我女朋友總是照顧狗。

☑ **care·ful** [ˋkɛrfəl]

形 小心的、仔細的
同 cautious 十分小心的

» Be **careful**.
小心點。

☑ **car·rot** [ˋkærət]

名 胡蘿蔔

» We feed the rabbit some **carrots**.
我們餵兔子吃紅蘿蔔。

☑ **car·ry** [ˋkærɪ]

動 攜帶、搬運、拿
同 take 拿、取

» I will **carry** some gifts to your house.
我會帶禮物去你家。

☑ **case** [kes]

名 情形、情況、箱、案例
同 condition 情況
片 just in case 以防萬一

» This **case** is so tough.
這案子太難了。

☑ **cat** [kæt]

名 貓、貓科動物
同 kitten 小貓
片 cat nap 打盹、裝睡

» I want to keep a **cat** as a pet.
我想要養貓當寵物。

☑ **catch** [kætʃ]

名 捕捉、捕獲物
動 抓住、趕上
同 capture 捕獲

» **Catch** the ball.
接住球。

☑ **cel·e·brate** [ˋsɛləˏbret]

動 慶祝、慶賀

» Let's **celebrate**!
我們來慶祝吧！

☑ **cell·phone** [sɛl fon]

名 行動電話

» The bill of the **cellphone** this month is over $400.
這個月的手機帳單超過四百元。

☑ **cent** [sɛnt]

名 分（貨幣單位）

» This stamp costs me 1 dollar and nine **cents**.
這郵票花了我一元九分。

cen·ter [ˈsɛntə]

名 中心、中央
反 edge 邊緣
» The **center** of the world is Seoul.
世界的中心是首爾。

cer·tain [ˈsɚtən]

形 一定的
代 某幾個、某些
反 doubtful 不明確的
» It is a **certain** thing.
這是很確定的事情。

chair [tʃɛr]

名 椅子、主席席位
同 seat 座位
» Please sit on the **chair**.
請坐在這張椅子上。

chance [tʃæns]

名 機會、意外
同 opportunity 機會
片 take a chance 冒險、碰運氣
» Give me a **chance** to love you.
給我一個機會愛你。

change [tʃendʒ]

動 改變、兌換
名 零錢、變化
同 coin 硬幣
» Nothing lasts but **changes**.
只有改變是不會變的。

cheap [tʃip]

形 低價的、易取得的
副 低價地
反 expensive 昂貴的
» The dress is **cheap**.
這件裙子很便宜。

check [tʃɛk]

名 檢查、支票
動 檢查、核對
片 check up 核對、檢驗
» I want to **check** my account.
我要確認我的帳戶。

cheese [tʃiz]

名 乾酪、乳酪
» I need a **cheese** burger.
我要一個起司堡。

chicken [ˈtʃɪkɪn]

名 雞、雞肉
» My mother cooks **chicken** soup.
我媽媽燉雞湯。

child [tʃaɪld]

名 小孩
同 kid 小孩
» The **child** is so bad.
那小孩好壞。

choc·o·late [ˈtʃɔkəlɪt]

名 巧克力
» **Chocolate** sells like hot cakes on Valentine's Day.
情人節的巧克力都賣得很好。

choice [tʃɔɪs]

名 選擇
形 精選的
同 selection 選擇
» What's your **choice**?
你的選擇是什麼？

choose [tʃuz]

動 選擇
同 select 選擇
» **Choose** one color.
選一個顏色。

☑ **church** [tʃɝtʃ]

名 教堂
» I visited a lot of ***churches*** in Europe.
我去歐洲拜訪很多教堂。

☑ **cir·cle** [ˋsɝkl̩]

名 圓形
動 圍繞
同 round 環繞
» Draw a ***circle*** first.
先畫一個圓形。

☑ **ci·ty** [ˋsɪtɪ]

名 城市
» Taipei is a beautiful ***city***.
臺北是很美的城市。

☑ **class** [klæs]

名 班級、階級、種類
同 grade 階級
» There are fourty ***classes*** in my school.
我的學校有四十個班。

☑ **clean** [klin]

形 乾淨的
動 打掃
反 dirty 髒的
» Clean the ***classroom***.
打掃教室。

☑ **clear** [klɪr]

形 清楚的、明確的、澄清的
動 澄清、清除障礙、放晴
反 ambiguous 含糊不清的
片 crystal clear 十分清楚
» It is ***clear***.
這很明顯。

☑ **clerk** [klɝk]

名 職員
» The ***clerk*** helped me to find the goods.
那店員幫我找到貨品。

☑ **climb** [klaɪm]

動 攀登、上升、爬
» I love to go mountain ***climbing***.
我喜歡爬山。

☑ **clock** [klɑk]

名 時鐘、計時器
» It's twelve o'***clock*** now.
現在十二點了。

☑ **close** [klos]/[kloz]

形 靠近的、親近的
動 關、結束、靠近
反 open （打）開
片 close to 近的、接近的
» I feel ***close*** to you.
我覺得跟你很親近。

☑ **clothes** [kloz]

名 衣服
同 clothing 衣服
» I went to the department store to buy some ***clothes***.
我去百貨公司買衣服。

☑ **cloud** [klaʊd]

名 雲
動 （以雲）遮蔽
片 a cloud of 一大群
» The ***cloud*** is gray.
雲朵很灰。

☑ **club** [klʌb]

名 俱樂部、社團
同 association 協會、社團
» We went to the night ***club*** every night.
我們每天去夜店。

☑ **coat** [kot]

名 外套
同 jacket 外套
» We need to buy a new ***coat***.
我們要買件新的外套。

☑ **cof·fee** [ˋkɔfɪ]

名 咖啡
» I had a cup of ***coffee*** today.
我今天喝了一杯咖啡。

☑ **cold** [kold]

形 冷的
名 感冒
反 warm 暖的
» Today is so **cold**.
今天好冷。

☑ **col·lect** [kəˋlɛkt]

動 收集
同 gather 收集
» We are **collecting** stamps.
我們正在收集郵票。

☑ **co·lor** [ˋkʌlɚ]

名 顏色
動 把……塗上顏色
» I love the **color** of the clothes.
我喜歡這衣服的顏色。

☑ **come** [kʌm]

動 來
反 leave 離開
» Dad **comes** home at six.
爸爸六點回家。

☑ **com·fort·a·ble** [ˋkʌmfɚtəbl]

形 舒服的
同 content 滿意的
» The sofa is so **comfortable** that I
don't want to get up from it.
這沙發好舒服，我都不想要起來了。

☑ **com·mon** [ˋkɑmən]

形 共同的、平常的、普通的
名 平民、普通
反 special 特別的
片 commom sense 常識
» It's **common** to have a cell phone
now.
現在有手機是很正常的。

☑ **com·put·er** [kəmˋpjutɚ]

名 電腦
» Who can repair my **computer**?
誰可以幫我修電腦？

☑ **con·ve·nient** [kənˋvinjənt]

形 方便的、合宜的
同 suitable 適當的
» It is more **convenient** in Taipei.
臺北很方便。

☑ **cook** [kʊk]

動 烹調、煮、燒
名 廚師
» I am **cooking** the dinner.
我正在煮晚餐。

☑ **cook·ie** [ˋkʊkɪ]

名 餅乾
» I am baking some **cookies**.
我正在烤餅乾。

☑ **cool** [kul]

形 涼的、涼快的、酷的
動 使變涼
反 hot 熱的
» It's **cool** tonight.
今晚很涼爽。

☑ **cop·y** [ˋkɑpɪ]

名 拷貝
同 imitate 仿製
» Give me a **copy** of your passport.
給我一份你的護照影本。

☑ **cor·ner** [ˋkɔrnɚ]

名 角落
同 angle 角
» The poor girl is sitting in the **corner**.
那可憐的小女孩坐在角落。

☑ **cor·rect** [kəˈrɛkt]

形 正確的

動 改正、糾正

同 right 正確的

» Give me a **correct** answer.
給我一個正確的答案。

☑ **cost** [kɔst]

名 代價、價值、費用

動 花費、值

反 income 收入、收益

» The computer **costs** me a lot.
這臺電腦花了我不少錢。

☑ **couch** [kaʊtʃ]

名 長沙發、睡椅

» He slept on the **couch** last night.
他昨晚在沙發上睡著了。

☑ **count** [kaʊnt]

動 計數

名 計數

» My little baby can **count** now!
我的小孩現在就會計數了！

☑ **coun·try** [ˈkʌntrɪ]

形 國家的、鄉村的

名 國家、鄉村

同 nation 國家

» Japan is an amazing **country**.
日本是個讓人驚豔的國家。

☑ **course** [kors]

名 課程、講座、過程、路線

同 process 過程

» English is my favorite **course** this year.
英文是我今年最喜歡的課程。

☑ **cou·sin** [ˈkʌzn̩]

名 堂（表）兄弟姊妹

» The movie star is your **cousin**.
那電影明星是你的表哥。

☑ **cov·er** [ˈkʌvə]

名 封面、表面

動 覆蓋、掩飾、包含

反 uncover 揭露、發現

» The **cover** of the book is colorful.
這本書的封面很繽紛。

☑ **cow** [kaʊ]

名 母牛、乳牛

» There are lots of **cows** in the farm.
農場裡有很多母牛。

☑ **cra·zy** [ˈkrezɪ]

形 發狂的、瘋癲的

同 mad 發狂的

» I am **crazy** about her!
我發狂的迷戀她。

☑ **cross** [krɔs]

名 十字形、交叉

動 使交叉、橫過、反對

同 oppose 反對

» What does a **cross** mean?
十字架的意思是什麼？

☑ **cry** [kraɪ]

名 叫聲、哭聲、大叫

動 哭、叫、喊

同 wail 慟哭

» The baby is **crying**.
這嬰兒在哭。

☑ **cut** [kʌt]

動 切、割、剪、砍、削、刪

名 切口、傷口

同 split 切開

片 clear-cut 清楚的

» I **cut** the paper.
我把這紙割好了。

☑ **cute** [kjut]

形 可愛的、聰明伶俐的

同 pretty 可愛的

» My girlfriend is **cute**.
我女朋友很可愛。

Dd

☑ **dance** [dæns]

名 舞蹈

動 舞蹈、動、跳舞

» I am not good at **_dancing_**.
我不擅長跳舞。

☑ **dan·ger·ous** [ˋdendʒərəs]

形 危險的

反 secure 安全的

» It's **_dangerous_** to love somebody too much.
愛太深是很危險的。

☑ **dark** [dɑrk]

名 黑暗、暗處

形 黑暗的

反 light 明亮的

» Everyone has his **_dark_** side.
人人都有自己的黑暗面。

☑ **date** [det]

名 日期、約會

動 約會、定日期

同 appointment 約會

» What **_date_** is today?
今天是幾月幾號？

☑ **daugh·ter** [ˋdɔtɚ]

名 女兒

反 son 兒子

» My **_daughters_** are important for me.
我女兒對我來說很重要。

☑ **day** [de]

名 白天、日

反 night 晚上

片 day and night 日日夜夜

» I miss you every **_day_** and night.
我每個日日夜夜都在想念你。

☑ **dead** [dɛd]

名 死者

形 死的

反 live 活的

» There is a **_dead_**.
這裡有名死者。

☑ **deal** [dil]

動 處理、應付、做買賣、經營

名 買賣、交易

同 trade 交易

片 a deal is a deal 說話算話

» I can't **_deal_** with that.
我不能處理這狀況。

☑ **dear** [dɪr]

形 昂貴的、親愛的

副 昂貴地

感 啊！唉呀！（表示傷心、焦慮、驚奇等）

同 expensive 昂貴的

片 at a dear price 很昂貴的

» My **_dear_**, you look great!
親愛的，你看起來好棒喔！

☑ **death** [dɛθ]

名 死、死亡

反 life 生命、活的東西

» They are sad for his **_death_**.
他們為他的死亡感到難過。

☑ **de·cide** [dɪˋsaɪd]

動 決定

同 determine 決定

» I have **_decided_**.
我下定決心了。

deep [dip]

形 深的
副 深深地
反 shallow 淺的

» The water is so **deep**.
這水很深。

de·fine [dɪˋfaɪn]

動 下定義

» It depends on how you **define** a hero.
這取決於你如何定義英雄。

desk [dɛsk]

名 書桌

» There are books on her **desk**.
在她的桌子上有幾本書。

dic·tion·ar·y [ˋdɪkʃənˏɛrɪ]

名 字典、辭典

» I learned this word when flipping over the
dictionary.
當我隨手翻這本字典時，學到了這個字
彙。

die [daɪ]

動 死
同 perish 死去

» He will **die** soon.
他即將死去。

dif·fer·ent [ˋdɪfərənt]

形 不同的
反 identical 一模一樣的

» I am **different** from you.
我跟你不一樣。

dif·fi·cult [ˋdɪfəˏkʌlt]

形 困難的
反 easy 簡單的

» Life is always so **difficult**.
生命中總有很多的困難。

dig [dɪg]

動 挖、挖掘
反 bury 埋

» The dog **dug** a hole.
那隻狗挖了洞。

din·ner [ˋdɪnɚ]

名 晚餐、晚宴
同 supper 晚餐
片 have dinner 吃晚餐

» I am going to have **dinner** with Lori.
我要跟洛麗吃晚餐。

dirt·y [ˋdɜtɪ]

形 髒的
動 弄髒
反 clean 清潔的

» This room is so **dirty**.
這房間好髒。

dish [dɪʃ]

名 （盛食物的）盤、碟
同 plate 盤、碟

» I miss the **dish**.
我好想念這道菜。

do [du]

助 （無詞意）
動 做
同 perform 做

» How **do** you **do**?
你最近做得如何？（你最近好嗎？）

doc·tor [ˋdɑktɚ]

名 醫生、博士
同 physician 醫師
片 see a doctor 看醫生

» I saw a **doctor**.
我去看了醫生。

dog [dɔg]

動 尾隨、跟蹤
名 狗
片 keep a dog 養狗

» We want to keep a **dog**.
我想要養狗。

doll [dɑl]

名 玩具娃娃
同 toy 玩具

» I bought a **doll**.
我買了娃娃。

dol·lar [`dɑlɚ]

名 美元、錢
» I spent two **dollars**.
我花了兩塊錢。

door [dor]

名 門
同 gate 大門
» Open the **door**.
開門。

down [daʊn]

形 向下的
副 向下
介 沿著……而下
反 up 在上面
» Go **down** the street.
沿著這條街往下走。

doz·en [`dʌzn̩]

名 （一）打、十二個
» I have a **dozen** of pens.
我有一打筆。

draw [drɔ]

動 拉、拖、提取、畫、繪製
同 drag 拉、拖
» I want to **draw** an elephant.
我想要畫一個大象。

dream [drim]

名 夢
動 做夢
反 reality 現實
片 dream of/about... 夢見……
» I **dream** a **dream**.
我做了個夢。

dress [drɛs]

名 洋裝
動 穿衣服
同 clothe 穿衣服
» I bought some pretty **dresses** for my girlfriend.
我買了漂亮的裙子給我女朋友。

drink [drɪŋk]

名 飲料
動 喝、喝酒
» I **drink** tea every day.
我每天喝茶。

drive [draɪv]

名 駕車、車道
動 開車、驅使、操縱（機器等）
同 move 推動、促使
» Dad **drives** me to school.
爸爸開車載我去學校。

driv·er [`draɪvɚ]

名 駕駛員、司機
» The bus **driver** is very nice.
那公車司機人很好。

drop [drɑp]

動 （使）滴下、滴
» The books **dropped** in the earthquake.
地震時書掉下來了。

drum [drʌm]

名 鼓
» The kids love playing **drums**.
這些孩子們喜歡打鼓。

dry [draɪ]

形 乾的、枯燥無味的
動 把……弄乾、乾掉
同 thirsty 乾的、口渴的
» The air in desert is so **dry**.
沙漠的空氣很乾燥。

☑ **duck** [dʌk]

名 鴨子

» **Ducks** swim in the pond.
池塘中有鴨子在游泳。

☑ **dur·ing** [`djʊrɪŋ]

介 在……期間

» **During** the war, her father died.
在戰爭期間，他父親過世了。

Ee

☑ **each** [itʃ]

形 各、每
代 每個、各自
副 各、每個

» I love **each** of my kids.
我愛我每一個孩子。

☑ **ear** [ɪr]

名 耳朵

» The movie star has big **ears**.
那電影明星有雙大耳朵。

☑ **ear·ly** [`ɝlɪ]

形 早的、早期的、及早的
副 早、在初期
反 late 晚的

» I came home **earlier**.
我昨天比較早回家。

☑ **earth** [ɝθ]

名 地球、陸地、地面
同 globe 地球
片 on earth 到底、究竟

» We live on the **Earth**.
我們住在地球上。

☑ **east** [ist]

形 東方的
副 向東方
名 東、東方
反 west 西方

» She's from the **east**.
她來自東方的國度。

☑ **eas·y** [`izɪ]

形 容易的、不費力的
反 difficult 困難的
片 take it easy 慢慢來

» Forgiving is not so **easy**.
原諒不是那麼簡單。

☑ **eat** [it]

動 吃
同 dine 用餐

» You **ate** my chicken soup!
你喝了我的雞湯！

☑ **egg** [ɛg]

名 蛋

» I like to eat **eggs**.
我喜歡吃雞蛋。

☑ **ei·ther** [`iðɚ]

形 （兩者之中）任一的
代 （兩者之中）任一
副 也（不）

» **Either** you or I will leave.
不是你走就是我走。

☑ **e·le·phant** [`ɛləfənt]

名 大象
片 white elephant 無用品、無價值的東西

» I drew an **elephant**.
我畫了一隻大象。

☑ **else** [ɛls]

副 其他、另外
片 or else 否則

» What **else** can I do?
我還可以做什麼？

☑ **email** [ˋimel]

名 電子郵件
動 發電子郵件
» I write **emails** to my friend every weekend.
我每個週末都寫電子郵件給我朋友。

☑ **end** [ɛnd]

名 結束、終點
動 結束、終止
反 origin 起源
» In the **end**, we lost everything.
最終，我們失去了所有。

☑ **en·gi·neer** [ˌɛndʒəˋnɪr]

名 工程師
» **Engineers** are usually busy.
工程師通常都很忙。

☑ **en·joy** [ɪnˋdʒɔɪ]

動 享受、欣賞
同 appreciate 欣賞
» I **enjoy** seeing a movie alone.
我喜歡獨自看電影。

☑ **en·joy·ment** [ɪnˋdʒɔɪmənt]

名 享受、愉快
同 pleasure 愉快
» The **enjoyment** of being alone makes her single.
享受一個人的生活讓她至今單身。

☑ **e·nough** [əˋnʌf]

形 充足的、足夠的
名 足夠
副 夠、充足
同 sufficient 足夠的
» I have **enough** money.
我有足夠的錢。

☑ **en·ter** [ˋɛntɚ]

動 加入、參加
反 exit 退出
» I **entered** a haunted house.
我進到一間鬼屋。

☑ **en·ve·lope** [ˋɛnvəˌlop]

名 信封
» My parents gave me a red **envelope** on Chinese New Year Eve.
我爸媽在除夕的時候給我紅包。

☑ **eras·er** [ɪˋresɚ]

名 橡皮擦
» May I borrow an **eraser**?
我可以借一個橡皮擦嗎？

☑ **er·ror** [ˋɛrɚ]

名 錯誤
同 mistake 錯誤
» It was an accidental **error**.
這是意外的錯誤。

☑ **e·ven** [ˋivən]

形 平坦的、偶數的、相等的
副 甚至
同 smooth 平坦的
» The road is **even**.
這條路很平。

☑ **eve·ning** [ˋivnɪŋ]

名 傍晚、晚上
» In the **evening**, we take a walk.
我們在傍晚散步。

☑ **ev·er** [ˋɛvɚ]

副 曾經、永遠
反 never 不曾
» Have you **ever** been to Japan?
你曾經去過日本嗎？

☑ **eve·ry** [ˈɛvrɪ]

形 每、每個

反 none 一個也沒

» **Every** child goes to school.
所有的孩子都會去學校。

☑ **everyone/everybody**
[ˈɛvrɪ͵wʌn]/[ˈɛvrɪ͵bɑdɪ]

代 每個人、人人、所有人

» Hello, **everyone**! Nice to meet you.
大家好！很開心認識大家。

» **Everybody** is excited about the trip.
所有人都對這趟旅行感到興奮。

☑ **everything** [ˈɛvrɪ͵θɪŋ]

代 每件事、事事、一切事物

» He loves **everything** about nature.
他喜歡大自然的一切。

☑ **ex·am·ple** [ɪgˈzæmpl̩]

名 榜樣、例子

同 instance 例子

» Please give me an **example**.
請給我個例子。

☑ **ex·cel·lent** [ˈɛksələnt]

形 最好的

同 admirable 極好的

» The students are **excellent**.
這些學生都很優秀。

☑ **ex·cept** [ɪkˈsɛpt]

介 除了……之外

同 besides 除……之外

» **Except** Mary, everyone likes her.
除了瑪莉，大家都喜歡她。

☑ **ex·cit·ed** [ɪkˈsaɪtɪd]

形 感到興奮的、激動的

» I'm **excited** to go on vacation next week.
我很期待下周的度假。

☑ **ex·cit·ing** [ɪkˈsaɪtɪŋ]

形 令人興奮的 令人激動的

» The game was so **exciting**!
這場比賽太刺激了！

☑ **ex·er·cise** [ˈɛksɚ͵saɪz]

名 練習

動 運動

同 practice 練習

» I want to do some more **exercise**.
我想要做更多的運動。

☑ **ex·pect** [ɪkˈspɛkt]

動 期望

同 suppose 期望

» I didn't **expect** to meet you here.
我沒期望在這裡遇到你。

☑ **ex·pen·sive** [ɪkˈspɛnsɪv]

形 昂貴的

反 cheap 便宜的

» The apartment in Taipei is too
expensive for the young people.
臺北的公寓對年輕人來說還是太貴了。

☑ **ex·pe·ri·ence** [ɪkˈspɪrɪəns]

名 經驗

動 體驗

同 occurrence 經歷、事件

» She has lots of **experience** in it.
對於這種事情她很有經驗。

☑ **ex·plain** [ɪkˈsplen]

動 解釋

» Can I **explain**?
我可以解釋嗎？

☑ **eye** [aɪ]

名 眼睛

片 cast an eye on 粗略的看一下

» You have beautiful **eyes**.
你有雙漂亮的眼睛。

Ff

☑ **face** [fes]

名 臉、面部
動 面對
同 look 外表
» I washed my *face*.
我洗了臉。

☑ **fact** [fækt]

名 事實
反 fiction 虛構
片 in fact 事實上
» Could you please tell me the *fact*?
你可以告訴我事實嗎？

☑ **fac·to·ry** [ˋfæktərɪ]

名 工廠
同 plant 工廠
» The *factories* are in Vietnam.
那些工廠現在在越南。

☑ **fail** [fel]

動 失敗、不及格
反 achieve 實現、達到
» He *failed* many times before he succeeded.
在他成功之前失敗了很多次。

☑ **fall** [fɔl]

名 秋天、落下
動 倒下、落下
同 drop 落下、降下
» *Fall* is coming.
秋天就要來了。

☑ **fa·mi·ly** [ˋfæməlɪ]

名 家庭
同 relative 親戚、親屬
» I have a happy *family*.
我有個幸福的家庭。

☑ **fa·mous** [ˋfeməs]

形 有名的、出名的
» Taiwan is *famous* for food.
臺灣以食物出名。

☑ **fan** [fæn]

名 風扇、狂熱者
動 搧、搧動
» I am a *fan* of NBA.
我是 NBA 的粉絲。

☑ **far** [fɑr]

形 遙遠的、遠（方）的
副 遠方、朝遠處
同 distant 遠的
» Now, I am *far* from you.
現在我離你很遠。

☑ **farm** [fɑrm]

名 農場、農田
動 耕種
同 ranch 大農場
» I have a *farm*.
我有一座農場。

☑ **farm·er** [ˋfɑrmɚ]

名 農夫
» The *farmer* plants rice.
那位農夫種米。

☑ **fast** [fæst]

形 快速的
副 很快地
反 slow 緩慢的
» He comes *fast*.
他很快就來了。

☑ **fat** [fæt]

形 肥胖的
名 脂肪
反 thin 瘦的
» He is too **fat**.
他太胖了。

☑ **fa·ther** [ˈfɑðɚ]

名 父親
反 mother 母親
» My **father** is tall.
我的爸爸很高。

☑ **feed** [fid]

動 餵
同 nourish 滋養
» Don't **feed** the dog chocolate.
不要餵狗吃巧克力。

☑ **feel** [fil]

動 感覺、覺得
同 experience 經歷、感受
» I can **feel** you.
我可以感覺到你。

☑ **fes·ti·val** [ˈfɛstəvl̩]

名 節日
同 holiday 節日
» We eat rice dumplings on Dragon Boat **Festival**.
我們在端午節吃粽子。

☑ **few** [fju]

形 少的
名 （前面與 a 連用）少數、幾個
反 many 許多
» **Few** people know about the event.
很少人知道這活動。

☑ **fight** [faɪt]

名 打仗、爭論
動 打仗、爭論
同 quarrel 爭吵
» I don't want to **fight** with you.
我不想跟你爭論。

☑ **file** [faɪl]

名 檔案
動 存檔、歸檔
» They are **filing** for divorce.
他們正在申請離婚。

☑ **fill** [fɪl]

動 填空、填滿
反 empty 倒空
» Please **fill** the blanks.
請填好表單。

☑ **finally** [ˈfaɪnəlɪ]

副 最後、終於、決定性地
» **Finally**, the bus arrived.
終於，公車到了。

☑ **find** [faɪnd]

動 找到、發現
» I will **find** you.
我會找到你。

☑ **fine** [faɪn]

形 美好的
副 很好地
名 罰款
動 處以罰金
同 nice 好的
» I am **fine**.
我沒事。

☑ **fin·ger** [ˈfɪŋgɚ]

名 手指
反 toe 腳趾
» Her **fingers** are long.
她的手指很長。

☑ **fin·ish** [ˈfɪnɪʃ]

名 完成、結束
動 完成、結束
同 complete 完成
» I will **finish** my work soon.
我很快就要完成我的工作了。

☑ **fire** [faɪr]

名 火
動 射擊、解雇、燃燒
同 dismiss 解雇
片 build a fire 生火
» Animals are afraid of **fire**.
動物怕火。

☑ **first** [fɝst]

名 第一、最初
形 第一的
副 首先、最初、第一
反 last 最後的
» I got the **first** prize.
我得到第一名。

☑ **fish** [fɪʃ]

名 魚、魚類
動 捕魚、釣魚
» I love to eat **fish**.
我喜歡吃魚。

☑ **floor** [flor]

名 地板、樓層
反 ceiling 天花板
» We live on the second **floor**.
我們住在二樓。

☑ **flow·er** [ˋflaʊɚ]

名 花
» He gave her a bouquet of **flowers**.
他給了她一束花。

☑ **fly** [flaɪ]

名 蒼蠅、飛行
動 飛行、飛翔
» There are two **flies** on the meat.
這塊肉上面有兩隻蒼蠅。

☑ **fol·low** [ˋfɑlo]

動 跟隨、遵循、聽得懂
同 trace 跟蹤
» Just **follow** me.
跟著我就是了。

☑ **food** [fud]

名 食物
» Please give me some **food**.
請給我一些食物。

☑ **fool** [ful]

名 傻子
動 愚弄、欺騙
同 trick 戲弄
» Love is not time's **fool**.
愛非時間的弄臣。

☑ **foot** [fʊt]

名 腳
» I hurt my **foot**.
我傷到了腳。

☑ **for** [fɔr]

介 為、因為、對於
連 因為
同 as 因為
» This gift is just **for** you.
這禮物只給你一個人的。

☑ **for·eign** [ˋfɔrɪn]

形 外國的
反 native 本土的
» I love to visit **foreign** countries.
我喜歡去外國。

☑ **for·eign·er** [ˋfɔrɪnɚ]

名 外國人
» Many **foreigners** don't like the smell of stinky tofu.
很多外國人不喜歡臭豆腐的味道。

☑ **for·get** [fɚˋɡɛt]

動 忘記
反 remember 記得
» I **forgot** to bring my key.
我忘記帶鑰匙了。

☑ **fork** [fɔrk]

名 叉
» I prefer to use a **fork**.
我比較想要用叉子。

☑ **free** [fri]

形 自由的、免費的
動 釋放、解放
同 release 解放
片 for free 免費
» You are **free** now.
你現在自由了。

☑ **fresh** [frɛʃ]

形 新鮮的、無經驗的、淡（水）的
反 stale 不新鮮的
» I need some **fresh** air.
我需要一點新鮮的空氣。

☑ **friend** [frɛnd]

名 朋友
反 enemy 敵人
片 make friends 交朋友
» I made a lot of **friends** in college.
我在大學交了很多朋友。

☑ **friend·ly** [ˋfrɛndlɪ]

形 友善的、親切的
同 kind 親切的
» The environment is **friendly** to children.
這環境對孩子是很有善的。

☑ **frog** [frɑɡ]

名 蛙
» The **frogs** sing loudly.
青蛙大聲地唱歌。

☑ **from** [frʌm]

介 從、由於
» I am **from** Taiwan.
我來自臺灣。

☑ **front** [frʌnt]

名 前面
形 前面的
反 rear 後面、背後
» Open the **front** door.
打開前門。

☑ **fruit** [frut]

名 水果
» My favorite **fruit** is durian.
我最喜歡的水果是榴槤。

☑ **full** [fʊl]

形 滿的、充滿的
反 empty 空的
片 full of 充滿
» The family is **full** of love.
這是一個充滿愛的家庭。

☑ **fun** [fʌn]

名 樂趣、玩笑
同 amusement 樂趣
» Learning English can be **fun**.
學英文可以很有趣的。

☑ **fun·ny** [ˋfʌnɪ]

形 滑稽的、有趣的
同 humorous 滑稽的
» Your joke is not **funny** at all.
你的笑話一點也不好笑。

☑ **fu·ture** [ˋfjutʃɚ]

名 未來、將來
反 past 過往
» What's your **future** plan?
你未來的計畫是什麼？

Gg

☑ **game** [gem]

名 遊戲、比賽

同 contest 比賽

片 see through sb.'s game 看穿某人的詭計

» The **game** is over.
遊戲結束了。

☑ **gar·den** [ˋgɑrdn]

名 花園

片 botanical garden 植物園

» Children are playing in the **garden**.
孩子們在花園玩。

☑ **gate** [get]

名 門、閘門

» Where is the **gate**?
大門在哪裡啊？

☑ **get** [gɛt]

動 獲得、成為、到達

同 obtain 獲得

» I want to **get** a good grade.
我想要取得好成績。

☑ **ghost** [gost]

名 鬼、靈魂

同 soul 靈魂

» I am afraid of **ghost**.
我怕鬼。

☑ **gi·ant** [ˋdʒaɪənt]

名 巨人

形 巨大的、龐大的

同 huge 巨大的

» The trees in the rainforest are **giant**.
熱帶雨林的樹很高大。

☑ **gift** [gɪft]

名 禮物、天賦

同 present 禮物

» Thank you for your **gift**.
謝謝你的禮物。

☑ **girl** [gɝl]

名 女孩

反 boy 男孩

» **Girls** are taught to be **girls**.
女孩被教導成一個女孩。

☑ **give** [gɪv]

動 給、提供、捐助

反 receive 接受

» I **gave** her my phone number.
我給了她的手機號碼。

☑ **glad** [glæd]

形 高興的

同 joyous 高興的

» I am so **glad** to see you here.
很高興在這邊遇到妳。

☑ **glass** [glæs]

名 玻璃、玻璃杯

同 pane 窗戶玻璃片

» I need a **glass** of water please.
我要一杯水。

☑ **glass·es** [ˋglæsɪz]

名 眼鏡

» My daughter needs a pair of **glasses**.
我女兒她需要一副眼鏡。

☑ **glove(s)** [glʌv(z)]

名 手套

» I gave him a pair of **gloves** as a Christmas gift.
我送他一副手套當作聖誕禮物。

☑ **go** [go]

名 去、走

反 stay 留下

» I am **_going_** to school now.
我正在去學校。

☑ **god/god·dess** [gɑd]/[ˈgɑdɪs]

名 神／女神

» She's like a **_goddess_** to me.
她對我來說就像是個女神。

☑ **good** [gʊd]

形 好的、優良的

名 善、善行

同 fine 好的

» Jonny is a **_good_** student.
強尼是好學生。

☑ **good·bye** [gʊdˈbaɪ]

名 再見

片 visit to say goodbye 話別

» Never say **_goodbye_** to me.
不要對我說再見。

☑ **grade** [gred]

名 年級、等級

» My son is at the first **_grade_** now.
我的兒子現在一年級。

☑ **grand·fath·er** [ˈgrændˌfɑðɚ]

名 祖父、外祖父

» I gradually understand what my
grandfather said.
我漸漸明白祖父所說的。

☑ **grand·moth·er** [ˈgrændˌmʌðɚ]

名 祖母、外祖母

» My **_grandmother_** always sings a song
to me.
我祖母總是唱歌給我聽。

☑ **grass** [græs]

名 草

同 lawn 草坪

» The **_grass_** is so green.
這草很綠。

☑ **gray/grey** [gre]/[gre]

名 灰色

形 灰色的、陰沉的

» The sky is **_gray_**.
天空好灰。

☑ **great** [gret]

形 大量的、很好的、偉大的、重要的

同 outstanding 突出的、傑出的

片 a great amount 很多

» They made a **_great_** amount of money.
他們賺很多錢。

☑ **green** [grin]

形 綠色的

名 綠色

» **_Green_** apples are tasty.
青蘋果很好吃。

☑ **ground** [graʊnd]

名 地面、土地

同 surface 表面

» He fell down on the **_ground_**.
他跌在地板上。

☑ **group** [grup]

名 團體、組、群

動 聚合、成群

同 gather 收集

» This **_group_** of people are angry.
這群人很生氣。

☑ **grow** [gro]

動 種植、生長

同 mature 變成熟、長成

片 grow up 成長

» Some boys never **_grow_** up.
有些男孩永遠不會長大。

☑ **guess** [gɛs]

名 猜測、猜想

動 猜測、猜想

同 suppose 猜測、認為

» **_Guess_** what I cooked.
猜看看我煮了什麼。

☑ **gui·tar** [gɪˋtɑr]

名 吉他

» The boy playing the **guitar** attracts many girls.
那位彈著吉他的男孩吸引了很多女孩。

☑ **guy** [gaɪ]

名 傢伙

» The **guy** is not polite to me.
那傢伙對我很不禮貌。

Hh

☑ **hab·it** [ˋhæbɪt]

名 習慣

» Getting up early becomes my **habit**.
早起已經變成我的習慣了。

☑ **hair** [hɛr]

名 頭髮

» I love the color of your **hair**.
我喜歡你頭髮的顏色。

☑ **half** [hæf]

形 一半的

副 一半地

名 半、一半

片 half of 一半……

» **Half** of my classmates are teachers now.
我有一半的同學現在都是老師。　.

☑ **ham** [hæm]

名 火腿

» I have **ham** for breakfast.
我吃火腿當早餐。

☑ **hand** [hænd]

名 手

動 遞交

反 foot 腳

» His **hands** are big.
他的手很大。

☑ **hang** [hæŋ]

動 吊、掛

同 suspend 吊、掛

片 hang out 閒逛

» I am **hanging** the clothes.
我正在把衣服掛上。

☑ **hap·pen** [ˋhæpən]

動 發生、碰巧

同 occur 發生

片 happen to... 發生在……身上

» Something **happened** yesterday.
昨天發生了點事情。

☑ **hap·py** [ˋhæpɪ]

形 快樂的、幸福的

反 sad 悲傷的

» I am so **happy** to see you again.
我好高興可以再見到你。

☑ **hard** [hɑrd]

形 硬的、難的

副 努力地

同 stiff 硬的

» It's **hard** to say goodbye.
說再見很難。

☑ **hat** [hæt]

名 帽子

同 cap 帽子

» I need to buy a **hat**.
我要買一頂帽子。

hate [het]

名 憎恨、厭惡
動 憎恨、不喜歡
反 love 愛、愛情
» I **hate** to be cheated.
　我討厭被欺騙。

have [hæv]

助 已經
動 吃、有
» I **have** seen you before.
　我曾經看過你。

he/him/his/himself [hi]/[hɪm]/[hɪz]/[hɪmˋsɛlf]

代 他 /he 的受格 / 他的 / 他自己
» **He** is an doctor.
　他是位醫師。
» I don't like **him**.
　我不喜歡他。
» **His** hair is black.
　他的頭髮是黑色的。
» He dressed **himself** this morning.
　他今天早上自己穿衣服。

head [hɛd]

名 頭、領袖
動 率領、朝某方向行進
同 lead 引導
» He hit my **head**.
　他打我的頭。

headache [ˋhɛdˏek]

名 頭痛、令人頭痛的事、麻煩
» I have a **headache** today.
　我今天頭疼。

health [hɛlθ]

名 健康
» **Health** is more important than wealth.
　健康比財富重要。

heal·thy [ˋhɛlθɪ]

形 健康的
» Live a **healthy** life.
　生活要過得健康。

hear [hɪr]

動 聽到、聽說
同 listen 聽
» I **heard** a strange sound.
　我聽到一個奇怪的聲音。

heart [hɑrt]

名 心、中心、核心
同 nucleus 核心
片 heart-broken 心碎的
» My **heart** was broken.
　我心都碎了。

heat [hit]

名 熱、熱度
動 加熱
反 chill 寒氣
» The **heat** of the oven is 750 degree.
　烤箱溫度是 750 度。

heav·y [ˋhɛvɪ]

形 重的、猛烈的、厚的
反 light 輕的
片 heavy rain 大雨
» The **heavy** rain caused the traffic jam.
　這陣大雨造成交通癱瘓。

height [haɪt]

名 高度
» The **height** of the basketball player is unbelievable.
　這籃球員的身高讓人難以置信。

hel·lo [həˋlo]

感 哈囉（問候語）、喂（電話應答語）
» Say **hello** to the guests.
　跟客人說哈囉。

help [hɛlp]

名 幫助
動 幫助
同 aid 幫助
» Could you please **help** me?
　你可以幫我嗎？

☑ **help·ful** [ˈhɛlpfəl]
形 有用的
同 useful 有用的
» The book is quite **helpful** for a starter like you.
這本書對於你這種初學者來說很有幫助。

☑ **hen** [hɛn]
名 母雞
» The **hen** is laying eggs.
這隻母雞正在孵蛋。

☑ **here** [hɪr]
副 在這裡、到這裡
名 這裡
反 there 那裡
» **Here** comes a bus.
有一輛公車來了。

☑ **hide** [haɪd]
動 隱藏
同 conceal 隱藏
» You can't **hide** the truth forever.
你不可能永遠隱藏著真相。

☑ **high** [haɪ]
形 高的
副 高度地
反 low 低的
» This mountain is so **high**.
這座山好高。

☑ **hill** [hɪl]
名 小山
同 mound 小丘
» They live on the **hills**.
他們住在山丘上。

☑ **his·to·ry** [ˈhɪstərɪ]
名 歷史
» I studied the **history** of Taiwan.
我讀臺灣史。

☑ **hit** [hɪt]
名 打、打擊
動 打、打擊
同 strike 打、打擊
» Don't **hit** the dog.
不要打那隻狗。

☑ **hob·by** [ˈhɑbɪ]
名 興趣、嗜好
同 pastime 娛樂
» What's your **hobby**?
你的興趣是什麼？

☑ **hold** [hold]
動 握住、拿著、持有
名 把握、控制
同 grasp 抓緊、緊握
片 hold on 等一下
» **Hold** the pen.
握住筆。

☑ **hol·i·day** [ˈhɑləˌde]
名 假期、假日
反 weekday 工作日、平常日
» What do you want to do in the **holiday**?
你假日要做什麼呢？

☑ **home** [hom]
名 家、家鄉
形 家的、家鄉的
副 在家、回家
同 dwelling 住處
» I will go **home** this weekend.
我這個週末要回家。

☑ **home·work** [ˈhomˌwɝk]
名 家庭作業
同 task 工作、作業
» Do your **homework**.
做你的功課。

hon·est ['ɑnɪst]

形 誠實的、耿直的
同 truthful 誠實的
» As an **honest** child, you should have told me that you took the money.
既然你是個誠實的小孩，你應該要告訴我你拿走了錢。

hon·ey ['hʌnɪ]

名 蜂蜜、花蜜
» I add some **honey** into the milk tea.
我在奶茶裡面加了一點蜂蜜。

hope [hop]

名 希望、期望
動 希望、期望
反 despair 絕望
» I **hope** to see you soon.
我希望趕快看到你。

horse [hɔrs]

名 馬
» I rode a **horse** in Mongolia.
我在蒙古騎馬。

hos·pi·tal ['hɑspɪtl̩]

名 醫院
同 clinic 診所
» The patient was sent to the **hospital**.
這名病患被送到醫院了。

hot [hɑt]

形 熱的、熱情的、辣的
反 icy 冰冷的
» It is so **hot** in Taipei.
臺北很熱。

ho·tel [ho'tɛl]

名 旅館
同 hostel 青年旅舍
» Which **hotel** will you stay on this weekend?
你這週末將會待在哪個旅館？

hour [aʊr]

名 小時
» I spend an **hour** studying English.
我花一個小時讀英文。

house [haʊs]

名 房子、住宅
同 residence 房子、住宅
» I want to buy a **house**.
我想要買房子。

house·wife ['haʊsˌwaɪf]

名 家庭主婦
» The **housewife** has no pay.
家庭主婦沒有薪水。

how [haʊ]

副 怎樣、如何
» **How** to get to the train station?
請問該如何到火車站？

how·ev·er [haʊ'ɛvə]

副 無論如何
連 然而
» She wants to lose some weight. **However**, she eats lots of junk food every day.
她想要減肥，但是她每天還是吃很多垃圾食物。

hun·dred ['hʌndrəd]

名 百、許多
形 百的、許多的
片 hundreds of 數百個
» I have a **hundred** dollars.
我有一百塊錢。

hun·gry ['hʌŋgrɪ]

形 饑餓的
» He is always **hungry**.
他總是肚子餓。

hurt [hɝt]

形 受傷的
動 疼痛
名 傷害

» I get **hurt**.
我受傷了。

hus·band [ˈhʌzbənd]

名 丈夫
反 wife 妻子

» Her **husband** is very nice to her.
她的丈夫對她很好。

Ii

I/me/my/mine/myself
[aɪ]/[mi]/[maɪ]/[maɪn]/[maɪˈsɛlf]

代 我 / I 的受格 / 我的 / 我的東西 / 我自己

» **I** like fruits and vegetables.
我喜歡水果和蔬菜。

» She gave **me** a book.
她給了我一本書。

» **My** dog is playing under the tree.
我的狗在樹下玩。

» The red car is **mine**.
那輛紅色的車是我的。

» I made this cake **myself**.
這個蛋糕是我自己做的。

ice [aɪs]

名 冰
動 結冰
同 freeze 結冰

» I need some **ice** for the beer.
我需要一點冰塊配啤酒。

i·de·a [aɪˈdiə]

名 主意、想法、觀念
同 notion 概念、想法

» I have no **idea**.
我完全不知道。

if [ɪf]

連 如果、是否

» What **if** it rains tomorrow?
如果明天下雨怎麼辦？

im·por·tant [ɪmˈpɔrtn̩t]

形 重要的
同 principal 重要的

» Health is **important**.
健康很重要。

in [ɪn]

介 在……裡面、在……之內
反 out 在……外面

» There is a ball **in** the box.
箱子裡有一顆球。

inch [ɪntʃ]

名 英吋

» The leaf is one **inch** long.
這草有一英吋這麼長。

in·sect [ˈɪnsɛkt]

名 昆蟲
同 bug 蟲子

» There are lots of **insects** in the forest.
在森林裡面有很多的昆蟲。

☑ **in·side** [ˋɪnˌsaɪd]

介 在……裡面

名 裡面、內部

形 裡面的

副 在裡面

反 outside 在……外面

» What's **_inside_** the box?
箱子裡面是什麼？

☑ **In·ter·est** [ˋɪntərɪst]

名 興趣、關注、愛好

動 使發生興趣、引起……的關心

» I have a strong **_interest_** in painting.
我對畫畫有濃厚的興趣。

☑ **in·ter·est·ed** [ˋɪntərɪstɪd]

形 感興趣的、關心的

» I'm not **_interested_** in mathematics.
我對數學不感興趣。

☑ **in·ter·est·ing** [ˋɪntərɪstɪŋ]

形 有趣的、引起興趣的、令人關注的

» The movie I just watched was really **_interesting_**.
剛剛看的電影真的很有趣。

☑ **in·ter·view** [ˋɪntɚˌvju]

名 面談

動 面談、會面

» I am going to have an **_interview_** this afternoon.
我今天下午有一場面試。

☑ **in·to** [ˋɪntu]

介 到……裡面

» Walk **_into_** the house.
走進這房子裡。

☑ **in·vite** [ɪnˋvaɪt]

動 邀請、招待

» Do you want to **_invite_** her to your party?
你想要邀請她來你的派對嗎？

☑ **is·land** [ˋaɪlənd]

名 島、安全島

» Bali is a lovely **_island_**.
峇里島是一座美麗的小島。

☑ **it** [ɪt]

代 它

» **_It_** is the cute cat.
這隻貓很可愛。

☑ **i·tem** [ˋaɪtəm]

名 項目、條款、專案

同 segment 專案

» Some **_items_** on the list are not reasonable.
這列表上面有些專案不太合理。

Jj

☑ **jack·et** [ˋdʒækɪt]

名 夾克

同 coat 外套

» I bought a **_jacket_** for the coming winter.
我為即將到來的冬天買了件夾克。

☑ **jeans** [dʒinz]

名 牛仔褲

同 pants 褲子

» The girl in blue **_jeans_** is my sister.
穿著藍色牛仔褲的那個女孩是我妹妹。

☑ **job** [dʒɑb]

名 工作

同 work 工作

» I am looking for a **_job_** now.
我在找新的工作。

☑ **join** [dʒɔɪn]

動 參加、加入

同 attend 參加

» Would you like to **_join_** us?
你要加入我們嗎？

joke [dʒok]

名 笑話、玩笑
動 開玩笑
同 kid 開玩笑
» Your **joke** is not funny at all.
你的笑話一點也不好笑。

joy [dʒɔɪ]

名 歡樂、喜悅
同 sorrow 悲傷
» My family is filled with **joy**.
我家充滿歡樂。

juice [dʒus]

名 果汁
» I want to have a glass of **juice**.
我想要來一杯果汁。

jump [dʒʌmp]

名 跳躍、跳動
動 跳躍、躍過
片 jump to conclusions 貿然下結論
» He **jumped** the obstacle easily.
他輕鬆地跳過了障礙物。

just [dʒʌst]

形 公正的、公平的
副 正好、恰好、剛才
同 fair 公平的
片 just as it is 照原樣
» I **just** heard the news from my mom.
我剛從我媽那邊得知消息。

Kk

keep [kip]

名 保持、維持
動 保持、維持
同 maintain 維持
» Please **keep** it secret.
請守住祕密。

key [ki]

形 主要的、關鍵的
名 鑰匙、關鍵
動 鍵入
» Your kindness is the **key**.
你的善良才是關鍵。

kick [kɪk]

名 踢
動 踢
» The boy **kicked** my leg.
那個男孩踢我的腿。

kid [kɪd]

名 小孩
動 開玩笑、嘲弄
同 tease 嘲弄
» The **kid** is very naughty.
那個小孩太調皮了。

kill [kɪl]

名 殺、獵物
動 殺、破壞
同 slay 殺
» Don't **kill** Formosan bears.
別殺臺灣黑熊。

kind [kaɪnd]

形 仁慈的
名 種類
反 cruel 殘酷的
» The **kind** man helped many people.
那個仁慈的男人幫過很多人。

kIng [kɪŋ]

名 國王

同 ruler 統治者

» The **_king_** rules the country.
國王統治著整個國家。

kiss [kɪs]

名 吻

動 吻

» Tom **_kissed_** me.
湯姆吻了我。

kitch·en [ˈkɪtʃɪn]

名 廚房

» I go to the **_kitchen_** to get food.
我去廚房找點食物。

kite [kaɪt]

名 風箏

片 fly a kite 放風箏

» We used to fly the **_kite_**.
我們以前會一起放風箏。

knee [ni]

名 膝、膝蓋

片 knee down 下跪

» My grandmother's **_knees_** hurt.
我祖母的膝蓋會痛。

knife [naɪf]

名 刀

同 blade 刀片

» There are many **_knives_** in the kitchen.
廚房裡有很多把刀子。

knock [nɑk]

動 敲、擊

名 敲打聲

同 hit 打擊

» **_Knock_** the door and enter.
敲門入內。

know [no]

動 知道、瞭解、認識

同 understand 瞭解

» I don't **_know_** his name.
我不知道他的名字。

kowl·edge [ˈnɑlɪdʒ]

名 知識

同 scholarship 學問

» I don't have any **_knowledge_** in investment.
我沒有任何投資理財的知識。

Ll

lake [lek]

名 湖

同 pond 池塘

» Ducks swam in the **_lake_**.
鴨子在湖裡面游泳。

lamp [læmp]

名 燈

同 lantern 燈籠、提燈

» Please turn off the **_lamp_**.
請關掉燈。

land [lænd]

名 陸地、土地

動 登陸、登岸

反 sea 海

» The flight is **_landing_**.
飛機即將降落。

lan·guage [ˈlæŋgwɪdʒ]

名 語言

» She can speak many **_languages_**.
她會說很多種語言。

large [lɑrdʒ]

形 大的、大量的

反 little 小的

» We need a **_large_** bucket.
我們需要一個大的桶子。

☑ **last** [læst]

形 最後的

副 最後

名 最後

動 持續

同 final 最後的

» You are the **last**.
你是最後一個。

☑ **late** [let]

形 遲的、晚的

副 很遲、很晚

反 early 早的

» I came home **late** today.
我今天晚回家。

☑ **later** [ˈletɚ]

副 較晚地、更晚地、後來、以後

» See you **later**.
回頭見。

☑ **laugh** [læf]

動 笑

名 笑、笑聲

反 weep 哭泣

片 laugh at 嘲笑

» He looked at me and **laughed**.
他看著我大笑。

☑ **law·yer** [ˈlɔjɚ]

名 律師

» The **lawyer** is persuasive.
這律師的話很能讓人信服。

☑ **la·zy** [ˈlezɪ]

形 懶惰的

反 diligent 勤奮的

» Lucy is very **lazy**.
露西很懶惰。

☑ **lead** [lid]

名 領導、榜樣

動 領導、引領

反 follow 跟隨

» You **lead** me to the forest.
你帶領我走向森林。

☑ **lead·er** [ˈlidɚ]

名 領袖、領導者

同 chief 首領

» She is a good **leader**.
她是個好的領導者。

☑ **learn** [lɜn]

動 學習、知悉、瞭解

反 teach 教導

» I've **learned** a lot from you.
我跟你學到很多。

☑ **least** [list]

名 最少、最小

形 最少的、最小的

副 最少、最小

同 minimum 最少、最小

片 last but not least... 最後一點⋯⋯

» At **least**, you have done your best.
至少你努力過了。

☑ **leave** [liv]

動 離開

名 准假

同 depart 離開

» I have to **leave** now.
我現在要走了。

☑ **left** [lɛft]

形 左邊的

名 左邊

反 right 右邊

» On your **left** side, you will see the bookstore.
在你左手邊會看到書店。

☑ **leg** [lɛg]

名 腿

反 arm 手臂

» My **leg** hurts.
我的腳好痛。

☑ **lem·on** [ˈlɛmən]

名 檸檬

» I add some **lemon** in the drink.
我在飲料中加了點檸檬。

☑ **less** [lɛs]

形 更少的、更小的

副 更少、更小

反 more 更多

» I have **less** money than she does.
我的錢比她更少。

☑ **less·on** [ˈlɛsn̩]

名 課

片 teach sb. a lesson 給某人教訓

» This **lesson** is more difficult.
這一課比較難。

☑ **let** [lɛt]

動 讓

同 allow 准許

片 let go of sth. 放掉某物

» Never **let** me go.
不要讓我走。

☑ **let·ter** [ˈlɛtɚ]

名 字母、信

» I wrote a **letter** to my mom.
我寫封信給我媽。

☑ **lev·el** [ˈlɛvl̩]

名 水準、標準

形 水平的

同 horizontal 水準的

» The students are high-**level**.
這些學生程度很好。

☑ **li·bra·ry** [ˈlaɪˌbrɛri]

名 圖書館

» I studied in the **library**.
我去圖書館讀書。

☑ **lie** [laɪ]

名 謊言

動 說謊、位於、躺著

反 truth 實話

» Don't **lie** to me.
不要對我說謊。

☑ **life** [laɪf]

名 生活、生命

同 existence 生命

» We'll live a happy **life**.
我們會過得很開心。

☑ **light** [laɪt]

名 光、燈

形 輕的、光亮的

動 點燃、變亮

反 dark 黑暗

» The box is **light**.
這箱子很輕。

☑ **like** [laɪk]

動 喜歡

介 像、如

反 dislike 不喜歡

» I **like** apples.
我喜歡蘋果。

☑ **line** [laɪn]

名 線、線條

動 排隊、排成

同 string 繩、線

» Draw a **line** here.
在這裡畫一條線。

☑ **li·on** [ˈlaɪən]

名 獅子

» There are **lions** in the zoo.
動物園裡面有獅子。

☑ **lip** [lɪp]

名 嘴唇
» I bit my **lips**.
我咬到嘴唇了。

☑ **list** [lɪst]

名 清單、目錄、列表
動 列表、編目
» What's on your **list**?
你清單上有什麼？

☑ **lis·ten** [ˈlɪsn̩]

動 聽
同 hear 聽
» I love **listening** to my mother tell stories.
我喜歡聽媽媽說故事。

☑ **lit·tle** [ˈlɪtl̩]

形 小的
名 少許、一點
副 很少地
反 large 大的
» I know so **little** about him.
我只知道一點點關於他的事。

☑ **live** [laɪv]/[lɪv]

形 有生命的、活的
動 活、生存、居住
反 die 死
» I **live** in Taipei.
我住在臺北。

☑ **lone·ly** [ˈlonlɪ]

形 孤單的、寂寞的
同 solitary 寂寞的
» Sometimes, I feel **lonely**.
有時候我覺得很孤單。

☑ **long** [lɔŋ]

形 長（久）的
副 長期地
名 長時間
動 渴望
反 short 短的
» **Long** time ago, there was a princess here.
很久以前，這裡有一個公主。

☑ **look** [lʊk]

名 看、樣子、臉色
動 看、注視
同 watch 看
» **Look** at me.
看著我。

☑ **lose** [luz]

動 遺失、失去、輸
同 fail 失敗、失去
» I **lost** my wallet!
我遺失了錢包！

☑ **lot** [lɑt]

名 很多
同 plenty 很多
片 a lot of 很多
» I have **lots** of questions.
我有很多問題。

☑ **loud** [laʊd]

形 大聲的、響亮的
反 silent 安靜的
» The music is too **loud**.
這音樂太大聲了。

☑ **love** [lʌv]

動 愛、熱愛
名 愛
同 adore 熱愛
» I **love** to sing and dance with my best friends.
我熱愛和好朋友唱歌跳舞。

☑ **love·ly** [ˈlʌvlɪ]

形 美麗的、可愛的

» Who wants to hurt such a **lovely** girl like her?
誰會想要傷害像她這麼可愛的女孩呢？

☑ **low** [lo]

形 低聲的、低的

副 向下、在下面

同 inferior 下方的

» The temperature in Russia is **low**.
俄國的氣溫很低。

☑ **luck·y** [ˈlʌkɪ]

形 有好運的、幸運的

» I am so **lucky** to meet you.
與你相遇好幸運。

☑ **lunch/lunch·eon** [lʌntʃ]/[ˈlʌntʃən]

名 午餐

片 lunch box 午餐餐盒

» I am having **lunch** with my mom.
我正在跟我媽吃午餐。

Mm

☑ **ma·chine** [məˈʃin]

名 機器、機械

» We need to buy a washing **machine**.
我們要買一臺洗衣機。

☑ **mad** [mæd]

形 神經錯亂的、發瘋的

同 crazy 瘋狂的

» My dad is **mad** at me.
我爸對我發飆。

☑ **ma·gic** [ˈmædʒɪk]

名 魔術

形 魔術的

» The **magic** attracted many people's attention.
魔術吸引了許多人的注意力。

☑ **mail** [mel]

名 郵件

動 郵寄

同 send 發送、寄

» Send me a **mail** if you have time.
有空的時候寫信給我。

☑ **main** [men]

形 主要的

名 要點

同 principal 主要的

» What's the **main** idea of this article?
這篇文章的主旨是什麼？

☑ **make** [mek]

動 做、製造

同 manufacture 製造

» We **made** a card for mom.
我們做了張卡片給媽媽。

☑ **man** [mæn]

名 成年男人

名 人類（不分男女）

» The **man** is tall.
那男人很高。

☑ **man·y** [ˈmɛnɪ]

形 許多

同 numerous 很多

» I have **many** friends.
我有很多朋友。

☑ **map** [mæp]

名 地圖

動 用地圖表示、繪製地圖

» Don't forget to bring a **map** when travelling.
去旅行時別忘了帶地圖。

☑ **mark** [mɑrk]

動 標記

名 記號

同 sign 記號

» Don't forget to **mark** your girlfriend's birthday on the calendar.
別忘了把你女友的生日標記在日曆上。

mar·ket [`mɑrkɪt]

名 市場

» We go to the **market** in the morning.
我們早上去市場。

mar·ried [`mærɪd]

形 已婚的、有配偶的、婚姻的

» They got married last summer.
他們去年夏天結婚了。

math·e·mat·ics/math
[ˌmæθə`mætɪks]/[mæθ]

名 數學

» **Mathematics** is a piece of cake for Monica.
對莫妮卡來講，數學真的太簡單。

mat·ter [`mætə]

名 事情、問題

動 要緊

同 affair 事情、事件

» What's the **matter**?
有什麼事情？

may [me]

助 可以、可能

» **May** I help you?
我可以幫你嗎？

may·be [`mebɪ]

副 或許、大概

» **Maybe** you should try again.
或許你可以再試試看。

meal [mil]

名 一餐、餐

» How many calories do you consume in a **meal**?
你一餐攝取多少卡路里？

mean [min]

動 意指、意謂

形 惡劣的

同 indicate 指出、顯示

» Don't be so **mean** to me.
不要對我那麼惡劣。

meat [mit]

名 （食用）肉

反 vegetable 蔬菜

» I ate too much **meat** recently.
我最近吃太多肉了。

me·dia [`midɪə]

名 媒體、媒介

» She works in the **media** industry as a journalist.
她在媒體業擔任記者。

med·i·cine [`mɛdəsn]

名 藥、內服藥、醫學、醫術

» Children don't like taking **medicine**.
小朋友都不喜歡吃藥。

me·di·um [`midɪəm]

形 中間的、中等的、適中的

» I would like a **medium** rare steak.
我想要中等熟度（五分熟）的牛排。

meet [mit]

動 碰見、遇到、舉行集會、開會

同 encounter 碰見

» Nice to **meet** you.
很高興遇到妳。

meet·ing [`mitɪŋ]

名 會議

» I have a **meeting** in the afternoon.
我在午後有一場會議。

mem·ber [ˋmɛmbɚ]

名 成員

» The ***members*** of the reading club love this novel.
讀書會的成員都很喜歡這本書。

me·nu [ˋmɛnju]

名 菜單

» Please give me a ***menu***.
請給我菜單。

mid·dle [ˋmɪdḷ]

名 中部、中間、在……中間
形 居中的

» She sat in the ***middle***.
她坐在中間。

milk [mɪlk]

名 牛奶

» The cat drank ***milk***.
這隻貓喝了牛奶。

mil·lion [ˋmɪljən]

名 百萬

» He won a ***million*** dollars by lottery.
他藉由樂透贏得百萬元。

mind [maɪnd]

名 頭腦、思想
動 介意
反 body 身體

» Would you ***mind***?
你會介意嗎？

mine [maɪn]

名 礦、礦坑
代 我的東西

» The bag is not ***mine***.
這不是我的包包。

min·ute [ˋmɪnɪt]

名 分、片刻
同 moment 片刻

» Wait a ***minute***.
等我一下。

miss [mɪs]

動 想念、懷念
名 失誤、未擊中
反 hit 擊中

» I ***miss*** you all the time.
我總是很想你。

mis·take [mɪˋstek]

名 錯誤、過失
同 error 錯誤
片 make a mistake 犯錯

» Don't make any ***mistake***.
不要犯錯。

mo·dern [ˋmɑdɚn]

形 現代的
反 ancient 古代的

» ***Modern*** people always forget that family and health are the most important things.
現代人總是會忘記家庭跟健康才是最重要的。

mo·ment [ˋmomənt]

名 一會兒、片刻
同 instant 頃刻、一剎那
片 in a moment 一會兒

» I'll be back in a ***moment***.
我一會兒就會回來。

mon·ey [ˋmʌnɪ]

名 錢、貨幣
同 cash 現金

» I have no ***money***.
我沒有錢。

mon·key [ˋmʌŋkɪ]

名 猴、猿

» He's like a ***monkey***.
他就像隻猴子一樣。

month [mʌnθ]

名 月

» I visit my grandmother every ***month***.
我每個月都會去看我奶奶。

☑ **moon** [mun]

名 月亮

反 sun 太陽

» Don't point at the **moon**.
不要用手指月亮。

☑ **more** [mor]

形 更多的、更大的

反 less 更少的、更小的

» The **more** you read, the **more** you know.
你讀得越多,你知道得越多。

☑ **morn·ing** [`mɔrnɪŋ]

名 早上、上午

反 evening 傍晚、晚上

» He always sleeps at six in the **morning**.
他總是早上六點才睡覺。

☑ **most** [most]

形 最多的、大部分的

名 最大多數、大部分

反 least 最少的

» **Most** people don't like the weather in Taipei.
大部分的人都不喜歡臺北的天氣。

☑ **moth·er** [`mʌðɚ]

名 母親、媽媽

反 father 爸爸

» My **mother** is young.
我媽媽很年輕。

☑ **moun·tain** [`maʊntn]

名 高山

» The **mountain** is high.
這座山很高。

☑ **mouse** [maʊs]

名 老鼠

同 rat 鼠

» I keep a **mouse** as a pet.
我養了一隻老鼠當寵物。

☑ **mouth** [maʊθ]

名 嘴、口、口腔

» His **mouth** is full of food.
他的嘴裡充滿了食物。

☑ **move** [muv]

動 移動、行動

反 stop 停

» **Move** to the center of the car.
請往車廂內部移動。

☑ **move·ment** [`muvmənt]

名 運動、活動、移動

同 motion 運動、活動

» The **movement** is significant.
這個活動很有代表性。

☑ **mov·ie/film** [`muvɪ]/[fɪlm]

名 (一部)電影

片 see a movie 看電影

» I had a **movie** date with her.
我約她看電影。

☑ **Mr./Mis·ter** [`mɪstɚ]

名 對男士的稱呼、先生

» **Mr**. Brown is our neighbor.
布朗先生是我們的鄰居。

☑ **Mrs.** [`mɪsɪz]

名 夫人

» **Mrs**. Lin went here last night.
林夫人昨晚來過這裡。

☑ **Ms.** [mɪz]

名 女士（代替 Miss 或 Mrs. 的字，不指明對方的婚姻狀況）

» **Ms**. Chen will take her goods tomorrow.
林女士明天會來拿她的貨物。

☑ **much** [mʌtʃ]

名 許多
副 很、十分
形 許多的（修飾不可數名詞）
反 little 少、不多的

» How **much** is it?
這多少錢？

☑ **mud** [mʌd]

名 爛泥、稀泥
同 dirt 爛泥

» The road is covered by the **mud**.
道路上都覆蓋著爛泥。

☑ **mu·se·um** [mju`ziəm]

名 博物館

» I went to many **museums** in Paris.
我去過巴黎很多間博物館。

☑ **mu·sic** [`mjuzɪk]

名 音樂
片 listen to music 聽音樂

» I love pop **music**.
我喜歡流行音樂。

☑ **must** [mʌst]

助動 必須、必定

» You **must** go.
你必須要走。

Nn

☑ **name** [nem]

名 名字、姓名、名稱、名義
同 label 名字、稱號

» What's in a **name**?
名字有什麼意義？

☑ **na·tion·al** [`næʃənl]

形 國家的

» Moon Festival is a **national** holiday.
中秋節是國定假日。

☑ **na·ture** [`netʃɚ]

名 自然界、大自然
片 Mother Nature 大自然

» I go to the **nature** to relax.
我在大自然中才能放鬆自己。

☑ **near** [nɪr]

形 近的、接近的、近親的、親密的
反 far 遠的

» There is a convenient store **near** here.
這附近有家便利商店。

☑ **neck** [nɛk]

名 頸、脖子

» The giraffe has a long **neck**.
長頸鹿有很長的脖子。

☑ **need** [nid]

名 需要、必要
動 需要
同 demand 需要、需求
片 in need 需要幫助的

» I **need** some water.
我需要一些水。

☑ **net** [nɛt]

名 網
動 用網捕捉、結網

» I use a **net** to catch a butterfly.
我用網子抓蝴蝶。

☑ **nev·er** [`nɛvɚ]

副 從來沒有、決不、永不
反 ever 始終、曾經

» **Never** say **never**.
永不言敗。

☑ **new** [nju]

形 新的

反 old 老舊的

» I am looking for a **new** job.
我在找新的工作。

☑ **news** [njuz]

名 新聞、消息（不可數名詞）

同 information 消息、報導

» I got the **news** from the radio.
我從廣播上聽到新聞。

☑ **news·pa·per** [ˈnjuzˌpepə]

名 報紙

» My grandma reads **newspaper** every
morning.
我祖母每天都會看報紙。

☑ **next** [nɛkst]

副 其次、然後

形 其次的

同 subsequent 後來的

» See you **next** time.
下次見。

☑ **nice** [naɪs]

形 和藹的、善良的、好的

反 nasty 惡意的

» The teacher is very **nice**.
那老師人很好。

☑ **night** [naɪt]

名 晚上

反 day 白天

» She didn't come home last **night**.
她昨晚沒有回家。

☑ **no/nope** [no]/[nop]

形 沒有、不、無

» I have **no** idea.
我沒有想法。

☑ **no·bod·y** [ˈnoˌbɑdɪ]

代 無人

名 無名小卒

» He's just a **nobody**!
他不過就是個無名小卒。

☑ **noise** [nɔɪz]

名 喧鬧聲、噪音、聲音

反 silence 安靜

» Stop making the **noise**.
不要製造噪音。

☑ **nois·y** [ˈnɔɪzɪ]

形 嘈雜的、喧鬧的、熙熙攘攘的

反 silent 安靜的

» The baby is very **noisy**.
那嬰兒好吵。

☑ **noon** [nun]

名 正午、中午

» We had a meeting at **noon**.
我們中午的時候開會。

☑ **north** [nɔrθ]

名 北、北方

形 北方的

反 south 南方、南方的

» **North** Korea is testing their nuclear
weapons.
北韓在測試他們的核武。

☑ **nose** [noz]

名 鼻子

» Cleopatra's **nose** is pretty.
埃及豔后的鼻子很漂亮。

☑ **not** [nɑt]

副 不（表示否定）

» I do **not** like the cake.
我不喜歡這蛋糕。

note [not]

名 筆記、便條
動 記錄、注釋
同 write 寫下
片 take a note 記筆記

» Don't forget to take a **note**.
別忘了記筆記。

noth·ing [ˈnʌθɪŋ]

副 決不、毫不
名 無關緊要的人、事、物

» There is **nothing** left to say.
沒有什麼好說的。

no·tice [ˈnotɪs]

動 注意
名 佈告、公告、啟事
反 ignore 忽略

» I didn't **notice** what she said.
我沒有注意她說什麼。

now [naʊ]

副 現在、此刻
名 如今、目前
反 then 那時、當時

» **Now**, I know everything.
現在我知道一切了。

num·ber [ˈnʌmbɚ]

名 數、數字

» What's the **number** of Kobe?
柯比是幾號？

nurse [nɝs]

名 護士

» My sister works as a **nurse** in this hospital.
我姐姐在這家醫院工作。

Oo

O.K./OK/okay [ˈoˌke]

名 好、沒問題

» **OK**, no problem!
好的，沒問題！

o'clock [əˈklɑk]

副 ……點鐘

» Wake up at 6 **o'clock**.
六點起床。

of [əv]

介 含有、由……製成、關於、從、來自
片 be made of 由……製成

» The table is made **of** wood.
這桌子是木頭做成的。

off [ɔf]

介 從……下來、離開……、不在……之上
副 脫開、去掉

» I will take a day **off** tomorrow.
我明天將休息一天。

of·fice [ˈɔfɪs]

名 辦公室

» He stayed in the **office** last night.
他昨天晚上待在辦公室。

of·fi·cer [ˈɔfəsɚ]

名 官員
同 official 官員

» The **officer** is very mean.
那個官員很苛刻。

of·ten [ˈɔfən]

副 常常、經常

» She's **often** late.
她常常遲到。

oil [ɔɪl]

名 油
同 petroleum 石油

» You need more **oil** to fry the chicken.
你需要多一點油來炸雞。

old [old]

形 年老的、舊的
反 young 年輕的
» You are too ***old***.
　你太老了。

on [ɑn]

介 （表示地點）在……上、在……的時候、在……狀態中
副 在上
» The book is ***on*** the table.
　那本書在桌子上。

once [wʌns]

副 一次、曾經
連 一旦
名 一次
反 again 再一次
» I have met her ***once***.
　我見過她一次。

online [`ɑn͵laɪn]

形 連線作業的、線上的、連結到電腦資料處理線上的
» I like to buy groceries ***online***.
　我喜歡在線上購買日用品。

on·ly [`onlɪ]

形 唯一的、僅有的
副 只、僅僅
同 simply 僅僅、只不過
» I ***only*** want you to tell me the truth.
　我只是要你告訴我實話。

o·pen [`opən]

形 開的、公開的
動 打開
反 close 關
片 open-minded 心胸開闊
» ***Open*** the door, please.
　請打開門。

or [ɔr]

連 或者、否則
» Which one do you want, juice ***or*** tea?
　你要哪一個，果汁還是茶？

or·ange [`ɔrɪndʒ]

名 柳丁、柑橘
形 橘色的
» There are ***oranges*** on the tree.
　樹上有橘子。

or·der [`ɔrdɚ]

名 次序、順序、命令
動 命令、訂購
同 command 指揮、命令
» I have ***ordered*** a meal.
　我訂了一個餐點。

oth·er [`ʌðɚ]

形 其他的、另外的
同 additional 其他的
» Do you have some ***other*** questions?
　你有其他問題嗎？

out [aʊt]

副 離開、向外
形 外面的、在外的
反 in 在裡面的
» Get ***out*** of here.
　離開這裡。

out·side [`aʊt͵saɪd]

介 在……外面
形 外面的
名 外部、外面
反 inside 裡面的
» There is a dog ***outside*** the door.
　門外有一條狗。

o·ver [`ovɚ]

介 在……上方、遍及、超過

副 翻轉過來

形 結束的、過度的

» There is a rainbow **over** the hill.
山丘上有一道彩虹。

own [on]

形 自己的

代 屬於某人之物

動 擁有

同 possess 擁有

» I have my **own** problem.
我有自己的問題。

Pp

pack [pæk]

名 一包

動 打包

» Could you please **pack** it for me?
請問你可以幫我打包嗎？

pac·kage [`pækɪdʒ]

名 包裹

動 包裝

» I got a **package** this morning.
我今天早上收到一個包裹。

page [pedʒ]

名 （書上的）頁

» Which **page** are you reading?
你在看哪一頁？

paint [pent]

名 顏料、油漆

動 粉刷、油漆、（用顏料）繪畫

同 draw 畫、描繪

» I am **painting** the wall.
我在粉刷這面牆。

pair [pɛr]

名 一雙、一對

動 配成對

同 couple 一對、一雙

» I wear a **pair** of blue shoes.
我穿一雙藍色的鞋子。

pants [pænts]

名 褲子

» I want to buy a pair of **pants**.
我要買一條褲子。

pa·per [`pepɚ]

名 紙、報紙

» I need a piece of **paper** to write it down.
我需要一張紙把它寫下來。

par·ent(s) [`pɛrənt(s)]

名 雙親、家長

反 child 小孩

片 helicopter parents 直升機家長、怪獸家長

» My **parents** are young.
我爸媽很年輕。

park [pɑrk]

名 公園

動 停放（汽車等）

» See you at the **park**.
公園見。

part [pɑrt]

名 部分

動 分離、使分開

» A **part** of the apple is eaten.
一部分的蘋果被吃掉了。

par·ty [`pɑrtɪ]

名 聚會、黨派

» Are you going to her birthday **party**?
你會去她的生日派對嗎？

☑ **pass** [pæs]

名 （考試）及格、通行證
動 經過、消逝、通過
反 fail 不及格
» I will **pass** the exam.
我會通過那場考試。

☑ **past** [pæst]

形 過去的、從前的
名 過去、從前
介 在……之後
反 future 未來的
» You think too much about the **past**.
你想太多過去的事情。

☑ **pay** [pe]

名 工資、薪水
動 付錢
» How much did you **pay**?
你付多少錢？

☑ **pay·ment** [`pemənt]

名 支付、付款
» The **payment** is reasonable.
支付這價錢很合理。

☑ **pen** [pɛn]

名 鋼筆、原子筆
» **Pens** are important for students.
筆對學生來說很重要。

☑ **pen·cil** [`pɛnsl̩]

名 鉛筆
» Do the exercises with a **pencil**.
用鉛筆做習題。

☑ **peo·ple** [`pipl̩]

名 人、人們、人民、民族
» The **people** of the country are tall.
這國家的人民都很高。

☑ **per·haps** [pɚ`hæps]

副 也許、可能
同 maybe 也許
» **Perhaps** I will stay here.
我可能會待在這裡。

☑ **per·son** [`pɚsn̩]

名 人
» The **person** is strange.
這個人好奇怪。

☑ **pet** [pɛt]

名 寵物、令人愛慕之物
形 寵愛的、得意的
» The turtle is my **pet**.
這隻烏龜是我的寵物。

☑ **pho·to·graph/pho·to**
[`fotəˌgræf]/[`foto]

名 照片
動 照相
» May I take a **photo** of you?
我可以為你拍張照嗎？

☑ **pi·an·o** [pɪ`æno]

名 鋼琴
片 play the piano 彈鋼琴
» She is playing the **piano**.
她正在彈鋼琴。

☑ **pick** [pɪk]

動 摘、選擇
名 選擇
片 pick up 撿起來
» Please **pick** up the pen for me.
請幫我拿起筆來。

pic·nic [ˋpɪknɪk]

名 野餐

動 去野餐

片 go picnic 去野餐

» If it rains tomorrow, we will cancel the
picnic.
如果明天下雨，我們將會取消野餐。

pic·ture [ˋpɪktʃɚ]

名 圖片、相片

動 畫

同 image 圖像

片 take a picture 照相

» Show me the ***picture***.
給我看這照片。

pie [paɪ]

名 派、餡餅

» We baked a ***pie*** for the festival.
我們烤了個派慶祝節慶。

piece [pis]

名 一塊、一片

同 fragment 碎片

» Give me a small ***piece*** of cake.
給我一小塊蛋糕就好。

pig [pɪg]

名 豬

» There are so many ***pigs*** in the farm.
這座農場裡有好多的豬。

pin [pɪn]

名 針

動 釘住

同 clip 夾住

» I used a ***pin*** to fix the clothes.
我用針固定衣服。

pink [pɪŋk]

形 粉紅的

名 粉紅色

» The girl in ***pink*** is my sister.
那穿著粉紅色衣服的女孩是我妹妹。

pipe [paɪp]

名 管子

動 以管傳送

同 tube 管子

» The man pour some water into the bottle
with a ***pipe***.
這男人用管子把水倒入瓶子中。

place [ples]

名 地方、地區、地位

動 放置

反 displace 移開

» It is a nice ***place***.
這是個很棒的地方。

plan [plæn]

動 計畫、規劃

名 計畫、安排

同 project 計畫

» Do you have any ***plan***?
你有任何的計畫嗎？

plan·et [ˋplænɪt]

名 行星

» It is the ***planet*** where the Little Prince
comes from.
這是小王子來自的星球。

plant [plænt]

名 植物、工廠

動 栽種

反 animal 動物

» It is the tallest ***plant***.
這是最高的植物。

plate [plet]

名 盤子

同 dish 盤子

» The ***plate*** is filled with delicious food.
這盤子裝滿了好吃的食物。

☑ **play** [ple]

名 遊戲、玩耍

動 玩、做遊戲、扮演、演奏

同 game 遊戲

» Let's **play** the game together.
一起玩遊戲吧。

☑ **play·er** [`pleɚ]

名 運動員、演奏者、玩家

同 sportsman 運動員

» Kobe is a **player** in Laker.
柯比是湖人隊的運動員。

☑ **please** [pliz]

動 請、使高興、取悅

反 displease 得罪、觸怒

» **Please** follow me.
請跟著我。

☑ **pleas·ure** [`plɛʒɚ]

名 愉悅

反 misery 悲慘

» I can get lots of **pleasure** when I achieve this goal.
當我達到這個目標時，我可以得到許多的愉悅感。

☑ **p.m./P.M.** [`pi.ɛm]

副 下午

» I'll meet you in Harry Potter café at 3 **p.m.**
下午 3 點哈利波特咖啡店見。

☑ **pock·et** [`pɑkɪt]

名 口袋

形 小型的、袖珍的

» This vest has lots of **pockets**.
這背心有很多口袋。

☑ **point** [pɔɪnt]

名 尖端、點、要點、（比賽中所得的）分數

動 瞄準、指向

同 dot 點

片 point to 指向

» That's the **point**.
這就是問題點。

☑ **po·lice** [pə`lis]

名 警察

» The **police** are looking for the girl.
警方正在尋找這女孩。

☑ **po·lite** [pə`laɪt]

形 有禮貌的

» People like the **polite** boy.
大家都喜歡這有禮貌的男孩。

☑ **pond** [pɑnd]

名 池塘

» The ducks are swimming in the **pond**.
鴨子在池塘裡游泳。

☑ **pool** [pul]

名 水池

» The **pool** is too deep.
這水池太深了。

☑ **poor** [pʊr]

形 貧窮的、可憐的、差的、壞的

名 窮人

反 rich 富有的

» They are **poor**.
他們很窮。

☑ **pop·corn** [`pɑp.kɔrn]

名 爆米花

» Go to the cinema with **popcorn**.
帶著爆米花進戲院。

☑ **pop/pop·u·lar** [pɑp]/[ˈpɑpjələ]

形 流行的

名 流行

» Korean clothes are pretty **poplular**.
韓系服飾很流行的。

☑ **pos·si·ble** [ˈpɑsəbl]

形 可能的

同 likely 可能的

» Is it **possible**?
這有可能嗎？

☑ **pot** [pɑt]

名 鍋、壺

同 vessel 器皿

» The water in the **pot** is boiling.
這壺子裡的水滾了。

☑ **po·ta·to** [pəˈteto]

名 馬鈴薯

» French fries are made of **potatoes**.
薯條是馬鈴薯做成的。

☑ **pow·er** [ˈpaʊə]

名 力量、權力、動力

同 strength 力量

片 nuclear power 核能動力

» Germans are against nuclear **power**.
德國人反對核能動力。

☑ **prac·tice** [ˈpræktɪs]

名 實踐、練習、熟練

動 練習

同 exercise 練習

» You need to **practice** more.
你需要多加練習。

☑ **pre·pare** [prɪˈpɛr]

動 預備、準備

» I will **prepare** something for you.
我會幫你準備點東西。

☑ **pres·ent** [ˈprɛznt]/[prɪˈzɛnt]

形 目前的

名 片刻、禮物

動 呈現

同 gift 禮物

» Today is the best **present**.
今天就是最好的當下。（把握時光。）

☑ **pret·ty** [ˈprɪtɪ]

形 漂亮的、美好的

同 lovely 可愛的

片 pretty good 很好

» She is very **pretty**.
她很漂亮。

☑ **price** [praɪs]

名 價格、代價

同 value 價格、價值

» The **price** is too high.
這價格太高了。

☑ **prob·a·bly** [ˈprɑbəblɪ]

副 大概、或許、很可能

» I'll **probably** go to the gym tomorrow.
明天我可能會去健身房。

☑ **prob·lem** [ˈprɑbləm]

名 問題

反 solution 解答

» Do you have any **problem**?
你有什麼問題嗎？

☑ **pro·gram** [ˈprogræm]

名 節目

» The new TV **program** starts at 8 p.m.
新的電視節目八點開播。

☑ **proud** [praʊd]

形 驕傲的

同 arrogant 傲慢的

» You are too **proud**.
你太驕傲了。

☑ **pub·lic** [ˈpʌblɪk]
形 公眾的
名 民眾
反 private 私人的
» The **public** is against the law.
民眾反對這項法律。

☑ **pull** [pʊl]
動 拉、拖
反 push 推
» **Pull** the door.
拉開門。

☑ **push** [pʊʃ]
動 推、壓、按、促進
名 推、推動
反 pull 拉、拖
» Don't **push** me.
不要推我。

☑ **put** [pʊt]
動 放置
同 place 放置
» Just **put** it aside.
把它放一邊就好。

Qq

☑ **quar·ter** [ˈkwɔrtɚ]
名 四分之一
動 分為四等分
» Give me a **quarter** of the cake.
給我四分之一塊蛋糕。

☑ **queen** [kwin]
名 女王、皇后
反 king 國王
» The **queen** is waving her hands.
女王在揮手。

☑ **ques·tion** [ˈkwɛstʃən]
名 疑問、詢問
動 質疑、懷疑
反 answer 答案
» I have some **questions**.
我有點問題。

☑ **quick** [kwɪk]
形 快的
副 快
同 fast 快
» His action was not **quick** enough.
他的動作不夠快。

☑ **qui·et** [ˈkwaɪət]
形 安靜的
名 安靜
動 使平靜
同 still 寂靜的
» She's very **quiet**.
她很安靜。

☑ **quite** [kwaɪt]
副 完全地、相當、頗
» The boy is **quite** angry.
那男孩相當生氣。

Rr

☑ **rab·bit** [ˈræbɪt]
名 兔子
» The **rabbit** is as big as a cat.
這隻兔子跟貓一樣大。

☑ **race** [res]
動 賽跑
名 種族、比賽
同 folk （某一民族的）廣大成員
» We are the same **race**.
我們都是同種族的人。

☑ **ra·di·o** [ˈredɪˌo]

名 收音機
» Let's listen to the **radio**.
聽聽收音機吧。

☑ **rain** [ren]

名 雨、雨水
動 下雨
同 shower 雨、降雨
» It's **raining**.
正在下雨。

☑ **rain·bow** [ˈrenˌbo]

名 彩虹
» There is a **rainbow** after the rain.
雨後有彩虹。

☑ **rain·y** [ˈrenɪ]

形 多雨的
» It's a **rainy** day.
這是一個多雨的日子。

☑ **raise** [rez]

動 舉起、抬起、提高、養育
反 lower 下降
» **Raise** your hands, please.
請舉手。

☑ **reach** [ritʃ]

動 伸手拿東西、到達
同 approach 接近
» I can't **reach** the box.
我伸手拿不到那箱子。

☑ **read** [rid]

動 讀、看（書、報等）、朗讀
» **Read** it to me.
唸給我聽。

☑ **read·y** [ˈrɛdɪ]

形 做好準備的
» Are you **ready**?
你做好準備了嗎？

☑ **re·al** [ˈrɪəl]

形 真的、真實的
副 真正的
同 actual 真的、真正的
» Is it **real**?
這是真的嗎？

☑ **really** [ˈrɪəlɪ]

副 真地、實際上、很、十分、非常
» I **really** like you.
我真的很喜歡你。

☑ **rea·son** [ˈrizn̩]

名 理由
同 cause 理由、原因
» That's the **reason**!
這就是原因了啊！

☑ **red** [rɛd]

名 紅色
形 紅色的
» The **red** coat is not cheap.
那件紅色的外套並不便宜。

☑ **rel·a·tive** [ˈrɛlətɪv]

形 相對的、有關係的
名 親戚
» On Chinese New Year, some **relatives** like to ask personal questions.
在中國新年，有些親戚喜歡問很私人的問題。

☑ **re·mem·ber** [rɪˈmɛmbɚ]

動 記得
同 remind 使記起
» Do you **remember** to lock the door?
你有記得鎖門嗎？

☑ **re·peat** [rɪˈpit]

動 重複
名 重複
» Please **repeat** after me.
請跟我重複一次。

re·port [rɪˋport]

動 報告、報導
名 報導、報告
» Don't forget to **report** back.
不要忘記回報。

re·port·er [rɪˋportɚ]

名 記者
同 journalist 記者
» **Reporters** have to go to work even when typhoon comes.
就算在颱風天，記者還是要上班。

rest [rɛst]

動 休息
名 睡眠、休息
同 relaxation 休息
片 take a rest 休息
» I need some more **rest**.
我需要多休息一下。

res·tau·rant [ˋrɛstərənt]

名 餐廳
» I'll see you in the **restaurant**!
我們餐廳見喔！

rice [raɪs]

名 稻米、米飯
» Chinese live on **rice**.
中國人以米飯為主食。

rich [rɪtʃ]

形 富裕的
同 wealthy 富裕的
» The **rich** man is generous.
那位富裕的男人很慷慨。

ride [raɪd]

動 騎、乘
名 騎車或乘車旅行、騎馬
» She **rides** a bike to work.
她騎腳踏車上班。

right [raɪt]

形 正確的、右邊的
名 正確、右方、權利
同 correct 正確的
» You are always **right**.
你總是對的。

ring [rɪŋ]

動 按鈴、打電話
名 戒指、鈴聲
» When did you hear the bell **ring**?
你何時聽到電話鈴聲？

rise [raɪz]

動 上升、增長
名 上升
同 ascend 升起
» The sun **rises** every day.
太陽每天都會升起。

riv·er [ˋrɪvɚ]

名 江、河
同 stream 小河
» It is the longest **river**.
這是最長的河。

road [rod]

名 路、道路、街道、路線
同 path 路、道路
» Walk along the **road**.
沿著這條路走。

ro·bot [ˋrobat]

名 機器人
» The **robot** can do anything.
這機器人可以做任何的事情。

rock [rɑk]

動 搖晃
名 岩石
同 stone 石頭
» There are six **rocks** at the top of the mountain.
山頂上有六顆巨石。

☑ **roll** [rol]

動 滾動、捲

名 名冊、捲

同 wheel 滾動、打滾

» I need a **roll** of tissue paper.
我需要一捲衛生紙。

☑ **room** [rum]

名 房間、室

同 chamber 房間

» The **room** is too dark.
這房間好黑。

☑ **root** [rut]

名 根源、根

動 生根

同 origin 起源

» The **root** of the tree is long.
這棵樹的根很長。

☑ **rope** [rop]

名 繩、索

動 用繩拴住

同 cord 繩索

» Bring some **ropes** when you go camping.
要帶點繩子去露營。

☑ **rose** [roz]

名 玫瑰花、薔薇花

形 玫瑰色的

» I bought a **rose** for my girlfriend.
我買了朵玫瑰給我女朋友。

☑ **round** [raʊnd]

形 圓的、球形的

名 圓形物、一回合

動 使旋轉

介 在……四周

» The Earth is **round**.
地球是圓的。

☑ **row** [ro]

名 排、行、列

動 划船

同 paddle 划船

» We **row** the boat.
我們划小船。

☑ **rule** [rul]

名 規則

動 統治

同 govern 統治、管理

» We should all follow the **rules**.
我們都應該遵守規則。

☑ **rul·er** [`rulə]

名 統治者

同 sovereign 統治者

» He is the **ruler** of the kingdom.
他是這國度的統治者。

☑ **run** [rʌn]

動 跑、運轉

名 跑

» **Running** is a good exercise.
跑步是很好的運動。

Ss

☑ **sad** [sæd]

形 令人難過的、悲傷的

同 sorrowful 悲哀的

» You made me **sad**.
你讓我很難過。

☑ **safe** [sef]

形 安全的

反 dangerous 危險的

» It is not **safe** in the country.
這個國家不太安全。

☑ **sal·ad** [`sæləd]

名 生菜食品、沙拉

» I ate **salad** as my dinner.
我晚餐吃沙拉。

☑ **sale** [sel]
名 賣、出售
反 purchase 購買
片 on sale 拍賣
» This house is for **sale**.
這間房子正在出售中。

☑ **salt** [sɔlt]
名 鹽
形 鹽的
反 sugar 糖
» **Salt** was expensive in the past.
在以前，鹽是很貴的。

☑ **same** [sem]
形 同樣的
副 同樣地
代 同樣的人或事
反 different 不同的
» You are doing the **same** thing.
你正做一樣的事情。

☑ **save** [sev]
動 救、搭救、挽救、儲蓄
反 waste 浪費、消耗
» The man **saved** my life.
這男人救了我一命。

☑ **say** [se]
動 說、講
» Did I **say** something wrong?
我說錯了什麼話嗎？

☑ **school** [skul]
名 學校
» She is late to **school** every day.
她每天上學遲到。

☑ **sci·ence** [ˋsaɪəns]
名 科學
» I am not good at **science**.
我的自然科學不太好。

☑ **sea** [si]
名 海
同 ocean 海洋
片 by the sea 海運
» The goods are by the **sea**.
這些貨物是海運的。

☑ **sea·son** [ˋsizṇ]
名 季節
» Spring is my favorite **season**.
春天是我最愛的季節。

☑ **seat** [sit]
名 座位
動 坐下
同 chair 椅子
» This **seat** is very comfortable.
這個座位很舒服。

☑ **sec·ond** [ˋsɛkənd]
形 第二的
名 秒
» She is **second** to none.
她是首屈一指的。

☑ **sec·re·ta·ry** [ˋsɛkrəˌtɛrɪ]
名 祕書
» It is said that the boss has an affair with the **secretary**.
聽說老闆跟祕書有婚外情。

☑ **see** [si]
動 看、理解
同 watch 看
» What did you **see**?
你看到什麼了？

☑ **seed** [sid]
名 種子
動 播種於
» The farmer bought **seeds** from me.
那農夫跟我買了些種子。

☑ **sell** [sɛl]

> 動 賣、出售、銷售
>
> 反 buy 買
>
> 片 sold out 賣出
>
> » I **sell** you some cakes.
> 我賣你一些蛋糕。

☑ **send** [sɛnd]

> 動 派遣、寄出
>
> 同 mail 寄信
>
> » **Send** me a letter!
> 要寄信給我喔！

☑ **sen·tence** [ˈsɛntəns]

> 名 句子、判決
>
> 動 判決
>
> 同 judge 判決
>
> » The killer is **sentenced** to death.
> 殺人犯被判死刑。

☑ **se·ri·ous** [ˈsɪrɪəs]

> 形 嚴肅的
>
> » He asked me a **serious** question.
> 他問了我一個嚴肅的問題。

☑ **serv·ice** [ˈsɝvɪs]

> 名 服務
>
> » The **service** of the restaurant is good.
> 這家餐廳的服務很好。

☑ **set** [sɛt]

> 名 （一）套、（一）副
>
> 動 放、擱置
>
> 同 place 放置
>
> 片 set up 準備
>
> » I need a **set** of tableware.
> 我需要一套餐具。

☑ **sev·er·al** [ˈsɛvərəl]

> 形 幾個的
>
> 代 幾個
>
> » I have **several** books for you.
> 我有幾本書要給你。

☑ **shake** [ʃek]

> 動 搖、發抖
>
> 名 搖動、震動
>
> » He **shook** his head and said no.
> 他搖頭說不。

☑ **shall** [ʃæl]

> 連 將
>
> » **Shall** we dance?
> 我們要跳舞嗎？

☑ **shape** [ʃep]

> 動 使成形
>
> 名 形狀
>
> 同 form 使成形
>
> » Look at the stone with the **shape** of heart.
> 看那有愛心形狀的石頭。

☑ **share** [ʃɛr]

> 名 份、佔有
>
> 動 共用
>
> 片 share with 分享
>
> » I don't want to **share** the cake with my sister.
> 我不想要跟我妹妹分享這塊蛋糕。

☑ **sharp** [ʃɑrp]

> 形 鋒利的、刺耳的、尖銳的、嚴厲的
>
> 同 blunt 嚴厲的
>
> » Be careful for the **sharp** knife.
> 小心那把鋒利的刀。

☑ **she/her/hers/herself**
[ʃi]/[hɝ]/[hɝz]/[hɝˈsɛlf]

> 代 她／she 的受格、她的／她的東西／她自己
>
> » **She** is my sister.
> 她是我的妹妹。
>
> » She was sad that she lost **her** money.
> 她的錢丟了她很難過。
>
> » The book on the table is **hers**.
> 桌子上的書是她的。
>
> » Her future is decided by **herself**.
> 她的未來由她自己決定。

☑ **sheep** [ʃip]

名 羊、綿羊

» There are a lot of ***sheep*** in Australia.
澳洲有很多的綿羊。

☑ **ship** [ʃɪp]

名 大船、海船
同 boat 船

» The ***ship*** sails to the north.
這艘船航向北方。

☑ **shirt** [ʃɜt]

名 襯衫

» The man in blue ***shirt*** is my dad.
那穿藍色襯衫的男人是我爸。

☑ **shoe(s)** [ʃu(z)]

名 鞋

» The ***shoes*** fit me well.
這雙鞋很適合我。

☑ **shop** [ʃop]

名 商店、店鋪

» This street has many ***shops***.
這條街很多商店。

☑ **short** [ʃɔrt]

形 矮的、短的、不足的
副 突然地
反 long 長的；遠的

» The boy is too ***short*** to play basketball.
這男孩太矮了，不能打籃球。

☑ **shorts** [ʃɔrts]

名 短褲

» I wear blue ***shorts***.
我穿著藍色的短褲。

☑ **shoul·der** [ˈʃoldə]

名 肩、肩膀

» I pat the blind's ***shoulder***.
我拍拍那盲人的肩膀。

☑ **shout** [ʃaʊt]

動 呼喊、喊叫
名 叫喊、呼喊
同 yell 叫喊

» The girl is ***shouting*** for help.
那女孩大聲求救。

☑ **show** [ʃo]

動 出示、表明
名 展覽、表演
同 display 陳列、展出

» Please ***show*** me your passport.
請出示你的護照。

☑ **show·er** [ˈʃaʊə]

名 陣雨、淋浴
動 淋浴、澆水

» I took a ***shower*** after I came home.
我回家後沖了個澡。

☑ **sick** [sɪk]

形 有病的、患病的、想吐的、厭倦的
片 be sick of …… 受夠

» You are so ***sick***.
你有病。

☑ **side** [saɪd]

名 邊、旁邊、側面
形 旁邊的、側面的
同 ill 生病的

» You will see the store on your left ***side***.
你會在左邊看到那家店。

☑ **sight** [saɪt]

名 視力、情景、景象

» You need to have an eye ***sight*** test.
你需要檢查視力了。

☑ **sign** [saɪn]

名 記號、標誌
動 簽署
» Please **sign** here.
請在這裡簽名。

☑ **sim·ple** [ˈsɪmpl̩]

形 簡單的、簡易的
反 complex 複雜的
» The question is **simple**.
這問題很簡單。

☑ **since** [sɪns]

副 從……以來
介 自從
連 從……以來、因為、既然
» I have been in love with you **since** the first sight.
從看到你的第一眼，我就愛上你了。

☑ **sing** [sɪŋ]

動 唱
» Let's **sing** a song.
我們唱歌吧。

☑ **sing·er** [ˈsɪŋɚ]

名 歌唱家、歌手、唱歌的人
» She is the greatest **singer**.
她是最偉大的歌手。

☑ **sir** [sɝ]

名 先生
反 madam 小姐
» Welcome, **sir**.
歡迎光臨，先生。

☑ **sis·ter** [ˈsɪstɚ]

名 姐妹、姐、妹
反 brother 兄弟
» My **sister** is growing fat.
我妹妹越來越胖了。

☑ **sit** [sɪt]

動 坐
反 stand 站
» The dog **sits** down.
那隻狗坐下來了。

☑ **size** [saɪz]

名 大小、尺寸
» The **size** of the shirt is too big.
這件襯衫的尺寸太大了。

☑ **skirt** [skɝt]

名 裙子
» I love to wear this pretty **skirt**.
我喜歡穿這件漂亮的裙子。

☑ **sky** [skaɪ]

名 天、天空
» The **sky** is gray.
天空很灰。

☑ **sleep** [slip]

動 睡
名 睡眠、睡眠期
反 wake 醒來
» Go to **sleep** now.
現在立刻去睡覺。

☑ **slim** [slɪm]

形 苗條的
動 變細
» I am jealous of her **slim** waist.
我很忌妒她苗條的腰。

☑ **slow** [slo]

形 慢的、緩慢的
副 慢
動 （使）慢下來
反 fast 快的
» The car is too **slow**.
這車太慢了。

☑ **small** [smɔl]

形 小的、少的
名 小東西
反 large 大的
» The house is too **small**.
這房子太小了。

☑ **smart** [smɑrt]

形 聰明的

同 intelligent 聰明的

» The dog is very **smart**.
這隻狗很聰明。

☑ **smell** [smɛl]

動 嗅、聞到

名 氣味、香味

同 scent 氣味、香味

» What is the dog **smelling**?
這隻狗在聞什麼？

☑ **smile** [smaɪl]

動 微笑

名 微笑

反 frown 皺眉

» I love the way you **smile**.
我喜歡你微笑的樣子。

☑ **smoke** [smok]

名 煙、煙塵

動 抽菸

同 fume 煙、氣

» Don't **smoke** here.
這邊不可以抽菸。

☑ **snake** [snek]

名 蛇

» I am afraid of **snake**.
我怕蛇。

☑ **snow** [sno]

名 雪

動 下雪

» It never **snows** in Taiwan.
臺灣從來不會下雪。

☑ **so** [so]

副 這樣、如此地

連 所以

» **So**, what do you want to do now?
所以，你想做什麼？

☑ **so·fa** [`sofə]

名 沙發

同 couch 沙發

» He lies on the **sofa** every weekend.
他每個週末都賴在沙發上。

☑ **sol·dier** [`soldʒɚ]

名 軍人

» Being a **soldier** is honorable in this country.
在這國家，當軍人是很光榮的事情。

☑ **some** [sʌm]

形 一些的、若干的

代 若干、一些

同 certain 某些、某幾個

» Give me **some** water.
給我一點水。

☑ **some·bod·y** [`sʌmˌbɑdɪ]

代 某人、有人

名 重要人物

同 someone 某人

» **Somebody** must help her.
一定要有人幫她。

☑ **some·one** [`sʌmˌwʌn]

代 一個人、某一個人

同 somebody 某一個人

» **Someone** told me not to leave.
有人告訴我不要走。

☑ **some·thing** [`sʌmθɪŋ]

代 某物、某事

» I have **something** for you.
我有個東西要給你。

☑ **some·times** [`sʌmˌtaɪmz]

副 有時

» I **sometimes** think about you.
我有時會想到你。

☑ **some·where** [ˈsʌmˌhwɛr]

副 在某處

» I must have put my wallet ***somewhere*** in the room.
我一定是把錢包放在這房間的某處。

☑ **son** [sʌn]

名 兒子

反 daughter 女兒

» My ***son*** is doing his homework.
我兒子正在寫作業。

☑ **song** [sɔŋ]

名 歌曲

» This is my favorite ***song***.
這是我最喜歡的歌。

☑ **soon** [sun]

副 很快地、不久

同 shortly 不久

» He will dump you ***soon***.
他很快就會甩了你。

☑ **sore** [sor]

形 疼痛的

名 痛處

同 painful 疼痛的

» My nephew has a ***sore*** throat.
我姪子喉嚨痛。

☑ **sor·ry** [ˈsɔrɪ]

形 難過的、惋惜的、抱歉的

反 glad 開心的

» I feel ***sorry*** for you.
我替你感到難過。

☑ **sound** [saʊnd]

名 聲音、聲響

動 發出聲音、聽起來像

同 voice 聲音

» The ***sound*** is strange.
這聲音好奇怪。

☑ **soup** [sup]

名 湯

同 broth 湯

» My mom prepares chicken ***soup*** for me.
我媽幫我準備了雞湯。

☑ **south** [saʊθ]

名 南、南方

形 南的、南方的

副 向南方、在南方

反 north 北方

» I am going to the ***south***.
我要去南方。

☑ **space** [spes]

名 空間、太空

動 隔開、分隔

» I need some more ***space***.
我需要多一點空間。

☑ **speak** [spik]

動 說話、講話

同 talk 講話

» Do you ***speak*** English?
你說英文嗎？

☑ **spe·cial** [ˈspɛʃəl]

形 專門的、特別的

反 usual 平常的

» Is there anything ***special***?
這邊有什麼特別的嗎？

☑ **spell** [spɛl]

動 用字母拼、拼寫

» How do you ***spell*** this word?
你怎麼拼這個字？

☑ **spend** [spɛnd]

動 花費、付錢

同 consume 花費

» I ***spent*** an hour doing my homework.
我花了一小時寫功課。

☑ **spring** [sprɪŋ]

名 跳躍、彈回、春天

動 跳、躍、彈跳

同 jump 跳

» **Spring** is coming.
春天要來了。

☑ **square** [skwɛr]

形 公正的、方正的

名 正方形、廣場

» Did you see the **square** box?
你有看到那個方形的箱子嗎？

☑ **stair** [stɛr]

名 樓梯

» Go up the **stairs**.
上樓。

☑ **stand** [stænd]

動 站起、立起

名 立場、觀點

反 sit 坐

片 stand with 結合、聯合、團結

» **Stand** up, please.
請站起來。

☑ **star** [stɑr]

名 星、恆星

形 著名的、卓越的

動 扮演主角

» There are many **stars** in the sky.
天空上有很多星星。

☑ **start** [stɑrt]

名 開始、起點

動 開始、著手

同 begin 開始

» We will **start** in a minute.
我們即將開始。

☑ **sta·tion** [ˋsteʃən]

名 車站

» My dad drives me to the **station**.
我爸載我去車站。

☑ **stay** [ste]

名 逗留、停留

動 停留

同 remain 留下

» I will **stay** in Taipei.
我將要逗留在臺北。

☑ **still** [stɪl]

形 無聲的、不動的

副 仍然

» The water is **still**.
水是不動的。

☑ **stop** [stɑp]

名 停止

動 停止、結束

同 halt 停止

» **Stop** shouting.
停止大叫。

☑ **store** [stor]

名 商店、店鋪

» The **store** is near to my house.
這家商店離我家很近。

☑ **sto·ry** [ˋstɔrɪ]

名 故事

同 tale 故事

» The **story** is interesting.
這故事很有趣。

☑ **straight** [stret]

形 筆直的、正直的

» The road is not **straight**.
這條路沒有很直。

☑ **strange** [strendʒ]

形 陌生的、奇怪的、不熟悉的
反 familiar 熟悉的
» The man is very *strange*.
這男人很奇怪。

☑ **street** [strit]

名 街、街道
» The store is on the *street*.
這家店在這條街上。

☑ **string** [strɪŋ]

名 弦、繩子、一串
» I used a *string* to fix the box.
我用繩子固定箱子。

☑ **strong** [strɔŋ]

形 強壯的、強健的
副 健壯地
反 weak 虛弱的
» The black man is very *strong*.
這黑人好強壯。

☑ **stu·dent** [ˈstjudn̩t]

名 學生
反 teacher 老師
» I have never been a good *student*.
我從來都不是好學生。

☑ **stud·y** [ˈstʌdɪ]

名 學習
動 學習、研究
» The teacher asks us to *study* hard.
老師要我們認真讀書。

☑ **stu·pid** [ˈstjupɪd]

形 愚蠢的、笨的
反 wise 聰明的
» My friends are *stupid*.
我朋友很愚蠢。

☑ **sub·ject** [ˈsʌbdʒɪkt]/[sɑbˈdʒɛkt]

名 主題、科目
形 服從的、易受……的
同 topic 主題
» What's the *subject* of this article?
這篇文章的主題是什麼？

☑ **suc·cess·ful** [səkˈsɛsfəl]

形 成功的
» She is a *successful* buesinese woman.
她是個成功的商業人士。

☑ **sug·ar** [ˈʃugɚ]

名 糖
反 salt 鹽
» Add some *sugar* into the tea.
加點糖到茶裡面。

☑ **sun** [sʌn]

名 太陽、日
動 曬
» The *sun* will rise tomorrow.
明天太陽還是一樣升起。

☑ **sun·ny** [ˈsʌnɪ]

形 充滿陽光的
同 bright 晴朗的
» On such a *sunny* day, I want to go to the mountains.
在這樣充滿陽光的一天，我想要去山上。

☑ **su·per·mar·ket** [ˈsupɚmɑrkɪt]

名 超級市場
» Tissue paper is on sale in the *supermarket* now.
衛生紙在超級市場特價中。

☑ **sure** [ʃʊr]

形 一定的、確信的
副 確定
反 doubtful 懷疑的
» Are you *sure*?
你確定嗎？

☑ **sur·prise** [səˋpraɪz]

名 驚喜、詫異

動 使驚喜、使詫異

同 amaze 使大為驚奇

» My friend gave me a **surprise**.
我朋友給了我一個驚喜。

☑ **sur·prised** [səˋpraɪzd]

形 感到驚訝的 出人意外的

» I was **surprised** by his sudden visit.
我被他的突然來訪感到非常驚訝。

☑ **sweet** [swit]

形 甜的、甜味的、窩心

名 糖果

» It's so **sweet** of you.
你真窩心。

Tt

☑ **ta·ble** [ˋtebl]

名 桌子

同 desk 桌子

» Don't sit on the **table**.
不要坐在桌子上。

☑ **tail** [tel]

名 尾巴、尾部

動 尾隨、追蹤

反 head 率領

» The dog is chasing its **tail**.
這隻狗在追著牠的尾巴。

☑ **take** [tek]

動 抓住、拾起、量出、吸引

» **Take** a chance.
抓住機會。

☑ **talk** [tɔk]

名 談話、聊天

動 說話、對人講話

同 converse 談話

» I am **talking** to my sister.
我正在跟我妹講話。

☑ **tall** [tɔl]

形 高的

反 short 矮的

» He is not **tall** enough.
他不夠高。

☑ **tape** [tep]

名 帶、卷尺、磁帶

動 用卷尺測量

同 record 磁帶、唱片

» People don't use a **tape** to play music now.
現在的人不會用錄音帶播放音樂了。

☑ **taste** [test]

名 味覺

動 品嘗、辨味

» How does it **taste**?
這吃起來如何？

☑ **tax·i·cab/tax·i/cab**
[ˋtæksɪ͵kæb]/[ˋtæksɪ]/[kæb]

名 計程車

» I will go to the party by **taxi**.
我會搭計程車去派對。

☑ **tea** [ti]

名 茶水、茶

» Do you need some **tea**?
你要喝茶嗎？

☑ **teach** [titʃ]

動 教、教書、教導

» I **teach** English in high school.
我在高中教英文。

☑ **teach·er** [ˈtitʃɚ]

名 教師、老師

» The **teacher** is young.
這老師好年輕喔。

☑ **team** [tim]

名 隊

同 group 組、隊

» I am glad to work in this **team**.
我很榮幸可以在這團隊工作。

☑ **teen·ag·er** [ˈtinˌedʒɚ]

名 青少年

» **Teenagers** are faced with lots of difficulties.
青少年正面臨許多的困難。

☑ **tel·e·phone/phone** [ˈtɛləˌfon]/[fon]

名 電話

動 打電話

» The **telephone** is ringing.
電話正在響。

☑ **tel·e·vi·sion/TV** [ˈtɛləˌvɪʒən]/[tivi]

名 電視

» She watches **TV** every day.
她每天看電視。

☑ **tell** [tɛl]

動 告訴、說明、分辨

同 inform 告知

» He **told** me the truth.
他告訴我實話。

☑ **tem·ple** [ˈtɛmpl]

名 寺院、神殿

» Many Japanese visit Longshan **temple**.
很多日本人會拜訪龍山寺。

☑ **ten·nis** [ˈtɛnɪs]

名 網球

» Would you like to play **tennis** with me?
你想要跟我一起打網球嗎？

☑ **ter·ri·ble** [ˈtɛrəbl]

形 可怕的、駭人的

同 horrible 可怕的

» It is a **terrible** idea.
這是一個可怕的想法。

☑ **test** [tɛst]

名 考試

動 試驗、檢驗

» We have a **test** tomorrow.
我們明天有一個考試。

☑ **than** [ðæn]

連 比

介 與……比較

» Taipei is prettier **than** any other cities in the world.
臺北比世界上任何一個城市漂亮。

☑ **thank** [θæŋk]

動 感謝、謝謝

名 表示感激

同 appreciate 感謝

» **Thank** you very much.
非常謝謝你。

☑ **that** [ðæt]

形 那、那個

副 那麼、那樣

» **That** is a good question.
這是個好問題。

☑ **the** [ðə]

冠 用於知道的人或物之前、指特定的人或物

» **The** girl is cute.
這女孩很可愛。

☑ **the·a·ter** [ˈθiətɚ]

名 戲院、劇場

反 stadium 劇場

» I go to the **theater** to watch the opera.
我們去戲院看歌劇。

☑ **then** [ðɛn]

副 當時、那時、然後

» **Then**, what did you do?
那你做了什麼？

☑ **there** [ðɛr]

副 在那兒、往那兒
反 here 在這兒

» What's over **there**?
那兒有什麼？

☑ **these** [ðiz]

代 這些、這些的（this 的複數）
反 those 那些

» **These** are the best choices.
這些都是最好的選項。

☑ **they/them/their/theirs/them·selves**

[ðe]/[ðɛm]/[ðɛə]/[ðɛrz]/[ðəm`sɛlvz]

代 他們／they 的受格／他們的／他們的東
西／他們自己

» **They** are going to the park to have a picnic.
他們要去公園野餐。

» I can't find **them** anywhere.
你有看到我的鑰匙嗎？我找不到它們
了。

» **Their** car is parked in the garage.
他們的汽車停在了車庫裡。

» They can already cook for **themselves**.
他們已經會自己煮飯了。

☑ **thick** [θɪk]

形 厚的、密的

» The book is very **thick**.
這本書很厚。

☑ **thin** [θɪn]

形 薄的、稀疏的、瘦的
同 slender 薄的

» His hair is very **thin**..
他的頭髮非常稀疏。

☑ **thing** [θɪŋ]

名 東西、物體
同 object 物體

» That is the best **thing** in the world.
這是世界上最好的東西。

☑ **think** [θɪŋk]

動 想、思考
同 consider 考慮
片 think of 想到

» What do you **think**?
你覺得如何？

☑ **third** [θɝd]

名 第三
形 第三的

» I got the **third** prize.
我得到第三名。

☑ **this** [ðɪs]

形 這、這個
代 這個
反 that 那個

» **This** is what I want.
這是我想要的。

☑ **those** [ðoz]

代 那些、那些的（that 的複數）

» **Those** are the best books.
那些是最好的書。

☑ **though** [ðo]

副 但是、然而
連 雖然、儘管
同 nevertheless 雖然

» **Though** he is poor, he is diligent.
他雖然很窮，但很勤奮。

thou·sand [ˈθaʊznd]

名 一千、多數、成千

» It costs me a **thousand** dollars.
這花了我一千塊。

throat [θrot]

名 喉嚨

片 sore throat 喉嚨痛

» I have a sore **throat**.
我喉嚨痛。

through [θru]

介 經過、通過

副 全部、到最後

» I walk **through** the hall every day.
我每天都會經過這個大廳。

throw [θro]

動 投、擲、扔

» **Throw** the ball to me.
把球丟給我。

tick·et [ˈtɪkɪt]

名 車票、入場券

» Buy the **ticket** here.
在這裡買票。

ti·dy [ˈtaɪdɪ]

形 整潔的

動 整頓

» The room of the hotel is **tidy**.
旅館的房間是很整潔的。

tie [taɪ]

名 領帶、領結

動 打結

» I bought a **tie** for my dad.
我買條領帶給我爸爸。

ti·ger [ˈtaɪgɚ]

名 老虎

» I am afraid of **tigers**.
我怕老虎。

time [taɪm]

名 時間

» What **time** is it now?
現在幾點了？

tip [tɪp]

名 小費、暗示

動 付小費

» How much would you like to **tip** the waitress?
你打算付多少小費給這服務生？

tired [taɪrd]

形 疲倦的、疲勞的、累的

» John is **tired** so he doesn't want to go out.
約翰很累所以不想出門。

to [tu]

介 到、向、往

» Go **to** the school.
走去學校。

to·day [təˈde]

名 今天

副 在今天、本日

反 tomorrow 明天

» I need to finish my work **today**.
我今天要完成我的工作。

toe [to]

名 腳趾

» Can you touch your **toe**?
你可以碰到你的腳趾嗎？

to·geth·er [təˈgɛðɚ]

副 在一起、緊密地

同 alone 單獨地

» We sang a song **together**.
我們一起唱歌。

toi·let [ˈtɔɪlɪt]

名 洗手間

» Where is the **toilet**?
洗手間在哪裡？

☑ **to·ma·to** [tə`meto]

名 番茄

» I need some **tomatoes** to make a sandwich.
我需要一些番茄做三明治。

☑ **to·mor·row** [tə`mɔro]

名 明天
副 在明天

» Where are you going **tomorrow**?
你明天要去哪裡？

☑ **to·night** [tə`naɪt]

名 今天晚上
副 今晚

» Do you have time **tonight**?
你今晚有空嗎？

☑ **too** [tu]

副 也

» I want to go to the zoo, **too**.
我也想去動物園。

☑ **tool** [tul]

名 工具、用具
同 device 設備、儀器

» You need some **tools** to fix the car.
你需要工具修車。

☑ **tooth** [tuθ]

名 牙齒、齒
名詞複數 teeth

» The old man has no **tooth**.
這老人沒有牙齒了。

☑ **top** [tɑp]

形 頂端的
名 頂端
動 勝過、高於
反 bottom 底部

» We are at the **top** of the mountain.
我們在山頂上。

☑ **top·ic** [`tɑpɪk]

名 主題、談論
同 theme 主題

» The **topic** of today's class is morality.
今天課程的主題是道德。

☑ **to·tal** [`totl]

形 全部的
名 總數、全部
動 總計
同 entire 全部

» What's the **total** amount?
總數是多少？

☑ **touch** [tʌtʃ]

名 接觸、碰、觸摸
同 contact 接觸

» Don't **touch** me.
不要碰我。

☑ **tow·el** [taʊl]

名 毛巾

» I bring a **towel** to gym.
我帶一條毛巾去健身房。

☑ **town** [taʊn]

名 城鎮、鎮

» Let's go to the **town**.
去鎮上吧。

☑ **toy** [tɔɪ]

名 玩具

» This **toy** is too expensive.
這玩具太貴了。

☑ **traf·fic** [`træfɪk]

名 交通
片 traffic jam 交通壅塞

» I am late because of the **traffic** jam.
因為交通壅塞，我遲到了。

☑ **treat** [trit]

動 處理、對待

» Don't **treat** me like a child.
不要把我當成是小孩子。

☑ **treat·ment** [ˋtritmənt]

名 款待

» Thank you for the **treatment**.
謝謝你的款待。

☑ **tree** [tri]

名 樹

» The **tree** is tall.
這棵樹很高。

☑ **trip** [trɪp]

名 旅行

動 絆倒

同 journey 旅行

片 take a trip 旅行

» Let's take a **trip** to the South.
去南部旅行吧。

☑ **trou·ble** [ˋtrʌbl̩]

名 憂慮、煩惱、麻煩的事、困難

動 使煩惱、折磨

同 disturb 使心神不寧

» You are in **trouble**.
你有煩惱了。

☑ **truck** [trʌk]

名 卡車

同 van 貨車

» She can drive a **truck**!
她會開卡車！

☑ **try** [traɪ]

名 試驗、嘗試

動 嘗試

同 attempt 企圖、嘗試

» Would you like to have a **try**?
你要試試看嗎？

☑ **T-shirt** [ˋtiʃɝt]

名 T恤

» She wears **T-shirt** all the time.
她總是穿 T 恤。

☑ **turn** [tɝn]

名 旋轉、轉動

動 旋轉、轉動

同 rotate 旋轉

片 turn on 打開（燈）、turn off 關掉（燈）

» **Turn** around.
轉一圈。

☑ **twice** [twaɪs]

副 兩次、兩倍

» Her boyfriend is **twice** older than she is.
她男朋友的年紀是她的兩倍大。

☑ **type** [taɪp]

名 類型

動 打字

» He can **type** very fast.
他打字很快。

Uu

☑ **un·cle** [ˋʌŋkl̩]

名 叔叔、伯伯、舅舅、姑父、姨父

» **Uncle** Tom is coming.
湯姆叔叔要來了。

☑ **un·der** [ˋʌndɚ]

介 小於、少於、低於

副 在下、在下面、往下面

反 over 在……上方

» The ball is **under** the table.
球在桌子下。

☑ **un·der·stand** [ˌʌndɚˋstænd]

動 瞭解、明白

同 comprehend 理解

» Why can't you **understand**?
為什麼你總是不明白？

☑ **u·ni·form** [ˋjunəˌfɔrm]

名 制服、校服、使一致

同 outfit 全套服裝

» The **uniform** in this school is beautiful.
這學校的制服很漂亮。

☑ **u·nit** [ˈjunɪt]

名 單位、單元

» We learn how to say goodbye in the first **unit**.
我們在第一課學會怎麼說再見。

☑ **up** [ʌp]

副 向上地
介 在高處、向（在）上面
反 down 向下地

» We wake **up** at six.
我們六點起床。

☑ **use** [juz]

動 使用、消耗
名 使用

» How to **use** the smart phone?
智慧手機要怎麼用？

☑ **use·ful** [ˈjusfəl]

形 有用的、有益的、有幫助的

» These tips are **useful**.
這些技巧很有用。

☑ **usu·al·ly** [ˈjuʒʊəlɪ]

副 通常地、常常地

» we **usually** go for a walk after dinner.
我們通常吃過晚餐會去散步。

Vv

☑ **veg·e·ta·ble** [ˈvɛdʒətəbɐ]

名 蔬菜
反 meat 肉類

» You should eat **vegetables** every day.
你每天都該吃蔬菜。

☑ **ver·y** [ˈvɛrɪ]

副 很、非常

» I am **very** angry.
我很生氣。

☑ **vid·e·o** [ˈvɪdɪ͜o]

名 電視、錄影

» I watched **video** tapes when I was little.
我小時候會看錄影帶。

☑ **vi·o·lin** [ˌvaɪəˈlɪn]

名 小提琴
同 fiddle 小提琴

» I learned to play the **violin** at five.
我在五歲就學小提琴了。

☑ **vis·it** [ˈvɪzɪt]

動 訪問
名 訪問

» I will pay you a **visit**.
我會去拜訪你。

☑ **vis·i·tor** [ˈvɪzɪtɚ]

名 訪客、觀光客

» We provide slippers for the **visitors**.
我們提供了拖鞋給訪客。

☑ **voice** [vɔɪs]

名 聲音、發言

» Your **voice** is tender.
你的聲音好溫和。

Ww

☑ **wait** [wet]

動 等待
名 等待、等待的時間

» **Wait** a minute.
等一下。

☑ **wake** [wek]

動 喚醒、醒

片 Wake up 叫醒

» My mother **wakes** me up every morning.
我媽媽每天早上都會叫我起床。

☑ **walk** [wɔk]

動 走、步行

名 步行、走、散步

» I will **walk** there.
我會走去那邊。

☑ **wall** [wɔl]

名 牆壁

» Put the shoes against the **wall**.
把鞋子靠牆壁放。

☑ **want** [wɑnt]

動 想要、要

名 需要

同 desire 想要

» I **want** to go.
我想要走了。

☑ **warm** [wɔrm]

形 暖和的、溫暖的

動 使暖和

片 warm up 暖身

» It's getting **warm**.
天氣越來越溫暖了。

☑ **watch** [wɑtʃ]

動 注視、觀看、注意

名 手錶

反 ignore 忽略

» I bought a **watch** for you.
我買了隻手錶給你。

☑ **wa·ter** [ˈwɔtɚ]

名 水

動 澆水、灑水

» Drink some **water**.
喝點水吧。

☑ **wave** [wev]

名 浪、波

動 搖動、波動

同 sway 搖動

» I stand at the beach just to watch the **waves** on the sea.
我站在海上就只是為了看海浪。

☑ **way** [we]

名 路、道路

» It's the **way** to home.
這是回家的道路。

☑ **we/us/our/ours/ourselves**
[wi]/[əs]/[aʊr]/[aʊrz]/[ˌaʊrˈsɛlvz]

代 我們／ we 的受格／他們的／他們的東西／
他們自己

» **We** are going to the park to have a picnic.
我們要去公園野餐。

» She invited **us** to her birthday party.
她邀請我們參加她的生日派對。

» **Our** house is beautiful.
我們的房子很漂亮.

» This house is **ours**.
這房子是我們的。

» We need to have the ability to take care of **ourselves**.
我們要有照顧自己的能力。

☑ **weak** [wik]

形 無力的、虛弱的

同 feeble 虛弱的

» She's ill and **weak**.
她病得很嚴重，身體很虛弱。

☑ **wear** [wɛr]

動 穿、戴、耐久

» What will you **wear** tomorrow?
你明天會穿什麼？

☑ **weath·er** [ˈwɛðɚ]

名 天氣

» What's the **weather** today?
今天的天氣如何？

☑ **week** [wik]

名 星期、工作日

» There are 52 **weeks** in a year.
一年有 52 週。

☑ **week·end** [ˋwikˌɛnd]

名 週末（星期六和星期日）

» How will you spend your **weekend**?
你週末要怎麼度過？

☑ **wel·come** [ˋwɛlkəm]

動 歡迎
名 親切的接待
形 受歡迎的
感 （親切的招呼）歡迎

» **Welcome** home.
歡迎回家。

☑ **well** [wɛl]

形 健康的
副 好、令人滿意地
反 badly 壞、拙劣地

» She doesn't feel **well** today.
她今天不太舒服。

☑ **west** [wɛst]

名 西方
形 西部的、西方的
副 向西方
反 east 東方

» I will to go the **west**.
我要向西方走。

☑ **wet** [wɛt]

形 潮濕的
動 弄濕

» The towel is **wet**.
這毛巾是濕的。

☑ **what** [(h)wɑt]

形 什麼
代 （疑問代詞）什麼

» **What**'s this?
這是什麼？

☑ **when** [(h)wɛn]

副 什麼時候、何時
連 當……時
代 （關係代詞）那時

» **When** will you come?
你何時會來？

☑ **where** [(h)wɛr]

副 在哪裡
代 在哪裡
名 地點

» **Where** are you?
你在哪裡？

☑ **wheth·er** [ˋ(h)wɛðɚ]

連 是否、無論如何
同 if 是否

» Let me know **whether** you will come.
告訴我你會不會來。

☑ **which** [(h)wɪtʃ]

形 哪一個
代 哪一個

» **Which** do you like, coffee or tea?
咖啡跟茶，你喜歡哪一個？

☑ **while** [(h)waɪl]

名 時間
連 當……的時候、另一方面

» The bell rang **while** I was taking a shower.
當我在洗澡的時候，門鈴響了。

☑ **white** [hwaɪt]

形 白色的

名 白色

反 black 黑色

» The cat is **white**.
白色的。

☑ **who** [hu]

代 誰

» **Who** cares?
誰在乎？

☑ **whose** [huz]

代 誰的

» **Whose** car is larger?
誰的車比較大？

☑ **why** [(h)waɪ]

副 為什麼

» **Why** are you late?
你為什麼遲到？

☑ **wide** [waɪd]

形 寬廣的

副 寬廣地

同 broad 寬的、闊的

» The space is **wide**.
空間很寬廣。

☑ **wife** [waɪf]

名 妻子

反 husband 丈夫

» Do you want to be my **wife**?
你要當我老婆嗎？

☑ **will** [wɪl]

名 意志、意志力

助動 將、會

» I **will** go.
我將要走了。

☑ **win** [wɪn]

動 獲勝、贏

反 lose 輸

» I **won** the game.
我贏了這場比賽。

☑ **wind** [wɪnd]

名 風

同 breeze 微風

» Everything will go with the **wind**.
一切都會隨風而逝。

☑ **win·dow** [ˈwɪndo]

名 窗戶

» Open the **window**, please.
請打開窗戶。

☑ **wise** [waɪz]

形 智慧的、睿智的

同 smart 聰明的

» The **wise** man can always give you a solution.
這位智者總是可以給你解決方案。

☑ **wish** [wɪʃ]

動 願望、希望

名 願望、希望

» I **wish** you were there.
我好希望你在這裡。

☑ **with** [wɪð]

介 具有、帶有、和……一起、用

反 without 沒有

» The girl **with** big eyes is pretty.
那大眼女孩很可愛。

☑ **with·out** [wɪðˈaʊt]

介 沒有、不

» I can't live **without** you.
沒有你我就不能活。

☑ **wom·an** [ˈwʊmən]

名 成年女人、婦女

反 man 成年男人

» The **woman** is nice to me.
那女人對我很好。

☑ **won·der·ful** [ˈwʌndəfəl]

形 令人驚奇的、奇妙的

同 marvelous 令人驚奇的

» It is a **wonderful** project.
這是個完美的計畫。

☑ **word** [wɝd]

名 字、單字、話

» The **word** is too difficult for children.
這個字對小孩來說太難了。

☑ **work** [wɝk]

名 工作、勞動

動 操作、工作、做

同 labor 工作、勞動

» I **work** hard every day.
我每天都很認真工作。

☑ **work·er** [`wɝkɚ]

名 工作者、工人

» The **workers** are angry.
工人們很生氣。

☑ **world** [wɝld]

名 地球、世界

» I believe the **world** is getting better.
我相信世界變得更好了。

☑ **wor·ry** [`wɝɪ]

名 憂慮、擔心

動 煩惱、擔心、發愁

» Don't **worry** about me.
不要替我擔心。

☑ **write** [raɪt]

動 書寫、寫下、寫字

» She **wrote** an interesting story.
她寫了個有趣的故事。

☑ **writ·er** [`raɪtɚ]

名 作者、作家

同 author 作者

» The **writer** is famous.
這作家很有名。

☑ **wrong** [rɔŋ]

形 壞的、錯的

副 錯誤地、不適當地

名 錯誤、壞事

同 false 錯的

» What's **wrong** with you?
你怎麼了？

Yy

☑ **yard** [jɑrd]

名 庭院、院子

» I park in the **yard**.
我把車子停在院子裡。

☑ **year** [jɪr]

名 年、年歲

» I haven't seen you for **years**.
好幾年沒有看到你了。

☑ **yel·low** [`jɛlo]

形 黃色的

名 黃色

» The **yellow** dress is cheap.
那件黃色裙子好便宜喔。

☑ **yes/yeah** [jɛs]/[jɛə]

副 是的

名 是、好

» **Yes**, I will marry you.
是的，我會跟你結婚。

☑ **yes·ter·day** [`jɛstɚde]

名 昨天、昨日

» **Yesterday**, I was very tired.
昨天我很累。

☑ **yet** [jɛt]

副 直到此時、還（沒）

連 但是、而又

反 already 已經

» I haven't got the mail **yet**.
我還沒收到信。

☑ **you/your/yours/yourself/yourselves** [ju]/[juə]/[jɔrz]/[jɔəˋsɛlf]/[jurˋsɛlvz]

代 你（你們）／ you 的受格／你（你們）的／你（你們）的東西／你（你們）自己

» **You** have to study hard.
你要努力讀書。

» **Your** puppy is very cute.
你的小狗非常可愛。

» Is this book **yours**?
這本書是你的嗎？

» Make sure to take care of **yourself**.
一定要照顧好你自己。

» You can help **yourselves** to some of the cake on the table.
你們可以自己吃點桌上的蛋糕。

☑ **young** [jʌŋ]

形 年輕的、年幼的

名 青年

反 old 老的

» Keep a **young** heart.
常保持一顆年輕的心。

Zz

☑ **ze·ro** [ˋzɪro]

名 零

» I got **zero** on the exam.
這次考試我考了零分。

☑ **zoo** [zu]

名 動物園

» My children love to go to the **zoo**.
我的小孩很喜歡去動物園。

LEVEL 2

－ 完勝 108 新課綱 －

基礎字彙 LEVEL 2

▶ *Track039 － Track076*

LEVEL 2 音檔雲端連結

因各家手機系統不同，若無法直接掃描，
仍可以至以下電腦雲端連結下載收聽。
（*https://tinyurl.com/rm76vtfb*）

LEVEL 2

基礎英文單字，程度更進階！

Aa

▶▶▶ **Track 039**

☑ **ab·sence** [`æbsn̩s]
名 缺席、缺乏
反 presence 出席
» Your **absence** annoys us.
你的缺席讓我們很困擾。

☑ **ab·sent** [`æbsn̩t]
形 缺席的
» Is Sandy **absent** again?
珊蒂又缺席了嗎？

☑ **ac·cept** [ək`sɛpt]
動 接受
反 refuse 拒絕
» Did you **accept** his idea?
你接受他的想法了嗎？

☑ **ac·ci·dent** [`æksədənt]
名 事故、偶發事件
同 casualty 事故
» Many people died in the **accident**.
許多人死於這場事故。

☑ **ac·count** [ə`kaʊnt]
名 帳目、記錄
動 視為、負責
» She **accounts** herself elite.
她視自己為菁英。

☑ **ac·tive** [`æktɪv]
形 活躍的
同 dynamic 充滿活力的
» He is quite **active** in school.
他在學校很活躍。

☑ **ac·tiv·i·ty** [æk`tɪvətɪ]
名 活動、活躍
» We learned a lot from the **activity**.
我們從這活動中學到很多。

☑ **ac·tu·al** [`æktʃʊəl]
形 實際的、真實的
» What's the **actual** reason for us to break up?
我們真正分手的理由是什麼？

☑ **ad·dition** [ə`dɪʃən]
名 加、加法
同 supplement 增補
片 in addition to 除了……
» In **addition** to milk, I love juice.
除了牛奶，我還喜歡果汁。

☑ **add·ress** [ə`drɛs]
名 住址、致詞、講話
動 發表演說、對……說話
同 speech 演說
» This is my **address**.
這是我的地址。

☑ **ad·mit** [əd`mɪt]

動 容許……進入、承認

反 forbid 禁止

» She never ***admits*** her mistakes.
她從不承認自己的錯誤。

☑ **a·dult** [ə`dʌlt]

形 成年的、成熟的

名 成年人

反 child 小孩

» I want to be like an ***adult***.
我想要像成年人一樣。

☑ **ad·vance** [əd`væns]

名 前進

動 使前進

同 progress 前進

» You are ***advancing***.
你正在前進。

☑ **ad·vice** [əd`vaɪs]

名 忠告

片 give an advice 給……忠告

» Her ***advice*** helps me a lot.
她給我很多有用的忠告。

☑ **af·fair** [ə`fɛr]

名 事件

同 matter 事件

» Do you know about his ***affair***?
你知道他的事情嗎？

☑ **af·fect** [ə`fɛkt]

動 影響

同 influence 影響

» The typhoon ***affects*** the traffic a lot.
颱風影響了交通。

☑ **a·gainst** [ə`gɛnst]

介 反對、不同意

同 versus 對抗

» We are ***against*** this project.
我們反對這計畫。

☑ **a·head** [ə`hɛd]

副 向前的、在……前面

反 behind 在……後面

» Go ***ahead*** and you will find the forest in the front.
往前走你就會看到一座森林在前面。

☑ **aid** [ed]

名 援助

動 援助

» Someone ***aided*** me last night.
昨晚有人援助了我。

☑ **aim** [em]

名 瞄準、目標

動 企圖、瞄準

同 target 目標

» What's the ***aim*** of this paper?
這篇論文的目標是什麼？

☑ **air·craft** [`ɛr,kræft]

名 飛機、飛行器

同 jet 噴射飛機

» He loves ***aircraft*** so much that he wants to be a pilot.
他喜歡飛機喜歡到想當飛行員。

☑ **a·larm** [ə`lɑrm]

名 恐懼、警報器

動 使驚慌

» The ***alarm*** is ringing. What's the matter?
警報器在響，發生什麼事了？

☑ **al·bum** [`ælbəm]

名 相簿、專輯

» There are lots of old photos in the ***album***.
這本相簿裡面有很多舊照片。

☑ **a·like** [ə`laɪk]

形 相似的、相同的

副 相似地、相同地

反 different 不一樣的

» My sister and I are ***alike***.
我妹妹跟我長得很像。

☑ **a·live** [əˈlaɪv]

形 活的

反 dead 死的

» Is the man still **alive**?
這男人還活著嗎？

☑ **a·lone** [əˈlon]

形 單獨的

副 單獨地

片 stay alone 獨處

» Don't walk **alone** in the midnight.
半夜不要一個人走。

☑ **a·loud** [əˈlaʊd]

副 高聲地、大聲地

» Please read it **aloud**.
請大聲唸出來。

☑ **al·to·geth·er** [ˌɔltəˈgɛðɚ]

副 完全地、總共

反 partly 部分地

» We said no **altogether**.
我們完全否認。

☑ **a·mong** [əˈmʌŋ]

介 在……之中

同 amid 在……之間

» The butterfly flies **among** flowers.
蝴蝶飛在花叢之中。

☑ **a·mount** [əˈmaʊnt]

名 總數、合計

動 總計

同 sum 總計

» What's the **amount** of the goods?
貨物合計多少？

☑ **an·cient** [ˈenʃənt]

形 古老的、古代的

同 antique 古老的

» The **ancient** people lived in a cave.
古老的人們住在山洞中。

☑ **an·gry** [ˈæŋgrɪ]

形 生氣的

同 furious 狂怒的

» The teacher is always **angry** at him.
老師總是對他生氣。

☑ **an·gle** [ˈæŋgl̩]

名 角度、立場

» Try to look at the picture from another **angle**.
試著用另外一個角度看這張畫。

☑ **an·kle** [ˈæŋkl̩]

名 腳踝

» I hurt my **ankle** so badly that I can't walk.
我腳踝傷得太重了，不能走路。

☑ **an·y·time** [ˈɛnɪˌtaɪm]

副 任何時候

同 whenever 無論何時

» Call me **anytime**.
任何時候打給我吧。

☑ **an·y·way** [ˈɛnɪˌwe]

副 無論如何

» **Anyway**, I don't care about him.
無論如何，我不在乎他。

☑ **an·y·where/an·y·place**
[ˈɛnɪˌhwɛr]/[ˈɛnɪˌples]

副 任何地方

» I will find you **anywhere**.
我要去任何地方找你。

☑ **ape** [ep]

名 猿

» Gorilla and chimpanzees are **apes**.
大猩猩跟長臂猿都是猿類。

☑ **ap·pear·ance** [ə'pɪrəns]

名 出現、露面

同 look 外表

» The **appearance** of the ghost is scary.
鬼魅的出現很可怕。

☑ **ap·pe·tite** [`æpə,taɪt]

名 食欲、胃口

» The illness destroys my **appetite**.
生病讓我沒有食欲。

☑ **ap·ply** [ə'plaɪ]

動 請求、應用

同 request 請求

» I am **applying** for this position.
我正在申請這職位。

☑ **ap·pre·ci·ate** [ə'priʃɪˌet]

動 欣賞、鑑賞、感激

» I **appreciate** your help.
我感激你的幫忙。

☑ **ap·proach** [ə'protʃ]

動 接近

» The train is **approaching**.
火車正在進站。

☑ **ar·gue** [`ɑrgjʊ]

動 爭辯、辯論

» Don't **argue** about that.
別再為此事爭辯了。

☑ **ar·gu·ment** [`ɑrgjəmənt]

名 爭論、議論

同 dispute 爭論

» The **argument** of this essay is clear.
這篇文章的議論很清楚。

☑ **ar·my** [`ɑrmɪ]

名 軍隊、陸軍

同 military 軍隊

» The **army** of this country is stronger and stronger.
這國家的軍隊越來越強壯了。

☑ **ar·range** [ə'rendʒ]

動 安排、籌備

» My mother always **arranges** everything for me.
我媽媽總是幫我安排好所有事情。

☑ **ar·range·ment** [ə'rendʒmənt]

名 布置、準備

反 disturb 擾亂

» The **arrangement** of this party is perfect.
這派對的布置很完美。

☑ **ar·riv·al** [ə'raɪvl]

名 到達

片 arrival hall 入境大廳

» Why do many people gather in the **arrival** hall?
為什麼那麼多人聚集在入境大廳？

☑ **ar·row** [`æro]

名 箭

同 quarrel 箭

» The warrior needs some **arrows**.
那些戰士需要一些箭。

☑ **ar·ti·cle** [`ɑrtɪkl]

名 文章、論文

» The **article** influences many people.
這篇文章影響很多人。

☑ **art·ist** [`ɑrtɪst]

名 藝術家、大師

» He is not only a poet but an **artist**.
他不只是個詩人還是個藝術家。

☑ **a·sleep** [ə'slip]

形 睡著的

反 awake 醒著的

» The boy falls **asleep**.
那男孩睡著了。

☑ **at·tempt** [ə`tɛmpt]

動／名 嘗試、企圖

片 attempt to 企圖

» I didn't ***attempt*** to hurt you.
我並不是企圖要傷害你的。

☑ **at·tend** [ə`tɛnd]

動 出席

» Will you ***attend*** the meeting?
你會出席會議嗎？

☑ **at·ten·tion** [ə`tɛnʃən]

名 注意、專心

同 concern 注意

» The film drew my ***attention***.
這影片抓住我的注意力。

☑ **au·thor** [`ɔθɚ]

名 作家、作者

同 writer 作者

» I'd love to meet the ***author*** of this book.
我想要見這本書的作者。

☑ **a·vail·a·ble** [ə`veləbl]

形 可利用的、可取得的

» When will this computer be ***available***?
這臺電腦何時才可以用呢？

☑ **av·er·age** [`ævərɪdʒ]

名 平均數

» The ***average*** amount of the salary in this country is very high.
這國家的平均薪資很高。

☑ **a·void** [ə`vɔɪd]

動 避開、避免

反 face 面對

» You should ***avoid*** the mistakes.
你應該要避免這些錯誤。

Bb

☑ **back·pack** [`bæk.pæk]

名 背包

動 把……放入背包、背負簡便行李旅行

» Carry your ***backpack*** and we can go mountain climbing.
背上你的背包，我們就可以去爬山了。

☑ **back·ward** [`bækwəd]

副 向後方的、面對後方的

反 forward 向前方的

» The living condition of the old man goes ***backward***.
那老人的生活狀況向後退步了。

☑ **back·wards** [`bækwədz]

副 向後地

反 forwards 向前方地

» The soldier can't go ***backwards***.
士兵不可以往後走。

☑ **bad·min·ton** [`bædmɪntən]

名 羽毛球

» Could you teach me how to play ***badminton***?
你可以教我如何打羽毛球嗎？

☑ **bake** [bek]

動 烘、烤

同 toast 烘、烤

» I will ***bake*** the cake for your birthday.
你生日的時候我會烤蛋糕給你。

☑ **bak·er·y** [`bekərɪ]

名 麵包坊、麵包店

» Let's buy some bread in the ***bakery***.
去麵包店買一點麵包吧。

ba·lance [`bæləns]

名 平衡
動 使平衡
片 balance sheet 收支平衡表
» I tried to **balance** the time I spend on my study and my part-time job.
我試圖平衡我讀書跟打工的時間。

bal·co·ny [`bælkənɪ]

名 陽臺
同 porch 陽臺
» You can see the view from the **balcony**.
你可以從陽臺看到這景色。

bal·loon [bə`lun]

名 氣球
動 如氣球般膨脹、把……裝入袋中
» Give the **balloon** to the girl.
把汽球給那女孩。

bar [bɑr]

名 條、棒、橫木、酒吧
動 禁止、阻撓
同 block 阻擋、限制
» We went to the **bar** every day.
我們每天都去酒吧。

bar·be·cue [`bɑrbɪkju]

名 烤肉
同 roast 烤肉
» We usually have a **barbecue** on Moon Festival.
我們中秋節通常會烤肉。

bar·ber [`bɑrbɚ]

名 理髮師
同 hairdresser 美髮師
» Angela is the best **barber** I've met!
安佐拉是最好的理髮師了！

bark [bɑrk]

動 （狗）吠叫
名 吠聲
同 roar 吼叫（獅子）
» I am scared by the dog's **bark**.
我被狗叫聲嚇到了。

base [bes]

名 基底、壘
動 以……作基礎
同 bottom 底部
» The **base** of the company is in the USA.
這家公司的基底在美國。

bas·ic [`besɪk]

名 基本、要素
形 基本的
同 essential 基本的
» This is a **basic** question.
這是很基本的問題。

bas·ics [`besɪks]

名 基礎、原理
反 trivial 瑣碎的
» His understanding of the topic is quite **basics**.
他對這主題的理解非常基礎。

ba·sis [`besɪs]

名 根據、基礎
名詞複數 bases
同 bottom 底部
» The **basis** of my theory is from this paper.
我理論的根據是這篇論文。

bathe [beð]

動 沐浴、用水洗
同 wash 洗
» The mother **bathes** the baby gently.
媽媽溫柔地幫孩子洗澡。

bat·tle [`bætl]

名 戰役
動 作戰
同 combat 戰鬥
» Many people died in the **battle**.
很多人死於這場戰役。

beard [bɪrd]

名 鬍子
» The man with **beard** is mysterious.
那有鬍子的男人好神祕。

☑ **beat** [bit]

名 打、敲打聲、拍子
動 打敗、連續打擊、跳動
同 hit 打

» Her husband **beats** her.
他丈夫打她。

☑ **beau·ty** [ˋbjutɪ]

名 美、美人、美的東西

» He loves her because of her **beauty**.
他愛她因為她的美。

☑ **beer** [bɪr]

名 啤酒
同 bitter 苦

» The **beer** in German is famous.
德國啤酒很有名。

☑ **beg** [bɛg]

動 乞討、懇求
同 appeal 懇求

» I **beg** your pardon.
我乞求你的原諒。

☑ **be·gin·ner** [bɪˋgɪnɚ]

名 初學者
同 freshman 新手

» Don't blame him. He is just a
beginner.
不要太苛責他。他只是個初學者。

☑ **be·have** [bɪˋhev]

動 行動、舉止
同 act 行動

» I feel he **behaves** weirdly today.
我覺得他今天舉止很奇怪。

☑ **be·ing** [ˋbiɪŋ]

名 生命、存在
片 human being 人類

» Human **beings** need to change to
avoid the global warming.
人類需要改變以避免全球暖化。

☑ **be·lief** [bɪˋlif]

名 相信、信念
同 faith 信念

» It is my **belief** that what goes around
comes around.
善有善報是我的信念。

☑ **bend** [bɛnd]

動 使彎曲
名 彎曲
反 stretch 伸直

» I **bend** the ruler.
我把尺弄彎了。

☑ **bet·ter** [ˋbɛtɚ]

形 較好的、更好的
副 更好地
反 worse 更壞的

» You will find a **better** woman.
你會找到更好的女人。

☑ **be·yond** [bɪˋjɑnd]

介 在遠處、超過
副 此外
反 within 不超過

» There is a river **beyond** the hill.
在山丘之後有條小溪。

☑ **bill** [bɪl]

名 帳單
同 check 帳單

» Who will pay for the **bill**?
誰要付帳？

☑ **bil·lion** [ˋbɪljən]

名 十億、無數

» There are **billions** of people suffering
from poverty.
有數十億的人生活在貧困之中。

☑ **birth** [bɝθ]

名 出生、血統

反 death 死亡

片 gave a birth to 產下……

» Everyone was happy for the baby's ***birth***.
大家都對這嬰兒的出生感到開心。

☑ **bis·cuit** [ˋbɪskɪt]

名 餅乾、小甜麵包

» We baked some ***biscuits*** this afternoon.
今天午後我們烤了一些餅乾。

☑ **bit** [bɪt]

名 一點

片 a littlt bit 一點點

» She's just a ***bit*** late.
她只不過是晚一點到而已。

☑ **black·board** [ˋblækˌbord]

名 黑板

» The teacher writes down the words on the ***blackboard***.
老師在黑板上寫下字。

☑ **blame** [blem]

動 責備

同 accuse 提告

» My mother always ***blames*** me for wasting money.
我媽總是責備我亂花錢。

☑ **blank** [blæŋk]

形 空白的

名 空白

同 empty 空的

» I need a ***blank*** paper.
我需要一張白紙。

☑ **blan·ket** [ˋblæŋkɪt]

名 氈、毛毯

» She asked for a ***blanket*** on the plane.
她在飛機上要了一條毛毯。

☑ **blood** [blʌd]

名 血液、血統

» Your brother and you have the same ***blood***.
你跟你哥哥流著一樣的血。

☑ **board** [bord]

名 板、佈告欄

同 wood 木板

» We use the ***board*** to make the door.
我們用木板做門。

☑ **boil** [bɔɪl]

動 （水）沸騰、使發怒

名 煮

同 rage 發怒

» ***Boil*** the water before you drink it.
在喝水之前先把水煮沸。

☑ **bone** [bon]

名 骨

同 skeleton 骨骼

» The dog loves the ***bone*** so much.
那隻狗很愛骨頭。

☑ **book·store** [ˋbʊkˌstor]

名 書店

» He likes to visit ***bookstores*** the most.
他最喜歡逛書店。

☑ **bor·der** [ˋbɔrdɚ]

名 邊

同 edge 邊

» The ***border*** of the country is dangerous.
這國家的邊界很危險。

☑ **both·er** [ˋbɑðɚ]

動 打擾

同 annoy 打擾

» Don't ***bother*** me. I am busy now.
我現在很忙，不要打擾我。

☑ **brain** [bren]

名 腦、智力
同 intelligence 智力
片 brainwash 洗腦
» ***Brain*** is important to do this job.
做這份工作，智力很重要。

☑ **branch** [bræntʃ]

名 枝狀物、分店、分公司
動 分支
反 trunk 樹幹
» There are many ***branches*** of our company around the world.
我們公司的分店遍及全世界。

☑ **brand** [brænd]

名 品牌
動 打烙印
同 mark 做記號
» She always buys the shoes with this ***brand***.
她總是買這牌子的鞋子。

☑ **brief** [brif]

形 短暫的
名 摘要、短文
反 long 長的
片 in brief 簡而言之
» I will make a ***brief*** introduction.
我將會做個簡短的介紹。

☑ **bril·liant** [ˈbrɪljənt]

形 有才氣的、出色的
» The student is not merely ***brilliant*** but also hard-working.
那學生不只是有才氣，還很認真。

☑ **broad** [brɔd]

形 寬闊的
反 narrow 窄的
» The space of this house is ***broad***.
這房間的空間很寬廣。

☑ **brush** [brʌʃ]

名 刷子
動 刷、擦掉
同 wipe 擦去
» ***Brush*** your teeth.
去刷牙。

☑ **build·ing** [ˈbɪldɪŋ]

名 建築物
» Taipei 101 used to be the highest ***building*** in the world.
臺北 101 曾是世界上最高的建築。

☑ **bun** [bʌn]

名 小圓麵包、麵包卷
同 roll 麵包卷
» Would you like to have some ***bun*** before the meal?
你需要餐前麵包嗎？

☑ **bur·den** [ˈbɝdṇ]

名 負荷、負擔
» Some people don't want to have a baby because they think it as a ***burden***.
有些人不想要有小孩，因為他們覺得這是種負擔。

☑ **burn** [bɝn]

動 燃燒
名 烙印
同 fire 燃燒
» What's ***burning***?
什麼在燃燒？

☑ **burst** [bɝst]

動 破裂、爆炸
名 猝發、爆發
同 explode 爆炸
» I ***burst*** out laughing when I heard the joke.
當我聽到笑話時，我爆笑出來。

☑ **busi·ness·man** [ˈbɪznɪsmən]

名 商人 實業家 生意人

» The ***businessman*** is successful.
這位商人很成功。

Cc

☑ **cab·bage** [ˈkæbɪdʒ]

名 包心菜

» I don't like to eat ***cabbage***.
我不喜歡吃包心菜。

☑ **café/cafe** [kəˈfe]

名 咖啡館

» I will meet her at the ***café***.
我跟她約在咖啡廳。

☑ **cage** [kedʒ]

名 籠子、獸籠、鳥籠
動 關入籠中

» I bought a ***cage*** for the bird.
我買了個鳥籠給小鳥。

☑ **cal·en·dar** [ˈkæləndə]

名 日曆

» I have marked your birthday on my
calendar.
我在我的日曆上記下你的生日了。

☑ **calm** [kɑm]

形 平靜的
名 平靜
動 使平靜
同 peaceful 平靜的

» Stay ***calm*** so that you can make a
decision.
保持冷靜才能做決定。

☑ **cam·el** [ˈkæml̩]

名 駱駝

» I rode a ***camel*** in a desert.
我在沙漠中騎駱駝。

☑ **can·cel** [ˈkænsl̩]

動 取消
同 erase 清除

» I will ***cancel*** our meeting.
我會取消我們的約會。

☑ **can·cer** [ˈkænsə]

名 癌、腫瘤

» My grandfather died of ***cancer***.
我祖父死於癌症。

☑ **can·dle** [ˈkændl̩]

名 蠟燭、燭光
同 torch 光芒

» We lit the ***candle*** at night.
我們晚上點燃蠟燭。

☑ **cap·i·tal** [ˈkæpətl̩]

名 首都、資本
形 主要的

» What's the ***capital*** of Australia?
澳洲的首都是哪裡？

☑ **car·toon** [kɑrˈtun]

名 卡通

» ***Cartoon*** was very important for many
kids.
卡通對於很多小孩來說都是很重要的。

☑ **cash** [kæʃ]

名 現金
動 付現
同 currency 貨幣

» Would you like to pay in ***cash***?
你要付現嗎？

☑ **cast·le** [ˈkæsl̩]

名 城堡
同 palace 皇宮

» I like to visit ***castles*** in Europe.
我喜歡去歐洲參觀城堡。

☑ **cause** [kɔz]
- 動 引起
- 名 原因
- 同 make 引起、產生
- » It is the pressure **causing** his illness.
  是壓力引起他的疾病的。

☑ **ceil·ing** [`silɪŋ]
- 名 天花板
- 反 floor 地板
- » There is a mosquito on the **ceiling**.
  天花板上有一隻蚊子。

☑ **cell** [sɛl]
- 名 細胞
- » The **cells** of her skin are hurt.
  她皮膚細胞受到傷害。

☑ **cen·ti·me·ter** [`sɛntə͵mitɚ]
- 名 公分、釐米
- » The length of the table is 100 **centimeters**.
  這桌子的長度是一百公分。

☑ **cen·tral** [`sɛntrəl]
- 形 中央的
- » I live near the **central** station.
  我住在中央車站附近。

☑ **cen·tu·ry** [`sɛntʃərɪ]
- 名 世紀
- » Many things have changed in this **century**.
  在這世紀中有很多東西都變了。

☑ **ce·re·al** [`sɪrɪəl]
- 名 穀類作物
- » I eat **cereal** every morning.
  我每天早上都吃麥片穀物。

☑ **chain** [tʃen]
- 名 鏈子
- 動 鏈住
- » The monster is tied by the **chain**.
  這怪獸被鏈子綁住了。

☑ **chalk** [tʃɔk]
- 名 粉筆
- » The teacher writes down the word with a **chalk**.
  那老師用粉筆寫下這個字。

☑ **chal·lenge** [`tʃælɪndʒ]
- 名 挑戰
- 動 向……挑戰
- » Dare you **challenge** the man?
  你敢挑戰這男人嗎？

☑ **chan·nel** [`tʃænl̩]
- 名 通道、頻道
- 動 傳輸
- » It's not the **channel** I am looking for.
  這不是我在看的頻道。

☑ **chap·ter** [`tʃæptɚ]
- 名 章、章節
- » What can you learn from the **chapter**?
  你可以從這個章節中得知什麼呢？

☑ **char·ac·ter** [`kærɪktɚ]
- 名 個性、角色
- » She is my favorite **character** in the movie.
  她是我在這部電影中最喜歡的角色。

☑ **charge** [tʃɑrdʒ]
- 動 索價、命令
- 名 費用、職責
- 同 rate 費用
- » The **charge** is too high.
  這要價太高了。

☑ **chart** [tʃɑrt]

名 圖表
動 製成圖表
同 diagram 圖表
» I am making a ***chart***.
　我正在做表格。

☑ **chase** [tʃes]

名 追求、追逐
動 追捕、追逐
同 follow 追逐
» The dog is ***chasing*** its tail.
　這隻狗在追它的尾巴。

☑ **cheat** [tʃit]

動 欺騙
名 詐欺、騙子
同 liar 騙子
» Don't ***cheat*** on me.
　不要欺騙我。

☑ **cheer** [tʃɪr]

名 歡呼
動 喝采、振奮
片 cheer up 振作起來
» ***Cheer*** up, my dear.
　親愛的，振作點。

☑ **chem·i·cal** [ˋkɛmɪkḷ]

形 化學的
名 化學
» The ***chemical*** change is amazing!
　這化學變化太神奇了！

☑ **chess** [tʃɛs]

名 西洋棋
» I don't like to play ***chess***.
　我不喜歡下西洋棋。

☑ **chief** [tʃif]

形 主要的、首席的
名 首領
同 leader 首領
» The ***chief*** announced the decision.
　主席宣告決定。

☑ **child·hood** [ˋtʃaɪldhʊd]

名 童年、幼年時代
» The trauma in his ***childhood*** made his lack of confidence.
　童年的創傷讓他缺乏自信。

☑ **child·ish** [ˋtʃaɪldɪʃ]

形 孩子氣的
同 naive 天真的
» You are too ***childish*** to understand the fact.
　你太孩子氣了，無法理解這事情。

☑ **China** [ˋtʃaɪnə]

名 中國
» Many places in ***China*** are very beautiful.
　中國的很多地方都很美。

☑ **chop·stick(s)** [ˋtʃɑpˏstɪk(s)]

名 筷子
» We eat with ***chopsticks***.
　我們用筷子吃飯。

☑ **claim** [klem]

動 主張、聲稱
名 要求、權利
同 right 權利
» He ***claimed*** that he has done nothing wrong.
　他聲稱沒有犯任何錯。

☑ **clap** [klæp]

動 鼓（掌）、拍擊
名 拍擊聲
» Everyone ***claps*** their hands to welcome the movie star.
　大家鼓掌歡迎電影明星。

☑ **clas·sic** [ˋklæsɪk]

形 古典的
名 經典作品
同 ancient 古代的
» I prefer ***classics***.
　我喜歡閱讀經典作品。

☑ **clas·si·cal** [ˈklæsɪkl̩]

形 古典的
» I prefer **classical** music.
我偏好古典的音樂。

☑ **class·mate** [ˈklæsˌmet]

名 同班同學
» I play ball with my **classmates**.
我和同班同學一起打球。

☑ **clev·er** [ˈklɛvɚ]

形 聰明的、伶俐的
反 stupid 愚蠢的
» The boy is **clever**.
那男孩很聰明。

☑ **click** [klɪk]

名 滴答聲
» The **click** is annoying at night.
半夜時鐘的滴答聲很惱人。

☑ **cli·mate** [ˈklaɪmɪt]

名 氣候
同 weather 天氣
» The **climate** in Taiwan is hot and humid.
臺灣的氣候溫暖又潮濕。

☑ **cloth** [klɔθ]

名 布料
同 textile 紡織品
» I love the color of the **cloth**.
我喜歡這款布料的顏色。

☑ **cloth·ing** [ˈkloðɪŋ]

名 衣服
同 clothes 衣服
» The **clothing** of my sister is always perfect.
我姐姐的衣服總是很完美。

☑ **cloud·y** [ˈklaʊdɪ]

形 烏雲密佈的、多雲的
反 bright 晴朗的
» It's **cloudy** tonight.
今晚烏雲密佈。

☑ **coal** [kol]

名 煤
同 fuel 燃料
» China needs lots of **coal**.
中國需要大量的煤炭。

☑ **coast** [kost]

名 海岸、沿岸
» The hotel near the **coast** is good.
海岸邊的那家飯店很棒。

☑ **cock·roach/roach** [ˈkɑkˌrotʃ]/[rotʃ]

名 蟑螂
» I am afraid of **cockroaches**.
我很怕蟑螂。

☑ **co·coa** [ˈkoko]

名 可可粉、可可飲料、可可色
» I want to have a cup of hot **cocoa**.
我想要來一杯熱可可。

☑ **coin** [kɔɪn]

名 硬幣
動 鑄造
同 money 錢幣
» Give me some **coins**.
給我一些銅板。

☑ **co·la/Coke** [ˈkolə]/[kok]

名 可樂
» My son has a glass of **Coke**.
我兒子總是點一杯可樂。

col·lege [ˈkɑlɪdʒ]

名 學院、大學

» She's my classmate in **college**.
她是我大學同學。

comb [kom]

名 梳子
動 梳、刷
同 brush 梳子、刷

» I am **combing** my hair.
我正在梳頭。

com·bine [kəmˈbaɪn]

動 聯合、結合
同 join 連結

» I **combine** these two issues in my paper.
在我的論文中結合了這兩個議題。

com·ic(s) [ˈkɑmɪk]

形 滑稽的、喜劇的
名 漫畫

» **Comic** books are 75% off.
漫畫書二五折。

com·mand [kəˈmænd]

動 命令、指揮
名 命令、指令

» I **command** you to stand up.
我命令你站起來。

com·mer·cial [kəˈmɝʃəl]

形 商業的
名 商業廣告
同 business 商業

» This resource is not for **commercial** use.
這資源不允許商業用途。

com·pa·ny [ˈkʌmpənɪ]

名 公司、同伴
同 enterprise 公司

» Do you work in this **company**?
你在這家公司工作嗎？

com·pare [kəmˈpɛr]

動 比較
同 contrast 對比

» I am **comparing** the price to decide what to buy.
我在比價再決定要買什麼。

com·plete [kəmˈplit]

形 完整的
動 完成
同 conclude 結束

» Make a **complete** sentence.
造一個完整的句子。

com·plex [ˈkɑmplɛks]

形 複雜的、合成的
名 複合物、綜合設施

» The problem is more **complex** than you think.
這問題比你想像的複雜。

con·cern [kənˈsɝn]

動 關心、涉及

» He doesn't **concern** about you!
他一點都不關心你。

con·clude [kənˈklud]

動 締結、結束、得到結論
同 end 結束

» The teacher **concluded** our discussion briefly.
老師簡短的總結我們的討論。

con·di·tion [kənˈdɪʃən]

名 條件、情況
動 以……為條件

» The health **condition** is terrible in this area.
這裡的健康條件很差。

con·fi·dent [ˈkɑnfədənt]

形 有信心的
同 certain 有把握的

» You are too **confident** about your plan.
你對你的計劃太有信心了。

☑ **con·flict** [ˈkɑnflɪkt]/[kənˈflɪkt]

名 衝突、爭鬥
動 衝突
同 clash 衝突
» There was a **conflict** between them.
他們之間有衝突。

☑ **con·grat·u·la·tion (s)**
[kənˌgrætʃəˈleʃənz]

名 祝賀、恭喜
同 blessing 祝福
» Are you getting married?
Congratulations!
你要結婚啦？真是恭喜！

☑ **con·nec·tion** [kəˈnɛkʃən]

名 連接、連結
» The **connection** between mothers
and children is strong.
母親跟子女的連結是很強烈的。

☑ **con·sid·er** [kənˈsɪdə]

動 仔細考慮、把……視為
同 deliberate 仔細考慮
» I have never **considered** about that.
我從沒想過這個。

☑ **con·sid·er·a·tion** [kənˌsɪdəˈreʃən]

名 考慮
» After some **consideration**, they've
decided to move away from here.
在經過考慮之後，他們已經決定搬離這
裡。

☑ **con·tact** [ˈkɑntækt]/[kənˈtækt]

名 接觸、親近
動 接觸
同 approach 接近
» Don't **contact** the patient.
不要接觸這名病患。

☑ **con·tain** [kənˈten]

動 包含、含有
反 exclude 不包括
» The price **contains** the tax.
這報價含有稅額。

☑ **con·tin·ue** [kənˈtɪnjʊ]

動 繼續、連續
同 persist 持續
片 to be continued 未完成
» **Continue** your work.
繼續工作。

☑ **con·tract** [ˈkɑntrækt]/[kənˈtrækt]

名 契約、合約
動 訂契約
同 pact 契約
片 make a contract 簽合約
» Our company will make a **contract**
with yours.
我們公司會跟你們公司簽合約。

☑ **con·trol** [kənˈtrol]

名 管理、控制
動 支配、控制
同 command 控制、指揮
» The dog is out of **control**.
這隻狗失控了。

☑ **con·ver·sa·tion** [ˌkɑnvəˈseʃən]

名 交談、談話
同 dialogue 交談
» We had a pleasant **conversation**.
我們有個愉快的對話。

☑ **corn** [kɔrn]

名 玉米
片 pop corn 玉米
» Feed the pigs some **corns**.
餵豬吃點玉米吧！

coun·try·side [ˈkʌntrɪˌsaɪd]

名 鄉間
» I was in the **countryside** last weekend.
上週末我人在鄉下。

cou·ple [ˈkʌpl̩]

名 配偶、一對
動 結合
» You are a **couple** made in heaven!
你們真是天造地設的一對啊！

cour·age [ˈkɜ·ɪdʒ]

名 勇氣
反 fear 恐懼
» I don't have the **courage** to say "I love you" to her.
我沒有勇氣跟她說我愛她。

court [kort]

名 法院
» I will see you in the **court**.
我們法院見。

cow·boy [ˈkaʊˌbɔɪ]

名 牛仔
» I love the adventure story of **cowboy**.
我喜歡牛仔冒險故事。

cray·on [ˈkreən]

名 蠟筆
» The kids draw a picture with a **crayon**.
孩子們用蠟筆作畫。

cream [krim]

名 乳酪、乳製品
» We need some more **cream** to make the cake.
我們需要一些乳酪才能做蛋糕。

cre·ate [krɪˈet]

動 創造
同 design 設計
» Who **creates** human beings?
誰創造了人類？

crime [kraɪm]

名 罪、犯罪行為
同 sin 罪
» Is your **crime** forgivable?
你的犯行是可以原諒的嗎？

cri·sis [ˈkraɪsɪs]

名 危機
名詞複數 crises
同 emergency 緊急關頭
» Due to the help of my family, I can go through the **crisis**.
多虧了我家人的幫忙，我度過了這個危機。

crow [kro]

名 烏鴉
動 啼叫
» There are many **crows** in Japan.
日本有很多的烏鴉。

crowd [kraʊd]

名 人群、群眾
動 擁擠
同 group 群眾
» A **crowd** of girls rush to the hunk.
一群女孩衝向那個小鮮肉。

cul·tu·ral [ˈkʌltʃərəl]

形 文化的
» Gender unequality can be a **cultural** issue.
性別不平等可以說是一種文化的議題。

cul·ture [ˈkʌltʃ·]

名 文化
» What can stand for Taiwanese **culture**?
什麼可以代表臺灣文化？

cure [kjʊr]

動 治療
名 治療
同 heal 治療
» The pain can never be **cured**.
這種傷害永遠無法被治癒的。

☑ **cu·ri·ous** [ˈkjʊrɪəs]

形 求知的、好奇的

» Are you ***curious*** about the field of biology?
你對生物這領域感到好奇嗎？

☑ **cur·rent** [ˈkɝənt]

形 流通的、目前的

名 電流、水流

同 present 目前的

» This project is not proper for ***current*** situation.
這計劃不適合現在的情況。

☑ **cur·tain** [ˈkɝtn̩]

名 窗簾

動 掩蔽

» I need a ***curtain*** so that others can't see through my house.
我需要窗簾，這樣人家就不會看透我的房子了。

☑ **cus·tom** [ˈkʌstəm]

名 習俗、習慣

同 tradition 習俗、傳統

» I am not familiar with Korean ***custom***.
我對韓國習俗不熟悉。

☑ **cus·tom·er** [ˈkʌstəmɚ]

名 顧客、客戶

同 client 客戶

» Put your ***customers*** first.
顧客至上。

☑ **cy·cle** [ˈsaɪkl̩]

名 週期、循環、腳踏車

動 循環、騎腳踏車

» I ride a ***cycle*** to school every day.
我每天騎腳踏車上學。

Dd

☑ **dai·ly** [ˈdelɪ]

形 每日的

名 日報

» My ***daily*** routine is boring.
我每日的行程很無聊。

☑ **dam·age** [ˈdæmɪdʒ]

名 損害、損失

動 毀損

» My car was ***damaged*** in the car accident.
我的車在車禍中嚴重損毀。

☑ **danc·er** [ˈdænsɚ]

名 舞者

» The ***dancer*** is so hot.
那舞者太辣了。

☑ **dan·ger** [ˈdendʒɚ]

名 危險

反 safety 安全

» There is a ***danger*** in loving somebody too much.
太愛一個人總是很危險的。

☑ **da·ta** [ˈdetə]

名 資料、事實、材料

同 information 資料

» Could you please analyze the ***data*** for me?
你可以為我分析資料嗎？

☑ **deaf** [dɛf]

形 耳聾

» She's ***deaf*** so she can't hear you.
她耳聾了，所以聽不到你說話。

☑ **de·bate** [dɪ`bet]

名 討論、辯論
動 討論、辯論
同 discuss 討論
» Do you want to attend the ***debate*** contest next week?
你打算參加下週的辯論賽嗎？

☑ **debt** [dɛt]

名 債、欠款
同 obligation 債、欠款
片 in debt 負債
» You will be in ***debt*** if you don't pay your credit card bill.
如果你不付卡單，你會負債累累。

☑ **de·ci·sion** [dɪ`sɪʒən]

名 決定、決斷力
同 determination 決定
» It is hard to make such a ***decision***.
要做這種決定很難。

☑ **deer** [dɪr]

名 鹿
» There were many ***deer*** in Taiwan.
臺灣以前有很多鹿。

☑ **de·gree** [dɪ`gri]

名 學位、程度
同 extent 程度
» When will you get your master ***degree***?
你何時才能拿到碩士學位？

☑ **de·lay** [dɪ`le]

動 延緩
名 耽擱
» Don't ***delay*** our goods.
不要耽擱我們的貨品。

☑ **de·li·cious** [dɪ`lɪʃəs]

形 美味的
同 yummy 美味的
» The food in this restaurant is ***delicious***.
這家餐廳的食物很美味。

☑ **de·liv·er** [dɪ`lɪvə]

動 傳送、遞送
同 transfer 傳送
» The postman ***delivers*** the package in the morning.
郵差在早上送來這個包裹的。

☑ **de·liv·er·y** [dɪ`lɪvərɪ]

名 傳送、傳遞
同 distribution 分配、分發
» I want to check the ***delivery*** of my goods.
我要確認我的商品的輸送。

☑ **den·tist** [`dɛntɪst]

名 牙醫、牙科醫生
» I had a toothache so I went to see a ***dentist***.
我牙齒痛所以去看牙醫了。

☑ **de·ny** [dɪ`naɪ]

動 否認、拒絕
同 reject 拒絕
» I ***deny*** that I love him.
我否認我喜歡他

☑ **de·part·ment** [dɪ`pɑrtmənt]

名 部門、處、局、系所
同 section 部門
» We are in Chinese ***department***.
我們在中文系。

☑ **de·pend** [dɪ`pɛnd]

動 依賴、依靠
同 rely 依賴
片 depend on 視……而定
» She is timid, so she is very ***dependent*** on her brother.
她膽子小，所以很依賴哥哥。

☑ **depth** [dɛpθ]

名 深度、深淵
同 gravity 深遠
» Do you know the ***depth*** of the lake?
你知道湖深多少嗎？

☑ **de·scribe** [dɪˋskraɪb]

動 敘述、描述

同 define 解釋

» Can you **describe** what you saw?
你可以描述一下你看到什麼嗎？

☑ **de·scrip·tion** [dɪˋskrɪpʃən]

名 敘述、說明

同 portrait 描寫

» Your **description** is clear enough.
你的描述很清楚。

☑ **de·sert** [ˋdɛzət]/[dɪˋzɜt]

名 沙漠、荒地

動 拋棄、丟開

形 荒蕪的

反 fertile 肥沃的

» Have you ever been to a **desert**?
你去過沙漠嗎？

☑ **de·sign** [dɪˋzaɪn]

名 設計

動 設計

同 sketch 設計、構思

» Who **designed** this great building?
誰設計了這麼偉大的一座建築？

☑ **de·tail** [ˋditel]

名 細節、條款

» Please tell me the **details** of the activity.
請告訴我這活動的細節。

☑ **de·vel·op** [dɪˋvɛləp]

動 發展、開發

» The village is **developing** fast now.
這個小村莊正在快速發展。

☑ **de·vel·op·ment** [dɪˋvɛləpmənt]

名 發展、開發

» The **development** of the country causes lots of pollution.
這國家的發展造成大量的污染。

☑ **di·al** [ˋdaɪəl]

名 刻度盤

動 撥（電話）

同 call 打電話

» I will **dial** my daughter.
我會打電話給我女兒。

☑ **di·a·logue** [ˋdaɪəˏlɔg]

名 對話

同 conversation 對話

» In their **dialogue**, they show great affection to each other.
從他們的對話中，可以看出來他們對彼此很有興趣。

☑ **dia·mond** [ˋdaɪmənd]

名 鑽石

» The girl loves **diamonds**.
那女孩很愛鑽石。

☑ **di·a·ry** [ˋdaɪərɪ]

名 日誌、日記本

同 journal 日誌

片 keep a diary 寫日記

» I keep a **diary** every day.
我每天寫日記。

☑ **di·et** [ˋdaɪət]

名 飲食

動 節食

片 on a diet 節食

» Salad is common in American **diet**.
沙拉在美式的飲食很常見。

☑ **dif·fer·ence** [ˋdɪfərəns]

名 差異、差別

反 similarity 相似處

» What's the **difference** between human beings and other animals?
人類和其他動物的差別是什麼？

dif·fi·cul·ty [ˈdɪfəˌkʌltɪ]

名 困難
反 ease 簡單
» She told her teacher the **difficulty** she had.
她告訴老師她遇到的困難。

dir·ect [dəˈrɛkt]

形 筆直的、直接的
動 指示、命令
同 order 命令、指示
» The road is **direct**.
這條路很直。

di·rec·tion [dəˈrɛkʃən]

名 指導、方向
同 way 方向
» Could anyone tell us the **direction** to our hotel?
有人可以告訴我們去飯店的方向嗎？

di·rec·tor [dəˈrɛktə]

名 指揮者、導演
» The movie is directed by the greatest **director** in this country.
這部電影是由這國家最棒的導演所導的。

dis·agree [ˌdɪsəˈgri]

動 不符合、不同意
反 agree 同意
» Does anybody **disagree** with the professor?
有人不同意教授嗎？

dis·agree·ment [ˌdɪsəˈgrimənt]

名 意見不合、不同意
反 agreement 同意
» He shows his **disagreement** in this essay.
在他這篇文章中顯示出他的不認同。

dis·ap·pear [ˌdɪsəˈpɪr]

動 消失、不見
同 appear 出現
» The strange sound **disappears**.
奇怪的聲音消失了。

dis·cov·er [dɪˈskʌvə]

動 發現
同 find 發現
» I have **discovered** the secret.
我發現了祕密。

dis·cov·er·y [dɪˈskʌvərɪ]

名 發現
» The **discovery** of this planet influenced science a lot.
發現這顆行星對科學的影響很大。

dis·cuss [dɪˈskʌs]

動 討論、商議
同 consult 商議
片 disscuss about 討論
» We **discussed** about this issue many times in college.
當我們在大學時，討論過這個議題很多次。

dis·cus·sion [dɪˈskʌʃən]

名 討論、商議
同 consultation 商議
» We always learned a lot in the **discussion**.
我們總是在討論中學到很多。

dis·ease [dɪˈziz]

名 疾病、病症
» Is the **disease** curable?
這疾病是可以治癒的嗎？

dis·play [dɪˈsple]

動 展出
名 展示、展覽
同 show 展示
» The china **displayed** in the museum is unique.
這博物館展出的瓷器很獨特。

☑ **dis·tance** [ˈdɪstəns]

名 距離

同 length 距離、長度

» The **distance** between the subway and the hotel is acceptable.
從地鐵到旅館的距離是可以接受的。

☑ **dis·tant** [ˈdɪstənt]

形 疏遠的、有距離的

» She is **distant** to others.
她對人群是有距離的。

☑ **di·vide** [dəˈvaɪd]

動 分開

同 separate 分開

» Could you **divide** the pizza into eight pieces?
你可以將披薩分成八塊嗎？

☑ **di·vi·sion** [dəˈvɪʒən]

名 分割、除去

» The teacher's **division** of the cake is not fair for the kids.
這老師分割蛋糕的方式對孩子來說不太公平。

☑ **do·mes·tic** [dəˈmɛstɪk]

形 國內的、家務的

» Is it for **domestic** lines?
這是國內航班的嗎？

☑ **dot** [dɑt]

名 圓點

動 以點表示

» The skirt with **dots** is lovely.
那有圓點的裙子很可愛。

☑ **dou·ble** [ˈdʌbl]

形 雙倍的

副 加倍地、雙倍地

名 二倍

動 加倍

反 single 單一的

» I love the burger with **double** cheese.
我喜歡有雙層起司的漢堡。

☑ **doubt** [daʊt]

名 疑問

動 懷疑

反 believe 相信

» Dare you **doubt** what she told you?
你敢懷疑她説的話嗎？

☑ **dove** [dʌv]

名 鴿子

» There are so many **doves**.
這裡有很多鴿子。

☑ **down·load** [ˈdaʊnˌlod]

動 下載、往下傳送

» **Download** the file from the Google Cloud Platform.
從谷歌雲端平臺下載檔案。

☑ **down·stairs** [ˌdaʊnˈstɛrz]

形 樓下的

副 在樓下

名 樓下

反 upstairs 在樓上

» Go **downstairs**.
下樓去吧。

☑ **drag·on** [ˈdrægən]

名 龍

» In Chinese culture, **dragon** is a symbol of the empire.
在中國文化中，龍是皇帝的象徵。

☑ **dra·ma** [ˈdræmə]

名 劇本、戲劇
同 theater 戲劇
» Do you love the ***dramas*** of Shakespeare?
你喜歡莎翁戲劇嗎？

☑ **draw·er** [ˈdrɔɚ]

名 抽屜、製圖員
» There is a lot of money in the ***drawer***.
抽屜裡面有很多錢。

☑ **draw·ing** [ˈdrɔɪŋ]

名 繪圖
同 illustration 圖表
» The ***drawing*** of the kids is cute.
那些孩子們的繪圖很可愛。

☑ **drug** [drʌg]

名 藥、藥物
同 medicine 藥
片 take drug 吸毒
» He took ***drug***!
他吸毒！

☑ **dry·er** [ˈdraɪɚ]

名 烘乾機、吹風機
» There is no ***dryer*** in the hotel!
這家飯店內沒有吹風機！

☑ **due** [dju]

形 預定的
名 應付款、應得的東西
片 due to 因為……
» When's the ***due*** time?
預定的時間是什麼時候？

☑ **dull** [dʌl]

形 遲鈍的、單調的
同 flat 單調的
» The knife is too ***dull*** to cut the watermelon.
這刀子太鈍了，沒辦法切西瓜。

☑ **du·ty** [ˈdjutɪ]

名 責任、義務
同 responsibility 責任
» It is my ***duty*** to help people like you.
幫助你們這些人是我的責任。

Ee

☑ **ea·gle** [ˈigl̩]

名 鷹
» ***Eagles*** fly in the sky.
老鷹在空中飛著。

☑ **earn** [ɝn]

動 賺取、得到
同 obtain 得到
» It is not polite to ask people how much they ***earn***.
問人家賺多少是不太禮貌的。

☑ **earn·ing(s)** [ˈɝnɪŋz]

名 收入
同 salary 薪水
» Don't ask him about his ***earnings***.
不要問他收入。

☑ **earth·quake** [ˈɝθ͵kwek]

名 地震
同 tremor 地震
» Many people died in the ***earthquake***.
許多人在地震中喪生。

☑ **ease** [iz]

動 緩和、減輕、使舒適
名 容易、舒適、悠閒
同 relieve 緩和、減輕
» The pain killer can ***ease*** my pain.
止痛藥可以減輕疼痛。

☑ **east·ern** [`istən]

形 東方的、東方人

反 western 西方的

» The *eastern* are mysterious for the western.
對於西方人來說，東方人是很神祕的。

☑ **edge** [ɛdʒ]

名 邊、邊緣

同 border 邊緣

片 at the edge of 在……邊緣

» I am at the *edge* of the small bed.
我已經在這張小床的邊緣了。

☑ **e·di·tion** [ɪ`dɪʃən]

名 版本

» It is the first *edition*.
這是第一個版本。

☑ **ed·u·ca·tion** [ˌɛdʒə`keʃən]

名 教育

同 instruction 教育

» *Education* is important for the development of a country.
教育對於一個國家的發展來說是很重要的。

☑ **ef·fect** [ɪ`fɛkt]

名 影響、效果

動 引起、招致

同 produce 引起

» What's the *effect* of this medicine?
這藥品的效果如何？

☑ **ef·fec·tive** [ɪ`fɛktɪv]

形 有效的

反 vain 無效的

» The communication is not *effective* enough.
這溝通不夠有效。

☑ **ef·fort** [`ɛfət]

名 努力

同 attempt 努力嘗試

» She made an *effort* but she still failed.
她努力過了，但還是失敗了。

☑ **el·der** [`ɛldə]

形 年長的

名 長輩

反 junior 晚輩

» I yield my seat to the *elder*.
我把座位讓給年長者。

☑ **e·lec·tric** [ɪ`lɛktrɪk]

形 電的

» Is this device *electric*?
這裝置有電嗎？

☑ **e·lec·tric·al** [ɪ`lɛktrɪkl]

形 與電有關的 電氣科學的 電的 用電的

» The house's *electrical* wiring needs repair.
房子的電線需要修理。

☑ **e·mot·ion** [ɪ`moʃən]

名 情感

同 feeling 情感

» Men tend to hide their *emotions*.
男人傾向隱藏他們的情感。

☑ **em·pha·size** [`ɛmfəˌsaɪz]

動 強調

同 stress 強調

» The manager *emphasized* the importance of this project.
經理強調這個計劃的重要性。

☑ **em·ploy** [ɪm`plɔɪ]

動 從事、雇用

同 hire 雇用

» We decided to *employ* an assistant.
我們決定要雇用一名助理。

em·ploy·ment [ɪmˈplɔɪmənt]

名 職業；受僱

» He found ***employment*** as a cook.
他找了一份廚師的工作。

em·ploy·ee [ˌɛmplɔɪˈi]

名 從業人員、職員
同 worker 工作人員

» I am just an ***employee*** of the company.
我只是這家公司的職員而已。

em·ploy·er [ɪmˈplɔɪɚ]

名 老闆、雇主
同 boss 老闆

» Everyone in the company hates his ***employer***.
這家公司的每個人都討厭他們的老闆。

emp·ty [ˈɛmptɪ]

形 空的
動 倒空
同 vacant 空的

» Give me the ***empty*** box.
給我空的箱子。

en·cour·age [ɪnˈkɝɪdʒ]

動 鼓勵
同 inspire 激勵

» The teacher ***encouraged*** the students to discuss.
這老師鼓勵學生多討論。

en·cour·age·ment [ɪnˈkɝɪdʒmənt]

名 鼓勵
同 incentive 鼓勵

» The ***encouragement*** of parents is important.
父母的鼓勵是很重要的。

end·ing [ˈɛndɪŋ]

名 結局、結束
同 terminal 終點

» Unlike comedy, the ***ending*** of life is not always positive.
不同於喜劇，生命的結局不一定是好的。

en·e·my [ˈɛnəmɪ]

名 敵人
同 opponent 敵手

» The USA is regarded as the ***enemy*** in the Middle East.
在中東，美國被視為是敵人。

en·er·gy [ˈɛnɚdʒɪ]

名 能量、精力
同 strength 力量

» You gave me ***energy*** to keep working.
你給我能量讓我繼續工作。

en·gine [ˈɛndʒən]

名 引擎

» There are some problems with the ***engine***.
這臺引擎有點問題。

en·tire [ɪnˈtaɪr]

形 全部的
反 partial 部分的

» The ***entire*** crew welcome his coming.
所有的機組人員歡迎他的到來。

en·trance [ˈɛntrəns]

名 入口
同 exit 出口

» Where is the ***entrance*** of the building?
這棟大樓的入口在哪裡？

en·vi·ron·ment [ɪnˈvaɪrənmənt]

名 環境

» I don't want my children to be born in such a terrible ***environment***.
我不想要我的孩子生在這麼糟糕的環境。

en·vi·ron·men·tal [ɪnˌvaɪrənˈmɛntl]

形 環境的

» The ***environmental*** pollution harms our health.
環境汙染傷害我們的健康。

☑ **e·qual** [ˈikwəl]

名 對手
形 相等的、平等的
動 等於、比得上
同 parallel 相同的

» One plus one **equals** two.
一加一等於二。

☑ **es·cape** [əˈskep]

動 逃走
名 逃脫
同 flee 逃走

» I want to **escape** my familial duty.
我想要逃避我的家庭責任。

☑ **es·pe·cial·ly** [əˈspɛʃəlɪ]

副 特別地
反 mostly 一般地

» The elder, **especially** men, suffer from this disease.
年長者，特別是男性，會得到這種疾病。

☑ **es·say** [ˈɛse]

名 短文、隨筆

» The **essay** is written with clear logic.
這篇短文是用清楚的邏輯寫成的。

☑ **eve** [iv]

名 前夕

» On the **eve** of Christmas, Scrooge was visited by the ghosts.
在聖誕節前夕，鬼魂造訪史古基。

☑ **e·vent** [ɪˈvɛnt]

名 事件
同 episode 事件

» The 228 **event** is widely discussed in recent years.
228 事件在近年廣泛的被討論著。

☑ **e·vil** [ˈivl]

形 邪惡的
名 邪惡

» You are such an **evil** businessman.
你真是邪惡的商人。

☑ **ex·act** [ɪgˈzækt]

形 正確的
同 precise 準確的

» Tell me an **exact** number of the people joining the party.
告訴我正確要參加派對的人數。

☑ **ex·am·i·na·tion** [ɪg͵zæməˈneʃən]

名 檢查、調查、考試

» She is preparing for her final **examination**.
她正在準備期末考試。

☑ **ex·am** [ɪgˈzæm]

名 考試

» The **exam** is very easy.
那考試很簡單。

☑ **ex·am·ine** [ɪgˈzæmɪn]

動 檢查、考試
同 test 考試

» You'd better **examine** the contract carefully before singing.
你最好在唱歌前檢查合約。

☑ **ex·cite** [ɪkˈsaɪt]

動 刺激、鼓舞
反 calm 使鎮定

» The news **excited** many people.
這新聞鼓舞了很多人。

☑ **ex·cite·ment** [ɪkˈsaɪtmənt]

名 興奮、激動
同 turmoil 騷動

» The sudden **excitement** made them drink a lot.
一時的興奮，讓他們喝了很多。

☑ **ex·cuse** [ɪkˋskjuz]

名 藉口
動 原諒
反 blame 責備
» Don't give me any *excuse*.
  不要給我任何的藉口。

☑ **ex·ist** [ɪgˋzɪst]

動 存在
同 be 存在
» Do you believe that God *exists*?
  你相信神的存在嗎？

☑ **ex·is·tence** [ɪgˋzɪstəns]

名 存在
» Your *existence* makes my life perfect.
  你的存在讓我的生命完美了。

☑ **ex·it** [ˋɛgzɪt]

名 出口
動 離開
反 entrance 入口
» Where's the *exit* of the cinema?
  這間電影院的出口在哪裡？

☑ **ex·pense** [ɪkˋspɛns]

名 費用
同 payment 付款
» The *expense* of this trip is unaffordable.
  這趟旅程的費用超過我可以負擔的。

☑ **ex·pert** [ˋɛkspɝt]

形 熟練的
名 專家
反 amateur 業餘、外行
» He's a financial *expert*.
  他是金融專家。

☑ **ex·press** [ɪkˋsprɛs]

動 表達、說明
同 indicate 表明
» I don't know how to *express* my appreciation.
  我不知如何表達我的謝意。

☑ **ex·pres·sion** [ɪkˋsprɛʃən]

名 表達
» His *expression* always annoys his wife.
  他的表達總是讓他妻子惱怒。

☑ **ex·tra** [ˋɛkstrə]

形 額外的
副 特別地
同 additional 額外的
» The *extra* charge is not reasonable.
  額外的收費是不合理的。

☑ **eye·brow** [ˋaɪˌbraʊ]

名 眉毛
» Her *eyebrows* are very dark.
  她的眉毛很深。

Ff

☑ **fac·tor** [ˋfæktɚ]

名 因素、要素
同 cause 原因
» Tell me some *factors* of his failure.
  告訴我他失敗的因素。

☑ **fail·ure** [ˋfeljɚ]

名 失敗、失策
同 success 成功
» His *failure* is not surprising.
  他的失敗並不意外。

☑ **fair** [fɛr]

形 公平的、合理的
副 光明正大地
同 just 公正的
» It is not *fair*!
  這不公平！

☑ **false** [fɔls]

形 錯誤的、假的、虛偽的
反 correct 正確的
» It is a *false* assumption.
  這是錯誤的假設。

☑ **fash·ion** [ˈfæʃən]

名 時髦、流行

同 style 時髦

» What you can't understand is **fashion**.
你看不懂的東西就是時尚。

☑ **fate** [fet]

名 命運、宿命

» The ancient Greek believed that they couldn't change their **fate**.
古希臘人相信他們無法改變宿命。

☑ **fault** [fɔlt]

名 責任、過失

動 犯錯

同 error 過失

» It is not my **fault**.
這不是我的過失。

☑ **fa·vor** [ˈfevɚ]

名 喜好

動 贊成

片 give a favor 幫忙

» The professor didn't read my essay with **favor**.
那位教授不喜好我的文章。

☑ **fa·vor·ite** [ˈfevərɪt]

形 最喜歡的

同 precious 珍愛的

» My **favorite** color is red.
我最喜歡的顏色是紅色。

☑ **fear** [fɪr]

名 恐怖、害怕

動 害怕、恐懼

同 fright 恐怖

» The **fear** makes her cry.
那種恐懼讓她哭了。

☑ **fea·ture** [ˈfitʃɚ]

名 特徵、特色

» He has the **features** of a hero.
他有英雄的特徵。

☑ **fee** [fi]

名 費用

同 fare 費用

» The **fee** is too high.
這費用太高了。

☑ **feel·ing** [ˈfilɪŋ]

名 感覺、感受

同 sensation 感受

» I didn't think about your **feeling**.
我沒有想到你的感受。

☑ **fel·low** [ˈfɛlo]

名 男人、傢夥、夥伴、同事

» The professor and his **fellow** researchers published a paper.
教授和研究夥伴發表了一篇論文。

☑ **fe·male** [ˈfimel]

形 女性的

名 女性

同 feminine 女性的

» The book is not friendly to **female** readers.
這本書對女性讀者不太友善。

☑ **fe·ver** [ˈfivɚ]

名 發燒、熱、入迷

» I didn't come because I had a **fever** yesterday.
我昨天發燒了所以沒來。

☑ **field** [fild]

名 田野、領域

» What is your academic **field**?
你研究領域是什麼？

☑ **fig·ure** [ˈfɪgjɚ]

名 人影、畫像、數字
動 演算
同 symbol 數位、符號

» There was a ***figure*** at the corner.
在轉角處有個人影。

☑ **fi·nal** [ˈfaɪnl]

形 最後的、最終的
反 initial 最初的

» The ***final*** exam is coming.
期末考要來了。

☑ **fire·man/fire·wom·an**
[ˈfaɪrmən]/[ˈfaɪrwʊmən]

名 消防員／女消防員

» The ***firemen*** saved the family's life.
消防員救了這家人的性命。

☑ **firm** [fɝm]

形 堅固的
副 牢固地
名 公司
同 enterprise 公司

» The castle is ***firm***.
這座城很堅固。

☑ **fish·er·man** [ˈfɪʃəmən]

名 漁夫

» The ***fisherman*** caught lots of fish.
這漁夫捕了很多的魚。

☑ **fit** [fɪt]

形 適合的
動 適合
名 適合
同 suit 適合

» It doesn't ***fit*** me well.
這不太適合我。

☑ **fix** [fɪks]

動 使穩固、修理
同 repair 修理

» Could you please ***fix*** my car?
你可以幫我修車嗎？

☑ **flag** [flæg]

名 旗、旗幟
同 banner 旗、橫幅

» Do you know the colors of the national ***flag*** of the USA?
你知道美國國旗的顏色嗎？

☑ **flat** [flæt]

名 平的東西、公寓
形 平坦的

» We moved to the ***flat*** in Taipei.
我們搬到在臺北的一間公寓。

☑ **flight** [flaɪt]

名 飛行

» Wish you a safe ***flight***.
祝你搭機平安。

☑ **flow** [flo]

動 流出、流動
名 流程、流量
同 stream 流動

» The milk ***flew*** out of the bottle.
牛奶流出瓶子了。

☑ **flu** [flu]

名 流行性感冒
片 catch the flu 得到流感

» My son tend to catch the ***flu*** easily.
我的兒子很容易得到流行性感冒。

☑ **fo·cus** [ˈfokəs]

名 焦點、焦距
動 使集中在焦點、集中
同 concentrate 集中

» Don't ***focus*** too much on the appearance.
不要把焦點放在外表。

☑ **fog** [fɑg]

名 霧

» There is always ***fog*** in London.
倫敦總是有霧。

☑ **folk** [fok]

名 人們
形 民間的

» The **folk** song is popular.
這首民歌很受歡迎。

☑ **fol·low·ing** [ˈfɑloɪŋ]

名 下一個
形 接著的
同 next 下一個

» The **following** questions will be discussed next week.
接下來的問題會在下週討論。

☑ **fool·ish** [ˈfulɪʃ]

形 愚笨的、愚蠢的
反 wise 聰明的

» You might feel him **foolish**, but actually he is very wise.
你可能會覺得他很愚蠢，但事實上他是非常有智慧的。

☑ **foot·ball** [ˈfʊtˌbɔl]

名 足球、橄欖球

» He teaches kids to play **football**.
他教孩子們踢足球。

☑ **force** [fors]

名 力量、武力
動 強迫、施壓
同 compel 強迫

» Don't **force** me!
不要強迫我！

☑ **for·est** [ˈfɔrɪst]

名 森林
同 wood 森林

» It is dangerous to go to the **forest**.
去森林很危險。

☑ **for·give** [fəˈgɪv]

動 原諒、寬恕
反 punish 處罰

» It is not so easy to **forgive** and forget.
既往不咎不是那麼容易的。

☑ **form** [form]

名 形式、表格
動 形成
同 construct 構成

» Do you know how to write an essay in MLA **form**?
你知道要如何用 MLA 的格式寫論文嗎？

☑ **for·mal** [ˈforml]

形 正式的、有禮的

» We don't usually say that in **formal** English.
在正式的英文中，我們通常不會這樣說。

☑ **for·mer** [ˈformə]

形 以前的、先前的
反 present 現在的

» His success is the result of the contribution of the **former**.
他的成功是前人努力的結果。

☑ **forth** [forθ]

副 向外、向前、在前方

» The teacher walks **forth** and pats the girl's head.
老師走向前，拍了這個小女孩的頭。

☑ **for·ward** [ˈforwəd]

形 向前的
名 前鋒
動 發送
同 send 發送

» I am looking **forward** to seeing you.
我很期待見到你。

☑ **for·wards** [ˈfɔrwɚdz]

副 今後、將來、向前

» Go **forwards** and you will see a convenient store.
直走後，你就會看到便利商店。

☑ **found** [faʊnd]

動 建立、打基礎

同 establish 建立

» He **founded** a company.
他創立了一家公司。

☑ **fox** [fɑks]

名 狐狸、狡猾的人

» A **fox** is considered smart in many cultures.
在許多文化中都把狐狸視為是聰明的。

☑ **free·dom** [ˈfridəm]

名 自由、解放、解脫

同 liberty 自由

» People need to have the **freedom** to say whatever they want.
人們需要有言論自由。

☑ **friend·ship** [ˈfrɛndʃɪp]

名 友誼、友情

» Our **friendship** has lasted more than a decade.
我們的友情超過十年了。

☑ **fries** [fraɪz]

名 炸薯條 fry 的名詞複數

» French **fries** are a beloved food for many people.
炸薯條是很多人喜愛的食物。

☑ **fry** [ˈfraɪ]

動 油炸、炸

» I love **fried** dumplings.
我喜歡鍋貼。

☑ **func·tion** [ˈfʌŋkʃən]

名 功能、作用

» What's the **function** of the machine?
這臺機器的功能是什麼？

☑ **fur·ni·ture** [ˈfɝnɪtʃɚ]

名 家具、設備

» The style of the **furniture** shows the personality of the host.
這家具風格嶄露了主人的性格。

☑ **fur·ther** [ˈfɝðɚ]

副 更進一步地

形 較遠的

動 助長

» Could you tell me **further** about that?
你可以更進一步的跟我說明嗎？

Gg

☑ **gain** [gen]

動 得到、獲得

名 得到、獲得

同 obtain 得到

» I **gained** lots of weight at Christmas.
我在耶誕節多了好幾公斤。

☑ **ga·rage** [gəˈrɑdʒ]

名 車庫

» I bought a house with a **garage**.
我買了間有車庫的房子。

☑ **gar·den·er** [ˈgɑrdnɚ]

名 園丁、花匠

» The **gardener** makes the garden perfect.
這園丁讓花園很完美。

☑ **gar·lic** [ˈgɑrlɪk]

名 蒜

» **Garlic** is essential for many Chinese dishes.
對於很多中式料理而言，蒜是不可或缺的。

☑ **gath·er** [ˋɡæðɚ]

動 集合、聚集

同 collect 收集

» I **gathered** the apples.
我在撿蘋果。

☑ **gen·er·al** [ˋdʒɛnərəl]

名 將領、將軍

形 普遍的、一般的

» The **general's** decision caused the cruel war.
這將軍的決定造成了這場殘酷的戰爭。

☑ **gen·er·ous** [ˋdʒɛnərəs]

形 慷慨的、大方的、寬厚的

反 harsh 嚴厲的

» The girl who gives me food is very **generous**.
這個給我食物的女孩很大方。

☑ **gen·tle** [ˋdʒɛntl̩]

形 溫和的、上流的

同 soft 柔和的

» The man is so **gentle** that many women are into him.
那男人很溫柔，很多女人都為他瘋狂。

☑ **gen·tle·man** [ˋdʒɛntl̩mən]

名 紳士、家世好的男人

» Ladies and **gentlemen**, please pay attention.
各位先生女士，請注意。

☑ **gi·raffe** [dʒəˋræf]

名 長頸鹿

» I saw **giraffes** in the zoo.
我在動物園看過長頸鹿。

☑ **glue** [ɡlu]

名 膠水、黏膠

動 黏、固著

» I **glued** the stamp on the envelope.
我把郵票黏在信封上。

☑ **goal** [ɡol]

名 目標、終點

同 destination 終點

» My **goal** is winning the first prize.
我的目標是得到第一名。

☑ **goat** [ɡot]

名 山羊

» How can the **goat** stand on the rock?
這隻山羊是如何站在這塊巨岩上？

☑ **gold** [ɡold]

形 金的

名 金子

» This ring is made of **gold**.
這戒指是金子做的。

☑ **gold·en** [ˋɡoldn̩]

形 金色的、黃金的

» His **golden** hair is charming.
他金色的頭髮很迷人。

☑ **goose** [ɡus]

名 鵝

» I saw a lot of **geese** in the pond.
我看到池塘中有很多鵝。

☑ **gov·ern** [ˋɡʌvɚn]

動 統治、治理

同 regulate 管理

» How did the king **govern** the kingdom?
這國王如何統治這個國家的？

☑ **gov·ern·ment** [ˋɡʌvɚnmənt]

名 政府

同 administration 政府

» The whole world is watching the next step of the **government**.
全世界都在關注這個政府的下一步會採取什麼措施。

☑ **grad·u·al** [ˈgrædʒʊəl]

形 逐漸的、漸進的
反 sudden 突然的
» It is a *gradual* habit.
這是個逐漸養成的習慣。

☑ **grain** [gren]

名 穀類、穀粒
» *Grains* are important in our diet.
穀類對我們的飲食很重要。

☑ **gram** [græm]

名 公克
» It's 100 *grams*.
這個一百公克。

☑ **grand** [grænd]

形 宏偉的、大的、豪華的
同 large 大的
» This building is *grand*.
這座建築物很雄偉。

☑ **grape** [grep]

名 葡萄、葡萄樹
» I want to eat *grapes*.
我想要吃葡萄。

☑ **greet** [grit]

動 迎接、問候
同 hail 招呼
» We *greeted* the teacher this morning.
我們今天早上有跟老師打招呼。

☑ **growth** [groθ]

名 成長、發育
同 progress 進步
» The *growth* of children makes parents satisfied.
孩子的成長讓家長很滿意。

☑ **guard** [gɑrd]

名 警衛
動 防護、守衛
» The *guard* stopped us.
警衛攔住了我們。

☑ **gua·va** [ˈgwɑvə]

名 芭樂
» The richness of vitamn C in a *guava* makes me eat it more.
芭樂富含維他命 C，這讓我想多吃一點芭樂。

☑ **guest** [gɛst]

名 客人
反 host 主人、東道主
» He is my *guest*.
他是我的客人。

☑ **guide** [gaɪd]

名 引導者、指南
動 引導、引領
同 lead 引導
» I need a *guide*.
我需要一個領導者。

☑ **gun** [gʌn]

名 槍、砲
» People can't use *guns* in Taiwan.
在臺灣，人們不可以使用槍。

☑ **gymnasium/gym**
[dʒɪmˈneziəm]/[dʒɪm]

名 體育館、健身房
» We'll have PE class in the *gymnasium*.
我們會在體育館上體育課。

Hh

☑ **hair·cut** [ˈhɛrˌkʌt]

名 理髮
» You need to have a *haircut*.
你需要剪頭髮。

☑ **hall** [hɔl]

名 廳、堂
» I will meet you in the *hall*.
我們在大廳碰面。

ham·burg·er/burg·er
[ˈhæmbɝɡɚ]/[ˈbɝɡɚ]

名 漢堡
» I ate lots of **hamburgers** in the USA.
我在美國吃了很多的漢堡。

han·dle [ˈhændl̩]
名 把手
動 觸、手執、管理、對付
同 manage 管理
» Could you **handle** the problem by yourself?
你可以獨自處理這問題嗎？

hand·some [ˈhænsəm]
形 英俊的
同 attractive 吸引人的
» The singer is very **handsome**!
這歌手好帥喔！

hard·ly [ˈhɑrdlɪ]
副 勉強地、僅僅
同 barely 僅僅
» **Hardly** can I hear you.
我幾乎不能聽到你說話。

heav·en [ˈhɛvən]
名 天堂
» No one knows what **heaven** looks like.
沒有人知道天堂長怎樣。

he·ro/her·o·ine [ˈhɪro]/[ˈhɛroˌɪn]
名 英雄、勇士／女傑、女英雄
» The **hero** saved our life!
這位英雄救了我們的性命！

high·ly [ˈhaɪlɪ]
副 大大地、高高地
» His heroic performance is **highly** praised.
他英雄式的表現，被大大的讚揚。

high·way [ˈhaɪˌwe]
名 公路、大路
同 road 路
» You can't ride on the **highway**.
你不可以騎上高速公路。

hike [haɪk]
名 徒步旅行、健行
片 go hiking 健行
» We will go **hiking** this weekend.
我們這週末要去健行。

hip [hɪp]
名 臀部、屁股
» Her **hips** are sexy.
她的臀部很性感。

hip·po·pot·a·mus/hip·po
[ˌhɪpəˈpɑtəməs]/[ˈhɪpo]
名 河馬
» There are many **hippopotamuses** around the river.
這條河附近有很多的河馬。

his·tor·i·cal [hɪsˈtɔrɪkl̩]
形 歷史的
» Versailles is not merely important for its **historical** meaning.
凡爾賽宮不只是因為它的歷史意義而重要。

hole [hol]
名 孔、洞
同 gap 裂口
» There is a **hole** on the wall.
牆上有一個洞。

hop [hɑp]

動 跳過、單腳跳
名 單腳跳、跳舞
同 jump 跳

» The children run and **hop** in the yard.
孩子們在院子裡面跑跳。

host/host·ess [host]/[ˈhostɪs]

名 主人、女主人

» The host and the **hostess** welcome us warmly.
主人跟女主人很歡迎我們。

huge [hjudʒ]

形 龐大的、巨大的
反 tiny 微小的

» A **huge** sadness is in her mind.
她心中有巨大的傷痛。

hu·man [ˈhjumən]

形 人的、人類的
名 人
同 man 人

» We are all **humans**.
我們都是人類。

hum·ble [ˈhʌmbl̩]

形 身份卑微的、謙虛的
同 modest 謙虛的

» The professor is **humble**.
這位教授很謙虛。

hunt [hʌnt]

動 獵取
名 打獵
同 chase 追捕

» He **hunted** a rabbit.
他獵到一頭兔子。

hunt·er [ˈhʌntɚ]

名 獵人

» The **hunter** went into the forest with confidence.
那位獵人很有信心地走向森林。

hur·ry [ˈhɝɪ]

動 （使）趕緊
名 倉促
同 rush 倉促

» Please **hurry** up.
請加快腳步。

Ii

i·de·al [aɪˈdiəl]

形 理想的、完美的
同 perfect 完美的

» People seldom get married to their **ideal** lover.
很少有人是跟理想對象結婚的。

i·den·ti·ty [aɪˈdɛntətɪ]

名 身分

» As her **identity** changed, her perspective changed.
當她的身分變了，她的觀點也變了。

ig·nore [ɪgˈnor]

動 忽視、不理睬
同 neglect 忽視

» The government **ignores** the need of people.
政府忽略人民的需求。

ill [ɪl]

名 疾病、壞事
形 生病的
副 壞地
同 sick 生病的

» She's not here because she's **ill** today.
她生病了，所以沒來。

im·age [ˈɪmɪdʒ]

名 影像、形象

» I still remember the **image** of my first love.
我仍記得初戀情人的長相。

☑ **i·mag·ine** [ɪˋmædʒɪn]

動 想像、設想

同 suppose 設想

» Can you ***imagine*** that she's getting married?
你可以想像她要結婚了嗎？

☑ **im·por·tance** [ɪmˋpɔrtn̩s]

名 重要性

» Do you know the ***importance*** of health?
你知道健康的重要性嗎？

☑ **im·pres·sive** [ɪmˋprɛsɪv]

形 印象深刻的

» When the girl made an ***impressive*** move, everyone clapped.
當這女孩做了讓人印象深刻的舉動，大家都鼓掌。

☑ **im·prove** [ɪmˋpruv]

動 改善、促進

» How do you ***improve*** your English?
你怎麼改善你的英文的？

☑ **im·prove·ment** [ɪmˋpruvmənt]

名 改善

» The ***improvement*** of this department is seeable.
這個部門的進步是可見的。

☑ **in·clude** [ɪnˋklud]

動 包含、包括、含有

同 contain 包含

» I love everything about you, ***including*** your defects.
我愛你的一切，包含你的缺陷。

☑ **in·come** [ˋɪn͵kʌm]

名 所得、收入

同 earnings 收入

» How do you manage your ***income***?
你如何規畫你的收入？

☑ **in·crease** [ˋɪnkris]/[ɪnˋkris]

名 增加

動 增加

反 reduce 減少

» Do you want to ***increase*** your income?
你想要增加收入嗎？

☑ **in·deed** [ɪnˋdid]

副 實在地、的確

» ***Indeed***, it is important.
真的，這很重要。

☑ **in·de·pen·dence** [͵ɪndɪˋpɛndəns]

名 自立、獨立

» The announcement of the ***independence*** of the nation stunned the whole world.
這國家宣告獨立震驚全球。

☑ **in·de·pend·ent** [͵ɪndɪˋpɛndənt]

形 獨立的

» The woman is very ***independent***. She can do everything by herself.
這女人非常的獨立。她什麼都可以自己來。

☑ **in·di·cate** [ˋɪndə͵ket]

動 指出、指示

同 imply 暗示

» Could you ***indicate*** your own problem?
你可以指出你自己的問題嗎？

☑ **in·di·vid·u·al** [͵ɪndəˋvɪdʒʊəl]

形 個別的

名 個人

» Each ***individual*** is important for this country.
這國家的每個人都很重要。

in·dus·try [ˈɪndəstrɪ]

名 工業

» The **_industry_** causes lots of air pollution.
工業造成很多的空氣污染。

in·flu·ence [ˈɪnflʊəns]

名 影響
動 影響

» My mother **_influences_** me a lot.
我媽媽對我的影響很大。

ink [ɪŋk]

名 墨水、墨汁
動 塗上墨水

» I can't write without **_ink_**.
沒有墨水我沒辦法寫字。

in·sist [ɪnˈsɪst]

動 堅持、強調
片 insist on 堅持

» My mother **_insists_** on the importance of education.
我媽媽堅持教育的重要性。

in·stance [ˈɪnstəns]

名 實例
動 舉證
同 example 例子

» I love many kinds of fruits. For **_instance_**, apples, bananas and oranges.
我喜歡水果。舉例來說，蘋果、香蕉跟柳丁。

in·stant [ˈɪnstənt]

形 立即的、瞬間的
名 立即
同 immediate 立即的

» Thank you for your **_instant_** help.
感謝你及時相助。

in·stead [ɪnˈstɛd]

副 替代
片 instead of... 取而代之……

» I didn't choose the black puppy. I chose the white puppy **_instead_**.
我沒有選小黑狗。我選擇了小白狗來替代。

in·struc·tion [ɪnˈstrʌkʃən]

名 指令、教導

» You don't need to follow all the **_instructions_**.
你不需要聽從所有的指令。

in·stru·ment [ˈɪnstrəmənt]

名 樂器、器具

» I learned to play many kinds of **_instruments_** when I was little.
我小時候學過很多種樂器。

in·ter·nal [ɪnˈtɝnl̩]

形 內部的、國內的

» The **_internal_** problem of the college is more serious.
這所大學內部的問題更嚴重。

in·ter·nat·ion·al [ˌɪntɚˈnæʃənl̩]

形 國際的
同 universal 全世界的

» The equipment in the **_international_** airport is perfect.
這座國際機場的設備是一流的。

Internet/internet [ˈɪntɚˌnɛt]

名 網際網路、互聯網

» Modern people can't do without the **_internet_** anymore.
現代人已經離不開網際網路了。

in·tro·duce [ˌɪntrəˈdjus]

動 介紹、引進

» May I **_introduce_** our product to you?
我可以向你介紹我們的產品嗎？

in·tro·duc·tion [ˌɪntrəˈdʌkʃən]

名 引進、介紹

片 self-introduction 自我介紹

» I don't know how to make a self-**introduction**.
我不知道如何做自我介紹。

i·ron [ˈaɪən]

名 鐵、熨斗

形 鐵的、剛強的

動 熨、燙平

同 steel 鋼鐵

» Please **iron** the skirt.
請燙好這裙子。

Jj

jam [dʒæm]

動 阻塞

名 果醬、阻塞

片 traffic jam 塞車

» I was late because of the traffic **jam**.
因為塞車,我遲到了。

jog [dʒɑg]

動 慢跑

» I go **jogging** every afternoon.
我每天下午都會去慢跑。

joint [dʒɔɪnt]

名 接合處

形 共同的

» The **joint** of the door is fragile.
這門的接合處很脆弱。

jour·nal [ˈdʒɜnl̩]

名 期刊

同 magazine 雜誌

» I read a **journal** article about blue frogs.
我讀過一篇關於藍色青蛙的期刊文章。

judge [dʒʌdʒ]

名 法官、裁判

動 裁決

同 umpire 裁判

» Do you believe the justice a **judge** will bring?
你相信法官帶來的正義嗎?

judge·ment/judg·ment [ˈdʒʌdʒmənt]

名 判斷力

» Don't put a **judgement** on someone easily.
不要輕易的判定一個人。

jus·tice [ˈdʒʌstɪs]

名 公平、公正

» All we want is **justice**.
我們所要的一切是公正。

Kk

keep·er [ˈkipə]

名 看守人

» The door **keeper** is excellent.
這位守門員很傑出。

ketch·up [ˈkɛtʃəp]

名 番茄醬

» I prefer to eat French fries with **ketchup**.
我喜歡吃薯條配番茄醬。

ki·lo·gram [ˈkɪləˌgræm]

名 公斤

» I gained one **kilogram** in this week.
我這週多了一公斤。

LI

lack [læk]

名 缺乏
動 缺乏
同 absence 缺乏
片 lack of 缺乏
» Some children **lack** food.
有些孩子缺乏食物。

la·dy [`ledɪ]

名 女士、淑女
反 gentleman 紳士
» **Ladies** and gentlemen, the train is about to leave.
先生女士們，火車即將離開。

la·dy·bug [`ledɪ͵bʌg]

名 瓢蟲
» We used to see lots of **ladybugs** in this farm.
我們曾經在這塊農田中看到很多瓢蟲。

lamb [læm]

名 羔羊、小羊
» The **lamb** is eaten by the tiger.
那隻小羊被老虎吃掉了。

lane [len]

名 小路、巷
同 path 小路
» I saw a poor dog in this **lane** last night.
我昨天晚上在這條小路上看到一隻可憐的小狗。

lan·tern [`læntən]

名 燈籠
同 lamp 燈
» In ancient China, people use **lanterns** at night.
在古中國，人們晚上都是用燈籠的。

lap [læp]

名 膝部
動 舐、輕拍
» I sat down and I put my bag on my **laps**.
我坐下，然後把包包放在我的膝上。

lat·est [`letɪst]

形 最後的
» It is the **latest** album of Jolin.
這是喬琳最新的專輯。

lat·ter [`lætə]

形 後者的
» The **latter** is better.
後者比較好。

law [lɔ]

名 法律
同 rule 規定、章程
» The **law** in Singapore is strict.
新加坡的法律很嚴格。

lay [le]

動 放置、產卵
同 put 放置
» **Lay** the bag on the table.
把包包放在桌上就好。

lead·er·ship [`lidəʃɪp]

名 領導力
同 guidance 領導
» The **leadership** of the leader is doubtful.
這領導者的領導能力是讓人質疑的。

leaf [lif]

名 葉
» The **leaf** fell on the floor.
那片樹葉掉落在地板上。

le·gal [`ligl]

形 合法的
同 lawful 合法的
» It is not **legal** to drink in the public in the town.
在這個鎮上，公然飲酒是不合法的。

lend [lɛnd]

動 借出
反 borrow 借來
片 lend some money to 借錢給……
» I **lent** some money to Doris.
我借了一點錢給朵莉絲。

length [lɛnθ]

名 長度
» What's the **length** of the table?
這桌子的長度如何呢？

lens [lɛns]

名 透鏡、鏡片
» The **lens** of your camera need cleaning.
照相機的鏡片需要清潔。

lib·er·al [ˈlɪbərəl]

形 自由主義的、開明的、慷慨的
同 generous 慷慨的
» My parents are **liberal** enough to allow gay marriage.
我的父母開明到可以允許同志婚姻。

lid [lɪd]

名 蓋子
» Mom put a **lid** on the pot.
媽媽用蓋子蓋在鍋子上。

lift [lɪft]

名 舉起
動 升高、舉起
同 raise 舉起
» I can't **lift** the box.
我無法舉起這箱子。

like·ly [ˈlaɪklɪ]

形 可能的
副 可能地
同 probable 可能的
» You are **likely** to pass the exam.
你有可能通過考試。

lim·it [ˈlɪmɪt]

名 限度、極限
動 限制
同 extreme 極限
» What's the **limit** of your budget?
你預算的上限是多少？

link [lɪŋk]

名 關聯
動 連結
同 connect 連結
» What's the **link** between your points?
你所提的要點有什麼關聯？

liq·uid [ˈlɪkwɪd]

名 液體
» Coke is a kind of black **liquid**.
可樂是一種黑色的液體。

lis·ten·er [ˈlɪsn̩ɚ]

名 聽眾、聽者
» The **listeners** are confused by your speech!
聽眾被你的演講給搞糊塗了！

liv·er [ˈlɪvɚ]

名 肝臟
» Some scientists are doing researches on **liver** cancer.
有些科學家在做關於肝癌的研究。

load [lod]

名 負載
動 裝載
» Are you aware of their heavy work **load**?
你難道沒有察覺到他們的工作負擔很重嗎？

lo·cal [ˈlokl]

形 當地的
名 當地居民
同 regional 地區的

» The **local** weather is good today.
   當地氣候很好。

lone [lon]

形 孤單的

» The **lone** puppy is poor.
   那隻孤單的小狗狗好可憐喔。

loss [lɔs]

名 損失

» The **loss** of her mother made her sorrowful.
   失去母親讓她悲痛欲絕。

low·er [ˈloɚ]

動 降低

» Could you **lower** the volume?
   你可以降低音量嗎？

luck [lʌk]

名 幸運
同 fortune 幸運

» I wish you good **luck**.
   祝你幸運。

Mm

mag·a·zine [ˌmæɡəˈzin]

名 雜誌

» The **magazine** I am reading talks about health.
   我正在看的雜誌講的是健康議題。

main·tain [menˈten]

動 維持
同 keep 維持

» How do you **maintain** such good figure?
   你怎麼維持好身材的？

ma·jor [ˈmedʒɚ]

形 較大的、主要的
動 主修

» Vito did the **major** work of the museum design, but his boss took all the credits.
   維托做了主要的博物館設計工作，但他的老闆卻搶走了所有的功勞。

male [mel]

形 男性的
名 男性
反 female 女性的

» **Male** peacocks are more beautiful than female ones.
   雄孔雀比雌孔雀漂亮。

man·age [ˈmænɪdʒ]

動 管理、處理

» **Managing** a department is certainly not an easy task.
   管理一個部門絕非一個簡單的任務。

man·age·ment [ˈmænɪdʒmənt]

名 處理、管理

» It takes time to learn financial **management**.
   學財務管理需要時間。

man·ag·er [ˈmænɪdʒɚ]

名 經理

» Our **manager** is not always mean. Actually, she is sometimes generous.
   我們經理並不是吝嗇。事實上，她有時還滿大方的。

man·go [ˈmæŋɡo]

名 芒果

» The **mangos** in Thailand are sweeter than those in Taiwan.
   泰國的芒果比臺灣的甜。

man·ner [ˈmænɚ]

名 方法、禮貌
同 form 方法

» Please mind your **manner**.
   請注意你的禮貌。

☑ **mar·riage** [ˈmærɪdʒ]

名 婚姻
» Gay **marriage** is legalized in most western countries.
同性婚姻在西方大部分的國家是合法的。

☑ **mar·ry** [ˈmærɪ]

動 使結為夫妻、結婚
反 divorce 離婚
» Would you **marry** me?
你要跟我結婚嗎？

☑ **mask** [mæsk]

名 面具
動 遮蓋
» In Taiwan, people wear a **mask** when they are sick.
在臺灣，人們感冒的時候都會戴口罩。

☑ **mass** [mæs]

名 大量、數量
同 quantity 數量
» Her betrayal is widely discussed by the **mass** media.
她的背叛被媒體廣泛的討論著。

☑ **mas·ter** [ˈmæstɚ]

名 主人、大師、碩士
動 精通
» You are a **master** in English.
你是英文大師。

☑ **mat** [mæt]

名 墊子、席子
同 rug 毯子
» I put a **mat** at the bathroom.
我在廁所放了一個墊子。

☑ **match** [mætʃ]

名 火柴、比賽
動 相配
» Have you ever heard "The Little **Match** Girl"?
你聽過《賣火柴的小女孩》嗎？

☑ **mate** [met]

名 配偶
動 配對
片 soul mate 靈魂伴侶
» I feel she's my soul **mate** in spite of our difference.
儘管我們有許多相異處，我依舊覺得她是我的靈魂伴侶。

☑ **ma·te·ri·al** [məˈtɪrɪəl]

名 物質
同 composition 物質
» They are rich in their **material** life, but poor in their spiritual life.
他們物質生活上很富有，但是精神生活上卻很貧瘠。

☑ **ma·ture** [məˈtjʊr]

形 成熟的
同 adult 成熟的、成年的
» Why does Aunt Sally always blame Tom for being not **mature** enough?
為什麼莎莉姑姑總是責怪湯姆不夠成熟？

☑ **mean·ing** [ˈminɪŋ]

名 意義
同 implication 含意
» What's the **meaning** of life?
生命的意義是什麼？

means [minz]

名 方法

» He wants to make money by any ***means***.
他不管任何方法都要賺錢。

mea·sure [ˈmɛʒɚ]

動 測量

» Could you ***measure*** the length of the tree?
你可以量這棵樹的高度嗎？

mea·sure·ment [ˈmɛʒɚmənt]

名 測量

同 estimate 估計

» The ***measurement*** of Ancient Egypt is unbelievable.
古埃及人的測量讓人難以置信。

med·i·cal [ˈmɛdɪkl̩]

形 醫學的

» Some ***medical*** researches takes years to have break-through development.
有些醫學研究要花數年的時間才會有突破性的發展。

mel·o·dy [ˈmɛlədɪ]

名 旋律

同 tune 旋律

» The ***melody*** of the song is beautiful.
這首歌的旋律很美。

mem·ber·ship [ˈmɛmbɚˌʃɪp]

名 會員

» I'd like to apply for the ***membership*** of the gym.
我想申請成為這間健身房的會員。

mem·o·ry [ˈmɛmərɪ]

名 記憶、回憶

» It's hard to get along with ***memory***.
跟回憶共處很難。

men·tion [ˈmɛnʃən]

動 提起

名 提及

» Don't ever ***mention*** the name of Julia. I warn you!
千萬不要提茱莉亞的名字。我警告你！

mes·sage [ˈmɛsɪdʒ]

名 訊息

» Since he is not in, would you like to leave a ***message*** for him?
既然他不在，您要不要留個訊息給他？

met·al [ˈmɛtl̩]

名 金屬

形 金屬的

» The ***metal*** table is heavy.
這個金屬的桌子很重。

me·ter [ˈmitɚ]

名 公尺

» The child is taller than one ***meter***.
這孩子已經不只一米高了。

meth·od [ˈmɛθəd]

名 方法

同 style 方式

» Which teaching ***method*** will you apply?
你將採取哪一種的教學方法？

mid·night [ˈmɪdˌnaɪt]

名 半夜十二點鐘、午夜、子夜

» I couldn't sleep, so I went for a walk outside at ***midnight***.
我睡不著，所以半夜出去散步了。

mile [maɪl]

名 英里（＝ 1.6 公里）

» It's a ***mile*** away from here.
離這裡一英里遠。

☑ **mil·i·tar·y** [ˈmɪləˌtɛrɪ]

形 軍事的
名 軍事
同 army 軍隊

» **Military** service is required in this country.
在這個國家，當兵是必要的。

☑ **mi·nor** [ˈmaɪnɚ]

形 較小的、次要的
名 未成年者

» Compared to the safety of life, money is **minor**.
跟生命的安全相比，金錢是次要的。

☑ **mi·nor·i·ty** [maɪˈnɔrətɪ]

名 少數
反 majority 多數

» We need to respect the rights of the **minority** groups.
我們必需尊重少數團體的權利。

☑ **mir·ror** [ˈmɪrɚ]

名 鏡子
動 反映

» What do you see in a **mirror**?
你在鏡子裡面看到什麼？

☑ **mix** [mɪks]

動 混合
名 混合物
同 combine 結合

» I **mix** mango juice with orange juice.
我把芒果汁跟柳橙汁混在一起。

☑ **mix·ture** [ˈmɪkstʃɚ]

名 混合物

» The mansion is a **mixture** of the new and the old.
這棟大廈混合新舊的元素。

☑ **mod·el** [ˈmɑdl̩]

名 模型、模特兒
動 模仿

» The **model** is too thin.
這個模特兒太瘦了。

☑ **mood** [mud]

名 心情
同 feeling 感覺

» Singing aloud turned her bad **mood** into good **mood**.
大聲歌唱讓她原先的壞心情轉好。

☑ **mop** [mɑp]

名 拖把
動 擦拭
同 wipe 擦

» Return the **mop** to Mr. Li and you may go home.
把拖把交給李先生，你便可以回家。

☑ **mo·tion** [ˈmoʃən]

名 運動、動作
同 movement 運動

» The old man is in slow **motion**.
這老人的動作很慢。

☑ **mo·tor·cy·cle** [ˈmotɚˌsaɪkl̩]

名 摩托車

» I can't ride a **motorcycle**.
我不會騎摩托車。

☑ **mug** [mʌg]

名 帶柄的大杯子、馬克杯

» I gave the poor man a **mug** of hot milk.
我給那可憐的男人一杯熱牛奶。

☑ **mu·si·cal** [ˈmjuzɪkl̩]

形 音樂的
名 音樂劇

» The Phantom of the Opera is a famous **musical**.
《歌劇魅影》是有名的音樂劇。

mu·si·cian [mjuˋzɪʃən]

名 音樂家

» Mozart is my favorite **musician**.
莫札特是我最喜歡的音樂家。

Nn

nail [nel]

名 指甲、釘子
動 敲

» I am cutting my **nails**.
我正在剪指甲。

nar·row [ˋnæro]

形 窄的、狹長的
動 變窄
同 tight 緊的

» I can't put the sofa into the **narrow** room.
我無法將沙發放入這狹窄的房間。

na·tion [ˋneʃən]

名 國家
同 country 國家

» We are a strong **nation**.
我們是個很強壯的國家。

nat·u·ral [ˋnætʃərəl]

形 天然生成的

» She's a **natural** beauty.
她是天生的美女。

naugh·ty [ˋnɔtɪ]

形 不服從的、淘氣的

» My son is **naughty** in kindergarten.
我兒子在幼稚園很頑皮。

near·by [ˋnɪr͵baɪ]

形 短距離內的
副 不遠地
同 around 附近

» The convenient store is **nearby**.
便利商店就在不遠處。

near·ly [ˋnɪrlɪ]

副 幾乎
同 almost 幾乎

» **Nearly** can I see you without my glasses.
沒有眼鏡，我幾乎看不到你。

nec·es·sa·ry [ˋnɛsə͵sɛrɪ]

形 必要的、不可缺少的

» Exams are **necessary** evil.
考試是必要之惡。

neck·lace [ˋnɛklɪs]

名 項圈、項鍊

» I bought a **necklace** for my girlfriend.
我買條項鍊給我女朋友。

nee·dle [ˋnidl̩]

名 針、縫衣針
動 用針縫

» I am doing **needle** work.
我正在縫衣服。

neg·a·tive [ˋnɛgətɪv]

形 否定的、消極的
名 反駁、否認、陰性

» He always gives people **negative** answers.
他總是給人消極的答案。

neigh·bor [ˋnebɚ]

動 靠近於……
名 鄰居

» I don't like my **neighbor**.
我不喜歡我的鄰居。

nei·ther [ˋniðɚ]

副 兩者都不
代 也非、也不
連 兩者都不
反 both 兩者都

» **Neither** Amy nor Linda is my cup of tea.
艾咪跟玲妲都不是我的菜。

☑ **neph·ew** [ˈnɛfju]

名 侄子、外甥

» My **nephew** is one year old.
我侄子一歲了。

☑ **nerve** [nɝv]

名 神經

» **Nerve** damage can be avoided.
神經損傷是可以避免的。

☑ **nerv·ous** [ˈnɝvəs]

形 神經質的、膽怯的、緊張不安的

» To deliver a public speech makes me
nervous.
要在大眾面前演講讓我好緊張。

☑ **net·work** [ˈnɛtwɝk]

名 網路

» Computer **network** offered great help
to modern people.
電腦網路提供現代人很多的協助。

☑ **niece** [nis]

名 侄女、外甥女

» My sister just gave birth to my **niece**.
我姊姊剛生下我侄女。

☑ **nod** [nɑd]

動 點、彎曲

名 點頭

» My boss **nodded** his head to show his
agreement.
我老闆點頭贊成。

☑ **none** [nʌn]

代 沒有人

» **None** of us knows his name.
我們之中沒有人知道他的名字。

☑ **noo·dle** [ˈnudl]

名 麵條

» I ate **noodles** this evening.
我今天晚上吃麵。

☑ **nor** [nɔr]

連 既不……也不、（兩者）都不

反 or 或是

» Neither he **nor** she will come.
他跟她都不會來。

☑ **north·ern** [ˈnɔrðɚn]

形 北方的

» His lover comes from **northern** China.
他的情人來自中國北方。

☑ **note·book** [ˈnotbʊk]

名 筆記本

» I kept all my notes in the same
notebook.
我把我的筆記全都記在同一本筆記本上
了。

☑ **nov·el** [ˈnɑvl]

形 新穎的、新奇的

名 長篇小說

同 original 新穎的

» I love to read **novels**.
我喜歡讀小說。

☑ **nut** [nʌt]

名 堅果、螺帽

» They drank beer and ate **nuts**.
他們吃堅果配啤酒。

Oo

☑ **o·bey** [əˈbe]

動 遵行、服從

同 submit 服從

» I never **obey** the dominance.
我從不服從霸權。

ob·ject [`abdʒɪkt]/[əb`dʒɛkt]

名 物體
動 抗議、反對
同 thing 物、東西
反 agree 同意
» He *objected* to their proposal.
他反對他們的提議。

ob·vi·ous [`abvɪəs]

形 顯然的、明顯的
同 evident 明顯的
» After a summer holiday, there's an *obvious* change of Elizabeths' skin color.
一個暑假過後，伊莉莎白的膚色有明顯的變化。

oc·cur [ə`kɝ]

動 發生、存在、出現
同 happen 發生
» It *occurs* to me what happened last week.
這讓我想起上週發生的事情。

o·cean [`oʃən]

名 海洋
同 sea 海洋
» The Pacific *Ocean* is the largest one.
太平洋是最大的海洋。

of·fer [`ɔfɚ]

名 提供
動 建議、提供
» This would be the best *offer*.
這是最好的報價了。

of·fi·cial [ə`fɪʃəl]

形 官方的、法定的
名 官員、公務員
同 authorize 公認
» It is unseen in *official* rules.
這不在官方的條規中。

op·er·ate [`apəˌret]

動 運轉、操作
» Do you know how to *operate* the machinie?
你知道如何操作這臺機器嗎？

op·er·a·tor [`apəˌretɚ]

名 操作者
» The *operator* of the cookie-making machine takes a day off.
製作餅乾機器的操作員請了一天假。

o·pin·ion [ə`pɪnjən]

名 觀點、意見
同 view 觀點
» In my *opinion*, this proposal is perfect.
就我的觀點來説，這提議很完美。

or·di·nar·y [`ɔrdənˌɛrɪ]

形 普通的
同 usual 平常的
» Do you know the life of *ordinary* people?
你知道普通人的生活是怎樣的嗎？

or·gan [`ɔrgən]

名 器官
» Some of his *organs* are problematic.
他有些器官有點問題。

or·gan·i·za·tion [ˌɔrgənəˈzeʃən]

名 組織、機構
同 institution 機構
» Everyone in the *organization* is selfish.
這機構的每個人都很自私。

or·i·gin [`ɔrədʒɪn]

名 起源
» The *origin* of the vampire legend is related to a kind of terrible bat.
吸血鬼傳説的起源跟某種可怕的蝙蝠有關。

own·er [`onɚ]

名 物主、所有者

同 holder 持有者

» The **owner** of the cattle doesn't want to sell this cattle.
這頭牛的主人不想賣這頭牛。

Pp

pain [pen]

名 疼痛

動 傷害

» The **pain** of losing a child makes her crazy.
失去孩子的傷痛讓她瘋掉。

pain·ful [`penfəl]

形 痛苦的

» The disease makes him **painful**.
疾病讓他很痛苦。

paint·ing [`pentɪŋ]

名 繪畫

» What's the value of the **painting**?
這幅畫的價值多少？

pa·ja·mas [pə`dʒæməz]

名 睡衣

名詞複數 pajamas

» Why are you wearing **pajamas** at noon?
你怎麼會在中午穿著睡衣呢？

pale [pel]

形 蒼白的

» The backpacker's face turned **pale** when he saw the ghost in the castle.
當背包客看到城堡裡的鬼魂，他的臉變得好蒼白。

pan [pæn]

名 平底鍋

» I used the **pan** to make this dish.
我用這個平底鍋做出這道菜的。

pan·da [`pændə]

名 貓熊

» **Pandas** are the most representative animal in China.
貓熊是中國最具代表性的動物。

pa·pa·ya [pə`paɪə]

名 木瓜

» I prefer to drink **papaya** smoothie.
我比較想喝木瓜牛奶。

par·don [`pɑrdn̩]

名 原諒

動 寬恕

同 forgive 原諒

» **Pardon** me. Can you say that again?
對不起。 你能再說一遍嗎？

par·tic·i·pate [pɑr`tɪsə‚pet]

動 參與

» Kim can't **participate** in the race as she broke her legs two days ago.
金無法參加賽跑，因為她兩天前摔斷了自己的腿。

par·tic·u·lar [pə`tɪkjəlɚ]

形 特別的

同 special 特別的

» Some **particular** students may have this kind of question.
有些特別的學生會有這種問題。

part·ner [`pɑrtnɚ]

名 夥伴

» He is the best **partner** I have ever had.
他是我最好的夥伴。

☑ **pass·word** [ˈpæsˌwɝd]

名 口令、密碼

» The **password** to enter the computer system is your birthday.
要進入電腦系統的密碼就是你的生日。

☑ **paste** [pest]

名 漿糊
動 黏貼
同 glue 黏著劑、膠水

» I am **pasting** the stamps on the envelope.
我正在把郵票黏到信封上。

☑ **path** [pæθ]

名 路徑
同 route 路程

» She found a beautiful flower on the **path**.
她在這條路徑上發現一朵漂亮的小花。

☑ **pa·tient** [ˈpeʃənt]

形 忍耐的
名 病人

» The doctor is very **patient**.
這位醫生很有耐心。

☑ **pat·tern** [ˈpætən]

名 模型、圖樣
動 仿照

» I love the **pattern** on the clothes.
我喜歡這件衣服的圖樣。

☑ **peace** [pis]

名 和平
反 war 戰爭

» World **peace** is the only wish of her.
世界和平是她唯一的願望。

☑ **peace·ful** [ˈpisfəl]

形 和平的
同 quiet 平靜的

» The country is very **peaceful**.
這國家很和平。

☑ **peach** [pitʃ]

名 桃子

» I ate a **peach** after dinner.
我在晚餐過後吃了顆桃子。

☑ **peak** [pik]

名 山頂
動 豎起、達到高峰
同 top 頂端

» Did you reach to the highest **peak** of the Alps?
你有攻下阿爾卑斯山最高的山頂嗎？

☑ **pear** [pɛr]

名 梨子

» We bought some **pears** in the supermarket.
我們在超市買了些梨子。

☑ **per** [pɚ]

介 每、經由
同 through 經由

» The candy costs me 1 dollar **per** gram.
這些糖果每一克要花我一塊錢。

☑ **per·fect** [ˈpɝfɛkt]

形 完美的
同 ideal 完美的、理想的

» My girlfriend is almost **perfect**.
我女友幾乎是完美的。

☑ **pe·ri·od** [ˈpɪrɪəd]

名 期間、時代
同 era 時代
片 in a period 生理期

» In this **period**, human beings lived in the cave.
在這時期，人類住在洞穴中。

☑ **per·son·al** [ˈpɝsənḷ]

形 個人的
同 private 私人的

» May I ask you a **personal** question?
我可以問你一個私人的問題嗎？

per·son·al·i·ty [ˌpɜsənˈælətɪ]

名 個性、人格

» The tour guide has a warm **personality**.
導遊有著熱情的個性。

phrase [frez]

名 片語
動 表意

» People use lots of **phrases** in a conversation.
人們在對話中會用很多的片語。

pil·low [ˈpɪlo]

名 枕頭
動 以……為枕
同 cushion 靠墊

» You need a good **pillow** so that you can sleep well.
你需要一個好的枕頭才能睡得好。

piz·za [ˈpitsə]

名 披薩

» I can't eat a **pizza** because I am on a diet.
我不能吃披薩，因為我正在減肥。

plain [plen]

形 平坦的
名 平原

» The rain in Spain is mostly on the **plain**.
西班牙的雨，大部分都下在平原。

plat·form [ˈplætfɔrm]

名 平臺、月臺
同 stage 平臺

» I am waiting for the train on **platform** 3.
我在三號月臺等火車。

play·ground [ˈpleˌɡraʊnd]

名 運動場、遊戲場

» Go to the **playground** to exercise.
去運動場運動吧。

pleas·ant [ˈplɛznt]

形 愉快的

» Wish you a **pleasant** day.
祝你有愉快的一天。

plus [plʌs]

介 加
名 加號
形 加的
同 additional 附加的

» One **plus** one equals two.
一加一等於二。

po·em [ˈpoɪm]

名 詩

» I read lots of **poems** in the literature class.
我在文學課讀到很多的詩。

po·et [ˈpoɪt]

名 詩人

» Shakespeare is more like a **poet** than a dramatist in many Asian countries.
在亞洲許多國家，莎士比亞比較像是詩人而非戲劇家。

po·et·ry [ˈpoɪtrɪ]

名 詩、詩集
同 verse 詩

» **Poetry** is elegant.
詩很優雅。

poi·son [ˈpoɪzn]

名 毒藥
動 下毒

» The **poisoned** apple makes Snow White die.
毒蘋果讓白雪公主死掉了。

po·lice·man/cop [pə'lismən]/[kɑp]

名 警察

» He is a **policeman**.
他是警察。

pol·i·cy ['pɑləsɪ]

名 政策

» The **policy** of this party wins him lots of votes.
這政黨的政策讓他贏得許多選票。

pop [pɑp]

名 砰的一聲、啪的一聲、槍擊
形 流行音樂的

» The kids love the sound of popcorn **popping**.
孩子們喜歡爆玉米花的聲音。

» She is a **pop** music fan.
她是流行音樂迷。

pop·u·la·tion [ˌpɑpjə'leʃən]

名 人口

» China is a country with a great amount of **population**.
中國是個有大量人口的國家。

pork [pork]

名 豬肉

» I made this dish with **pork**.
我這道菜是用豬肉做的。

port [port]

名 港口
同 harbor 海港

» I went to the **port** to take a ferry.
我去港口搭渡輪。

pose [poz]

動 擺出
名 姿勢
同 posture 姿勢

» The **pose** in the picture is weird.
這張照片的姿勢好奇怪喔。

po·si·tion [pə'zɪʃən]

名 位置、工作職位、形勢
同 location 位置

» I want to apply for the **position**.
我要申請這職位。

pos·i·tive ['pɑzətɪv]

形 確信的、積極的、正的
同 certain 確信的

» Give me a **positive** answer.
給我一個正面的答案。

pos·si·bil·i·ty [ˌpɑsə'bɪlətɪ]

名 可能性

» Is there any **possibility** for her to marry him?
她有跟他結婚的可能性嗎？

post [post]

名 郵件
動 郵寄、公佈、快速地

» I will **post** it on Facebook.
我會公佈在臉書上。

post·card ['postˌkɑrd]

名 明信片

» I just got a **postcard** from the States.
我收到一張從美國來的明信片。

pound [paʊnd]

名 磅、英磅
動 重擊

» I get three **pounds** in this week!
我這禮拜胖了三英鎊！

pow·er·ful ['paʊəfəl]

形 有力的

» The man is **powerful**.
這男人很有力。

☑ **praise** [prez]

動 稱讚
名 榮耀
同 compliment 稱讚
» The principal ***praised*** the student for his diligence.
校長讚揚這位學生的勤奮。

☑ **pray** [pre]

動 祈禱
同 beg 祈求
» I will ***pray*** for you.
我會為你祈禱。

☑ **prayer** [prɛr]

名 禱告
» Say your ***prayer*** before bedtime.
睡覺前要禱告。

☑ **pre·fer** [prɪˋfɝ]

動 偏愛、較喜歡
同 favor 偏愛
» I ***prefer*** the pink one.
我偏愛粉紅色的。

☑ **pres·i·dent** [ˋprɛzədənt]

名 總統
» The ***president*** is guilty.
這總統是有罪的。

☑ **press** [prɛs]

名 印刷機、新聞界
動 壓下、強迫
同 force 強迫
片 press conference 記者會
» You can open the door by ***pressing*** the button.
你按下這個鈕就可以開門。

☑ **pres·sure** [ˋprɛʃɚ]

名 壓力
動 施壓
» Why did you always give Fanny ***pressure***?
你為什麼總是要給芬妮壓力呢？

☑ **pride** [praɪd]

名 自豪
動 使自豪
» His ***pride*** makes him fail.
他的自傲讓他失敗了。

☑ **priest** [prist]

名 神父
» The ***priest*** delivers a speech and moves the church goers.
神父發表了演說，感動了去教堂的人。

☑ **pri·mar·y** [ˋpraɪˏmɛrɪ]

形 主要的
» The ***primary*** task of yours is to take care of your daughter.
你的主要任務是照顧你的女兒。

☑ **prince** [prɪns]

名 王子
» I feel he's my ***Prince*** Charming.
我覺得他是我的白馬王子。

☑ **prin·cess** [ˋprɪnsɪs]

名 公主
» She considers herself a ***princess***.
她以為自己是公主。

☑ **prin·ci·pal** [ˋprɪnsəpl]

形 首要的
名 校長、首長
» I think betrayal is the ***principal*** reason of their divorce.
我覺得背叛是他們離婚的主要原因。

prin·ci·ple [ˈprɪnsəpl̩]

名 原則
同 standard 規範
» The **principles** make her uncomfortable.
這些規則讓她很不舒服。

print [prɪnt]

名 印跡、印刷字體、版
動 印刷
» Let's **print** it out.
把它印出來。

print·er [ˈprɪntɚ]

名 印刷工、印表機
» My **printer** doesn't work.
我的印表機壞掉了。

pris·on [ˈprɪzn̩]

名 監獄
同 jail 監獄
片 in prison 坐牢
» The school is like a **prison** for her.
對她來說，學校就像是監獄一樣。

pris·on·er [ˈprɪznɚ]

名 囚犯
» Give the **prisoner** a chance.
給這些囚犯一點機會。

pri·vate [ˈpraɪvɪt]

形 私密的
» She denied to answer any question about her **private** life.
她拒絕回答任何關於她私人生活的問題。

prize [praɪz]

名 獎品
動 獎賞、撬開
同 reward 獎品
» I won the first **prize**.
我贏得頭獎。

pro·duce [prəˈdjus]/[ˈprɑdjus]

動 生產
名 產品
同 make 生產
» These shoes are **produced** in Vietnam.
這些鞋子是越南生產的。

pro·duc·tion [prəˈdʌkʃən]

名 製造
» The over **production** of the computers resulted in the low price competition.
電腦的過度製造，造成了低價競爭。

pro·gress [ˈprɑgrɛs]/[prəˈgrɛs]

名 進展
動 進行
同 proceed 進行
» His **progress** amazed the teacher.
他的進展讓老師大吃一驚。

proj·ect [ˈprɑdʒɛkt]/[prəˈdʒɛkt]

名 計畫
動 推出、投射
» My boss is interested in the **project**.
我的老闆對這個計畫充滿興趣。

prom·ise [ˈprɑmɪs]

名 諾言
動 約定
同 swear 承諾
» I **promise** I will always love you.
我承諾會永遠愛你。

prop·er [ˈprɑpɚ]

形 適當的
» A **proper** meal is what you need now.
好好吃一頓飯是你現在所需要的。

pro·pose [prəˈpoz]

動 提議、求婚
同 offer 提議
» Many people in the country **propose** to legalize gay marriage.
這國家有很多人提議將同性婚姻合法化。

☑ **pro·tect** [prəˈtɛkt]

動 保護

» Parents shouldn't **protect** their children too much.
父母不應該太保護小孩。

☑ **pro·tec·tive** [prəˈtɛktɪv]

形 保護的

» Wear the **protective** knee pad.
穿上這副護膝。

☑ **prove** [pruv]

動 證明、證實

同 confirm 證實

» **Prove** yourself.
證明你自己。

☑ **pro·vide** [prəˈvaɪd]

動 提供

同 supply 提供

片 provide with 提供……

» The school **provides** him with scholarship.
這學校提供他獎學金。

☑ **pud·ding** [ˈpʊdɪŋ]

名 布丁

» I ate a **pudding** in the afternoon.
我下午吃了個布丁。

☑ **pump·kin** [ˈpʌmpkɪn]

名 南瓜

» We make a **pumpkin** lantern on Halloween.
我們在萬聖節做南瓜燈。

☑ **pun·ish** [ˈpʌnɪʃ]

動 處罰

» The teacher **punishes** the naughty students.
老師懲罰不乖的學生。

☑ **pun·ish·ment** [ˈpʌnɪʃmənt]

名 處罰

» The **punishment** of the school is too strict for a five-year-old child.
這學校的處罰對於一個五歲大的小孩來說太嚴格了。

☑ **pu·pil** [ˈpjupl̩]

名 學生、瞳孔

同 student 學生

» I have been a **pupil** of the goldsmith for a decade.
我當這金匠的學生已經有十年了。

☑ **pup·py** [ˈpʌpɪ]

名 小狗

» She saw a lovely **puppy** on the street.
她在路上看到一隻可愛的小狗。

☑ **pur·ple** [ˈpɝpl̩]

形 紫色的

名 紫色

» The **purple** flower is pretty.
這朵紫色的花很漂亮。

☑ **pur·pose** [ˈpɝpəs]

名 目的、意圖

同 aim 目的

片 on purpose 故意的

» What's your **purpose**?
你的目的是什麼？

☑ **puz·zle** [ˈpʌzl̩]

名 難題、謎

動 迷惑

同 mystery 謎

» Can you solve the **puzzle**?
你可以解開這難題嗎？

Qq

☑ **qual·i·ty** [ˈkwɑlətɪ]

名 品質

» The ***quality*** of the goods is not good enough.
品質商品的品質不夠好。

☑ **quan·ti·ty** [ˈkwɑntətɪ]

名 數量

» Tell me the ***quantity*** of your goods.
告訴我你的商品數量。

☑ **quiz** [kwɪz]

名 測驗

動 對……進行測驗

同 test 測驗

名詞複數 quizzes

» I am preparing for the ***quiz*** tomorrow.
我正在準備明天的測驗。

Rr

☑ **rail·road/rail·way**
[ˈrelˌrod]/[ˈrelˌwe]

名 鐵路

» The ***railroad*** is very long.
這條鐵路很長。

☑ **rain·coat** [ˈrenˌkot]

名 雨衣

» Children are safer wearing ***raincoats*** on rainy days.
下雨天小朋友穿雨衣比較安全。

☑ **range** [rendʒ]

名 範圍

動 排列

同 limit 範圍

» The ***range*** of her academic study is wide.
她研究範圍很廣。

☑ **rap·id** [ˈræpɪd]

形 迅速的

同 quick 迅速的

» The ***rapid*** act of his saved her life.
他迅速的動作救了她一命。

☑ **rare** [rɛr]

形 稀有的

» It's ***rare*** to see a panda here.
在這邊，貓熊是很稀有的。

☑ **rat** [ræt]

名 老鼠

同 mouse 老鼠

» I heard a ***rat*** running.
我聽到老鼠在跑。

☑ **rath·er** [ˈræðɚ]

副 寧願

片 would rather 寧可

» I would ***rather*** die.
我寧死不屈。

☑ **re·al·i·ty** [rɪˈælətɪ]

名 真實

同 truth 真實

» The ***reality*** is cruel.
事實是很殘酷的。

☑ **re·al·ize** [ˈriəˌlaɪz]

動 實現、瞭解

» She works hard to ***realize*** her dream.
她很努力實現夢想。

☑ **re·ceive** [rɪˈsiv]

動 收到

反 send 發送、寄

» Did you ***receive*** her mail?
你有收到她的信嗎？

☑ **re·cent** [ˈrisṇt]

形 最近的

» ETF has been popular in ***recent*** years.
近幾年 ETF 很流行。

☑ **re·cord** [ˋrɛkəd]/[rɪˋkɔrd]

名 記錄、唱片
動 記錄

» He broke the **record** in this competition.
他在這場比賽中打破紀錄了。

☑ **re·cov·er** [rɪˋkʌvə]

動 恢復、重新獲得

» Uncle Bob **recovered** gradually after the surgery.
鮑伯舅舅在手術後逐漸康復。

☑ **re·frig·er·a·tor/fridge** [rɪˋfrɪdʒəˌretə]/[frɪdʒ]

名 冰箱

» I put the milk into the **refrigerator**.
我把牛奶放入冰箱之中。

☑ **re·fuse** [rɪˋfjuz]

動 拒絕
同 reject 拒絕

» I **refuse** to forgive her.
我拒絕原諒她。

☑ **re·gard** [rɪˋgɑrd]

動 注視、認為
名 注視
同 judge 認為

» I **regard** her as my best friend.
我將她視為我最好的朋友。

☑ **re·gion** [ˋridʒən]

名 區域
同 zone 區域

» The **region** is not ruled by the king.
這區域不受國王的統轄。

☑ **reg·u·lar** [ˋrɛgjələ]

形 平常的、定期的、規律的
同 usual 平常的

» I know its **regular** schedule.
我知道它平常的時刻表。

☑ **re·ject** [rɪˋdʒɛkt]

動 拒絕

» I **reject** to help him.
我拒絕幫助他。

☑ **re·late** [rɪˋlet]

動 敘述、有關係

» This story is **related** to the motif of conversations between trees.
這個故事跟樹之間的對話主題有關。

☑ **re·la·tion** [rɪˋleʃən]

名 關係

» Parents and children **relation** is important for the development of a child.
親子關係對於孩子的發展來說很重要。

☑ **re·la·tion·ship** [rɪˋleʃənʃɪp]

名 關係

» I can't believe that he's in a **relationship** with the super star!
我不敢相信他竟然跟那大明星交往！

☑ **re·li·gion** [rɪˋlɪdʒən]

名 宗教

» **Religion** brings lucky and unlucky things to humankind.
宗教為人類帶來了幸運和不幸運的事。

☑ **re·move** [rɪˋmuv]

動 移動

» My son helped me to **remove** the shoe cabinet to our basement.
我的兒子幫我把鞋櫃移到地下室。

☑ **rent** [rɛnt]

名 租金
動 租借

» We can't afford the **rent** of the apartment in this area.
我們無法負擔這個區域的公寓租金。

☑ **re·pair** [rɪˈpɛr]

　名 修理
　名 修理
　» The shopkeeper of the bicycles is **repairing** Miss Chen's bicycle.
　　腳踏車店鋪的老闆正在修理陳老師的腳踏車。

☑ **re·ply** [rɪˈplaɪ]

　名 回答、答覆
　同 respond 回答
　» He didn't **reply** my question.
　　他並沒有回答我的問題。

☑ **re·quire** [rɪˈkwaɪr]

　名 需要
　同 need 需要
　» Being patient is **required** to get this job.
　　這份工作很需要耐心。

☑ **re·quire·ment** [rɪˈkwaɪrmənt]

　名 需要
　» A **requirement** of a child can be more than you think.
　　一個孩子的需求可能比你想像中還多。

☑ **re·spect** [rɪˈspɛkt]

　名 尊重
　名 尊重、尊敬
　同 adore 尊敬
　» I **respect** the teacher.
　　我很尊敬我的老師。

☑ **re·spond** [rɪˈspɑnd]

　名 回答
　» It's hard to **respond** to such an embarrassing question.
　　要回答這樣一個讓人尷尬的問題真的很難。

☑ **re·spon·si·ble** [rɪˈspɑnsəbl]

　形 負責任的
　» She is **responsible** for her job.
　　她對她的工作很負責任。

☑ **rest·room** [ˈrɛstˌrum]

　名 洗手間、廁所
　» I need to go to the **restroom** now.
　　我現在要去一下洗手間。

☑ **re·sult** [rɪˈzʌlt]

　名 結果
　名 導致
　同 consequence 結果
　» The **result** is not satisfying.
　　這結果不是讓人很滿意。

☑ **re·turn** [rɪˈtɝn]

　名 歸還、送回
　名 返回、復發
　形 返回的
　反 depart 出發
　» When will you **return** my book?
　　你何時要還我書？

☑ **re·view** [rɪˈvju]

　名 複習
　名 回顧、檢查
　同 recall 回憶
　» We will **review** the lesson in the next class.
　　下堂課我們會複習這一課。

☑ **rich·es** [ˈrɪtʃɪz]

　名 財產
　同 wealth 財產
　» Having a well-paid job is not the only way to **riches**.
　　坐擁高薪不只是通往財富唯一的道路。

☑ **rock·y** [ˈrɑkɪ]

　形 岩石的、搖擺的
　» The roads in the countryside of Vietnam are always **rocky**.
　　越南鄉下的路總是很多岩石。

☑ **role** [rol]

　名 角色
　» My mother plays an important **role** in my life.
　　我的母親在我人生中扮演很重要的角色。

☑ **roof** [ruf]

名 屋頂、車頂

反 floor 地板

» He is singing on the **roof**.
他在屋頂上唱歌。

☑ **roost·er** [`rustɚ]

名 雄雞、好鬥者

同 cock 公雞

» The **roosters** are fighting.
公雞們正在打鬥。

☑ **roy·al** [`rɔɪəl]

形 皇家的

同 noble 貴族的

» The **royal** guards are standing around here.
皇家護衛站在這附近。

☑ **rub** [rʌb]

動 磨擦

» The giraffe **rubs** its neck.
長頸鹿摩擦牠的脖子。

☑ **rub·ber** [`rʌbɚ]

名 橡膠、橡皮

形 橡膠做的

» Tie the bag with **rubber** band.
用橡皮筋綁這袋口。

☑ **rude** [rud]

形 野蠻的、粗魯的

» Don't be **rude** to your teacher.
不可以對你的老師那麼粗魯。

☑ **run·ner** [`rʌnɚ]

名 跑者

» Who is the fastest **runner** in the world?
誰是當今世界上最快的跑者？

Ss

☑ **safe·ty** [`seftɪ]

名 安全

同 security 安全

» **Safety** is the first priority.
安全第一。

☑ **sail** [sel]

名 帆、篷、航行、船隻

動 航行

» The Titanic **sailed** to America.
鐵達尼號航向美國。

☑ **sail·or** [`selɚ]

名 船員、海員

» A **sailor** can't be seasick.
船員不可以暈船。

☑ **sales·per·son/sales·man/ sales·wom·an**

[`selzˌpɝsn]/[`selzmən]/[`selzˌwumən]

名 售貨員、推銷員

» The **salesperson** always wears smiles on his face.
這個推銷員的臉上總是掛著微笑。

☑ **salt·y** [`sɔltɪ]

形 鹹的

» The dish is too **salty**.
這道菜太鹹了。

☑ **sam·ple** [`sæmpl]

名 樣本

» Give me a **sample**.
給我一個樣本。

☑ **sand** [sænd]

名 沙、沙子

» The children are playing in the **sand**.
孩子們在玩沙。

☑ **sand·wich** [ˈsændwɪtʃ]

名 三明治

» I ate a **sandwich** in the morning.
我早上吃了一個三明治。

☑ **sat·is·fy** [ˈsætɪsˌfaɪ]

動 使滿足

同 please 使滿意

» I will do everything to **satisfy** my wife.
我將盡一切努力令我老婆滿意。

☑ **saw** [sɔ]

名 鋸

動 用鋸子鋸

» I **sawed** the log.
我用鋸子鋸木頭。

☑ **scare** [skɛr]

動 驚嚇、使害怕

名 害怕

同 frighten 使害怕

» I was **scared** by you.
我被你嚇到了。

☑ **scared** [skɛəd]

形 驚恐的 吃驚的 嚇壞的 恐懼的

» Don't be **scared**; I'll be with you the whole time.
別害怕，我會一直陪著你的。

☑ **scene** [sin]

名 戲劇的一場、風景

同 view 景色

» The **scene** is beautiful.
這景色好美。

☑ **sched·ule** [ˈskɛdʒʊl]

名 時刻表

動 將……列表

同 list 列表

» Would you mind waiting for us near the flight **schedule**?
你介不介意在飛行時刻表附近等我們？

☑ **scoot·er** [ˈskutɚ]

名 滑板車 （兒童遊戲用的）踏板車

» My son enjoys riding his **scooter** in the park.
我兒子喜歡在公園騎滑板車。

☑ **score** [skor]

名 分數

動 得分、評分

» I want to get a good **score**.
我想要考高分。

☑ **screen** [skrin]

名 螢幕

» My mom looked at the **screen** of my cell phone.
我媽媽看了一下我手機螢幕。

☑ **sea·food** [ˈsiˌfud]

名 海產食品 海鮮

» **Seafood** is rich in protein.
海鮮有豐富蛋白質。

☑ **search** [sɝtʃ]

動 搜索、搜尋

名 調查、檢索

同 seek 尋找

» I am **searching** for the answer.
我正在找答案。

☑ **sec·ond·ar·y** [ˈsɛkənˌdɛrɪ]

形 第二的

» This set of sofa is the most important, and the table is the **secondary** of importance.
這組沙發是最重要的，而這張桌子是次重要的。

☑ **se·cret** [ˈsikrɪt]

名 祕密

» I won't tell you the **secret**.
我不會告訴你這祕密。

☑ **sec·tion** [ˈsɛkʃən]

名 部分

» In this **section**, we will talk about newborn babies.
在這部分，我們將會討論新生嬰兒。

☑ **seek** [sik]

動 尋找

» **Seeking** the yellow parrot is not an easy task.
尋找那隻黃色的鸚鵡並不是件簡單的任務。

☑ **seem** [sim]

動 似乎

» It **seems** to be good.
這看起來不錯。

☑ **see·saw** [ˋsiˌsɔ]

名 翹翹板

» Kids love to play **seesaw**.
小孩子都喜歡翹翹板。

☑ **sel·dom** [ˋsɛldəm]

副 不常地、難得地

» The writer **seldom** returns to his homeland.
這名作家很少返回祖國。

☑ **se·lect** [səˋlɛkt]

動 挑選

同 pick 挑選

» We will **select** the best student to represent for our class.
我們將會選出最優秀的學生代表我們班。

☑ **se·lec·tion** [səˋlɛkʃən]

名 選擇、選定

» Most students in the class disagree with the **selection** of the teacher.
大部分學生都不同意那老師的選擇。

☑ **self** [sɛlf]

名 自己、自我

片 take yourself at home 當自己家

» He tends to be quite **self**-critical.
他往往太自我批評。

☑ **self·ish** [ˋsɛlfɪʃ]

形 自私的、不顧別人的

» He is very **selfish**.
他很自私。

☑ **sense** [sɛns]

名 感覺、意義

片 sense of humor 幽默感

» It doesn't make **sense**.
這沒有意義。

☑ **sen·si·tive** [ˋsɛnsətɪv]

形 敏感的

» Some parents are not **sensitive** to their children's needs.
有些父母對孩子的需求不太敏感。

☑ **sep·a·rate** [ˋsɛpəˌret]

形 分開的
動 分開

» The twin brothers were **separated** when they were little.
這對雙胞胎兄弟從小就被分開了。

☑ **ser·vant** [ˋsɝvənt]

名 僕人、傭人

» The millionaire mistreated his **servant**.
這位富豪虐待他的僕人。

☑ **serve** [sɝv]

動 服務、招待

片 serve as 扮演著……

» What did they **serve** you?
他們招待你什麼嗎？

☑ **set·tle** [ˋsɛtl̩]

動 安排、解決

片 settle down 安定

» After we **settled** down, I started to look for a job.
在我們安排妥當後，我開始找一個工作。

☑ **set·tle·ment** [ˈsɛtḷmənt]

名 解決、安排

» The **settlement** makes me relaxed.
這安排讓我鬆了口氣。

☑ **sex** [sɛks]

名 性、性別

» What's the **sex** of your boss' baby?
你老闆的寶寶是男是女？

☑ **shame** [ʃem]

名 羞恥、羞愧

動 使羞愧

» "**Shame** on you," Mrs. Wu said to her son.
吳太太對她的兒子說：「真以你為恥。」

☑ **shake** [ʃek]

動 搖、發抖

名 搖動、震動

» He **shook** his head and said no.
他搖頭說不。

☑ **sheet** [ʃit]

名 床單

» My mom is changing the **sheet** for me.
媽媽在幫我換床單。

☑ **shelf** [ʃɛlf]

名 棚架、架子

» Give me the book on the **shelf**.
請給我架子上的書。

☑ **shell** [ʃɛl]

名 貝殼

動 剝

» I collect many **shells** on the beach.
我在沙灘上撿到很多貝殼。

☑ **shine** [ʃaɪn]

動 照耀、發光、發亮

名 光亮

同 glow 發光

» The sun **shines**.
陽光普照。

☑ **shock** [ʃɑk]

名 衝擊

動 震撼、震驚

同 frighten 驚恐

» I was **shocked** by the movie.
我被這部電影嚇到了。

☑ **shoot** [ʃut]

動 射傷、射擊

名 射擊、嫩芽

» The **soldier** was shot.
這名士兵被射傷。

☑ **shop·keep·er** [ˈʃɑpˌkipɚ]

名 店主 商店經理

» The **shopkeeper** warmly greeted all the customers.
店主熱情地迎接所有顧客。

☑ **shore** [ʃor]

名 岸、濱

同 bank 岸

» The villa is on the **shore**.
這別墅在海岸。

☑ **shot** [ʃɑt]

名 子彈、射擊

同 bullet 子彈

» Give him a **shot**.
開槍打他。

☑ **shut** [ʃʌt]

動 關上、閉上

» Please **shut** the door.
請關上門。

☑ **shy** [ʃaɪ]

形 害羞的、靦腆的

反 bold 大膽的

» She is very **shy**.
她很害羞。

side·walk [ˈsaɪdwɔk]

名 人行道
同 pavement 人行道
» I saw him on the **sidewalk**.
我在人行道上看到他。

si·lence [ˈsaɪləns]

名 沉默
動 使……靜下來
» The **silence** made me embarrassed.
這一陣沉默讓我很尷尬。

si·lent [ˈsaɪlənt]

形 沉默的
» He is a **silent** person.
他是一個沉默寡言的人。

sil·ly [ˈsɪlɪ]

形 傻的、愚蠢的
同 foolish 愚蠢的
» **Silly** you.
你這小傻瓜。

sil·ver [ˈsɪlvə]

名 銀
形 銀色的
» The spoon is made of **silver**.
這湯匙是銀做成的。

sim·i·lar [ˈsɪmələ]

形 相似的、類似的
同 alike 相似的
» These bags are **similar**.
這些包包都很相似。

sim·ply [ˈsɪmplɪ]

副 簡單地、樸實地、僅僅
» I will **simply** tell you the summary of the story.
我只會簡單地跟你說故事的大綱。

sin·gle [ˈsɪŋgl]

形 單一的
名 單一
» I have been **single** for years after she dumped me.
在她甩了我以後，我單身了很多年。

skill [skɪl]

名 技能
同 capability 技能
» Your basketball **skill** is good enough.
你籃球技巧已經夠好了。

skilled [skɪld]

形 熟練的；有技能的 需要技能的
» My dad is a **skilled** and highly proficient surgeon.
我的爸爸是技術高超的外科醫生。

skin [skɪn]

名 皮、皮膚
» Your **skin** is too dark.
你的皮膚太黑了。

sleep·y [ˈslipɪ]

形 想睡的、睏的
» I am **sleepy** in the class.
我上課的時候很想睡。

slide [slaɪd]

動 滑動
名 滑梯、投影片
» A cat is lying on the **slide**.
溜滑梯上躺著一隻貓。

slip [slɪp]

動 滑倒
» I **slipped** in the bathroom.
我在浴室滑倒了。

slip·per(s) [ˈslɪpə(z)]

名 拖鞋

» I put my **slippers** at the door.
我在門口放了我的拖鞋。

smooth [smuð]

形 平滑的
動 使平滑、使平和

» TV ads often promote products, which are used to keep women's skin **smooth**.
電視廣告總是宣傳能用來保持讓女人皮膚光滑的產品。

snack [snæk]

名 小吃、點心
動 吃點心

» I ate some **snack** in the afternoon.
我在午後吃了點小吃。

snail [snel]

名 蝸牛

» There are some **snails** on the leaf.
葉子上有幾隻蝸牛。

snow·y [ˈsnoɪ]

形 多雪的、積雪的

» The mountain is always **snowy**.
這座山總是積雪。

soap [sop]

名 肥皂

» I need a **soap** to take a bath.
我需要一塊肥皂洗澡。

soc·cer [ˈsɑkə]

名 足球

» I love to play **soccer**.
我喜歡踢足球。

so·cial [ˈsoʃəl]

形 社會的

» Bullying is a **social** problem.
霸凌是社會的問題。

so·ci·e·ty [səˈsaɪətɪ]

名 社會
同 community 社區、社會

» The **society** pays little attention on this issue.
這社會不太注意這個議題。

sock(s) [sɑk(s)]

名 短襪

» The **socks** smell terrible.
這些襪子很難聞。

so·da [ˈsodə]

名 汽水、蘇打

» I drink **soda** when I eat pizza.
我吃披薩的時候配汽水。

soft [sɔft]

形 軟的、柔和的
反 hard 硬的

» The girl's lips are **soft**.
那女孩的嘴唇很軟。

soil [sɔɪl]

名 土壤
動 弄髒、弄汙
同 dirt 泥、土

» The **soil** is good for growing plant.
這邊的土壤很適合種植。

so·lu·tion [səˈluʃən]

名 溶解、解決、解釋
同 explanation 解釋

» Tell me your **solution**.
告訴我你的解決方法。

solve [sɑlv]

動 解決

» I don't know how to **solve** this problem.
我不知道如何解決這問題。

some·what [ˈsʌmˌhwɑt]

副 多少、幾分

» The project is **somewhat** difficult to complete.
這個案子要完成是有幾分困難的。

sort [sɔrt]

名 種
動 一致、調和
» What **sort** of books attracts teenagers?
哪一種書可以吸引青少年？

soul [sol]

名 靈魂、心靈
反 body 身體
» You have a pure **soul**.
你有個純潔的靈魂。

sour [saʊr]

形 酸的
動 變酸
名 酸的東西
» The milk is **sour**.
牛奶酸了。

source [sɔrs]

名 來源、水源地
同 origin 起源
» What's the **source** of this article?
這篇文章來源是什麼？

south·ern [ˈsʌðən]

形 南方的
» I am going to **southern** America this year.
我今年要去南美洲。

soy·bean [ˈsɔɪˌbin]

名 大豆、黃豆
» Tofu is made of **soybean**.
豆腐是黃豆做的。

speak·er [ˈspikə]

名 演說者
» The **speaker** touched me.
這演講者感動我的心。

speech [spitʃ]

名 言談、說話
片 give a speech 做一場演講
» The **speech** is touching.
這場演講很感人。

speed [spid]

名 速度、急速
動 加速
同 haste 急速
» The ambulance rushed to the hospital at high **speed**.
這輛救護車以高速衝到醫院。

spell·ing [ˈspɛlɪŋ]

名 拼讀、拼法
» I have no clue how to improve **spelling** ability.
我對如何提升拼字能力一無所知。

spi·der [ˈspaɪdə]

名 蜘蛛
» My sister is afraid of **spiders**.
我姐姐很怕蜘蛛。

spir·it [ˈspɪrɪt]

名 精神
同 soul 精神、靈魂
» Art can purify our **spirit**.
藝術可以淨化人心。

spoon [spun]

名 湯匙、調羹
» I eat the soup with **spoon**.
我用湯匙喝湯。

sport [sport]

名 運動
同 exercise 運動
» Basketball is my favorite **sport**.
籃球是我最愛的運動。

spot [spɑt]

動 弄髒、認出

名 點

同 stain 弄髒

» I **spotted** the shirt when I ate pasta.
當我在吃義大利麵的時候弄髒了我的襯衫。

spread [sprɛd]

動 展開、傳佈

名 寬度、桌布

同 extend 擴展

» The news was **spread** rapidly.
這新聞很快速的傳開了。

stage [stedʒ]

名 舞臺、階段

動 上演

片 on the stage 上演

» The opera is on the **stage** now.
這齣歌劇正在上演。

stamp [stæmp]

動 壓印

名 郵票、印章

» I am collecting **stamps**.
我正在集郵。

stan·dard [ˋstændəd]

名 標準

形 標準的

同 model 標準

» It's a **standard** format.
這是一個標準的格式。

state [stet]

名 狀態、狀況、情形；州

動 陳述、說明、闡明

同 declare 聲明、表示

» What does this book **state**?
這本書闡述什麼？

state·ment [ˋstetmənt]

名 陳述、聲明、宣佈

» The **statement** is illogical.
這聲明不合邏輯。

steak [stek]

名 牛排

» I had a **steak** for dinner on my birthday.
我生日那天晚餐吃牛排。

steel [stil]

名 鋼、鋼鐵

» I don't think it is a good time to invest in **steel**.
我不認為現在是投資鋼鐵的好時機。

step [stɛp]

名 腳步、步驟

動 踏

同 pace 步

» Watch your **step**.
小心你的步伐。

stick [stɪk]

名 棍、棒

動 黏

同 attach 貼上

» The children hit the dog with **sticks**.
這些小孩用棒子打這隻狗。

stom·ach·ache [ˋstʌmək͵ek]

名 胃痛、腹痛

» I often have **stomachaches** because of the high work-related stress.
上班壓力大所以我常胃痛。

stone [ston]

名 石、石頭

同 rock 石頭

» The house is built with **stones**.
這房子是石頭建成的。

storm [stɔrm]

名 風暴

動 襲擊

» The **storm** is coming.
暴風雨就要來臨了。

☑ **strang·er** [`strendʒɚ]

名 陌生人

» I always tell my kids not to talk to **strangers**.
我總是告訴我的小孩不要跟陌生人講話。

☑ **straw·ber·ry** [`strɔ͵bɛrɪ]

名 草莓

» Have you ever tried **strawberry** cake?
你有吃過草莓蛋糕嗎？

☑ **stream** [strim]

名 小溪
動 流動

» I used to play near the **stream**.
我以前在小溪邊玩耍。

☑ **stress** [strɛs]

名 壓力
動 強調、著重
同 emphasis 強調

» She quitted her job because of the **stress**.
她因為壓力離職了。

☑ **stretch** [strɛtʃ]

動/名 伸展

» I **stretched** my legs after the class.
下課後，我伸展我的雙腳。

☑ **strict** [strɪkt]

形 嚴格的
同 harsh 嚴厲的

» The teachers in this school are **strict**.
這學校的老師都很嚴格。

☑ **strike** [straɪk]

動 打擊、達成（協定）
名 罷工
片 go on strike 罷工

» The workers in this country go on **strike** very often.
這國家的工人很常罷工。

☑ **strug·gle** [`strʌgl̩]

動 努力、奮鬥
名 掙扎、奮鬥

» Even the children in this country need to **struggle** for life.
這國家連孩子都要為生活奮鬥。

☑ **style** [staɪl]

名 風格、作風、文體
動 稱呼、命名、設計

» Her fashion **style** is unique.
她的時尚風格獨特。

☑ **sub·way/un·der·ground/ met·ro** [`sʌb͵we] / [`ʌndɚ͵graʊnd] / [`mɛtro]

名 地鐵、地下鐵火車、捷運

» He takes the **subway** to commute to work.
他坐捷運上下班。

☑ **suc·ceed** [sək`sid]

動 成功

» Everyone wants to **succeed**.
大家都想要成功。

☑ **suc·cess** [sək`sɛs]

名 成功

» **Success** means efforts.
成功意味著努力。

☑ **such** [sʌtʃ]

形 這樣的、如此的
代 這樣的人或物

» I can't stand **such** an idiot.
我無法忍受這樣一個白癡。

☑ **sud·den** [ˈsʌdn̩]

形 突然的

名 意外、突然

片 all of a sudden 突然間

» All of a **sudden**, there was a thunder.
突然來一陣雷聲。

☑ **sug·gest** [səˈdʒɛst]

動 提議、建議

同 hint 建議

» I **suggest** we take a trip to Korea.
我提議我們到韓國去旅行。

☑ **suit** [sut]

名 套

動 適合

同 fit 適合

» The dress **suits** you well.
這件洋裝很適合你。

☑ **suit·a·ble** [ˈsutəbl̩]

形 適合的

同 fit 適合的

» Wearing casual clothes to the party is not **suitable**.
穿輕便的衣服去那場派對並不合適。

☑ **su·per** [ˈsupɚ]

形 很棒的、超級的

副 非常

» That's **super** cool!
這超級酷的！

☑ **sup·per** [ˈsʌpɚ]

名 晚餐、晚飯

反 breakfast 早餐

» I am preparing the **supper**.
我正在準備晚餐。

☑ **sup·ply** [səˈplaɪ]

動 供給

名 供應品

同 furnish 供給

» **Supply** meets demand.
供需平衡了。

☑ **sup·port** [səˈport]

動 支持

名 支持者、支撐物

同 uphold 支持

» My family **support** me.
我的家人支援我。

☑ **sup·pose** [səˈpoz]

動 假定

» Miss Chang **supposes** we all know there is a quiz.
張老師假定我們都知道有小考。

☑ **surf** [sɝf]

名 湧上來的浪

動 衝浪、乘浪

» Let's go **surfing**.
讓我們去衝浪吧。

☑ **sur·face** [ˈsɝfɪs]

名 表面

動 使形成表面

同 exterior 表面

» The **surface** of the moon is covered with rocks.
月球表面覆蓋著岩石。

☑ **sur·viv·al** [sɚˈvaɪvl̩]

名 殘存、倖存

» In the battlefield, **survival** is the key question.
在戰場上，倖存與否是關鍵問題。

☑ **sur·vive** [sɚˈvaɪv]

動 倖存、殘存

» They just want to **survive** in the war.
他們只是想要在戰爭中倖存。

☑ **swal·low** [ˈswɑlo]

名 燕子

動 吞咽

» I **swallowed** all the food on the table when I was hungry.
當我饑餓的時候，我吞下整桌的食物。

☑ **sweat·er** [ˈswɛtɚ]

名 毛衣、厚運動衫

» I wore a **sweater** under the jacket.
在夾克外套下，我穿了一件毛衣。

☑ **sweep** [swip]

動 掃、打掃

名 掃除、掠過

» You need to **sweep** the floor.
你要掃地。

☑ **swim** [swɪm]

動 游、游泳

名 游泳

» The best sport in summer is **swimming**.
夏天最好的運動就是游泳。

☑ **swim·suit** [ˈswɪmsut]

名 游泳衣

» I'm afraid to wear **swimsuits** that are too revealing.
太暴露的游泳衣我不敢穿。

☑ **swing** [swɪŋ]

動 搖動

» The branches on the tree are **swinging**.
樹枝在搖動。

☑ **switch** [swɪtʃ]

名 開關

動 轉換

» The **switch** of the bathroom's light is on your right side.
浴室電燈的開關在你的右手邊。

☑ **sym·bol** [ˈsɪmbl̩]

名 象徵、標誌

同 sign 標誌

» Do you know the **symbol** of Japan?
你知道日本的標誌是什麼嗎？

☑ **sys·tem** [ˈsɪstəm]

名 系統

片 the immune system 免疫系統

» The train **system** was out of function this morning.
火車系統今天早上故障。

Tt

☑ **tale** [tel]

名 故事

同 story 故事

片 fairy tale 童話

» I used to love fairy **tale**.
我曾經喜歡童話。

☑ **tar·get** [ˈtɑrgɪt]

名 目標、靶子

同 goal 目標

» What's your **target**?
你的目標是什麼？

☑ **task** [tæsk]

名 任務

同 work 任務

» The **task** is too difficult.
這任務太難了。

☑ **tax** [tæks]

名 稅

» The tea **tax** greatly angered some people in the 18th century.
十八世紀的茶葉稅讓一些人非常的生氣。

☑ **tea·pot** [ˈti͵pɑt]

名 茶壺

» Please pass me the **teapot**.
請把茶壺遞給我。

☑ **tear** [tɪr]/[tɛr]

名 眼淚

動 撕、撕破

» I burst into *tears* when getting the bad news.
當我聽到噩耗，忍不住流了眼淚。

☑ **tech·nol·o·gy** [tɛkˋnɑlədʒɪ]

名 技術學、工藝學

» *Technology* of making a car has been quite advanced.
造車的技術已經很先進了。

☑ **teen(s)** [tin(z)]

名 十多歲

» *Teens* are troublesome for parents.
父母總為十多歲的孩子傷腦筋。

☑ **tem·per·a·ture** [ˋtɛmprətʃə]

名 溫度、氣溫

» The *temperature* in the mountain area is around 10 to 15 degrees.
山區的氣溫大概 10 到 15 度。

☑ **term** [tɝm]

名 條件、期限、術語

動 稱呼

» It is a special *term* for medicine.
這是藥學的一個專有名詞。

☑ **ter·ror·ism** [ˋtɛrəˌrɪzəm]

名 恐怖主義、恐怖行動、恐怖統治

» *Terrorism* threatens global security significantly.
恐怖主義對全球安全構成嚴重威脅。

☑ **ter·ror·ist** [ˋtɛrərɪst]

形 恐怖主義者 恐怖分子

» The government arrested a *terrorist*.
政府逮捕了一名恐怖分子。

☑ **text** [tɛkst]

名 課文、本文

» The *text* of the lesson is about penguins.
這一課的本文是關於企鵝。

☑ **text·book** [ˋtɛkstbʊk]

名 教科書

» Don't forget to bring your *textbook* tomorrow.
明天不要忘記帶你的課本來。

☑ **there·fore** [ˋðɛrˌfor]

副 因此、所以

同 hence 因此

» I was tired. *Therefore*, I went to bed early last night.
我很累，因此我昨天很早就睡了。

☑ **thief** [θif]

名 小偷、盜賊

名詞複數 thieves

» There is a *thief* in this neighbor.
這鄰里有小偷。

☑ **thirs·ty** [ˋθɝstɪ]

形 口渴的

» I'm very *thirsty*. Could you please give me some water?
我口很渴，可以給我一些水嗎？

☑ **thought** [θɔt]

名 思考、思維

» You have great *thoughts*.
你有很棒的思維。

☑ **through·out** [θruˋaʊt]

介 遍佈、遍及

副 徹頭徹尾

» *Throughout* the whole essay, I can't find your argument.
我徹頭徹尾地無法找到你這篇文章的論點。

☑ **thun·der** [ˋθʌndə]

名 雷、打雷

動 打雷

» I was afraid of *thunder*.
我以前很怕打雷。

☑ **thus** [ðʌs]

副 因此、所以

同 therefore 因此

» **Thus**, I disagree with him.
因此，我不同意他。

☑ **till** [tɪl]

連 直到……為止

介 直到……為止

» The dog waited **till** the master came home.
這隻狗一直等到主人回家。

☑ **ti·ny** [ˈtaɪnɪ]

形 極小的

反 giant 巨大的

» The bug is very **tiny**.
這隻蟲很小。

☑ **tire** [taɪr]

動 使疲倦

名 輪胎

» We need to change the **tire**.
我們需要換輪胎了。

☑ **tis·sue** [ˈtɪʃʊ]

名 面紙

» Give me a box of **tissues**.
給我一盒面紙。

☑ **ti·tle** [ˈtaɪtl̩]

名 稱號、標題

動 加標題

同 headline 標題

» The **title** of the article attracts me to read it.
這篇文章的標題讓我想讀這篇文章。

☑ **toast** [tost]

名 土司麵包

動 烤、烤麵包

» I only eat **toast** for breakfast.
我只有早餐會吃吐司。

☑ **tofu** [ˈtofu]

名 豆腐

» **Tofu** is popular in many Asian countries.
豆腐在很多亞洲國家都很受歡迎。

☑ **tone** [ton]

名 風格、音調

» The **tone** is strange.
這音調好奇怪。

☑ **tongue** [tʌŋ]

名 舌、舌頭

» To pronounce the sound, you need to curl your **tongue**.
發這個音需要捲舌頭。

☑ **tooth·ache** [ˈtuθ͵ek]

名 牙痛

» She couldn't sleep due to a **toothache**.
她因為牙痛無法入睡。

☑ **tooth·brush** [ˈtuθ͵brʌʃ]

名 牙刷

» Go to the supermarket to buy a **toothbrush**.
去超市買牙刷。

☑ **tour** [tʊr]

名 旅行

動 遊覽

同 travel 旅行

» Is there any **tour** to the island?
有沒有行程是可以到這個島的？

☑ **to·ward(s)** [təˈwɔrd(z)]

介 對……、向……、對於……

» She walked **toward** me.
她走向我。

☑ **track** [træk]

名 路線

動 追蹤

» The **track** of our journey is perfect.
我們旅途的路線很完美。

☑ **trade** [tred]

名 商業、貿易

動 交易

» Business **trade** is always difficult for me.
對我來說商務貿易一直都是很難的。

☑ **tra·di·tion** [trə`dɪʃən]

名 傳統

同 custom 習俗

» In Taiwanese **tradition**, four is unlucky.
在臺灣的傳統，四是不吉祥的。

☑ **tra·di·tion·al** [trə`dɪʃənl]

形 傳統的

» Many girls nowadays want to have a **traditional** wedding.
現代很多女生都想要有一場傳統的婚禮。

☑ **trap** [træp]

名 圈套、陷阱

動 誘捕

同 snare 誘捕

» A bear is in the **trap**.
有一隻熊掉入陷阱之中。

☑ **trash** [træʃ]

名 垃圾

» Can you take out the **trash** please?
可以請你把垃圾拿出去丟嗎？

☑ **trav·el** [`trævl]

動 旅行

名 旅行

» I want to **travel** to Paris.
我想要到巴黎去旅行。

☑ **trea·sure** [`trɛʒɚ]

名 寶物、財寶

動 收藏、珍藏

» I **treasure** my girlfriend.
我很珍惜我的女朋友。

☑ **tri·al** [`traɪəl]

名 審問、試驗

同 experiment 實驗

» The **trial** made the student cry.
這審問讓這學生哭了出來。

☑ **tri·an·gle** [`traɪæŋgl]

名 三角形

» The gift box is a **triangle**.
這禮物盒是三角形的。

☑ **trick** [trɪk]

名 詭計

動 欺騙、欺詐

片 trick or treat 不給糖就搗蛋

» Don't **trick** on me.
不要騙我。

☑ **true** [tru]

形 真的、對的

反 false 假的、錯的

» Can it be **true**?
這有可能是真的嗎？

☑ **trust** [trʌst]

名 信任

動 信任

同 believe 相信

» Do you **trust** me?
你信任我嗎？

☑ **truth** [truθ]

名 真相、真理

同 reality 事實

» It is an unacceptable **truth**.
這是一個無法接受的事實。

☑ **tube** [tjub]

名 管、管子

同 pipe 管子

» Water flows through the **tube**.
水流經過這管子。

☑ **tur·tle** [ˋtɝtḷ]

名 龜、海龜

» I saw many **turtles** when I went diving.
當我潛水的時候看到很多海龜。

☑ **ty·phoon** [taɪˋfun]

名 颱風

» A **typhoon**'s coming.
有個颱風要來了。

☑ **typ·i·cal** [ˋtɪpɪkḷ]

形 典型的

» Turnip cake is a **typical** traditional food during the Chinese New Year.
蘿蔔糕是農曆新年期間的典型傳統食物。

Uu

☑ **ug·ly** [ˋʌglɪ]

形 醜的、難看的

» **Ugly** though she is, she is very kind.
雖然她很醜,但她很善良。

☑ **um·brel·la** [ʌmˋbrɛlə]

名 雨傘

» Don't forget to bring an **umbrella**.
別忘了帶一把傘出門。

☑ **u·nit** [ˋjunɪt]

名 單位、單元

» We learn how to say goodbye in the first **unit**.
我們在第一課學會怎麼說再見。

☑ **u·ni·verse** [ˋjunəˏvɝs]

名 宇宙、天地萬物

» The viewpoint of the **universe** changes constantly along the historical times.
隨著歷史時代,宇宙觀不斷的在改變。

☑ **u·ni·ver·si·ty** [ˏjunəˋvɝsətɪ]

名 大學

» When I become a **university** student, I'd like to take a part-time job.
當我成為大學生後,我想要打工。

☑ **un·less** [ənˋlɛs]

連 除非

» **Unless** you called me, I'll wait for you in that café.
除非你打給我,要不然我會在那家咖啡廳等你。

☑ **up·load** [ʌpˋlod]

動 上傳(檔案)

» Miss Lee, can you **upload** the file I want immediately?
李小姐,你可否把我要的檔案立即上傳?

☑ **up·on** [əˋpɑn]

介 在……上面

» The picture is put **upon** the table.
這照片放在桌子上。

☑ **up·per** [ˋʌpɚ]

副 在上位

同 superior 上級的

» She wants to be in the **upper** class.
她想要躋身上流社會。

up·set [ʌpˋsɛt]

動 顛覆、使心煩

名 顛覆、煩惱

同 overturn 顛覆

» Don't **upset** your elder brother.
上不要惹你哥生氣。

up·stairs [ˋʌpˏstɛrz]

副 往（在）樓上

形 樓上的

名 樓上

» Go **upstairs**.
上樓。

used [juzd]

形 用過的、二手的

» The **used** book is much cheaper.
二手書便宜很多。

us·er [ˋjuzɚ]

名 使用者

同 consumer 消費者

» The **users** complain about the bugs in the game.
這使用者在抱怨遊戲中的錯誤。

u·su·al [ˋjuʒʊəl]

形 通常的、平常的

同 ordinary 平常的

» A **usual** child doesn't say things like this.
平常的小孩不會說這樣的話。

Vv

va·ca·tion [veˋkeʃən]

名 假期

動 度假

同 holiday 假期

» What would you like to do in summer **vacation**?
你暑假想要做什麼？

val·ley [ˋvælɪ]

名 溪谷、山谷

» Many people prefer to live in the **valley**.
許多人都偏好住在溪谷處。

val·u·a·ble [ˋvæljʊəbl]

形 貴重的

» These pearls are **valuable**.
這些珍珠是貴重的。

val·ue [ˋvælju]

名 價值

動 重視、評價

» The **value** of the house is unmeasurable.
這屋子的價值是無法估計的。

vic·to·ry [ˋvɪktərɪ]

名 勝利

同 success 勝利、成功

» The **victory** of the war brings the general honor.
戰爭的勝利帶給這個將軍光榮。

view [vju]

名 看見、景觀

動 觀看、視察

同 sight 看見、景象

片 view point 觀點

» The **view** is great.
景色非常棒。

vil·lage [ˋvɪlɪdʒ]

名 村莊

» There are not so many people in the **village**.
這村莊裡面沒有太多的人。

vote [vot]

名 選票

動 投票

同 ballot 選票

» I didn't **vote** for the candidate.
我沒有把票投給這候選人。

Ww

⏩ Track 075

☑ **waist** [west]

名 腰部

» She showed me the tattoo on her **waist**.
她給我看她腰上的刺青。

☑ **wait·er/wait·ress** [ˈwetɚ]/[ˈwetrɪs]

名 服務生／女服務生

» The **waiter** is polite.
這服務生很有禮貌。

☑ **wal·let** [ˈwɑlɪt]

名 錢包、錢袋

» I lost my **wallet**.
我錢包掉了。

☑ **war** [wɔr]

名 戰爭

反 The **war** is over.

☑ **wash** [wɑʃ]

動 洗、洗滌
名 洗、沖洗
同 clean 弄乾淨

» **Wash** your hands before the meal.
戰爭結束了。

☑ **waste** [west]

動 浪費、濫用
名 浪費
形 廢棄的、無用的
反 save 節省

» Don't **waste** your time.
不要浪費時間。

☑ **wa·ter·mel·on** [ˈwɔtɚˌmɛlən]

名 西瓜

» I love to eat **watermelons** in summer.
我喜歡在夏天吃西瓜。

☑ **wealth** [wɛlθ]

名 財富、財產

» The **wealth** of the rich man is beyond our imagination.
有錢人的財富是超乎我們想像的。

☑ **wed·ding** [ˈwɛdɪŋ]

名 婚禮、結婚
同 marriage 婚禮、結婚

» It's my best friend's **wedding**.
這是我最好的朋友的婚禮。

☑ **week·day** [ˈwikˌde]

名 平日、工作日

» We work hard on the **weekdays**.
我們在平日很認真工作。

☑ **weigh** [we]

動 稱重

» The car **weighs** more than five hundred kilo.
這車子超過五百公斤重。

☑ **weight** [wet]

名 重、重量

» I don't know her **weight**.
我不知道她的體重。

☑ **west·ern** [ˈwɛstɚn]

形 西方的、西方國家的

» Gay marriage is legalized in many **western** countries.
同性結婚在許多西方國家是合法的。

☑ **whale** [hwel]

名 鯨魚

» **Whales** are the largest animals on the earth.
鯨魚是世界上最大的動物。

☑ **what·ev·er** [hwɑt'ɛvɚ]

形 任何的
代 任何
» I will do ***whatever*** you say.
你説什麼我都會照做。

☑ **wheel** [hwil]

名 輪子、輪
動 滾動
» The truck has six ***wheels***.
這輛卡車有六個輪胎。

☑ **when·ev·er** [hwɛn'ɛvɚ]

副 無論何時
連 無論何時
同 anytime 任何時候
» Tell me ***whenever*** you need some help.
無論何時，當你需要幫助的時候儘管告訴我。

☑ **wher·ev·er** [(h)wɛr'ɛvɚ]

副 無論何處
連 無論何處
» You can contact me with a cellphone ***wherever*** you are.
無論你在哪裡都可以用手機連絡我。

☑ **whis·per** ['(h)wɪspɚ]

動 耳語
名 輕聲細語
同 murmur 低語聲
» The girl ***whispered*** to me.
那女孩在我耳邊耳語。

☑ **who·ev·er** [hu'ɛvɚ]

代 任何人、無論誰
» Don't ask ***whoever*** to help you.
不要隨便請人家幫你。

☑ **whole** [hol]

形 全部的、整個的
名 全體、整體
反 partial 部分的
» It would be a ***whole*** new world.
這裡將會變成新的世界。

☑ **whom** [hum]

代 誰
» ***Whom*** do you love?
你愛誰？

☑ **width** [wɪdθ]

名 寬、廣
同 breadth 寬度
» What's the ***width*** of the road?
這條路多寬？

☑ **wild** [waɪld]

形 野生的、野性的
» Be careful of the ***wild*** animals.
小心野生動物。

☑ **will·ing** ['wɪlɪŋ]

形 心甘情願的
» I am ***willing*** to help you.
我心甘情願地幫你。

☑ **wind·y** ['wɪndɪ]

形 多風的
» It is always ***windy*** in the fall.
秋天總是很多風。

☑ **wine** [waɪn]

名 葡萄酒
» I love to drink ***wine***.
我喜歡喝葡萄酒。

☑ **wing** [wɪŋ]

名 翅膀、翼
動 飛
» The ***wings*** of the birds are long.
這種鳥的翅膀很長。

☑ **wire** [waɪr]

名 金屬絲、電線
» The ***wire*** is too old.
這條電線太老舊了。

with·in [wɪð`ɪn]

介 在……之內

同 inside 在……之內

» I will come **within** an hour.
我在一小時以內會到。

wolf [wʊlf]

名 狼

» The **wolves** ate the chilcken.
狼群吃掉了雞。

wond·er [`wʌndə]

名 奇跡、驚奇

動 對……感到驚奇

» I **wonder** why you love her.
我好奇你怎麼會喜歡她。

wood(s) [wʊd(z)]

名 木材、樹林

» The table is made of **wood**.
這桌子是木頭做的。

wood·en [`wʊdn̩]

形 木製的

» The **wooden** desk is heavy.
這木製的桌子很重。

wool [wʊl]

名 羊毛

» I need a **wool** sweater in the winter.
在冬天，我需要一件羊毛毛衣。

work·book [`wɝk͵bʊk]

名 習題簿、練習簿、業務手冊

» I forgot to bring my **workbook** to school.
我忘了帶習題簿到學校。

worm [wɝm]

名 蚯蚓或其他類似的小蟲

動 蠕行

同 crawl 蠕行

» The worm is **good** for plants.
蚯蚓對植物是益蟲。

worse [wɝs]

形 更壞的、更差的

副 更壞、更糟

名 更壞的事

反 better 更好的

» It's getting **worse**.
狀況變得更差了。

worst [wɝst]

形 最壞的、最差的

副 最差地、最壞地

名 最壞的情況（結果、行為）

反 best 最好的

» You are always the **worst** example.
你總是做最差的示範。

worth [wɝθ]

名 價值

» The **worth** of the book is more than you think.
這本書的價值比你想的還高。

wound [wʊnd]

名 傷口

動 傷害

同 harm 傷害

» The **wound** is deep.
這傷口很深。

Yy

☑ **yam** [jæm]

名 山藥、甘薯

» I like to eat fried *yam*.
我喜歡吃炸地瓜。

☑ **youth** [juθ]

名 青年

» The development of a country is related
to the quality of the *youth*.
一個國家的發展跟青年素質有關。

Zz

☑ **ze·bra** [ˋzibrə]

名 斑馬

名詞複數 zebras, zebra

» *Zebras* live in Africa.
斑馬住在非洲。

－ 完勝 108 新課綱 －

核心字彙 LEVEL 3

▶ *Track077 － Track113*

LEVEL 3 音檔雲端連結

因各家手機系統不同，若無法直接掃描，
仍可以至以下電腦雲端連結下載收聽。
（*https://tinyurl.com/465a2nsy*）

LEVEL 3

核心英文單字，攀升中級水準！

Aa

 Track 077

☑ **a·board** [ə'bord]

副／介 在船（飛機、火車）上

» Who was the first passenger going ***aboard***?
誰是第一個上船的人？

☑ **ac·cept·a·ble** [ək'sɛptəbl]

形 可接受的

» Is she an ***acceptable*** spouse?
她是可接受的伴侶嗎？

☑ **ac·cu·rate** [`ækjərɪt]

形 正確的、準確的

同 correct 正確的

» Please give me an ***accurate*** number.
請給我一個正確的數字。

☑ **ache** [ek]

名／動 疼痛

同 pain 疼痛

» My tooth ***aches***.
我牙痛。

☑ **a·chieve·(ment)** [ə'tʃiv(mənt)]

動 實現、完成

名 成績、成就

» I believe I can ***achieve*** the unachievable.
我相信自己可以實現那些無法實現的。

☑ **ad·di·tion·al** [ə'dɪʃənl]

形 額外的、附加的

同 extra 額外的

» It is the ***additional*** request.
這是附加的要求。

☑ **ad·mire** [əd'maɪr]

動 欽佩、讚賞

» I ***admire*** my English teacher.
我欽佩我的英文老師。

☑ **ad·vanced** [əd'vænst]

形 在前面的、先進的

同 forward 前面的

» The ***advanced*** English learners in the elementary school can write an essay.
學習領先的英文學習者，在國小就可以寫出一篇作文了。

☑ **ad·van·tage** [əd'væntɪdʒ]

名 利益、優勢、好處

同 benefit 利益

» What's the ***advantage*** for me to help you?
我幫你有什麼好處？

☑ **ad·ven·ture** [əd'vɛntʃə]

名 冒險

» Tell me about the ***adventure***.
告訴我有關這趟冒險。

ad·ver·tise(ment)/ad
[ˌædvɚˋtaɪz(mənt)]/[æd]

動 登廣告

名 廣告、宣傳

» I don't want to see the **ads** on the newpapers.
我不喜歡看報紙上的廣告。

ad·vise [ədˋvaɪz]

動 勸告

» What did he **advise** you?
他勸告你什麼？

ad·vi·ser/ad·vi·sor [ədˋvaɪzɚ]

名 顧問

» We need an **advisor** for our trip to Australia.
我們需要一名顧問負責我們澳洲的行程。

af·ford [əˋford]

動 給予、供給、能負擔

» I can't **afford** the cost of the car.
我無法負擔這輛車的花費。

af·ter·ward(s) [ˋæftɚwɚd(z)]

副 以後

» I won't see her **afterwards**.
以後我不會看到她了。

ag·ri·cul·ture [ˋægrɪˌkʌltʃɚ]

名 農業、農藝、農學

» China has been a country of **agriculture**.
中國一直以來都是農業大國。

air·line [ˋɛrˌlaɪn]

名 （飛機）航線、航空公司

» Which **airline** are you going to choose for your vacation?
你這趟旅程要選哪家航空公司？

al·ley [ˋælɪ]

名 巷、小徑

» You can find the best restaurants of the area in the **alley**.
你可以在這條巷子中找到當地最好的餐廳。

al·mond [ˋɑmənd]

名 杏仁、杏樹

» **Almonds** are good for health.
杏仁對身體很好。

al·pha·bet [ˋælfəˌbɛt]

名 字母、字母表

» A is the first **alphabet** in English.
A 是英文字母中的第一個。

a·maze·(ment) [əˋmez(mənt)]

動 使……吃驚

名 吃驚

» It **amazed** me that he was actually younger than me.
他居然比我還年輕，真是太讓我震驚了。

am·bas·sa·dor [æmˋbæsədɚ]

名 大使、使節

同 diplomat 外交官

» The **ambassador's** family is threatened.
這位大使的家人受到威脅。

am·bi·tion [æmˋbɪʃən]

名 雄心壯志、志向

» His **ambition** made him succeed and fail.
他的野心讓他成功也讓他失敗。

am·bu·lance [ˋæmbjələns]

名 救護車

» Three paramedics arrived with the **ambulance**.
三位醫護人員隨救護車抵達。

an·gel [ˋendʒəl]

名 天使

» I felt she's an **angel** of my life.
我覺得她就像是我生命中的天使一樣。

☑ **an·nounce·(ment)** [əˋnaʊns(mənt)]

動 宣告、公布、通知

名 宣佈、宣告

同 declare 宣布

» The winner of the game is going to be **announced** soon.
即將公布的是這場遊戲的贏家。

☑ **anx·ious** [ˋæŋkʃəs]

形 憂心的、擔憂的

» They are **anxious** to know the result of the basketball game.
他們急著想知道籃球比賽的結果。

☑ **an·y·how** [ˋɛnɪˌhaʊ]

副 隨便、無論如何

同 however 無論如何

» I will tell you **anyhow**.
無論如何我都要告訴你。

☑ **a·part** [əˋpɑrt]

副 分散地、遠離地

反 together 一起地

» Though they grew **apart**, they are close to each other.
雖然他們是在不同地方長大的，他們彼此還是很親近。

☑ **a·pol·o·gize** [əˋpɑləˌdʒaɪz]

動 道歉、認錯

» It is unfair to **apologize** for the mistake that is not made by you.
為你沒有犯的錯道歉是不公平的。

☑ **ap·peal** [əˋpil]

名 吸引力、懇求

動 引起……的興趣

» Could you hear people's **appeal**?
你可以聽到人民的懇求嗎？

☑ **ap·prove** [əˋpruv]

動 批准、認可

» Did your supervisor **approve** your suggestion?
你的上司批准你的提議了嗎？

☑ **a·pron** [ˋeprən]

名 圍裙

同 flap 圍裙

» Wear an **apron** when cooking.
煮菜時要圍圍裙。

☑ **armed** [ɑrmd]

形 武裝的 裝甲的 有把手的 有扶手的

» The **armed** police are very brave.
武裝員警非常勇敢。

☑ **ar·rest** [əˋrɛst]

動 逮捕、拘捕

名 阻止、扣留

反 release 釋放

» The police **arrest** the criminal.
警方逮捕嫌犯。

☑ **ash** [æʃ]

名 灰燼、灰

» She burned his love letters into **ashes**.
她把他的情書燒成灰燼。

☑ **a·side** [əˋsaɪd]

副 在旁邊

» He put my portfolio **aside**.
他把我的資料夾放在旁邊。

☑ **as·sist** [əˋsɪst]

動 説明、援助

同 help 説明

» He wants me to **assist** him.
他要我援助他。

as·sis·tant [əˈsɪstənt]

名 助手、助理

同 aid 助手

» My **assistant** will help you.
我的助手會幫你們。

as·sume [əˈsum]

動 假定、擔任、以為

» Peter **assumed** that we two knew each other.
彼得以為我們兩個彼此認識。

ath·lete [ˈæθlit]

名 運動員

» He is one of the greatest **athletes** in the world.
他是世界上最偉大的運動員之一。

at·ti·tude [ˈætətjud]

名 態度、心態、看法

» Your **attitude** decides your altitude.
你的態度決定你的高度。

at·tract [əˈtrækt]

動 吸引

» Her elegance **attracts** him.
她的優雅吸引了他。

at·trac·tive [əˈtræktɪv]

形 吸引人的、動人的

» The story is so **attractive** that many people listen to it again and again.
這故事很吸引人，所以人們聽了一次又一次。

au·di·ence [ˈɔdɪəns]

名 聽眾

同 spectator 觀眾

» The **audience** will be touched by your story.
你的聽眾會被你的故事所感動。

au·to·mat·ic [ˌɔtəˈmætɪk]

形 自動的

» This machine is **automatic**.
這臺機器是自動的。

au·to·mo·bile/au·to [ˈɔtəməˌbil]/[ˈɔto]

名 汽車

同 car 汽車

» **Automobiles** were too expensive for most people at this age.
在這年代，汽車對於一般人來説都太貴了。

av·e·nue [ˈævəˌnju]

名 大道、大街

» I want to visit the Fifth **Avenue**.
我想要拜訪第五大道。

a·wake [əˈwek]

動 喚醒、提醒

» When will you **awake** tomorrow?
你明天幾點起床？

a·wak·en [əˈwekən]

動 使……覺悟

» Her ambition was **awakened**.
她的野心覺醒了。

a·ward [əˈwɔrd]

名 獎品、獎賞

動 授與、頒獎

» The **award** of the competition is attractive.
這比賽的獎品很誘人。

a·ware [əˈwɛr]

形 注意到的、覺察的

» Are you **aware** that the lions are around you?
你注意到獅子在你附近嗎？

aw·ful [ˈɔfʊl]

形 可怕的、嚇人的

同 horrible 可怕的

» This movie is awful.
這部電影很嚇人。

☑ **awk·ward** [`ɔkwəd]

形 笨拙的、不熟練的

» When Sunny tried to explain the concept of love, he seemed to be **awkward**.

當桑尼試著要解釋愛的概念，他似乎顯得笨拙。

Bb

☑ **back·ground** [`bækˌɡraʊnd]

名 背景

» To understand the novel, the historical **background** of jazz music is important.

要了解這本小說，爵士樂的歷史背景很重要。

☑ **ba·con** [`bekən]

名 培根、燻肉

片 bring home the bacon 養家餬口

» Let's buy some **bacon** to make a hamburger.

我們買一點培根做漢堡吧。

☑ **bac·te·ri·a** [bæk`tɪrɪə]

名 細菌

» Wash your hands before meals. Your hands are full of **bacteria**.

飯前要洗手，你的手上充滿了細菌。

☑ **bad·ly** [`bædlɪ]

副 非常地、惡劣地

» He treated her **badly** so she left him.

他對她很壞，所以她離開了。

☑ **bag·gage** [`bæɡɪdʒ]

名 行李

同 lugguge 行李

» May I put my **baggage** here?

我可以將我的行李放在這裡嗎？

☑ **bait** [bet]

名 誘餌

動 誘惑

» The worms are for **bait**.

這些蟲是釣魚的餌。

☑ **bam·boo** [bæm`bu]

名 竹子

» The table is made of **bamboo**.

這張桌子是由竹子所做成的。

☑ **bang** [bæŋ]

動 重擊、雷擊

名 碰撞聲

» The **bang** scared the children.

那一聲巨響嚇到小孩子了。

☑ **bank·er** [`bæŋkə]

名 銀行家

» To be a **banker**, you must know more about finance.

要當一名銀行家，你必須要懂財務。

☑ **bare** [bɛr]

形 暴露的、僅有的

同 naked 暴露的

» The girl's feet are **bare** so I gave her some shoes.

那女孩的腳暴露在外，所以我給了她一些鞋子。

☑ **bare·ly** [`bɛrlɪ]

副 簡直沒有、幾乎不能

» I could **barely** believe that I won the lottery.

我很難相信我中了樂透。

☑ **barn** [bɑrn]

名 穀倉

» The emperor was happy that the **barn** was full.
皇帝很開心穀倉是滿的。

☑ **bar·rel** [ˈbærəl]

名 大桶

» The **barrel** is for the wine.
這桶子是裝紅酒的。

☑ **base·ment** [ˈbesmənt]

名 地下室、地窖

同 cellar 地窖

» I put it in the **basement**.
我把它放在地下室。

☑ **bay** [be]

名 海灣

» I am going to the **bay** to see the sunset.
我去海灣看日落。

☑ **bead** [bid]

名 珠子、串珠

動 穿成一串

同 pearl 珠子

» The kids **beaded** a bracelet for their mother.
那些孩子們串手鍊給媽媽。

☑ **beam** [bim]

動 放射、發光

片 off beam 離題

» The **beam** made me unable to open my eyes.
這道光讓我無法張開眼睛。

☑ **beast** [bist]

名 野獸

片 beauty and the beast 美女與野獸

» There are **beasts** in the forest.
森林裡面有野獸。

☑ **bee·tle** [ˈbitl̩]

名 甲蟲

動 急走

» I am afraid of **beetles**.
我很怕甲蟲。

☑ **be·neath** [bɪˈniθ]

介 在……下

» The house is **beneath** the tree.
這間房子在這棵樹下。

☑ **ben·e·fit** [ˈbɛnəfɪt]

名 益處、利益

同 advantage 利益

» What's the **benefit** for me to do so?
我做這件事的利益是什麼？

☑ **ber·ry** [ˈbɛrɪ]

名 漿果、莓

» I bought some **berries** to make the jam.
我買了些莓果來做果醬。

☑ **be·sides** [bɪˈsaɪdz]

介 除了……之外

副 並且

同 otherwise 除此之外

» **Besides**, I like oranges.
此外，我還喜歡柳橙。

☑ **bet** [bɛt]

動 下賭注

名 打賭

同 gamble 打賭

» I **bet** you will win.
我賭你會贏。

☑ **bind** [baɪnd]

動 綁、包紮

反 release 鬆開

» The nurse **binds** the wound.
護士包紮傷口。

☑ **bit·ter** [`bɪtɚ]

形 苦的、嚴厲的

反 sweet 甜的

» It's ***bitter*** to grow up.
長大是很苦澀的。

☑ **bleed** [blid]

動 流血、放血

» My arm's ***bleeding***!
我的手臂在流血！

☑ **bless** [blɛs]

動 祝福

片 God bless you. 上帝祝福你。

» The baby was ***blessed*** by everyone.
這嬰兒受到所有人的祝福。

☑ **blood·y** [`blʌdɪ]

形 流血的

» The wound is ***bloody***.
這傷口在流血。

☑ **blouse** [blaʊs]

名 短衫

» The woman in the ***blouse*** is my advisor.
穿著短衫的女人是我的指導教授。

☑ **bold** [bold]

形 大膽的

同 brave 勇敢的

» The boy is ***bold***.
這男孩很大膽。

☑ **bomb** [bɑm]

名 炸彈

動 轟炸

» The ***bomb*** is threatening everyone.
炸彈威脅大家的安全。

☑ **book·case** [`bʊk͵kes]

名 書櫃、書架

» My ***bookcase*** has been full.
我的書櫃是滿的。

☑ **boot** [bʊt]

名 長靴

» I bought ***boots*** for the coming winter.
因為冬天即將來臨，我買了長靴。

☑ **bore** [bor]

動 鑽孔

名 孔、無聊的人

同 drill 鑽孔

» The villagers are ***boring*** a well.
村民正在鑿井。

☑ **bowl·ing** [`bolɪŋ]

名 保齡球

» We love playing ***bowling*** in the weekend.
我們喜歡週末打保齡球。

☑ **brake** [brek]

名／動 煞車

» It's dangerous to ***brake*** in a sudden.
突然煞車很危險。

☑ **brass** [bræs]

名 黃銅、銅器

» The earrings are made of ***brass***.
這副耳環是黃銅做的。

☑ **brav·er·y** [`brevərɪ]

名 大膽、勇敢

同 courage 勇氣

» We admire her ***bravery***.
我們欽佩她的勇敢。

breast [brɛst]

名 胸膛、胸部

» She has a beautiful tattoo on her **breasts**.
她胸部上有漂亮的刺青。

breath [brɛθ]

名 呼吸、氣息

» The scenery took my **breath** away.
這美景讓我屏息了。

breathe [brið]

動 呼吸、生存

» Is the patient **breathing**?
那病人還在呼吸嗎？

breeze [briz]

名 微風

動 微風輕吹、輕鬆通過

» Your smile is like a **breeze** in the summer.
你的微笑就像夏天的微風。

brick [brɪk]

名 磚頭、磚塊

» We build the house with **bricks**.
我們用磚頭蓋房子。

bride [braɪd]

名 新娘

» I want you to be my **bride**!
我要你當我的新娘！

broad·cast [ˋbrɔd͵kæst]

動 廣播、播出

名 廣播節目

同 announce 播報

» **Broadcast** is important for my grandma to know the news.
廣播對我奶奶來說是得知新聞的重要管道。

brunch [brʌntʃ]

名 早午餐

» My wife made a **brunch** for me this morning.
我太太今天早上做了早午餐給我。

bub·ble [ˋbʌbl̩]

名 泡沫、氣泡

片 bubble tea 泡沫紅茶

» The fish made lots of **bubbles**.
這些魚吐出很多的泡泡。

buck·et [ˋbʌkɪt]

名 水桶、提桶

» The bucket is filled with **wine**.
這桶子裡裝滿了紅酒。

bud [bʌd]

名 芽

動 萌芽

同 flourish 茂盛

» I feel so happy to see the **buds** in spring.
我在春天看到新芽都會感到很開心。

budg·et [ˋbʌdʒɪt]

名 預算

» The **budget** of this department is obviously not enough.
這部門的預算明顯不夠。

buf·fa·lo [ˋbʌfəlo]

名 水牛、野牛

» I have never seen any **bufflalo** since I moved to the city.
自從我搬到城市後，再也沒看過水牛了。

buf·fet [bəˋfe]

名 自助餐

» We are full because we ate a lot in the **buffet** this morning.
我們很飽，因為我們在早餐的自助餐吃很多。

bulb [bʌlb]

名 電燈泡

» My father changed the **bulb** in my room.
我爸爸換了我房間的電燈泡。

☑ **bull** [bʊl]

名 公牛

» Do you consider the **bull** fierce?
你認為公牛很兇猛嗎？

☑ **bul·let** [`bʊlɪt]

名 子彈、彈頭

» The investigators regard the **bullet** as an important evidence.
調查員認為子彈頭是很重要的證據。

☑ **bump** [bʌmp]

動 碰、撞

片 bump into 碰見

» I **bumped** into my teacher this morning.
我今天早上碰到我的老師。

☑ **bunch** [bʌntʃ]

名 束、串、捆

» I gave her a **bunch** of roses on Valentine's Day.
我在情人節那天送了她一束玫瑰花。

☑ **bun·dle** [`bʌndl]

名 捆、包裹

同 package 包裹

» I need a **bundle** of rope.
我需要一捆的繩子。

☑ **bur·y** [`bɛrɪ]

動 埋

» With the energy of love, she can **bury** her painful memory of her childhood.
有愛的能量，她能夠埋藏她童年痛苦的回憶。

☑ **bush** [bʊʃ]

名 灌木叢

片 beat around the bush 拐彎抹角

» The robber hid in the **bush**.
那強盜犯藏身在灌木叢中。

☑ **buzz** [bʌz]

名 作嗡嗡聲

» I couldn't sleep because of the mosquitos' **buzz**.
蚊子嗡嗡叫讓我整晚睡不著覺。

Cc

☑ **cab·in** [`kæbɪn]

名 小屋、茅屋

» We are going to stay in the **cabin** on the weekend.
我們週末要待在小屋中。

☑ **ca·ble** [`kebl]

名 纜繩、電纜

同 wire 電線

» I am looking for my **cable** to charge my phone.
我在找我的電線要幫手機充電。

☑ **caf·e·te·ri·a** [ˌkæfəˋtɪrɪə]

名 自助餐館

同 restaurant 餐廳

» I am going to the **cafeteria** for dinner.
我要去自助餐吃晚餐。

☑ **cam·pus** [`kæmpəs]

名 校區、校園

» There are some dogs in the **campus**.
這校園內有幾隻狗。

☑ **can·yon** [`kænjən]

名 峽谷

同 valley 山谷

» Have you ever seen such a magnificent **canyon**?
你曾看過這麼壯觀的峽谷嗎？

☑ **ca·pa·ble** [ˈkepəbl̩]

形 有能力的
同 able 有能力的
片 be capable of 有能力
» The group is **capable** of doing the project.
這個團隊有能力完成這計畫。

☑ **cap·tain** [ˈkæptɪn]

名 船長、艦長
同 chief 首領、長官
» The **captain** avoided the shipwreck.
船長避免了船難。

☑ **cap·ture** [ˈkæptʃɚ]

動 捉住、吸引
名 擄獲、戰利品
» The photographer **captured** the moment of the light.
攝影師捉住了這一剎那的光線。

☑ **ca·reer** [kəˈrɪr]

名 （終身的）職業、生涯
» You need to think about how to make the best choice in your **career** life.
你需要思考如何在你的職涯中做出最好的選擇。

☑ **car·pen·ter** [ˈkɑrpəntɚ]

名 木匠
» The **carpenter** made the table.
這木匠做了這桌子。

☑ **car·pet** [ˈkɑrpɪt]

名 地毯
動 鋪地毯
同 mat 地席
» In Taiwan, we don't always have a **carpet** in the house.
在臺灣，我們不太常會在家裡放地毯。

☑ **car·riage** [ˈkærɪdʒ]

名 車輛、車、馬車
» The duke is in the **carriage**.
那伯爵在馬車上。

☑ **cart** [kɑrt]

名 手拉車
» Let's borrow a **cart** to move it.
我們借個手推車搬動它。

☑ **cast** [kæst]

動 用力擲、選角
名 投、演員班底
同 throw 投、擲
» I **cast** the stone into the lake.
我用力把石頭擲到湖中。

☑ **ca·su·al** [ˈkæʒʊəl]

形 偶然的、臨時的
» He broke his leg, so he looked for a **casual** passerby to help him.
他腳斷了，所以他正在等一個碰巧路過的人幫他。

☑ **cat·tle** [ˈkætl̩]

名 小牛
» The **cattles** are protected.
這些小牛都是受到保護的。

☑ **cave** [kev]

名 洞穴
動 挖掘
同 hole 洞
» There are many bats in the **cave**.
洞穴中有很多的蝙蝠。

☑ **cham·pi·on** [ˈtʃæmpɪən]

名 冠軍
同 victor 勝利者
» Are you the **champion**?
你是冠軍嗎？

☑ **charm** [tʃɑrm]

名 魅力、護身符
片 charm offensive 魅力攻勢
» The shortest **charm** is the name of someone.
最短的護身符（魅力）就是某人的名字。

☑ **chat** [tʃæt]

動 聊天、閒談

» I am **chatting** with my girlfriend.
我正在跟我女朋友聊天。

☑ **cheek** [tʃik]

名 臉頰

» She kissed me on my **cheek**.
她在我臉上親了一下。

☑ **cheer·ful** [ˈtʃɪrfəl]

形 愉快的、興高采烈的

» The good news made them **cheerful**.
這好消息讓他們興高采烈。

☑ **cher·ry** [ˈtʃɛrɪ]

名 櫻桃、櫻木

» I want to decorate the cake with some **cherries**.
我要用櫻桃裝飾這個蛋糕。

☑ **chest** [tʃɛst]

名 胸、箱子

同 box 箱子

» We can learn his disease by **chest** x-ray.
我們可以從胸腔 X 光知道他的病情。

☑ **chill** [tʃɪl]

動 使變冷

名 寒冷

» The air-con **chilled** the room.
冷氣機讓房間冷卻下來了。

☑ **chill·y** [ˈtʃɪlɪ]

形 寒冷的

» It is **chilly** in Taipei in April.
臺北的四月還是很冷。

☑ **chim·ney** [ˈtʃɪmnɪ]

名 煙囪

» The little boy is cleaning the **chimney** for his family.
那個小男孩在掃他家的煙囪。

☑ **chin** [tʃin]

名 下巴

» He pointed the direction with his **chin**.
他用下巴指了方向。

☑ **chip** [tʃɪp]

名 碎片

動 切

片 potato chips 洋芋片

» Let's eat fish and **chips** in London!
我們在倫敦吃點魚和薯條吧！

☑ **chop** [tʃɑp]

動 砍、劈

» I **chopped** the wood.
我劈開木頭。

☑ **cig·a·rette** [ˌsɪgəˈrɛt]

名 香菸

同 smoke 香菸

» How many **cigarettes** can I bring?
我可以帶多少香菸？

☑ **ci·ne·ma** [ˈsɪnəmə]

名 電影院、電影

» Let's go to the **cinema** tonight.
我們今晚來去電影院吧。

☑ **cir·cus** [ˈsɝkəs]

名 馬戲團

» The training in the **circus** is cruel for animals.
馬戲團的訓練對動物來説是很殘忍的。

☑ **cit·i·zen** [ˈsɪtəzn̩]

名 公民、居民

同 inhabitant 居民

» The ***citizens*** have the right to vote.
公民擁有投票權。

☑ **civ·il** [ˈsɪvl̩]

形 國家的、公民的

片 civil right 公民權

» Education is part of our ***civil*** rights.
教育是我們國家的公民權之一。

☑ **clay** [kle]

名 黏土

同 mud 土

» I made a cup with ***clay***.
我用黏土做了個杯子。

☑ **clean·er** [ˈklinɚ]

名 清潔工、清潔劑

同 detergent 清潔劑

» The ***cleaner*** will have lots of things to do.
清潔工有很多事情要做了。

☑ **cli·ent** [ˈklaɪənt]

名 委託人、客戶

同 customer 客戶

» Most of our ***clients*** are satisfied with our service.
大部分的客戶都很滿意我們的服務。

☑ **clin·ic** [ˈklɪnɪk]

名 診所

» I went to the ***clinic*** because I was sick.
因為我生病了，所以我去診所。

☑ **clip** [klɪp]

名 夾子、紙夾、修剪

» I use ***clips*** to fix the paper.
我用夾子固定紙。

☑ **clos·et** [ˈklɑzɪt]

名 櫥櫃

同 cabinet 櫥櫃

» My ***closet*** is full of dress.
我整個櫥櫃都是洋裝。

☑ **clothe** [kloð]

動 穿衣、給……穿衣

» Let's ***clothe*** our baby!
我們幫小寶寶穿上衣服吧！

☑ **clown** [klaʊn]

名 小丑、丑角

動 扮丑角

同 comic 滑稽人物

» Who knows the sadness of a ***clown***?
誰知道小丑的哀傷？

☑ **clue** [klu]

名 線索

» Do you have any ***clue***?
你有任何線索嗎？

☑ **coach** [kotʃ]

名 教練、顧問

動 訓練

同 counselor 顧問、參事

» The ***coach*** of Spur is the best.
馬刺隊有最好的教練。

☑ **cock** [kɑk]

名 公雞

同 rooster 公雞

» You can't make a ***cock*** lay eggs.
你沒辦法讓公雞孵蛋。

☑ **cock·tail** [ˈkɑkˌtel]

名 雞尾酒

» I come to the bar for this ***cocktail***.
我來酒吧就是為了這一杯雞尾酒。

☑ **co·co·nut** [ˈkokəˌnət]

名 椰子

» Thailand is famous for fruits, such as ***coconuts***.
泰國以椰子等水果聞名。

☑ **col·lar** [ˈkɑlɚ]

名 衣領

» There is a stain on the ***collar***.
領口上有污漬。

col·lec·tion [kəˈlɛkʃən]

名 聚集、收集

同 analects 選集

» The stamps are my **collection**.
郵票是我的收集品。

col·o·ny [ˈkɑləni]

名 殖民者、殖民地

» Singapore used to be the **colony** of British and Japan.
新加坡曾經是英國跟日本的殖民地。

col·or·ful [ˈkʌləfəl]

形 富有色彩的

» She has a **colorful** life.
她有精彩的人生。

col·umn [ˈkɑləm]

名 圓柱、專欄、欄

» He's a writer for the **column**.
他是專欄作家。

com·fort [ˈkʌmfət]

名 舒適

動 安慰

片 comfort food 安慰／開心食品

» My mother **comforted** me.
我媽媽安慰我。

com·ma [ˈkɑmə]

名 逗號

» You put the **comma** in the wrong place.
你把逗號放錯地方了。

com·mit·tee [kəˈmɪti]

名 委員會、會議

» The **committee** approved the thesis.
口試委員都同意這篇論文了。

com·mu·ni·cate [kəˈmjunəˌket]

動 溝通、交流

» One of the purposes of learning a language is for **communicating**.
學語言的目的之一就是溝通。

com·par·i·son [kəmˈpærəsn̩]

名 對照、比較

同 contrast 對照

» These two pictures are **comparison**.
這兩張照片是對比。

com·pete [kəmˈpit]

動 競爭

» These two classes are **competing**.
這兩個班級正在競爭。

com·plain [kəmˈplen]

動 抱怨

同 grumble 抱怨

» He **complains** about his job all the time.
他總是抱怨他的工作。

com·plaint [kəmˈplent]

名 抱怨、訴苦

» Her **complaint** about the goods is valued by the manager.
她的抱怨受到經理的重視。

con·cert [ˈkɑnsɝt]

名 音樂會、演奏會

» I went to the **concert** last night.
我昨天聽了場音樂會。

con·clu·sion [kənˈkluʒən]

名 結論、終了

片 in conclusion 總之

» In **conclusion**, we need to start our work now.
總之，我們需要趕快開始動工了。

☑ **cone** [kon]

名 圓錐

» I need to eat an ice cream with a **cone**.
我要有圓錐餅乾的冰淇淋。

☑ **con·firm** [kənˋfɝm]

動 證實

同 establish 證實

» The star **confirmed** the rumor.
那位明星證實了謠言。

☑ **con·fuse** [kənˋfjuz]

動 使迷惑

» I am **confused** by your explanation.
你的解釋讓我迷惑了。

☑ **con·nect** [kəˋnɛkt]

動 連接、連結

同 link 連接

» The theory is **connected** to another.
這理論跟其他的有連結。

☑ **con·scious** [ˋkɑnʃəs]

形 意識到的

同 aware 意識到的

片 be conscious of 意識到

» She is **conscious** of the problem between them.
她意識到他們之間的問題。

☑ **con·sid·er·a·ble** [kənˋsɪdərəbl]

形 應考慮的、相當多的

» Her boyfriend is **considerable**.
她男朋友考慮很多。

☑ **con·stant** [ˋkɑnstənt]

形 不變的、不斷的

» The institution provides **constant** help for the poor families.
這機構不間斷的提供協助給弱勢家庭。

☑ **con·ti·nent** [ˋkɑntənənt]

名 大陸、陸地

» The territory of Russia covers two **continents**.
俄國的領土範圍涵蓋兩個大陸。

☑ **con·trol·ler** [kənˋtrolɚ]

名 管理員

同 administrator 管理人

» I am looking for the **controller**.
我正在找管理員。

☑ **cook·er** [kʊkɚ]

名 炊具

» I bought some **cookers** to cook.
我買了些廚具。

☑ **cost·ly** [ˋkɔstlɪ]

形 價格高的

同 expensive 昂貴的

» The dress is so **costly** that I can't afford it.
這洋裝太貴我無法負擔。

☑ **cot·ton** [ˋkɑtn̩]

名 棉花

» The clothes is made of **cotton**.
這件衣服是棉花製成。

☑ **cough** [kɔf]

動 咳出

名 咳嗽

» I kept **coughing** because I was seriously sick.
我一直咳嗽，因為我生了重病。

☑ **count·a·ble** [ˋkaʊntəbl̩]

形 可數的

» Is it a **countable** noun?
這是可數名詞嗎？

☑ **coun·ty** [ˋkaʊntɪ]

名 郡、縣

» In which **county** do you live?
你住在哪個縣？

☑ **crab** [kræb]

名 蟹

» I saw many **crabs** near the river.
我在河邊看到很多螃蟹。

☑ **cra·dle** [ˈkredl̩]

名 搖籃
動 放在搖籃裡
» The baby sleeps in the *cradle*.
這嬰兒在搖籃中睡著了。

☑ **crane** [kren]

名 起重機、鶴
» Only *cranes* can help you to move the car.
只有起重機可以幫你移動這臺車。

☑ **crash** [kræʃ]

名 撞擊
動 摔下、撞毀
片 car crash 車禍
» There was a car *crash*.
這裡發生一場車禍。

☑ **crawl** [krɔl]

動 爬
» There is a snake *crawling* on the floor.
這裡有一條蛇在地板上爬。

☑ **cre·a·tive** [krɪˈetɪv]

形 有創造力的
同 imaginative 有創造力的
» The students in Taiwan are *creative*.
臺灣的學生很有創造力。

☑ **cre·a·tor** [krɪˈetɚ]

名 創造者、創作家
» The *creator* of the robot found it problematic now.
這機器人的創造者現在發現它有很多問題。

☑ **crea·ture** [ˈkritʃɚ]

名 生物、動物
» All *creatures* are equal.
所有生物都是一樣的。

☑ **cred·it** [ˈkrɛdɪt]

名 信用、信託
動 相信、信賴
同 faith 信任
片 to one's credit 承認某人的功勞
» I will pay by *credit* card.
我要用信用卡支付。

☑ **crew** [kru]

名 夥伴們、全體船員
» Our *crew* will help you with that.
我們的夥伴會協助你。

☑ **crick·et** [ˈkrɪkɪt]

名 蟋蟀
» I found a *cricket* on the leaf.
我在葉子上找到蟋蟀。

☑ **crim·i·nal** [ˈkrɪmənl̩]

形 犯罪的
名 罪犯
» The motivation of the *criminal* makes him forgivable.
這罪犯的犯案動機讓他變得情由可原了。

☑ **crisp·y** [ˈkrɪspɪ]

形 脆的、清楚的
» The cookies are *crispy*.
餅乾很脆。

☑ **crop** [krɑp]

名 農作物
同 growth 產物
» Many people in China make a living by *crops*.
許多中國人靠農作物維生。

☑ **crown** [kraʊn]

名 王冠
動 加冕、酬報
同 reward 酬報

» Have you ever seen the **crown** of our country?
你有沒有看過我們國家的王冠？

☑ **cru·el** [ˋkrʊəl]

形 殘忍的、無情的
同 mean 殘忍的

» Time is the **cruelest** killer.
時間是最殘忍的殺手。

☑ **cup·board** [ˋkʌbəd]

名 食櫥、餐具櫥

» I got the cup from the **cupboard**.
我從廚櫃拿出一個杯子。

Dd

☑ **dair·y** [ˋdɛrɪ]

名 酪農場
形 酪農的、牛奶製的

» **Dairy** is important for western diet.
乳製品對西方飲食來說是很重要的。

☑ **dam** [dæm]

名 水壩
動 堵住、阻塞

» The water in the **dam** must be clean.
水壩中的水一定要是清澈的。

☑ **dare** [dɛr]

動 敢、挑戰
同 brave 勇敢的面對

» **Dare** you tell him the truth?
你敢跟他說實話嗎？

☑ **darl·ing** [ˋdɑrlɪŋ]

名 親愛的人
形 可愛的
同 lovely 可愛的

» My **darling**, go to bed now.
親愛的，現在該上床睡覺了。

☑ **dash** [dæʃ]

動 碰撞、投擲

» I **dashed** a die.
我擲骰子。

☑ **da·ta·base** [ˋdetəˌbes]

名 資料庫 數據庫

» She maintains the company's employee **database**.
她負責維護公司的員工數據庫。

☑ **dawn** [dɔn]

名 黎明、破曉
動 開始出現、頓悟
反 dusk 黃昏

» We woke up at **dawn** this morning.
我們今天天一亮就起床了。

☑ **deal·er** [ˋdilɚ]

名 商人
同 merchant 商人

» The **dealer** might deceive you.
這商人可能騙了你。

☑ **dec·ade** [ˋdɛked]

名 十年、十個一組

» I have known him for a **decade**.
我認識他十年了。

☑ **deck** [dɛk]

名 甲板

» The sailor stands on the **deck**.
這船員站在甲板上。

dec·o·rate [ˋdɛkəˌret]

動 裝飾、布置
同 beautify 裝飾

» We are **decorating** our house for Christmas.
我們正在為了耶誕節布置我們的房子。

de·crease [dɪˋkris]

動 減少、減小
名 減少、減小
反 increase 增加

» People have the responsibility to help with the **decreasing** of pollution.
人們有責任協助減少污染。

deed [did]

名 行為、行動

» His **deed** is not forgivable.
他的行為是不可原諒的。

deep·en [ˋdipən]

動 加深、變深

» The problem **deepens** their misunderstanding.
這問題加深他們的誤會。

def·i·ni·tion [ˌdɛfəˋnɪʃən]

名 定義

» Your **definition** on this term is not clear.
你對這專有名詞的定義不夠明確。

de·moc·ra·cy [dəˋmɑkrəsɪ]

名 民主制度

» The **democracy** of this country needs some improvement.
這國家的民主制度尚須努力。

de·moc·ra·tic [ˌdɛməˋkrætɪk]

形 民主的

» Is it a **democratic** country?
這是民主國家嗎?

de·pos·it [dɪˋpɑzɪt]

名 押金、存款
動 存入、放入

» You need to pay the **deposit**.
你需要付押金。

de·sign·er [dɪˋzaɪnə]

名 設計師

» The dress is made by one of the best **designers**.
這件洋裝是最好的設計師做的。

de·sir·a·ble [dɪˋzaɪrəbl]

形 值得嚮往的、稱心如意的

» The gift is **desirable**.
這禮物很讓人渴望。

de·sire [dɪˋzaɪr]

名 渴望、期望
同 fancy 渴望

» I have a **desire** to see you.
我渴望見到你。

des·sert [dɪˋzɝt]

名 餐後點心、甜點

» Do you want to order some **dessert**?
你想要點甜點嗎?

de·stroy [dɪˋstrɔɪ]

動 損毀、毀壞
反 create 創造

» The city was **destroyed** by an earthquake.
這座城市在一場地震中摧毀了。

de·tect [dɪˋtɛkt]

動 查出、探出、發現
同 discover 發現

» Do you **detect** something wrong?
你察覺出有什麼異樣了嗎?

de·ter·mine [dɪˋtɝmɪn]

動 決定

同 decide 決定

» You efforts **determine** if you will succeed.
你的努力決定你會不會成功。

dev·il [ˋdɛvl]

名 魔鬼、惡魔

» You used to be like an angel, but now **devil**.
你曾經像個天使，但現在是惡魔。

dim [dɪm]

形 微暗的

動 變模糊

» The child doesn't want to go into the **dim** room.
那孩子不願意走進去那微暗的房間。

dime [daɪm]

名 一角的硬幣

» I gave the beggar a **dime**.
我給了那乞丐一角硬幣。

dine [daɪn]

動 款待、用膳

» We will **dine** in the dinning room.
我們在餐廳用膳。

di·no·saur [ˋdaɪnəˏsɔr]

名 恐龍

» What caused the extinction of **dinosaurs**?
是什麼讓恐龍絕跡的？

dip [dɪp]

動 浸、沾

名 浸泡、（價格）下跌

» The clothes are **dipped** in the water.
衣物都浸到水裡面。

dirt [dɝt]

名 泥土、塵埃

片 dirt road 泥土路

» The book is covered with **dirt**.
這本書被塵埃覆蓋住了。

dis·count [ˋdɪskaʊnt]

名 折扣

動 減價

» May I have a **discount**?
可以給我打折嗎？

dis·hon·est [dɪsˋɑnɪst]

形 不誠實的

反 honest 誠實的

» The teacher is angry because the students are **dishonest**.
這老師很生氣，因為學生不誠實。

disk/disc [dɪsk]

名 唱片、碟片、圓盤狀的東西

» The **disk** goes with the book.
這張光碟片附在書後。

dis·like [dɪsˋlaɪk]

動 討厭、不喜歡

名 反感

» The girl **dislikes** her mother.
這小女孩不喜歡她媽媽。

ditch [dɪtʃ]

名 排水溝、水道

動 挖溝、拋棄

同 trench 溝、溝渠

» The bike fell into the **ditch**.
這腳踏車掉入水溝裡了。

dive [daɪv]

動 跳水

名 垂直降落

片 go diving 潛水

» We went to Kenting to go **diving**.
我們去墾丁潛水。

diz·zy [ˋdɪzɪ]

形 暈眩的、被弄糊塗的

» I feel **dizzy** today.
我今天覺得暈眩。

☑ **dol·phin** [ˈdɑlfɪn]

名 海豚

» I saw many **dolphins** on the ferry.
我在渡輪上看到很多海豚。

☑ **don·key** [ˈdɑŋkɪ]

名 驢子、傻瓜

同 mule 驢，騾子

» The farmer bought a **donkey**.
那個農夫買了一頭驢。

☑ **dose** [dos]

名 一劑（藥）、藥量

動 服藥

» Give him a **dose** of opium.
給他一劑麻醉劑。

☑ **doubt·ful** [ˈdaʊtfəl]

形 有疑問的、可疑的

» This answer is **doubtful**.
這答案很可疑。

☑ **dough·nut** [ˈdoˌnʌt]

名 油炸圈餅、甜甜圈

» I bought a **doughnut** for snack.
我買了甜甜圈當點心。

☑ **down·town** [ˈdaʊnˌtaʊn]

副 鬧區的

名 鬧區、商業區

» We went to the **downtown** every weekend.
我們每週都去鬧區。

☑ **drag** [dræg]

動 拖曳

同 pull 拖、拉

» The workers **dragged** the machine.
工人們拖曳這臺機器。

☑ **drag·on·fly** [ˈdrægənˌflaɪ]

名 蜻蜓

» I used to chase **dragonflies** when I was little.
我小時候常常追著蜻蜓跑。

☑ **drain** [dren]

動 排出、流出、喝乾

名 排水管

同 dry 乾

» The factory **drained** lots of pollution.
這工廠排放很多污染。

☑ **dra·mat·ic** [drəˈmætɪk]

形 戲劇性的

同 theatrical 戲劇性的

» Life is always more **dramatic** than novel.
生活往往比小說更具有戲劇性。

☑ **drip** [drɪp]

動 滴下

名 滴、水滴

同 drop 水滴

» Some raindrop **drip** from the roof.
幾滴雨滴從屋頂上滴下來。

☑ **drown** [draʊn]

動 淹沒、淹死

» He has been sad since his son was **drowned**.
從他的兒子被淹死之後，他總是很難過。

☑ **drug·store** [ˈdrʌgˌstor]

名 藥房

同 pharmacy 藥房

» I went to the **drugstore** to buy some medicine for my headache.
我去藥房買了頭痛藥。

☑ **drunk** [drʌŋk]

形 酒醉的、著迷的

名 酒宴、醉漢

» The man was too **drunk** to know what had been going on.
這男人喝太醉,都不知道發生什麼事。

☑ **dumb** [dʌm]

形 啞的、笨的

反 smart 聰明的

» Why doesn't he answer me? Is he **dumb**?
他怎麼都不回答我?他是啞巴嗎?

☑ **dump** [dʌmp]

動 拋下

名 垃圾場

片 dump truck 翻斗卡車

» He was **dumped** last month.
他上個月剛被甩了。

☑ **dump·ling** [ˈdʌmplɪŋ]

名 麵團、餃子

» We eat boiled **dumplings** on Chinese New Year Eve.
我們在除夕的時候吃水餃。

☑ **dust** [dʌst]

名 灰塵、灰

動 打掃、拂去灰塵

同 dirt 灰塵

» I am allergic to **dust**.
我對灰塵過敏。

Ee

☑ **ea·ger** [ˈigɚ]

形 渴望的

» I am **eager** to know the answer.
我很渴望知道答案。

☑ **ech·o** [ˈɛko]

名 回音

動 發出回聲

» You can hear the **echo** in the valley.
你可以在山谷間聽到回音。

☑ **ed·it** [ˈɛdɪt]

動 編輯、發行

» You can **edit** your file here.
你可以在這裡編輯文件。

☑ **ed·i·tor** [ˈɛdɪtɚ]

名 編輯者

» Who's the **editor** of this book?
這本書的編輯者是誰?

☑ **ed·u·cate** [ˈɛdʒəˌket]

動 教育

同 teach 教導

» He **educated** his son to be honest.
他教育他的兒子要誠實。

☑ **ed·u·ca·tion·al** [ˌɛdʒəˈkeʃənl]

形 教育性的

» This museum is very **educational**.
這個博物館很有教育意義。

☑ **ef·fi·cient** [ɪˈfɪʃənt]

形 有效率的

» My boss asked me to be more **efficient**.
我的老闆要我更有效率。

☑ **el·bow** [ˈɛlˌbo]

名 手肘

» Her **elbow** was hurt.
她的手肘受傷了。

☑ **eld·er·ly** [ˈɛldɚlɪ]

形 上了年紀的

同 old 老的

» Please yield your seat to the **elderly**.
請把座位讓給上了年紀的人。

☑ **e·lect** [ɪˈlɛkt]

動 挑選、選舉
形 挑選的
同 select 挑選

» He was **elected** as the president.
他被選為總統。

☑ **election** [ɪˈlɛkʃən]

名 選舉
片 presidential election 總統大選

» Who will win the **election**?
誰會贏得這次的選舉？

☑ **e·lec·tric·i·ty** [ɪlɛkˈtrɪsətɪ]

名 電

» **Electricity** has changed human life.
電改變了人的生活。

☑ **e·lec·tron·ic** [ɪlɛkˈtrɑnɪk]

形 電子的
片 electronic device 電子產品

» This cell phone is a charming **electronic** device.
這手機是個很迷人的電子用品。

☑ **el·e·ment** [ˈɛləmənt]

名 基本要素
同 component 構成要素

» What's the most important **element** of composing a song?
創作歌曲最重要的基本要素是什麼？

☑ **el·e·va·tor** [ˈɛləˌvetə]

名 升降機、電梯
同 escalator 電扶梯

» I took the **elevator** to the second floor.
我搭電梯到二樓。

☑ **e·mer·gen·cy** [ɪˈmɝˈdʒənsɪ]

名 緊急情況
同 crisis 危機

» Please write down your phone number just in case of any **emergency**.
請寫下你的電話，以免有任何緊急狀況。

☑ **e·mo·tion·al** [ɪˈmoʃənl]

形 情感的

» **Emotional** education is necessary.
情感教育是有必要的。

☑ **em·per·or** [ˈɛmpərə]

名 皇帝
同 sovereign 君主、元首

» The **emperor** is famous for his wits.
這皇帝以他的機智聞名。

☑ **en·a·ble** [ɪnˈebl]

動 使能夠

» The oil will **enable** the machine to work.
加點油可以使這臺機器運作。

☑ **en·er·ge·tic** [ˌɛnəˈdʒɛtɪk]

形 有精力的
同 vigorous 精力旺盛的

» Parents always feel their babies are too **energetic** at night.
父母總是覺得他們的小孩晚上還是太精力充沛了。

☑ **en·gage** [ɪnˈgedʒ]

動 雇用、允諾、訂婚
片 be engaged with 跟……訂婚

» I will be **engaged** with my girlfriend.
我將要跟我女朋友訂婚。

☑ **en·gage·ment** [ɪnˈgedʒmənt]

名 預約、訂婚

» The **engagement** makes him panic with regrets.
他們的婚約讓他後悔而焦慮。

☑ **en·joy·a·ble** [ɪnˈdʒɔɪəbl]

形 愉快的

同 delighyful 愉快的

» Wish you an **enjoyable** night.
祝你今晚玩得愉快。

☑ **en·try** [ˈɛntrɪ]

名 入口、進入

» The weak girl's **entry** to military changes her life.
這體弱多病的女孩進入軍界後改變她的人生。

☑ **en·vy** [ˈɛnvɪ]

名 羨慕、嫉妒

動 對……羨慕

片 be the envy of 羨慕

» Everyone's the **envy** of his basketball skills.
大家都羨慕他的球技。

☑ **e·rase** [ɪˈres]

動 擦掉

» Would it be possible to **erase** my trauma?
我心中的創傷有可能擦拭掉嗎？

☑ **ex·cel·lence** [ˈɛksələns]

名 優點、傑出

» Her **excellence** makes her the class leader.
她的傑出表現讓她成為班代。

☑ **ex·change** [ɪksˈtʃendʒ]

名 交換

動 兌換、貿易

» Can I **exchange** money?
我可以換錢嗎？

☑ **ex·hi·bi·tion** [ˌɛksəˈbɪʃən]

名 展覽

» I am going to an **exhibition** of Van Gogh.
我要去看一場梵谷的展覽。

☑ **ex·pec·ta·tion** [ˌɛkspɛkˈteʃən]

名 期望

» My parents' **expectation** on me makes me stressful.
我爸媽對我的期望讓我備感壓力。

☑ **ex·per·i·ment** [ɪkˈspɛrəmənt]

名／動 實驗

» The **experiment** on animal is cruel.
動物實驗是很殘忍的。

☑ **ex·plode** [ɪkˈsplod]

動 爆炸、推翻

» The bomb will **explode**.
這炸彈會爆炸。

☑ **ex·plore** [ɪkˈsplor]

動 探查、探險

» The researchers **explored** the forest ten years ago.
研究者十年前探查過這座森林。

☑ **ex·port** [ɪkˈsport]/[ˈɛksport]

動 輸出

名 出口貨、輸出

» The country **exports** many dairy products.
這國家出口很多乳製品。

☑ **ex·pres·sive** [ɪkˈsprɛsɪv]

形 表達的

» The **expressive** language is important.
表達的語言是很重要的。

☑ **ex·treme** [ɪkˈstrim]

形 極度的

名 極端的事

» The heavy rain is an **extreme** one.
這是一場極度的大雨。

Ff

☑ **fade** [fed]

動 凋謝、變淡

» Some flowers *fade* in autumn.
有些花在秋天凋謝。

☑ **faint** [fent]

形 暗淡的
名 昏厥

» She *fainted* in the morning.
她今天早上暈厥了。

☑ **fair·ly** [ˈfɛrlɪ]

副 相當地、公平地

» It's a *fairly* good deal.
這是一個非常公平的交易。

☑ **fair·y** [ˈfɛrɪ]

名 仙子
形 神仙的
片 fairy tale 童話

» I wish I could see the *fairy*.
我希望我可以看到這仙子。

☑ **faith** [feθ]

名 信任
同 trust 信任

» Do you have *faith* in me?
你對我有信心嗎？

☑ **fake** [fek]

形 冒充的
動 仿造

» It's just a *fake* brand.
這只是一個仿冒的牌子。

☑ **fa·mil·iar** [fəˈmɪljə]

形 熟悉的、親密的
片 be familiar with 對……熟悉

» Are you *familiar* with this place?
你對這地方很熟悉嗎？

☑ **fan·cy** [ˈfænsɪ]

名 想像力、愛好

» I have a *fancy* on this idea.
我很喜歡這主意。

☑ **fare** [fɛr]

名 費用、運費
同 fee 費用

» What's the *fare* you would charge us?
你會跟我們索取多少費用？

☑ **far·ther** [ˈfɑrðə]

副 更遠地
形 更遠的
同 further 更遠的

» Can you see the *farther* place?
你可以看到更遠的地方嗎？

☑ **fash·ion·a·ble** [ˈfæʃənəbl]

形 流行的、時髦的

» Do you think her hat *fashionable*?
你覺得她的帽子很時髦嗎？

☑ **fau·cet** [ˈfɔsɪt]

名 水龍頭
同 hydrant 水龍頭、消防栓

» Water has been dripping from the leaky *faucet* for several days.
水龍頭已經漏水好幾天了。

☑ **fear·ful** [ˈfɪrfəl]

形 可怕的、嚇人的
同 afraid 害怕的

» The story is *fearful* for kids.
對小孩來說，這故事太可怕了。

☑ **feath·er** [ˈfɛðə]

名 羽毛、裝飾

» I am cleaning the *feathers* in the cage.
我在清理鳥籠中的羽毛。

☑ **fence** [fɛns]

名 籬笆、圍牆
動 防衛、防護

» The wolf jumped through the **fence** and ate the chicken.
狼越過籬笆還吃了雞。

☑ **fight·er** [ˈfaɪtɚ]

名 戰士

» She is called **fighter**.
她被稱為是戰士。

☑ **fire·work** [ˈfaɪrˌwɝk]

名 煙火

» The **fireworks** of New Year are fascinating.
新年的煙火非常漂亮。

☑ **fist** [fɪst]

名 拳頭、拳打、緊握

» He gave him a **fist**.
他給他一拳。

☑ **flame** [flem]

名 火焰
動 燃燒

» Did you see the **flame** in her eyes?
你看到她眼裡的火焰嗎？

☑ **flash** [flæʃ]

動 閃亮
名 一瞬間
同 flame 照亮

» No **flash** is allowed in the museum.
在博物館內不可以用閃光燈。

☑ **flash·light** [ˈflæʃˌlaɪt]

名 手電筒、閃光
同 lantern 燈籠

» We go to the cave with **flashlights**.
我們拿著手電筒進山洞。

☑ **fla·vor** [ˈflevɚ]

名 味道、風味
動 添情趣、添風味

» Mucha is my favorite **flavor**.
抹茶是我最愛的口味。

☑ **flesh** [flɛʃ]

名 肉體、軀殼

» Which is more important for a relationship, **flesh** or soul?
在一段關係中，哪一個比較重要？肉體還是靈魂？

☑ **float** [flot]

動 使漂浮

» The ice are **floating** on the soda.
冰塊在蘇打上漂浮。

☑ **flock** [flɑk]

名 禽群、人群

» There is a **flock** of chicken.
這裡有一群雞。

☑ **flood** [flʌd]

名 洪水、水災
動 淹沒
反 drought 旱災

» There is a **flood** almost every summer here.
這裡幾乎每年夏天都會淹水。

☑ **flour** [flaʊr]

名 麵粉
動 撒粉於

» We need **flour** to make a cake.
我們需要麵粉做蛋糕。

☑ **flute** [flut]

名 橫笛、用笛吹奏

» I have learned to play the **flute** since I was ten.
我從十歲就開始學吹橫笛。

☑ **fog·gy** [ˈfɑgɪ]

形 多霧的、朦朧的
» London is always **foggy**.
倫敦總是多霧的。

☑ **fold** [fold]

動 折疊
» You can **fold** the chair.
你可以折疊這椅子。

☑ **fol·low·er** [ˈfɑloɚ]

名 跟隨者、屬下
» The king has some loyal **followers**.
這國王有一些忠臣的屬下。

☑ **fond** [fɑnd]

形 喜歡的
片 be fond of 喜歡
» I am **fond** of you.
我喜歡你。

☑ **for·ev·er** [fɚˈɛvɚ]

副 永遠
同 always 永遠
» This couple believes their love will last **forever**.
這對情侶相信他們的愛會永遠持續下去。

☑ **for·tune** [ˈfɔrtʃən]

名 運氣、財富
同 luck 幸運
» It's a good **fortune** to be liked by somebody like you.
能被像你這樣的大人物喜歡，是何等的幸運。

☑ **foun·tain** [ˈfaʊntn̩]

名 噴泉、噴水池
» The **fountain** in the garden of Versailles is splendid.
凡爾賽宮的噴泉十分驚人。

☑ **frank** [fræŋk]

形 率直的、坦白的
同 sincere 真誠的
» I like her because she's **frank**.
我很喜歡她，因為她很率直。

☑ **freeze** [friz]

動 凍結
» I was **frozen** when I heard the truth.
當我知道真相時，整個人凍結了。

☑ **free·zer** [ˈfrizɚ]

名 冰庫、冷凍庫
同 refrigerator 冰箱
» There is no **freezer** in the hostel.
這間青年旅館沒有冰箱。

☑ **fre·quent** [ˈfrikwənt]

形 常有的、頻繁的
同 regular 經常的
» It's just a **frequent** problem.
這只是個常見的問題。

☑ **fright** [fraɪt]

名 驚駭、恐怖、驚嚇
同 panic 驚恐
» The **fright** in her childhood made her timid.
童年的驚嚇讓她很膽小。

☑ **fright·en** [ˈfraɪtn̩]

動 震驚、使害怕
同 scare 使恐懼
» I was **frightened** by the news.
我被這新聞嚇到了。

☑ **fu·el** [ˈfjuəl]

名 燃料
動 燃料補給
» Fill the truck with the **fuel**.
補充卡車的燃料。

☑ fund [fʌnd]

名 資金、財源
動 投資、儲蓄
» You need to have enough **fund** to invest.
  你需要有足夠的資金才能投資。

☑ fur [fɝ]

名 毛皮、軟皮
» The **fur** of the rabbit is soft.
  兔毛很柔軟。

Gg

☑ gal·lon [ˋgælən]

名 加侖
» I want to add some **gallons** of gas.
  我想要加幾加侖的油。

☑ gam·ble [ˋgæmbl̩]

動 賭博
名 賭博、投機
同 bet 打賭
» **Gambling** is a bad habit.
  賭博是不好的嗜好。

☑ gang [gæŋ]

名 一隊（工人）、一群（囚犯）
» A **gang** of labors dug the cave.
  一群勞工挖掘山洞。

☑ gap [gæp]

名 差距、缺口
片 generation gap 代溝
» There is a generation **gap** between us.
  我們之間有代溝。

☑ ga·rage [gəˋrɑdʒ]

名 車庫
» I bought a house with a **garage**.
  我買了間有車庫的房子。

☑ gas·o·line/gas [ˋgæsəʌin]/[gæs]

名 汽油
同 petroleum 石油
» We are running out of **gasoline**.
  我們快要沒有汽油了。

☑ ge·og·ra·phy [dʒiˋɑgrəfɪ]

名 地理（學）
» He is good at **geography**.
  他的地理很好。

☑ ges·ture [ˋdʒɛstʃɚ]

名 手勢、姿勢
動 打手勢
片 make a gesture 打手勢
» When I make a **gesture**, please come to help me.
  當我對你比手勢時，請來幫我。

☑ glance [glæns]

動 瞥視、看一下
名 一瞥
同 glimpse 瞥見
» Would you have a **glance** at my work?
  可以請你看一下我的作品嗎？

☑ glob·al [ˋglobl̩]

形 球狀的、全球的
» **Global** warming is a big problem.
  全球暖化是個大問題。

☑ glo·ry [ˋglorɪ]

名 榮耀、光榮
動 洋洋得意
» They fight for **glory**.
  他們為了光榮而戰。

☑ glow [glo]

動 熾熱、發光
名 白熱光
同 blaze 光輝
» People at the age were astonished to see the bulb **glow**.
  當時人們看到白熾燈發亮十分意外。

☑ **golf** [gɔlf]

名 高爾夫球
動 打高爾夫球

» Would you like to play **golf** with me?
你可以陪我打高爾夫球嗎？

☑ **gos·sip** [ˋgɑsəp]

名 閒聊
動 說閒話
同 chat 閒聊

» She comes to her neighborhood to **gossip** every evening.
她每天晚上都到鄰居家閒聊。

☑ **gov·er·nor** [ˋgʌvənə]

名 統治者
同 president 總統

» We tried to elect the best **governor**.
我們試圖選出最好的統治者。

☑ **grab** [græb]

動 急抓、逮捕
同 snatch 抓住

» I just **grabbed** my cell phone and I rushed home.
我抓了手機就衝回家了。

☑ **grad·u·ate** [ˋgrædʒʊɪt]/[ˋgrædʒʊ‚et]

名 畢業生
動 授予學位、畢業

» I **graduated** from MIT.
我從麻省理工學院畢業的。

☑ **grasp** [græsp]

動 掌握、領悟、抓牢
同 grab 抓住

» She can't **grasp** the main idea.
她無法掌握主要的要點。

☑ **grass·hop·per** [ˋgræs‚hɑpə]

名 蚱蜢

» Children in the city don't know what a **grasshopper** looks like.
都市裡的孩子不知道蚱蜢長怎樣。

☑ **grass·y** [ˋgræsɪ]

形 多草的

» The farm is **grassy**.
這塊地很多草。

☑ **greed·y** [ˋgridɪ]

形 貪婪的

» The poor kids are not **greedy**. They just want to survive.
這些貧窮的小孩不是貪婪，他們只是想要活下來。

☑ **green·house** [ˋgrin‚haʊs]

名 溫室
片 greenhouse effect 溫室效應

» It's a **greenhouse** effect.
這是溫室效應。

☑ **grin** [grɪn]

動/名 露齒而笑

» The old man **grinned**.
這老男人露齒而笑。

☑ **gro·cer·y** [ˋgrosərɪ]

名 雜貨店

» There are many **groceries** in the little town.
這小鎮裡面有很多雜貨店。

☑ **guard·i·an** [ˋgɑrdɪən]

名 保護者、守護者

» He has been my **guardian** angel.
他一直是我的守護者。

☑ **gum** [gʌm]

名 膠、口香糖

» I don't like to chew **gum**.
我不喜歡吃口香糖。

Hh

☑ **hair·dres·ser** [ˈhɛrˌdrɛsɚ]

名 理髮師

» The **hairdresser** suggested me to have a haircut.
理髮師建議我應該要剪頭髮了。

☑ **hall·way** [ˈhɔlˌwe]

名 玄關、門廳

» I put my keys at the **hallway**.
我將鑰匙放在玄關。

☑ **ham·mer** [ˈhæmɚ]

名 鐵錘
動 錘打

» I use a **hammer** and nails to fix the table.
我用鐵錘還有釘子修這張桌子。

☑ **hand·ful** [ˈhændfəl]

形 少量、少數

» I gave him a **handful** of peanuts.
我給他一小把的花生。

☑ **hand·ker·chief** [ˈhæŋkɚtʃɪf]

名 手帕

» The lady wiped her tears with a **handkerchief**.
那位女士用手帕擦拭淚水。

☑ **handy** [ˈhændɪ]

形 手巧的、手邊的
同 convenient 方便的、隨手可得的

» You must be **handy** to make such a lovely rose.
你一定是手很巧才能做這麼一朵可愛的玫瑰。

☑ **hanger** [ˈhæŋɚ]

名 掛物工具、衣架、掛鉤、掛東西的人、糊牆的人

» She hung her coat on the **hanger**.
她把外套掛在衣架上。

☑ **har·bor** [ˈhɑrbɚ]

名 港灣
同 port 港口
片 harbor master 港務長

» A ship is safe at the **harbor**, but it is not what it is made for.
船在港口邊是最安全的，但這不是造船的目的。

☑ **harm** [hɑrm]

名 損傷、損害
動 傷害、損害
同 damage 損害

» She must have been **harmed** seriously.
她一定是被傷得很重。

☑ **harm·ful** [ˈhɑrmfəl]

形 引起傷害的、有害的
同 destructive 破壞的

» This kind of drug is **harmful** to people's health.
這種藥對人的健康有害。

☑ **har·vest** [ˈhɑrvɪst]

名 收穫
動 收穫、收割穀物

» Only the diligent farmers know the pleasure of **harvest**.
只有勤奮的農夫才知道收穫的喜悅。

☑ **hast·y** [ˈhestɪ]

形 快速的

» I can't hear his **hasty** words.
我無法聽得懂他快速講過的話。

☑ **hatch** [hætʃ]

動 計畫、孵化

» The hen is **hatching**.
母雞正在孵蛋。

☑ **hate·ful** [ˈhetfəl]

形 可恨的、很討厭的

同 hostile 不友善的

» Cockroaches is **hateful**.
蟑螂很討人厭。·

☑ **hay** [he]

名 乾草

» I put some **hay** into the stable.
我把乾草放在馬廄。

☑ **head·line** [ˈhɛdˌlaɪn]

名 標題、寫標題

同 title 標題

» What's the **headline** of this article?
這篇文章的標題是什麼？

☑ **head·quar·ters** [ˈhɛdˌkwɔrtɚz]

名 總部、大本營

» The **headquarters** of our company is in Taipei.
我們公司的總部在臺北。

☑ **heal** [hil]

動 治癒、復原

同 cure 治癒

» Trauma can never be **healed**.
創傷是永遠無法治療的。

☑ **heap** [hip]

名 積累

動 堆積

» I am **heaping** the hay.
我在堆積稻草。

☑ **heat·er** [ˈhitɚ]

名 加熱器

» We need a **heater** in winter.
我們在冬天會需要一個加熱器。

☑ **heel** [hil]

名 腳後跟

» The shoes bite my **heels**.
這雙鞋子會咬我的腳跟。

☑ **hell** [hɛl]

名 地獄、悲慘處境

同 misery 悲慘、苦難

» My life was like **hell** after she left me.
她離開後，我的生活就像是在地獄一樣糟糕。

☑ **hel·met** [ˈhɛlmɪt]

名 頭盔、安全帽

» Don't forget to wear a **helmet** when you ride a bike.
當你騎車的時候別忘了戴安全帽。

☑ **hes·i·tate** [ˈhɛzəˌtet]

動 遲疑、躊躇

» When I asked him where he was last night, he **hesitated**.
當我問他昨晚去哪裡時，他遲疑了。

☑ **hint** [hɪnt]

名 暗示

同 imply 暗示

» Please give me some **hints**.
請給我提示。

☑ **hire** [haɪr]

動 雇用、租用

名 雇用、租金

同 employ 雇用

» My mother **hired** a babysitter when I was little.
我小時候我媽媽有雇用一名保母。

☑ **his·to·ri·an** [hɪsˈtɔrɪən]

名 歷史學家

» The **historians** don't really know what killed Napoleon.
歷史學家不太清楚拿破崙的死因。

his·tor·ic [hɪsˈtɔrɪk]

形 歷史性的
- » It is not a **historic** fact.
  這不是歷史事實。

hold·er [ˈholdɚ]

名 持有者、所有人
- » He's the **holder** of the house.
  他是房子的持有者。

hol·low [ˈhɑlo]

形 中空的、空的
同 empty 空的
片 hollow eyes 凹陷的眼睛
- » Without you, I feel my heart **hollow**.
  沒有你，我覺得我的心是空洞的。

ho·ly [ˈholɪ]

形 神聖的、聖潔的
- » The ritual is **holy**.
  這儀式很神聖。

home·sick [ˈhomˌsɪk]

形 想家的、思鄉的
- » I was **homesick** when I was in the USA.
  我在美國的時候很想家。

home·town [ˈhomˌtaʊn]

名 家鄉
- » It's my **hometown**.
  這是我的家鄉。

hon·es·ty [ˈɑnɪstɪ]

名 正直、誠實
- » **Honesty** may not be always the best policy.
  誠實也許並不一定是上策。

hon·or [ˈɑnɚ]

名 榮耀、尊敬
同 respect 尊敬
- » The athlete is a man of **honor**.
  這名運動員是個品德高尚的人。

hope·ful [ˈhopfəl]

形 有希望的
- » We are **hopeful** of our country's future.
  我們對國家的未來抱有希望。

horn [hɔrn]

名 喇叭、號角
- » **Horn** plays an important role in the war.
  號角在這場戰役中扮演很重要的角色。

hor·ri·ble [ˈhɔrəbl̩]

形 可怕的
- » How can you have such a **horrible** idea to kill him?
  你怎麼可以有殺了他這種可怕的想法？

horror [ˈhɑrɚ]

名 恐怖、恐懼、畏懼
同 panic 恐慌
- » I don't like **horror** movies.
  我不喜歡恐怖片。

hour·ly [ˈaʊrlɪ]

形 每小時的
副 每小時地
- » She asked me where I am **hourly**.
  她每小時都問我在哪裡。

house·keep·er [ˈhaʊsˌkipɚ]

名 主婦、管家
- » Fewer and fewer people want to be a **housekeeper** now.
  現在越來越少人想當管家了。

hug [hʌg]

動 抱、緊抱
名 緊抱、擁抱
同 embrace 擁抱
- » Please give me a **hug**.
  請抱抱我。

hum [hʌm]

名 嗡嗡聲
動 作嗡嗡聲
- » Can you hear the **hum**?
  你聽得到嗡嗡聲嗎？

☑ **hu·mid** [`hjumɪd]

形 潮濕的
同 moist 潮濕的
» The climate in Taiwan is hot and **humid**.
臺灣的氣候溫暖又潮濕。

☑ **hu·mor** [`hjumɚ]

名 詼諧、幽默
同 comedy 喜劇
» You don't have any sense of **humor**.
你沒有任何的幽默感。

☑ **hu·mor·ous** [`hjumərəs]

形 幽默的、滑稽的
同 funny 好笑的
» She has a crush on the **humorous** man.
她迷戀那個幽默的男人。

☑ **hun·ger** [`hʌŋgɚ]

名 餓、饑餓
» **Hunger** can make people different.
饑餓可以讓人不一樣。

☑ **hut** [hʌt]

名 小屋、茅舍
» The man walked from the **hut**.
這男人從小屋走出來。

Ii

☑ **ic·y** [`aɪsɪ]

形 冰的、冰冷的
» The air is **icy** cold today.
今天的空氣很冰冷。

☑ **i·mag·i·na·tion** [ɪˌmædʒə`neʃən]

名 想像力、創作力
» It's **imagination** that makes his works great.
是想像力讓他的作品如此偉大。

☑ **im·me·di·ate** [ɪ`midɪət]

形 直接的、立即的
» The **immediate** answer is not always the best answer.
立即的答覆未必就是最好的答案。

☑ **im·port** [ɪm`port]/[`ɪmport]

動 進口、輸入
名 輸入品、進口
反 export 出口
» This country **imports** lots of gasoline.
這國家進口大量的石油。

☑ **im·press** [ɪm`prɛs]

動 留下深刻印象、使感動
» Which book **impressed** you the most?
哪一本書讓你最印象深刻？

☑ **in·door** [ɪn`dor]

形 屋內的、室內的
反 outdoor 戶外的
» I prefer **indoor** activity.
我偏好室內運動。

☑ **in·doors** [ɪn`dorz]

副 在室內
反 outdoors 在戶外
» I just love to stay **indoors**.
我只是喜歡待在室內。

☑ **in·dus·tri·al** [ɪn`dʌstrɪəl]

形 工業的
» The **industrial** pollution of this country is serious.
這國家的工業污染很嚴重。

☑ **in·fe·ri·or** [ɪnˈfɪrɪɚ]

形 較低的、較劣的

同 worse 較差的

片 be inferior to 次於……

» He always feels he's **inferior** to his elder brother.
他總是覺得自己比哥哥差。

☑ **in·form** [ɪnˈfɔrm]

動 通知、報告

» I was **informed** about the time of the class.
我被告知上課時間。

☑ **in·for·ma·tion** [ˌɪnfɚˈmeʃən]

名 知識、見聞

» The age of **information** causes great anxiety.
資訊時代造成很大的焦慮感。

☑ **in·ju·ry** [ˈɪndʒərɪ]

名 傷害、損害

» This room is for patients who have accidental **injury**.
這房間是治療意外傷害的病人專用的。

☑ **inn** [ɪn]

名 旅社、小酒館

» I stayed in a small **inn** in Tokyo a year ago.
一年前，我待在東京的一間小酒館。

☑ **in·ner** [ˈɪnɚ]

形 內部的、心靈的

同 outer 外部的

» She can see into the **inner** thoughts of him.
她可以看穿他內在的想法。

☑ **in·no·cent** [ˈɪnəsn̩t]

形 無辜的、純潔的

反 guilty 罪惡的

» The girl has **innocent** eyes.
這個女孩有著純潔的眼神。

☑ **in·spect** [ɪnˈspɛkt]

動 調查、檢查

» The police **inspected** the family of the suspect.
警察調查嫌疑犯的家庭。

☑ **in·spec·tor** [ɪnˈspɛktɚ]

名 視察員、檢查者

» The **inspector** is coming.
視察員要來了。

☑ **in·tel·li·gent** [ɪnˈtɛlədʒənt]

形 有智慧（才智）的

» Most people believe aliens are **intelligent** creatures.
多數人相信外星人是有智慧的生物。

☑ **in·ter·rupt** [ˌɪntəˈrʌpt]

動 干擾、打斷

同 intrude 打擾

» Don't **interrupt** me.
不要打斷我。

☑ **in·vent** [ɪnˈvɛnt]

動 發明、創造

» Do you know who **invented** computers?
你知道是誰發明了電腦嗎？

☑ **in·ven·tor** [ɪnˈvɛntɚ]

名 發明家

» Some historians said Thomas Edison was not the **inventor** of the light bulb.
有些歷史學家說湯瑪斯·愛迪生不是燈泡的發明家。

☑ **in·ves·ti·gate** [ɪnˈvɛstəˌget]

動 研究、調查

同 inspect 調查

» This paper attempts to **investigate** the influence of childhood.
這篇論文試圖研究童年的影響。

☑ **in·vi·ta·tion** [ˌɪnvəˈteʃən]

名 請帖、邀請

» Thank you for your **invitation**.
感謝你的邀請。

☑ **i·vo·ry** [ˈaɪvərɪ]

名 象牙

形 象牙製的

» These chopsticks are made of **ivory**.
這雙筷子是象牙做的。

Jj

☑ **jail** [dʒel]

名 監獄

同 prison 監獄

» The criminal is put into **jail**.
這罪犯被關入監獄了。

☑ **jar** [dʒɑr]

名 刺耳的聲音、廣口瓶

» I put the jam into a **jar**.
我把果醬放在廣口瓶中。

☑ **jaw** [dʒɔ]

名 顎、下巴

動 閒聊、嘮叨

» Could you please stop your **jaw**?
你可以住嘴嗎？

☑ **jazz** [dʒæz]

名 爵士樂

» I love **jazz** music in the 1920s.
我喜歡二〇年代的爵士樂。

☑ **jeal·ous** [ˈdʒɛləs]

形 嫉妒的

同 envious 嫉妒的、羨慕的

» Everyone's **jealous** of her beauty.
每個人都嫉妒她的美貌。

☑ **jeep** [dʒip]

名 吉普車

» Have you ever been in a **jeep**?
你曾經搭過吉普車嗎？

☑ **jel·ly** [ˈdʒɛlɪ]

名 果凍

» Every kid loves **jelly**.
所有的小孩都喜歡果凍。

☑ **jet** [dʒɛt]

名 噴射機、噴嘴

動 噴出

» The millionaire has a private **jet**.
這個百萬富豪有私人噴射機。

☑ **jew·el** [ˈdʒuəl]

名 珠寶

» Ms. Su's husband gave her some **jewels**.
蘇老師的老公給她珠寶。

☑ **jew·el·ry** [ˈdʒuəlrɪ]

名 珠寶

» Not every girl loves **jewelry**.
不是所有的女孩都喜歡珠寶。

☑ **jour·ney** [ˈdʒɝnɪ]

名 旅程

動 旅遊

» Life is a **journey**.
人生就是趟旅程。

☑ **joy·ful** [ˈdʒɔɪfəl]

形 愉快的、喜悅的

同 glad 高興的

» It was such a **joyful** day.
這真是一個愉快的一天。

☑ **juic·y** [ˈdʒusɪ]

形 多汁的

» The fruit in Thailand is **juicy**.
泰國的水果很多汁。

☑ **jun·gle** [ˈdʒʌŋɡl̩]

名 叢林

» I love to discover the secret of the **_jungle_**.
我想要探索叢林的祕密。

☑ **ju·nior** [ˈdʒunjɚ]

名 年少者
形 年少的

» **_Juniors_** are enthusiastic about online games.
年少者對線上遊戲很狂熱。

☑ **junk** [dʒʌŋk]

名 垃圾
同 trash 垃圾
片 junk food 垃圾食物

» Don't eat too much **_junk_** food.
不要吃太多垃圾食物。

Kk

☑ **kan·ga·roo** [ˌkæŋɡəˈru]

名 袋鼠

» It's dangerous to face a **_kangaroo_**.
面對袋鼠時是很危險的。

☑ **key·board** [ˈkiˌbord]

名 鍵盤

» I can't type fast with this **_keyboard_**.
我用這鍵盤沒辦法打很快。

☑ **kid·ney** [ˈkɪdnɪ]

名 腎臟

» This kind of diet is not good for your **_kidney_**.
這種飲食習慣對腎臟不好。

☑ **ki·lo·me·ter** [ˈkɪləˌmitɚ]

名 公里

» It's less than a **_kilometer_** away from here.
距離這裡不到一公里遠。

☑ **kin·der·gar·ten** [ˈkɪndɚˌɡɑrtn̩]

名 幼稚園

» My kids are in this **_kindergarten_**.
我的小孩在這家幼稚園。

☑ **king·dom** [ˈkɪŋdəm]

名 王國

» In the **_kingdom_** of love, no one is smart.
在愛情的國度裡，沒有人是聰明的。

☑ **kit** [kɪt]

名 工具箱

» The carpenter forgot to bring a **_kit_**.
這木匠忘了帶工具箱。

☑ **knight** [naɪt]

名 騎士、武士
動 封……為爵士

» A brave **_knight_** saving a princess is a common motif in romance.
浪漫故事中，勇敢的武士解救了公主是常見的題材。

☑ **knit** [nɪt]

動 編織
名 編織物

» I am **_knitting_** a scarf for my boyfriend.
我為我的男朋友編織一條圍巾。

☑ **knot** [nɑt]

名 結
動 打結

» The **_knot_** on the box is too tight.
這箱子的結太緊了。

☑ **ko·a·la** [koˈɑlə]

名 無尾熊

» There are lots of **_koalas_** in Australia.
在澳洲有很多的無尾熊。

la·bel [ˈlebl̩]
名 標籤
動 標明
» A teacher shouldn't **label** any student as problematic.
老師不該標明任何學生是有問題的。

lace [les]
名 花邊、緞帶
動 用帶子打結
» I love the shirt with **lace** on the sleeves.
我喜歡這件袖子有蕾絲邊的襯衫。

lad·der [ˈlædɚ]
名 梯子
» I need a **ladder** to climb to the roof.
我需要一個梯子爬上屋頂。

late·ly [ˈletlɪ]
副 最近
» **Lately**, Sam went hiking again.
最近山姆又去健行。

laugh·ter [ˈlæftɚ]
名 笑聲
» **Laughter** is the best medicine.
歡笑是良藥。

laun·dry [ˈlɔndrɪ]
名 洗衣店、送洗的衣服
片 do a laundry 洗衣服
» I will bring my clothes to the **laundry**.
我會帶衣服到洗衣店。

lawn [lɔn]
名 草地
» Children are chasing kites on the **lawn**.
孩子們在草地上追風箏。

leak [lik]
動 洩漏、滲漏
名 漏洞
» Your water bottle is **leaking**.
你的水壺在漏水。

leap [lip]
動 使跳過
名 跳躍
» The frog **leaps** over the rock.
青蛙跳過那塊石頭。

learn·ing [ˈlɝnɪŋ]
名 學問
» **Learning** is not one-step work.
學問並不是一蹴而成的工作。

leath·er [ˈlɛðɚ]
名 皮革
» Don't buy **leather** products.
不要買皮革製品。

lei·sure [ˈliʒɚ]
名 空閒
» What do you do in your **leisure** time?
在你的空閒時間，你會做什麼？

lem·on·ade [ˌlɛmənˈed]
名 檸檬水
» May I have some **lemonade**?
可以給我一點檸檬水嗎？

leop·ard [ˈlɛpɚd]
名 豹
» A **leopard** can run very fast.
豹可以跑很快。

let·tuce [ˈlɛtɪs]
名 萵苣
» I made a sandwich with **lettuce**.
我用一點萵苣做了三明治。

☑ **lib·er·ty** [ˈlɪbɚtɪ]

名 自由

同 freedom 自由

» Individual ***liberty*** for independence is worthy of fighting for.
自由的個人自由是值得爭取的。

☑ **lick** [lɪk]

名／動 舔食、舔

» The boy ***licked*** the lollipop.
那小男孩舔了一口棒棒糖。

☑ **life·time** [ˈlaɪfˌtaɪm]

名 一生

» James Joyce spent almost one third of his ***lifetime*** writing Finnegans Wake.
詹姆斯·喬伊斯花了他近三分之一的人生寫作《芬尼根守靈記》。

☑ **light·house** [ˈlaɪtˌhaʊs]

名 燈塔

» Virginia Woolf's famous novel To the ***Lighthouse*** deals with the relationship between men and women.
維吉尼亞·吳爾芙的知名小說《燈塔行》處理關於女人與男人之間的問題。

☑ **light·ning** [ˈlaɪtnɪŋ]

名 閃電

» The dog is afraid of ***lightning***.
這隻狗會怕閃電。

☑ **lil·y** [ˈlɪlɪ]

名 百合花

» There are ***lilies*** here.
這邊有很多百合花。

☑ **limb** [lɪm]

名 枝幹、肢體

» The old solider lost a ***limb*** in the battlefield.
老士兵在戰場上失去了一條腿。

☑ **lit·ter** [ˈlɪtɚ]

名 雜物、一窩（小豬或小狗）、廢物

動 散置

同 rubbish 廢物、垃圾

» ***Litter*** was left all over the house.
這間房子裡的廢棄物堆的到處都是。

☑ **live·ly** [ˈlaɪvlɪ]

形 有生氣的

同 bright 有生氣的

» The tiger's eyes are ***lively***, full of spirit.
這隻老虎的眼睛很有生氣，充滿了精神。

☑ **loaf** [lof]

名 一塊

名詞複數 loaves

» I bought a ***loaf*** of bread for my breakfast.
我買了一條麵包當早餐。

☑ **lob·by** [ˈlɑbɪ]

名 休息室、大廳

同 entrance 入口

» The Korean movie star invites his fans to play a game with him in the ***lobby***.
韓國電影明星邀請他的粉絲到大廳去跟他玩遊戲。

☑ **lo·cate** [ˈloket]

動 設置、居住

» The house is ***located*** in the jungle.
這房子設置在叢林裡面。

☑ **lo·ca·tion** [loˈkeʃən]

名 位置

» The ***location*** of the treasure is still a mystery.
寶藏的位置仍然是個謎。

☑ **lock** [lɑk]

名 鎖

動 鎖上

» Could you ***lock*** the door, please?
你可以把門鎖上嗎？

log [lɔg]

名 圓木
動 伐木、把……記入航海日誌
同 wood 木頭

» We need some **logs** to make a table.
我們需要一些圓木做桌子。

lol·li·pop [ˈlɑlɪ͵pɑp]

名 棒棒糖

» The **lollipop** looks like a snowman, and tastes like milk.
這枝棒棒糖看起來像雪人，嚐起來像牛奶。

loose [lus]

形 寬鬆的

» My pants become too **loose** to wear after three month's dieting.
我的褲子在三個月的節食後，變得太鬆而不能穿。

lord [lɔrd]

名 領主、統治者
同 owner 物主

» The director of The **Lord** of the Rings films was Peter Jackson.
《魔戒》系列電影的導演是彼得‧傑克森。

los·er [ˈluzɚ]

名 失敗者、輸家

» You are such a **loser**.
你真的是輸家。

lov·er [ˈlʌvɚ]

名 愛人

» You are my first and last **lover**.
你是我第一個也是最後一個愛人了。

lug·gage [ˈlʌgɪdʒ]

名 行李
同 baggage 行李

» The new **luggage** with Hello Kitty is my favorite.
有凱蒂貓的新行李箱是我的最愛。

lung [lʌŋ]

名 肺臟

» A healthy **lung** seems to be pink.
健康的肺臟看起來似乎是粉紅色的。

Mm

mag·i·cal [ˈmædʒɪkl̩]

形 有魔術的、神奇的

» Moonstones are **magical** stones for ancient Romans.
月光石對古代的羅馬人來說是神奇的石頭。

ma·gi·cian [məˈdʒɪʃən]

名 魔術師

» The **magician** is amazing.
這位魔術師真的太厲害了。

mag·net [ˈmægnɪt]

名 磁鐵

» These letters with **magnets** inside can stick to the whiteboard.
這些有磁鐵的字母可以黏到白板上。

maid [med]

名 女僕、少女

» The **maid** is clever enough to know how to help Mrs. Simpson.
女僕很聰慧，知道如何幫助辛普森太太。

ma·jor·i·ty [məˈdʒɔrətɪ]

名 多數

反 minority 少數

» We should be careful about the opinions of the **majority**.
我們要留心多數人的意見。

mall [mɔl]

名 購物中心

» The **mall** is full of people, ready to buy and win that red sports car.
購物中心滿是人群，準備好大肆採購，贏得那輛紅色的跑車。

man·kind/hum·an·kind [mænˈkaɪnd]/[ˈhjumənˌkaɪnd]

名 人類

同 humanity 人類

» **Mankind** is sometimes very cruel to animals.
人類有時對動物非常的殘忍。

mar·ble [ˈmɑrbl̩]

名 大理石

» Unbelievably, this **marble** statue of Apollo is smiling at me.
真是不敢相信，這座阿波羅大理石雕像竟對我微笑。

march [mɑrtʃ]

動 前進、行軍

名 行軍、長途跋涉

同 hike 健行

» The troop prepared to **march** to the capital of France.
軍隊準備前進至法國首都。

mark·er [ˈmɑrkɚ]

名 記號筆 馬克筆 記分員 記分裝置

» The **marker** dried out.
馬克筆乾了。

mar·vel·ous [ˈmɑrvələs]

形 令人驚訝的

» Look at the building made up with banned books. It's truly **marvelous**.
看看那座用禁書所組成的建築物。真是令人驚訝。

math·e·mat·i·cal [ˌmæθəˈmætɪkl̩]

形 數學的

» This complex **mathematical** formula is hard to understand.
這一則複雜的數學算式很難懂。

may·or [ˈmeɚ]

名 市長

» The **mayor** is giving a speech in front of the citizens in this plaza.
市長面對廣場上的市民們演講。

mead·ow [ˈmɛdo]

名 草地

» Having a picnic on the **meadow** is wonderful.
在草地上野餐真是太棒了。

mean·ing·ful [ˈminɪŋfəl]

形 有意義的

同 significant 有意義的

» Helping people in need is **meaningful**.
幫助有需要的人是件有意義的事。

mean·while [ˈminˌhwaɪl]

副 同時

名 期間

同 meantime 同時

» Cindy is starting college in March. **Meanwhile**, she's having a part-time job.
辛蒂在三月將開始大學生活。同時，她也要打工。

☑ **med·al** [ˈmɛdl̩]

名 獎章

» Winning ***medals*** is a must if you plan to become a coach some day.
如果您計劃有一天成為一名教練，則必須獲得獎章。

☑ **me·di·um/me·di·a** [ˈmidɪəm]/[ˈmidɪə]

名 中間、中庸、媒體

» He writes articles for a ***medium***-sized company's blog.
他為一家中型公司的部落格寫文章。

☑ **mel·on** [ˈmɛlən]

名 瓜、甜瓜

» I love to eat ***melons*** in the summer.
我喜歡在夏天吃瓜類。

☑ **melt** [mɛlt]

動 融化、熔化、溶化、熔解

» The ice cream is ***melting*** quickly.
霜淇淋快融化了。

☑ **mend** [mɛnd]

動 修補、修改

同 repair 修理

» How efficiently the plumber ***mended*** this burst pipe!
這個水電工修理爆裂水管真有效率！

☑ **men·tal** [ˈmɛntl̩]

形 心理的、心智的

片 mental cruelty 精神虐待

» It's quite hard to judge if the criminal's ***mental*** state is normal.
要判斷這個罪犯的心理狀態是否正常是困難的。

☑ **mer·ry** [ˈmɛrɪ]

形 快樂的

» Mike's ***merry*** sound of laughter turns his mother's sadness to smiles.
麥克快樂的笑聲讓他母親的悲傷轉為笑容。

☑ **mess** [mɛs]

名 雜亂

動 弄亂

» Clean up this ***mess***!
把這堆雜亂的東西清乾淨！

☑ **mi·cro·phone/mike** [ˈmaɪkrəfon]/[maɪk]

名 麥克風

» Should I use the ***microphone***?
我應該用麥克風嗎？

☑ **mi·cro·wave** [ˈmaɪkrəwev]

名 微波爐

動 微波

» How much is the ***microwave***?
這個微波爐多少錢？

☑ **might·y** [ˈmaɪtɪ]

形 強大的、有力的

» ***Mighty*** will power leads her to succeed in the fashion model career.
強大的意志力讓她在時尚模特兒的職場上取得成功。

☑ **mi·nus** [ˈmaɪnəs]

介 減、減去

形 減的

名 負數

反 plus 加的

» Two ***minus*** one equals one.
二減一等於一。

mir·a·cle [ˈmɪrək!]

名 奇蹟

同 marvel 令人驚奇的事物

» To see you again after the tsunami is a **miracle**.
海嘯過後還能再見到你，真的是奇蹟。

mis·er·y [ˈmɪzərɪ]

名 悲慘

同 distress 悲痛

» Marriage without love is a **misery**.
沒有愛的婚姻是悲慘的。

mis·sile [ˈmɪs!]

名 發射物、飛彈

» Japanese **missiles** angered the Americans in the World War II.
在二次大戰期間，日本人的飛彈惹惱了美國人。

miss·ing [ˈmɪsɪŋ]

形 失蹤的、缺少的

» The lovely parrot is **missing**.
可愛的鸚鵡失蹤了。

mis·sion [ˈmɪʃən]

名 任務

» **Mission** Impossible is one of Tom Cruise's most famous movies.
湯姆·克魯斯主演的《不可能的任務》是他的最有名的影視作品之一。

mist [mɪst]

名 霧

動 被霧籠罩

同 fog 霧

» The **mist** in Ali Mountain adds certain spiritual mystery.
阿里山的白霧讓這座山增添某種靈性氣息。

mob [mɑb]

名 民眾

動 群集

» The **mob** has rushed into the president's house.
民眾已經衝進總統府。

mo·bile [ˈmobɪl]

形 可動的

同 movable 可動的

» The **mobile** home in the Alps keeps the climbers warm.
阿爾卑斯山的可動式房屋讓登山客得以溫暖。

moist [mɔɪst]

形 潮濕的

同 damp 潮濕的

» The soil is not **moist** enough.
土壤不夠潮濕。

mois·ture [ˈmɔɪstʃɚ]

名 溼氣

» The **moisture** here is perfect for your skin.
這裡的溼氣對你的皮膚來講真是太好不過了。

monk [mʌŋk]

名 僧侶、修道士

» He became a **monk** ten years ago.
» 他十年前成了僧侶。

mon·ster [ˈmɑnstɚ]

名 怪物

» The boy became a **monster** after drinking the liquid.
喝完這種溶液後，男孩變成了怪獸。

month·ly [ˈmʌnθlɪ]

名 月刊

形 每月一次的

» When can we get **monthly** pay?
我們什麼時侯可以拿到月薪？

mor·al [ˈmɔrəl]

形 道德上的

名 寓意

» Stealing money is not **moral**.
偷錢是件不道德的事。

☑ **mos·qui·to** [məˈskito]

名 蚊子

» There are lots of **mosquitos** in the forest.
森林中有很多的蚊子。

☑ **most·ly** [ˈmostlɪ]

副 多半、主要地

» **Mostly** this is a strange situation.
這多半是一個奇怪的情況。

☑ **mo·tel** [moˈtɛl]

名 汽車旅館

» The **motel** has a stature of Cupid and Psyche inside.
汽車旅館內有座丘比特和賽姬的雕像。

☑ **moth** [mɔθ]

名 蛾、蛀蟲

» It is said that **moths** always fly to the fire.
聽說飛蛾會撲火。

☑ **mo·tor** [ˈmotɚ]

名 馬達、發電機

» Ride on the **motor** boat and you'll reach the other side of the lake.
乘坐這艘馬達發動的船，你將可抵達湖的另一邊。

☑ **mul·ti·ply** [ˈmʌltəplaɪ]

動 增加、繁殖、相乘

» Three **multiplied** by two equals six.
三乘二等於六。

☑ **mur·der** [ˈmɝdɚ]

名 謀殺
動 謀殺、殘害
同 assassinate 暗殺

» The **murder** case of prostitutes attracted the public's attention.
妓女的謀殺案引起大眾的注意。

☑ **mus·cle** [ˈmʌsl̩]

名 肌肉

» Weight lifters usually have **muscles**.
舉重者通常有肌肉。

☑ **mush·room** [ˈmʌʃrum]

名 蘑菇
動 急速生長

» In the cartoon, blue fairies live in the **mushroom** village.
在卡通影片裡，藍色精靈住在蘑菇村裡。

☑ **mys·ter·y** [ˈmɪstərɪ]

名 神祕
片 mystery play 神祕劇

» The legend of the monkey god adds certain **mystery** to the town.
猴神的傳說為這個城鎮添加一些神祕感。

Nn

☑ **na·ked** [ˈnekɪd]

形 裸露的、赤裸的

» The woman is almost **naked**!
這女人幾乎是全裸的！

☑ **nap** [næp]

名 小睡、打盹

» If you're tired, take a **nap** for a while.
如果你累了，可以小睡一會兒。

☑ **napkin** [ˈnæpkɪn]

名 餐巾紙

» He used a **napkin** to wipe his shirt.
他用一張餐巾紙去擦拭他的衣服。

na·tive [ˈnetɪv]

形 本國的、天生的

» Some **native** speakers here are from Canada.
這裡的一些本國人是從加拿大來的。

na·vy [ˈnevɪ]

名 海軍、艦隊

» How lovely are those **navy**'s uniform!
那些海軍的制服好美啊！

neat [nit]

形 整潔的

反 dirty 髒的

» The house is **neat**.
這間房子很整潔。

ne·ces·si·ty [nəˈsɛsətɪ]

名 必需品

» Before the typhoon, we need to buy some **necessities**.
在颱風來臨前，我們必須買些必需品。

neck·tie [ˈnɛkˌtaɪ]

名 領帶

» The **necktie** is used in formal occasions.
在正式場合中才需要用到領帶。

neigh·bor·hood [ˈnebɚˌhʊd]

名 社區

» People avoided visiting the **neighborhood** at night time.
人們避免在晚間時分造訪這個社區。

nest [nɛst]

名 鳥巢

動 築巢

» I found a **nest** on the tree.
我在樹上發現了一個鳥巢。

nick·name [ˈnɪkˌnem]

名 綽號

動 取綽號

» He is smart and his **nickname** is Conan.
他很聰明，他的綽號是柯南。

nor·mal [ˈnɔrml̩]

形 標準的、正常的

同 regular 正常的、規律的

» **Normal** people will laugh out loud, but some people just don't.
正常人會放聲大笑，但有些人就是不笑。

nov·el·ist [ˈnɑvəlɪst]

名 小說家

» E. Nesbit is one of J.K. Rowling's favorite **novelists**.
意蒂絲·內斯比特是 J.K. 羅琳最喜歡的小說家之一。

nun [nʌn]

名 修女、尼姑

» Mother Teresa is a **nun** who helps many poor people.
德蕾莎是名幫助過很多窮人的修女。

Oo

oak [ok]

名 橡樹、橡葉

» The **oak** tree produces squirrel's food, acrons.
橡樹生產松鼠的食物—橡實。

ob·serve [əbˈzɝv]

動 觀察、評論

» **Observe** the night sky and see if any shooting star is coming.
觀察夜空，看看是否有流星要來。

oc·ca·sion [əˈkeʒən]

名 事件、場合

動 引起

» Sam put on black suit on special **occasions**.
山姆在特殊的場合穿黑色西裝。

odd [ɑd]

形 單數的、殘餘的、怪異的
» If the last petal you count is ***odd***, stop one-sided love.
如果你數的最後一片花瓣是奇數，停止單相思。

o·mit [o`mɪt]

動 遺漏、省略、忽略
同 neglect 忽略
» You must have ***omitted*** something.
你一定有遺漏什麼。

on·go·ing [`ɑn͵goɪŋ]

形 前進的、進行的、不間斷的
» ***Ongoing*** efforts to complete this task.
持續的努力完成這個任務。

on·ion [`ʌnjən]

名 洋蔥
» You need some ***onions*** to make pasta.
你需要洋蔥做義大利麵。

on·to [`ɑntu]

介 在……之上
» The boxes were loaded ***onto*** the van.
箱子裝載到貨車上。

op·er·a·tion [͵ɑpə`reʃən]

名 作用、操作
» This air conditioning system is in ***operation***.
空調系統作用中。

op·por·tu·ni·ty [͵ɑpə`tjunətɪ]

名 機遇、機會
» Grasp the ***opportunity*** and sing for the world.
把握這個機會，為這個世界唱歌吧。

op·po·site [`ɑpəsɪt]

形 相對的、對立的
同 contrary 對立的
» The lady sitting ***opposite*** to you is Jolin Tsai.
坐在你對面的那名女士就是蔡依林。

op·ti·mis·tic [͵ɑptə`mɪstɪk]

形 樂觀（主義）的
反 pessimistic 悲觀的
» Rita is ***optimistic*** about her chances of winning the game.
麗塔對於贏得這場比賽感到樂觀。

o·ral [`orəl]

名 口試
形 口述的
» The ***oral*** test is in tomorrow morning.
口試在明天早上。

or·gan·ic [ɔr`gænɪk]

形 器官的、有機的
» The ***organic*** food is the food cultivated in specific ways.
有機食物是用特定方法所培養出來的食物。

or·gan·ize [`ɔrgən͵aɪz]

動 組織、系統化
» I need to ***organize*** the system.
我想要系統化這組織。

o·rig·i·nal [ə`rɪdʒən!]

形 起初的
名 原作
» The palace was restored to its ***original*** glory.
這座皇宮恢復了原先的輝煌。

☑ **out·door** [ˈaʊtˌdor]

形 戶外的

反 indoor 室內的

» Why don't you do some ***outdoor*** activity in your free time?
在你空閒時，為什麼不做一些戶外活動呢？

☑ **out·doors** [ˌaʊtˈdorz]

副 在戶外、在屋外

» If it's not rainy, we'll eat ***outdoors***.
如果沒有下雨的話，我們會在戶外用餐。

☑ **out·er** [ˈaʊtɚ]

形 外部的、外面的

» The ***outer*** space is the setting of most sci-fi movies.
外太空是多數科幻電影的場景。

☑ **out·line** [ˈaʊtˌlaɪn]

名 外形、輪廓

動 畫出輪廓

同 sketch 畫草圖、草擬

» The ***outline*** of the creature seems to be a mermaid.
生物的外形看起來好像美人魚。

☑ **ov·en** [ˈʌvən]

名 爐子、烤箱

同 stove 爐子

» I put the turkey into the ***oven***.
我把火雞放到烤箱裡面了。

☑ **over·seas** [ˌovɚˈsiz]

形 國外的、在國外的

副 在海外、在國外

同 abroad 在國外

» I will be an ***overseas*** student.
我將要變成海外學生。

☑ **owe** [o]

動 虧欠、欠債

» The taxi driver ***owed*** his boss 50,000 dollars.
計程車司機欠他的老闆 5 萬元。

☑ **owl** [aʊl]

名 貓頭鷹

» There are some ***owls*** on the tree.
樹上有幾隻貓頭鷹。

☑ **own·er·ship** [ˈonɚˌʃɪp]

名 主權、所有權

同 possession 所有物

» The ***ownership*** of the private library is still a mystery.
這間私人圖書館的主權仍然是個謎。

☑ **ox** [ɑks]

名 公牛

名詞複數 oxen

» There are some ***oxen*** on the farm.
在農場上有幾頭公牛。

Pp

☑ **pad** [pæd]

名 墊子、印臺

動 填塞

同 cushion 墊子

» The shoulder's ***pad*** is taken away from the woman's coat.
這件女用大衣裡的墊肩已經拿掉了。

☑ **paint·er** [ˈpentɚ]

名 畫家

» Da Vinci is also known as a ***painter***.
達文西也被視為是一個畫家。

☑ **pal** [pæl]

名 夥伴

同 companion 同伴

片 old pal 老友

» Clara is my best ***pal***.
克萊拉是我最好的夥伴。

☑ **pal·ace** [ˈpælɪs]

名 宮殿

» The baroque *palace* in Austria looks magnificent.
奧地利的巴洛克宮殿看起來高雅非凡。

☑ **palm** [pɑm]

名 手掌

» He put the nuts on his *palms*.
他把堅果放在他的手掌心。

☑ **pan·cake** [ˈpænˌkek]

名 薄煎餅

» The *pancakes* with creams taste delicious.
上面有奶油的薄煎餅嚐起來很美味。

☑ **pan·ic** [ˈpænɪk]

名 驚恐
動 恐慌
同 scare 驚嚇

» Alice got into a *panic* because she forgot to bring her report to school.
愛麗絲陷入恐慌，怕自己忘記把報告帶來學校。

☑ **pa·rade** [pəˈred]

名 遊行
動 參加遊行、閱兵
片 parade ground 閱兵場

» The *parade* of huge cartoon figures affects the traffic.
大型卡通人物的遊行影響了交通。

☑ **par·a·dise** [ˈpærəˌdaɪs]

名 天堂

» It is said that the phoenix lives in the *paradise*.
據說鳳凰住在天堂。

☑ **par·cel** [ˈpɑrsl̩]

名 包裹
動 捆成

» This *parcel* has some Chinese herbs.
這個包裹裡有些中國藥草。

☑ **par·rot** [ˈpærət]

名 鸚鵡

» The *parrot* can speak many languages!
這隻鸚鵡會說很多語言！

☑ **pas·sage** [ˈpæsɪdʒ]

名 通道

» The *passage* to the outside of White House is a secret.
這條通往白宮外面的通道是個祕密。

☑ **pas·sen·ger** [ˈpæsn̩dʒɚ]

名 旅客

» All the *passengers* are boarding.
所有旅客都在登機。

☑ **pas·sion** [ˈpæʃən]

名 熱情
同 emotion 情感

» If you have *passion* for artistic creation, go for it.
如果你對藝術創作有熱情，就去追吧。

☑ **pass·port** [ˈpæsˌport]

名 護照

» Show your *passport* to the staff in the airport and get your plane ticket.
把你的護照秀給機場的工作人員看，然後拿機票。

☑ **pat** [pæt]

動 輕拍
名 拍
同 tap 輕拍

» The father is *patting* his daughter.
這位父親輕拍他的女兒。

☑ **pa·tience** [ˋpeʃəns]

名 耐心
» Have some *patience* to Amy when she's crying.
艾咪哭的時候，對她有點耐心。

☑ **pause** [pɔz]

名 暫停、中止
同 cease 停止
» Press the button of *pause* if you need to go somewhere else for a while.
如果你需要去別的地方一會兒，按一下暫停鍵。

☑ **pave** [pev]

動 鋪築
» Workers will *pave* the road with white stones.
工人會用白色石頭鋪築這條路。

☑ **pave·ment** [ˋpevmənt]

名 人行道
» The *pavement* is wet and slippery after raining.
人行道在下過雨後就變得溼滑。

☑ **pea** [pi]

名 豌豆
» "The Princess and the *Pea*"is a famous Andersen's fairy tale.
《豌豆公主》是有名的童話。

☑ **pea·nut** [ˋpiˏnʌt]

名 花生
» Mice love *peanuts*.
老鼠喜歡花生。

☑ **pearl** [pɜl]

名 珍珠
» Clams can produce *pearls*.
蛤蜊可以產出珍珠。

☑ **peel** [pil]

名 果皮
動 剝皮
» Why did you throw the *peel* of the banana on the sidewalk?
你為什麼要把香蕉皮丟在人行道上？

☑ **pen·guin** [ˋpɛngwɪn]

名 企鵝
» *Penguins* live in Antarctic continent.
企鵝住在南極大陸。

☑ **pen·ny** [ˋpɛnɪ]

名 便士、分
» The bun is 3 *pennies*.
這個小圓麵包 3 便士。

☑ **pep·per** [ˋpɛpɚ]

名 胡椒
» I added some *pepper* into the soup.
我在湯裡面加了一些胡椒。

☑ **per·form** [pɚˋfɔrm]

動 執行、表演
» Grandma's operation will be *performed* after the Chinese New Year.
奶奶會在春節（農曆新年）後動手術。

☑ **per·form·ance** [pɚˋfɔrməns]

名 演出
» The *performance* of the band is held in the year-end party.
樂團的表演在尾牙餐會中舉行。

☑ **per·mis·sion** [pɚˋmɪʃən]

名 許可
同 approval 許可
» Henry needs his parent's *permission* to join the school trip to a theme park.
哈利需要父母的許可，才能參加校外的主題樂園。

per·mit [pɚˋmɪt]/[ˋpɝmɪt]

動 容許、許可
名 批准
同 allow 允許

» You're not **permitted** to leave the classroom before the bell rings.
在鐘聲響起前，你們不許離開教室。

per·suade [pɚˋswed]

動 說服
同 convince 說服

» **Persuading** your father to agree that the marriage is difficult.
說服你父親同意這門婚事是有困難的。

pho·tog·ra·pher [fəˋtɑgrəfɚ]

名 攝影師

» The **photographer** took a photo in the mountains.
這位攝影師在山上攝影。

pi·geon [ˋpɪdʒən]

名 鴿子
同 dove 鴿子

» People used to use **pigeons** to send letters.
人們曾經用鴿子在送信。

pile [paɪl]

名 堆
動 堆積
同 heap 堆積

» There is a **pile** of woods.
這邊有一堆木頭。

pill [pɪl]

名 藥丸

» Take 2 **pills** with warm water.
配開水吃 2 顆藥丸。

pi·lot [ˋpaɪlət]

名 飛行員、領航員

» The **pilot** checks her airplane before flying.
飛行員飛行前檢查飛機。

pine [paɪn]

名 松樹

» The **pine** often serves as one popular motif in Chinese paintings.
松樹經常是出現在國畫裡的一個受歡迎的主題。

pine·ap·ple [ˋpaɪnˏæpl̩]

名 鳳梨

» I want to eat **pineapple** cake.
我要吃鳳梨酥。

pint [paɪnt]

名 品脫

» Add two **pints** of milk into the egg juice.
把兩品脫的牛奶加進蛋汁裡。

pit [pɪt]

名 坑洞
動 挖坑

» A snake is in the **pit**.
蛇在坑洞裡。

pitch [pɪtʃ]

動 投擲、間距
同 throw 投、擲

» I **pitch** a hundred balls every day.
我每天投一百顆球。

pit·y [ˋpɪtɪ]

名 同情、可惜的事
動 憐憫

» It was a **pity** that you missed the bus.
真可惜，你錯過公車了。

☑ **plas·tic** [ˋplæstɪk]

名 塑膠

形 塑膠的

» Why can't we use less **plastic** products?

為什麼我們不能少用一些塑膠製品？

☑ **play·ful** [ˋplefəl]

形 愛玩的

» "I am just kidding," said he, with a **playful** smile.

「我只是開玩笑的。」他帶著一抹玩弄的微笑說著。

☑ **plen·ty** [ˋplɛntɪ]

名 豐富

形 充足的

» Paul got a cold and he needed to drink **plenty** of water.

保羅感冒了，他需要喝很多水。

☑ **plug** [plʌg]

名 插頭

動 接插頭

» Don't touch the **plug**. It might be dangerous.

不要碰插頭，可能會有危險。

☑ **pole** [pol]

名 杆

» The drunk driver's car crashed onto a telephone **pole**.

喝醉酒司機的車撞上電線杆。

☑ **pol·i·ti·cal** [pəˋlɪtɪkl̩]

形 政治的

» Professor Huang pays lots of attention to the **political** matters.

黃教授很關注政治事務。

☑ **pol·i·ti·cian** [ˌpɑləˋtɪʃən]

名 政治家

» **Politicians** tend to be eloquent in delivering speeches.

政治家在演講時通常都是滔滔不絕，口齒伶俐。

☑ **pol·i·tics** [ˋpɑlətɪks]

名 政治學

» George studied **politics** when he was a college student.

當喬治是大學生時，他研讀政治學。

☑ **poll** [pol]

名 投票、民調

動 得票、投票

同 vote 投票

» They'll carry out a **poll** to find out how many people agree to same-sex marriage.

他們會進行民意調查，調查多少人同意同性婚姻。

☑ **pol·lute** [pəˋlut]

動 污染

» Stop **polluting** the river with dead pigs.

不要再用死豬來污染河川了。

☑ **pol·lu·tion** [pəˋluʃən]

名 污染

» Air **pollution** is getting more and more serious in Taipei.

臺北的空氣污染愈來愈嚴重。

☑ **porce·lain** [ˋpɔrslɪn]

名 瓷器

» When I think of Qing dynasty, I think of **porcelain**.

當我想到清朝，我就想到瓷器。

☑ **por·tion** [ˋporʃən]

名 部分

動 分配

» A **portion** of the company profits goes into the project of the theme park.

有一部分公司的利潤投入到這座主題樂園的案子裡。

☑ **por·trait** [ˋportret]

名 肖像

» The **portrait** of the lady looks like a princess.

這位女士的肖像看起來像一位公主。

☑ **post·er** [ˈpostə]

名 海報

» Jay Chou signed his name on my **poster**.
周杰倫在我的海報上簽名。

☑ **post·pone** [postˈpon]

動 延緩、延遲

同 delay 延遲

» The rock'n roll concert is **postponed**.
搖滾樂演唱會又往後延了。

☑ **post·pone·ment** [postˈponmənt]

名 延後

» Repeated **postponement** is not allowed.
持續的延後是不被允許的。

☑ **pot·ter·y** [ˈpɑtəɪ]

名 陶器

» Making **pottery** is fun.
捏陶是有趣的。

☑ **pour** [por]

動 澆、倒

片 pour one's heart out 傾訴

» The rain is **pouring** heavily.
下了傾盆大雨。

☑ **pov·er·ty** [ˈpɑvətɪ]

名 貧窮

» **Poverty** tries your will power.
貧窮考驗你的意志力。

☑ **pow·der** [ˈpaʊdə]

名 粉

動 灑粉

» Have you bought our baby's milk **powder**?
你買了我們寶寶的奶粉了嗎？

☑ **prac·ti·cal** [ˈpræktɪkl̩]

形 實用的

同 useful 有用的

» Professor Liang's advice is **practical**.
梁教授的建議是實用的。

☑ **pre·cious** [ˈprɛʃəs]

形 珍貴的

同 valuable 珍貴的

» The painting your mother left to you is **precious**.
你母親留給你的畫作很珍貴。

☑ **prep·a·ra·tion** [ˌprɛpəˈreʃən]

名 準備

» Make **preparation** for the wedding earlier, or it will be too late.
早點準備婚禮，否則會太晚。

☑ **pres·ence** [ˈprɛzn̩s]

名 出席

同 attendance 出席

» His **presence** surprised the teacher.
他的出席讓老師很意外。

☑ **pre·tend** [prɪˈtɛnd]

動 假裝

» **Pretend** to smile and then you can smile without pretending.
假裝微笑，然後你就可以不用假裝，也會不禁微笑。

☑ **pre·vent** [prɪˈvɛnt]

動 預防、阻止

» Nothing can **prevent** me from gaining success.
沒有任何事可以阻止我取得成功。

☑ **pre·vi·ous** [ˋprivɪəs]

形 先前的

同 prior 先前的

» Max had no ***previous*** experience in sales.
麥克斯以前沒有業務方面的經驗。

☑ **prob·a·ble** [ˋprɑbəbl]

形 可能的

» The ***probable*** solution to this problem is rewriting a new computer program.
這個問題的可能解決之道是重寫新的電腦程式。

☑ **proc·ess** [ˋprɑsɛs]

名 過程

動 處理

» The ***process*** of dealing with the contract is quite complex.
處理這份合約的流程相當複雜的。

☑ **pro·duc·er** [prəˋdjusə]

名 製造者

» The ***producer*** of the computer denied their fault.
這電腦的製造者否認他們的錯誤。

☑ **prod·uct** [ˋprɑdʌkt]

名 產品

» Consumers love this brand of medical ***products***.
消費者喜歡這個品牌的醫藥產品。

☑ **pro·fes·sor** [prəˋfɛsə]

名 教授

» ***Professors*** are usually busy with their researching work.
教授通常都在忙自己的研究工作。

☑ **prof·it** [ˋprɑfɪt]

名 利潤

動 獲利

» Technology industry tends to make ***profits*** fast.
科技業傾向於快速獲得利潤。

☑ **pro·mote** [prəˋmot]

動 提倡

» Naomi Klein ***promotes*** the further understanding of ecological crisis.
娜歐米・克萊因提倡對生態危機的進一步瞭解。

☑ **pro·nounce** [prəˋnaʊns]

動 發音

» How do you ***pronounce*** this word?
你怎麼唸這個字？

☑ **proof** [pruf]

名 證據

同 evidence 證據

» The key ***proof*** will be sent to the police soon.
關鍵證據很快會寄給警察。

☑ **prop·er·ty** [ˋprɑpətɪ]

名 財產

» The vases and furniture are personal ***properties***.
這些花瓶和家具是個人的財產。

☑ **pro·tec·tion** [prəˋtɛkʃən]

名 保護

» Children need parents' ***protection***.
小孩需要父母的保護。

☑ **pub** [pʌb]

名 酒館

» Let's go to the ***pub*** and have a drink.
一起去酒館喝一杯吧。

☑ **pump** [pʌmp]

名 抽水機

動 抽水、汲取

» This is the first ***pump*** in the village.
這是村子裡第一個抽水機。

punch [pʌntʃ]

動 以拳頭重擊

名 打、擊

» The audience cried out loud, "**Punch** him."
觀眾大喊：「用力給他一拳。」

pup·pet [ˈpʌpɪt]

名 木偶、傀儡

同 doll 玩偶

» I love to collect **puppets**.
我喜歡搜集木偶。

pure [pjʊr]

形 純粹的

» Buy **pure** honey instead of fake one you usually see in the supermarket.
買純蜂蜜，不要超市裡常見的假蜂蜜。

purse [pɝs]

名 錢包

同 wallet 錢包

» Where is my **purse**?
我的錢包在哪裡？

Qq

queer [kwɪr]

形 違背常理的、奇怪的

» What a **queer** dream!
好奇怪的夢啊！

quit [kwɪt]

動 離去、解除

» I **quitted** my job.
我離職了。

quote [kwot]

動 引用、引證

» Can I **quote** what you just said?
我可否引用你剛才說的話？

Rr

ra·cial [ˈreʃəl]

形 種族的

» **Racial** prejudice is not allowed.
種族歧視是不被允許的。

rag [ræg]

名 破布、碎片

» The mop is made of **rags**.
這支拖把是破布做的。

rank [ræŋk]

名 行列、等級、社會地位

» Show respect to people no matter what their **rank** is.
不管人們社會階級為何，對人要表示尊重。

rate [ret]

名 比率

動 估價

» The success **rate** of you being a pianist is high.
你能成為鋼琴家的成功比率是很高的。

raw [rɔ]

形 生的、原始的

» Eating **raw** meat may be harmful to your health.
吃生肉可能對你的健康有害。

☑ ray [re]

名 光線

» The **ray** comes into the living room from the window.
光線從客廳的窗戶透了進來。

☑ ra·zor [ˋrezɚ]

名 剃刀、刮鬍刀

» The **razor** is sharp.
刮鬍刀好銳利。

☑ re·act [rɪˋækt]

動 反應、反抗

同 respond 回應

» Tim's girlfriend wanted to leave him, but he didn't **react**.
提姆的女朋友想離開他,但他不予回應。

☑ re·ac·tion [rɪˋækʃən]

名 反應

» The baby's **reaction** is fun when his mother tickles him.
當媽媽搔癢寶寶時,寶寶的反應很有趣。

☑ rea·son·a·ble [ˋriznəbl]

形 合理的

» The charge for this car washing service is **reasonable**.
洗車服務的收費是合理的。

☑ re·ceipt [rɪˋsit]

名 收據

» Pay the credit card bill at the 7-11, and you'll receive a **receipt**.
在 7-11 付信用卡的帳單,你可以拿到一張收據。

☑ re·ceiv·er [rɪˋsivɚ]

名 收受者

» The **receiver** of the gift you sent has signed her name on the document.
你所寄送禮物的收件人已經在這份文件上簽名。

☑ rec·og·nize [ˋrɛkəɡˏnaɪz]

動 認知

同 know 知道

» It's hard to **recognize** the manager's signature.
很難認出經理人的簽名。

☑ re·cord·er [rɪˋkɔrdɚ]

名 紀錄員

» The **recorder** in this sports game is a Canadian.
運動比賽的紀錄員是加拿大人。

☑ rec·tan·gle [ˋrɛktæŋɡl]

名 長方形

» The shape of the building is not **rectangle**.
這棟建築不是長方形的。

☑ re·duce [rɪˋdjus]

動 減輕

» Her weight was **reduced** after one month dieting.
一個月的節食後,她的重量減輕了。

☑ re·gion·al [ˋridʒənl]

形 區域性的

» **Regional** sales representatives had a meeting this morning.
區域業務代表們今天早上開過會。

☑ re·gret [rɪˋɡrɛt]

動 後悔、遺憾

名 悔意

» Don't say anything when you're angry, or you'll **regret**.
當你生氣時,不要講話,不然你會後悔。

☑ re·lax [rɪˋlæks]

動 放鬆

» Listen to the bird's singing and **relax** yourself.
聆聽鳥兒的歌聲,放鬆自己。

☑ **re·lease** [rɪˋlis]

動 解放

名 釋放

» His father was ***released*** from prison last week.
他的父親上星期便被釋放出獄。

☑ **re·li·a·ble** [rɪˋlaɪəbl]

形 可靠的

同 dependable 可靠的

» We can trust Paul as he's a ***reliable*** person.
我們可以信任保羅，因為他是個可靠的人。

☑ **re·lief** [rɪˋlif]

名 解除、減輕

» Drinking can give her some ***relief***.
喝酒可以減輕她一些痛苦。

☑ **re·li·gion** [rɪˋlɪdʒən]

名 宗教

» ***Religion*** brings lucky and unlucky things to humankind.
宗教為人類帶來了幸運和不幸運的事。

☑ **re·ly** [rɪˋlaɪ]

動 依賴

» Can old people ***rely*** on their memory?
可以依賴老人家他們的記憶力嗎？

☑ **re·main** [rɪˋmen]

動 殘留、仍然、繼續

» ***Remain*** hopeful even though you're in a situation without hope.
即便在一個沒有希望的情況下，仍然要保有希望。

☑ **re·mind** [rɪˋmaɪnd]

動 提醒

» ***Remind*** me to send a Christmas card to Judy.
提醒我送一張聖誕卡給茱蒂。

☑ **re·mote** [rɪˋmot]

形 遠程的、遙遠的

» The prince who had been cursed lived in a ***remote*** country.
被詛咒的王子住在遙遠的國度。

☑ **re·place** [rɪˋples]

動 代替

» Would you mind ***replacing*** the spaghetti with fried rice?
你介意用炒飯取代義大利麵嗎？

☑ **re·place·ment** [rɪˋplesmənt]

名 取代、更新

» The ***replacement*** faucet looks more fashionable.
新換的水龍頭愈看愈有時尚感了。

☑ **rep·re·sent** [ˌrɛprɪˋzɛnt]

動 代表、象徵

» The picture of Cupid shooting the heart ***represents*** romantic love.
丘比特射心的圖案象徵浪漫的愛情。

☑ **rep·re·sent·a·tive** [ˌrɛprɪˋzɛntətɪv]

形 典型的、代表的

名 典型、代表人員

» New Zealand's trade ***representative*** came to visit our office.
紐西蘭的貿易代表來訪我們的辦公室。

☑ **re·pub·lic** [rɪˋpʌblɪk]

名 共和國

» The old lady who is famous for painting the white buildings is from the Czech ***republic***.
以在白色建築物上作畫而聞名的老奶奶來自捷克共和國。

re·quest [rɪˋkwɛst]

名 要求

動 請求

同 beg 乞求

» Is the **request** of having a diaper too much for the restaurant?

要求一片尿布對餐廳來講會不會太過份？

re·serve [rɪˋzɝv]

動 保留

名 儲藏、保留

» The duke of the castle loves to **reserve** the best wine in the basement.

這座城堡的公爵喜歡把最好的酒儲藏到地下室。

re·sist [rɪˋzɪst]

動 抵抗

» Emily tried her best to **resist** the impulse of eating fried chicken.

愛蜜莉傾盡全力抵抗吃炸雞的衝動。

re·source [rɪˋsors]

名 資源

» The major **resource** of this country is oil.

這個國家的主要資源是石油。

re·sponse [rɪˋspɑns]

名 回應、答覆

» His **response** of blushing seems to suggest that he has a crush on Miss Tien.

他臉紅的反應，似乎暗示他對田小姐的愛慕之意。

re·spon·si·bil·i·ty [rɪˌspɑnsəˋbɪlətɪ]

名 責任

» Your **responsibility** is to help the manager translate business documents.

你的責任是協助經理翻譯商業文件。

re·strict [rɪˋstrɪkt]

動 限制

» **Restricting** the children's actions here may not be right as they love to play around.

限制小孩在此區域的行動可能不太對，因為他們喜歡到處玩耍。

re·veal [rɪˋvil]

動 顯示

» The survey **revealed** that women lived longer than men.

這份調查報告顯示，女人比男人活得久。

rib·bon [ˋrɪbən]

名 絲帶、破碎條狀物

» The **ribbons** on the wedding dress add certain dreaming color.

這件結婚禮服的絲帶增添了某種夢幻的色彩。

rid [rɪd]

動 使擺脫、除去

» It's time to get **rid** of the bad habit of drinking the soda every day.

該是擺脫每天喝汽水的壞習慣的時候了。

ripe [raɪp]

形 成熟的

» The apple is **ripe** and you can pick it off the tree.

蘋果成熟了，你可以把它從樹上摘下來了。

risk [rɪsk]

名 危險

動 冒險

» Sometimes you have to take **risks** to gain what you want in life.

有時你必須冒險才能得到你所想要獲得的東西。

☑ **roar** [ror]

名 吼叫

動 怒吼

» The lion ***roared*** and the deer remained still.
獅子吼叫，鹿不敢亂動。

☑ **roast** [rost]

動 烘烤

形 烘烤的

名 烘烤的肉

» Leslie went camping with his girlfriend and ***roasted*** chicken for her.
萊斯利跟他的女朋友去露營，烤雞給她吃。

☑ **rob** [rɑb]

動 搶劫

» The middle-aged man ***robbed*** the woman of her purse at night.
這名中年男子在晚上搶了該名女子的錢包。

☑ **rob·ber·y** [ˈrɑbərɪ]

名 搶案

» It takes five years to detect the ***robbery***.
偵破這樁搶案要花五年的時間。

☑ **robe** [rob]

名 長袍

動 穿長袍

» The wizard wearing the white ***robe*** is Gandolf.
穿白袍的巫師是甘道夫。

☑ **rock·et** [ˈrɑkɪt]

名 火箭

動 發射火箭

» The new type of ***rocket*** is on the process of researching.
新型的火箭還在研發的階段。

☑ **ro·man·tic** [roˈmæntɪk]

形 浪漫的

名 浪漫主義者

片 romantic novel 言情小説

» John Keats is one of the most ***romantic*** poets in the 19th century.
約翰‧濟慈是十九世紀最浪漫的詩人之一。

☑ **rot** [rɑt]

動 腐敗

名 腐壞

» The berries ***rotted*** on the table of the hut.
莓果在小屋的桌上腐爛。

☑ **rot·ten** [ˈrɑtn]

形 腐化的

» The ***rotten*** meat has certain bad smell.
腐肉有某種不好的味道。

☑ **rough** [rʌf]

形 粗糙的

名 粗暴的人、草圖

» The ***rough*** drawing of the little elephant attracted Disney's attention.
小飛象的概略草圖吸引了迪士尼的注意力。

☑ **rough·ly** [ˈrʌflɪ]

副 粗暴地、粗略地

» Can you ***roughly*** describe what the dragon is like in your dream?
你可否大概地描述在你夢中的龍長得像什麼？

☑ **rou·tine** [ru`tin]

名 慣例

形 例行的

» Cooking coffee for the whole family is Ginny's daily **routine**.
為全家人煮咖啡是金妮每天的例行事務。

☑ **rug** [rʌg]

名 地毯

同 carpet 地毯

» I bought the red **rug** for the new apartment.
我為新公寓買了一條紅地毯。

☑ **ru·mor** [`rumə]

名 謠言

動 謠傳

» **Rumor** has it that he had a son who's deaf.
謠言是說他有個耳朵聽不見的兒子。

☑ **rush** [rʌʃ]

動 突擊

名 急忙、突進

片 in a rush 匆忙

» He **rushed** to the classroom to have an exam.
他急忙衝進去教室考試。

☑ **rust** [rʌst]

名 鐵鏽

動 生鏽

» Don't touch the **rust**.
不要碰鐵鏽。

Ss

☑ **sack** [sæk]

名 大包、袋子

» The **sacks** were full of all Christmas gifts to the orphanages.
袋子裡裝滿了要寄到孤兒院的聖誕節禮物。

☑ **sake** [sek]

名 緣故、理由

» For the **sake** of safety, swimming is not allowed in this river.
為了安全的緣故，這條溪不准游泳。

☑ **sal·a·ry** [`sælərɪ]

名 薪水、薪俸、付薪水

同 wage 薪水

» Such a low **salary** cannot support a family with two children.
這樣低的薪水無法支持一個有兩個小孩的家庭。

☑ **sat·is·fac·to·ry** [ˌsætɪsˈfæktərɪ]

形 令人滿意的

» The art design of the lantern festival is not **satisfactory**.
燈節的藝術設計並不令人滿意。

☑ **sauce** [sɔs]

名 調味醬

動 加調味醬於……

» The **sauce** makes the dish successful.
這調味料讓這道菜很成功。

☑ **sau·cer** [`sɔsə]

名 托盤、茶碟

» The green **saucer** matches the pink tea cup.
綠色的茶碟與粉紅色的茶杯搭配的很好。

☑ **sau·sage** [`sɔsɪdʒ]

名 臘腸、香腸

» The **sausage** made of pork is a traditional food.
豬肉香腸是種傳統食物。

☑ **sav·ing(s)** [`sevɪŋ(z)]

名 拯救、救助、存款

» Miss Chen donated a half of her **savings** to the elementary school.
陳女士捐了一半的存款給這間小學。

☑ **scale(s)** [skel(z)]

名 刻度、尺度、天秤

» The weight **scale** is on sale.
體重計特價中。

☑ **scarce** [skɛrs]

形 稀少的

同 rare 稀有的

» The red bean is **scarce** in this bowl of dessert.
在這碗甜點裡，紅豆很稀少。

☑ **scarf** [skɑrf]

名 圍巾、頸巾

» Vivian's mother weaved a **scarf** for her.
薇薇安的母親為她編織了一條圍巾。

☑ **scar·y** [ˋskɛrɪ]

形 駭人的

» The vampire fiction is pretty **scary**.
這本吸血鬼小說是很嚇人的。

☑ **scat·ter** [ˋskætɚ]

動 散佈

» To **scatter** the rumor will not do us any good.
散佈這則謠言並不會對我們有任何好處。

☑ **schol·ar** [ˋskɑlɚ]

名 有學問的人、學者

» Some **scholars** did further research on white swan's courting behavior.
有些學者針對白天鵝的求偶行為做進一步的研究。

☑ **schol·ar·ship** [ˋskɑlɚˌʃɪp]

名 獎學金

» **Scholarship** from the Boston University helps Wayne study for doctor's degree.
來自波士頓大學的獎學金幫助偉恩攻讀博士學位。

☑ **sci·en·tif·ic** [ˌsaɪənˋtɪfɪk]

形 科學的、有關科學的

» Students are curious about the **scientific** study of dolphin communication.
學生們對海豚溝通的科學研究感到好奇。

☑ **sci·en·tist** [ˋsaɪəntɪst]

名 科學家

» The **scientist** invented one of the greatest inventions in the world.
這科學家發明了世界上最偉大的發明。

☑ **scis·sors** [ˋsɪzɚz]

名 剪刀

名詞複數 scissors

» I need **scissors** to cut the paper.
我需要剪刀剪紙。

☑ **scout** [skaʊt]

名 斥候、偵查

動 斥候、偵查

» Erin **scouted** around for somewhere to continue the poetry course.
艾倫到處偵查，想找出某地可以繼續上詩的課程。

☑ **scream** [skrim]

動 大聲尖叫、作出尖叫聲

名 大聲尖叫

» **Scream** out loud if you're in danger.
如果陷入危險，就放聲大叫。

☑ **screw** [skru]

名 螺絲

動 旋緊、轉動

» Could you buy me some ***screws***?
可否幫我買些螺絲？

☑ **scrub** [skrʌb]

動 擦拭、擦洗

名 擦洗、灌木叢

» My mother was angry and she ***scrubbed*** the pot so hard.
我媽很生氣，她用力的擦洗這個鍋子。

☑ **seal** [sil]

名 海豹、印章

動 獵海豹、蓋章、密封

» The way the ***seal*** plays with the ball is entertaining.
海豹玩球的樣子很有娛樂性。

☑ **se·cu·ri·ty** [sɪˈkjʊrətɪ]

名 安全

同 safety 安全

» The ***security*** of the car depends on whether you maintain it regularly.
汽車的安全性取決於你是否定期保養。

☑ **se·mes·ter** [səˈmɛstɚ]

名 半學年、一學期

» In this ***semester***, we will have three exams.
在這學期，我們會有三個段考。

☑ **sen·ior** [ˈsinjɚ]

名 年長者

形 年長的

同 elder 年紀較大的

» Several ***seniors*** get on the MRT together happily.
幾個年長者一起開心地上了捷運。

☑ **sen·si·ble** [ˈsɛnsəbl̩]

形 可感覺的、理性的

» Calm down and be ***sensible***.
冷靜下來，理性一點。

☑ **sep·a·ra·tion** [ˌsɛpəˈreʃən]

名 分離、隔離

» The ***separation*** of David and his family left him a scar.
大衛和家人的分離在他心上留下一道疤痕。

☑ **sex·u·al** [ˈsɛkʃʊəl]

形 性的

» ***Sexual*** education is necessary for junior high school students.
性教育對國中生來講是有必要的。

☑ **sex·y** [ˈsɛksɪ]

形 性感的

» ***Sexy*** models triggered men's desire.
性感的模特兒引發男人的慾望。

☑ **shad·ow** [ˈʃædo]

名 陰暗之處、影子

動 使有陰影

» The ***shadow*** puppets look like the characters in The Journey to the West.
皮影戲偶看起來像是《西遊記》裡的角色。

☑ **shal·low** [ˈʃælo]

形 淺的、淺薄的、

» Why are you so ***shallow***?
你為什麼如此的膚淺？

☑ **sham·poo** [ʃæmˈpu]

名 洗髮精

動 清洗

» The bottle of ***shampoo*** smells like rose.
這瓶洗髮精聞起來像玫瑰。

☑ **shep·herd** [ˈʃɛpɚd]

名 牧羊人、牧師

» The ***shepherd*** is good at taking care of the goats.
牧羊人很擅於照顧山羊。

☑ **shin·y** [ˈʃaɪnɪ]

形 發光的、晴朗的

» The sun is **shiny**.
太陽閃耀著光芒。

☑ **short·en** [ˈʃɔrtn̩]

動 縮短、使變短

» Love messages **shortened** the distance of heart between the couple.
愛的訊息縮短了這對情侶之間心的距離。

☑ **short·ly** [ˈʃɔrtlɪ]

副 不久、馬上

同 soon 不久

» **Shortly**, the ambulance arrived.
不久，救護車就到了。

☑ **shov·el** [ˈʃʌvl̩]

名 鏟子

動 剷除

» Clara's child was playing the sand with the **shovel**.
克萊拉的小孩正在用鏟子玩沙。

☑ **shrimp** [ʃrɪmp]

名 蝦子

» I made some soup with **shrimps** in it.
我煮了一些湯，裡面有蝦子。

☑ **shrink** [ʃrɪŋk]

動 收縮、退縮

» The shirt **shrinks**.
這件襯衫縮水了。

☑ **sigh** [saɪn]

動／名 嘆息

» "I wish I could see Romeo tonight," Juliet **signed**.
茱麗葉嘆了口氣說：「我希望我今晚能見到羅密歐。」

☑ **sig·nal** [ˈsɪgn̩l]

名 信號、號誌

動 打信號

» The policeman gave a **signal** and the truck driver turned right.
警察打了個信號，貨車司機便轉向右邊。

☑ **sig·nif·i·cant** [sɪgˈnɪfəkənt]

形 有意義的

» The wedding ring is **significant** for most women.
結婚戒指對大多數女人而言都是有意義的。

☑ **silk** [sɪlk]

名 絲、綢

» The clothes are made of **silk**.
這件衣服是絲綢做的。

☑ **sim·i·lar·i·ty** [ˌsɪməˈlærətɪ]

名 類似、相似

同 resemblance 相似

» We're wondering why there're so many **similarities** between the two butterflies.
我們在想，為什麼這兩隻蝴蝶有如此多的相似之處。

☑ **sin** [sɪn]

名 罪、罪惡

動 犯罪

» There's not much difference between breaking a law and committing a **sin**.
違反法律與犯罪之間沒有太大的不同。

☑ **sin·cere** [sɪnˈsɪr]

形 真實的、誠摯的

同 genuine 真誠的

» **Sincere** loving tears change the beast into a prince.
真誠的愛的淚水，把野獸變成王子。

sink [sɪŋk]

動 沉沒、沉
名 水槽

» I burst out crying when seeing the Titanic **sinking**.
當我看到鐵達尼號沉下去的時候我哭了出來。

sip [sɪp]

動 啜飲、小口地喝
同 drink 喝

» **Sip** the hot coffee carefully.
小心啜飲熱咖啡。

sit·u·a·tion [ˌsɪtʃʊˈeʃən]

名 情勢
同 condition 情況

» After he became the city mayor, economical **situation** of the citizens improved.
自從他變成市長後，市民的經濟狀況改善了。

skate [sket]

動 溜冰、滑冰

» The way she **skated** on the ice amazed everyone.
她在冰上溜冰的樣子讓每個人感到吃驚。

ski [ski]

名 滑雪板
動 滑雪

» **Skiing** down the hill is fun.
由這座小丘陵往下滑是很有趣的。

skill·ful [ˈskɪlfəl]

形 熟練的、靈巧的

» He is **skillful** in fixing the car.
他很熟練的修車。

skin·ny [ˈskɪnɪ]

形 皮包骨的

» The girl is **skinny**.
這女孩瘦的只剩皮包骨。

skip [skɪp]

動 略過、跳過
名 略過、跳過
同 omit 省略

» **Skip** pork if you really like to buy some meat.
如果你真想買些肉，跳過豬肉。

slave [slev]

名 奴隸
動 做苦工

» **Slaves** worked hard in order to have something to eat.
奴隸辛勤工作才能有點東西吃。

sleeve [sliv]

名 衣袖、袖子

» The **sleeves** of this pink dress need to be shortened.
這件粉紅色洋裝的衣袖需要改短。

slen·der [ˈslɛndə]

形 苗條的
同 slim 苗條的

» She wants to be **slender**.
她很想要變苗條。

slice [slaɪs]

名 片、薄的切片
動 切成薄片

» Give a **slice** of chocolate cake to your aunt.
把這塊巧克力蛋糕拿給你阿姨。

slip·per·y [ˈslɪpərɪ]

形 滑溜的

» The **slippery** slide in the playground is children's favorite.
遊樂場中滑溜的溜滑梯是孩子們的最愛。

slope [slop]

名 坡度、斜面

» The apartment is at a **slope** of 90 degrees.
這棟公寓 90 度傾斜。

☑ **snap** [snæp]

動 折斷、迅速抓住

» How dare you **snap** Mrs. Huang's stick!
你怎麼敢折斷黃老師的棍子！

☑ **sol·id** [`sɑlɪd]

形 固體的

» Ghosts can pass through **solid** walls.
鬼魂可以穿過固體的牆。

☑ **some·day** [`sʌm͵de]

副 將來有一天、來日

» **Someday** you'll understand why some people are not fit to be friends.
有一天你會知道為什麼有些人不適合當朋友。

☑ **some·how** [`sʌm͵haʊ]

副 不知何故

» **Somehow** I have the feeling that he'll leave us.
不知道為什麼，我有種他會離開我們的感覺。

☑ **some·time** [`sʌm͵taɪm]

副 某些時候、來日

» You'll come to visit us **sometime**, right?
你會找個時間來看我們，對吧？

☑ **sor·row** [`sɑro]

名 悲傷、感到哀傷

同 grief 悲傷

» It takes time to heal the **sorrow** of losing a family.
療癒失去親人的悲傷需要時間。

☑ **spa·ghet·ti** [spə`gɛtɪ]

名 義大利麵

» Which type of **spaghetti** do you want to order?
你想點哪一種義大利麵？

☑ **spe·cif·ic** [spɪ`sɪfɪk]

形 具體的、特殊的、明確的

同 precise 明確的

» Without **specific** evidence, you can't send him to jail.
如果沒有確切的證據，你是無法讓他坐牢的。

☑ **spice** [spaɪs]

名 香料

» The fried rice with special **spice** tastes good.
加了特殊香料的炒飯嚐起來很美味。

☑ **spill** [spɪl]

動 使溢流

名 溢出

» Can you pour the coffee without **spilling** it?
你能不能把咖啡倒出來，而不讓它灑出來？

☑ **spin** [spɪn]

動 旋轉、紡織

名 旋轉

» **Spinning** the huge top is almost an impossible mission for a child.
旋轉這個巨型的陀螺，對小孩來說，幾乎是不可能的任務。

☑ **spin·ach** [`spɪnɪtʃ]

名 菠菜

» I don't like to eat **spinach**.
我不喜歡吃菠菜。

☑ **spit** [spɪt]

動 吐、吐口水

名 唾液

» Don't **spit** out the gum carelessly when finishing chewing.
嚼完口香糖後，不要隨便亂吐。

☑ **spite** [spaɪt]

名 惡意

» Lee stole Amy's cellphone out of **spite**.
李出於惡意，偷了艾美的手機。

☑ **splash** [splæʃ]

動 濺起來

名 飛濺聲

» The car rushed by me and the mud water **splashed** on my pants.
車子從我身旁急馳而過，泥漿水飛濺到我的褲子上。

☑ **spoil** [spɔɪl]

動 寵壞、損壞

» Don't buy little George so many toys, you'll **spoil** him.
不要買給小喬治那麼多的玩具，你會寵壞他。

☑ **spray** [spre]

名 噴霧器

動 噴、濺

» Why not using a **spray** of perfume?
為什麼不噴一些香水？

☑ **spy** [spaɪ]

名 間諜

» The **spy** was discovered and shot to death.
間諜被發現了，一槍斃命。

☑ **squeeze** [skwiz]

動 壓擠、擠壓

名 緊抱、擁擠

同 crush 壓、榨

» The French chef is good at **squeezing** rose-like cream on top of the pudding.
法國主廚擅於在布丁的上面擠出玫瑰般的奶油。

☑ **squir·rel** [ˈskwɝəl]

名 松鼠

名詞複數 squirrels

» There are many **squirrels** in the park.
公園裡面有很多的松鼠。

☑ **sta·ble** [ˈstebl̩]

形 穩定的

同 steady 穩定的

» Marriage helps their children to have a **stable** home.
婚姻幫助他們的孩子有個穩定的家。

☑ **sta·di·um** [ˈstedɪəm]

名 室外運動場

» Let's go to the **stadium** to play tennis, shall we?
讓我們去室外運動場打網球，好嗎？

☑ **staff** [stæf]

名 棒、竿子、全體人員

» The company's **staff** are nice and polite.
這間公司的員工人很好，也很有禮貌。

☑ **stale** [stel]

形 不新鮮的、陳舊的

同 old 老舊的

» The eggs have been **stale**.
這些蛋已經不新鮮了。

☑ **stare** [stɛr]

動／名 盯、凝視

» Why do you **stare** at me?
你為什麼要盯著我看？

☑ **starve** [stɑrv]

動 餓死、饑餓

» Give me rice; I'm **starving**.
給我飯，我快餓死了。

☑ **stat·ue** [ˈstætʃʊ]

名 鑄像、雕像

片 put up a statue 設一尊雕像

» The **statue** of Apollo seems to smile at me.
阿波羅的雕像似乎在對我微笑。

☑ **stead·y** [ˈstɛdɪ]

形 穩固的

副 穩固地

» **Steady** flow of Gilbert's salary brings his wife a sense of safety.
吉伯特穩定的薪水帶給他的太太一種安全感。

☑ **steal** [stil]

動 偷、騙取

» The student **stole** his classmates' money.
這學生偷同學的錢。

☑ **steam** [stim]

名 蒸汽
動 蒸、使蒸發、以蒸汽開動

» I will **steam** the dumplings tonight.
我今天晚上會蒸這些餃子。

☑ **steep** [stip]

形 險峻的

» The road to the Heaven's Lake is **steep**.
要到天湖的路險峻不平。

☑ **stick·y** [ˈstɪkɪ]

形 黏的、棘手的

» The **sticky** ball is popular in the English class.
黏黏球在英語課堂中很受歡迎。

☑ **stiff** [stɪf]

形 僵硬的

» My neck is **stiff**.
我的脖子僵硬。

☑ **sting** [stɪŋ]

動 刺、叮

» Put on this and avoid being **stung** by bees.
把這穿上，避免被蜜蜂叮咬。

☑ **stir** [stɝ]

動 攪拌

» Add some milk and **stir** your coffee gently.
加一些牛奶，慢慢的輕攪你的咖啡。

☑ **stitch** [stɪtʃ]

名 編織、一針
動 縫、繡

» No **stitch** is missing in the weaving of this wool hat.
這頂羊毛帽在編織上沒有漏掉一針。

☑ **stom·ach** [ˈstʌmək]

名 胃
同 belly 胃

» I threw up due to problems with my **stomach**.
我吐了，因為我的胃有點問題。

☑ **stool** [stul]

名 凳子

» Max is a smart kid as he knows how to use a **stool** to help him reach the cookie.
麥克斯是個聰明的孩子，因為他知道如何用凳子來幫他搆到餅乾。

☑ **storm·y** [ˈstɔrmɪ]

形 暴風雨的、多風暴的

» Why did he insist on leaving for the hospital on this **stormy** weather?
為什麼他堅持要在這種暴風雨的天氣前往醫院？

☑ **stove** [stov]

名 火爐、爐子
同 oven 爐子

» He is standing near the **stove** in case the soup might be burned.
他站在爐子邊以防湯煮焦了。

☑ **strat·e·gy** [ˈstrætədʒɪ]

名 戰略、策略

» The **strategy** guide is helpful.
這戰略是有幫助的。

straw [strɔ]

名 稻草

» The kid was born on the **straw**.
那小孩是在稻草上誕生的。

strength [strɛŋθ]

名 力量、強度

» Hercules is said to have great **strength**.
海克力士據說有很大的力氣。

strip [strɪp]

名 條、臨時跑道
動 剝、剝除

» The **strips** of paper are here for you to write three sentences you make.
放在這裡的這些紙條是讓你寫三句自創的句子。

struc·ture [ˈstrʌktʃɚ]

名 構造、結構
動 建立組織

» The **structure** of the mansion is nearly perfect.
這棟大廈的構造近乎完美。

stub·born [ˈstʌbən]

形 頑固的
同 obstinate 頑固的

» My father is a **stubborn** old man.
我父親是個頑固的老人家。

stu·di·o [ˈstjudɪˌo]

名 工作室、播音室

» Jolin Tsai is in the **studio**.
蔡依林就在錄音室裡。

stuff [stʌf]

名 東西、材料
動 填塞、裝填

» This kind of plastic **stuff** is cheap and harmful to the environment.
這種塑膠做的東西很廉價，對環境又有害。

sub·stance [ˈsʌbstəns]

名 物質、物體、實質

» The drug contains chemical **substances**.
這種藥含有化學物質。

sub·tract [səbˈtrækt]

動 扣除、移走

» **Subtract** 1 from 5 and you have 4.
五減一得四。

sub·urb [ˈsʌbɝb]

名 市郊、郊區

» Her uncle lives in the **suburb** of Taipei city.
她的舅舅住在臺北市的郊區。

suck [sʌk]

動 吸、吸取、吸收

» The baby is **sucking** the milk from his mother's breast.
寶寶從母親的乳房中吸吮出母乳。

suf·fer [ˈsʌfɚ]

動 受苦、遭受
同 endure 忍受

» Stop blaming yourself and you won't **suffer**.
不要再自責，你就不會受苦了。

suf·fi·cient [səˈfɪʃənt]

形 充足的
同 enough 充足的

» The tulips in the flower field have **sufficient** sunshine.
花田裡的鬱金香有充足的陽光。

su·i·cide [ˈsuəˌsaɪd]

名 自殺、自滅

» It's stupid to commit **suicide** for someone who doesn't even understand you.
為一個根本就不瞭解你的人自殺，簡直愚蠢。

sum [sʌm]

名 總數
動 合計

» A large **sum** of money was spent on this motorcycle.
有一大筆錢是花在這輛摩托車上。

sum·ma·ry [`sʌmərɪ]

名 摘要

» Write a **summary** of the story.
為這則故事寫摘要。

sum·mit [`sʌmɪt]

名 頂點、高峰

» The **summit** between American president and Korean leader is going to be held.
美國總統與韓國領導的高峰會將要舉行了。

su·pe·ri·or [sə`pɪrɪə]

形 上級的
名 長官

» Bob planned to report this news to his **superior**.
鮑伯計畫要向上級長官呈報這則消息。

sur·vey [`sɜve]/[sɜ`ve]

動／名 考察、測量、實地調查

» The government did some **survey** on the local villagers' health.
政府針對當地村民的健康做了一些調查。

sur·vi·vor [sə`vaɪvə]

名 生還者

» **Survivors** are requested to stay in this activity center.
生還者被要求要待在這個活動中心。

sus·pect [sə`spɛkt]/[`sʌspɛkt]

動 懷疑
名 嫌疑犯

» We **suspect** that the woman who came to visit us is the baby's mother.
我們懷疑來造訪我們的女子是寶寶的母親。

sus·pi·cion [sə`spɪʃəs]

名 懷疑

» I have a **suspicion** that my parents asked my boyfriend to buy a house.
我懷疑是我爸媽要求我男友買棟房子。

swan [swɑn]

名 天鵝

» There are some **swans** on the lake.
湖上有幾隻天鵝。

swear [swɛr]

動 發誓、宣誓

» How dare he **swore** that he would love me forever?
他怎麼敢發誓他會永遠愛我？

sweat [swɛt]

名 汗水
動 出汗

» The mother wiped the **sweat** beads from her child's forehead.
母親拭去小孩額頭上的汗珠。

swell [swɛl]

動 膨脹

» The little girl's heart **swelled** with pride.
小女孩的心胸脹滿了驕傲。

swift [swɪft]

形 迅速的

» The police officer's action is **swift**.
警員的動作是迅速的。

sword [sord]

名 劍、刀

» The **sword** is shining.
這把劍閃燿著光芒。

Tt

tab·let [ˈtæblɪt]

名 塊、片、碑、牌

» The vitamin C **tablets** are on the table.
維他命 C 片在桌上。

tag [tæg]

名 標籤

動 加標籤、尾隨

同 label 標籤

» The price **tag** of the dress is missing.
洋裝的價錢標不見了。

tai·lor [ˈtelɚ]

名 裁縫師

動 裁製

» The **tailor** of the wedding gown worked hard day and night.
這名結婚禮服的裁縫師日以繼夜的辛勤工作。

tal·ent [ˈtælənt]

名 天分、天賦

» She doesn't have enough **talent** in art.
她在藝術上面沒有太多天賦。

talk·a·tive [ˈtɔkətɪv]

形 健談的

反 mute 沉默的

» The salesman is quite **talkative**.
這位銷售員很健談。

tame [tem]

形 馴服的、單調的

動 馴服

» The elephant in Thailand seems **tame**.
泰國的大象看起來是溫順的。

tan·ge·rine [ˈtændʒəˌrin]

名 柑、桔

» We usually eat lots of **tangerines** in autumn.
我們通常在秋天吃很多的橘子。

tank [tæŋk]

名 水槽、坦克

» The troop is equipped with many **tanks**.
這部隊備有很多坦克。

tap [tæp]

名 輕拍聲

動 輕打

» **Tap** the door three times and I'll know it's you.
輕輕敲打這扇門三次，我就會知道是你。

tast·y [ˈtesti]

形 好吃的

同 delicious 好吃的

» The food in this restaurant is **tasty**.
這間餐廳的食物很好吃。

tease [tiz]

動 嘲弄、揶揄

名 揶揄

» Don't **tease** the boy.
不要嘲弄該名男孩。

tech·ni·cal [ˈtɛknɪkl̩]

形 技術上的、技能的

» There are some **technical** problems.
有一些技術上的問題。

tech·nique [tɛkˈnik]

名 技術、技巧

» The **technique** of building is excellent.
建築的技術真好。

teen·age [ˈtinˌedʒ]

形 十幾歲的

» Most **teenage** boys are interested in girls.
大部分十幾歲的男孩都會對女孩感到興趣。

tem·per [ˈtɛmpə˞]

名 脾氣

» Grandfather's **temper** is bad.
爺爺的脾氣不好。

tem·po·ra·ry [ˈtɛmpəˌrɛrɪ]

形 暫時的

» The popularity of silver shoes is **temporary**.
銀色鞋的受歡迎只是暫時的。

tend [tɛnd]

動 傾向、照顧
同 incline 傾向

» Peter's roommate **tends** to wake him up in the very early morning.
彼得的室友往往在一大清早把他吵醒。

ten·der [ˈtɛndə˞]

形 溫柔的、脆弱的、幼稚的
同 soft 輕柔的

» Be **tender** to the white cat.
對這隻白色貓咪要溫柔點。

tent [tɛnt]

名 帳篷

» You need to prepare a **tent** to go camping.
要去露營時，你需要準備一頂帳篷。

ter·rif·ic [təˈrɪfɪk]

形 驚人的

» She got a **terrific** job.
她得到一個驚人的工作。

ter·ri·to·ry [ˈtɛrəˌtorɪ]

名 領土、版圖

» The **territory** of the duke was given by the king.
這名公爵的領土是國王所給的。

thank·ful [ˈθæŋkfəl]

形 欣慰的、感謝的
同 grateful 感謝的

» I'm **thankful** for the gentleman's kind act.
我感謝這位先生的善行。

the·o·ry [ˈθiərɪ]

名 理論、推論
同 inference 推論

» It's my **theory** about their relationship.
這是我對他們之間的關係的推論。

thirst [θɝst]

名 口渴、渴望

» Many boys have a **thirst** for adventures.
有許多男孩子都渴望冒險。

thread [θrɛd]

名 線
動 穿線

» I need some **threads** and a needle.
我需要一根針和一些線。

threat [θrɛt]

名 威脅、恐嚇

» The **threat** is terrifying.
這樣的威脅很嚇人。

threat·en [ˈθrɛtn̩]

動 威脅

» The robber **threatened** the banker to take out all the cash.
搶匪威脅銀行行員拿出所有的現金。

thumb [θʌm]

名 拇指
動 用拇指翻

» I pressed the button with my **thumb**.
我用拇指按按鈕。

tide [taɪd]

名 潮、趨勢

» You will see a bridge when the **tide** is out.

退潮時，你會看到一座橋。

tight [taɪt]

形 緊的、緊密的

副 緊緊地、安穩地

» The pants are **tight**.

褲子很緊。

tight·en [ˋtaɪtn̩]

動 勒緊、使堅固

» **Tighten** the rope.

勒緊這條繩子。

tim·ber [ˋtɪmbɚ]

名 木材、樹林

同 wood 木材、樹林

» These **timbers** catch fire easily.

這些木材容易著火。

to·bac·co [təˋbæko]

名 菸草

» Could you fill the pipe with some **tobacco**?

你可否在這隻菸斗裡裝些菸草？

ton [tʌn]

名 噸

» Half a **ton** of sands are poured into the dump truck.

半噸的砂倒入砂石車裡。

toss [tɔs]

動 投、擲

名 投、擲

同 throw 投、丟

» **Toss** the coin into the fountain and make a wish.

把硬幣丟進泉水裡許願。

tough [tʌf]

形 困難的

» The task is **tough**.

這個任務是困難的。

tour·ism [ˋtʊrɪzəm]

名 觀光、遊覽

» **Tourism** suddenly becomes a hot topic in this city.

觀光突然間就變成關於這座城市的熱門話題。

tour·ist [ˋtʊrɪst]

名 觀光客

» Some **tourists** just don't know how to behave themselves.

有些觀光客就是不知道該如何守規矩。

tow [to]

動 拖曳

名 拖曳

同 pull 拖、拉

» Lucky **tows** the bone to its house.

阿福把骨頭拖到牠的屋子裡。

tow·er [ˋtaʊɚ]

名 塔

動 高聳

» Everyone visits Eiffel **Tower** when they come to Paris.

大家到巴黎都會造訪艾菲爾鐵塔。

trace [tres]

動 追溯

名 蹤跡

» The history of this theater can be **traced** back to the 19th century.

這座劇院的歷史可以回溯到十九世紀。

trad·er [ˋtredɚ]

名 商人

» The **trader** of furs would not be happy if the law was passed.

如果這條法律通過了，毛皮商人會不太開心。

☑ **trail** [trel]

名 痕跡、小徑
動 拖著、拖著走

» The **trail** on the sand tells us that a beach motorcycle has passed.
沙上的痕跡告訴我們海灘摩托車剛經過。

☑ **trans·port** [træn`spɔrt]/[`trænspɔrt]

動 輸送、運輸
名 輸送

» **Transport** the furniture to the restaurant.
把家具運到餐廳去。

☑ **trav·el·er** [`trævələ]

名 旅行者、旅客
片 traveler's check 旅行者支票

» The **traveler** takes a photo of the Egyptian pyramid.
旅客拍了張埃及金字塔的照片。

☑ **tray** [tre]

名 托盤

» Put the dishes you want on the **tray**.
把要的菜放在托盤上。

☑ **trend** [trɛnd]

名 趨勢、傾向

» The **trend** of drinking bubble milk tea is common nowadays.
喝珍珠奶茶的趨勢在現在是很普遍的。

☑ **tribe** [traɪb]

名 部落、種族

» The **tribe** worshipped the sun.
這個部落崇拜太陽。

☑ **trick·y** [`trɪkɪ]

形 狡猾的、狡詐的

» The hero's way to win the lady's heart is **tricky**.
男主角贏得女士芳心的方法好狡詐。

☑ **troop** [trup]

名 軍隊

» The general leads his **troop** to go across the dark forest.
將軍領著他的軍隊通過黑暗森林。

☑ **trop·i·cal** [`trɑpɪkl]

形 熱帶的

» The fish tank is full of beautiful **tropical** fish.
魚缸裡滿是漂亮的熱帶魚。

☑ **trum·pet** [`trʌmpɪt]

名 喇叭、小號
動 吹喇叭

» I am having a **trumpet** lesson.
我等一下有一堂小喇叭的課。

☑ **trunk** [trʌŋk]

名 樹幹、大行李箱、象鼻

» There is a heart mark carved on the **trunk**.
有個心型標誌刻在樹幹上。

☑ **truth·ful** [`truθfəl]

形 誠實的
同 honest 誠實的

» Was your husband **truthful** with you?
妳的老公對妳誠實嗎？

☑ **tub** [tʌb]

名 桶、盆、盤

» A **tub** of pudding smells good.
一桶的布丁聞起來不錯。

☑ **tug** [tʌg]

動 用力拉
名 拖拉
同 pull 拖、拉

» **Tug** the rope as hard as you can.
盡你所能，用力拉繩。

☑ **tune** [tjun]

名 調子、曲調
動 調整音調

» The **tune** of the song he hummed sounds funny.
他哼唱的曲調聽起來滿滑稽的。

☑ **tun·nel** [ˈtʌnḷ]

名 隧道、地道

» There is a **tunnel** between France and England.
在英法之間有一條海底隧道。

☑ **tutor** [ˈtjutɚ]

名 家庭教師、導師
動 輔導

» The **tutor** teaches Jack French.
家庭教師教傑克法文。

☑ **twin** [twɪn]

名 雙胞胎

» The **twin** brothers look exactly the same.
這對雙胞胎看起來完全一模一樣。

☑ **twist** [twɪst]

動 扭曲

» Although Daniel **twisted** the truth, his wife believed him anyway.
雖然丹尼爾扭曲事實，他的太太無論如何還是相信他。

Uu

☑ **un·der·ly·ing** [ˌʌndɚˈlaɪɪŋ]

動 放在……的下面、為……的基礎、優先於

» Her anxiety has an **underlying** reason for therapy.
她的焦慮有一個需要治療的基礎原因。

☑ **un·der·wear** [ˈʌndɚˌwɛr]

名 內衣

» You should wear an **underwear** under the shirt.
你應該要在襯衫裡面穿一件內衣。

☑ **un·ion** [ˈjunjən]

名 聯合、組織

» We need to select some representatives of the Labor **Union**.
我們必須要選出一些工會代表。

☑ **u·nique** [juˈnik]

形 唯一的、獨特的

» The design of the dragon pattern is **unique**.
這個龍的圖案設計是獨特的。

☑ **u·nite** [juˈnaɪt]

動 聯合、合併

» The women **united** to stop their husbands from going to the war.
女人團結起來，阻止他們的丈夫去打仗。

☑ **u·ni·ty** [ˈjunətɪ]

名 聯合、統一

» A call for national **unity** is necessary.
號召全民團結是有必要的。

☑ **ur·ban** [ˈɝbən]

形 都市的

» Most **urban** legends seems to be quite mysterious.
多數的都市傳說似乎都是神祕的。

Vv

☑ **va·cant** [ˈvekənt]

形 空閒的、空虛的

» The company has no **vacant** warehouse.
這家公司沒有空的倉庫。

☑ **van** [væn]

名 貨車

» The new toaster is still in the **van**.
新的烤吐司機還在貨車裡。

☑ **van·ish** [ˈvænɪʃ]

動 消失、消逝

» The girl seems to **vanish** on the stage of the magic show.
這個女孩似乎從魔術的舞臺上消失。

☑ **va·ri·e·ty** [vəˈraɪətɪ]

名 多樣化

» A **variety** of scarves are displayed on the table.
桌上陳列了各式各樣的圍巾。

☑ **var·i·ous** [ˈvɛrɪəs]

形 多種的

» You need to have **various** drawing skills to gain that job.
你需要有不同的繪畫技巧才能獲得那份工作。

☑ **var·y** [ˈvɛrɪ]

動 使變化、改變

» His facial expressions **vary** greatly from this moment to the next moment.
他的臉上表情從此刻到下一刻有著劇烈的變化。

☑ **vase** [ves]

名 花瓶

» The **vase** is broken.
花瓶破了。

☑ **ve·hi·cle** [ˈviɪkl̩]

名 交通工具、車輛

» Technology made impossible **vehicles** possible.
科技讓不可能的交通工具成為可能。

☑ **verse** [vɝs]

名 詩、詩句

» Almost all the school children can recite Li Bai's **verse**.
幾乎所有的學童都可以朗誦李白的詩。

☑ **vest** [vɛst]

名 背心、馬甲
動 授給

» The red **vest** is my nephew's favorite.
這件紅背心是我姪子的最愛。

☑ **vic·tim** [ˈvɪktɪm]

名 受害者

» **Victims** should have the justice they deserve.
受害者應該討回應有的正義。

☑ **vi·o·lence** [ˈvaɪələns]

名 暴力
同 force 暴力

» **Violence** against **violence** is wrong.
以暴制暴是錯的。

☑ **vi·o·lent** [ˈvaɪələnt]

形 猛烈的

» A **violent** storm is coming soon.
有個猛烈的暴風雨即將來臨。

☑ **vi·o·let** [ˈvaɪəlɪt]

名 紫羅蘭
形 紫羅蘭色的

» **Violet** pillow matches perfectly with the yellow bed sheet.
紫羅蘭色的枕頭與黃色床單完美搭配。

☑ **vis·i·ble** [ˈvɪzəbl̩]

形 可看見的

» Germs are not **visible**.
細菌是看不見的。

☑ **vi·sion** [ˈvɪʒən]

名 視力、視覺、洞察力

» Your **vision** is excellent.
你的視力很好。

☑ **vi·ta·min** [ˈvaɪtəmɪn]

名 維他命

» Eat some carrots which contain **vitamin** A.
吃些含有維他命 A 的紅蘿蔔吧。

☑ **viv·id** [ˈvɪvɪd]

形 閃亮的、生動的

» Anne has **vivid** imagination.
安有生動的想像力。

☑ **vo·cab·u·lar·y** [vəˈkæbjəlɛrɪ]

名 單字、字彙

» We have to learn the **vocabulary** of this lesson first.
我們要先學這一課的單字。

☑ **vol·ley·ball** [ˈvɑlɪˌbɔl]

名 排球

» I love to play **volleyball**.
我喜歡打排球。

☑ **vol·ume** [ˈvɑljəm]

名 卷、冊、音量、容積

» The last **volume** of martial arts fiction is the most appealing.
最後一冊的武俠小說是最引人入勝的。

☑ **vot·er** [votɚ]

名 投票者

» The media predict that the **voters** will change their mind.
媒體預計投票者將會改變他們的心態。

Ww

☑ **wage** [wedʒ]

名 週薪、工資

» The **wage** of the workers from Philippines in this factory is pretty low.
這家工廠來自菲律賓的工人工資相當低。

☑ **wag·on** [ˈwægən]

名 四輪馬車、貨車

» The **wagon** often reminds me of Cinderella.
四輪馬車總讓我想到灰姑娘。

☑ **wan·der** [ˈwɑndɚ]

動 徘徊、漫步

» Lily **wanders** along the lake.
莉莉沿著湖泊徘徊。

☑ **warmth** [wɔrmθ]

名 暖和、溫暖、熱忱

同 zeal 熱忱

» It is hard to forget the **warmth** of this family's kind act.
這家人善舉的溫暖難以忘懷。

☑ **warn** [wɔrn]

動 警告、提醒

» Don't move; I **warned** you.
我警告你,不要動。

☑ **wa·ter·fall** [ˈwɔtɚˌfɔl]

名 瀑布

» The **waterfall** is beautiful.
這一座瀑布很漂亮。

☑ **wax** [wæks]

名 蠟、蜂蠟、月盈

片 ear wax 耳垢

» The floor **wax** does not smell good.
地板蠟不好聞。

weak·en [ˈwikən]

動 使變弱、減弱

» The soldiers' morale has been **weakened**.
士兵的士氣變弱。

wealth·y [ˈwɛlθɪ]

形 富裕的、富有的

» All of my uncles were **wealthy**.
我的叔叔們全都是有錢人。

weap·on [ˈwɛpən]

名 武器、兵器

» The country invented some strong **weapons**.
這國家發明了一些很強的兵器。

weave [wiv]

名 織法、編法、織物、

» The boy in this tribe needs to learn the **weave** of the basket.
這個部落裡的男孩需要學習籃子的編法。

web [wɛb]

名 網、蜘蛛網

» Charlotte's **Web** is certainly one of E. B. White's best novels.
《夏綠蒂的網》絕對是 E. B. 懷特所寫過最好的小説之一。

wed [wɛd]

動 嫁、娶、結婚

同 marry 結婚

» My friend will **wed** in August.
我朋友要在八月結婚。

weed [wid]

名 野草、雜草

» Get rid of those **weeds** in our garden.
除掉我們花園裡的那些雜草。

week·ly [ˈwiklɪ]

名 週刊

形 每週的

副 每週地

» We have a **weekly** reading study group.
我們有每週一次的讀書會。

weep [wip]

動 哭泣，哭

同 cry 哭

» Mrs. Smith was **weeping** because she missed her son.
史密斯太太在哭，因為她思念她的兒子。

wheat [hwit]

名 小麥、麥子

» This bottle of drink tastes like the flavor of **wheat**.
這瓶飲料嚐起來有麥子的味道。

whip [hwɪp]

名 鞭子

動 鞭打

» The **whip** serves as a tool of punishing the sinner.
鞭子為用以懲罰犯罪者的工具。

whis·tle [ˈ(h)wɪsl̩]

名 口哨、汽笛

動 吹口哨

» The **whistle** could be used when you're in danger.
當你有危險時，可以吹口哨。

wick·ed [ˈwɪkɪd]

形 邪惡的、壞的

» In fairy tales, most stepmothers are **wicked**.
在童話故事中，多數的繼母都是邪惡的。

wid·en [ˈwaɪdn̩]

動 使……變寬、增廣

» The government decided to **widen** the road.
政府決定要增寬道路。

wipe [waɪp]

動 擦拭
名 擦拭、擦

» I have to **wipe** the table.
我必須要擦這張桌子。

wis·dom [ˈwɪzdəm]

名 智慧

» I admired the **wisdom** of the master.
我佩服這位師父的智慧。

wrap [ræp]

動 包裝
名 包裝紙

» **Wrap** the gift quickly.
快點包這份禮物。

wrist [rɪst]

名 腕關節、手腕

» Her **wrist** was hurt.
她的手腕受傷了。

Yy

year·ly [ˈjɪrlɪ]

形 每年的
副 每年、年年

» The swallows pay us a **yearly** visit.
這些燕子每年造訪我們一次。

yell [jɛl]

動 大叫、呼喊

» I heard somebody **yelling** help.
我聽到某個人在喊救命。

yolk [jok]

名 蛋黃、卵黃

» The **yolk** cookie tastes delicious.
蛋黃餅好吃。

young·ster [ˈjʌŋstɚ]

名 小孩、年輕人

» It's a very suitable activity for **youngsters**.
這是一項非常適合青少年的活動。

Zz

zip·per [ˈzɪpɚ]

名 拉鏈

» You fogot to zip your **zipper** up.
你忘記拉上拉鏈了。

zone [zon]

名 地區、地帶、劃分地區

» The village is in an earthquake **zone**.
這個村落位於地震區。

LEVEL 4

－ 完勝 108 新課綱 －

核心字彙 LEVEL 4

▶ *Track114 － Track152*

LEVEL 4 音檔雲端連結

因各家手機系統不同，若無法直接掃描，
仍可以至以下電腦雲端連結下載收聽。
（*https://tinyurl.com/257z4k6b*）

LEVEL 4
核心英文單字，提高學習層次！

Aa

Track 114

☑ **a·ban·don** [ə'bændən]

動 放棄

同 desert 遺棄

» How could she **abandon** her new born baby?
她怎麼可以遺棄她的新生兒？

☑ **ab·so·lute** ['æbsəlut]

形 絕對的

同 complete 絕對的

» The **absolute** answer is "no" even if you ask me one hundred times.
即便你問我一百次這種問題，絕對的答案就是「不准」。

☑ **ab·sorb** [əb'sɔrb]

動 吸收

» Children are quick to **absorb** knowledge.
小孩吸收知識很快。

☑ **ab·stract** ['æbstrækt]

形 抽象的

反 concrete 具體的

» Could you give us several examples to explain the **abstract** concept?
您可否給我們幾個例子解釋抽象的概念？

☑ **ac·a·dem·ic** [ækə'dɛmɪk]

形 學院的、大學的

» **Academic** researches are important in improving intelligence and mind.
學術研究在改善智力和心靈方面有其重要性。

☑ **ac·cent** ['æksɛnt]

名 口音、腔調

» The salesman's **accent** confuses his guest.
這個銷售員的口音讓他的客人感到困惑。

☑ **ac·cep·tance** [ək'sɛptəns]

名 接受

» Kim's idea gained **acceptance** in the design department.
金的想法得到設計部門的認可。

☑ **ac·cess** ['æksɛs]

名 接近、會面、進入

動 接近、會面

» The only **access** to my office is getting through the department store.
要進我辦公室的唯一入口是穿過百貨公司。

☑ **ac·ci·den·tal** [ˌæksəˈdɛntl̩]

形 偶然的、意外的

» Seeing this black-and-white bird was quite *accidental*.
看見這隻黑白相間的鳥是很偶然的。

☑ **ac·com·pa·ny** [əˈkʌmpəni]

動 隨行、陪伴、伴隨

» Should we *accompany* the manager to go to Shanghai?
我們要陪經理去上海嗎？

☑ **ac·com·plish** [əˈkɑmplɪʃ]

動 達成、完成

同 finish 完成

» Sometimes people need a bit of luck to *accomplish* their dreams.
有時候人們需要點運氣才能完成夢想。

☑ **ac·com·plish·ment** [əˈkɑmplɪʃmənt]

名 達成、成就

» Not everyone can have this great *accomplishment*.
不是每個人都可以有這樣偉大的成就。

☑ **ac·coun·tant** [əˈkaʊntənt]

名 會計師

» The *accountant* works extra hours during the weekend.
會計師在週末時加班。

☑ **ac·cu·ra·cy** [ˈækjərəsɪ]

名 正確、精密

» The *accuracy* of this hand-made watch is amazing.
這隻手工製手錶的準確度讓人吃驚。

☑ **ac·cuse** [əˈkjuz]

動 控告

同 denounce 控告

» Jack was *accused* of murdering his wife.
傑克被控謀殺他的太太。

☑ **ac·id** [ˈæsɪd]

名 酸性物質

形 酸的

» Stomach *acid* helps to break down the food.
胃酸幫忙分解食物。

☑ **ac·quain·tance** [əˈkwentəns]

名 認識的人、熟人

同 companion 同伴

» The mysterious woman living in the beach house is an *acquaintance* of Tim.
住在海邊度假屋的那個神祕女子是提姆的舊識。

☑ **ac·quire** [əˈkwaɪr]

動 取得、獲得

同 obtain 獲得

» Some scholars believe that children can naturally *acquire* fluency in any language.
有些學者相信，孩子能自然而然的習得任一語言的流暢度。

☑ **a·dapt** [əˈdæpt]

動 使適應

» Did your children *adapt* themselves well to the new school?
你的孩子們新學校的適應狀況良好嗎？

☑ **ad·dict** [ˈædɪkt]/[əˈdɪkt]

名 有毒癮的人

動 對……有癮、使入迷

» He is a social media *addict* who could never spend a day without his smartphone.
他是社群媒體上癮者，不能一天沒有手機在身邊。

☑ **ad·e·quate** [ˈædəkwɪt]

形 適當的、足夠的

同 enough 足夠的

» We need *adequate* information to solve this problem.
我們需要足夠的資訊解決問題。

☑ **ad·just** [əˋdʒʌst]

动 調節、對準

» Could you **adjust** the temperature of the air-conditioner?
你可否調節冷氣機的溫度？

☑ **ad·just·ment** [əˋdʒʌstmənt]

名 調整、調節

» The **adjustment** of class schedule seems to be not quite well-accepted by teachers.
課程表的調整，似乎不太被教師們所接受。

☑ **ad·mi·ra·ble** [ˋædmərəbl]

形 令人欽佩的

» The boy's courage of beating the robbers is **admirable**.
男孩打敗搶匪的勇氣是令人欽佩的。

☑ **ad·mi·ra·tion** [ˌædməˋreʃən]

名 欽佩、讚賞

» People's **admiration** for their leader is beyond words.
人們對領袖的景仰是筆墨也難以形容的。

☑ **ad·mis·sion** [ədˋmɪʃən]

名 准許進入、入場費、承認

» The **admission** fee to the Taipei zoo is $60.
到臺北動物園的入場費是 60 元。

☑ **adopt** [əˋdɑpt]

动 收養

» The couple **adopted** the poor boy.
這對夫妻收養了這個可憐的小男孩。

☑ **a·gen·cy** [ˋedʒənsɪ]

名 代理商

» The local **agency** of sports cars is holding a car exhibition.
當地的跑車代理公司舉辦車展。

☑ **a·gent** [ˋedʒənt]

名 代理人

» The insurance **agent** is going to visit us.
保險代理人要來拜訪我們。

☑ **ag·gres·sive** [əˋgrɛsɪv]

形 侵略的、攻擊的

» Ted has an **aggressive** personality, which makes him not quite popular at school.
泰德有侵略性的人格特質，讓他在學校不那麼有人緣。

☑ **a·gree·a·ble** [əˋgriəbl]

形 令人愉快的、宜人的

» The weather is **agreeable**.
天氣是很好的。

☑ **al·co·hol** [ˋælkəˌhɔl]

名 酒精

» This brand of wine contains 20% of **alcohol**.
這個品牌的紅酒含有百分之二十的酒精。

☑ **a·lert** [əˋlɝt]

名 警報
形 機警的
片 stay alert 保持警覺

» **Alert** of fire rings, everyone runs out of the restaurant.
火警響起，每個人都衝出餐廳。

☑ **al·low·ance** [əˋlauəns]

名 津貼、補助

» **Allowance** of transportation is included in your salary.
交通津貼包含在你的薪水裡。

al·ter·na·tive [ɔl'tɜnətɪv]

名 二選一、供選擇的東西
形 二選一的
同 substitute 代替

» He has no **alternative** but to withdraw from the political campaign.
他別無選擇，只能退出這次競選。

am·a·teur [`æmətʃʊr]

名 業餘愛好者
形 業餘的
反 professional 專業的

» **Amateur** writers sometimes write better than professional writers.
業餘寫作者有時寫的比專業作者更好。

am·big·u·ous [æm'bɪgjuəs]

形 曖昧的
同 doubtful 含糊的

» **Ambiguous** expressions may cause misunderstanding.
曖昧的用語可能會造成誤會。

am·bi·tious [æm'bɪʃəs]

形 有野心的

» Men are encouraged to be **ambitious** in the career field.
男士被鼓勵要在職場上有野心。

a·mid/a·midst [ə'mɪd]/[ə'mɪdst]

連 在……之中

» The ocean park sits **amid** the town and the ocean.
海洋公園座落於城鎮與海洋之中。

a·muse [ə'mjuz]

動 娛樂、消遣

» The brown cat **amused** the Huang family.
棕色貓咪娛樂了黃氏一家。

a·muse·ment [ə'mjuzmənt]

名 娛樂、有趣

» Natalie's favorite **amusement** park is located in Tokyo.
娜塔莉最喜歡的遊樂園位於東京。

a·nal·y·sis [ə'næləsɪs]

名 分析

» The **analysis** of the data shows that the population of this country is going down.
資料分析顯示，這個國家的人口數下滑。

an·a·lyze [`ænəlaɪz]

動 分析、解析

» Write an essay to **analyze** the main plot of the novel.
寫一篇文章分析這本小說的主要情節。

an·ces·tor [`ænsɛstə]

名 祖先、祖宗

» Most people believe humankind's **ancestors** are apes.
多數人相信人類的祖先是猿猴。

an·ni·ver·sa·ry [ˌænə'vɜsərɪ]

名 週年紀念日

» My parents wedding **anniversary** is on Valentine's Day.
我父母的結婚紀念日是在情人節。

an·noy [ə'nɔɪ]

動 煩擾、使惱怒
同 irritate 使惱怒

» What the clerk just said **annoyed** me a lot.
店員剛才講的話大大地惹惱了我。

an·nu·al [`ænjuəl]

形 一年的、年度的

» It is necessary to take an **annual** leave for office workers.
對辦公室職員來講，請年假是有必要的。

anx·i·e·ty [æŋ'zaɪətɪ]

名 憂慮、不安、渴望
片 deep anxiety 深刻憂慮

» The news of plane crash caused some **anxiety** of my boyfriend.
撞機的消息引起我男友的不安。

☑ **a·pol·o·gy** [ə`pɑlədʒɪ]

名 謝罪、道歉

» Make ***apology*** now or never.
現在就道歉,要不然就都不用了。

☑ **ap·par·ent** [ə`pærənt]

形 明顯的、外表的

同 obvious 明顯的

» It was ***apparent*** that there was no way out.
這裡很明顯的沒有路可以出去。

☑ **ap·pli·cant** [`æpləkənt]

名 申請人、應徵者

» The job ***applicants*** for the position of secretary are waiting in the meeting room.
祕書這個職位的申請人在會議室等著。

☑ **ap·pli·ca·tion** [ˌæpləˋkeʃən]

名 應用、申請

» Fill in the ***application*** form if you'd like to apply for the part-time job.
如果你想申請這份兼差工作,請填寫申請表。

☑ **ap·point** [ə`pɔɪnt]

動 任命、約定、指派、任用

» To ***appoint*** Frank to be in charge of this project needs a second thought.
任命法蘭克負責這個計畫案需要再想想。

☑ **ap·point·ment** [ə`pɔɪntmənt]

名 指定、約定、指派、任用

» I have an ***appointment*** with my dentist.
我跟牙醫有約。

☑ **ap·pre·ci·a·tion** [əˌpriʃɪˋeʃən]

名 賞識、鑑識

» It takes time to cultivate the ability of painting ***appreciation***.
培養欣賞畫作的能力需要時間。

☑ **ap·pro·pri·ate** [ə`proprɪət]

形 適當的、適切的

同 proper 適當的

» To shake legs while eating is not quite ***appropriate***.
一邊吃飯一邊抖腿,是很不恰當的。

☑ **ap·prov·al** [ə`pruvl̩]

名 承認、同意

» To sign this contract or not needs our manager's ***approval***.
是否要簽這份合約需要我們經理的同意。

☑ **a·quar·i·um** [əˋkwɛrɪəm]

名 水族館

» My father brought me to the ***aquarium*** very often.
我爸爸以前常帶我去水族館。

☑ **arch** [ɑrtʃ]

名 拱門、拱形

動 變成拱形

» When we're sitting on the boat, we can take a picture of the ***arch*** of the trees.
當我們坐在船上時,我們可以拍拱形樹的照片。

☑ **a·rise** [əˋraɪz]

動 出現、發生

» When the opportunity ***arises***, I'd like to visit the castle in France.
當機會出現,我想造訪法國的城堡。

arms [ɑrmz]

名 武器、兵器

» We need continued supply of **arms**.
我們需要持續不斷的武器供應。

ar·ti·fi·cial [ˌɑrtə`fɪʃəl]

形 人工的

» Some carps are bred in this **artificial** fish pond.
一些鯉魚被飼養在這座人工魚池裡。

ar·tis·tic [ɑr`tɪstɪk]

形 藝術的、美術的

» The **artistic** design of this pair of earrings amazes everyone.
這副耳環的藝術設計讓每個人感到吃驚。

a·shamed [ə`ʃemd]

形 以⋯⋯為恥

» The man is **ashamed** of himself because he can't stop drinking.
這個人為自己感到羞恥，因為他無法停止飲酒。

as·pect [`æspɛkt]

名 方面、外貌、外觀

» The most important **aspect** to consider is the light in this house.
最重要的考量方面是這棟房子的燈光。

as·pi·rin [`æspərɪn]

名 （藥）阿斯匹靈

» If you have a headache, you may consider taking some **aspirin**.
如果你頭痛，你可以考量吃些阿斯匹靈。

as·sem·ble [ə`sɛmbl]

動 聚集、集合

» The soldiers are **assembled** to clean the mud in the basement.
士兵集合起來清理地下室的泥巴。

as·sem·bly [ə`sɛmblɪ]

名 集會、集合、會議

» We wear uniforms to attend school **assembly**.
我們穿制服參加學校的集會

as·sign [ə`saɪn]

動 分派、指定

» Mrs. Wang **assigned** different tasks to each group of the students.
王老師指派任務給各組學生。

as·sign·ment [ə`saɪnmənt]

名 分派、任命、工作 [C]

» The reading **assignment** in the summer vacation includes three novels.
暑假的閱讀工作包含三本小説。

as·sist·ance [ə`sɪstəns]

名 幫助、援助

» The researching department needs more financial **assistance**.
研發部門需要更多的財務援助。

as·so·ci·ate [ə`soʃɪet]/[ə`soʃɪɪt]

名 同事、夥伴
動 聯合

» Our boss' business **associate** is coming to see him.
我們老闆的生意夥伴要來見他。

as·so·ci·a·tion [əˌsosɪ`eʃən]

名 協會、聯合會

» Ski **association** of Hong Kong was founded sixteen years ago.
香港的滑雪協會是在十六年前成立。

as·sur·ance [ə`ʃʊrəns]

名 保證、保險
同 insurance 保險
片 seek an assurance 尋找保證

» The agent gave us **assurance** that our daughter would become a famous actress soon.
經紀人給我們保證，我們的女兒很快就會變成有名的女演員。

☑ **as·sure** [əˈʃʊr]

動 向……保證、使確信

同 guarantee 向……保證

» I *assure* you the car has never been driven by anyone.
我向你保證，這輛車從不曾被任何人開過。

☑ **ath·let·ic** [æθˈlɛtɪk]

形 運動的、強健的

» The *athletic* meeting will take place next Friday.
運動會下週五舉行。

☑ **at·mos·phere** [ˈætməsˌfɪr]

名 大氣、氣氛

» The *atmosphere* in this restaurant relaxes customers.
這家餐廳的氣氛讓顧客感到放鬆。

☑ **at·om** [ˈætəm]

名 原子

» It is said that the earliest *atoms* in the universe are mainly hydrogen and helium.
據說宇宙中最早的原子主要是氫氣和氦氣。

☑ **a·tom·ic** [əˈtɑmɪk]

形 原子的

» One organization in Japan aims to find ways to promote peaceful use of *atomic* energy.
日本有個組織，試圖要找出促進和平使用原子能的方法。

☑ **at·tach** [əˈtætʃ]

動 連接、附屬、附加

» The new printer is *attached* to your computer.
新的印表機連接你的電腦。

☑ **at·tach·ment** [əˈtætʃmənt]

名 連接、附著

» The *attachment* to the bottle of the soda is used to open the bottle.
汽水瓶的附屬物是用來打開這個瓶子的。

☑ **at·trac·tion** [əˈtrækʃən]

名 魅力、吸引力

» The *attraction* of the new type of cellphone is beyond description.
新型手機的吸引力是筆墨所難以形容的。

☑ **au·di·o** [ˈɔdɪo]

名 聲音

» We went to the *audio*-visual room to view a Disney movie.
我們到視聽教室去看一部迪士尼的電影。

☑ **au·then·tic** [ɔˈθɛntɪk]

形 真實的、可靠的

» *Authentic* materials for language learning can benefit the students the most.
真實的語言學習材料對學生的幫助是最大的。

☑ **au·thor·i·ty** [əˈθɔrətɪ]

名 權威、當局

» Miller is determined to rebel against the *authority*.
米勒決意要反抗權威。

☑ **au·to·bi·og·ra·phy** [ˌɔtəbaɪˈɑgrəfɪ]

名 自傳

» Benjamin Franklin's *autobiography* is a famous example of this genre.
班傑明·富蘭克林的自傳，是這種文體中的有名例子之一。

☑ **au·to·graph** [ˋɔtə͵græf]

名 親筆簽名

動 親筆寫於……

同 sign 簽名

» The photo with the Michael Jackson's **autograph** was considered to be very precious.

麥可‧傑克森的親筆簽名照被視為是相當珍貴的。

☑ **a·wait** [əˋwet]

動 等待

» Daniel is anxiously **awaiting** the news of his missing girlfriend.

丹尼爾焦急的等待他失蹤女友的消息。

Bb

☑ **bald** [bɔld]

形 禿頭的、禿的

» My uncle is **bald**, but he wears a straw hat on the beach.

我舅舅禿頭，但在海灘上他戴了頂草帽。

☑ **bal·let** [ˋbæle]

名 芭蕾

» Black Swan features the competition between **ballet** dancers.

《黑天鵝》以芭蕾舞者之間的競爭為主。

☑ **ban·dage** [ˋbændɪdʒ]

名 繃帶

» He was hurt so seriously in the accident that his body was covered by a **bandage**.

他在那場意外中嚴重受傷，所以他全身包覆著繃帶。

☑ **bank·rupt** [ˋbæŋkrʌpt]

名 破產者

形 破產的

» TV celebrities sometimes made risky investment and went **bankrupt**.

電視名人有時會做有風險的投資，然後以破產收尾。

☑ **bar·gain** [ˋbɑrgɪn]

名 協議、成交

動 討價還價

» I made a **bargain** of an elegant blouse yesterday.

我昨天以便宜的價格買到一件優雅的女性上衣。

☑ **bar·ri·er** [ˋbærɪɚ]

名 障礙

片 the language barrier 語言的隔閡

» The doctor tried her best to break down the psychological **barrier** of Cathy.

醫生盡其所能要破除凱蒂的心理障礙。

☑ **ba·sin** [ˋbesɪn]

名 盆、水盆

» Put some yellow ducks into the **basin**.

把一些黃色小鴨放到水盆裡。

☑ **bat·ter·y** [ˋbætərɪ]

名 電池

» The **battery** is dead.

電池沒電了。

☑ **beg·gar** [ˋbɛgɚ]

名 乞丐

» I threw some coins into the **beggar's** bowl.

我丟一些零錢到那乞丐的碗裡。

☑ **be·hav·ior** [bɪˋhevjɚ]

名 舉止、行為

同 action 行為

» The courting **behaviors** of some birds are amusing.

有些鳥類的求偶行為是有趣的。

☑ **bin** [bɪn]

名 箱子、容器、垃圾箱

» Put the garbage in the trash **bin**.
把垃圾丟到垃圾箱。

☑ **bi·og·ra·phy** [baɪˋɑgrəfɪ]

名 傳記

» The **biography** of J. K. Rowling reveals sad events Rowling experienced.
J. K. 羅琳的傳記顯示出羅琳所經歷過的悲傷事件。

☑ **bi·ol·o·gy** [baɪˋɑlədʒɪ]

名 生物學

» The **biology** teacher is good at arousing learning interest.
生物學老師擅長於引起學習興趣。

☑ **blade** [bled]

名 刀鋒

» The **blade** of the sward is not sharp anymore.
這把劍的刀鋒不再銳利了。

☑ **blend** [blɛnd]

名 混合

動 使混合、使交融

» The **blend** of strawberry and chocolate adds flavor to the cake.
草莓和巧克力的混合為這塊蛋糕增添了美味。

☑ **bless·ing** [ˋblɛsɪŋ]

名 恩典、祝福

» The beautiful voice of singing well is God's **blessing**.
唱歌好聽的美妙嗓音是上帝的恩典。

☑ **blink** [blɪŋk]

名 眨眼

動 使眨眼、閃爍

» The doll's **blinking** eyes scared my niece.
娃娃眨眼，嚇到我的姪女了。

☑ **bloom** [blum]

名 開花期

動 開花

» The **bloom** of cherry flowers is usually in the spring.
櫻花的開花期通常是在春天。

☑ **blos·som** [ˋblɑsəm]

名 花、花簇

動 開花、生長茂盛

» The peach **blossoms** in this mountain have pink petals.
這座山裡的桃花有粉紅色的花瓣。

☑ **boast** [bost]

名／動 自誇

» Why did Grandpa love to **boast** of his past adventures?
為什麼爺爺喜歡自誇他過去的冒險經驗？

☑ **bond** [bɑnd]

名 契約、束縛、抵押、聯繫

» The **bond** of love leads the heroine to go back to the past life.
愛的聯繫引領女主角返回前世。

☑ **bounce** [baʊns]

名 彈、跳

動 彈回

» The colored ball **bounces** up and down in the game.
在這款遊戲裡，彩球上下彈跳。

☑ **brace·let** [ˈbreslɪt]

名 手鐲

» The ***bracelet*** is stored in Grandma's safety box.
那只手鐲保存在奶奶的保險箱裡。

☑ **breed** [brid]

動 生育、繁殖
名 品種

» The baby kangaroo is ***bred*** in mother kangaroo's pouch.
寶寶袋鼠養在媽媽袋鼠的育兒袋裡。

☑ **bride·groom/groom**
[ˈbraɪdˌgrum]/[grum]

名 新郎

» "Beauty and the Beast" features animal ***bridegroom*** and human bride.
《美女與野獸》的故事以動物新郎和人類新娘為其特色。

☑ **broke** [brok]

形 一無所有的、破產的

» My boss is ***broke***.
我老闆破產了。

☑ **broom** [brum]

名 掃帚、長柄刷

» I used a ***broom*** to sweep the floor.
我用掃帚掃地。

☑ **bru·tal** [ˈbrutl̩]

形 野蠻的、殘暴的

» The emperor is ***brutal***.
這個皇帝殘暴不仁。

☑ **bul·le·tin** [ˈbʊlətɪn]

名 公告、告示

» Take a look at the ***bulletin*** board.
看一下公告欄。

☑ **bur·glar** [ˈbɝglɚ]

名 夜盜、竊賊

» The ***burglar*** broke into my house.
那竊賊闖入我家。

Cc

☑ **cab·i·net** [ˈkæbənɪt]

名 小櫥櫃、內閣

» Could you fetch the cup in the ***cabinet*** for me?
你可否幫我拿一下小櫥櫃裡的杯子？

☑ **cal·cu·late** [ˈkælkjəˌlet]

動 計算

» The team leader is ***calculating*** the days of finishing the whole project.
團隊領導正在計算要完成這整個計畫的天數。

☑ **cal·cu·la·tion** [ˌkælkjəˈleʃən]

名 計算

» I need time to do that ***calculation*** for the math question.
我需要時間完成那道數學題的計算。

☑ **cal·o·rie** [ˈkælərɪ]

名 卡、卡路里

» Three bites of ice cream provide you 100 ***calories***.
三口冰淇淋提供你 100 卡的熱量。

☑ **cam·paign** [kæmˈpen]

名 戰役、活動
動 作戰、從事活動

» To win this election, we need an effective promotional ***campaign***.
為了打贏這場選戰，我們需要有效的行銷活動。

☑ **can·di·date** [ˈkændəˌdet]

名 候選人

» The ***candidate*** is boasting about what he did for the city.
候選人誇耀他以前為這座城市所做的事。

☑ **cane** [ken]

名 手杖、棒

» The old man with a ***cane*** is smiling.
那拿著手杖的老人正在微笑著。

☑ **ca·noe** [kə`nu]

名 獨木舟

動 划獨木舟

» Do you want to try to row the **canoe**?
你想要試著划獨木舟嗎？

☑ **ca·pac·i·ty** [kə`pæsətɪ]

名 容積、能力

同 size 容量

» Sometimes people will doubt if they have the **capacity** to solve problems.
有時候人們會懷疑自身是否具備可以解決問題的能力。

☑ **cap·i·tal·(ism)**
[`kæpətl̩]/[ˌkæpətəlɪzəm]

名 資本（資本主義）、首都

» Does **capitalism** make people live a better life?
資本主義讓人們活得更好嗎？

☑ **cap·i·tal·ist** [`kæpətəlɪst]

名 資本家

» Even though a **capitalist** loves money, he can't solve all problems with it.
即便一位資本家喜歡錢，他也不能用錢解決所有問題。

☑ **car·go** [`kɑrgo]

名 貨物、船貨

» The **cargo** of shoes in our ship weighs 200 tons.
我們船裡的鞋子的貨物重 200 噸。

☑ **car·ri·er** [`kærɪɚ]

名 運送者

» The freight **carrier** will handle the shipment this afternoon.
這家貨運公司今天下午會處理這貨物。

☑ **carve** [`kɑrv]

動 切、切成薄片

» Jason demonstrates how to **carve** a carrot into a rose.
傑森示範如何把蘿蔔切成玫瑰。

☑ **cat·a·logue** [`kætələg]

名 目錄

動 編輯目錄

同 list 目錄

» Show me the latest **catalogue** of the party dresses.
拿宴會服的最新目錄給我看。

☑ **cat·e·go·ry** [`kætəˌgorɪ]

名 分類、種類

同 classification 分類

» Miller knows the **category** of butterflies well.
米勒很清楚蝴蝶的分類。

☑ **cease** [sis]

名 停息

動 終止、停止

» Jeff can't **cease** making too much investment on the stock market.
傑夫無法停止投資太多資金在股票市場。

☑ **cel·e·bra·tion** [ˌsɛlə`breʃən]

名 慶祝、慶祝典禮

» **Celebration** of Tina's promotion is in this afternoon.
提娜的促銷慶祝會在今天下午。

☑ **cham·ber** [`tʃembɚ]

名 房間、寢室

同 room 房間

» Annie's diary is in the **chamber**.
《安妮的日記》在那間房間裡。

☑ **cham·pion·ship** [ˈtʃæmpɪənˌʃɪp]

名 冠軍賽

» The world **championships** will be held next month.
世界冠軍賽下個月即將舉行。

☑ **char·ac·ter·is·tic** [ˌkærɪktəˈrɪstɪk]

名 特徵
形 有特色的

» The **characteristic** of this set of headphone is sound quality.
這組耳機的特徵是聲音品質。

☑ **char·i·ty** [ˈtʃærətɪ]

名 慈悲、慈善、寬容
同 generosity 寬宏大量

» Lisa did a lot of work of **charity**.
麗莎做了很多慈善工作。

☑ **chem·is·try** [ˈkɛmɪstrɪ]

名 化學

» **Chemistry** is an interesting subject.
化學是一門有趣的學科。

☑ **cher·ish** [ˈtʃɛrɪʃ]

動 珍愛、珍惜

» **Cherish** your family.
珍愛你的家人。

☑ **chew** [tʃu]

動 咀嚼

» I am **chewing** the pearls in bubble milk tea.
我在咬珍珠奶茶的珍珠。

☑ **choke** [tʃok]

動 使窒息

» I was **choked** by the smoke.
這煙快要讓我窒息了。

☑ **cho·rus** [ˈkorəs]

名 合唱團、合唱

» The **chorus** is made up of twelve women.
這個合唱團是由十二個女人所組成。

☑ **cir·cu·lar** [ˈsɝkjələ]

形 圓形的

» The theater features **circular** seat arrangement.
這個劇院以圓形座位安排為其特色。

☑ **cir·cu·late** [ˈsɝkjəˌlet]

動 傳佈、循環

» Linda **circulated** the birthday card for everyone to sign.
琳達把這張生日卡傳出去讓大家簽名。

☑ **cir·cu·la·tion** [ˌsɝkjəˈleʃən]

名 通貨、循環、發行量

» This memorial CD has a **circulation** of 2000.
這張紀念版 CD 有 2000 張的發行量。

☑ **cir·cum·stance** [ˈsɝkəmˌstæns]

名 情況
同 condition 情況

» Under that dangerous **circumstance**, what would you do?
在那危急的情況下，你會怎麼做？

☑ **ci·vil·ian** [səˈvɪljən]

名 平民、一般人
形 平民的

» 560 **civilians** died in that war.
560 個平民在那場戰役中喪失性命。

☑ **civ·i·li·za·tion** [ˌsɪvələˈzeʃən]

名 文明、開化
同 culture 文化

» **Civilization** turns bloody wars into different kinds of competitions.
文明將血淋淋的戰爭變成不同類別的競爭。

☑ **clar·i·fy** [ˈklærəˌfaɪ]

動 澄清、變得明晰

» Professor Huang has already **clarified** this point.
黃教授已經澄清了這個點。

☑ **clash** [klæʃ]

名 衝突、猛撞

動 衝突、猛撞

片 a clash of opinions 意見衝突

» The severe **clash** with different points of view surprised me.
不同觀點的嚴重衝突讓我感到吃驚。

☑ **clas·si·fi·ca·tion** [ˌklæsəfəˈkeʃən]

名 分類

» The **classification** of novels in this bookstore is clear.
這家店裡小說的分類滿清楚的。

☑ **clas·si·fy** [ˈklæsəˌfaɪ]

動 分類

» **Classify** the garbage and throw it into the right garbage box.
做好垃圾分類，把垃圾丟到合適的垃圾箱。

☑ **claw** [klɔ]

名 爪

動 抓

同 grip 抓、緊握

» The eagle is waving its **claw**.
那隻老鷹在揮舞他的爪子。

☑ **cliff** [klɪf]

名 峭壁、斷崖

» A black goat almost fell off the **cliff**.
一隻黑羊險些從陡峭的山崖上跌落。

☑ **clum·sy** [ˈklʌmzɪ]

形 笨拙的

» The new waiter is a bit **clumsy**.
新來的服務生有點笨拙。

☑ **coarse** [kors]

形 粗糙的

同 rough 粗糙的

» How come the elegant lady has **coarse** hands?
為什麼這個優雅的女士有粗糙的雙手？

☑ **code** [kod]

名 代號、編碼

片 break the code 破譯密碼

» The important messages are written in **code** words.
重要的訊息是用代號寫的。

☑ **col·lapse** [kəˈlæps]

動 崩潰、倒塌

» The mansion in the earthquake **collapsed** quickly.
地震中的大廈快速地倒塌。

☑ **col·league** [ˈkɑlig]

名 同僚、同事

» Jennifer is the most admired **colleague** for me.
珍妮佛是我最為欣賞的同事。

☑ **com·bi·na·tion** [ˌkɑmbəˈneʃən]

名 結合

» The perfect **combination** of pudding and wine delights everyone at the party.
布丁和紅酒的完美結合取悅了派對裡的每個人。

☑ **com·e·dy** [ˈkɑmədɪ]

名 喜劇

» A Midsummer Night's Dream is a **comedy** written by Shakespeare.
《仲夏夜之夢》是莎士比亞所寫的喜劇。

☑ **com·mand·er** [kə`mændə]

名 指揮官
» The ***commander*** of the ship was shot.
這艘船的指揮官被射殺。

☑ **com·ment** [`kɑmɛnt]

名 評語、評論
動 做註解、做評論
» The illustrator made revisions according to the editor's ***comments***.
插畫家根據編者的評語做了修改。

☑ **com·merce** [`kɑmɜs]

名 商業、貿易
同 trade 貿易
» The ***commerce*** of the country develops rapidly.
這個國家的商業貿易快速發展。

☑ **com·mit** [kə`mɪt]

動 委任、承諾、使作出保證
» Be sure to ***commit*** yourself to something meaningful.
確定你投入的是有意義的事。

☑ **com·mu·ni·ca·tion**
[kə͵mjunə`keʃən]

名 通信、溝通、交流
» ***Communication*** between trees are said to be possible.
樹木之間的交流溝通據說是有可能的。

☑ **com·mu·ni·ty** [kə`mjunətɪ]

名 社區
» A group of married women volunteered to do cleaning work for their ***community***.
一群婦女志願為社區做清潔工作。

☑ **com·pan·ion** [kəm`pænjən]

名 同伴
» Some pets serve as human beings' best ***companions***.
有些寵物可當做人類的最好同伴。

☑ **com·pe·ti·tion** [͵kɑmpə`tɪʃən]

名 競爭、競爭者
同 rival 對手
» Does ***competition*** truly makes a more advanced society?
競爭真的造就了更為進步的社會嗎？

☑ **com·pet·i·tive** [kəm`pɛtətɪv]

形 競爭的
» There is certain ***competitive*** atmosphere between the two basketball teams.
在這兩個籃球團隊間有某種競爭的氣氛。

☑ **com·pet·i·tor** [kəm`pɛtətə]

名 競爭者
» The number of the ***competitors*** for winning the game is on the increase.
要贏得這場比賽的競爭者人數在增加中。

☑ **com·pli·cate** [`kɑmpləket]

動 使複雜
» I don't understand why some people like to ***complicate*** things.
我不明白為什麼有些人喜歡把事情複雜化。

☑ **com·pose** [kəm`poz]

動 組成、作曲
» The group is ***composed*** of Africans, Americans, and Japanese.
這支隊伍是由非洲人、美國人和日本人所組成。

☑ **com·pos·er** [kəm`pozə]

名 作曲家、設計者
» Mozart is a famous ***composer***.
莫札特是有名的作曲家。

☑ **com·po·si·tion** [ˌkɑmpəˈzɪʃən]

名 組合、作文、混合物

片 chemical composition 化學組成

» **Composition** classes for some students are a kind of daydreaming practice.
作文課對某些學生來講是一種做白白夢的練習。

☑ **con·cen·trate** [ˈkɑnsənˌtret]

動 集中

» You need to **concentrate** on the details of this topic.
你必需集中你的注意力在這個主題的細節。

☑ **con·cen·tra·tion** [ˌkɑnsənˈtreʃən]

名 集中、專心

» Jews were forced to stay in the **concentration** camps.
猶太人被迫待在集中營。

☑ **con·cept** [ˈkɑnsɛpt]

名 概念

» The **concept** is so hard that students pay all their attention to the teacher.
這個概念難到學生對老師付出所有的注意力。

☑ **con·cern·ing** [kənˈsɝnɪŋ]

連 關於

» Have you found the data **concerning** the origin of "Little Red Riding Hood"?
你找到關於「小紅帽」這個故事起源的資料了嗎？

☑ **con·crete** [ˈkɑnkrit]

名 水泥、混凝土

形 具體的、混凝土的

反 abstract 抽象的

» This art gallery is built with **concrete**.
這棟美術館是水泥建造的。

☑ **con·duc·tor** [kənˈdʌktə]

名 指揮、指導者

» The **conductor** of the band perfoms well.
這個樂團的指揮表演的很好。

☑ **con·fer·ence** [ˈkɑnfərəns]

名 招待會、會議

同 meeting 會議

» The **conference** of comparative literature was held last Friday.
比較文學會議上個星期五舉辦過了。

☑ **con·fess** [kənˈfɛs]

動 承認、供認

» I **confessed** to my mother that the necklace was lost.
我跟母親承認那條項鍊遺失了。

☑ **con·fi·dence** [ˈkɑnfədəns]

名 信心、信賴

片 in confidence 私下地

» If anyone said something that made you lose your **confidence**, ignore it.
如果任何人說了某件讓你失去信心的事，忽略它。

☑ **con·fu·sion** [kənˈfjuʒən]

名 迷惑、混亂

» Vincent's accent caused some **confusion**.
文森的口音造成了一些混亂。

☑ **con·grat·u·late** [kənˈgrætʃəˌlet]

動 恭喜

» Bring this gift to George and Mary and **congratulate** them for me.
把這份禮物帶給喬治和瑪麗，並替我向他們表達祝賀之意。

con·gress [ˈkɑŋgrəs]

名 國會

» The ***congress*** won't allow the president to do that.
國會不會允許總統做那件事。

con·quer [ˌkɑŋkə]

動 征服

» The English ***conquered*** the kingdom in the 19th century.
英國人在十九世紀時征服了這個王國。

con·science [ˈkɑnʃəns]

名 良心

片 have a clear conscience 問心無愧

» ***Conscience*** tells us what is the right thing to do.
良心告訴我們什麼才是應當要做的對的事。

con·se·quence [ˈkɑnsəˌkwɛns]

名 結果、影響

» The ***consequence*** is not good.
結果不太好。

con·se·quent [ˈkɑnsəˌkwɛnt]

形 必然的、隨之引起的

» The ***consequent*** ocean wastes need more environmental activities.
隨之而來的海洋廢棄物，需要更多的環保活動。

con·ser·va·tive [kənˈsəvətɪv]

名 保守主義者
形 保守的、保守黨的

» Some people seem to be ***conservative*** in expressing opinions.
有些人在表達意見上似乎是很保守的。

con·sist [kənˈsɪst]

動 組成、構成

» The committee of school ***consists*** of 15 people.
學校的委員會由十五人組成。

con·sis·tent [kənˈsɪstənt]

形 一致的、調和的

» Parents' discipline principles should be ***consistent*** when they teach children.
教小孩時，父母的管教原則應該要一致。

con·sti·tute [ˈkɑnstəˌtjut]

動 構成、組成、制定

» Canadians ***constitute*** 50% of the army.
這支軍隊由百分之五十的加拿大人所組成。

con·sti·tu·tion [ˌkɑnstəˈtjuʃən]

名 憲法、章程、構造

片 strong constitution 堅固的構造

» Some laws in the ***constitution*** aim to protect the rights of the people.
憲法中有些法律旨在保障人民的權利。

con·struct [kənˈstrʌkt]

動 建造、構築

» The French palace was ***constructed*** as a luxurious restaurant.
這座法國宮殿被建造成奢華的餐廳。

con·struc·tion [kənˈstrʌkʃən]

名 建築、結構

» My brother-in-law works in the ***construction*** industry.
我的妹夫在建築業工作。

con·struc·tive [kənˈstrʌktɪv]

形 有建設性的

» I hope your feedback is ***constructive***.
我希望你的意見回饋是有建設性的。

con·sult [kənˈsʌlt]

動 請教、諮詢
同 confer 協商

» ***Consult*** your teacher if you can't solve the difficult question.
如果你無法解決這個困難的問題，請教你的老師。

☑ **con·sul·tant** [kənˈsʌltənt]

名 諮詢者

» The publisher hired **consultants** to educate editors.
出版商聘請顧問，以教育編輯。

☑ **con·sume** [kənˈsum]

動 消耗、耗費

同 waste 耗費

» A gallon of petrol is **consumed** every 20 miles.
每 20 英哩就消耗掉一加侖的汽油。

☑ **con·sum·er** [kənˈsumə]

名 消費者

» The **consumer** should be wise and reject the products with plastic substances.
消費者應該要有智慧，拒絕含有塑膠物質的產品。

☑ **con·tain·er** [kənˈtenə]

名 容器

» The **container** is designed as a peach.
這個容器設計的像顆桃子。

☑ **con·tent** [ˈkɑntɛnt]/[kənˈtɛnt]

名 內容、滿足、目錄

形 滿足的、願意的

» Martin won't be **content** to this position.
馬丁對這個職位不會覺得滿意的。

☑ **con·tent·ment** [kənˈtɛntmənt]

名 滿足

» Happiness consists in **contentment**.
知足常樂。

☑ **con·test** [ˈkɑntɛst]/[kənˈtɛst]

名 比賽

動 與……競爭、爭奪

» My daughter is going to perform a magic trick during the talent **contest**.
我的女兒將在才藝賽中表演變魔術。

☑ **con·text** [ˈkɑntɛkst]

名 上下文、文章脈絡

» Use the **context** to decode the word.
利用上下文來解碼這個字。

☑ **con·tin·u·al** [kənˈtɪnjʊəl]

形 連續的

» The **continual** winning record turns the singer into a popular performer.
連續的得獎紀錄把歌手變成了受歡迎的表演者。

☑ **con·tin·u·ous** [kənˈtɪnjʊəs]

形 不斷的、連續的

» It is necessary to make **continuous** efforts to keep the house clean.
持續的努力讓這棟房子保持乾淨是有必要的。

☑ **con·trar·y** [ˈkɑntrɛrɪ]

名 矛盾

形 反對的

» Don't judge people even if they have **contrary** opinions.
不要評斷人，即便他們持反對意見。

☑ **con·trast** [ˈkɑnˌtræst]/[kənˈtræst]

名 對比

動 對照

» The **contrast** of colors highlights the beauty of the painting.
對比色強調出這幅畫的美。

con·trib·ute [kənˋtrɪbjʊt]

動 貢獻

» We did appreciate what you ***contributed*** to the association.
我們著實感謝您對協會的貢獻。

con·tri·bu·tion [ˌkɑntrəˋbjuʃən]

名 貢獻、捐獻

» Jing-yong has great ***contribution*** to the genre of wuxia novels.
金庸對武俠小說這種文藝作品的類型有很大的貢獻。

con·ve·nience [kənˋvinjəns]

名 便利

» Have a cup of coffee at the ***convenience*** store.
在便利商店喝杯咖啡吧。

con·ven·tion [kənˋvɛnʃən]

名 會議、條約、傳統

» Eating rice dumplings on Dragon Boat Festival is a ***convention***.
在端午節吃粽子是一項傳統習俗。

con·ven·tion·al [kənˋvɛnʃənl]

形 會議的、傳統的

» Some people like to wear ***conventional*** clothes during the wedding.
有些人喜歡在婚禮上穿傳統的衣服。

con·verse [kənˋvɝs]

動 談話

» ***Conversing*** with the guest tries our patience.
跟這些客人交談考驗我們的耐心。

con·vey [kənˋve]

動 傳達、運送

» Actors use body language to ***convey*** emotions.
演員們用身體語言傳達情緒。

con·vince [kənˋvɪns]

動 說服、信服

» How can we ***convince*** our parents that we did see the aliens?
我們該如何讓爸媽相信我們確實看到外星人了？

co·op·er·ate [koˋɑpəˌret]

名 協力、合作

» Brothers and sisters should ***cooperate*** when solving problems.
當解決問題時，兄弟姊妹要一起合作。

co·op·er·a·tion [koˌɑpəˋreʃən]

名 合作、協力

» "Ten Brothers" describes the ***cooperation*** of ten brothers with different abilities.
「十兄弟」描述十個擁有不同能力的兄弟之間的通力合作。

co·op·er·a·tive [koˋɑpəˌretɪv]

名 合作社
形 合作的

» Profess Cory asked them not to close the door so hard, but they were not ***cooperative***.
科瑞教授要求他們不要太用力關門，但他們就是不想合作。

cope [kop]

動 處理、對付

» I need to ***cope*** with house chores tonight.
我今晚需要處理家務事。

cop·per [ˋkɑpə]

名 銅
形 銅製的

» The ***copper*** medal will be given to the third place.
銅製獎牌會頒給第三名。

☑ **cord** [kɔrd]

名 電線、繩

» Some sparrows are on the electric **cord**.
有些麻雀在電線上。

☑ **cor·re·spond** [ˌkɔrəˋspɑnd]

動 符合、相當

» It is strange that Dr Jekyll's signature **corresponds** to the one on the check.
奇怪的是傑奇博士的簽名符合支票上的簽名。

☑ **cos·tume** [ˋkɑstjum]

名 服裝、服飾、劇裝

» The clown **costume** is stolen.
小丑服被偷了。

☑ **cot·tage** [ˋkɑtɪdʒ]

名 小屋、別墅

» The **cottage** is beside the lake.
那棟小屋在湖邊。

☑ **coun·cil** [ˋkaʊnsl̩]

名 議會、會議

» The City **Council** provides good community services.
市議會提供優質的社區服務。

☑ **count·er** [ˋkaʊntɚ]

名 櫃檯、計算機
動 反對、反抗

» The **counter** of the post office is on your left.
郵局的櫃檯在你的左邊。

☑ **cou·ra·geous** [kəˋredʒəs]

形 勇敢的

» Generally speaking, knights are **courageous**.
一般而言，武士是勇敢的。

☑ **cour·te·sy** [ˋkɝtəsɪ]

名 禮貌

» Confucius emphasized the importance of **courtesy**.
孔子強調禮節的重要。

☑ **cow·ard** [ˋkaʊɚd]

名 懦夫、膽子小的人

» The boy is called **coward**.
這男孩被叫是膽小鬼。

☑ **crack** [kræk]

名 裂縫、瑕疵
動 使爆裂、使破裂

» The water is leaking from the **crack** of the wall.
水從牆縫滲了出來。

☑ **craft** [kræft]

名 手工藝

» People were marveled at the weaving **craft** of the boy.
人們驚嘆於這個男孩的手工藝。

☑ **cre·a·tion** [krɪˋeʃən]

名 創造、創世

» A cockroach is hidden in the paper art **creation** of Tim Budden.
在提姆・巴頓的紙藝創造品裡藏著一隻蟑螂。

☑ **cre·a·tiv·i·ty** [ˌkrieˋtɪvətɪ]

名 創造力

» Tim is a great artist with lots of **creativity**.
提姆是個很有創造力的偉大藝術家。

☑ **creep** [krip]

動 爬、戰慄

» The cockroach **creeps** on my desk.
這蟑螂在我桌上爬。

crit·ic [ˈkrɪtɪk]

名 批評家、評論家

» The movie **critic** was harsh on the movie director.
這個影評家對電影導演好嚴苛。

crit·i·cal [ˈkrɪtɪkl]

形 評論的、愛挑剔的

» Why was your father so **critical** about the article you wrote?
為什麼你的父親對你寫的這篇文章如此挑剔？

crit·i·cism [ˈkrɪtəˌsɪzəm]

名 評論、批評的論文

» I don't think anybody can take that **criticism** without anger.
我不認為有人可以心平氣和的接受那樣的評論。

crit·i·cize [ˈkrɪtəˌsaɪz]

動 批評、批判

» Do you dare to **criticize** him?
你敢批評他嗎？

cru·el·ty [ˈkruəltɪ]

名 冷酷、殘忍

» Human beings' **cruelty** to animals angered the staff in the animal shelter.
人類對動物的殘忍讓動物收容所的工作人員感到氣憤。

crun·chy [ˈkrʌntʃɪ]

名 鬆脆的、易裂的

» The dessert is **crunchy**.
這種甜點是鬆脆的。

crush [krʌʃ]

名 毀壞、壓榨
動 壓碎、壓壞

» The cane juice is made by **crushing** the canes.
甘蔗汁是藉由壓榨甘蔗做成的。

cube [kjub]

名 立方體、正六面體
片 ice cube 冰塊

» The ice **cubes** are added to the orange juice.
冰塊加到柳橙汁裡。

cue [kju]

名 暗示

» The waitress is mopping the floor, which is the **cue** of asking the customers to leave.
女侍者在拖地，這是請客人離開的暗示。

cun·ning [ˈkʌnɪŋ]

形 精明的、狡猾的

» The **cunning** fox stole the chicken.
狡猾的狐狸偷了雞。

cu·ri·os·i·ty [ˌkjʊrɪˈɑsətɪ]

名 好奇心

» Children are born with plenty of **curiosity**.
孩子們天生就有很多的好奇心。

curl [kɝl]

名 捲髮、捲曲
動 使捲曲
片 loose curls 蓬鬆的捲髮

» Lady Gaga's hair fell in **curls** over her shoulder.
女神卡卡的頭髮捲曲著垂在肩上。

curse [kɝs]

動 詛咒、罵

» There's no use **cursing** your fate.
咒罵你的命運沒有用。

curve [kɝv]

名 曲線
動 使彎曲

» The **curve** of the woman in silver dress attracts many men's attention.
身穿銀色洋裝的女人的曲線吸引了很多男人的注意。

☑ **cush·ion** [`kʊʃən]

名 墊子

動 緩和……衝擊

» The papering cat sits comfortably on the **cushion**.
被嬌寵的貓咪很舒服地坐在墊子上。

Dd

☑ **damp** [dæmp]

形 潮濕的

動 使潮濕

同 moist 潮濕的

» The curtain in the living room feels a bit **damp**.
客廳的窗簾摸起來有點潮濕。

☑ **dead·line** [`dɛd,laɪn]

名 限期

» The **deadline** of this project is on the fifth of March.
這個案子的限期是三月五日。

☑ **de·clare** [dɪ`klɛr]

動 宣告、公告

» Miss Lin **declared** that there's a charity party this weekend.
林小姐宣告這週有個慈善派對。

☑ **dec·o·ra·tion** [,dɛkə`reʃən]

名 裝飾

» Judy is good at the art **decoration** of restaurants.
茱蒂擅長餐廳的藝術裝飾。

☑ **de·feat** [dɪ`fit]

名 挫敗、擊敗

動 擊敗、戰勝

» **Defeating** the enemy takes courage.
打敗敵人需要勇氣。

☑ **de·fend** [dɪ`fɛnd]

動 保衛、防禦

» The soldiers are **defending** the country.
士兵保衛國家。

☑ **de·fense** [dɪ`fɛns]

名 防禦、辯護

» The oral **defense** is required if you'd like to obtain a master degree.
如果你想取得碩士學位，論文答辯是必要的。

☑ **de·fen·si·ble** [dɪ`fɛnsəbl]

形 可辯護的、可防禦的

» It is important for the Israel government to seek for a **defensible** border.
對以色列政府來說，找尋防禦的邊界是重要的。

☑ **de·fen·sive** [dɪ`fɛnsɪv]

形 防禦的、保衛的

» Lori is **defensive** of her privacy.
羅莉很保護自己的隱私。

☑ **def·i·nite** [`dɛfənɪt]

形 確定的

同 precise 確切的

» There's no **definite** answer to the question of what appears first.
對於這種什麼東西先出現的問題，並沒有確定的答案。

☑ **del·i·cate** [`dɛləkət]

形 精細的、精巧的

» The chain bracelet is so **delicate**.
這條手鍊好精巧。

de·light [dɪˋlaɪt]

名 欣喜

動 使高興

» Angie got the first prize, which ***delighted*** her parents.
安琪得了第一名，這件事讓她的父母很高興。

de·light·ful [dɪˋlaɪtfəl]

形 令人欣喜的

» The news of being chosen as a cheerleader is ***delightful***.
被選為啦啦隊隊長的消息是令人欣喜的。

de·mand [dɪˋmænd]

名 要求

動 要求

» The ***demand*** for more budget for the project is rejected.
要求給予這個案子更多的預算被拒絕了。

dem·on·strate [ˋdɛmənˏstret]

動 展現、表明

» He drew a process picture to ***demonstrate*** how to cook curry rice.
他畫了一張流程圖以展示煮咖哩的步驟。

dem·on·stra·tion [ˏdɛmənˋstreʃən]

名 證明、示範

» Teaching ***demonstration*** is required if you'd like to be a teacher.
如果你想成為老師，教學示範是必要的。

dense [dɛns]

形 密集的、稠密的

片 dense fog 濃霧

» The population in Taipei city is quite ***dense***.
臺北市的人口是相當密集的。

de·part [dɪˋpɑrt]

動 離開、走開

同 leave 離開

» The plane ***departs*** at 10:20 a.m.
飛機於早上 10 點 20 分離境。

de·par·ture [dɪˋpɑrtʃə]

名 離去、出發

» There are several ***departures*** of trains to Taichung.
有好幾班開往臺中的火車。

de·pend·ent [dɪˋpɛndənt]

名 從屬者

形 從屬的、依賴的、受撫養者

» A weak wage will provide for my ***dependents***.
我靠微薄的工資供養家人。

de·pres·sion [dɪˋprɛʃən]

名 下陷、降低

» The rain falls into the ***depression*** in the sand.
雨下進凹陷的沙坑中。

de·serve [dɪˋzɝv]

動 值得、應得

» Take a trip to Italy since you ***deserve*** a qualified vacation.
去義大利旅行，因為你值得一個有質感的假期。

des·per·ate [ˋdɛspərɪt]

形 絕望的

» Don't give up hope even though you're in a ***desperate*** situation.
即便在絕望的情境中，也不要放棄希望。

de·spite [dɪˋspaɪt]

介 不管、不顧、儘管

» ***Despite*** the icy-cold seawater, Jack jumped into the ocean to save Rose.
儘管海水冰冷，傑克仍跳進海裡，援救蘿絲。

de·struc·tion [dɪˋstrʌkʃən]

名 破壞、損壞

» The ***destruction*** of the rainforest results in many homeless animals.
雨林的破壞造成了很多無家可歸的動物。

de·tec·tive [dɪˋtɛktɪv]

名 偵探、探員
形 偵探的

» The **detective** hides himself behind the wall.
偵探藏身在那道牆之後。

de·ter·mi·na·tion [dɪˌtɝməˋneʃən]

名 決心

» Are you a man of **determination**?
你是個有決心的人嗎？

de·vice [dɪˋvaɪs]

名 裝置、設計

» The electrical **device** is purchased to track down criminals.
這臺電子裝置是買來追蹤罪犯的。

de·vise [dɪˋvaɪz]

動 設計、想出

» The robot is **devised** to answer the travelers' questions.
這臺機器人是設計來回答旅客的問題。

de·vote [dɪˋvot]

動 貢獻、奉獻

» Albert Schweitzer **devotes** himself to the medical work in Africa.
阿爾伯特‧史懷哲奉獻自己給非洲的醫療工作。

dew [dju]

名 露水、露

» The **dew** makes my helmet wet.
露水讓我的安全帽都濕了。

di·a·gram [ˋdaɪəˌɡræm]

名 圖表、圖樣
動 圖解
同 design 圖樣

» The **diagram** shows the unemployment rate over the past years.
圖表顯示出過去幾年的失業率。

dif·fer [ˋdɪfɚ]

動 不同、相異

» The two sisters **differ** not only in appearance but also in personality.
這兩姊妹非但外表不同，個性也不一樣。

di·gest [daɪˋdʒɛst]/[ˋdaɪdʒɛst]

動 瞭解、消化
名 摘要、分類

» This kind of peanut candy is hard to **digest**.
這種花生糖難以消化。

dig·i·tal [ˋdɪdʒɪtl̩]

形 數字的、數位的

» **Digital** devices will gradually take over our life.
數位裝置將逐漸掌控我們的生活。

dig·ni·ty [ˋdɪɡnətɪ]

名 威嚴、尊嚴

» The old man in Hemingway's Old Man and the Sea demonstrates human **dignity**.
海明威小說《老人與海》展現了人的尊嚴。

di·li·gence [ˋdɪlədʒəns]

名 勤勉、勤奮

» Nina is a college student of **diligence**.
妮娜是個勤勉的大學生。

dil·i·gent [ˋdɪlədʒənt]

形 勤勉的、勤奮的

» The **diligent** boy finally won the champion.
那勤奮的男孩最終得到了冠軍。

di·plo·ma [dɪˋplomə]

名 文憑、畢業證書

» The **diploma** of master is earned with great efforts for Annie.
安妮用最大的努力取得碩士文憑。

dip·lo·mat [ˈdɪpləmæt]

名 外交官

» The **diplomat** likes to make friends from different countries.
外交官喜歡結交來自不同國家的朋友。

dis·a·bil·i·ty [ˌdɪsəˈbɪlətɪ]

名 無能、無力、殘疾

» Dr. Hawking continued with his researches despite his physical **disabilities**.
霍金博士儘管身體殘障，還是繼續從事研究。

dis·ad·van·tage [ˌdɪsədˈvæntɪdʒ]

名 缺點、不利
反 advantage 優點

» The **disadvantage** of taking a ship to Penghu is the sea sickness.
坐船到澎湖的缺點就是會暈船。

dis·ap·point [ˌdɪsəˈpɔɪnt]

動 使失望

» His achievement never **disappoints** his parents.
他的成就從不會讓他父母失望。

dis·ap·point·ment [ˌdɪsəˈpɔɪntmənt]

名 令人失望的舉止

» I saw **disappointment** in her eyes.
我從她的眼中看到失望。

dis·as·ter [dɪzˈæstə]

名 天災、災害

» Natural **disasters** can't be avoided.
自然災害無法避免。

dis·ci·pline [ˈdɪsəplɪn]

名 紀律、訓練
動 懲戒
片 school discipline 校規

» The football team lacks **discipline**.
這個橄欖球隊缺乏紀律。

dis·cour·age [dɪsˈkɝɪdʒ]

動 使沮喪、阻止、妨礙

» Ryan is **discouraged** because he didn't win the first prize this time.
因為萊恩這次沒有得到第一名，他感到心灰意冷。

dis·cour·age·ment [dɪsˈkɝɪdʒmənt]

名 失望、氣餒

» **Discouragement** signifies admitting one's weakness.
失望代表承認某人的弱點。

dis·guise [dɪsˈgaɪz]

名 掩飾
動 喬裝、假扮

» In this stage play, some women **disguised** themselves as black cats.
在這個舞臺劇裡，有些女人把自己喬裝為黑貓。

dis·gust [dɪsˈgʌst]

名 厭惡
動 使厭惡

» Mrs. Wu was **disgusted** by her husband's nose-picking habit.
吳太太對老公挖鼻孔的習慣感到厭惡。

dis·miss [dɪsˈmɪs]

動 摒除、解散

» Jimmy **dismissed** the band.
吉米解散了樂團。

dis·or·der [dɪsˈɔrdə]

名 無秩序
動 使混亂

» The room was obviously in a state of **disorder**.
這個房間顯然是在一片混亂的狀態。

☑ **dis·pute** [dɪˈspjut]

名 爭論
動 爭論

» Concerning the car accident, the legal **_dispute_** has to be solved.
關於車禍，法律糾紛必須要解決。

☑ **dis·tinct** [dɪˈstɪŋkt]

形 個別的、獨特的

» The Russian doll has its own **_distinct_** characteristics.
這個俄國的娃娃有其獨特的特色。

☑ **dis·tin·guish** [dɪˈstɪŋgwɪʃ]

動 辨別、分辨

» It is important to teach children to **_distinguish_** good and bad behaviors.
教導小孩分辨好行為和壞行為是重要的。

☑ **dis·tin·guished** [dɪˈstɪŋgwɪʃt]

形 卓越的

» Professor Liang has **_distinguished_** academic performance in animal studies.
梁教授在動物研究上有卓越的學術表現。

☑ **dis·trib·ute** [dɪˈstrɪbjut]

動 分配、分發

» **_Distribute_** these sweets to your friends.
把這些甜食分給你的朋友。

☑ **dis·tri·bu·tion** [ˌdɪstrəˈbjuʃən]

名 分配、配給

» Paul is busy on the **_distribution_** of watermelons to different areas.
保羅忙著把西瓜分發到不同的地區。

☑ **dis·trict** [ˈdɪstrɪkt]

名 區域
同 region 區域

» In the 19th century London **_district_**, Jack the Ripper committed serial murders.
在十九世紀的倫敦區，開膛手傑克連續殺人。

☑ **dis·turb** [dɪˈstɝb]

動 使騷動、使不安
同 annoy 惹惱、打擾

» The pop quiz **_disturbs_** us.
隨堂測驗讓我們不安。

☑ **di·verse** [dəˈvɝs]

形 互異的、不同的
同 different 不同的

» The **_diverse_** backgrounds of students in this class make it a miniature society.
班上學生不同的背景使它成為一個社會的縮影。

☑ **di·ver·si·fy** [daɪˈvɝsəˌfaɪ]

動 使……多樣化

» The teacher tried to **_diversify_** in class activities to motivate students to learn.
老師試圖讓教學活動多樣化來激勵學生學習。

☑ **di·vine** [dəˈvaɪn]

形 神的、神聖的

» The mountain shaped like a Chinese goddess offers **_divine_** impression.
這座形狀像中國女神的山給人神聖的印象。

☑ **di·vorce** [dəˈvors]

名 離婚、解除婚約

動 使離婚、離婚

» You need to take some time to consider the consequence of **divorce**.
離婚的後果。

☑ **dodge** [dɑdʒ]

動 閃開、躲開

同 avoid 躲開

» I don't like to play **dodge** ball.
我不喜歡玩躲避球。

☑ **dom·i·nant** [ˈdɑmənənt]

形 支配的

» It is hard not to be **dominant** by emotions.
很難不被情緒所支配。

☑ **dom·i·nate** [ˈdɑməˌnet]

動 支配、統治

» The Leos like to be leaders **dominating** the decision-making process.
獅子座的人喜歡成為支配做決策過程的領導者。

☑ **draft** [dræft]

名 草稿

動 撰寫、草擬

同 sketch 草稿、草擬

» The **draft** of the first chapter should be revised.
第一章的草稿應該要修改。

☑ **dread** [drɛd]

名 非常害怕

動 敬畏、恐怖

同 fear 恐怖

» My girlfriend is **dreading** to see my parents.
我的女朋友害怕見我的父母。

☑ **drift** [drɪft]

名 漂流物

動 漂移

» The **drifting** garbage on the river disgusts everyone.
河上漂流的垃圾讓每個人都覺得噁心。

☑ **drill** [drɪl]

名 鑽、錐、操練

動 鑽孔

» The **drill** of the dentist terrified me.
牙醫的鑽頭嚇壞我了。

☑ **drowsy** [ˈdraʊzɪ]

形 沉寂的、懶洋洋的、睏的

同 sleepy 睏的

» I feel **drowsy** today.
我今天覺得懶洋洋的。

☑ **du·ra·ble** [ˈdjʊrəbl]

形 耐穿的、耐磨的

» This pair of leather shoes is **durable**.
這雙皮鞋很耐穿。

☑ **dust·y** [ˈdʌstɪ]

形 覆著灰塵的

» The white piano in the basement is **dusty**.
地下室的白色鋼琴覆著灰塵。

☑ **dye** [daɪ]

名 染料

動 染、著色

» **Dying** hair is not good for our body.
染頭髮對我們的身體不好。

☑ **dy·nam·ic** [daɪˈnæmɪk]

形 動能的、動力的

同 energetic 有力的

» Ted becomes **dynamic** when talking about football.
當談及橄欖球，泰德充滿了動力。

☑ **dyn·as·ty** [ˋdaɪnəstɪ]

名 王朝、朝代

» The soap drama often sets the story in Qing **dynasty**.
連續劇經常把故事安排在清朝。

Ee

☑ **ear·nest** [ˋɝnɪst]

名 認真
形 認真的

» What's wrong with a person being so **earnest**?
一個如此認真的人有什麼不對勁？

☑ **ear·phone** [ˋɪrˌfon]

名 耳機

» The **earphone** is hung around her ears.
耳機就垂掛在她耳邊。

☑ **ec·o·nom·ic** [ˌikəˋnɑmɪk]

形 經濟上的

» **Economic** burden almost drives him crazy.
經濟上的壓力幾乎把他逼瘋。

☑ **ec·o·nom·i·cal** [ˌikəˋnɑmɪkl]

形 節儉的

» Grandma is so **economical**.
奶奶好節儉。

☑ **ec·o·nom·ics** [ˌikəˋnɑmɪks]

名 經濟學

» In the business college, **economics** is a must read.
在經濟學院，經濟學是必讀。

☑ **e·con·o·mist** [ɪˋkɑnəmɪst]

名 經濟學家

» An **economist** predicted the dollar would rise in value soon.
經濟學家預測美元很快就會漲。

☑ **e·con·o·my** [ɪˋkɑnəmɪ]

名 經濟

» The city mayor invited experts of **economy** to have an afternoon tea.
市長邀請經濟專家喝下午茶。

☑ **ef·fi·cien·cy** [əˋfɪʃənsɪ]

名 效率

» Emily got promoted because of her working **efficiency**.
艾蜜莉因為工作效率而升遷。

☑ **e·las·tic** [ɪˋlæstɪk]

名 橡皮筋
形 有彈性的

» Use an **elastic** rope to tie the gift box.
用一條有彈性的繩子把禮物盒綁好。

☑ **e·lec·tron·ics** [ɪˌlɛkˋtranɪks]

名 電機工程學

» Stanley studied **electronics** hard.
史丹利認真的唸電機工程學。

☑ **el·e·gant** [ˋɛləgənt]

形 優雅的

» The lady dressing in blue dress looks **elegant**.
穿著藍色洋裝的女士看起來很優雅。

☑ **el·e·men·ta·ry** [ˌɛləˋmɛntərɪ]

形 基本的、初級的

» **Elementary** school kids are having fun on the playground.
小學生在操場玩得很開心。

e·lim·i·nate [ɪˈlɪməˌnet]

動 消除

» You can **eliminate** a mark by using the carpet cleaner.
藉由使用地毯清潔劑，你可以消除標記。

else·where [ˈɛlsˌ(h)wɛr]

副 在別處

» Let's look **elsewhere** for a nice T-shirt.
讓我們到別的地方看看有沒有好穿的 T 恤。

em·bar·rass [ɪmˈbærəs]

動 使困窘

» What Monica just said **embarrassed** us.
莫妮卡剛剛說的讓我們感到很不好意思。

em·bar·rass·ment [ɪmˈbærəsmənt]

名 困窘

» The error of the report caused certain **embarrassment**.
報告的錯誤造成了某些困窘。

em·bas·sy [ˈɛmbəsɪ]

名 大使館

» The **embassy** is behind the park.
大使館在公園後面。

e·merge [ɪˈmɝdʒ]

動 浮現

» The mermaid **emerges** from behind the rock.
美人魚從岩石後面浮現。

em·pha·sis [ˈɛmfəsɪs]

名 重點、強調

» The **emphasis** of the ad seems to be on the body shape of women.
廣告的重點似乎在女人的身形。

em·pire [ˈɛmpaɪr]

名 帝國

» The British **Empire** colonized many countries.
大英帝國將很多國家設為殖民地。

en·close [ɪnˈkloz]

動 包圍

» The house was **enclosed** by a bamboo forest.
這間房子被竹林所包圍。

en·coun·ter [ɪnˈkaʊntə]

名 遭遇
動 遭遇

» The mysterious **encounter** of the black cats is unforgettable.
遇到黑貓的神祕遭遇是無法忘懷的。

en·dan·ger [ɪnˈdendʒə]

動 使陷入危險

» The polar bears are **endangered**.
北極熊陷入危險了。

en·dure [ɪnˈdjʊr]

動 忍受

» **Endure** the pain for a while.
忍一下痛。

en·force [ɪnˈfors]

動 實施、強迫

» The policeman **enforced** the law.
警察強迫實施法律。

en·force·ment [ɪnˈforsmənt]

名 施行

» The **enforcement** of law is strict in Singapore.
新加坡的法律施行很嚴格。

en·gi·neer·ing [ˌɛndʒəˈnɪrɪŋ]

名 工程學

» **Engineering** is about how to build bridges or buildings.
工程學是關於如何建橋樑或建築物。

en·large [ɪnˈlɑrdʒ]

動 擴大

» **Enlarge** the picture so as to see more details.
把圖片擴大才能看到更多細節。

☑ **en·large·ment** [ɪnˋlɑrdʒmənt]

名 擴張

» The ***enlargement*** of the Edward's family was announced just now.
愛德華家族擴大的訊息剛才宣布了。

☑ **e·nor·mous** [ɪˋnɔrməs]

形 巨大的
同 vast 巨大的

» "The ***Enormous*** Turnip" is a quite popular story.
「拔蘿蔔」是個很受歡迎的故事。

☑ **en·sure** [ɪnˋʃʊr]

動 確保、保固、保證

» My uncle adopted any method to ***ensure*** his future success.
我伯父為了確保未來的成功，而不擇手段。

☑ **en·ter·tain** [ˌɛntəˋten]

動 招待、娛樂

» The magician ***entertains*** his audience with amazing magic tricks.
魔術師用令人吃驚的魔術招式娛樂他的觀眾。

☑ **en·ter·tain·ment** [ˌɛntəˋtenmənt]

名 款待、娛樂

» The ***entertainment*** brought by Youtube films doesn't cost much.
Youtube 影片所帶來的娛樂並不太花錢。

☑ **en·thu·si·asm** [ɪnˋθjuzɪˌæzəm]

名 熱衷、熱情
同 zeal 熱心

» Ava's ***enthusiasm*** for stage performance was impressive.
艾娃對舞臺表演的熱情是令人印象深刻的。

☑ **e·qual·i·ty** [ɪˋkwɑlətɪ]

名 平等

» The real ***equality*** between men and women has not achieved.
男人和女人之間的平等還未達成。

☑ **e·quip** [ɪˋkwɪp]

動 裝備

» ***Equip*** yourself with a good camera since you'll need it.
為自己準備一台好的照相機因為你會需要它。

☑ **e·quip·ment** [ɪˋkwɪpmənt]

名 裝備、設備

» This new medical ***equipment*** was donated by an unknown gentleman.
這個新的醫療設備是一位不具名的先生所捐獻的。

☑ **e·ra** [ˋɪrə]

名 時代

» The information ***era*** brought modern people a lot of anxiety.
資訊的時代，帶給現代人很多的焦慮感。

☑ **es·sen·tial** [ɪˋsɛnʃəl]

名 基本要素
形 本質的、必要的、基本的
同 basic 基本的

» Your trust is ***essential*** to me.
你對我的信任是不可或缺的。

☑ **es·tab·lish** [əˋstæblɪʃ]

動 建立
同 found 建立

» The national library of Poland was ***established*** in the 18th century.
波蘭的國家圖書館是在十八世紀建成的。

es·tab·lish·ment [ə`stæblɪʃmənt]

名 組織、建立

» Some government officials maintain good relationship with the military **establishment**.
有些政府官員跟軍方保持著良好的關係。

es·ti·mate [`ɛstəmət]/[`ɛstəˌmet]

名 評估
動 評估

» The **estimate** of the air pollution in this report is accurate.
這份報告中空氣污染的評估是準確的。

eth·nic [`ɛθnɪk]

名 少數民族的成員
形 人種的、民族的

» There are more than ten major **ethnic** groups on the island.
這個島上有超過十個主要的民族族群。

e·val·u·ate [ɪ`væljʊˌet]

動 估計、評價

» The art treasure has been **evaluated** by an expert.
這份藝術珍品已經經過專家的估價了。

e·val·u·a·tion [ɪˌvæljʊ`eʃən]

名 評價

» The **evaluation** of our working performance will be carried out by Charles.
我們工作表現的評估會由查爾斯執行。

e·ven·tu·al [ɪ`vɛntʃʊəl]

形 最後的
同 final 最後的

» The **eventual** decision is made.
最後的決定出來了。

ev·i·dence [`ɛvədəns]

名 證據
動 證明

» The **evidence** proves that Mark is guilty.
這份證據證明馬克是有罪的。

ev·i·dent [`ɛvədənt]

形 明顯的

» It is **evident** that Miss Lin is not happy.
很明顯的，林老師不太開心。

ex·ag·ger·ate [ɪg`zædʒəˌret]

動 誇大

» Mandy tends to **exaggerate** what happened.
曼蒂傾向誇大所發生的事。

ex·cep·tion [ɪk`sɛpʃən]

名 反對、例外

» There is an **exception** to his preferences.
他的喜好中只有一個例外。

ex·haust [ɪg`zɔst]

名 排氣管
動 耗盡

» Black smoke was emitted from the **exhaust** pipe.
黑煙從排氣管中排出。

ex·hib·it [ɪg`zɪbɪt]

名 展示品、展覽
動 展示

» The **exhibit** of the vase was broken.
花瓶的展示品破了。

ex·pand [ɪk`spænd]

動 擴大、延長

» **Expanding** the territory was the emperor's dream.
擴大領土是皇帝的夢想。

ex·pan·sion [ɪk`spænʃən]

名 擴張

» The software company made more profits by means of trade **expansion**.
這家軟體公司藉由貿易擴張賺取更多的利潤。

☑ **ex·per·i·men·tal** [ɪkˌspɛrəˈmɛntl̩]

形 實驗性的

» This kind of *experimental* theater lacks audience.
這樣的實驗劇場缺少觀眾。

☑ **ex·pla·na·tion** [ˌɛkspləˈneʃən]

名 說明、解釋

» Give me a reasonable *explanation*.
給我一個合理的解釋。

☑ **ex·plo·sion** [ɪkˈsploʒən]

名 爆炸

» The *explosion* art show is held beside the river this year.
爆炸藝術秀今年在河邊舉行。

☑ **ex·plo·sive** [ɪkˈsplosɪv]

名 炸藥
形 爆炸的、（性情）暴躁的

» *Explosives* are used to destroy the building.
炸藥是用以摧毀這棟大樓的。

☑ **ex·pose** [ɪkˈspoz]

動 暴露、揭發

» The secret was *exposed*.
祕密被揭發了。

☑ **ex·po·sure** [ɪkˈspoʒɚ]

名 顯露

» Too much *exposure* to the sun is harmful.
過度暴露在陽光下是有害的。

☑ **ex·tend** [ɪkˈstɛnd]

動 延長、擴大
片 extend the visa 延長簽證的日期

» The old man planned to *extend* the collection of shells.
老人計畫擴大貝殼的收集範圍。

☑ **ex·tent** [ɪkˈstɛnt]

名 範圍
片 to some extent 有部分是……

» To what *extent* would you like to discuss about the topic?
你想討論多少關於這個主題的範圍？

Ff

☑ **fa·cial** [ˈfeʃəl]

形 面部的、表面的

» The *facial* expression of the monster is scary.
這個妖怪的面部表情是猙獰的。

☑ **fa·cil·i·ty** [fəˈsɪlətɪ]

名 容易、靈巧

» James has *facility* in communication.
詹姆士是個擅於溝通的人。

☑ **faith·ful** [ˈfeθfəl]

形 忠實的、耿直的、可靠的
同 loyal 忠實的

» John is a *faithful* servant.
約翰是個老實的僕人。

☑ **fame** [fem]

名 名聲、聲譽

» The *fame* of the stage actress has spreaded overseas.
這個舞臺劇女演員已名揚海外。

☑ **fan·tas·tic** [fænˈtæstɪk]

形 想像中的、奇異古怪的

» J. K. Rowling is good at creating *fantastic* beasts.
J. K. 羅琳擅於創造奇獸。

☑ **fan·ta·sy** [ˈfæntəsɪ]

名 空想、異想

» Dreaming without real action turned out to be a *fantasy*.
做夢卻無實際行動，最後只淪為空想。

☑ **fare·well** [fɛrˈwɛl]

名 告別、歡送會

» We should attend the *farewell* party of Mr. Smith today.
我們今天應該要參加史密斯先生的告別歡送會。

☑ **fas·ten** [ˈfæsn̩]

動 緊固、繫緊

» Please *fasten* the seat belt.
請繫上安全帶。

☑ **fa·tal** [ˈfetl̩]

形 致命的、決定性的
同 mortal 致命的

» The Death Cap mushroom is *fatal*.
毒鵝膏是致命的。

☑ **fa·vor·a·ble** [ˈfevərəbl̩]

形 有利的、討人喜歡的

» The wind direction is *favorable* for us.
風向對我們來講是有利的。

☑ **fax** [fæks]

名 傳真

» We don't have any *fax* in the office.
我們辦公室沒有傳真。

☑ **feast** [fist]

名 宴會、節日
動 宴請、使高興

» The *feast* contains a variety of night market food.
這個宴會包含很多的夜市食物。

☑ **feed·back** [ˈfidˌbæk]

名 回饋
同 response 反應

» The speaker is expecting some *feedback* from the audience.
講者正期待得到一些觀眾的回應。

☑ **fer·ry** [ˈfɛrɪ]

名 渡口、渡船
動 運輸

» We took the car *ferry* in Kaohsiung.
我們在高雄搭汽車渡輪。

☑ **fer·tile** [ˈfɜtl̩]

形 肥沃的、豐富的

» The land is *fertile*.
這塊地是肥沃的。

☑ **fetch** [fɛtʃ]

動 取得、接來

» *Fetch* a piece of paper for me.
幫我拿一張紙來。

☑ **fic·tion** [ˈfɪkʃən]

名 小説、虛構
片 science fiction novel 科幻小説

» *Fiction* offers entertainment for readers.
小説為讀者提供了娛樂。

☑ **fierce** [fɪrs]

形 猛烈的、粗暴的、兇猛的
同 violent 猛烈的

» The dogs near the army camp are *fierce*.
軍營附近的狗是兇猛的。

☑ **fi·nance** [ˈfaɪnæns]

名 財務
動 融資

» What is your principle of personal *finance*?
你個人理財的原則是什麼？

☑ **fi·nan·cial** [faɪˈnænʃəl]

形 金融的、財政的

» The company was facing a serious *financial* problem.
這家公司正面臨一個非常嚴重的財政問題。

☑ **fire·place** [ˈfaɪrˌples]

名 壁爐、火爐

» Grandma enjoyed reading novels in front of the ***fireplace***.
奶奶喜歡在壁爐前閱讀小說。

☑ **flat·ter** [ˈflætɚ]

動 諂媚、奉承

» I'm ***flattered***.
我感到受寵若驚。

☑ **flea** [fli]

名 跳蚤

» There are ***fleas*** on the stray dogs.
流浪狗身上有很多跳蚤。

☑ **flee** [fli]

動 逃走、逃避

» Some organizations help the political criminals ***flee*** from their countries.
有些組織幫助政治犯逃離他們的國家。

☑ **flex·i·ble** [ˈflɛksəbl̩]

形 有彈性的、易曲的

» You should remain ***flexible*** in order to handle the crisis this time.
你應該要保持彈性，才能應付這次的危機。

☑ **flu·ent** [ˈfluənt]

形 流暢的、流利的

» Tiffany is a ***fluent*** English speaker.
蒂芬妮說英語很流利。

☑ **flush** [flʌʃ]

名 紅光、繁茂
動 水淹、使興奮、用水沖洗

» Remember to ***flush*** the toilet.
記得要沖廁所。

☑ **foam** [fom]

名 泡沫
動 起泡沫

» The ***foam*** on the cup of coffee looks like a leaf.
這杯咖啡的泡沫看起來就像一片葉子。

☑ **for·bid** [fɚˈbɪd]

動 禁止、禁止入內

» The website is ***forbidden*** of being accessed.
這個網站禁止進入。

☑ **fore·cast** [ˈfɔrkæst]

動 預測、預報

» The weather ***forecast*** is not accurate.
天氣預報不太準。

☑ **for·ma·tion** [fɔrˈmeʃən]

名 形成、成立

» The ***formation*** of good friendship takes time.
良好友誼的形成需要時間。

☑ **for·mu·la** [ˈfɔrmjələ]

名 公式、法則

» This math ***formula*** was created to solve an engineering problem.
這個數學公式是發明來解決工程問題的。

☑ **fort** [fort]

名 堡壘、炮臺

» The ***fort*** in the building has historical value.
建築物裡的炮臺有歷史價值。

☑ **for·tu·nate** [ˈfɔrtʃənɪt]

形 幸運的、僥倖的
同 lucky 幸運的

» The ***fortunate*** cookie contains a piece of note.
幸運餅裡包含一張紙條。

☑ **fos·sil** [ˈfɑsl̩]

名 化石、舊事物

形 陳腐的

» The dinosaur ***fossils*** are found.
化石恐龍化石了。

☑ **foun·da·tion** [faʊnˈdeʃən]

名 基礎、根基

同 base 基礎

片 solid foundation 穩固的基礎

» Will you tell me how you laid the ***foundation*** for your success?
你能告訴我，你是如何為你的成功打下基礎的嗎？

☑ **found·er** [ˈfaʊndɚ]

名 創立者、捐出基金者

» The ***founder*** of the fund was David Sharp.
這個基金會的創立者是大衛‧夏普。

☑ **frag·ile** [ˈfrædʒəl]

形 脆的、易碎的

» When you send ***fragile*** items, remember to place a warning sticker on the package.
寄送易碎物品時，記得在包裝上面貼警告標籤。

☑ **frame** [frem]

名 骨架、體制

動 構築、框架

» The ***frame*** of the blue whale is huge.
這條藍鯨的骨架很巨大。

☑ **fre·quen·cy** [ˈfrikwənsɪ]

名 時常發生、頻率

» Do you know the ***frequency*** of car accidents on this freeway?
你知道這條高速公路上的車禍頻率嗎？

☑ **fresh·man** [ˈfrɛʃmən]

名 新生、大一生

» Diane took a part-time job when she was a ***freshman***.
黛安娜大一時打了一份工。

☑ **frost** [frɔst]

名 霜、冷淡

動 結霜

» I was asked to remove the ***frost*** on the road.
我被要求要移除馬路上的結霜。

☑ **frown** [fraʊn]

名 不悅之色

動 皺眉、表示不滿

» His ***frown*** means dissatisfactions with what you said.
他的皺眉，意謂著他對你所說的話不滿。

☑ **frus·trate** [ˈfrʌstret]

動 使受挫、擊敗

同 defeat 擊敗

» I was ***frustrated*** by my grades.
我因為我的成績感到沮喪。

☑ **frus·tra·tion** [frʌsˈtreʃən]

名 挫折、失敗

» ***Frustration*** sometimes means a better opportunity.
挫折有時意謂著一個更好的機會。

☑ **ful·fill** [fʊlˈfɪl]

動 實踐、實現、履行

同 finish 完成

» My dream of being a good guitarist has not ***fulfilled***.
我想要成為好的吉他手的夢想尚未實現。

☑ **ful·fill·ment** [fʊlˈfɪlmənt]

名 實現、符合條件

» The ***fulfillment*** of wishes makes people happy.
願望的實現讓人們快樂。

☑ **func·tion·al** [ˈfʌŋkʃənl̩]

形 作用的、機能的

» Is the system ***functional***?
這個系統有作用嗎？

☑ **fun·da·men·tal** [ˌfʌndəˈmɛntḷ]

名 基礎、原則

形 基礎的、根本的

» The web page includes the ***fundamental*** principles of making good tea.
這個網頁包含泡好茶的基本原則。

☑ **fu·ner·al** [ˈfjunərəl]

名 葬禮、告別式

» Many people pay respect to the dead in the ***funeral***.
在葬禮中很多人對亡者致敬。

☑ **fu·ri·ous** [ˈfjʊrɪəs]

形 狂怒的、狂鬧的

同 angry 發怒的

» The teacher was ***furious*** yesterday as most students were not listening.
老師昨天發怒，因為大部分的學生都沒在聽課。

☑ **fur·nish** [ˈfɝnɪʃ]

動 供給、裝備

» They ***furnished*** the cafe with pink furniture.
他們用粉紅色的家具布置這間咖啡店。

☑ **fur·ther·more** [ˈfɝðəˌmor]

副 再者、而且

» Taking a ship is cheap. ***Furthermore***, we can enjoy the ocean view.
搭船很便宜，而且，我們可以享受海景。

Gg

☑ **gal·ler·y** [ˈgælərɪ]

名 畫廊、美術館

» How about going to the art ***gallery*** this weekend?
這週末去美術館如何？

☑ **gaze** [gez]

名 注視、凝視

動 注視、凝視

» His ***gaze*** on the face of his wife seemed a bit sad.
他凝視著妻子的臉似乎有點悲傷。

☑ **gear** [gɪr]

名 齒輪、裝具

動 開動、使適應

» The ***gear*** is functioning properly.
齒輪運作正常。

☑ **gen·der** [ˈdʒɛndə]

名 性別

同 sex 性別

» Do you know the ***gender*** of Sally's new-born baby?
你知道莎莉所生的新生兒的性別嗎？

☑ **gene** [dʒin]

名 基因、遺傳因子

» ***Genes*** were passed down from generation to generation.
基因世代遺傳。

☑ **gen·er·a·tion** [ˌdʒɛnəˈreʃən]

名 世代

» Protect the Earth for future ***generations***.
為了未來的世代，我們要保護地球。

☑ **gen·er·os·i·ty** [ˌdʒɛnəˈrɑsətɪ]

名 慷慨、寬宏大量

同 charity 寬容

» I appreciated your **generosity**.
我感謝你的寬宏大量。

☑ **gen·ius** [ˈdʒinjəs]

名 天才、英才

» Mozart is a **genius** in the field of music.
莫札特在音樂的領域上是個天才。

☑ **gen·u·ine** [ˈdʒɛnjʊɪn]

形 真正的、非假冒的

同 real 真的

» The leather bag is **genuine**.
這個皮製的袋子是真皮作的。

☑ **germ** [dʒɝm]

名 細菌、微生物、病菌

» There are **germs** on the doorknob.
門把上有細菌。

☑ **gift·ed** [ˈgɪftɪd]

形 有天賦的、有才能的

» My brother is **gifted** in designing game script.
我弟在遊戲腳本的設計上很有天賦。

☑ **gi·gan·tic** [dʒaɪˈgæntɪk]

形 巨人般的

» The **gigantic** peach is suitable to turn into a carriage.
巨大的桃子很適合轉變成馬車。

☑ **gig·gle** [ˈgɪgl̩]

名 咯咯笑

動 咯咯地笑

» Those girls are **giggling**.
那些女孩在咯咯笑。

☑ **gin·ger** [ˈdʒɪndʒɚ]

名 薑

動 使有活力

» Drink some **ginger** tea and warm your body.
喝一些薑茶，讓你的身體暖和起來。

☑ **glimpse** [glɪmps]

名 瞥見、一瞥

動 瞥見、隱約看見

同 glance 瞥見

» Take a **glimpse** of the picture.
看一眼這張照片。

☑ **globe** [glob]

名 地球、球

» Traveling around the **globe** is fun.
環遊世界是有趣的。

☑ **glo·ri·ous** [ˈglorɪəs]

形 著名的、榮耀的

片 a glorious victory 光榮的勝利

» The **glorious** building is open for visitors.
這個著名的建築物開放參觀。

☑ **goods** [gʊdz]

名 商品、貨物

» The batch of **goods** has been shipped to America.
那一批的貨物已經船運到美國。

☑ **gown** [gaʊn]

名 長袍、長上衣

» He wanted to be a pope because he thought the **gown** is beautiful.
他曾經想要當主教，因為他覺得主教的衣服很漂亮。

☑ **grace** [gres]

名 優美、優雅

» The **grace** of the princess cannot be copied.
公主的優雅是不可能複製的。

☑ **grace·ful** [ˈgresfəl]

形 優雅的、雅致的

» Judy imagined herself as a **graceful** lady.
茱蒂想像自己是個優雅的女士。

☑ **gra·cious** [`grefəs]

形 親切的、溫和有禮的

» A **gracious** smile delights the children.
親切的笑容讓孩子開心。

☑ **grad·u·a·tion** [ˌgrædʒʊˈefən]

名 畢業

» What would you do after **graduation** from school?
畢業後你想做什麼？

☑ **gram·mar** [`græmə]

名 文法

» The **grammar** is so difficult that many students have trouble understanding.
文法如此的困難，所以很多學生有理解上的困擾。

☑ **gram·mat·i·cal** [grəˈmætɪkl]

形 文法上的

» You'd better remember these **grammatical** rules.
你最好記住這些文法規則。

☑ **graph** [græf]

名 曲線圖、圖表
動 圖解

» The **graph** shows the population structure of the country.
此圖片顯示這個國家的人口結構。

☑ **grate·ful** [`gretfəl]

形 感激的、感謝的

» We feel **grateful** of your help.
我們感激你的幫忙。

☑ **grat·i·tude** [`grætəˌtjud]

名 感激、感謝

» Is it hard for you to show **gratitude**?
對你來說，表達感激是有困難的嗎？

☑ **grave** [grev]

形 嚴重的、重大的
名 墓穴、墳墓
片 a grave digger 挖墓者

» Stealing money is a **grave** matter.
偷錢是件嚴重的事。

☑ **greas·y** [`grizɪ]

形 塗有油脂的、油膩的

» These spoons are **greasy**.
這些湯匙是很油膩。

☑ **greet·ing(s)** [`gritɪŋ(z)]

名 問候、問候語

» Write a **greeting** card to your friend sometimes.
有時候給你的朋友寫一張問候卡吧。

☑ **grief** [grif]

名 悲傷、感傷

» Mitch's **grief** at his mother's death is terrible.
喪母之痛使米奇肝腸寸斷。

☑ **grind** [graɪnd]

動 研磨、碾
片 grind sb. down 長期欺壓某人

» **Grind** some coffee beans.
研磨一些咖啡豆吧。

☑ **guar·an·tee** [ˌgærənˈti]

名 擔保品、保證人
動 擔保、作保
同 promise 保證

» How can you ever consider being a **guarantee** for Garry?
你怎麼會考慮成為蓋瑞的保證人？

☑ **guard·i·an** [`gɑrdɪən]

名 保護者、守護者

» He has been my **guardian** angel.
他一直是我的守護者。

☑ **guilt** [gɪlt]

名 罪、內疚

» She has certain feeling of **guilt**.
她有某種罪惡感。

☑ **guilt·y** [gɪltɪ]

形 有罪的、內疚的

» If he is **guilty**, you should be as well.
如果他有罪，你也應該有罪。

☑ **gulf** [gʌlf]

名 灣、海灣

» You can see sunset near the **gulf**.
你可以在海灣附近看見日落。

Hh

☑ **ha·bit·u·al** [həˈbɪtʃʊəl]

形 習慣性的

» It is hard to change the **habitual** behavior.
改變習慣性的行為很難。

☑ **halt** [hɔlt]

名 休止
動 停止、使停止

» The policeman cried, "**Halt**!"
警方大叫，「站住！」。

☑ **hand·writ·ing** [ˈhændˌraɪtɪŋ]

名 手寫

» His **handwriting** is messy.
他的手寫字好潦草。

☑ **hard·ship** [ˈhɑrdʃɪp]

名 艱難、辛苦

» These **hardships** would disappear gradually.
這些辛苦逐漸消失。

☑ **hard·ware** [ˈhɑrdˌwɛr]

名 五金用品

» Both nails and hammers belong to **hardware**.
這些釘子和鎚子屬於五金用品。

☑ **har·mo·ny** [ˈhɑrmənɪ]

名 一致、和諧
同 accord 一致

» **Harmony** is a state of no conflict.
和諧是一種沒有衝突的狀態。

☑ **harsh** [hɑrʃ]

形 粗魯的、令人不快的

» **Harsh** criticism offends people.
粗魯的評論得罪人。

☑ **haste** [hest]

名 急忙、急速

» Mike made **haste** to catch the bus.
麥克急著要趕巴士。

☑ **has·ten** [ˈhesn̩]

動 趕忙

» My boss **hastened** to leave the party.
我的老闆趕忙離開派對。

☑ **ha·tred** [ˈhetrɪd]

名 怨恨、憎惡

» The murder case was caused by racial **hatred**.
這起謀殺案由種族仇恨所造成。

☑ **hawk** [hɔk]

名 鷹

» The **hawk** is hovering.
老鷹正在盤旋。

☑ **hel·i·cop·ter** [ˈhɛlɪˌkɑptə]

名 直升機

» The child is excited about the chance of riding in the **helicopter**.
小孩對於能有乘坐直升機的機會感到興奮。

☑ **herd** [hɝd]

名 獸群、成群
動 放牧、使成群

» The **herd** is rushing towards the river.
獸群往河邊衝。

☑ hes·i·ta·tion [ˌhɛzəˈteʃən]

名 遲疑、躊躇
反 determination 決心
» My younger brother went to rescue the boy without **hesitation**.
我弟弟立刻趕去援救那個小男孩。

☑ hive [haɪv]

名 蜂巢、鬧區
» I am moving away the **hive**.
我搬離鬧區。

☑ home·land [ˈhomˌlænd]

名 祖國、本國
» The poet's **homeland** serves as the poet's inspiration.
這個詩人的祖國是詩人靈感的來源。

☑ hon·ey·moon [ˈhʌnɪˌmun]

名 蜜月
動 度蜜月
» Edward and Bella had an unforgettable **honeymoon**.
愛德華和貝拉有難忘的蜜月。

☑ hook [hʊk]

名 鉤、鉤子
動 鉤、用鉤子鉤住
» The fish rod has a **hook**.
釣魚竿有鉤子。

☑ ho·ri·zon [həˈraɪzn̩]

名 地平線、水平線
» The ship has disappeared from the **horizon**.
那艘船從地平線消失。

☑ hor·ri·fy [ˈhɔrəˌfaɪ]

動 使害怕、使恐怖
» The mud slide **horrified** many villagers.
土石流讓很多的村民感到害怕。

☑ hose [hoz]

名 水管
動 用水管澆洗
» You can use the **hose** to water the garden.
你可以用這條水管幫花園澆水。

☑ house·hold [ˈhaʊsˌhold]

形 家庭
片 household furniture 家具
» There is a **household** god in the Korean movie Along With the Gods.
在韓國電影《與神同行》裡有位家神。

☑ house·work [ˈhaʊsˌwɝk]

名 家事
» I have to do all the **housework** while my parents go traveling.
當我的父母去旅行時，我必須要做所有的家事。

☑ hu·man·i·ty [hjuˈmænətɪ]

名 人類、人道
» **Humanity** is born to be different.
人天生就是不一樣。

☑ hu·mid·i·ty [hjuˈmɪdətɪ]

名 濕氣 濕度
» The **humidity** is high, which can lead to allergies.
濕氣很重容易過敏。

☑ hur·ri·cane [ˈhɝɪˌken]

名 颶風
» The **hurricane** caused some destruction of the city.
颶風造成了這座城市的一些毀壞。

☑ **hush** [hʌʃ]

動 使靜寂

名 靜寂

同 silence 寂靜

» **Hush**, someone is coming this way.
安靜，有人往這邊來了。

☑ **hy·dro·gen** [ˈhaɪdrədʒən]

名 氫、氫氣

» When **hydrogen** combines with oxygen, water will be formed.
當氫氣和氧氣結合時，水就會生成了。

Ii

☑ **i·den·ti·cal** [aɪˈdɛntɪkl̩]

形 相同的

同 same 相同的

» Emma's younger sister looks almost **identical** to her.
愛瑪的妹妹看起來跟她好像。

☑ **i·den·ti·fi·ca·tion/ID**
[aɪˌdɛntəfəˈkeʃən]/[ˈaɪˌdi]

名 身分證

» Show me your **identification** card.
身分證拿給我看。

☑ **i·den·ti·fy** [aɪˈdɛntəˌfaɪ]

動 認出、鑑定

» The witness tried to **identify** the person who caused the accident.
目擊證人試著認出造成這場意外的人。

☑ **id·i·om** [ˈɪdɪəm]

名 成語、慣用語

» "No pain, no gain" is one of the most common English **idioms**.
「不勞無獲」是最常用的英語成語之一。

☑ **id·le** [ˈaɪdl̩]

形 閒置的

動 閒混

» The old farm equipment is **idle**.
老舊的農具閒置在那裡。

☑ **i·dol** [ˈaɪdl̩]

名 偶像

片 a pop idol 流行音樂偶像

» Leonardo DiCaprio is my sister's **idol**.
李奧納多‧狄卡皮歐是我姊的偶像。

☑ **ig·no·rance** [ˈɪgnərəns]

名 無知、不學無術

反 knowledge 學識

» Sometimes **ignorance** is a kind of blessing.
有時候無知就是福。

☑ **ig·no·rant** [ˈɪgnərənt]

形 缺乏教育的、無知的

» How can you be so **ignorant**?
你怎麼能如此的無知？

☑ **il·lus·trate** [ˈɪləstret]

動 舉例說明

» You can consider **illustrating** a complex idea with simple charts.
你可以考慮用簡單的表格，舉例說明一個複雜的想法。

☑ **il·lus·tra·tion** [ˌɪlʌsˈtreʃən]

名 說明、插圖

» The **illustration** expressed what the writer didn't say.
這張插圖表現出作家沒有說出的事。

☑ **i·mag·i·nar·y** [ɪˈmædʒəˌnɛrɪ]

形 想像的、不實在的

» Blue Boy is Alice's **imaginary** friend.
藍色男孩是愛麗絲想像出來的朋友。

☑ **i·mag·i·na·tive** [ɪˈmædʒənetɪv]

形 有想像力的

» Anne Shirley is an **imaginative** girl.
安‧雪莉是個有想像力的女孩。

☑ **im·i·tate** [ˈɪməˌtet]

動 仿效、效法

» Some performers can **imitate** the politician figures well.
有些表演者可以把政治人物模仿的唯妙唯肖。

☑ **im·i·ta·tion** [ˌɪməˈteʃən]

名 模仿、仿造品

» His *imitation* impressed the audience.
他的模仿讓觀眾留下了深刻印象。

☑ **im·mi·grant** [ˈɪməɡrənt]

名 移民者

» These illegal *immigrants* were sent back to their homeland.
這些非法的移民者被遣返回祖國。

☑ **im·mi·grate** [ˈɪməˌgret]

動 遷移、移入

» One of my classmates *immigrated* to Canada with her parents.
我的一個同學跟著她的父母移民到加拿大。

☑ **im·mi·gra·tion** [ˌɪməˈɡreʃən]

名 （從外地）移居入境

» You need to fill out some forms for the *immigration*.
你需要填些移民入境的表格。

☑ **im·pact** [ˈɪmpækt]/[ɪmˈpækt]

名 碰撞、撞擊
動 衝擊、影響

» The *impact* of the event is so strong that Kent didn't want to take MRT.
這件事的衝擊很強，以致於肯特不想搭捷運。

☑ **im·ply** [ɪmˈplaɪ]

動 暗示、含有
同 hint 暗示

» The message *implies* that he likes to be with you.
這則訊息暗示他想跟你在一起。

☑ **im·pose** [ɪmˈpoz]

動 徵收、佔便宜、欺騙

» The first income tax was *imposed* to support the war.
第一筆徵收的所得稅是為了支援戰爭所需。

☑ **im·pres·sion** [ɪmˈprɛʃən]

名 印象

» Colin made a good first *impression* on his girlfriend's parents.
柯林讓女朋友的父母留下好的第一印象。

☑ **in·ci·dent** [ˈɪnsədənt]

名 事件

» The killing *incident* occurred last week.
殺人事件上星期發生。

☑ **in·clud·ing** [ɪnˈkludɪŋ]

介 包含、包括

» The pet animals *including* tigers and crocodiles were raised by Andy.
安迪所飼養的寵物包括老虎和鱷魚。

☑ **incredible** [ɪnˈkrɛdəbl]

形 不能相信的、不可信的、驚人的、極妙的

» This is an *incredible* piece of news.
這是個令人難以相信的消息。

☑ **in·di·ca·tion** [ˌɪndəˈkeʃən]

名 指示、表示

» Vehicles and passengers should follow the *indication* of the traffic lights.
車輛和行人應該要遵守紅綠燈的指示。

☑ **in·fant** [ˈɪnfənt]

名 嬰兒、未成年人

» Most *infants* seem to like to listen to their mothers' voice.
多數嬰兒似乎喜歡聽他們母親的聲音。

in·fec·tion [ɪnˈfɛkʃən]

名 感染、傳染病

» It is hard to stop the **infection** of SARS in a certain period of time.
在某段期間內，要阻止嚴重急性呼吸道症候群的感染是有困難的。

in·fla·tion [ɪnˈfleʃən]

名 膨脹、脹大

片 the inflation rate 通貨膨脹率

» The control of **inflation** is related to the development of economy.
通貨膨脹與經濟的發展有關。

in·flu·en·tial [ˌɪnfluˈɛnʃəl]

形 有影響力的

» This paper is **influential**.
這篇論文是有影響力的。

in·for·ma·tive [ɪnˈfɔrmətɪv]

形 提供情報的

» Rita is very **informative**.
麗塔的情報豐富。

in·gre·di·ent [ɪnˈgridɪənt]

名 成份、原料

» The major **ingredients** in the corn soup include corns, ham, and onions.
這道玉米湯的主要成份包含玉米、火腿和洋蔥。

in·i·tial [ɪˈnɪʃəl]

形 開始的

名 姓名的首字母

» The **initial** letter of the surname Wang is "W".
王這個姓氏的首要字母是 "W"。

in·jure [ˈɪndʒɚ]

動 傷害、使受傷

同 hurt 傷害

» The little girl was badly **injured** in the crash.
小女孩在車禍中受了重傷。

in·no·cence [ˈɪnəsns]

名 清白、天真無邪

» Do you have evidence to prove your **innocence**?
你有證據證明你的清白嗎？

in·put [ˈɪnˌpʊt]

名 輸入

動 輸入

» Students learn to read by decoding the **input** message of the writer.
學生藉由解碼作者所輸入的文字訊息而學會閱讀。

in·sert [ˈɪnsɝt]/[ɪnˈsɝt]

名 插入物

動 插入

» **Insert** your card quickly.
趕快插入你的卡片。

in·spec·tion [ɪnˈspɛkʃən]

名 檢查、調查

» Yearly health **inspection** is necessary.
每年一次的健康檢查是有必要的。

in·spi·ra·tion [ˌɪnspəˈreʃən]

名 鼓舞、激勵

» Jessie's **inspiration** is the key to her daughter's success.
傑西的鼓勵，是她的女兒之所以能成功的關鍵。

in·spire [ɪnˈspaɪr]

動 啟發、鼓舞

» The landscape in the painting was **inspired** by Li Pai's poem.
這幅畫裡的景色是來自李白詩作的靈感。

in·stall [ɪnˈstɔl]

動 安裝、裝置

同 establish 建立、安置

» The engineer was **installing** a new computer system.
工程師正在安裝一套新的電腦系統。

in·stinct [ˈɪnstɪŋkt]

名 本能、直覺
片 survival instinct 生存本能
» Animals' **instinct** helped them to survive in the jungle.
動物的本能幫助他們在叢林中存活下去。

in·struct [ɪnˈstrʌkt]

動 教導、指令
» Ray was **instructed** by his boss to send a bunch of roses to Miss Su.
雷接受老闆的指令，送一束玫瑰給蘇小姐。

in·struc·tor [ɪnˈstrʌktə]

名 教師、指導者、教練
» The **instructor** asked the students to take the test quietly.
教師要求學生要安靜的考試。

in·sult [ɪnˈsʌlt]/[ˈɪnsʌlt]

動 侮辱
名 冒犯
» The **insult** cannot be forgiven.
這樣的侮辱無法原諒。

in·sur·ance [ɪnˈʃʊrəns]

名 保險
片 health insurance 健康保險
» Does your sister have **insurance**?
你的姊姊有保險嗎？

in·tel·lec·tu·al [ˌɪntəˈlɛktʃʊəl]

名 知識份子
形 智力的
» The **intellectual** was arrested by the government.
這名知識份子被政府所逮捕。

in·tel·li·gence [ɪnˈtɛlədʒəns]

名 智能
» Everyone's **intelligence** is different.
每個人的智能是不一樣的。

in·tend [ɪnˈtɛnd]

動 計畫、打算
» I didn't **intend** to move to Seattle.
我並沒有打算要搬到西雅圖。

in·tense [ɪnˈtɛns]

形 極度的、緊張的
» Most office workers are under **intense** pressure.
大部分的上班族處在極度緊張的狀態。

in·ten·si·ty [ɪnˈtɛnsətɪ]

名 強度、強烈
» The **intensity** of the earthquake reaches its climax for a while.
地震的強度在一段期間內達到最高點。

in·ten·sive [ɪnˈtɛnsɪv]

形 強烈的、密集的、特別護理的
» She needs **intensive** care for two weeks.
她需要兩個星期的特別護理。

in·ten·tion [ɪnˈtɛnʃən]

名 意向、意圖
» His kind **intention** was misunderstood.
他的良善意圖被誤會了。

in·ter·act [ˌɪntəˈrækt]

動 交互作用、互動
» Betty has a talent to **interact** well with children.
貝蒂有與小孩良好互動的才能。

☑ **in·ter·ac·tion** [ˌɪntɚˈækʃən]

名 交互影響、互動

» Regular **interaction** between parents and children is necessary.
親子間有規律的互動是有必要的。

☑ **in·ter·fere** [ˌɪntɚˈfɪr]

動 妨礙

同 interrupt 打斷

» Don't **interfere** with his work.
不要妨礙他的工作。

☑ **in·ter·me·di·ate** [ˌɪntɚˈmidɪɪt]

名 調解

形 中間的

» The series of grammar books have three levels—basic, **intermediate**, and advanced.
這套文法書有三個級數－基本的、中間的，和進階的。

☑ **in·ter·pret** [ɪnˈtɝprɪt]

動 說明、解讀、翻譯

» Can you **interpret** the concept for me?
你可否為我解釋一下這個概念？

☑ **in·ter·rup·tion** [ˌɪntəˈrʌpʃən]

名 中斷、妨礙

» Your **interruption** of their conversation aroused some unpleasant feelings.
你打斷他們的對談，造成了一些不太愉悅的感覺。

☑ **in·ti·mate** [ˈɪntəmɪt]

名 知己

形 親密的

» I have **intimate** relationship with Joe.
我跟喬之間有親密的關係。

☑ **in·tu·i·tion** [ˌɪntjuˈɪʃən]

名 直覺

同 hunch 直覺

» Sometime **intuition** helps you create the right style of your own.
直覺有時會幫助你創建自己的正確風格。

☑ **in·vade** [ɪnˈved]

動 侵略、入侵

» Viruses have **invaded** into the body.
病毒入侵人體。

☑ **in·va·sion** [ɪnˈveʒən]

名 侵犯、侵害

» An illness results from the **invasion** of the germs.
疾病導因於細菌的入侵。

☑ **in·ven·tion** [ɪnˈvɛnʃən]

名 發明、創造

» The **invention** of TV was a miracle.
電視的發明是個奇蹟。

☑ **in·vest** [ɪnˈvɛst]

動 投資

» Did you **invest** in stock market?
你有投資股票市場嗎？

☑ **in·vest·ment** [ɪnˈvɛstmənt]

名 投資額、投資

» You could also learn to make **investment** on artworks.
你也可以學著做藝術品投資。

☑ **in·volve** [ɪnˈvɑlv]

動 牽涉、包括

» The case **involves** money, murder, and sex.
這個案子牽涉到金錢、謀殺和性。

☑ **in·volve·ment** [ɪnˈvɑlvmənt]

名 捲入、連累

» The **involvement** of government officials made the case tougher to crack.
政府官員的捲入，讓這個案子更難偵破。

☑ **i·so·late** [ˈaɪsəˌlet]

動 孤立、隔離

同 separate 分開

» **Isolating** the witnesses is necessary.
隔離目擊證人是有必要的。

☑ **i·so·la·tion** [ˌaɪsəˈleʃən]

名 分離、孤獨

» Robinson Crusoe was in **isolation** when he was on the island.
當魯賓遜·克魯索在島上時，他處於孤獨的狀態。

☑ **is·sue** [ˈɪʃʊ]

名 議題
動 發出、發行

» The political **issue** is banned in this company.
在這間公司裡禁止談論政治議題。

Jj

☑ **jeal·ous·y** [ˈdʒɛləsɪ]

名 嫉妒

» **Jealousy** turned a beautiful queen into an ugly witch.
嫉妒讓一位漂亮的皇后變成醜陋的巫婆。

Kk

☑ **keen** [kin]

形 熱心的、敏銳的、

» Steven is **keen** in learning different languages.
史蒂芬對於學習不同的語言很熱衷。

☑ **ket·tle** [ˈkɛtl̩]

名 水壺

» I use a **kettle** to boil the water.
我用水壺燒水。

☑ **kneel** [nil]

動 下跪
片 kneel down 下跪

» My mom punished me to **kneel** down.
我媽罰我跪。

☑ **knob** [nɑb]

名 圓形把手、球塊

» The **knob** of the door is broken.
這門的圓形把手壞掉了。

Ll

☑ **la·bor** [ˈlebɚ]

名 勞力
動 勞動

» **Labor** Day is a public holiday in America.
在美國的勞動節是國定假日。

☑ **lab·o·ra·to·ry/lab**
[ˈlæbrəˌtorɪ]/[læb]

名 實驗室

» Scientists are working in the **laboratory**.
科學家在實驗室工作。

☑ **lag** [læg]

名 落後
動 延緩

» The movie on the tour bus is always **lagging**.
遊覽車上的電影總是在延緩播放。

☑ **land·mark** [ˈlændˌmɑrk]

名 路標

» The London Eye is one of the most famous **landmarks** of London.
倫敦之眼是倫敦最有名的路標之一。

☑ **land·scape** [ˈlænskep]

名 風景

動 進行造景工程

» The ***landscape*** of Ali Mountain is beautiful.
阿里山的風景好美。

☑ **large·ly** [ˈlɑrdʒlɪ]

副 大部分地

» The publishing house is ***largely*** female.
這家出版社大部分是女生。

☑ **launch** [lɔntʃ]

名 開始

動 發射

» The rocket was ***launched*** into the space.
火箭被發射到外太空。

☑ **law·ful** [ˈlɔfəl]

形 合法的

同 legal 合法的

» ***Lawful*** marriages don't guarantee happiness.
合法的婚姻並不保證快樂。

☑ **lean** [lin]

動 傾斜、倚靠

» ***Lean*** on the door.
倚靠在門邊。

☑ **learn·ed** [ˈlɜnd]

形 學術性的、博學的

» The ***learned*** scholar has ways to pursue what they want to know.
博學的學者有方法追到他們想知道的。

☑ **lec·ture** [ˈlɛktʃɚ]

名 演講

動 對……演講

» We are asked to attend 10 ***lectures*** in three years.
我們被要求在三年內參加 10 場演講。

☑ **lec·tur·er** [ˈlɛktʃərɚ]

名 演講者

» The ***lecturer*** is from National Taiwan Normal University.
演講者來自於臺灣師範大學。

☑ **leg·end** [ˈlɛdʒənd]

名 傳奇

» Have you heard of the ***legend*** of becoming werewolves?
你有聽過變狼人的傳奇嗎？

☑ **lei·sure·ly** [ˈliʒɚlɪ]

形 悠閒的

副 悠閒地

片 leisurely pace 悠閒的腳步

» Take some ***leisurely*** activity while you're free.
當你有空時，做一些休閒活動吧。

☑ **length·en** [ˈlɛŋθən]

動 加長

» Please ***lengthen*** this skirt for my daughter.
請幫我女兒加長這條裙子。

☑ **li·ar** [ˈlaɪɚ]

名 說謊者

» Is it acceptable that your family members become ***liars***?
你的家人變成說謊者是可以被接受的嗎？

☑ **li·brar·i·an** [laɪˈbrɛrɪən]

名 圖書館員

» Some ***librarians*** are friendly, but some are mean.
有些圖書館員很友善，有些是很刻薄的。

☑ **li·cense** [ˈlaɪsn̩s]

名 執照

動 許可

» Have you got your driving ***license***?
你拿到汽車駕照了嗎？

☑ **life·guard** [ˈlaɪfˌɡɑrd]

名 救生員

» The **lifeguard** of the swimming pool saved Grandpa in time.
游泳池的救生員及時救了爺爺。

☑ **lim·i·ta·tion** [ˌlɪməˈteʃən]

名 限制

» The **limitation** of alcohol will be lifted if you are eighteen.
如果你滿十八歲了，酒精的限制就會取消。

☑ **lin·en** [ˈlɪnɪn]

名 亞麻製品

» The pattern of the **linen** is designed by a famous designer.
亞麻製品的格式是有名的設計師所設計的。

☑ **lip·stick** [ˈlɪpstɪk]

名 口紅、唇膏

» The **lipstick** is a kind of cosmetics.
口紅是化粧品的一種。

☑ **liq·uor** [ˈlɪkə]

名 烈酒

» Drink a cup of the **liquor** and you'll be drunk right away.
喝一杯烈酒，你馬上就會醉。

☑ **lit·er·ar·y** [ˈlɪtəˌrɛrɪ]

形 文學的

» The **literary** atmosphere surrounds the café.
文學的氣氛圍繞著咖啡館。

☑ **lit·er·a·ture** [ˈlɪtərətʃə]

名 文學

» Children's **literature** is fun.
兒童文學很有趣。

☑ **loan** [lon]

名 借貸
動 借、貸

» Could you **loan** me 10,000 dollars?
你能借我一萬美元嗎？

☑ **lob·ster** [ˈlɑbstə]

名 龍蝦

» The **lobster** in the fish tank looks unhappy.
在魚缸裡的龍蝦看起來不太開心。

☑ **log·ic** [ˈlɑdʒɪk]

名 邏輯

» Your **logic** is a bit odd.
你的邏輯有點怪。

☑ **log·i·cal** [ˈlɑdʒɪk!]

形 邏輯上的

» We find out the murderer because of **logical** inferences.
因為合理的推論，我們找到這個謀殺者。

☑ **loos·en** [ˈlusn̩]

動 鬆開、放鬆
同 relax 放鬆

» **Loosen** the tie and you'll feel better.
鬆開領帶，你會感覺好點。

☑ **lousy** [ˈlaʊzɪ]

形 卑鄙的、非常糟糕的

» You are a **lousy** father to your daughter.
對你女兒而言，你是一個非常差勁的父親。

☑ **loy·al** [ˈlɔɪəl]

形 忠實的

» I'm a **loyal** person.
我是忠誠的人。

☑ **loy·al·ty** [ˈlɔɪəltɪ]

名 忠誠

» His **loyalty** to the company is without doubt.
他對這家公司很忠誠。

☑ **lux·u·ri·ous** [lʌgˈʒʊrɪəs]

形 奢侈的

» To smoke three packs of cigarettes is not only harmful but also **luxurious**.
抽三包菸，不但對你的身體有害，而且也太奢侈。

☑ **lux·u·ry** [ˈlʌkʃərɪ]

名 奢侈品、奢侈、奢華

片 a luxury holiday 豪華假期

» The **luxury** car looks fashionable.
這輛豪華房車看起來很時髦。

Mm

☑ **ma·chin·er·y** [məˈʃinərɪ]

名 機械

» The **machinery** is heavy and expensive.
這臺機械又重又貴。

☑ **mag·net·ic** [mægˈnɛtɪk]

形 磁性的

» He has **magnetic** voice.
他有磁性的聲音。

☑ **mag·nif·i·cent** [mægˈnɪfəsənt]

形 壯觀的、華麗的

» Johnson's villa is **magnificent**.
強森的別墅很華麗。

☑ **make·up** [ˈmekʌp]

名 結構、化妝

» Have you finished **make-up**?
你化完妝了嗎？

☑ **man·u·al** [ˈmænjʊəl]

名 手冊
形 手工的

» The **manual** is to guide you through the shelf composition work.
這個手冊會引導你完成書架組裝的工作。

☑ **man·u·fac·ture** [ˌmænjəˈfæktʃɚ]

名 製造業
動 大量製造

» **Manufacture** of plastic products should pay more tax because of waste handling.
塑膠產品的製造業應該要因為廢物處理繳更多稅。

☑ **man·u·fac·turer** [ˌmænjəˈfæktʃərɚ]

名 製造者

» The **manufacturers** of dolls in Taishan County have long gone.
泰山鄉的娃娃製造商早就離開了。

☑ **mar·a·thon** [ˈmærəˌθɑn]

名 馬拉松

» **Marathon** this time is to arouse the awareness of saving the ocean animals.
這次的馬拉松是要提升拯救海洋生物的意識。

☑ **mar·gin** [ˈmɑrdʒɪn]

名 邊緣
同 edge 邊

» The **margin** of the dress has ocean waves.
這件洋裝的邊緣有海洋波浪的格式。

☑ **ma·tu·ri·ty** [məˈtjʊrətɪ]

名 成熟期

» **Maturity** of a butterfly is in the last stage of its life cycle.
蝴蝶的成熟期，落在生命週期的最後階段。

☑ **max·i·mum** [ˋmæksəməm]

名 最大量
形 最大的
» **Maximum** of people on the bridge is 15.
這座橋最多可容納 15 個人。

☑ **mea·sur·a·ble** [ˋmɛʒərəbl̩]

形 可測量的
» The distance between these stars is not **measurable**.
這些恆星間的距離不是可以測量的。

☑ **mea·sure(s)** [ˋmɛʒə(z)]

動 度量單位、尺寸
» **Measure** the length of the pants.
量量這件褲子的長度。

☑ **me·chan·ic** [məˋkænɪk]

名 機械工
» **Mechanics** worked hard to fix Mr. Smith's car.
機械工認真工作，修理史密斯先生的車。

☑ **me·chan·i·cal** [məˋkænɪkl̩]

形 機械的
片 a mechanical device 一種機械裝置
» **Mechanical** work is a kind of practical job.
機械工作是種實用的工作。

☑ **mem·o·ra·ble** [ˋmɛmərəbl̩]

形 值得紀念的
» The graduation trip was **memorable**.
畢業旅行是值得紀念的。

☑ **me·mo·ri·al** [məˋmorɪəl]

名 紀念品
形 紀念的
» The key chain can serve as a kind of **memorial**.
這個鑰匙圈可以當成一種紀念品。

☑ **mem·o·rize** [ˋmɛməˌraɪz]

動 記憶
» You'd better **memorize** the steps of planting these purple roses.
你最好記一下種植這些紫色玫瑰的步驟。

☑ **mer·chant** [ˋmɝtʃənt]

名 商人
» Steve Jobs is a well-known American **merchant**.
史蒂夫‧賈伯斯是有名的美國商人。

☑ **mer·cy** [ˋmɝsɪ]

名 慈悲
» **Mercy** is a kind of virtue.
慈悲是種美德。

☑ **mere** [mɪr]

形 僅僅、不過
» Your enthusiasm in reading is not just a **mere** seed in children's heart.
你對閱讀的熱愛，不僅僅只是孩子心中的種子。

☑ **mer·it** [ˋmɛrɪt]

名 價值
» The **merit** of the encyclopedia is beyond your imagination.
這本百科全書的價值超過你的想像。

☑ **mes·sen·ger** [ˋmɛsn̩dʒə]

名 使者、信差
» Hermes in Greek and Roman mythology is a **messenger** god.
在希臘和羅馬神話裡，赫密斯是信差神。

☑ **mess·y** [ˋmɛsɪ]

形 髒亂的
同 dirty 髒的
» Your room is **messy**.
你的房間好髒。

☑ **mi·cro·scope** [ˈmaɪkrəˌskop]

名 顯微鏡

» When Robert was doing his scientific study, he liked to use ***microscope***.
當羅伯特在做科學研究時,他喜歡用顯微鏡。

☑ **mild** [maɪld]

形 溫和的

» Her tone of talking to the kitty is ***mild***.
她對貓咪講話的語調是溫和的。

☑ **mill** [mɪl]

名 磨坊、工廠
動 研磨

» The job in the ***mill*** is tiring.
磨坊裡的工作讓人疲累。

☑ **mil·lion·aire** [ˈmɪljənˌɛr]

名 百萬富翁

» If you became a ***millionaire***, what would you do first?
如果你是百萬富翁,你會先做什麼?

☑ **min·er** [ˈmaɪnə]

名 礦夫、礦工

» This exhibition is about the past life of the ***miners***.
這個展覽是關於礦工過去的生活。

☑ **min·er·al** [ˈmɪnərəl]

名 礦物

» ***Minerals*** include calcium and iron.
礦物包含鈣和鐵。

☑ **min·i·mum** [ˈmɪnəməm]

名 最小量
形 最小的

» ***Minimum*** consumption per person is NT$150.
一個人的最低消費是臺幣 150 元。

☑ **min·is·ter** [ˈmɪnɪstə]

名 神職者、部長
片 the prime minister 首相

» The ***minister*** led the whole crowd to sing hymn.
神職人員領著全部的群眾唱聖歌。

☑ **min·is·try** [ˈmɪnɪstrɪ]

名 牧師、部長、部

» The ***ministry*** is chatting with a small boy.
牧師正在和一個小男孩聊天。

☑ **mis·chief** [ˈmɪstʃɪf]

名 胡鬧、危害

» It is the one way to keep my nephew out of ***mischief***.
這是唯一可以讓我姪子不再胡鬧的方法。

☑ **mis·er·a·ble** [ˈmɪzərəbl]

形 不幸的

» Two children raised in the family are ***miserable***.
在這個家庭裡所養大的兩個孩子很不幸。

☑ **mis·for·tune** [mɪsˈfɔrtʃən]

名 不幸

» You should take him away so as to avoid ***misfortune***.
你應該要把他帶走,才能避開不幸。

☑ **mis·lead** [mɪsˈlid]

動 誤導

» Stop saying that kind of ***misleading*** gossip.
不要再講那種有誤導性的八卦。

☑ **mis·un·der·stand** [ˌmɪsʌndəˈstænd]

動 誤解

» We have ***misunderstood*** each other.
我們兩個曾經誤解過彼此。

☑ **mod·er·ate** [ˈmɑdərɪt]

形 適度的、溫和的

» ***Moderate*** attitude is good for cooperation.
溫和的態度於合作上有益。

☑ **mod·est** [`mɑdɪst]

形 謙虛的

» Professor Liang is ***modest***.
梁教授是謙虛的。

☑ **mod·es·ty** [`mɑdəstɪ]

名 謙虛、有禮

» Her fake ***modesty*** bugs her classmates a lot.
她假裝謙虛的態度，讓她的同學們覺得有點煩。

☑ **mon·i·tor** [`mɑnətɚ]

名 監視器
動 監視

» The ***monitor*** is on top of your head.
監視器就在你頭上。

☑ **mon·u·ment** [`mɑnjəmənt]

名 紀念碑

» The ***monument*** is set to honor the heroes.
紀念碑是用以紀念英雄的。

☑ **more·o·ver** [mor`ovɚ]

副 並且、此外

» You can paint the stone. ***Moreover***, you can't take it home.
你可以畫石頭。並且，你不能把它帶回家。

☑ **mo·ti·vate** [`motəˌvet]

動 刺激、激發

» You can ***motivate*** students to learn English by teaching them to sing.
你可以藉由教導學生唱歌來激發學生學英文。

☑ **mo·ti·va·tion** [ˌmotə`veʃən]

名 動機

» His ***motivation*** for learning English is strange.
他學英文的動機很奇怪。

☑ **moun·tain·ous** [`mauntənəs]

形 多山的

» The town is ***mountainous***.
這個城鎮多山。

☑ **mud·dy** [`mʌdɪ]

形 泥濘的

» The road is ***muddy***.
馬路是泥濘的。

☑ **mule** [mjul]

名 騾

» The farmer rode a ***mule*** to town.
這農夫騎著騾子進城。

☑ **mul·ti·ple** [`mʌltəpl̩]

形 複數的、多數的

» ***Multiple*** intelligence were related to different kinds of talents.
多元智慧跟不同的才能有關。

☑ **mur·der·er** [`mɝdərɚ]

名 兇手

» The real ***murderer*** is still not found.
真正的兇手還沒找到。

☑ **mur·mur** [`mɝmɚ]

名 低語
動 細語、抱怨

» Grandpa ***murmured*** when he was looking for his socks.
當爺爺在找襪子時，他小聲地抱怨。

☑ **mu·tu·al** [`mjutʃuəl]

形 相互的、共同的

» ***Mutual*** help is necessary.
互助幫忙是應該的。

☑ **mys·te·ri·ous** [mɪs`tɪrɪəs]

形 神祕的

» A ***mysterious*** creature is hiding in this lake.
神祕生物藏在這座湖裡。

Nn

name·ly [ˈnemlɪ]

副 即、就是

» He is a manager; **namely**, a man who manages a department.
他是經理；也就是說他是一個管理一整個部門的人。

na·tion·al·i·ty [ˌnæʃənˈæləti]

名 國籍、國民

» His **nationality** is America.
他的國籍是在美國。

need·y [ˈnidɪ]

形 貧窮的、貧困的
同 poor 貧窮的

» He is in a **needy** situation.
他在一個貧窮的狀況。

ne·glect [nɪˈɡlɛkt]

名 不注意、不顧
動 疏忽

» The **neglect** of the keeping of the cellphone costs Victor a sum of money.
疏忽手機的保管，使維克托花了一筆錢。

ne·go·ti·ate [nɪˈɡoʃɪet]

動 商議、談判

» Grace refused to **negotiate** with her husband.
葛蕾絲拒絕去跟她丈夫商議。

nev·er·the·less [ˌnɛvɚðəˈlɛs]

副 儘管如此、然而

» Tina wants to visit her aunt **nevertheless**.
儘管如此，蒂娜想要去拜訪她的阿姨。

night·mare [ˈnaɪtˌmɛr]

名 惡夢、夢魘

» My **nightmare** I dreamed of is lots of zombies approaching me.
我的惡夢是夢見很多的喪屍接近我。

no·ble [ˈnobl]

形 高貴的
名 貴族

» Sara is a real princess with a **noble** mind.
莎拉是個擁有高貴心靈的真正的公主。

non·sense [ˈnɑnsɛns]

名 廢話、無意義的話

» What my father said is **nonsense** to me.
我爸說的根本是廢話。

now·a·days [ˈnaʊəˌdez]

副 當今、現在

» **Nowadays**, he becomes a psychologist.
現在他變成了心理醫師。

nu·cle·ar [ˈnjuklɪɚ]

形 核子的

» **Nuclear** weapons should be forbidden.
核子武器應該要被禁止。

nu·mer·ous [ˈnjumərəs]

形 為數眾多的

» There are **numerous** stars in the night sky.
在夜空中有為數眾多的星星。

nurs·er·y [ˈnɝsəri]

名 托兒所

» Pick up your son at the **nursery** at 5 o'clock.
5 點去托兒所接你的兒子。

nu·tri·tious [njuˈtrɪʃəs]

形 有養分的、滋養的

» Sweet potato is considered one of the most **nutritious** foods.
甘薯被視為是最具營養價值的食物之一。

Oo

☑ **o·be·di·ence** [ə`bidjəns]

名 服從、遵從

» **Obedience** is what you do.
你要做的就是服從。

☑ **o·be·di·ent** [ə`bidɪənt]

形 服從的

» The lad is **obedient**.
這個少年是服從的。

☑ **ob·jec·tion** [əb`dʒɛkʃən]

名 反對

» Joan's mother's **objection** to apply for the job troubled her.
喬安的母親反對她應徵這個工作，帶給她很大的困擾。

☑ **ob·jec·tive** [əb`dʒɛktɪv]

形 實體的、客觀的

名 目標

同 neutral 中立的、goal 目標

» My father is not an **objective** person.
我爸不是客觀的人。

☑ **ob·ser·va·tion** [͵ɑbzɝ`veʃən]

名 觀察力

» You should know when to exercise your **observation**.
你應該知道何時運用你的觀察力。

☑ **ob·sta·cle** [`ɑbstəkḷ]

名 阻礙物、妨礙

» The **obstacle** is just before you.
障礙物就放在你前方。

☑ **ob·tain** [əb`ten]

動 獲得

» To **obtain** the university diploma takes 1 year at least.
要取得大學文憑，至少需要一年。

☑ **oc·ca·sion·al** [ə`keʒənḷ]

形 應景的、偶爾的

» **Occasional** invitations are acceptable.
偶爾的邀請是合理的。

☑ **oc·cu·pa·tion** [͵ɑkjə`peʃən]

名 職業

» An **occupation** is a job you choose to do.
職業是一份你選擇要做的工作。

☑ **oc·cu·py** [`ɑkjə͵paɪ]

動 佔有、花費（時間）

» Excuse me, I'd like to **occupy** some of your time.
不好意思，我可以佔用一些你的時間嗎？

☑ **of·fend** [ə`fɛnd]

動 使不愉快、使憤怒、冒犯

» When you **offend** people, you need to say sorry.
當你冒犯人們時，你必須説抱歉。

☑ **of·fense** [ə`fɛns]

名 冒犯、進攻

» Tony's rude remarks are considered as an **offense**.
湯尼粗魯的言論被視為是種冒犯。

☑ **of·fen·sive** [ə`fɛnsɪv]

形 令人不快的

» My cousin's remarks were **offensive**.
我表弟的言談是令人不快的。

op·er·a [ˈɑpərə]

名 歌劇

片 opera glasses 觀劇鏡

» One of the most famous ***operas*** in the world is Puccini's Turandot.
世界最有名的歌劇之一是普契尼的《杜蘭朵公主》。

op·pose [əˈpoz]

動 和……起衝突、反對

反 agree 同意

» Len ***opposes*** with his neighbor.
萊恩跟他的鄰居起衝突。

op·tion [ˈɑpʃən]

名 選擇、取捨

同 choice 選擇

» There are four ***options*** in the multiple-choice question.
選擇題當中有四個選項。

orbit [ˈɔrbɪt]

名 軌道

動 把……放入軌道

» The spaceship goes into ***orbit*** around Earth.
太空船進入環繞地球的軌道。

or·ches·tra [ˈɔrkɪstrə]

名 樂隊、樂團

» The ***orchestra*** is playing hard.
樂團很認真的在彈奏樂器。

o·ri·en·ta·tion [ˌorɪɛnˈteʃən]

名 定位、方針、方位、傾向性、適應、熟悉

» This activity needs to have an ***orientation***.
這項活動需要有一個定位。

or·phan [ˈɔrfən]

名 孤兒

動 使（孩童）成為孤兒

» Due to the war, children become ***orphans***.
由於戰爭的緣故，小孩成為孤兒。

oth·er·wise [ˈʌðəˌwaɪz]

副 否則、要不然

» You'd better leave now; ***otherwise***, I'll call the guard.
你最好現在離開，要不然，我就會叫警衛。

out·come [ˈaʊtkʌm]

名 結果、成果

同 result 結果

» The ***outcome*** was that nobody won Jenny as a bride.
結果就是沒有人贏得珍妮做為新娘。

out·stand·ing [ˈaʊtˈstændɪŋ]

形 傲人的、傑出的

» My elder brother's ***outstanding*** performance amazed my parents.
我大哥傑出的表現，使我的父母感到驚訝。

o·val [ˈovl̩]

名 橢圓形

形 橢圓形的

» The ***oval*** cake looks like an egg.
這個橢圓形的蛋糕看起來就像一顆蛋。

o·ver·coat [ˈovəˌkot]

名 大衣、外套

» Men's ***overcoats*** are 30% off.
男士大衣七折。

o·ver·come [ˌovəˈkʌm]

動 擊敗、克服

» ***Overcome*** the difficulty with all you can do.
盡你所能克服困難。

o·ver·look [ˌovəˈlʊk]

動 俯瞰、忽略

» The tower ***overlooked*** the snowy mountain.
這座塔俯瞰白雪覆蓋的山。

☑ **o·ver·night** [͵ovɚˋnaɪt]

形 徹夜的、過夜的

副 整夜地

片 stay overnight 過夜

» The soldiers stand on the post ***overnight***.
士兵徹夜站崗。

☑ **o·ver·throw** [͵ovɚˋθro]

動 推翻、瓦解

» The cruel emperor was ***overthrown***.
那個殘酷的君王被推翻了。

☑ **ox·y·gen** [ˋɑksədʒən]

名 氧（氧氣）

» People need ***oxygen*** to survive.
人們需要氧氣才能存活。

Pp

☑ **pa·ce** [pes]

名 一步、步調

動 踱步

» His ***pace*** is a bit slow.
他的步調有點慢。

☑ **pan·el** [ˋpænl̩]

名 方格、平板

» Look at the design of the glass ***panels*** of the door.
看看那扇門的玻璃方格設計吧。

☑ **par·a·chute** [ˋpærə͵ʃut]

名 降落傘

動 空投

» Use the ***parachute*** when you're in danger.
在你有危險時，使用這個降落傘。

☑ **par·a·graph** [ˋpærə͵græf]

名 段落

» Write three ***paragraphs*** at least for the essay.
為這篇作文寫至少三個段落。

☑ **par·tial** [ˋpɑrʃəl]

形 部分的

» ***Partial*** food is wasted.
· 部分的食物浪費掉了。

☑ **par·tic·i·pa·tion** [pɑr͵tɪsəˋpeʃən]

名 參加

» Your ***participation*** would be much appreciated.
我們將非常感謝您的加入。

☑ **part·ner·ship** [ˋpartnɚʃɪp]

名 合夥

» My father had been in a ***partnership*** with my uncle for five years.
我父親跟我舅舅有五年的合夥關係。

☑ **pas·sive** [ˋpæsɪv]

形 被動的

» Most students are ***passive*** learners in Mr. Lee's class.
在李老師的班上，多數學生都是被動的學習者。

☑ **pas·ta** [ˋpɑstə]

名 麵團、義大利麵

» ***Pasta*** has many types.
義大利麵有很多種。

☑ **paw** [pɔ]

名 腳掌

動 以掌拍擊

» The ***paw*** prints of polar bears seem to be clear in the snow.
北極熊的腳掌印在雪地裡看起來很清晰。

☑ **pe·cu·liar** [pɪˈkjuljə]

形 獨特的

同 special 特別的

» How **peculiar** the stinky tofu is!
臭豆腐是多麼的獨特啊！

☑ **peep** [pip]

動 窺視、偷看

» A strange man **peeped** into the warehouse.
有一位奇怪的男子窺視倉庫。

☑ **peer** [pɪr]

名 同輩

動 凝視

» Most of the **peers** of my son were taller than him.
我兒子大部分的同輩都比他高。

☑ **pen·al·ty** [ˈpɛnḷtɪ]

名 懲罰

片 maximum penalty 最高懲罰

» The **penalty** for throwing the trash near the river is severe.
在河邊附近亂丟垃圾的懲罰是很嚴重的。

☑ **per·cent** [pəˈsɛnt]

名 百分比

» 20 **percent** of the travelers came from Taiwan.
有百分之二十的旅客來自臺灣。

☑ **per·cent·age** [pəˈsɛntɪdʒ]

名 百分率

» Mark the pie chart with **percentages**.
» 用百分率來標示圓餅圖。

☑ **per·fec·tion** [pəˈfɛkʃən]

名 完美

» The design of the statue is near **perfection**.
這座雕像的設計近乎完美。

☑ **per·fume** [ˈpɝfjum]

名 香水、賦予香味

» The jasmine **perfume** is my mother's favorite.
這瓶茉莉香水是我媽媽的最愛。

☑ **per·ma·nent** [ˈpɝmənənt]

形 永久的

» The painting left a **permanent** impression on me.
這幅畫作讓我留下永久的印象。

☑ **per·sua·sion** [pəˈsweʒən]

名 說服

» The ad is not of much **persuasion**.
這則廣告不太有說服力。

☑ **per·sua·sive** [pəˈswesɪv]

形 有說服力的

» **Persuasive** essay includes strong arguments.
有說服力的作文包含強而有力的論點。

☑ **pes·si·mis·tic** [ˌpɛsəˈmɪstɪk]

形 悲觀的

反 optimistic 樂觀的

» If you're suffering, you have no right to be **pessimistic**.
如果你正在受苦，你沒有悲觀的權利。

☑ **pest** [pɛst]

名 害蟲、令人討厭的人

» The locusts are deemed as **pests** for farmers.
蝗蟲對農夫而言被視為害蟲。

☑ **phe·nom·e·non** [fəˈnɑmənɑn]

名 現象

» Spiritual **phenomenon** occurred in this haunted house.
在這棟鬼屋裡發生過靈異現象。

☑ **phi·los·o·pher** [fəˈlɑsəfə]

名 哲學家

» Nietzsche is one of my favorite **philosophers**.
尼采是我最喜歡的哲學家之一。

☑ **phil·o·soph·i·cal** [ˌfɪləˋsɑfɪkl]

形 哲學的

» To be or not to be is a ***philosophical*** question.
生存還是毀滅，是哲學問題。

☑ **phi·los·o·phy** [fəˋlɑsəfɪ]

名 哲學

» Carpe diem is Frank's life ***philosophy***.
及時行樂是法蘭克的人生哲學。

☑ **pho·tog·ra·phy** [fəˋtɑgrəfɪ]

名 攝影學

» I'm interested in ***photography***.
我對攝影學有興趣。

☑ **phys·i·cal** [ˋfɪzɪkl]

形 身體的

» ***Physical*** education should be deemed as an important subject.
體育應被視為重要的科目。

☑ **phy·si·cian** [fəˋzɪʃən]

名 （內科）醫師

» The ***physician*** examined my heart.
醫師檢查我的心臟。

☑ **phys·i·cist** [ˋfɪzɪsɪst]

名 物理學家

» Stephen Hawking is one of the greatest English ***physicists***.
史蒂芬‧霍金是最偉大的英國物理學家之一。

☑ **phys·ics** [ˋfɪzɪks]

名 物理學

» ***Physics*** is related to studying matter and energy.
物理學與研究物質和能量有關。

☑ **pick·le** [ˋpɪkl]

名 醃菜
動 醃製

» ***Pickles*** are not healthy food.
醃菜不是健康的食物。

☑ **pi·o·neer** [ˌpaɪəˋnɪr]

名 先鋒、開拓者
動 開拓

» Frank Drake is one of the ***pioneers*** in the field of searching aliens.
法蘭克‧德雷克在尋找外星人這個領域上是個先鋒。

☑ **plen·ti·ful** [ˋplɛntɪfəl]

形 豐富的、充足的

» There is a ***plentiful*** supply of games to play with these children.
有足夠的遊戲可以跟這些孩子玩。

☑ **plot** [plɑt]

名 陰謀、情節
動 圖謀、分成小塊

» The ***plot*** of three trials is quite common in fairy tales.
在童話裡三次試驗的情節是很普遍的。

☑ **plum** [plʌm]

名 李子

» ***Plum*** cake is Grandma's favorite.
李子糕是奶奶的最愛。

☑ **plumb·er** [ˋplʌmɚ]

名 水管工

» Mario in this video game looks like a ***plumber***.
這款電玩遊戲裡的瑪力歐看起來就像個水管工人。

☑ **poi·son·ous** [ˋpɔɪzənəs]

形 有毒的

» These mushrooms are ***poisonous***.
這些香菇有毒。

☑ **pol·ish** [ˋpɑlɪʃ]

名 磨光

動 擦亮

» These shoes are **polished**.
這些皮鞋擦得發亮。

☑ **pop·u·lar·i·ty** [ˌpɑpjəˋlærətɪ]

名 名望、流行

» **Popularity** is like a puff of smoke.
流行就像一陣煙。

☑ **port·a·ble** [ˋportəbḷ]

形 可攜帶的

» This website sells eco-friendly **portable** cup bag.
這個網站販賣對環境友善的可攜帶式杯袋。

☑ **por·tray** [porˋtre]

動 描繪

同 depict 描繪

» The lake is **portrayed** as beautiful as fairy's bathing pool.
這座湖被描繪美得就像仙女的浴池。

☑ **pos·sess** [pəˋzɛs]

動 擁有

» The little boy **possesses** the ability to remember his past life.
這個小男孩擁有記得前世的能力。

☑ **pos·ses·sion** [pəˋzɛʃən]

名 擁有物

» Love should not be **possession**, but admiration.
愛不應當成擁有物，而是當成仰幕。

☑ **post·age** [ˋpostɪdʒ]

名 郵資

» We should pay the **postage**.
我們應該要付郵資。

☑ **po·ten·tial** [pəˋtɛnʃəl]

名 潛力

形 潛在的

» You have great **potential** to be a popular novelist.
你有很大的潛力可以成為受歡迎的小說家。

☑ **pre·cise** [prɪˋsaɪs]

形 明確的、準確的

同 exact 確切的

» At that **precise** moment of sinking, a hand grabbed me and pulled me up.
在往下沉的那一刻，有隻手抓住了我，把我往上拉。

☑ **pre·dict** [prɪˋdɪkt]

動 預測

» My advisor's mood is hard to **predict**.
我的指導教授的心情難以預測。

☑ **pre·dic·tion** [prɪˋdɪkʃən]

名 預言

» His **prediction** about the catastrophe was taken seriously by some people.
有些人把他的災難預言當真了。

☑ **preg·nan·cy** [ˋprɛgnənsɪ]

名 懷孕

» Don't ask her to carry heavy bags as she is in the stage of **pregnancy**.
不要叫她提很重的袋子，因為她懷孕了。

☑ **preg·nant** [ˋprɛgnənt]

形 懷孕的

» Being **pregnant** is a good news.
懷孕是件好消息。

☑ **pre·sen·ta·tion** [ˌprɛzn̩ˋteʃən]

名 贈送、呈現

片 oral presentation 口語報告

» Lily's **presentation** of the book talk is wonderful.
莉莉介紹書的口語表現很精彩。

☑ **pres·er·va·tion** [ˌprɛzɚˈveʃən]

名 保存

» Aunt Polly would love to handle fruit **preservation** for us.
波麗姑媽會很樂意幫我們處理水果保存的事。

☑ **pre·serve** [prɪˈzɝv]

動 保存、維護

» The body of an Egyptian is **preserved** well in the laboratory.
實驗室裡的那個埃及人的大體保存良好。

☑ **pre·ven·tion** [prɪˈvɛnʃən]

名 預防

» **Prevention** of crime is what we can do.
防止犯罪是我們所能做的。

☑ **prime** [praɪm]

名 初期

形 首要的

同 principal 首要的

» The **prime** task to do is to get the code.
首要要做的事是取得密碼。

☑ **prim·i·tive** [ˈprɪmətɪv]

形 原始的

同 original 原始的

» Drinking blood is pretty **primitive** behavior.
喝血是原始的行為。

☑ **pri·or·i·ty** [praɪˈɔrətɪ]

名 優先權

» Stanley seriously considers the **priority** of the new projects.
史丹尼認真考慮新專案的先後順序。

☑ **pri·va·cy** [ˈpraɪvəsɪ]

名 隱私

» Don't look at my diary; it's my **privacy**.
不要看我的日記；這是我的隱私。

☑ **priv·i·lege** [ˈprɪvəlɪdʒ]

名 特權

動 優待

» Who gave you the **privilege** to be late to the classroom?
誰給你特權晚進教室的？

☑ **pro·ce·dure** [prəˈsidʒɚ]

名 手續、程序

» To fill out the form is a part of the **procedure**.
填寫表格是手續的一部分。

☑ **pro·ceed** [prəˈsid]

動 進行

» You have my permission; you may **proceed**.
你有我的允許；可以去進行了。

☑ **pro·duc·tive** [prəˈdʌktɪv]

形 生產的、多產的

» Office workers are expected to be **productive**.
辦公室職員被期待要有生產力。

☑ **pro·fes·sion** [prəˈfɛʃən]

名 專業

» What's your **profession**?
你的專業是什麼？

☑ **pro·fes·sion·al** [prəˈfɛʃənl̩]

名 專家

形 專業的

» If you can't fix my car, then you're not very **professional**.
如果你不能修好我的車，那麼你不能説是非常專業。

☑ **prof·it·a·ble** [ˈprɑfɪtəbl̩]

形 有利的

同 beneficial 有利的

» Are you sure selling fruits is a **profitable** business?
你確定賣水果是有利可圖的生意？

☑ **prom·i·nent** [ˈprɑmənənt]

形 突出的

» The French male tennis player became a **prominent** tennis player.
法國男網球選手成為著名的網球選手。

☑ **prom·is·ing** [ˈprɑmɪsɪŋ]

形 有可能的、有希望的

» To win the baseball game this year seems to be quite **promising**.
要贏得今年的棒球比賽似乎是有可能的。

☑ **pro·mo·tion** [prəˈmoʃən]

名 增進、促銷、升遷

» Dorothy's **promotion** angered her co-worker, Susan.
桃樂絲的升遷激怒了她的同事，蘇珊。

☑ **prompt** [prɑmpt]

形 即時的

名 提詞

» Your **prompt** reply will be much appreciated.
我們將會非常感激您快速的回覆。

☑ **pro·nun·ci·a·tion** [prəˌnʌnsɪˈeʃən]

名 發音

» Jennifer's **pronunciation** is good.
珍妮佛的發音很好。

☑ **pro·pos·al** [prəˈpozl̩]

名 提議、求婚

» It is said that Prince Charles' **proposal** to Diana is not out of his free will.
據說查爾斯王子向黛安娜求婚一事並非出於他個人的自由意志。

☑ **pros·per** [ˈprɑspɚ]

動 興盛

» Wish your business **prosper**.
祝願您的生意興旺。

☑ **pros·per·i·ty** [prɑsˈpɛrətɪ]

名 繁盛

» We wish you **prosperity** and success in the coming new year.
我們祝願您新的一年繁盛成功。

☑ **pros·per·ous** [ˈprɑspərəs]

形 繁榮的

» The ancient city in the desert was **prosperous** before.
沙漠中的古城以前曾是繁榮的。

☑ **pro·tein** [ˈprotin]

名 蛋白質

» If you don't like to eat meat, you could try to obtain **protein** from beans.
如果你不喜歡吃肉，可以試著從豆子裡得到蛋白質。

☑ **pro·test** [ˈprotɛst]/[prəˈtɛst]

名 抗議

動 反對、抗議

» People need courage and good strategies to **protest** against injustice.
人民需要勇氣和好的策略抗議不公不義。

☑ **psy·cho·log·i·cal** [ˌsaɪkəˈlɑdʒɪkl̩]

形 心理學的

» Playing tennis is like playing a **psychological** game.
打網球就像玩一場心理學遊戲。

☑ **psy·chol·o·gist** [saɪˈkɑlədʒɪst]

名 心理學家

» Carl Jung is a well-known Swiss **psychologist**.
卡爾·榮格是有名的瑞士心理學家。

☑ **psy·chol·o·gy** [saɪˋkɑlədʒɪ]

名 心理學

» Carl Jung was the founder of analytic *psychology*.
卡爾·榮格是分析心理學的創辦者。

☑ **pub·li·ca·tion** [ˌpʌblɪˋkeʃən]

名 發表、出版

» Is your picture book ready for *publication*?
你的繪本準備要出版了嗎？

☑ **pub·lic·i·ty** [pʌbˋlɪsətɪ]

名 宣傳、出風頭

» Our *publicity* campaign for the new coffee maker will start from this weekend.
我們對新型咖啡機的宣傳活動會在這個週末開始。

☑ **pub·lish** [ˋpʌblɪʃ]

動 出版

» The film novel about a cleaning lady falling in love with a merman was *published*.
一部關於清潔婦愛上人魚的電影小說已經出版了。

☑ **pub·lish·er** [ˋpʌblɪʃɚ]

名 出版者、出版社

» The *publisher* planned to promote fantasy novels series.
出版社計畫要推廣奇幻小說系列。

☑ **pur·sue** [pɚˋsu]

動 追捕、追求

» *Pursuing* the criminal is not just the police's duty.
追捕犯人不只是警察的責任。

☑ **pur·suit** [pɚˋsut]

名 追求

» Is it worthy to spend your life in the *pursuit* of fame and money?
花一輩子的時間追求名聲與金錢值得嗎？

Qq

☑ **quar·rel** [ˋkwɔrəl]

名／動 爭吵

» Stop *quarreling* with your younger brother.
不要再跟弟弟吵架。

☑ **quilt** [kwɪlt]

名 棉被

動 把……製成被褥

» Emily loves the *quilt* weaver on the pattern of rainbow and garden.
愛蜜麗喜歡這條有彩虹和花園圖案的棉被。

☑ **quo·ta·tion** [kwoˋteʃən]

名 引用

» Proper *quotations* of famous people add certain flavor to your composition.
適當引用名人的話，會幫你的作文增添一些特色。

Rr

☑ **ra·dar** [ˋredɑr]

名 雷達

» The airplane disappeared from the *radar*.
飛機從雷達上消失。

rage [redʒ]

名 狂怒

動 暴怒

同 anger 憤怒

片 fly into a fit of rage 大發雷霆

» The green giant was in a state of *rage*.
綠巨人在狂怒的狀態。

rain·fall [ˈrenˌfɔl]

名 降雨量

» The *rainfall* in the mountain area cooled the heat for a while.
山區的降雨量暫時冷卻了高溫。

rai·sin [ˈrezn̩]

名 葡萄乾

» Eat the *raisin* and get iron and vitamin A.
吃葡萄乾，取得鐵質和維他命 A。

re·al·is·tic [rɪəˈlɪstɪk]

形 現實的

» It is not *realistic* to ask to be a millionaire without a good job or opportunity.
要成為百萬富翁而沒有一份好的工作或機會是不切實際的。

re·bel(1) [ˈrɛbl̩]

名 造反者、叛亂、謀反

同 revolt 叛亂

» Joan of arc was considered as a *rebel* by many groups in the 15th century.
十五世紀時，聖女貞德被很多團體認為是個造反者。

re·bel(2) [rɪˈbɛl]

動 叛亂、謀反、反抗

» Alice the little girl *rebelled* against unfair judging system in her dream.
愛麗絲這個小女孩在夢裡反抗不公平的審判系統。

re·call [ˈrɪkɔl]/[rɪˈkɔl]

名 取消、收回

動 回憶起、恢復

» Grandma *recalled* what it had been when she was a little girl.
奶奶回憶著當她還是小女孩時的情形。

re·cep·tion [rɪˈsɛpʃən]

名 接受、歡迎

» The Secret Garden got good *reception* in the field of Children's Literature.
《祕密花園》在兒童文學的領域獲得好評。

rec·i·pe [ˈrɛsəpɪ]

名 食譜、祕訣

» Could you share your *recipe* of making a big pudding with me?
你可否跟我分享製作大布丁的食譜？

rec·og·ni·tion [ˌrɛkəgˈnɪʃən]

名 認知

» Letter *recognition* is usually in the first stage of language learning.
認字母通常是在語言學習的第一階段。

re·cov·er·y [rɪˈkʌvərɪ]

名 恢復

» Don't worry about Amy; she's in the stage of *recovery*.
不要擔心艾咪，她在恢復的階段。

rec·re·a·tion [ˌrɛkrɪˈeʃən]

名 娛樂

片 recreation facilities 娛樂設施

» People obtained *recreation* from visual and audial effects.
人們從視聽效果中得到娛樂。

re·cy·cle [rɪˈsaɪkl̩]

動 循環利用

» These plastic bottles can be *recycled*.
這些塑膠瓶可以循環利用。

☑ **re·duc·tion** [rɪˋdʌkʃən]

名 減少

同 decrease 減少

» **Reduction** of the amount of garbage is what we should do.
垃圾減量是我們應該做的。

☑ **re·fer** [rɪˋfɜ]

動 參考、提及

» My father often **referred** this place as his personal secret garden.
我的父親經常把這個地方稱作為他個人的祕密花園。

☑ **ref·er·ence** [ˋrɛfərəns]

名 參考

» These books can serve as your **reference** books.
這些書可以當作你的參考書。

☑ **re·flect** [rɪˋflɛkt]

動 反射

» The moonlights are **reflected** on the surface of the ocean.
月光反射在海洋的表面。

☑ **re·flec·tion** [rɪˋflɛkʃən]

名 反射、反省

» **Reflection** of the sunshine hurt my eyes.
陽光的反射刺痛了我的眼。

☑ **re·form** [rɪˋfɔrm]

動 改進

» We need to **reform** this flawed testing system.
我們需要改進這個有弊端的考試系統。

☑ **ref·u·gee** [ˏrɛfjʊˋdʒi]

名 難民

» The picture of the **refugee** boy lying dead on the beach attracts the public's attention.
躺在沙灘上的死亡難民小男孩的照片，引起大眾的關注。

☑ **re·fund** [ˋrɪfʌnd]/[rɪˋfʌnd]

名 償還、退款

動 償還

» He asked for a **refund** of the flawed product.
他要求退還這個有瑕疵的商品。

☑ **re·fus·al** [rɪˋfjuzl]

名 拒絕

同 denial 拒絕、否認

» **Refusal** of Jim's proposal caused him to go to extremes.
吉姆的求婚被拒，造成他採用極端的手段。

☑ **re·gard·ing** [rɪˋgɑrdɪŋ]

介 關於

» **Regarding** the issue of same-sex marriage, my parents and I have different opinions.
關於同性婚姻的議題，我的父母和我有不同的意見。

☑ **reg·is·ter** [ˋrɛdʒɪstə]

名 名單、註冊

動 登記、註冊

» The apartment is **registered** under my sister's name.
這棟公寓登記在我妹的名下。

☑ **reg·is·tra·tion** [ˌrɛdʒɪˈstreʃən]

名 註冊

» You can fill out the form and take it to the **registration** section.

你可以填寫這張表格，把表格拿到註冊組。

☑ **reg·u·late** [ˈrɛgjəˌlet]

動 調節、管理

» You can use some coding systems to **regulate** the access to the website.

你可以使用一些密碼系統來管理該網站的入口。

☑ **reg·u·la·tion** [ˌrɛgjəˈleʃən]

名 調整、法規

» You should follow the safety **regulations**.

你應該要遵守安全法規。

☑ **re·jec·tion** [rɪˈdʒɛkʃən]

名 廢棄、拒絕

» No matter how polite a **rejection** email is, it is hurtful.

不管一封拒絕信如何的有禮貌，仍然會讓人受傷。

☑ **re·lax·a·tion** [ˌrilæksˈeʃən]

名 放鬆

» This ad of shower gel aims to emphasize the effect of **relaxation**.

這款沐浴乳的廣告旨在強調放鬆的效果。

☑ **rel·e·vant** [ˈrɛləvənt]

形 相關的

» His professional competence is not necessarily **relevant** to his educational background.

他的專業能力不一定是跟他的教育背景相關。

☑ **re·lieve** [rɪˈliv]

動 減緩

» Watching soap drama can **relieve** working pressures.

看連續劇可以減緩工作壓力。

☑ **re·luc·tant** [rɪˈlʌktənt]

形 不情願的

» She's **reluctant** to tell us who she works for.

她不願意告訴我們她為誰工作。

☑ **re·mark** [rɪˈmɑrk]

名 注意
動 注意、評論

» The judge **remarked** that she was singing like she had used up all her life.

評審評論她唱歌的樣子就像她已用盡全部的生命。

☑ **re·mark·a·ble** [rɪˈmɑrkəbl]

形 值得注意的

» Angie's ice-skating performance is **remarkable**.

安琪的溜冰表現是值得注意的。

☑ **rem·e·dy** [ˈrɛmədɪ]

名 醫療
動 治療、補救

» One possible **remedy** of treating cough is honey tea.

治療咳嗽的可能療法之一是蜂蜜茶。

☑ **re·new** [rɪˈnju]

動 更新、恢復、補充

» Remember to **renew** the passport if you'd like to go to Japan this year.

如果你今年想要去日本，記得要更新護照。

☑ **rep·e·ti·tion** [ˌrɛpɪˈtɪʃən]

名 重複、重做

» **Repetition** is one way of remembering important things.

重複是記得重要事項的方法之一。

☑ **rep·re·sen·ta·tion** [ˌrɛprɪzɛnˈteʃən]

名 代表、表示、表現

» There are different artistic forms of the **representation** of sadness.

悲傷的表現，有許多不同的藝術形式。

rep·u·ta·tion [ˌrɛpjəˈteʃən]

名 名譽、聲望

» Doctor Hu has a good **reputation**.
胡醫生有好的名聲。

res·cue [ˈrɛskju]

名 搭救

動 援救

» Will they succeed in the **rescue** of Leya's mother?
他們會成功救到莉雅的母親嗎？

re·search [ˈrisɝtʃ]

名 研究

動 調查

» His **research** on butterflies interests many people.
他對蝴蝶的研究讓很多人感興趣。

re·search·er [riˈsɝtʃə]

名 調查員

» The field **researcher** went to Ali Mountain to do further researches.
田野研究員到阿里山去做進一步的研究。

re·sem·ble [riˈzɛmbl̩]

動 類似

» The watermelon **resembles** a rectangular box.
這顆西瓜長得很像一個四方形的盒子。

res·er·va·tion [ˌrɛzɚˈveʃən]

名 保留、預訂

» Tina, have you made a **reservation** of a table?
蒂娜，妳訂位了嗎？

re·sign [riˈzaɪn]

動 辭職、使順從

» To be a full-time mother, Clara plans to **resign** from the company.
為了要當全職媽媽，克萊拉計畫要從這家公司辭職。

res·ig·na·tion [ˌrɛzɪgˈneʃən]

名 辭職、讓位

» Peter's sudden **resignation** surprised all of his co-workers.
彼得的閃辭驚嚇到全部的同事。

re·sis·tance [riˈzɪstəns]

名 抵抗

» This book teaches us how to breed crops with **resistance** to diseases.
這本書教導我們如何養出抵抗疾病的農作物。

res·o·lu·tion [ˌrɛzəˈluʃən]

名 果斷、決心

同 determination 決心

» Jane is certainly a woman with **resolution**.
珍必然是有決心的女人。

re·solve [riˈzɑlv]

名 決心

動 解決、分解

» The president's **resolve** to solve the tough problem is admirable.
總裁要解決棘手問題的決心令人佩服。

re·spect·a·ble [riˈspɛktəbl̩]

形 可尊敬的

» The staff of the organization, who saves homeless animals, is **respectable**.
這個組織拯救流浪動物的工作人員是令人尊敬的。

☑ **re·spect·ful** [rɪ`spɛktfəl]

形 有禮的、恭敬的

» In a **respectful** tone of voice, George's father stated why he came to visit Miss Tien.
喬治的父親以恭敬的口吻表達了他為什麼來拜訪田老師。

☑ **re·store** [rɪ`stor]

動 恢復

» It takes around five years to **restore** the house before its collapse.
要花五年時間，才能讓這棟房子恢復成倒塌之前的樣子。

☑ **re·stric·tion** [rɪ`strɪkʃən]

名 限制

» Because of the **restriction** of noise, the concert is not allowed to be held in this area.
因為有噪音的限制，這場演唱會不允許在這個地區舉行。

☑ **re·tain** [rɪ`ten]

動 保持、留住

» My niece has a good memory to **retain** everything she studied.
我的姪女有好的記憶力，可以記住所有讀過的資訊。

☑ **re·tire** [rɪ`taɪr]

動 隱退

» Catherine's mother is going to **retire** as a bank manager.
凱薩琳的母親即將從銀行經理的職位退休。

☑ **re·tire·ment** [rɪ`taɪrmənt]

名 退休

» Ben's **retirement** party will be held next Monday.
班的退休派對下星期一舉辦。

☑ **re·treat** [rɪ`trit]

名 撤退

動 撤退

» The general considered **retreating** from the battlefield.
將軍考量從戰場撤退。

☑ **re·un·ion** [ri`junjən]

名 重聚、團圓

» Dominic's daughter expects him to appear at the **reunion** party of dumplings.
多明尼克的女兒期待他出現在餃子的團圓派對。

☑ **re·venge** [rɪ`vɛndʒ]

名 報復

動 報復

同 retaliate 報復

» Hamlet took **revenge** for his father.
哈姆雷特為父親復仇。

☑ **re·vise** [rɪ`vaɪz]

動 修正、校訂

» Are you sure you have **revised** this essay?
你確定你已經修正過這篇論文了？

☑ **re·vi·sion** [rɪ`vɪʒən]

名 修訂

» I've made **revisions** on this paper.
我已經修訂了這篇論文。

☑ **rev·o·lu·tion** [ˌrɛvə`luʃən]

名 革命、改革

» During the cultural **revolution**, lots of temples were torn down.
在文化大革命時期，很多寺廟都被拆毀了。

☑ **rev·o·lu·tion·ar·y** [ˌrɛvə`luʃənˌɛrɪ]

形 革命的

» Some people believed the Arab Spring was the first **revolutionary** wave.
有些人相信阿拉伯之春是第一波的革命浪潮。

re·ward [rɪˈwɔrd]

名 報酬

動 酬賞

» This chocolate cake is your ***reward*** for washing the dishes.
這塊巧克力蛋糕是給你的洗碗獎賞。

rhyme [raɪm]

名 韻、韻文

動 押韻

» ***Rhyming*** stories helps my cousins learn English better.
有韻文的故事幫我的表兄妹把英文學得更好。

rhythm [ˈrɪðəm]

名 節奏、韻律

» The ***rhythm*** of the pop song is catchy.
這首流行歌的節奏是朗朗上口的。

rid·dle [ˈrɪdl̩]

名 謎語

» Sphinx the monster loves to test travelers with ***riddles***.
斯芬克斯這隻怪物喜歡出謎語考旅客。

rob·ber [ˈrɑbɚ]

名 強盜

» It was said that the ***robbers*** were hidden in this forest.
據說強盜藏身在樹林裡。

ro·mance [roˈmæns]

名 羅曼史

» I'm not interested in your parents' ***romance***.
我對你爸媽的羅曼史沒有興趣。

route [rut]

名 路線

片 take a route 遵守某一路線

» I've drawn the ***route*** to my new house for you.
我已經為你畫好到我新家的路線。

ru·in [ˈrʊɪn]

名 破壞

動 毀滅

同 destroy 破壞

» Scandals have totally ***ruined*** his political career.
醜聞已經徹底毀掉他的政治生涯。

ru·ral [ˈrʊrəl]

形 農村的

» ***Rural*** life is beautiful in this poem.
在這首詩裡的農村生活是美麗的。

rust·y [ˈrʌstɪ]

形 生鏽的、生疏的

» The door key to the basement is ***rusty***.
要進入地下室的大門鑰匙生鏽了。

Ss

sac·ri·fice [ˈsækrəˌfaɪs]

名 獻祭

動 供奉、犧牲

» The ***sacrifice*** of animals is a part of the religious ritual.
動物的獻祭是宗教儀式的一部分。

sat·el·lite [ˈsætəˌlaɪt]

名 衛星

» The ***satellite*** TV provides lots of channels.
衛星電視提供好多頻道。

☑ **sat·is·fac·tion** [ˌsætɪsˈfækʃən]

名 滿足

» You can drink different kinds of soda to your ***satisfaction*** in the pizza restaurant.
你可以在那家披薩餐廳喝不同的汽水，喝到滿足為止。

☑ **scarce·ly** [ˈskɛrslɪ]

副 勉強地、幾乎不

同 hardly 幾乎不

» I could ***scarcely*** believe my ear when my father said I passed the GEPT test.
當我爸爸告訴我說我通過全民英檢考試時，我簡直不敢相信自己的耳朵。

☑ **scen·ery** [ˈsinərɪ]

名 風景、景色

» The blogger said, "People is the best ***scenery*** in this trip."
這個部落客說，「人是這趟旅行中最好的風景。」

☑ **scold** [skold]

名 好罵人的人、潑婦

動 責罵

» I wonder why my sister-in-law could not stop ***scolding*** her children.
我在想，為什麼我的弟媳無法停止責罵她的小孩。

☑ **scoop** [skup]

名 舀取的器具

動 挖、掘、舀取

» One ***scoop*** of sugar water is enough for the bowl of bean curd.
舀一勺的糖水就足夠配這碗豆花了。

☑ **scratch** [skrætʃ]

動 抓

» My friend's cat ***scratched*** the sofa.
我朋友的貓抓壞了沙發。

☑ **sculp·ture** [ˈskʌlptʃə]

名 雕刻、雕塑

動 以雕刻裝飾

» The ***sculpture*** of Cupid and Psyche symbolizes romantic love.
丘比特和賽姬的雕像象徵了愛情。

☑ **se·cure** [sɪˈkjʊr]

動 保護

形 安心的、安全的

同 safe 安全的

» To ***secure*** the government official's safety should be the priority.
保護政府官員的安全為首要之務。

☑ **seize** [siz]

動 抓、抓住

» ***Seize*** the opportunity.
抓住機會。

☑ **set·tler** [ˈsɛtlə]

名 殖民者、居留者

» The ***settler*** in America worked hard to cultivate the land.
到美國居住的殖民者辛勤工作，耕種這塊土地。

☑ **se·vere** [səˈvɪr]

形 嚴厲的

片 severe toothache 嚴重的牙痛

» The math teacher is ***severe***.
數學老師很嚴格。

☑ **sew** [so]

動 縫、縫上

» The elves ***sew*** a pair of shoes for the shoe maker at night.
小精靈們在晚上幫鞋匠縫製一雙鞋。

☑ **shade** [ʃed]

名 陰涼處、樹蔭

動 遮住、使陰暗

» You'd better take a rest under the ***shade*** of the tree.
你最好在樹蔭下休息。

☑ **shad·y** [ˈʃedɪ]

形 多蔭的、成蔭的

» It's good to have a picnic on the ***shady*** grasses.
在陰涼的草地上野餐挺好的。

☑ **shame·ful** [ˈʃemfəl]

形 恥辱的

» My mother has kept the ***shameful*** secret for a long time.
我的母親隱瞞這個可恥的祕密很久了。

☑ **shave** [ʃev]

動 刮鬍子、剃

» My father ***shaves*** every morning.
我父親每天早晨都刮鬍子。

☑ **shel·ter** [ˈʃɛltɚ]

名 避難所、庇護所
動 保護、掩護
同 protect 保護

» The ***shelter*** is built to house the refugees.
避難所是建來收容難民的。

☑ **shift** [ʃɪft]

名 變換
動 變換

» The ***shift*** of working time improves his health.
工作時間的變換，改善了他的健康狀況。

☑ **sight·see·ing** [ˈsaɪtˌsiɪŋ]

名 觀光、遊覽

» The ***sightseeing*** bus just arrived at the museum.
觀光巴士才剛抵達博物館。

☑ **sig·na·ture** [ˈsɪgnətʃɚ]

名 簽名

» Sign your ***signature*** in this blank.
在這個空格裡簽上你的名字。

☑ **sig·nif·i·cance** [sɪgˈnɪfəkəns]

名 重要性

» The ***significance*** of peace cannot be emphasized too much.
和平的重要性，再怎麼強調都不為過。

☑ **sin·cer·i·ty** [sɪnˈsɛrətɪ]

名 誠懇、真摯

» The host of the TV program invites my father to dinner with great ***sincerity***.
電視節目的主持人誠摯地邀請我父親去吃晚餐。

☑ **sin·gu·lar** [ˈsɪŋgjəlɚ]

名 單數
形 單一的、個別的

» The word "child" is ***singular***.
"child" 這個字是單數。

☑ **site** [saɪt]

名 地基、位置
動 設置
同 location 位置

» The monsters we'll fight with are at various ***sites***.
我們要打的怪物在不同的位置。

☑ **sketch** [skɛtʃ]

名 素描、草圖
動 描述、素描

» The ***sketch*** of the beauty attracts the emperor.
美人的素描吸引了君王。

☑ **sky·scrap·er** [ˈskaɪˌskrepɚ]

名 摩天大樓

» Taipei 101 is a famous ***skyscraper***.
臺北 101 是棟有名的摩天大樓。

slight [slaɪt]

形 輕微的

動 輕視

» Mr. Kaplan has a **slight** sore throat.
卡普藍先生有點輕微的喉嚨痛。

slo·gan [ˈsloɡən]

名 標語、口號

» The advertising **slogan** was written creatively.
我們的廣告標語寫得很有創意。

sock·et [ˈsɑkɪt]

名 凹處、插座

» The **sockets** are beside the lamps.
插座在電燈旁邊。

soft·ware [ˈsɔftˌwɛr]

名 軟體

» Could you install the grammar checking **software** for me?
你可否幫我安裝這個文法檢查軟體？

so·lar [ˈsolɚ]

形 太陽的

反 lunar 月球的

» **Solar** energy can be converted into electrical energy.
太陽能可以轉換為電能。

spade [sped]

名 鏟子

片 call a spade a spade 實話實說

» The ice cream **spade** is easy to use.
冰淇淋鏟子很好用。

spare [spɛr]

形 剩餘的

動 節省、騰出

» Do you have a **spare** safety hat to lend me?
你還有沒有備用的安全帽可以借我？

spark [spɑrk]

名 火花、火星

動 冒火花、鼓舞

» The **sparks** flew out of the fireplace.
火花從火爐裡飛出來。

spear [spɪr]

名 矛、魚叉

動 用矛刺

» Could you teach me how to catch fish with a **spear**?
您能教我如何利用魚叉來捕魚嗎？

spe·cies [ˈspiʃɪz]

名 物種

» The **species** on this list are endangered.
這個清單上的物種已瀕臨滅絕。

spir·i·tu·al [ˈspɪrɪtʃʊəl]

形 精神的、崇高的

反 material 物質的

» These novels are my **spiritual** food.
這些小說是我的精神糧食。

splen·did [ˈsplɛndɪd]

形 輝煌的、閃耀的

» Tang Bohu has **splendid** achievement in Shan shui painting.
唐伯虎在山水畫上有著輝煌的成就。

split [splɪt]

名 裂口

動 劈開、分化

» The **split** of the relationship cannot be restored.
這段關係的裂口無法修復。

sprin·kle [ˈsprɪŋkl̩]

動 灑、噴淋

» **Sprinkle** some candies on top of the doughnut.
在甜甜圈上灑一些糖果。

☑ **stab** [stæb]

動 刺、戳
名 刺傷
» Her heart was deeply ***stabbed*** by a knife.
小刀深深的刺入她的心臟。

☑ **sta·tis·tic(s)** [stə`tɪstɪk(s)]

名 統計值、統計量
» The ***statistics*** are accurate.
這些統計數字是正確的。

☑ **sta·tus** [`stetəs]

名 地位、身分
» The difference of their social ***status*** separated the couple.
社會地位的不同造成了這對情侶的分離。

☑ **stem** [stɛm]

名 杆柄、莖幹
動 起源、阻止
» A terrible storm broke the ***stem*** of the sunflower.
有個可怕的颱風破壞了向日葵的莖幹。

☑ **ster·e·o** [`stɛrɪo]

名 立體音響
» With this set of ***stereo***, classic music sounds more powerful.
有了這組立體音響，古典樂聽起來更有力道。

☑ **sting·y** [`stɪndʒɪ]

形 有刺的、會刺的
» The fish is ***stingy***.
這條魚有刺。

☑ **stock·ing(s)** [`stɑkɪn(z)]

名 長襪
» These ***stockings*** will keep you warm.
這些長襪會讓你覺得溫暖。

☑ **strength·en** [`strɛŋθən]

動 加強、增強
» You need to ***strengthen*** your English grammar.
你需要加強你的英文文法。

☑ **stripe** [straɪp]

名 斑紋、條紋
» The black and white ***stripes*** on the model's face turned him into a zebra.
這個模特兒臉上的黑白條紋讓他變成了一隻斑馬。

☑ **strive** [straɪv]

動 苦幹、努力
» We ***strived*** to win the basketball game.
我們努力贏得籃球比賽。

☑ **stroke** [strok]

名 打擊、一撞
動 撫摸
» She avoided the fatal ***stroke*** of hammer.
她閃過了鐵鎚致命的一擊。

☑ **sub·ma·rine** [`sʌbməˌrin]

名 潛水艇
形 海底的
» The Russian ***submarine*** was armed with special weapons.
這艘俄國的潛水艇裝備了特殊的武器。

☑ **sue** [su]

動 控告、提出訴訟、請求、要求
» He ***sued*** for my forgiveness.
他請求原諒。

☑ **sug·ges·tion** [sə`dʒɛstʃən]

名 建議
» Gandolf's ***suggestion*** is wise.
甘道夫的建議是有智慧的。

☑ **sum·ma·rize** [ˈsʌmərˌaɪz]

動 總結、概述

» Try to **summarize** the story in 100 words.
試著用 100 個字，摘要這則故事。

☑ **sur·geon** [ˈsɝdʒən]

名 外科醫生

» The **surgeon** looks professional.
這個外科醫生看起來是很專業的。

☑ **sur·ger·y** [ˈsɝdʒərɪ]

名 外科醫學、外科手術

» Do the **surgery** right now.
現在就要動手術。

☑ **sur·ren·der** [səˈrɛndə]

名 投降
動 屈服、投降

» My son will never **surrender** under pressure.
我兒子絕不會在壓力之下屈服。

☑ **sur·round·ings** [səˈraʊndɪŋz]

名 環境、周圍

» Look at the **surroundings**; wolves might attack at any time.
看看周圍環境；狼群有可能隨時會攻擊。

☑ **sus·pi·cious** [səˈspɪʃəs]

形 可疑的

» The strange man looks **suspicious**.
這名奇怪的男子看起來很可疑。

☑ **sway** [swe]

名 搖擺、支配
動 支配、搖擺

» The candle's flame was **swaying**.
蠟火搖晃。

☑ **syl·la·ble** [ˈsɪləbl̩]

名 音節

» In the word "goddess," there are two **syllables**.
在 "goddess" 這個字裡，有兩個音節。

☑ **sym·pa·thet·ic** [ˌsɪmpəˈθɛtɪk]

形 表示同情的

» Sara was very **sympathetic** to the beggar.
莎拉對乞丐表示同情。

☑ **sym·pa·thy** [ˈsɪmpəθɪ]

名 同情

» You should show **sympathy** to these poor children.
你應該要對這些可憐的孩子顯露同情心。

☑ **sys·tem·at·ic** [ˌsɪstəˈmætɪk]

形 有系統的、有組織的

» Use a **systematic** way to finish this project.
用有系統的方法來完成這個案子。

Tt

☑ **tech·ni·cian** [tɛkˈnɪʃən]

名 技師、技術員

» My friend was a laboratory **technician**.
我的朋友是實驗室技術員。

☑ **tech·no·log·i·cal** [tɛknəˈlɑdʒɪkl̩]

形 工業技術的

» One of the company's **technological** skills was stolen.
公司有項工業技術被偷了。

☑ **tel·e·graph** [ˈtɛləˌgræf]

名 電報機
動 打電報

» The **telegraph** was displayed in the museum.
電報機陳列在博物館內。

☑ **tel·e·scope** [ˈtɛləˌskop]

名 望遠鏡

» Use the **telescope** to observe the night sky.
用這臺望遠鏡來觀察夜空。

☑ **ten·den·cy** [ˈtɛndənsɪ]

名 傾向、趨向

» Carrie has a **tendency** of lying.
卡麗有說謊的傾向。

☑ **tense** [tɛns]

動 緊張
形 拉緊的

» You seemed to be **tense**.
你似乎滿緊張的。

☑ **ten·sion** [ˈtɛnʃən]

名 拉緊、緊張關係

» Audience loves **tension** in the TV drama.
觀眾喜歡電視劇裡的張力。

☑ **ter·ror** [ˈtɛrɚ]

名 駭懼、恐怖
同 fear 恐懼

» The **terror** can be erased by providing sufficient security.
藉由提供足夠的安全感，恐懼會被抹去。

☑ **theme** [θim]

名 主題、題目
片 theme park 主題公園

» The **theme** of the novel is about racial prejudice.
這本小說的主題是跟種族歧視有關。

☑ **thor·ough** [ˈθɝo]

形 徹底的

» Do a **thorough** check.
做徹底的調查。

☑ **thought·ful** [ˈθɔtfəl]

形 深思的、思考的

» Grandpa is a **thoughtful** person.
爺爺是個喜歡深思的人。

☑ **tick·le** [ˈtɪkl]

動 搔癢、呵癢

» **Tickle** the baby and it'll laugh.
搔寶寶癢，寶寶會笑。

☑ **timetable** [ˈtaɪmˌtebl]

名 時刻表 時間表 課程表

» I need the train **timetable** to book tickets.
我需要火車時刻表來訂票。

☑ **tim·id** [ˈtɪmɪd]

形 羞怯的

» The **timid** girl hides behind the door.
羞怯的女孩躲在門後。

☑ **tol·er·a·ble** [ˈtɑlərəbl]

形 可容忍的、可忍受的

» When the violence comes from your family, is it **tolerable**?
當暴力來自你的家人時，這是可以忍受的嗎？

☑ **tol·er·ance** [ˈtɑlərəns]

名 包容力

» Grandpa has high **tolerance** of naughty children.
爺爺對頑皮的孩子有高度的包容力。

☑ **tol·er·ant** [ˈtɑlərənt]

形 忍耐的、容忍

» It is not easy to be **tolerant** with people who are not like us.
要容忍那些與我們不同的人，不是件容易的事。

☑ **tol·er·ate** [ˈtɑləˌret]

動 寬容、容忍

» Do you think Mr. Lee will **tolerate** your being late to work again?
你認為李先生會再次寬容你晚來工作一事？

☑ **tomb** [tum]

名 墳墓、塚

同 grave 墳墓

» The vampire sleeps at his **tomb** during day time.
吸血鬼在白天時睡在自己的墳墓裡。

☑ **tor·toise** [ˋtɔrtəs]

名 烏龜

» The **tortoises** in the Shou Shan Zoo look like huge stones if they don't move.
壽山動物園的烏龜如果不動，看起來就像巨石。

☑ **tor·ture** [ˋtɔrtʃɚ]

名 折磨、拷打

動 使……受折磨

» The prisoner suffered terrible **torture** and died in the prison.
囚犯受到可怕的折磨，死在獄中。

☑ **trag·e·dy** [ˋtrædʒədɪ]

名 悲劇

» Romeo and Juliet is a famous **tragedy** written by Shakespeare.
《羅密歐和茱麗葉》是莎士比亞所寫的有名悲劇。

☑ **trag·ic** [ˋtrædʒɪk]

形 悲劇的

» The general suffered from a **tragic** death.
將軍遭受悲劇性的死亡。

☑ **trans·fer** [ˋtrænsfɝ]/[trænsˋfɝ]

名 遷移、調職

動 轉移

» Jack proposes to his boss that he should be **transferred** to another department.
傑克向老闆提議他應該要調到別的部門。

☑ **trans·form** [trænsˋfɔrm]

動 改變

» The caterpillar **transformed** into a butterfly.
毛毛蟲變成了蝴蝶。

☑ **trans·late** [trænsˋlet]

動 翻譯

» Could you spare some time **translating** this paragraph for me?
你可不可以花些時間幫我翻譯這個段落？

☑ **trans·la·tion** [trænsˋleʃən]

名 譯文

» The **translation** of the novel is elegant.
這本小說的翻譯很優雅。

☑ **trans·la·tor** [trænsˋletɚ]

名 翻譯者、翻譯家

» Some **translators** are artists.
有些翻譯家就是藝術家。

☑ **trans·por·ta·tion** [ˌtrænspɚˋteʃən]

名 輸送、運輸工具

» What kind of **transportation** did you take to Kaohsiung?
你搭什麼樣的交通工具到高雄？

☑ **trem·ble** [ˋtrɛmbl̩]

名 顫抖、發抖

動 顫慄

» The woman in the horror film **trembled** with fear.
恐怖片中的女人因恐懼而顫抖。

☑ **tre·men·dous** [trɪˋmɛndəs]

形 非常、巨大的

同 enormous 巨大的

» He gained **tremendous** success in cooking art.
他在廚藝方面取得巨大的成功。

☑ **trib·al** [ˋtraɪbl̩]

形 宗族的、部落的

片 tribal dress 部落服飾

» The **tribal** weaving skill has passed down to the 17th generation.
部落的編織技巧已經傳到第十七代。

☑ **tri·umph** [ˋtraɪəmf]

名 勝利

動 獲得勝利

» Nick exclaimed "Thank God" when he learned about the news of **triumph**.
當尼克聽聞勝利的消息時，大喊出「感謝老天爺」。

☑ **trou·ble·some** [ˋtrʌbḷsəm]

形 麻煩的、困難的

» Aunt Bella was in a **troublesome** situation.
貝拉阿姨陷入麻煩了。

☑ **tum·ble** [ˋtʌmbḷ]

動 摔跤、跌落

» The egg man **tumbled** down the wall.
蛋人摔下牆。

☑ **twig** [twɪg]

名 小枝、嫩枝

» There are some pink buds on the **twigs**.
嫩枝上有些粉紅色的花苞。

Uu

☑ **u·ni·ver·sal** [͵junəˋvɝsḷ]

形 普遍的、世界性的、宇宙的

» A **universal** problem we will ask is "What should I do when I grow up?"
普遍性的問題是「我長大後應該做什麼？」

☑ **urge** [ɝdʒ]

動 驅策、勸告

» **Urge** your brother to give up the habit of taking drugs.
勸告你的兄弟，放棄嗑藥的習慣。

☑ **ur·gent** [ˋɝdʒənt]

形 急迫的、緊急的

» Lisa is in **urgent** need of this amount of money.
麗莎對這筆錢有急迫的需求。

☑ **us·age** [ˋjusɪdʒ]

名 習慣、習俗、使用

» You'd better check the **usage** of this phrase.
你最好查一下這個片語的用法。

Vv

☑ **va·can·cy** [ˋvekənsɪ]

名 空缺、空白

» There's a job **vacancy** in our company.
我們公司有職缺。

☑ **vain** [ven]

形 無意義的、徒然的

» It is in **vain** to do so many things for a man who doesn't love you.
為一個不愛你的男人做那麼多的事，是沒有意義的。

☑ **vast** [væst]

形 巨大的、廣大的

同 enormous 巨大的

» A **vast** audience bought Jay Chou's concert tickets.
有大量的觀眾買了周杰倫的演唱會門票。

☑ **veg·e·tar·ian** [͵vɛdʒəˋtɛrɪən]

名 素食主義者

» Most monks are **vegetarians**.
多數的和尚是素食主義者。

☑ **ves·sel** [ˈvɛsl̩]

名 容器、碗

» This set of silver **vessels** is expensive.
這組銀製的容器很貴。

☑ **vi·o·late** [ˈvaɪəˌlet]

動 妨害、違反

» Sir, you've **violated** the law.
先生，你違反了法律。

☑ **vi·o·la·tion** [ˌvaɪəˈleʃən]

名 違反、侵害

» **Violation** of law leads to punishment.
違反法律會帶來懲罰。

☑ **vir·tue** [ˈvɝtʃu]

名 貞操、美德

» Saving money is a **virtue**.
省錢是種美德。

☑ **vir·us** [ˈvaɪrəs]

名 病毒

片 a virus infection 病毒感染

» **Virus** has been spread.
病毒已經擴散。

☑ **vis·u·al** [ˈvɪʒuəl]

形 視覺的

» Black and white gave people a strong **visual** impression.
黑與白給與人們強烈的視覺印象。

☑ **vi·tal** [ˈvaɪtl̩]

形 生命的、不可或缺的

» Fresh air is **vital** for human beings.
新鮮的空氣對人類來講是不可或缺的。

☑ **vol·un·tar·y** [ˈvɑlənˌtɛrɪ]

形 自願的、自發的

» Why don't you do some **voluntary** work?
為什麼你不做些志願服務的工作？

☑ **vol·un·teer** [ˌvɑlənˈtɪr]

名 自願者、義工
動 自願做……

» Does any of you want to be a **volunteer**?
你們有人想做義工嗎？

☑ **voy·age** [ˈvɔɪɪdʒ]

名 旅行、航海
動 航行

» The **voyage** to a far away island is the boy's dream.
航海到遠方的島嶼是這個小男孩的夢想。

Ww

☑ **wak·en** [ˈwekən]

動 喚醒、醒來

» **Waken** your younger brother at six.
六點時叫醒你弟弟。

☑ **web·site** [ˈwɛbˌsaɪt]

名 網站

» I have no access to this **website**.
我無法進入這個網站。

☑ **wel·fare** [ˈwɛlˌfɛr]

名 健康、幸福、福利
同 benefit 利益

» The **welfare** of my voters are my welfare.
我選民的福利就是我的福利。

☑ **wink** [wɪŋk]

動 眨眼、使眼色
名 眨眼、使眼色

» How come you **wink** at me?
為什麼你向我眨眼？

☑ **wit** [wɪt]

名 機智、賢人

» Susan's **wit** is amazing.
蘇珊的機智是很驚人的。

☑ **witch/wiz·ard** [wɪtʃ]/[ˈwɪzəd]

名 女巫師／男巫師

片 witch doctor 巫醫

» The **witch** hunt lasted for a long time.
女巫獵捕行動持續了好長的一段時間。

☑ **with·draw** [wɪðˈdrɔ]

動 收回、撤出

» He has decided to **withdraw** from the game.
他已經決定撤出這場比賽。

☑ **wit·ness** [ˈwɪtnɪs]

名 目擊者

動 目擊

» The **witness** of the accident was murdered.
這場意外的目擊者被殺了。

☑ **work·out** [ˈwɝkˌaʊt]

名 訓練、練習、測驗

» She goes to the gym every morning for a **workout**.
她每天早上去健身房鍛鍊。

☑ **work·place** [ˈwɝkˌples]

名 工作場所

» The **workplace** prohibits smoking.
工作場所禁止抽菸。

☑ **wreck** [rɛk]

名 （船隻）失事、殘骸

動 遇險、摧毀、毀壞

» The **wreck** of the ship was still under the ocean.
失事的船隻殘骸仍然在海底。

Yy

☑ **yawn** [jɔn]

動 打呵欠

名 打呵欠

» Boring classes make students **yawn**.
無聊的課讓學生打呵欠。

☑ **youth·ful** [ˈjuθfəl]

形 年輕的

片 youthful energy 年輕人的活力

» The solider is not **youthful** anymore.
士兵已不再年輕。

LEVEL 5

－ 完勝 108 新課綱 －

進階字彙 LEVEL 5

▶ *Track153 － Track194*

LEVEL 5 音檔雲端連結

因各家手機系統不同，若無法直接掃描，
仍可以至以下電腦雲端連結下載收聽。
（*https://tinyurl.com/28sjebha*）

LEVEL 5

進階英文單字，迎戰口語能力！

Aa

▶▶▶ Track 153

☑ **ab·nor·mal** [æb`nɔrml]

形 反常的

» The **_abnormal_** rise in temperature causes concern of the environmental protectionists.
反常的氣溫上升，引起環境保護份子的擔心。

☑ **a·bol·ish** [ə`balɪʃ]

動 廢止、革除

反 establish 建立

» Slavery was **_abolished_** in the 19th century.
奴隸制在十九世紀便被廢除。

☑ **a·bor·tion** [ə`bɔrʃən]

名 流產、墮胎

» **_Abortion_** is still a controversial issue.
墮胎仍然是個有爭議性的議題。

☑ **a·brupt** [ə`brʌpt]

形 突然的

同 sudden 突然的

片 come to an abrupt halt 突然停下來

» The **_abrupt_** visit of a teacher surprised everyone.
老師的突然造訪讓大家感到驚訝不已。

☑ **ab·surd** [əb`sɝd]

形 不合理的、荒謬的

» Samuel Becketts is famous for the **_absurd_** play Waiting for Godot.
薩繆爾·貝克特以其荒謬劇《等待果陀》著稱。

☑ **a·bun·dant** [ə`bʌndənt]

形 豐富的

反 scarce 稀少的

» Smart students tend to use **_abundant_** online resources to learn.
聰明的學生傾向於使用豐富的線上資源做學習。

☑ **a·buse** [ə`bjuz]

名 濫用、虐待

動 濫用、虐待、傷害

同 injure 傷害

» The man was accused of **_abusing_** endangered animals.
這名男子遭指控虐待瀕危動物。

☑ **ac·cel·er·ate** [æk`sɛlə‚ret]

動 促進、加速進行

» It takes the car 10 seconds to **_accelerate_** from 0 m/ph to 60 m/ph.
這輛車可以用 10 秒從零加速到每小時 60 英里。

ac·ces·si·ble [æk`sɛsəbl]

形 可親的、容易接近的、可使用的

» There are a lot of online learning resources **accessible** for the public.
有很多線上學習資源供大眾利用。

ac·com·mo·date [ə`kɑmə‚det]

動 能容納、使……適應、提供

同 conform 適應

» The theater can **accommodate** over two thousand viewers.
這間劇院可容納兩千名觀眾。

ac·com·mo·da·tion [ə‚kɑmə`defən]

名 便利、適應、住宿

» They are looking for suitable **accommodation** in Sydney.
他們正在尋找雪梨適合住宿的地點。

ac·cord [ə`kɔrd]

名 一致、和諧

動 和……一致

片 accord with 與……符合

» His self-introduction did not **accord** with what he stated in his resume.
她自我介紹的內容和履歷表上寫的不一致。

ac·count·ing [ə`kaʊntɪŋ]

名 會計、會計學

» The **accounting** majors are required to obtain the professional certificate before they graduate.
主修會計的學生被要求要在畢業前取得專業證照。

ac·knowl·edge [ək`nɑlɪdʒ]

動 承認、供認

反 deny 否認

» Sometimes people just don't like to **acknowledge** their mistakes.
有時候人們就是不想承認他們的錯誤。

ac·knowl·edge·ment [ək`nɑlɪdʒmənt]

名 承認、坦白、自白

反 denial 否認

» They want an **acknowledgement** of the existence of the problem of ocean wastes.
他們想要海洋廢棄物問題的存在能夠得到承認。

ac·quaint [ə`kwent]

動 使熟悉、告知

» You'd better **acquaint** yourself with the use of this app.
你最好去熟悉手機應用程式的使用。

ac·qui·si·tion [‚ækwə`zɪʃən]

名 獲得、取得

» The **acquisition** of property should be conducted in accordance with the following guidelines.
資產的取得，應遵照下列的規定。

ac·tiv·ist [`æktɪvɪst]

名 行動者

» Several political **activists** are arrested in the illegal demonstration.
有幾位政治行動者在非法抗議行動中遭到逮捕。

a·cute [ə`kjut]

形 敏銳的、激烈的

同 keen 敏銳的

» The runner felt **acute** pain in his ankle when approaching the goal.
跑者在接近終點的時候感覺腳踝激烈疼痛。

ad·min·is·tra·tion [əd‚mɪnə`streʃən]

名 經營、管理、政府

同 government 管理

» The **administration** has not made any response to the students' request.
當局還未針對學生的要求予以回應。

☑ **ad·min·is·tra·tive** [əd`mɪnə͵stretɪv]

形 行政上的、管理上的

» The civil servants are just fulfilling their **administrative** duties.
這些公務人員只是在行使管理職務。

☑ **ad·min·is·tra·tor** [əd`mɪnə͵stretɚ]

名 管理者

» The **administrator** of the bulletin board will delete posts of offensive remarks.
留言板的管理者會刪除有冒犯言論的貼文。

☑ **ad·o·les·cent** [͵ædəl`ɛsn̩t]

名 青少年
形 青春期的、青少年的
同 teenage 青少年的

» This program focuses on the study of **adolescent** literature.
這個計畫著重在青少年文學的研究。

☑ **a·dore** [ə`dor]

動 崇拜、敬愛、崇敬、寵愛

» Your grandfather **adores** you, Heidi.
海蒂,你是爺爺的心肝寶貝。

☑ **ad·verse** [æd`vɝ·s]

形 逆向的、相反的、不利的、有害的

» Eating too much fried food is **adverse** to health.
吃太多油炸食物不利於健康。

☑ **ad·vo·cate** [`ædvəkɪt]/[`ædvə͵ket]

名 提倡者
動 提倡、主張
同 support 擁護

» Martin Luther King is an **advocate** of peaceful protests.
馬丁路德是和平抗爭的倡導者。

☑ **af·fec·tion** [ə`fɛkʃən]

名 親情、情愛、愛慕
反 hate 仇恨

» The famous actor's father didn't show him much **affection**.
知名演員的父親對他並沒有表現出太多的慈愛。

☑ **a·gen·da** [ə`dʒɛndə]

名 議程、節目單

» The **agenda** of tomorrow's meeting is listed on the notice.
明天會議的議程列在公告上。

☑ **ag·gres·sion** [ə`grɛʃən]

名 進攻、侵略

» His verbal **aggression** on the conference was condemned by the other attendees.
他在會議上的言語攻擊受到其他與會者的譴責。

☑ **ag·o·ny** [`ægənɪ]

名 痛苦、折磨
同 torment 痛苦

» The **agony** of the woman is shown on her face.
女人的臉龐顯露出她的痛苦。

☑ **ag·ri·cul·tur·al** [͵ægrɪ`kʌltʃərəl]

名 農業的

» **Agricultural** economy has become a hot issue recently.
農業經濟學最近成為一個很熱門的話題。

☑ **aisle** [aɪl]

名 教堂的側廊、通道
片 walk down the aisle 步入結婚禮堂(非正式用法)

» Your grandma needs an **aisle** seat.
你的奶奶需要走道旁的位置。

al·co·hol·ic [ˌælkəˈhɔlɪk]

名 酗酒者
形 含酒精的

» The **alcoholic** died of liver cancer in his early forties.
這名酗酒者在四十歲出頭因肝癌而過世。

a·li·en [ˈelɪən]

形 外國的、外星球的
名 外國人、外星人
同 foreign 外國人

» The government of this country was not friendly to **aliens** from Asian countries.
此國的政府對來自亞洲國家的外國人並不很友善。

al·ler·gic [əˈlɝdʒɪk]

形 過敏的、厭惡的

» Sam is **allergic** to flowers.
山姆對花過敏。

al·ler·gy [ˈælədʒɪ]

名 反感、食物過敏

» My younger brother has an **allergy** to seafood.
我弟弟對海鮮過敏。

al·li·ance [əˈlaɪəns]

名 聯盟、同盟

» The **alliance** between the two neighboring countries lasted over 20 years.
這兩個鄰國結盟維持二十多年。

al·lo·cate [ˈæləˌket]

動 分配
同 distribute 分配

» The NGO is responsible for **allocating** the donated necessities to the needy people.
非政府組織負責將捐贈的物資分配給需要的人。

al·ly [ˈælaɪ]/[əˈlaɪ]

名 同盟者
動 使結盟
反 enemy 敵人

» In the Twilight series, the werewolf turned out to be the vampire family's **ally**.
在暮光之城系列中，狼人變成吸血鬼家族的盟友。

a·long·side [əˈlɔŋsaɪd]

副 沿著、並排地
介 在……旁邊

» The tourists appreciated the beautiful lighting **alongside** the street.
觀光客欣賞沿街的美麗燈飾。

al·ter [ˈɔltɚ]

動 更改、改變
同 vary 變更

» We reserve the right to **alter** the traveling schedule.
我們保留更改旅遊行程的權利。

al·ter·nate [ˈɔltɚˌnet]/[ˈɔltɚnɪt]

動 輪流、交替
形 交替的、間隔的

» The actress **alternated** between rage and sadness.
這名女演員時而憤怒，時而悲傷。

a·mend [əˈmɛnd]

動 修訂 修改 改進 改善

» The customer wishes to **amend** the contract to be more favorable to them.
客戶希望修訂合約以更有利於他們。

am·ple [ˈæmpl̩]

形 充分的、廣闊的
同 enough 充足的

» You'll have **ample** time to think about this matter.
你會有充分的時間來思考這件事。

☑ an·a·lyst [ˈænəlɪst]

名 分解者、分析者

» The statistical **analyst** is responsible to interpret the data.
數據分析師負責解釋資料。

☑ a·non·y·mous [əˈnɑnəməs]

形 匿名的

» The person who offered us this scoop news wished to remain **anonymous**.
提供這個獨家消息的人希望保持匿名。

☑ an·tic·i·pate [ænˈtɪsəˌpet]

動 預期、預料、提前支用
同 expect 預期

» It is **anticipated** that the typhoon may cause great damage to the island.
可以預期到這個颱風會對本島帶來很大的損害。

☑ an·tique [ænˈtik]

名 古玩、古董
形 古舊的、古董的
同 ancient 古代的

» These **antiques** are the rich men's toys.
這些古玩是有錢人的玩具。

☑ ap·plause [əˈplɔz]

名 鼓掌歡迎、喝采
同 praise 稱讚

» The singer got a loud **applause**.
這名歌手獲得如雷般的掌聲。

☑ ap·pli·ance [əˈplaɪəns]

名 器具、家電用品

» The prize drawing this time offers a variety of household **appliances**.
這次的抽獎活動提供各式各樣的家電用品。

☑ apt [æpt]

形 貼切的、恰當的
同 suitable 適當的

» "Nice" may not be an **apt** description of her kindness.
「好」這個字或許不足以形容她的善良。

☑ ar·chi·tect [ˈɑrkəˌtɛkt]

名 建築師

» The **architect** on TV explained the structure of the house.
電視上那名建築師説明這棟房子的結構。

☑ ar·chi·tec·ture [ˈɑrkəˌtɛktʃə]

名 建築、建築學、建築物
同 building 建築物

» The **architecture** of the garden was completely destroyed in the war.
這座花園建築在戰時被完全破壞。

☑ a·re·na [əˈrinə]

名 競技場
同 stadium 競技場

» The Olympic **arena** needed a new designing.
奧林匹克競技場需要新的設計。

☑ a·rouse [əˈraʊz]

動 喚醒

» This picture book **aroused** our curiosity in the life of the Japanese artist.
這本繪本喚醒我們對這位日本藝術家生平的好奇心。

☑ ar·ray [əˈre]

名 列陣、列隊、一批、一系列、大量

» The army was **arrayed** before the commander.
軍隊在指揮官面前列隊。

☑ **ar·ro·gant** [ˈærəgənt]

形 自大的、傲慢的

反 humble 謙虛的

» The ***arrogant*** movie star refused to work with the less famous actor.
傲慢的電影明星拒絕和比較不有名的演員合作。

☑ **ar·tic·u·late** [ɑrˈtɪkjəˌlet]/[ɑrˈtɪkjəlɪt]

動 清晰地發音

形 清晰的

» The anchor ***articulated*** to make her report as clear as possible.
主播清晰地發音,盡可能讓自己的報導變清楚。

☑ **ass** [æs]

名 驢子、笨蛋、傻瓜

片 make an ass of yourself 讓自己出糗

» You don't need to care about what the dumb ***ass*** said.
你不需要在意那個蠢蛋說了什麼。

☑ **as·sault** [əˈsɔlt]

名 攻擊

動 攻擊

同 attack 攻擊

» The movie reveals the problem of sexual ***assault*** of women in the poor countries.
這部電影揭露了在貧窮國家的女性遭受性攻擊的問題。

☑ **as·sert** [əˈsɝt]

動 斷言、主張

» The governor ***asserted*** that crime fighting would be the most important issue in his term of office.
州長主張在他任期內,打擊犯罪是最重要的議題。

☑ **as·sess** [əˈsɛs]

動 估計價值、課稅

» The value of the property was ***assessed*** by the real estate appraiser.
由不動產估價師來估計這個房產的價值。

☑ **as·sess·ment** [əˈsɛsmənt]

名 評估、稅額

» More teachers adopt the process-based ***assessment*** in their class.
越來越多老師在課堂中採用重視歷程的評量方式。

☑ **as·set** [ˈæsɛt]

名 財產、資產

同 property 財產

» It touched me that Miss Chen donated 1/3 of her ***asset*** to the orphanage.
讓我感動的是陳小姐捐了三分之一的財產給孤兒院。

☑ **as·sump·tion** [əˈsʌmpʃən]

名 前提、假設、假定

反 conclusion 結論

» Don't make ***assumptions*** about others based on the stereotypes.
不要以刻板印象對別人妄加臆斷。

☑ **as·ton·ish** [əˈstɑnɪʃ]

動 使……吃驚

» Tim was ***astonished*** by how rich the beggar had been.
這名乞丐竟然如此有錢,這讓提姆很吃驚。

☑ **as·ton·ish·ment** [əˈstɑnɪʃmənt]

名 吃驚

» To his father's ***astonishment***, Bart chose to marry a girl from Vietnam.
讓伯特的父親吃驚的是,他竟然選擇去娶一名來自越南的女孩。

☑ **athletics** [æθˈlɛtɪks]

名 體育運動 競技 田徑

» She excels in ***athletics***.
她在田徑方面表現出色。

☑ **at·ten·dance** [əˋtɛndəns]

名 出席、參加

反 absence 缺席

» Amy's ***attendance*** of the wedding delighted Jessie.
愛咪參加婚禮這件事讓傑西很高興。

☑ **at·tic** [ˋætɪk]

名 閣樓、頂樓

» Mr. Benson had his stepchild live in the ***attic***.
班森先生讓他的繼子住在閣樓裡面。

☑ **at·tor·ney** [əˋtɝnɪ]

名 律師、法定代理人

» He is an ***attorney*** who specializes in handling divorce cases.
他是一名專門處理離婚案件的律師。

☑ **at·tri·bute** [əˋtrɪbjʊt]

動 把……歸因於、把……歸咎於、
認為……是某人所有

» She ***attributes*** her success to hard work and perseverance.
她將她的成功歸功於辛勤工作和毅力。

☑ **uc·tion** [ˋɔkʃən]

名 拍賣

動 拍賣

同 sale 拍賣

» The painting was sold at a record-high price at the ***auction***.
這幅畫在拍賣會上以高價賣出。

☑ **au·thor·ize** [ˋɔθəˏraɪz]

動 委託、授權、委任

» The committee was ***authorized*** to appoint the manager of the company.
委員會獲得授權任命公司的經理。

☑ **au·ton·o·my** [ɔˋtɑnəmɪ]

名 自治、自治權

» Many teachers joined the campaign for school ***autonomy***.
許多教師參與爭取學校自主權的運動。

☑ **awe** [ɔ]

名 敬畏

動 使敬畏

同 respect 尊敬

» The people of the tribe look at the dawn in ***awe***.
這個部落的人帶著敬畏的心看著黎明。

Bb

☑ **back·yard** [ˋbækjɑrd]

名 後院、後庭

» The puppy joyfully ran around in the ***backyard***.
小狗在後院開心地四處奔跑。

☑ **bal·lot** [ˋbælət]

名 選票

動 投票

同 vote 投票

» The ***ballot*** stands for the voters' trust on the candidate.
選票代表了投票人對候選人的信任。

☑ **ban** [bæn]

動 禁止

名 禁令、查禁

片 call for a ban 呼籲

» Religious beliefs are ***banned*** in this country.
在這個國家裡宗教信仰是被禁止的。

ban·ner [ˋbænɚ]

名 旗幟、橫幅
同 flag 旗幟
» In the parade, a group of students carried the **banner**.
遊行中，有一群學生舉著一面旗幟。

bar·ren [ˋbærən]

形 不毛的、土地貧瘠的
反 fertile 肥沃的
» The land is **barren**.
土地一片貧瘠。

batch [bætʃ]

名 一批、一群、一組
同 cluster 群、組
» The **batch** of skates are from France.
這一批的溜冰鞋來自法國。

be·half [bɪˋhæf]

名 代表
» On **behalf** of the school, Tiffany joined the table tennis competition.
蒂芬妮代表學校參加桌球比賽。

be·long·ings [bəˋlɔɪŋz]

名 所有物、財產
同 possession 財產
» In the earthquake, Ho lost all his **belongings**.
在地震中，何失去了所有的財產。

be·loved [bɪˋlʌvd]

形 鍾愛的、心愛的
同 darling 親愛的
» Oh, my **beloved**, how can you be so cruel to me?
喔，親愛的，你怎麼能對我如此殘忍？

ben·e·fi·cial [ˌbɛnəˋfɪʃəl]

形 有益的、有利的
反 harmful 有害的
» Drinking black tea is **beneficial** to you as well.
喝紅茶對你而言也是有益的。

be·tray [bɪˋtre]

動 出賣、背叛
同 deceive 欺騙
» He went bankrupt after his business partner **betrayed** him.
被生意夥伴背叛後，他破產了。

be·ware [bɪˋwɛr]

動 當心、小心提防
» **Beware** of the dog.
當心惡犬。

bi·as [ˋbaɪəs]

名 偏心、偏袒
動 使存偏見
» The government tried to eliminate the public's **bias** against the minorities.
政府試圖消弭大眾對少數族群的偏見。

bid [bɪd]

名 投標價
動 投標、出價
» Jerry made a **bid** for the pottery plate.
傑瑞出價買下這個瓷盤。

bi·o·log·i·cal [ˌbaɪəˋlɑdʒɪkḷ]

形 生物學的、有關生物學的
» He spent three years looking for his **biological** brother after the war separated them.
他花了三年時間尋找因戰爭失散的親生弟弟。

bi·zarre [bɪˋzɑr]

形 古怪的、奇異的
» The newcomer's **bizarre** behaviors raised concerns of the local residents.
新來的人言行古怪，引起當地居民的擔憂。

blast [blæst]

名 強風、風力
動 損害
反 breeze 微風
» The garden was **blasted**.
這座花園遭受強風損害。

☑ **blur** [blɝ]

名 模糊、朦朧
動 變得模糊

» The boy put off his glasses and everything turned out to be a **blur**.
男孩拿掉眼鏡，每件東西都變得模糊。

☑ **blush** [blʌʃ]

名 羞愧、慚愧
動 臉紅

» David **blushed** when he saw Lily's eyes.
當大衛與莉莉的眼神相遇，他不禁臉紅了。

☑ **body·guard** [ˈbɑdɪˌɡɑrd]

名 護衛隊、保鑣

» The **bodyguard**'s motorcycle crashed on an old lady.
重機上的保鑣撞上了一名老婦人。

☑ **bolt** [bolt]

名 門閂
動 閂上、吞嚥

» When the **bolt** is loosen, you can push the door open easily.
當門閂鬆開時，你可以輕易地推開這扇門。

☑ **bo·nus** [ˈbonəs]

名 獎金、分紅、紅利

» Most employees expect to get year-end **bonus**.
多數的員工期待拿年終獎金。

☑ **boom** [bum]

名 隆隆聲、繁榮
動 發出低沉的隆隆聲、急速發展
同 thunder 隆隆聲

» The **boom** of the thunder scared the sleeping baby.
打雷的隆隆聲嚇壞了睡夢中的寶寶。

☑ **boost** [bust]

名 幫助、促進
動 推動、增強、提高
同 increase 增加

» The establishment of infrastructure can help **boost** the economy.
基礎設施的建立可以幫助促進經濟。

☑ **booth** [buθ]

名 棚子、攤子

» Some mountain climbers take a rest in the **booth**.
有些登山客就在棚子裡歇歇腿。

☑ **bore·dom** [ˈbordəm]

名 乏味、無聊

» Jogging alone is such a **boredom**.
自己一個人跑步真是件無聊的事。

☑ **bound** [baʊnd]

名 彈跳
動 跳躍

» The giant panda can leap several houses in a single **bound**.
巨大貓熊一個彈跳就跳過好幾間屋子。

☑ **bound·a·ry** [ˈbaʊndərɪ]

名 邊界
同 border 邊界

» Some artists tend to cross the **boundary** of forms while creating artworks.
有些藝術家傾向在創作作品時跨越形式的邊界。

☑ **box·er** [ˈbɑksɚ]

名 拳擊手

» Ali is a famous **boxer**.
阿里是個有名的拳擊手。

break·through [`brek,θru]

名 突破
» Face recognition was one of the major ***breakthroughs*** in artificial intelligence.
臉部辨識是人工智慧的一項主要突破。

brief·case [`brif,kes]

名 公事包、公文袋
» Carry your ***briefcase*** and follow me.
帶著公事包，跟著我來。

bronze [brɑnz]

名 青銅
形 青銅製的
» The ***bronze*** sculpture of Taichi was crafted by Ju Ming.
這個太極銅製雕刻是朱銘所製作的。

browse [braʊz]

名 瀏覽
動 瀏覽、翻閱
» Daphne ***browsed*** the picture book when her sister played violin.
當黛芬妮的姊姊演奏小提琴時，她瀏覽繪本。

bruise [bruz]

名 青腫、瘀傷
動 使……青腫、使……瘀傷
» The ***bruises*** are all over the little boy's body.
這個小男孩的身上滿是瘀傷。

bulk [bʌlk]

名 容量、龐然大物
» It's possible that the footprint belongs to a big ***bulk*** creature.
這個腳印有可能屬於某隻體型龐大的生物。

bul·ly [`bʊlɪ]

名 暴徒
動 脅迫
» The ***bully*** should learn his lesson.
這個暴徒應該要學到教訓。

bu·reau [`bjʊro]

名 政府機關、辦公處
同 agency 行政機關
» The ***bureau*** on the 2nd floor can help you deal with the application of passport.
二樓的辦公處可以幫你處理護照的申請。

bu·reau·cra·cy [bjʊ`rɑkrəsɪ]

名 官僚政治
» The corrupt system in the ***bureaucracy*** was condemned by the public.
大眾譴責官僚政治的腐敗體系。

bur·i·al [`bɛrɪəl]

名 埋葬、下葬
同 funeral 葬儀、出殯
» The atmosphere at the ***burial*** was solemn yet peaceful.
喪禮上的氣氛是嚴肅但平和的。

butch·er [`bʊtʃɚ]

名 屠夫
動 屠殺、殘害
同 slaughter 屠殺
» The murder was committed by a ***butcher***.
這樁謀殺案是一名屠夫犯下的。

Cc

cal·ci·um [`kælsɪəm]

名 鈣
» ***Calcium*** deficiency may cause hypocalcemia.
缺鈣會導致低血鈣症。

ca·nal [kə`næl]

名 運河、人工渠道
同 ditch 管道
» It's quite relaxing while we were taking the boat on the ***canal***.
當我們搭乘運河上的小船時，感覺滿愜意的。

☑ **canvas** [ˈkænvəs]

名 帆布、油畫布、油畫
動 用帆布覆蓋 用帆布裝備
» The artist painted a landscape on the **canvas**.
藝術家在畫布上繪製了一幅風景畫。

☑ **ca·pa·bil·i·ty** [ˌkepəˈbɪlətɪ]

名 能力
» As a project manager, he has the **capability** to be a bridge of communication between the clients and the product developers.
作為專案經理，他有能力在客戶和產品開發者之間擔任溝通的橋樑。

☑ **car·bon** [ˈkɑrbən]

名 碳、碳棒
» **Carbon** emissions should be regulated.
碳排放應該要被規範。

☑ **car·ni·val** [ˈkɑrnəvḷ]

名 狂歡節慶
同 festival 節日
» In the Brazilian **carnival**, people dance with great passion.
在巴西的狂歡節慶中，人們以極大的熱情跳舞。

☑ **ca·si·no** [kəˈsino]

名 賭場
» He lost all his money at the **casino**.
他在賭場把錢都輸光了。

☑ **ca·the·dral** [kəˈθidrəl]

名 主教的教堂、大教堂
同 church 教堂
» The **cathedral** is decorated by colored windows.
這個大教堂用彩色窗戶做裝飾。

☑ **cau·tion** [ˈkɔʃən]

名 謹慎
動 小心
同 warn 小心、警告
» You should handle the crystal glasses with **caution**.
你應該要謹慎處理水晶杯。

☑ **cau·tious** [ˈkɔʃəs]

形 謹慎的、小心的
同 wary 小心的
» Be **cautious** of the wet and slippery floor.
小心溼滑的地板。

☑ **ce·leb·ri·ty** [səˈlɛbrətɪ]

名 名聲、名人
» Leonardo DiCaprio is a **celebrity** who cares about environmental issues.
李奧納多·狄卡皮歐是個關心環保議題的名人。

☑ **cem·e·ter·y** [ˈsɛməˌtɛrɪ]

名 公墓
» The spooky atmosphere in the **cemetery** kept the children away.
公墓的陰森氣氛把小朋友嚇得遠遠的。

☑ **cer·e·mo·ny** [ˈsɛrəˌmonɪ]

名 慶典、儀式
同 celebration 慶祝
» The Mazu religious **ceremony** was held in March.
媽祖的宗教慶典在三月舉行。

☑ **cer·tain·ty** [ˈsɝtṇtɪ]

名 事實、確定的情況
» The testimony of the witnesses laid **certainty** of the case.
目擊者的證詞，使這次案件實情能夠釐清。

☑ **cer·tif·i·cate** [sɚˈtɪfəkɪt]

名 證書、憑證

動 發證書

» The **certificates** will be mailed to all the participants of the workshop.
證書會郵寄給這個工作坊的所有參與者。

☑ **cha·os** [ˈkeɑs]

名 無秩序、大混亂

同 confusion 混亂

» The **chaos** in the town after the typhoon astonished the international volunteers.
颱風過後，小鎮的混亂狀況令國際志工感到震驚。

☑ **chapel** [ˈtʃæpl̩]

名 禮拜、小教堂、附屬禮拜堂、私人祈禱室

» They decided to hold their wedding ceremony in this charming **chapel**.
他們決定在這迷人的小教堂舉行婚禮儀式。

☑ **char·ac·ter·ize** [ˈkærɪktəˌraɪz]

動 描述……的性質、具有……特徵

» The tree frogs are **characterized** with the adhesive pads on their fingers and toes.
樹蛙的特徵在於指尖有黏性的吸盤。

☑ **chef** [ʃɛf]

名 廚師

同 cook 廚師

» Paul, a French **chef**, is quite humorous.
法國主廚保羅滿幽默的。

☑ **choir** [kwaɪr]

名 唱詩班

同 chorus 合唱隊

» The **choir** is singing my favorite song.
唱詩班正唱著我最喜歡的歌曲。

☑ **chord** [kɔrd]

名 琴弦

» Let's learn how to play **chords** on a guitar.
讓我們學習如何彈奏出吉他和弦。

☑ **chore** [tʃor]

名 雜事、打雜

» Andy's house **chore** is to take out the trash.
安迪所負責的家事是丟垃圾。

☑ **chron·ic** [ˈkrɑnɪk]

形 長期的、持續的

同 constant 持續的

» Some office workers suffer from **chronic** fatigue due to lack of exercise and unbalanced diets.
有些辦公室員工因為缺乏運動和不均衡的飲食，而有持續疲勞的現象。

☑ **chub·by** [ˈtʃʌbɪ]

形 圓胖的、豐滿的

» The angel looks **chubby**.
天使看起來圓圓胖胖的。

☑ **chunk** [tʃʌŋk]

名 厚塊、厚片、相當大的部分

» A large **chunk** of our profit comes from the sales of dietary supplement.
我們有很大一部分利益是來自營養食品的銷售。

☑ **cir·cuit** [ˈsɝkɪt]

名 電路、線路

» The electric **circuit** is broken, so there's no electricity.
電路斷了，所以沒電了。

☑ **cite** [saɪt]

動 例證、引用

同 quote 引用

» Remember to **cite** the sources of data when you write your thesis.
寫論文時要記得引用資料。

☑ **ci·ti·zen·ship** [ˈsɪtəzn͵ʃɪp]

名 公民的權利與義務、公民權

» Bella has already obtained U.S. ***citizenship***.
Bella 已經取得美國的公民身份。

☑ **civ·ic** [ˈsɪvɪk]

形 城市的、公民的

同 urban 城市的

» To obey the traffic rule is the ***civic*** duty.
遵守交通規則是公民的責任。

☑ **cla·r·ity** [ˈklærətɪ]

名 清澈透明、清楚

» A good healthy life style can help maintain the ***clarity*** of mind.
一個好的健康生活習慣可以幫助維持思緒的清晰。

☑ **clause** [klɔz]

名 子句、條款

» This ***clause*** said you have to pay the damaged furniture to your landlord.
這個條款說明你必須付損壞家具的錢給房東。

☑ **cling** [klɪŋ]

動 抓牢、附著

同 grasp 抓牢

» ***Clinging*** of the tree branch saves the mountain climber's life.
抓牢樹枝可以拯救登山者的生命。

☑ **clin·i·cal** [ˈklɪnɪkl̩]

形 門診的、臨床的

片 clinical trial 臨床試驗

» The medical research center conducts hundreds of ***clinical*** trials every year.
這間醫學研究中心每年進行數百項臨床試驗。

☑ **clus·ter** [ˈklʌstɚ]

名 簇、串、群

動 使生長、使成串

同 batch 組、群

» A ***cluster*** of fans screamed when they saw the Korean star.
當一大群粉絲們看到那個韓星，他們放聲尖叫。

☑ **co·caine** [koˈken]

名 古柯鹼

» ***Cocaine*** is an illegal drug.
古柯鹼是非法的毒品。

☑ **cof·fin** [ˈkɔfɪn]

名 棺材

» The wooden ***coffin*** would decay in a few years.
木頭棺材可能會在幾年之後腐壞。

☑ **cog·ni·tive** [ˈkɑgnətɪv]

形 認知的 認識的

» ***Cognitive*** development in children is a crucial stage.
兒童的認知發展是一個重要的階段。

☑ **co·her·ent** [koˈhɪrənt]

形 連貫的、有條理的

» They had a ***coherent*** plan for innovating the company.
他們有一個具條理的計畫要來改革公司。

☑ **co·in·ci·dence** [koˈɪnsədəns]

名 巧合

» It was a ***coincidence*** that he graduated from the same university where his mother studied.
他碰巧是從他母親唸過的同一所大學畢業。

col·lab·o·ration [kəˌlæbəˈreʃən]

名 合作、共同研究、勾結

» The success of this project was driven by **collaboration** between departments.
這個專案的成功是由各部門之間的合作推動的。

col·lec·tive [kəˈlɛktɪv]

名 集體
形 共同的、集體的

» The **collective** intelligence can increase the efficiency and accuracy in decision making.
集體智慧可以增進決策的效率和準確度。

col·lec·tor [kəˈlɛktə]

名 收集的器具、收藏家、收款人

» He is a **collector** of cartoon character figurines.
他是卡通角色公仔的收藏家。

co·lo·ni·al [kəˈloniəl]

名 殖民地的居民
形 殖民地的

» Germany was once an important **colonial** power.
德國曾經是重要的殖民國。

col·um·nist [ˈkɑləmɪst]

名 專欄作家

» The local newspaper **columnist** writes about stories of successful people who started their business in the town.
本地報紙的專欄作家會寫在這個小鎮發跡的成功商人故事。

com·bat [ˈkɑmbæt]

名 戰鬥、格鬥
動 戰鬥、抵抗
同 battle 戰鬥

» The **combat** between the white and black angels got intense.
黑白天使間的戰鬥越來越劇烈了。

co·me·di·an [kəˈmidɪən]

名 喜劇演員

» Robin Williams is my favorite **comedian**.
羅賓‧威廉斯是我最喜愛的喜劇演員。

com·men·tar·y [ˈkɑmənˌtɛrɪ]

名 注釋、說明

» The journalist revealed his political orientation in the **commentary** of the article.
記者在文章評註的地方顯露出他的政治傾向。

com·men·ta·tor [ˈkɑmənˌtetə]

名 時事評論家
同 critic 評論家

» The sports **commentator** has a sense of humor while reporting the game.
運動類的時事評論家在報導球賽時有其幽默感。

com·mis·sion [kəˈmɪʃən]

名 委任狀、委託
動 委託做某事

» Helen **commissioned** the lawyer to reduce the criminal responsibility of her brother.
海倫委託律師減輕其刑責。

com·mit·ment [kəˈmɪtmənt]

名 承諾、拘禁、託付

» Raising a pet is a long-term **commitment**.
養寵物是長期的承諾。

com·mod·i·ty [kəˈmɑdətɪ]

名 商品、物產
同 product 產品

» The most valuable **commodity** in Saudia Arabia is oil.
沙烏地阿拉伯最有價值的商品就是石油。

☑ **com·mu·nism** [ˈkɑmjʊˌnɪzəm]

名 共產主義

» Some people believe **communism** exists for a reason.
有些學者相信共產主義有其存在的理由。

☑ **com·mu·nist** [ˈkɑmjʊˌnɪst]

名 共產黨員
形 共產黨的

» The government official is accused of making a deal with the **communist** party member.
這個政府官員被指控與共產黨員做交易。

☑ **com·mute** [kəˈmjut]

動 變換、折合、通勤
同 shuttle 往返

» It takes only 20 minutes to **commute** from my home to the office.
從我家到辦公室通勤只要花二十分鐘。

☑ **com·mut·er** [kəˈmjutɚ]

名 通勤者

» The MRT was packed with the **commuters**.
捷運裡滿是通勤者。

☑ **com·pact** [ˈkɑmpækt]/[kəmˈpækt]

名 契約
形 緊密的、堅實的

» To take the drugs is like making a **compact** with devil.
吸食毒品就像跟魔鬼訂了契約。

☑ **com·pa·ra·ble** [ˈkɑmpərəbļ]

形 可對照的、可比較的

» The quality of the handbag is **comparable** to the brand-named ones.
這個手提包的品質比得上名牌包包。

☑ **com·pas·sion** [kəmˈpæʃən]

名 同情、憐憫
同 sympathy 同情
片 lack of compassion 缺乏同情心

» **Compassion** is the noblest quality of human beings.
憐憫之心是人類最高貴的特質。

☑ **com·pas·sion·ate** [kəmˈpæʃɪnɪt]

形 憐憫的
反 cruel 殘忍的

» Mother Teresa has a **compassionate** heart.
德蕾莎修女有顆憐憫之心。

☑ **com·pat·i·ble** [kəmˈpætəbļ]

形 一致的、和諧的、【電腦】相容的

» The software is **compatible** with the operating system.
這個軟體和作業系統相容。

☑ **com·pel** [kəmˈpɛl]

動 驅使、迫使、逼迫
同 force 迫使

» The mayor was **compelled** to make a difficult decision.
市長被迫做出困難的決定。

☑ **com·pen·sate** [ˈkɑmpənˌset]

動 抵銷、彌補

» The organizer will **compensate** for those who suffer from injury in the event.
主辦單位會補償這個活動中受傷的人。

☑ **com·pen·sa·tion** [ˌkɑmpənˈseʃən]

名 報酬、賠償

» Some passengers claimed for **compensation** because of the flight delay.
有些乘客要求班機延誤的賠償費。

☑ **com·pe·tence** [ˈkɑmpətəns]

名 能力、才能

» To manage a company is beyond his **competence**.
他的能力還不夠去經營一家公司。

☑ **com·pe·tent** [ˈkɑmpətənt]

形 能幹的、有能力的

» He is **competent** enough to take this position.
他有足夠能力接下這個職務。

☑ **com·plex·i·ty** [kəmˈplɛksətɪ]

名 複雜

» The **complexity** of the ethnic issue makes it a thorny problem for the government.
種族議題的複雜性，使它成為政府的燙手山芋。

☑ **com·pli·ance** [kəmˈplaɪəns]

名 承諾、順從、屈從、接受

» **Compliance** with environmental regulations is very important.
遵守環境法規非常重要。

☑ **com·pli·ca·tion** [ˌkɑmpləˈkeʃən]

名 複製、混亂、複雜、併發症

» It takes the viewers some time to understand the plot due to the **complication** of the story.
因為故事的複雜性，使得觀眾花了一些時間才看懂情節。

☑ **com·pli·ment** [ˈkɑmpləmənt]

名 恭維

反 insult 侮辱

» Don't you think his **compliment** was true?
你真的認為他的恭維是認真的？

☑ **com·ply** [kəmˈplaɪ]

動 服從、順從、遵從

» All students should **comply** with school rules.
學生都應該遵從校規。

☑ **com·po·nent** [kəmˈponənt]

名 成分、部件

形 合成的、構成的

同 part 部分

» Most **components** of the machine were manufactured in Vietnam.
這臺機器大部分零件是在越南製造的。

☑ **com·pound** [ˈkɑmpaʊnd]/[kɑmˈpaʊnd]

名 合成物、混合物

動 使混合、達成協定

同 mix 混合

» Paints with organic **compounds** were used to beautify the room.
含有機混合物的油漆被用來美化房間。

☑ **com·pre·hend** [ˌkɑmprɪˈhɛnd]

動 領悟、理解

» What the old Zen master told was hard to **comprehend**.
老禪師所說的很難理解。

☑ **com·pre·hen·sion** [ˌkɑmprɪˈhɛnʃən]

名 理解

» Reading **comprehension** of the entrance exam is getting harder.
入學考的理解測驗越來越難了。

☑ **com·prise** [kəmˈpraɪz]

動 由……構成、包含

» Students from aboriginal community **comprises** over half of the class.
原住民學生佔這班級人數的一半以上。

☑ **com·pro·mise** [ˈkɑmprəˌmaɪz]

名 和解

動 妥協

同 concession 讓步

» To make a **compromise** between ideals and reality is necessary.
在理想和現實間做妥協是必要的。

☑ **com·pul·so·ry** [kəm`pʌlsərɪ]

形 必須做的、義務的、必修的、強制的、強迫的

» English is my ***compulsory*** course.
英文是我的必修。

☑ **con·ceal** [kən`sil]

動 隱藏、隱匿
同 hide 隱藏

» How could you ***conceal*** such a big secret?
你怎麼可以隱藏這麼大的一個祕密？

☑ **con·cede** [kən`sid]

動 承認、讓步
同 confess 承認

» He wouldn't ***concede*** to your unreasonable request.
他不會對你無禮的要求讓步的。

☑ **con·ceive** [kən`siv]

動 構想、構思

» ***Conceiving*** a good idea for writing a stage play takes time.
構想寫出舞臺劇的好點子是要花時間的。

☑ **con·cep·tion** [kən`sɛpʃən]

名 概念、計畫、想法
同 idea 計畫、概念

» According to the author, the ***conception*** of the protagonist was inspired by his sister.
作者說，主角的角色構想是受到他妹妹的啟發。

☑ **con·demn** [kən`dɛm]

動 譴責、非難、判刑
同 denounce 譴責

» ***Condemning*** the mob wastes your energy.
譴責暴民浪費的是你的精力。

☑ **con·duct** [`kɑndʌkt]/[kən`dʌkt]

名 行為、舉止
動 指揮、處理

» Do you think we should ***conduct*** a survey?
你認為我們應該進行調查嗎？

☑ **con·fes·sion** [kən`fɛʃən]

名 承認、招供

» Why didn't Vincent make an honest ***confession*** in front of the policeman?
為什麼文森在警察面前不老實招供？

☑ **con·fi·den·tial** [ˌkɑnfə`dɛnʃəl]

形 可信任的、機密的
同 secret 機密的

» If your computer is infected with malware, the ***confidential*** information could be stolen.
如果你的電腦受到惡意軟體感染，機密的資料可能會被竊取。

☑ **con·fine** [kən`faɪn]

動 限制、侷限

» ***Confining*** yourself in this circle won't do you any good.
把你自己侷限在這個圈圈裡對你不會有好處。

☑ **con·form** [kən`fɔrm]

動 使符合、遵照
片 conform to 遵守

» If you don't ***conform*** to the aviation protocols, you will be fined.
如果你不遵守航空規定，你就會遭到罰款。

☑ **con·front** [kən`frʌnt]

動 面對、面臨
同 encounter 遭遇

» Bravely ***confront*** the problem.
勇敢面對問題吧。

con·fron·ta·tion [ˌkɑnfrʌnˈteʃən]

名 對抗、對峙
» There was a heated **confrontation** between the conservatives and liberalists.
對抗份子和自由主義者之間產生激烈的對抗。

con·sec·u·tive [kənˈsɛkjʊtɪv]

形 連續不斷的 連貫的
» It has been raining for a **consecutive** week.
已連續下了一週的雨。

con·sen·sus [kənˈsɛnsəs]

名 一致、全體意見
» After a thorough discussion, the **consensus** is established.
詳細討論之後，有了全體的共識。

con·sent [kənˈsɛnt]

名 贊同
動 同意、應允
同 agree 同意
» The manager of Jinsen company hasn't **consented** to the contract yet.
金生公司的經理尚未同意這份契約。

con·ser·va·tion [ˌkɑnsəˈveʃən]

名 保存、維護
» The organization aims to raise public's awareness for **conservation** of the endangered species.
這個組織宗旨在提升大眾對保護瀕危物種的重視。

con·sid·er·ate [kənˈsɪdərɪt]

形 體貼的
» Selena's fiancé is talented and **considerate** to her.
薩琳娜的未婚夫很有才華，對她又體貼。

con·sti·tu·tion·al [ˌkɑnstəˈtjuʃənl̩]

名 保健運動
形 有益健康的、憲法的
同 healthful 有益健康的
» Grandpa is 90 years old and still takes a **constitutional** every day.
爺爺 90 歲了，每天仍然在做保健運動。

con·straint [kənˈstrent]

名 約束、限制、強迫、強制、拘束
» This environment makes me feel very **constrained**.
這個環境讓我覺得很拘束。

con·sul·ta·tion [ˌkɑnsl̩ˈteʃən]

名 討教、諮詢
» The director conducts individual **consultation** meetings with his subordinates once in a while.
這位主任偶爾會和屬下進行個別的諮詢會議。

con·sump·tion [kənˈsʌmpʃən]

名 消費、消費量
同 waste 消耗
» New policies have been implemented to reduce **consumption** of plastic products.
減少塑膠產品使用量的新政策已開始施行。

con·ta·gious [kənˈtedʒəs]

形 傳染的
同 infectious 傳染的
» Laughter is **contagious**.
笑是有傳染力的。

con·tam·i·nate [kənˈtæmə,net]

動 污染
同 pollute 污染
» The factory admitted that they had **contaminated** the river.
這家工廠承認是他們污染了河流。

☑ **con·tem·plate** [ˈkɑntɛmˌplet]

動 凝視、苦思、盤算

» Wanda ***contemplated*** going to Canada to study jewelry design.
汪達盤算著要去加拿大攻讀珠寶設計。

☑ **con·tem·po·rar·y** [kənˈtɛmpəˌrɛrɪ]

名 同時代的人
形 同時期的、當代的

» Christopher Marlowe is a ***contemporary*** of Shakespeare.
克里斯托弗 · 馬洛是莎士比亞同時代的人。

☑ **con·tempt** [kənˈtɛmpt]

名 輕蔑、鄙視
同 scorn 輕蔑

» His ***contempt*** on women was showed on his face.
他對女人的鄙視顯露在臉上。

☑ **con·tend** [kənˈtɛnd]

動 抗爭、奮鬥

» She ***contended*** with the unfair administrative system of the company.
她力抗這不公平的公司管理制度。

☑ **con·ti·nen·tal** [ˌkɑntəˈnɛntl]

形 大陸的、洲的

» The ***continental*** climate in the region is characterized by hot summers and cold winters.
該地區大陸性氣候的特徵是夏季炎熱，冬季寒冷。

☑ **con·trac·tor** [ˈkɑntræktə]

名 立契約者、承包商

» A compensation should be paid if one of the ***contractors*** wants to withdraw from the deal.
如果立契約者其中一方想要退出協定，需支付補償金。

☑ **con·tra·dic·tion** [ˌkɑntrəˈdɪkʃən]

名 否定、矛盾
同 denial 否認

» The cartoon is a sarcasm for ***contradiction*** in the politician's statements before and after the election.
這個卡通諷刺了政治人物選前和選後言論的矛盾之處。

☑ **con·tro·ver·sial** [ˌkɑntrəˈvɝʃəl]

形 爭論的、議論的

» Racism is one of the ***controversial*** issues that could tear society apart.
種族主義是其中一項可能撕裂社會的爭論議題。

☑ **con·tro·ver·sy** [ˈkɑntrəˌvɝsɪ]

名 辯論、爭論

» There was a huge ***controversy*** over the new pension policy.
新的退休金政策有很大的爭議。

☑ **con·ver·sion** [kənˈvɝʃən]

名 改變、轉變、變換、換算、改變信仰

» My younger sister is currently learning unit ***conversions*** for weight.
我妹妹現在正在學習重量單位的換算。

☑ **con·vert** [kənˈvɝt]

動 變換、轉換
同 change 改變

» Don't you think that ***converting*** the topic of conversation so suddenly is strange?
你難道不認為突然轉換會話的主題是件奇怪的事？

☑ **con·vict** [ˈkɑnvɪkt]/[kənˈvɪkt]

名 被判罪的人
動 判定有罪

» The ***convict*** was put to prison.
被判罪的人入獄了。

con·vic·tion [kən'vɪkʃən]

名 定罪、說服力

» The penalty for an aggravated assault **conviction** could be a fine of over $200,000.
重傷害罪的懲罰可能是二十萬元以上的罰金。

co·or·di·nate [ko'ɔrdṇet]/[ko'ɔrdṇɪt]

動 調和、使同等
形 同等的
同 equal 同等的

» The sectors of the company should **coordinate** with each other in the event.
公司的各部門必須要為了這次活動而互相協調。

cop·y·right ['kɑpɪˌraɪt]

名 版權、著作權
動 為……取得版權

» In the book fair, publishers buy **copyright** of the books from other countries.
在書展中，出版商從其他國家購買書籍的版權。

core [kor]

名 果核、核心

» Filial piety is one of the **core** values in traditional Chinese culture.
孝順是傳統中國文化的核心價值之一。

cor·po·rate ['kɔrpərɪt]

形 社團的、公司的

» Working overtime is not a positive **corporate** culture.
加班不是一個正向的公司文化。

cor·po·ra·tion [ˌkɔrpə'reʃən]

名 公司、企業
同 company 公司

» The **corporation** announced the date of holding a shareholder meeting.
這間公司宣布舉辦股東大會的日期。

cor·re·la·tion [ˌkɔrə'leʃən]

名 相互關係、關聯、相關性

» There is a strong **correlation** between smoking and lung cancer.
吸菸與肺癌之間存在著很強的相關性。

cor·re·spon·dent [ˌkɔrɪ'spɑndənt]

名 通信者、通訊記者
同 journalist 新聞工作者

» He worked as a foreign **correspondent** for AFP.
他曾是法新社的駐外記者。

cor·ri·dor ['kɔrədɚ]

名 走廊、通道

» The butterfly **corridor** was decorated with different butterfly artworks.
這條蝴蝶走廊用不同的蝴蝶藝術作品做裝飾。

cor·rupt [kə'rʌpt]

動 使墮落
形 腐敗的
同 rotten 腐敗的

» The thing we should be afraid of is the **corrupt** human heart.
我們應該感到害怕的是腐敗的人心。

cor·rup·tion [kə'rʌpʃən]

名 敗壞、墮落

» **Corruption** in public administration has a negative influence on the nation.
公共行政的腐敗對國家有負面的影響。

coun·sel ['kaʊnsḷ]

名 忠告、法律顧問
動 勸告、建議
同 advise 勸告

» The lawyer offered useful **counsel** to the couple.
這名律師提供有用的忠告給這對夫婦。

☑ coun·sel·or [ˈkaʊnsələ]

名 顧問、參事

» The **counselor** will let you know how to maintain mental health.
該名顧問會給你維持心理健康的好建議。

☑ cour·te·ous [ˈkɜtjəs]

形 有禮貌的

» My mother is fond of **courteous** people.
我母親喜愛有禮貌的人。

☑ cov·er·age [ˈkʌvərɪdʒ]

名 覆蓋範圍、保險範圍

» The car insurance **coverage** is specified in the contract.
汽車保險範圍在合約書中有詳細說明。

☑ cred·i·bil·i·ty [ˌkrɛdəˈbɪlətɪ]

名 可信度、確實性

» The entrepreneur emphasizes honesty and **credibility** in business.
企業家強調做生意要講求誠實信用。

☑ creek [krik]

名 小灣、小溪

» I saw some swans swimming in the **creek** yesterday.
我昨天看見一些天鵝在小溪中游泳。

☑ crip·ple [ˈkrɪpl]

名 瘸子、殘疾人

» Helen had a car accident and became a **cripple**.
海倫出了車禍，變成了瘸子。

☑ cri·te·ri·on/criteria [kraɪˈtɪrɪən]/[kraɪˈtɪrɪə]

名 標準、基準
同 standard 標準

» He fulfills the **criteria** for undertaking the position.
他符合接下這個職位的標準。

☑ cru·cial [ˈkruʃəl]

形 關係重大的
同 important 重大的

» Budging is the **crucial** factor to consider for the interior renovation.
預算是室內裝修的重要考量因素。

☑ crude [krʊd]

形 天然的、未加工的
片 crude oil 原油

» The price of **crude** oil has been fluctuating over the past few years.
過去幾年，原油價格一直在波動。

☑ cruise [krʊz]

動 航行、巡航

» The U.S. military naval vessel **cruised** through Taiwan Strait.
美國軍艦航行經過臺灣海峽。

☑ crys·tal [ˈkrɪstl]

名 結晶、水晶
形 清澈的、透明的

» The **crystal** clear water feels icy.
如水晶般透明清澈的水摸起來很冰冷。

☑ cui·sine [kwɪˈzin]

名 烹調、烹飪、菜餚

» The Thai **cuisine** tastes truly delicious.
泰式料理嚐起來真是美味。

☑ cur·ren·cy [ˈkɜənsɪ]

名 貨幣、流通的紙幣

» Before traveling, you'd better go to the bank to exchange foreign **currency**.
旅行前，你最好去銀行換外幣。

☑ **cur·ric·u·lum** [kəˈrɪkjələm]

名 課程

片 a core curriculum 主要課程

» We offer plenty of language ***curricula*** for the elderly and children.
我們為長者和小孩提供很多的語言課程。

☑ **cus·to·dy** [ˈkʌstədɪ]

名 照管、保管、監護、拘留、監禁

» Important documents are in the ***custody*** of my parents.
重要文件由我的父母保管。

☑ **cus·toms** [ˈkʌstəmz]

名 海關

» Keelung ***Customs*** Office found the illegal jeans on October 16.
基隆海關在 10 月 16 日發現非法的牛仔褲。

Dd

☑ **dead·ly** [ˈdɛdlɪ]

形 致命的

副 極度地

» Ebola is one of the ***deadliest*** kinds of virus in the 21st century.
伊波拉是 21 世紀最致命的病毒種類之一。

☑ **de·bris** [dəˈbri]

名 殘骸、破瓦殘礫、垃圾、碎片

» After the earthquake, there was ***debris*** everywhere.
地震過後到處都是破瓦殘礫。

☑ **de·but** [ˈdɛb.ju]

名 首次露面、初次登臺、初次進入社交界

» ***Debuting*** for the first time on stage can be very nerve-wracking.
初次登臺非常緊張。

☑ **de·cay** [dɪˈke]

名 腐爛的物質

動 腐壞、腐爛

同 rot 腐爛

» The ***decay*** of the insect corpse reminds the poet of the meaning of death.
昆蟲腐爛的屍體提醒了詩人死亡的意義。

☑ **de·ceive** [dɪˈsiv]

動 欺詐、詐騙

同 cheat 欺騙

» You can ***deceive*** other people, yet you can't ***deceive*** yourself.
你可以欺騙其他人，但你不可能欺騙你自己。

☑ **de·cent** [ˈdisn̩t]

形 端正的、正當的、體面的、還不錯的

同 correct 端正的

» She attended several interviews, hoping to find a ***decent*** job.
她去過幾次面試，希望可以找到體面的工作。

☑ **dec·la·ra·tion** [ˌdɛkləˈreʃən]

名 正式宣告

» The ***declaration*** of the priest in the wedding brought laughter to the couple.
神父在婚禮中的正式宣告讓這對夫婦笑了。

☑ **de·cline** [dɪˈklaɪn]

名 衰敗

動 下降、衰敗、婉拒

» Many elderly people have ***declining*** health conditions after they are sent to the nursing home.
許多老年人被送到養護中心之後，健康情況就衰退。

☑ **ded·i·cate** [ˈdɛdəˌket]

動 供奉、奉獻、致力於

同 devote 奉獻

» He ***dedicated*** himself to protecting endangered species.
他致力於保護瀕危的動物。

de·fen·dant [dɪˋfɛndənt]

名 被告

» The **_defendant_** pleaded not guilty during the trial.
在審判中,被告辯稱無罪。

def·i·cit [ˋdɛfɪsɪt]

名 不足額、赤字

» The company is facing a budget **_deficit_** this year.
公司今年面臨著預算赤字。

de·fy [dɪˋfaɪ]

動 公然反抗、蔑視、向……挑戰、激、惹

» He always manages to **_defy_** me.
他總是惹我生氣。

del·e·gate [ˋdɛləˏgɪt]/[ˋdɛləˏget]

名 代表、使節
動 派遣
同 assign 指派

» The athletes' performance in Australia amazed the **_delegates_** from other countries.
運動員在澳洲的表現讓來自其他國家的代表很驚豔。

del·e·ga·tion [ˏdɛləˋgeʃən]

名 委派、派遣、代表團

» The **_delegation_** from Japan congratulated the president on his birthday.
來自日本的代表團在總統生日當天恭喜總統。

de·lib·er·ate [dɪˋlɪbəˏret]/[dɪˋlɪbərɪt]

動 仔細考慮
形 慎重的

» A scam is a **_deliberate_** plan to deceive people into handing over their property or personal information.
詐騙是一個仔細考慮過的計畫,要欺騙人交出自己的財產或者個人資訊。

dem·o·crat [ˋdɛməˏkræt]

名 民主主義者

» A **_democrat_** supports same-sex marriage.
民主主義者支持同性婚姻。

de·ni·al [dɪˋnaɪəl]

名 否定、否認

» His **_denial_** of the cheating pushed his wife even further.
他否認偷吃,甚至把他的太太推得更遠。

den·si·ty [ˋdɛnsətɪ]

名 稠密、濃密
片 population density 人口密度

» Macau is the country of the highest population **_density_** in 2019.
澳門是 2019 年人口密度最高的國家。

de·pict [dɪˋpɪkt]

動 描述、敘述

» The poet **_depicts_** the scenery with metaphors and similes in his works.
詩人在作品中用明喻和暗喻描述景色。

de·ploy [dɪˋplɔɪ]

動 使展開、使疏開、展開、部署

» Russia is **_deploying_** a tight defense to prevent an attack from Ukraine.
俄羅斯正在嚴密部署,以防止烏克蘭的來襲。

de·press [dɪˋprɛs]

動 壓下、降低

» The rise in the value of euro **_depressed_** our company's earnings last year.
去年歐元升值導致我們公司營業額降低。

dep·u·ty [ˈdɛpjətɪ]

名 代表 代理人 副職 副手

» He is my **deputy** when I took a leave of absence.
我請假時他是我的代理人。

de·prive [dɪˈpraɪv]

動 剝奪、使……喪失

» People under the rule of a dictatorial system are **deprived** the right of speech.
在專制制度統治下的人被剝奪言論自由。

de·scend [dɪˈsɛnd]

動 下降、突襲
同 drop 下降

» The pilot made accurate decision about when to **descend**.
駕駛員很精準地決定何時要下降。

de·scrip·tive [dɪˈskrɪptɪv]

形 描寫的、說明的

» The **descriptive** paragraph includes details of audio and visual aspects and smells.
這個描述性段落包含視聽面向和嗅覺方向的細節。

de·spair [dɪˈspɛr]

名 絕望
動 絕望
反 hope 希望

» The monster could smell the **despair** of human beings.
這頭怪物可以嗅出人類的絕望。

des·ti·na·tion [ˌdɛstəˈneʃən]

名 目的地、終點
反 threshold 起點

» Yangming Mountain, Taipei is the **destination** of this trip.
臺北市的陽明山是這趟旅遊的終點。

des·ti·ny [ˈdɛstənɪ]

名 命運、宿命
同 fate 命運

» We have only one Earth and all humans share common **destiny**.
我們只有一個地球，人類共享命運。

de·struc·tive [dɪˈstrʌktɪv]

形 有害的
反 constructive 有建設性的、有益的

» Verbal bullying is **destructive** to relationships.
言語霸凌對人際關係是有害的。

de·vo·tion [dɪˈvoʃən]

名 摯愛、熱愛、奉獻

» Miss Jiang's **devotion** to the educational career is admirable.
江老師對教育事業的奉獻是令人欽佩的。

di·ag·nose [ˈdaɪəgnoz]

動 診斷

» The doctor was able to **diagnose** her condition based on her symptoms.
醫生可以根據她的症狀診斷出她的狀況。

di·ag·no·sis [ˌdaɪəgˈnosɪs]

名 診斷（複數）

» The clinic could not issue a certificate of **diagnosis**.
診所無法開立診斷證明書。

di·a·lect [ˈdaɪəlɛkt]

名 方言

» The folk song was written in local **dialect**.
這首民謠是由本土方言寫的。

di·am·e·ter [daɪˈæmətə]

名 直徑

» The arena is 100 meters in **diameter**, and it can accommodate 3000 viewers.
這個圓形競技場直徑有一百公尺，而且可以容納三千位觀眾。

☑ **di·a·per** [ˋdaɪəpɚ]

名 尿布

» This brand of **diaper** is recommend by most mothers on this website.
這個網站上大多數的媽媽們都推薦這個品牌的尿布。

☑ **di·ges·tion** [dəˋdʒɛstʃən]

名 領會、領悟、消化

» Fried chicken and French fries are not good for **digestion**.
炸雞和炸薯條不利於消化。

☑ **di·lem·ma** [dəˋlɛmə]

名 左右為難、窘境

» We faced the **dilemma** of telling a white lie or speaking of the truth.
我們陷入兩難，不知道要說善意謊言還是說出實情。

☑ **di·men·sion** [dəˋmɛnʃən]

名 尺寸、方面

同 size 尺寸

» The model of the house was presented in three **dimensions**.
這個房子的尺寸是用三個面向立體呈現。

☑ **di·min·ish** [dəˋmɪnɪʃ]

動 縮小、減少

» The company's revenue **diminished** due to the economic depression.
公司的收入因為經濟蕭條而減少。

☑ **dip·lo·ma·tic** [ˏdɪpləˋmætɪk]

形 外交的、外交官的

片 diplomatic allies 邦交國

» His brother had been in the **diplomatic** service.
他的哥哥曾在外交部門工作。

☑ **di·rec·to·ry** [dəˋrɛktərɪ]

名 姓名地址錄、電話簿

» I checked the telephone **directory** for contact number of the plumber in the community.
我在電話簿查詢社區裡水電師傅的聯絡方式。

☑ **dis·ap·prove** [ˏdɪsəˋpruv]

動 反對、不贊成

同 oppose 反對

» Our proposal was **disapproved** by the Board of Directors.
我們的提案被董事會否決了。

☑ **dis·close** [dɪsˋkloz]

動 暴露、露出

» The bribery scandal was **disclosed** by a veteran journalist.
賄賂醜聞是由一位資深記者揭露的。

☑ **dis·con·nect** [ˏdɪskəˋnɛkt]

動 斷絕、打斷

» The communication of my cellphone is **disconnected** in this mountain.
我的手機在這座山裡訊號中斷。

☑ **dis·course** [ˋdɪskors]

名 演講、交談、談話、會話、辯論

» The professor gave a captivating **discourse**.
教授進行了一場引人入勝的演講。

☑ **dis·crim·i·nate** [dɪˋskrɪməˏnet]

動 辨別、差別對待

同 distinguish 區別

» To **discriminate** the bad and the good is hard for a child.
辨別好與壞，對孩子來講是困難的。

dis·crim·i·na·tion
[dɪˌskrɪməˈneʃən]

名 辨別

片 gender discrimination 性別歧視

» The "glass ceiling" for female workers is considered a sign of gender **discrimination** in workplace.
女性員工的「玻璃天花板」被認為是職場上性別歧視的徵象。

dis·rupt [dɪsˈrʌpt]

動 使分裂、使瓦解、使混亂、使中斷

» Typhoon has **disrupted** power service.
颱風已經中斷了電力供應服務。

dis·solve [dɪˈzɑlv]

動 使溶解

» The laundry detergent can easily **dissolve** in water.
這種洗衣粉易溶解於水中。

dis·tinc·tion [dɪˈstɪŋkʃən]

名 區別、辨別

同 discrimination 區別

» The **distinction** of poisoned fish and non-poisoned fish should be the cook's priority.
區分有毒的魚和無毒的魚，應是廚師的首要之務。

dis·tinc·tive [dɪˈstɪŋktɪv]

形 區別的、有特色的

» This dress's color is not quite **distinctive**.
這件洋裝的顏色並沒有很特別。

dis·tract [dɪˈstrækt]

動 分散

» The music on the radio **distracted** me from my studies.
收音機音樂分散我讀書的注意力。

doc·trine [ˈdɑktrɪn]

名 教義

» Philanthropy is considered a principle in Christian **doctrine**.
博愛被視為是基督教義的一個原則。

doc·u·ment [ˈdɑkjəmənt]

名 文件、公文

動 提供文件

» Judy has prepared the **document** of the seminar.
茱蒂已經準備好研討會的資料。

doc·u·men·ta·ry [ˌdɑkjəˈmɛntərɪ]

名 紀錄

形 文件的

» The international **documentary** film festival was held in Berlin.
國際紀錄片影展在柏林舉行。

do·main [doˈmen]

名 領土、領地、地產、領域、範圍、區域

» His **domain** of expertise is business mathematics.
他的專業領域是商業數學。

dome [dom]

名 拱形圓屋頂、穹窿

動 覆以圓頂、使成圓頂、拱形屋頂上的

» The tourists were amazed by the magnificent paintings on the **dome** of the cathedral.
遊客為教堂圓頂的壯觀畫作感到驚訝。

do·nate [ˈdonet]

動 贈與、捐贈

同 contribute 捐獻

» Gary makes a routine to **donate** blood to those who need it.
蓋瑞有固定捐血的習慣。

do·na·tion [ˈdoneʃən]

名 捐贈物、捐款

» We decided to make a **donation** after we saw the report about earthquake victims in Chili.
我們看到智利地震受難者的報導之後，決定要捐款。

☑ **do·nor** [ˈdonɚ]

名 寄贈者、捐贈人

» The anonymous kidney **donor** saved my mother's life.
匿名腎臟捐贈者救了我母親一命。

☑ **door·way** [ˈdorˌwe]

名 門口、出入口

» The housekeeper was standing in the **doorway** to welcome the guest.
管家站在門口迎接客人。

☑ **dough** [do]

名 生麵團

» Daphane was kneading the gingerbread **dough**.
黛芬妮正在揉薑餅麵團。

☑ **dread·ful** [ˈdrɛdfəl]

形 可怕的、恐怖的
同 fearful 可怕的

» My brother's appetite is **dreadful**.
我弟的胃口很可怕。

☑ **drive·way** [ˈdraɪvˌwe]

名 私用車道、車道

» Tony's car has appeared on the **driveway**.
湯尼的車出現在車道上。

☑ **drought** [draʊt]

名 乾旱、久旱

» Long-term **drought** may cause poor harvest or even famine.
長期乾旱可能會造成農作物欠收或甚至乾旱。

Ee

☑ **ec·o·lo·gi·cal** [ˌɛkəˈlɑdʒɪkəl]

形 生態的、生態學的

» **Ecological** balance and energy conservation with carbon reduction are of utmost urgency.
生態平衡，節能減碳刻不容緩。

☑ **e·col·o·gy** [ɪˈkɑlədʒɪ]

名 生態學

» **Ecology** is a subject that may involve biology studies and environmental protection.
生態學是牽涉到生物學研究和環境保護的學科。

☑ **ec·o·sys·tem** [ˈɛkoˌsɪstəm]

名 生態系統

» Human activities may disrupt the balance of **ecosystems**.
人類活動可能破壞生態系統的平衡。

☑ **e·go** [ˈigo]

名 自我、我
同 self 自我

» Stanley is a man with big **ego**.
史丹利是個很自負的人。

☑ **e·lab·o·rate** [ɪˈlæbəˌrɪt]/[ɪˈlæbəˌret]

形 精心的
動 精心製作、詳述
反 simple 簡樸的

» My boss collects **elaborate** purple clay sculptures.
我的上司蒐集精巧的紫砂雕刻作品。

☑ **el·i·gi·ble** [ˈɛlɪdʒəbl]

形 適當的、合適的

» He is **eligible** to apply for the subsidy.
他符合申請這個補助金的資格。

el·o·quent [ˈɛləkwənt]

形 辯才無礙的

» The politician is an **eloquent** public speaker.
這位政客是辯才無礙的演講者。

em·brace [ɪmˈbres]

動 包圍、擁抱
名 擁抱

» Her **embrace** of love healed her son's frustration.
她愛的擁抱療癒了兒子的挫折感。

e·mis·sion [ɪˈmɪʃən]

名 排出、放射、散發、排放物

» The **emissions** from the factory pollute the air.
工廠排放的廢氣對空氣造成污染。

en·dorse [ɪnˈdɔrs]

動 在……背面簽名、簽署、贊同、認可

» Please **endorse** the check with your signature before depositing it.
請存入之前在支票背面簽名。

en·dorse·ment [ɪnˈdɔrsmənt]

名 背書；簽署；贊同；支持

» This product saw an increase in sales due to the **endorsement** by a celebrity.
這個產品有名人的背書提高了銷售額。

en·ter·prise [ˈɛntɚˌpraɪz]

名 企業

» The **enterprise** should run the business by the principle of honesty.
企業應秉持誠信原則經營事業。

en·thu·si·as·tic [ɪnˌθjuziˈæstɪk]

形 熱心的

» The insurance salesman is **enthusiastic** in serving his clients.
保險業務員熱心服務客戶。

en·ti·tle [ɪnˈtaɪtl̩]

動 定名、賦予權力
反 deprive 剝奪

» Students are **entitled** to borrow the books.
學生有借書的權力。

en·ti·ty [ˈɛntətɪ]

名 實體、存在

» This department operates as an independent **entity** in the company.
該部門在公司中為獨立實體運作。

en·tre·pre·neur [ˌantrəprəˈnɝ]

名 企業家 事業創辦者 承包人

» Michael is a successful **entrepreneur** who is also dedicated to giving back to society.
Michael 是一位成功的企業家，也致力於回饋社會。

en·vi·ous [ˈɛnvɪəs]

形 羨慕的、妒忌的
同 jealous 妒忌的

» The beauty and the wealth are **envious** causes.
美麗和財富招致妒忌。

ep·i·dem·ic [ˌɛpɪˈdɛmɪk]

名 傳染病
形 流行的

» The authorities concerned are fighting against the **epidemics** like Dengue Fever.
當局正在對抗登革熱等等的傳染病。

☑ **ep·i·sode** [ˈɛpəˌsod]

名 插曲、連續劇的一齣（或一集）

» I watched all the ten **episodes** of the Japanese drama in one day.
我在一天之內看完這部十集的日劇。

☑ **e·qua·tion** [ɪˈkweʃən]

名 相等

» I had difficulty understanding the mathematical **equation**.
我看不懂這個數學等式。

☑ **eq·ui·ty** [ˈɛkwətɪ]

名 公平、公正、股權、股票

» The company is issuing **equity** to outstanding employees.
公司正向績優員工發放股權。

☑ **e·quiv·a·lent** [ɪˈkwɪvələnt]

名 相等物、方程式、相等
形 相當的

» His silence is **equivalent** with his reluctant acceptance of the suggestion.
他的沉默相當於他勉強接受了這個建議。

☑ **e·rect** [ɪˈrɛkt]

動 豎立
形 直立的
同 upright 直立的

» Jerry **erected** the flag.
傑瑞讓國旗豎立了起來。

☑ **er·rand** [ˈɛrənd]

名 任務

» Could you run the **errand** for me?
你可以幫我跑腿嗎？

☑ **e·rupt** [ɪˈrʌpt]

動 爆發

» The volcano **erupted** and destroyed the whole village.
火山爆發，毀了整個村莊。

☑ **es·ca·la·tor** [ˈɛskəˌletɚ]

名 手扶梯

» The **escalator** is there.
手扶梯就在那裡。

☑ **es·sence** [ˈɛsns]

名 本質、精華

» They have to capture the **essence** of the problem before they can figure out the solution.
他們必須要掌握問題的本質，才能想出解決的方式。

☑ **es·tate** [əˈstet]

名 地產、財產
同 property 財產

» What's the value of the real **estate** in this area?
這個地區的房地產價值是多少？

☑ **e·ter·nal** [ɪˈtɝnl]

形 永恆的
同 permanent 永恆的

» A diamond symbolizes **eternal** love.
鑽石象徵了永恆的愛。

☑ **eth·ics** [ˈɛθɪks]

名 倫理（學）

» The **ethics** is related to the study of judging what is right and what is wrong.
倫理學與判斷是非對錯的研究有關。

☑ **e·thi·cal** [ˈɛθɪkl]

形 道德的

» The use of non-human animals in experiment has raised **ethical** concerns.
實驗中涉及動物會引起道德問題。

ev·o·lu·tion [ˌɛvəˈluʃən]

名 發展、演化

» This article is about the **evolution** of Android system.
這篇文章是關於安卓系統的演變。

e·volve [ɪˈvɑlv]

動 演化

同 develop 發展

» The convenience store has **evolved** a lot over the past decade, and now it offers a great variety of services.
便利商店在過去十年演化很多,現在提供相當多種的服務。

ex·ag·ger·a·tion [ɪɡˌzædʒəˈreʃən]

名 誇張、誇大

» Too much **exaggeration** annoyed the interviewer.
過度的誇張惹怒了面試官。

ex·ceed [ɪkˈsid]

動 超過

同 surpass 勝過

» The price of the bag **exceeded** my budget.
這個袋子的價錢超過了我的預算。

ex·cep·tion·al [ɪkˈsɛpʃənl]

形 優秀的、卓越的

» Grace is popular because of her **exceptional** piano performance skills.
葛來絲因為卓越的鋼琴演奏技巧而受人歡迎。

ex·ces·sive [ɪkˈsɛsɪv]

形 過度的

» **Excessive** UV exposure may cause skin disease.
過度接觸紫外線可能會引發皮膚病變。

ex·claim [ɪkˈsklem]

動 驚叫

» The servant **exclaimed** at the sight of the rat.
僕人一看到老鼠就驚叫。

ex·clude [ɪkˈsklud]

動 拒絕、不包含

反 include 包含

» The tax is **excluded** from the payment.
這筆付費不包含稅金。

ex·clu·sive [ɪkˈsklusɪv]

形 唯一的、排外的、獨家的

» The journalist had an **exclusive** interview with the former prime minister.
記者進行了與前首相的獨家專訪。

ex·e·cute [ˈɛksɪˌkjut]

動 實行、執行

同 perform 實行

» Their staff received the command to **execute** the project.
他們的職員收到要執行該專案的命令。

ex·e·cu·tion [ˌɛksɪˈkjuʃən]

名 實行、處決

» The **execution** of the project will take about a month.
這個計畫的實行需要花一個月左右的時間。

ex·ec·u·tive [ɪɡˈzɛkjutɪv]

名 執行者、管理者

形 執行的

» The **executive** of the project is not in the office.
這個專案的執行者不在辦公室。

ex·ile [ˈɛksaɪl]

名 流亡

動 放逐

» The religious leader is still in **exile**.
宗教領袖流亡中。

ex·ot·ic [ɛɡˈzɑtɪk]

形 外來的、舶來品

» They enjoyed sampling **exotic** foods when traveling abroad.
他們出國旅行時很享受異國風情的食物。

☑ **ex·pe·di·tion** [ˌɛkspɪˋdɪʃən]

名 探險、遠征

» The adventurers going for the **expedition** in Antarctica returned with glory.
至南極遠征的探險家們光榮返回。

☑ **ex·per·tise** [ˌɛkspɚˋtiz]

名 專門知識

» The question is beyond my area of **expertise**.
這個問題超過我專業知識範圍。

☑ **ex·plic·it** [ɪkˋsplɪsɪt]

形 明確的、清楚的

» **Explicit** communication and avoidance of ambiguity may make the negotiation go smoothly.
清楚溝通和避免模糊可以使協商更順利。

☑ **ex·ploit** [ɪkˋsplɔɪt]

名 剝削、功績
動 利用

» In some underdeveloped countries, immoral employers may **exploit** child labors.
在一些落後國家，不道德的雇主會剝削童工。

☑ **ex·plo·ra·tion** [ˌɛkspləˋreʃən]

名 探測

» China has conducted **exploration** on the back of the moon.
中國已經進行過月球背面的探測。

☑ **ex·ten·sion** [ɪkˋstɛnʃən]

名 擴大、延長、電話分
同 expansion 擴張

» The **extension** number of the secretary is 5188.
祕書的分機號碼是 5188。

☑ **ex·ten·sive** [ɪkˋstɛnsɪv]

形 廣泛的、廣大的
同 spacious 廣闊的

» Cory's researching interest is **extensive**.
克瑞的研究興趣是很廣泛的。

☑ **ex·te·ri·or** [ɪkˋstɪrɪɚ]

名 外面
形 外部的
反 interior 內部的

» The **exterior** of the building is covered by tiles.
這棟建築的外部被磁磚所覆蓋。

☑ **ex·ter·nal** [ɪkˋstɝnl]

名 外表
形 外在的
反 internal 內在的

» The **external** appearance of the temple looks like a palace.
這座廟的外表看起來像皇宮。

☑ **ex·tinct** [ɪkˋstɪŋkt]

形 滅絕的
同 dead 死的

» The dodo birds were **extinct** in the seventeenth century.
渡渡鳥十七世紀時絕種。

☑ **ex·tra·or·di·nar·y** [ɪkˋstrɔrdṇˌɛrɪ]

形 特別的
反 normal 正規的

» The **extraordinary** quality of being talkative of Anne helps her win a new life.
安這種特別愛說話的特質幫她贏得了新生活。

Ff

fab·ric [ˈfæbrɪk]

名 紡織品、布料
同 cloth 布料
» The **fabric** with the phoenix looks gorgeous.
繡有鳳凰的紡織布料看起來好美。

fa·bu·lous [ˈfæbjələs]

形 傳說、神話中的、極好的
同 marvelous 不可思議的
» The musician has composed several **fabulous** hit songs since his debut five years ago.
這位音樂家從五年前出道開始,已經作了好幾首極佳的暢銷歌曲。

fa·cil·i·tate [fəˈsɪləˌtet]

動 利於、使容易、促進
同 assist 促進
» Sometimes visual aids can **facilitate** the process of communication.
有時候視覺輔助可以促進溝通。

fac·ul·ty [ˈfækl̩tɪ]

名 全體教員、系所
» The **faculty** of this graduate institution are all Christians.
這所研究所的教職員都是基督徒。

fas·ci·nate [ˈfæsənˌet]

動 迷惑、使迷惑
» The piece of pottery vase **fascinated** me.
這隻陶瓷花瓶迷惑了我。

fa·tigue [fəˈtig]

名 疲勞、破碎
動 衰弱、疲勞
» The **fatigue** from working pressure can be eased by jogging.
來自工作壓力的疲勞可藉由慢跑得到舒解。

fed·er·al [ˈfɛdərəl]

形 同盟的、聯邦(制)的
» The **federal** government received taxes from entrepreneurs.
聯邦政府從企業主那邊收到稅金。

fi·ber [ˈfaɪbə]

名 纖維、纖維質
» The **fiber** aids the digestion of intestines.
纖維質對大腸的蠕動有幫助。

fil·ter [ˈfɪltə]

名 過濾器
動 過濾、滲透
片 a water filter 濾水器
» The **filter** is used to cleanse the drinking water.
過濾器被用來純淨飲用水。

fis·cal [ˈfɪskl̩]

形 財政的、會計的、國庫的
» Finance personnel bear **fiscal** responsibility.
財務人員負有財政責任。

fleet [flit]

名 船隊、艦隊、車隊
» The **fleet** consists thirty vessels.
這個船隊包含三十艘船。

flex·ibil·i·ty [ˌflɛksəˈbɪlətɪ]

名 適應性、靈活性、彈性、柔韌性
» Supplementing with collagen can enhance joint **flexibility**.
多補充膠質可以增強關節的靈活性。

flip [flɪp]

名 跳動、拍打
動 輕拍、翻轉
» **Flip** the coin and let it decide the way we should go.
翻轉硬幣,讓硬幣決定我們要走的道路吧。

☑ **flu·en·cy** [ˋfluənsɪ]

名 流暢、流利

» When you take the oral exam, pay attention to the **fluency**.
當你考口說考試時，留意說話的流暢度。

☑ **flu·id** [ˋfluɪd]

名 流體

形 流質的

反 solid 固體

» Taking in enough **fluid** on a hot day can prevent heat stroke.
補充足夠的流質可以預防中暑。

☑ **forge** [fɔrdʒ]

動 打鐵、鍛造、鍛鍊、偽造

» This ártwork is crafted from **forged** steel.
這個藝術品是鋼鍛造而成的。

☑ **for·mat** [ˋfɔrmæt]

名 格式、版式

動 格式化

» The **format** of the document is illustrated below.
文件的格式如下圖所示。

☑ **fo·rum** [ˋforəm]

名 古羅馬城鎮的廣場、公開討論的場所、討論會、座談會

» The school organized a parent-child **forum**.
學校舉辦了一場親子座談會。

☑ **fos·ter** [ˋfɔstɚ]

動 養育、收養

形 收養的

» The actress **fostered** four homeless children.
這位女演員收養了四位無家可歸的孩子。

☑ **foul** [faʊl]

動 使污穢、弄髒、使堵塞

形 險惡的、污濁的

反 clean 清潔的

» Miss Lin was in a **foul** mood this morning.
林小姐今天早上的心情很糟。

☑ **frac·tion** [ˋfrækʃən]

名 分數、片斷、小部分

同 segment 部分

» A **fraction** of financial loss is nothing to the company.
一部分的財務損失對這家公司來講根本不算什麼。

☑ **frag·ment** [ˋfrægmənt]

名 破片、碎片、未完成部分

動 裂成碎片

» The sentence **fragments** were ungrammatical, but the message has been conveyed.
這些不完整的句子是不合文法的，但訊息已送達。

☑ **frame·work** [ˋfremˏwɝk]

名 架構、骨架、體制

同 structure 結構

» The **framework** of the program has been set.
這個課程的架構訂好了。

☑ **fran·chise** [ˋfrænˏtʃaɪz]

名 公民權、選舉權、特權、經銷權

» He wants to obtain the **franchise** for this product.
他想要獲得這個產品的特許經營權。

fraud [frɔd]

名 欺騙、詐欺

» The teenager fell victim of the Internet **fraud**.
這名青少年成為網路詐欺的受害者。

freight [fret]

名 貨物運輸
動 運輸

» The batch of **freight** has been insured.
這批貨物已經有投保。

fron·tier [frʌn`tɪr]

名 邊境、國境、新領域
同 border 邊境

» Mexican immigrants reached the **frontier** of the US.
墨西哥移民抵達美國的邊境。

Gg

gal·ax·y [`gæləksɪ]

名 星雲、星系

» The **galaxy** is a constantly evolving system.
這個星系是一個不斷演化的系統。

gasp [gæsp]

名 喘息、喘
動 喘氣說、喘著氣息

» Our class leader **gasped** and said Angela needed our help.
班長喘著氣說安琪拉需要我們的幫忙。

gath·er·ing [`gæðərɪŋ]

名 集會、聚集

» Would you like to attend the yearly **gathering** of elementary school classmates?
你想要參加小學同學一年一度的聚會嗎？

gen·er·ate [`dʒɛnəˌret]

動 產生、引起、發生（熱、電、光等等）

» The local people **generated** electricity with water power.
當地人用水力發電。

gen·er·a·tor [`dʒɛnəˌretə]

名 發電機、創始者、產生者

» The company offers electricity **generator** for rent.
這間公司出租發電機。

ge·net·ic [dʒə`nɛtɪk]

形 遺傳學的、基因的

» Some people think **genetic** engineering is an ethically flawed science.
有些人認為基因工程是一門有道德缺陷的科學。

ge·net·ics [dʒə`nɛtɪks]

名 遺傳學

» The progress in **genetics** makes it possible to control some inherited diseases.
遺傳學的進步，使得有些遺傳的疾病得以被控制。

genre [`ʒɑnrə]

名 體裁、類型、流派

» Mystery is a popular **genre** in the world of literature.
在文學界中，神祕小說是受歡迎的類型。

glare [glɛr]

名 怒視、瞪眼
動 怒視瞪眼

» The general's **glare** scared his enemy away.
這位將軍的怒視把他的敵人嚇跑了。

gloom·y [`glumɪ]

形 幽暗的、暗淡的

» I don't like the **gloomy** and dark atmosphere in this film.
我不喜歡這部電影當中憂鬱晦暗的氣氛。

☑ **gor·geous** [ˈɡɔrdʒəs]

形 炫麗的、華麗的、極好的

同 splendid 壯麗的

» The traditional Korean wedding dress looks **gorgeous**.
傳統的韓國結婚禮服看起來好華麗。

☑ **grant** [ɡrænt]

名 許可、授與

動 答應、允許、轉讓（財產）

同 permit 允許

» The contract shows that the rental company **grants** you the use of the sports car.
這份合約顯示這家出租公司允許你使用這輛跑車。

☑ **graph·ic** [ˈɡræfɪk]

形 圖解的、生動的

片 graphic design 平面造型設計

» She has a portfolio for her works of **graphic** design.
她有一個平面設計作品集。

☑ **grav·i·ty** [ˈɡrævətɪ]

名 重力、嚴重性

» Newton's law of **gravity** is a law of physics.
牛頓的萬有引力定律是物理學的定律。

☑ **greed** [ɡrid]

名 貪心、貪婪

» Enormous **greed** turned Peter into a criminal.
過度貪婪讓彼得變成了罪犯。

☑ **grieve** [ɡriv]

動 悲傷、使悲傷

» **Grieving** for the one you love is normal.
為你所愛的人悲傷是正常的。

☑ **grill** [ɡrɪl]

名 烤架、燒烤的肉類食物

動 被炙烤、拷問、盤問

» Place the fish, shrimp, and steaks on the **grill**.
把魚、蝦和牛排放在烤架上。

☑ **grim** [ɡrɪm]

形 嚴格的、糟糕的

同 stern 嚴格的

» **Grim** demands should be deemed as reasonable training.
嚴格的要求應該被視為是一種合理的訓練。

☑ **grip** [ɡrɪp]

名 緊握、抓住

動 緊握、扣住

反 release 鬆開

» Tight **grip** of the stunt performer on the rope amazed the audience.
特技表演者緊抓著繩子不放讓觀眾頗為吃驚。

☑ **gross** [ɡros]

名 總體

動 得到……總收入（或毛利）

形 粗略的、臃腫的

同 total 總數

» The **gross** profit of the shipment is 20% higher than the one of the previous shipment.
這批貨物的毛利潤比前一批貨物的毛利潤高 20%。

☑ **guide·line** [ˈɡaɪdˌlaɪn]

名 指導方針、指標

片 breach guidelines 違反指導方針

» Clear **guidelines** are necessary.
清楚的指導方針是有必要的。

☑ **gut(s)** [gʌt(s)]

名 內臟、腸

» Animals' *guts* terrified the monk.
動物的內臟嚇壞該名僧侶。

Hh

☑ **hab·it·at** [ˈhæbəˌtæt]

名 棲息地

» The environmental conservationists appeal that the *habitat* of tree frogs should be preserved.
環保人士呼籲樹蛙的棲息地應該被保留。

☑ **haul** [hɔl]

名 用力拖拉、一次獲得的量

動 拖、使勁拉

同 drag 拖、拉

» With a *haul* of the fishing net, the fisherman knew his family has plenty of fish to eat.
用力拖拉漁網，漁夫知道他的家人有很多的魚可以吃。

☑ **haz·ard** [ˈhæzəd]

名 偶然、危險

動 冒險、受傷害

» The tornado may cause severe *hazard* to the village.
龍捲風可能會對這個村莊造成很大的危害。

☑ **heir** [ɛr]

名 繼承人

» The *heir* of this apartment should pay 10% heritage tax.
這間公寓的繼承人應付百分之十的遺產稅。

☑ **hence** [hɛns]

副 因此

同 therefore 因此

» Billy's mother passed away. *Hence*, he needs some time to prepare for the funeral.
比利的母親去世了。因此，他需要一些時間準備葬禮。

☑ **herb** [ɜb]

名 草本植物

片 medicinal herbs 藥草

» Take this Chinese *herb* when you feel tired.
當你累的時候，吃這款中藥。

☑ **her·i·tage** [ˈhɛrətɪdʒ]

名 遺產

» The historical site is listed as a world cultural *heritage* by the UNESCO.
這個歷史景點被聯合國教科文組織列為世界文化遺產。

☑ **high·light** [ˈhaɪˌlaɪt]

名 精彩場面

動 使顯著、強調

同 emphasize 強調

» In the speech, she *highlighted* the importance of spontaneity in education.
在演講中，她強調教育中自主的重要性。

☑ **hock·ey** [ˈhɑkɪ]

名 曲棍球

» The sports of ice *hockey* is an Olympic event.
冰上曲棍球運動是奧運會項目之一。

☑ **hon·or·a·ble** [ˈɑnərəbl̩]

形 體面的、可敬的

» Mr. Jefferson is an *honorable* gentleman.
傑佛森是個體面的紳士。

☑ **hor·i·zon·tal** [ˌhɑrəˈzɑntl̩]

名 水平線

形 地平線的、水準線、水平面

反 vertical 垂直的

» The sun rises from the far-away **horizontal**.
太陽從遠方的地平線昇起。

☑ **hor·mone** [ˈhɔrmon]

名 荷爾蒙

» Endorphin is a **hormone** in human body that can suppress pain.
腦內啡是一種可以壓抑疼痛的荷爾蒙。

☑ **hos·tage** [ˈhɑstɪdʒ]

名 人質

同 captive 俘虜

» Currently, the **hostages** are safe.
目前人質安全。

☑ **hos·tile** [ˈhɑstɪl]

形 敵方的、不友善的

» The newcomer has no friends because of his **hostile** attitude.
新來者沒有朋友，因為他那不友善的態度。

☑ **hos·til·i·ty** [hɑsˈtɪlətɪ]

名 敵意

» Don't show **hostility** toward the immigrants.
不要對移民者表現敵意。

☑ **hous·ing** [ˈhaʊzɪŋ]

名 住宅的供給、住宅

» The **housing** in this area is expensive.
這區的住宅很貴。

☑ **howl** [haʊl]

名 吠聲、怒號

動 吼叫、怒號

同 shout 喊叫

» The thief heard the **howling** of the dogs and ran away.
小偷聽到狗吠聲，跑走了。

☑ **hy·poth·e·sis** [haɪˈpɑθəsɪs]

名 假設 前提

» Scientists formulated some **hypotheses** to conduct experiments.
科學家制定了一些假設來進行實驗。

Ii

☑ **i·con** [ˈaɪkɑn]

名 圖示、圖標、畫像、雕像

» Kangaroo is an **icon** of Australian animals.
袋鼠是澳洲代表性動物。

☑ **i·de·ol·o·gy** [ˌaɪdɪˈɑlədʒɪ]

名 思想意識、觀念、意識形態、空論、空想

» By the development of the society, the **ideology** of gender equality receiving more and more attention.
隨著社會的進步，性別平等的觀念愈來愈受到重視。

☑ **id·i·ot** [ˈɪdɪət]

名 傻瓜、笨蛋

同 fool 傻瓜

» How can you call your brother an **idiot**?
你怎麼可以叫你的哥哥笨蛋？

il·lu·sion [ɪˈljuʒən]

名 錯覺、幻覺

» She is under the ***illusion*** that the guy has a crush on her.
她幻想那名男子對她有意思。

im·mense [ɪˈmɛns]

形 巨大的、極大的
反 tiny 極小的

» Can't you see he was under ***immense*** working pressure?
你難道看不出來他背負著極大的工作壓力？

im·mune [ɪˈmjun]

形 免除的

» I was ***immune*** to the sarcasm of the online haters.
我對網路酸民的諷刺言論已經免疫了。

im·ple·ment [ˈɪmpləmənt]

名 工具
動 施行

» The new traffic laws will be ***implemented*** next year.
新的交通法規明年會施行。

im·pli·ca·tion [ˌɪmplɪˈkeʃən]

名 暗示、含意

» Her ***implication*** that our product has poor quality upset the manager.
她暗示我們產品有瑕疵的言論讓經理感到不滿。

im·pulse [ˈɪmpʌls]

名 衝動
片 sudden impulse 突然的衝動

» You'll regret for the decision made on ***impulse***.
你會為了一時衝動所做的決定而後悔。

in·cen·tive [ɪnˈsɛntɪv]

名 刺激、誘因
形 刺激的

» The children have no ***incentive*** to study.
小朋友缺乏學習的誘因。

in·cor·po·rate [ɪnˈkɔrpəˌret]

動 合併、混合、包含、加上、吸收

» The company decided to ***incorporate*** the new plan with the old.
公司決定將新計劃與舊計劃合併。

in·dex [ˈɪndɛks]

名 指數、索引
動 編索引

» The ***index*** helps you to find the word analysis of the vocabulary.
這份索引幫你找到字彙的文字分析。

in·dif·fer·ent [ɪnˈdɪfərənt]

形 中立的、不關心的

» As one member of the family, it is not possible to remain ***indifferent***.
身為家庭成員之一，要維持中立著實不太可能。

in·dig·e·nous [ɪnˈdɪdʒɪnəs]

形 國產的、當地的、本地的、土著的

» Ursus thibetanus formosanus is an ***indigenous*** animal to Taiwan.
台灣黑熊是台灣當地的動物。

in·dis·pen·sa·ble [ˌɪndɪˈspɛnsəbl]

形 不可缺少的
同 essential 不可缺少的

» Sense of humor is ***indispensable*** for being a teacher.
幽默感對身為一個老師來講是不可或缺的。

in·dulge [ɪnˈdʌldʒ]

動 沉溺、放縱、遷就

» ***Indulging*** in the online games is not a good thing.
沉溺在線上遊戲這件事並不是件好事。

in·ev·i·ta·ble [ɪnˈɛvətəbl]

形 不可避免的

» The failure of the performance is **inevitable** for they didn't rehearse at all.
表演失敗是不可避免的，因為他們完全沒有排練。

in·fect [ɪnˈfɛkt]

動 使感染

» The nurse was **infected** with SARS.
這個護士感染了嚴重急性呼吸道症候群。

in·fi·nite [ˈɪnfənɪt]

形 無限的

» With **infinite** confidence, he insisted on finishing the rescue task of dogs.
懷抱無限的信心，他堅持完成拯救狗兒的任務。

in·fra·struc·ture [ˈɪnfrəˌstrʌktʃɚ]

名 公共建設、基礎建設

» The government has allocated funds to improve the country's **infrastructure**.
政府已經撥款改善國家的基礎設施。

in·her·ent [ɪnˈhɪrənt]

形 天生的、內在的
同 internal 固有的、本質的

» The problems you mention are **inherent** in the system.
你提及的那些問題是這一制度本身存在的。

in·her·it [ɪnˈhɛrɪt]

動 繼承、接受
片 be genetically inherited 基因遺傳

» Fanny **inherited** the apartment.
芬妮繼承了這棟公寓。

i·ni·ti·ate [ɪˈnɪʃɪɪt]/[ɪˈnɪʃɪet]

名 初學者
動 開始、創始
形 新加入的
同 begin 開始

» The **initiate** needs time to learn how to drive.
初學者需要時間學開車。

i·ni·ti·a·tive [ɪˈnɪʃɪətɪv]

名 倡導
形 率先的
片 take the initiative 主動行動

» She took the **initiative** to send the product catalogue to the potential clients.
她主動寄送產品型錄給潛在的客戶。

in·ject [ɪnˈdʒɛkt]

動 注入

» The diabetes patient **injects** insulin on the arm.
糖尿病患者在手臂上注射胰島素。

in·jec·tion [ɪnˈdʒɛkʃən]

名 注射

» The children are taking the vaccine **injections** today.
小朋友們今天要注射疫苗。

in·ning [ˈɪnɪŋ]

名 局、當政期、執政期、發展的機會、好時機

» In the ninth **inning**, the score is still tied.
第九局，比數依然打平。

in·no·va·tion [ˌɪnəˈveʃən]

名 革新
同 formation 公平

» **Innovation** is vital for a start-up company.
革新對新創公司是相當重要的。

☑ **in·no·va·tive** [ˈɪnoˌvetɪv]

形 創新的

» The ***innovative*** ideas in his proposal was objected by some conservatives.
他提案當中的一些創新想法，遭到保守份子的反對。

☑ **in·quir·y** [ɪnˈkwaɪrɪ]

名 詢問、調查

同 research 調查

» The customer service representatives made proper response to all kinds of ***inquiries***.
顧客服務代表對於各種詢問都能有適當的回應。

☑ **in·sane** [ɪnˈsen]

形 精神病的、精神錯亂的、瘋狂的、極愚蠢的、荒唐的

» Drinking alcohol made him go ***insane***.
喝酒讓他變得瘋狂。

☑ **in·sight** [ˈɪnˌsaɪt]

名 洞察

» A successful businessman has ***insight*** into the trend on the market.
成功的商人對於市場趨勢具有洞察力。

☑ **in·stal·la·tion** [ˌɪnstəˈleʃən]

名 就任、裝置

» The ***installation*** of the software took three minutes.
安裝軟體花了三分鐘的時間。

☑ **in·sti·tute** [ˈɪnstətjut]

名 協會、機構

動 設立、授職

同 organization 機構

» This research ***institute*** will display the new modes of robots this year.
這個研究機構會在今年展示新型的機器人。

☑ **in·sti·tu·tion** [ˌɪnstəˈtjuʃən]

名 團體、機構、制度

» The graduate ***institution*** is recruiting oversea students.
這個研究所正在招收海外學生。

☑ **in·tact** [ɪnˈtækt]

形 原封不動的、完整無缺的

» The antique vase remained ***intact*** when it arrived.
古董花瓶送到的時候完整無缺。

☑ **in·te·grate** [ˈɪntəˌgret]

動 整合、使合併

» The public relation section will be ***integrated*** into the marking department.
公共關係部門將會整併至行銷部門。

☑ **in·te·gra·tion** [ˌɪntəˈgreʃən]

名 統合、完成

» The cultural ***integration*** process may take decades to complete.
文化整合的過程可能要好幾十年才能完成。

☑ **in·teg·ri·ty** [ɪnˈtɛgrətɪ]

名 正直

同 honesty 正直

» The ***integrity*** of the candidate was questioned by his opponent.
這名候選人的正直遭到對手質疑。

☑ **in·ten·si·fy** [ɪnˈtɛnsəˌfaɪ]

動 加強、增強

» Philip ***intensified*** the promotional activity for the new product.
菲力普加強新產品的宣傳活動。

☑ **in·tent** [ɪnˈtɛnt]

名 意圖、意思

形 熱心的、急切的、專心致志的

» My cousin was ***intent*** on writing calligraphy.
我的姪子專心致志於寫毛筆字。

in·ter·fer·ence [ˌɪntɚˈfɪrəns]

名 妨礙、干擾

» Humming tunes is a kind of **interference**, don't you think?
哼唱曲子是種干擾，你不這樣認為嗎？

in·te·ri·or [ɪnˈtɪriɚ]

名 內部、內務

形 內部的

反 exterior 外部

» Jack is talented in **interior** design.
傑克在室內設計方面有天份。

in·ter·pre·ta·tion [ɪnˌtɝprɪˈteʃən]

名 解釋、說明

同 explanation 解釋

» The **interpretation** of the life cycle of the butterfly to kids is meaningful.
對孩子們說明蝴蝶的生命週期有其意義。

in·ter·val [ˈɪntɚvl̩]

名 間隔、休息時間

同 break 休息

» The **interval** between buses running is about five minutes during the peak hours.
尖峰時間的公車間隔大約五分鐘。

in·ter·ven·tion [ˌɪntɚˈvɛnʃən]

名 介入、調停、干預

» The military **intervention** of the neighboring countries made the situation even more complicated.
鄰近國家軍事干涉，使該國的情勢更加複雜。

in·ves·ti·ga·tor [ɪnˈvɛstəˌgetɚ]

名 調查者、研究者

» The **investigators** will ask the participants several questions regarding their shopping habits.
研究者會問參加者一些關於消費習慣的問題。

i·ro·ny [ˈaɪrəni]

名 諷刺、反諷

» I like to read the **irony** cartoons in the newspaper.
我喜歡看報紙上面的諷刺漫畫。

Jj

jour·nal·ism [ˈdʒɝnl̩ˌɪzəm]

名 新聞學、新聞業

» **Journalism** is mainly involved with newspaper media.
新聞業主要與報業媒體相關。

jour·nal·ist [ˈdʒɝnl̩ɪst]

名 新聞工作者

» The **journalist** interviewed the criminals as well as presidents.
新聞工作者探訪罪犯，也採訪總統。

ju·di·cial [dʒuˈdɪʃəl]

形 司法的、審判的、法官的、法庭的、法院判定的

» The **judicial** decision awarded custody of the child to the mother.
法院的判決將孩子的監護權授予了母親。

jug [dʒʌg]

名 帶柄的水壺

» Pour some coffee from the **jug**.
從這只帶柄的壺中倒出咖啡。

☑ **ju·ry** [ˋdʒʊrɪ]

名 陪審團

» The **jury** retired to do further discussions.
陪審團退席去做進一步的討論。

☑ **jus·ti·fy** [ˋdʒʌstəˌfaɪ]

動 證明……有理

» If you didn't kill him, **justify** what you said.
如果你沒有殺他，提出證明表示所説成理。

☑ **ju·ve·nile** [ˋdʒuvənḷ]

名 青少年、孩子
形 少年的、孩子氣的

» Betty's research interest is **juvenile** literature.
貝蒂的研究興趣是青少年文學。

Kk

☑ **kid·nap** [ˋkɪdnæp]

動 綁架、勒索
同 snatch 搶奪、綁架

» The billionaire's daughter was **kidnapped** on her way to school.
億萬富翁的女兒上學途中遭綁架。

Ll

☑ **land·lord** [ˋlændˌlɔrd]

名 房東、主人、老闆

» I've called the **landlord** to fix the water heater.
我已經打給房東，請他來修熱水器。

☑ **la·ser** [ˋlezɚ]

名 雷射

» **Laser** can remove tattoos and scars.
雷射可以去除刺青和疤痕。

☑ **law·mak·er** [ˋlɔˌmekɚ]

名 立法者

» The **lawmaker** should be wise and just.
立法者應該要有智慧，也要公正。

☑ **law·suit** [ˋlɔˌsut]

名 訴訟、控訴

» Mediation typically takes place before a **lawsuit** is initiated.
訴訟前通常會進行調解。

☑ **lay·er** [ˋleɚ]

名 層
動 分層

» The wedding cake has five **layers**.
這個結婚蛋糕有五層。

☑ **league** [lig]

名 聯盟
動 同盟
同 union 聯盟

» The National Football **League** consists of 32 teams.
全國足球聯賽由 32 支球隊組成。

☑ **leg·a·cy** [ˋlɛgəsɪ]

名 遺產、遺贈、祖先傳下來之物

» His father left him a **legacy** of land.
他的父親留給了他一片土地的遺產。

☑ **leg·end·ar·y** [ˋlɛdʒəndˌɛrɪ]

形 傳説的

» The knight claimed that he had slaughtered the **legendary** monster.
騎士宣稱他已經消滅傳説中的怪物。

☑ **leg·is·la·tion** [ˌlɛdʒɪsˋleʃən]

名 立法

» **Legislation** of outer space immigration law will be necessary in the future.
未來制定移居外太空法條將會是有必要的。

☑ **leg·is·la·tive** [ˈlɛdʒɪsˌletɪv]

形 立法的

» The congress of the country has the ***legislative*** power.
這個國家的國會有立法權。

☑ **le·git·i·mate** [lɪˈdʒɪtəˌmet]/[lɪˈdʒɪtəmɪt]

動 使合法
形 合法的

» She claimed that she is the ***legitimate*** heir to the throne.
她宣稱自己是王位的合法繼承人。

☑ **lest** [lɛst]

連 以免

» We'd better do something about the river pollution, ***lest*** the pollution gets worse.
我們最好為河川污染做點事，以免污染加劇。

☑ **li·a·bil·i·ty** [ˌlaɪəˈbɪlətɪ]

名 傾向、責任、義務、麻煩、累贅、負債

» He is willing to take full ***liability*** for this accident.
他願意承擔這個事故的所有責任。

☑ **like·li·hood** [ˈlaɪklɪˌhʊd]

名 可能性、可能的事物
同 possibility 可能性

» The ***likelihood*** is high.
可能性很高。

☑ **like·wise** [ˈlaɪkˌwaɪz]

副 同樣地

» She told me to watch him carefully and do ***likewise***.
她叫我仔細看她怎麼做並且重複同樣的動作。

☑ **loop** [lup]

名 圈、環、環狀物、環線、彎曲處、循環、迴路

» We took a walk around the lake in a ***loop***.
我們沿著湖散步一圈。

☑ **lounge** [laʊndʒ]

名 交誼廳
動 閒逛

» The tour guide waited for us at the hotel ***lounge***.
導遊在旅館交誼廳等我們。

☑ **lump** [lʌmp]

名 塊
動 結塊、笨重地移動
同 chunk 大塊

» How many sugar ***lumps*** did you put into this glass of milk?
這杯牛奶裡你放入多少塊糖？

Mm

☑ **main·stream** [ˈmenˌstrim]

名 思潮、主流

» Hollywood movies have been the ***mainstream*** in the movie industry.
好萊塢電影一直是電影業中的主流。

☑ **main·te·nance** [ˈmentənəns]

名 保持
片 regular maintenance 定期保養

» ***Maintenance*** of beauty has long been human being's dream.
保持美麗一直是人類的夢想。

☑ **mam·mal** [ˈmæml̩]

名 哺乳動物

» Whales are a kind of **_mammal_** living in the ocean.
鯨魚是一種住在海裡的哺乳動物。

☑ **man·date** [ˈmændet]

名 命令、指令、委託管理、託管地、授權

» He **_mandated_** a real estate agency to sell his house.
他委託了一家房地產仲介公司出售他的房子。

☑ **man·i·fest** [ˈmænəˌfɛst]

動 顯示
形 明顯的
同 apparent 明顯的

» My sister's emotions are **_manifested_** clearly on her face.
我姊姊的情緒很清楚的顯露在臉上。

☑ **ma·nip·u·late** [məˈnɪpjəˌlet]

動 巧妙操縱

» It is said that the politician **_manipulated_** the media to gain popularity.
據說政治人物操縱媒體才能受歡迎。

☑ **man·sion** [ˈmænʃən]

名 宅邸、大廈

» They plan to hold a rock'n roll party in Tiffany's **_mansion_**.
他們計劃要在蒂芬妮的大廈裡舉辦搖滾派對。

☑ **ma·rine** [məˈrin]

名 海軍
形 海洋的

» The design of the **_marine_** uniform looks youthful.
這款海軍制服的設計看起來充滿青春活力。

☑ **mas·cu·line** [ˈmæskjəlɪn]

名 男性
形 男性的
反 feminine 女性

» Is boxing a kind of **_masculine_** sports or feminine sports?
拳擊是一種男性的運動還是女性的運動？

☑ **mas·sage** [məˈsɑʒ]

名 按摩
動 按摩

» Gently **_massaging_** the baby can help the baby sleep better.
輕輕地按摩小寶寶可以幫助小寶貝睡得更香。

☑ **mas·sive** [ˈmæsɪv]

形 笨重的、大量的、巨大的
同 heavy 重的

» **_Massive_** homework assignments almost crushed the junior high school student.
大量的課業幾乎壓垮這名國中生。

☑ **mas·ter·piece** [ˈmæstɚˌpis]

名 傑作、名著

» Auguste Rodin's **_masterpiece_** is "The Thinker."
奧古斯特 · 羅丹的傑作是《沉思者》。

☑ **mat·tress** [ˈmætrɪs]

名 墊子

» She is used to sleeping on the soft **_mattress_**.
她習慣睡在軟的床墊上。

☑ **mean·time** [ˈminˌtaɪm]

名 期間、同時
副 同時

» She studied chemistry. **_Meantime_**, she researched the way to make poison.
她研讀化學。同時，她研究製作毒藥的方法。

☑ **mech·a·nism** [ˈmɛkəˌnɪzəm]

名 機械裝置

同 machine 機械

» The graph illustrates the *mechanism* of an airplane engine.
這張圖片説明飛機引擎的機械裝置。

☑ **med·i·ca·tion** [ˌmɛdɪˈkeʃən]

名 藥物治療

» She was taking *medication* to treat her depression.
她在服用抗憂鬱的藥物。

☑ **men·tor** [ˈmɛntɚ]

名 導師、良師益友、私人教師

» Dad is my spiritual *mentor*, always providing me with the right direction when I'm lost.
爸爸是我的心靈導師，總是在我迷惘時給我正確的方向。

☑ **merge** [mɝdʒ]

動 合併

同 blend 混合

» The two company will *merge* for greater business opportunity.
兩家公司即將為了更大的商機而合併。

☑ **met·a·phor** [ˈmɛtəfɚ]

名 隱喻

» He used *metaphors* and similes in his poem.
他在詩中使用暗喻和明喻。

☑ **met·ro·pol·i·tan** [ˌmɛtrəˈpɑlətn]

名 都市人

形 大都市的

同 city 城市的

» The population of the *metropolitan* area keeps growing.
大都會區的人口持續增加中。

☑ **midst** [mɪdst]

名 中央、中間

介 在……之中

» Your child was in their *midst*.
你的小孩在那群人中間。

☑ **mi·gra·tion** [maɪˈgreʃən]

名 遷移

» Religious persecution caused large-scale *migration* in Europe.
宗教迫害導致了在歐洲的大規模遷徙。

☑ **mile·stone** [ˈmaɪˌston]

名 里程碑

» Becoming a mother is the *milestone* of her life.
成為一個母親，是她人生的里程碑。

☑ **min·i·a·ture** [ˈmɪnɪətʃɚ]

名 縮圖、縮印

形 小型的

» The artist could assemble tiny *miniature* ship in a bottle.
這位藝術家可以在瓶子裡組裝小型的船隻模型。

☑ **min·i·mal** [ˈmɪnɪml]

形 最小的

片 minimal injuries 最小的損傷

» The *minimal* charge of this restaurant is NT$200.
這家餐廳最低消費額是臺幣 200 元。

☑ **min·i·mize** [ˈmɪnəˌmaɪz]

動 減到最小

» They tried to *minimize* the loss caused by their mistakes.
他們試圖將自己失誤造成的損失減到最低。

mint [mɪnt]

名 薄荷

» The soda mixed with **mint** is quite refreshing.
汽水混合薄荷是很提神的。

mis·sion·ar·y [ˈmɪʃənˌɛrɪ]

名 傳教士
形 傳教的

» The villagers were impressed with the sincerity of the **missionary**.
村民被傳教士的真誠感動。

moan [mon]

名 呻吟聲、悲嘆
動 呻吟
同 groan 呻吟

» The **moaning** of the woman in white sounds miserable.
白衣女子的呻吟聲聽起來是悲慘的。

mock [mɑk]

名 嘲弄、笑柄
動 嘲笑
形 模仿的

» The students knew **mocking** is not right, but they did it anyway.
學生們知道嘲笑是不對的,但他們還是這樣做了。

mode [mod]

名 款式、方法
同 manner 方法

» Heidegger said the most inspiring **mode** of life is the one "being-toward-death."
海德格曾說最有啟發性的人生模式是「走向死亡」。

mod·i·fy [ˈmɑdəˌfaɪ]

動 修改

» The charge of **modifying** the pants is free.
修改這條褲子不收費。

mol·e·cule [ˈmɑləˌkjul]

名 分子

» The brand of lotion enables the activation of water **molecules**.
這個牌子的乳液可活化水分子。

mo·nop·o·ly [məˈnɑpəlɪ]

名 獨佔、壟斷

» Some experts worry about the potential risk in the **monopoly** of Android system.
有些專家擔心安卓系統壟斷有潛在風險。

mo·ral·i·ty [mɔˈrælətɪ]

名 道德、德行
同 character 高尚品德

» The novice worker was unaware of some **morality** issues in the industry.
新進員工不曉得這個產業的道德議題。

mor·tal·i·ty [mɔrˈtælətɪ]

名 必死性、死亡數、死亡率、失敗率

» The **mortality** rate is very high for those infected with this virus.
感染這病毒死亡率很高。

mort·gage [ˈmɔrgɪdʒ]

名 抵押 抵押借款

» A **mortgage** is required when applying for a loan from the bank.
申請銀行貸款時需要提供抵押品。

mo·tive [ˈmotɪv]

名 動機
同 cause 動機

» The **motive** of his helping this old beggar without blood relationship is suspicious.
他幫助年老且無血緣關係的乞丐,背後的動機令人起疑。

mount [maʊnt]

名 山
動 攀登
同 climb 攀爬

» Tension is **_mounting_** among the two chess players.
兩名國際象棋棋手之間的緊張感正在加劇。

mum·ble [ˈmʌmbl̩]

名 含糊不清的話
動 含糊地說
同 mutter 含糊地說

» The boy was nervous and **_mumbled_**.
小男孩很緊張，含糊不清的講了些話。

mu·nic·i·pal [mjuˈnɪsəpl̩]

形 內政的、市政的

» She is going to attend a **_municipal_** high school.
她將要去就讀一間市立高中。

mus·cu·lar [ˈmʌskjələ]

形 肌肉的

» **_Muscular_** strength exercises help weight loss.
肌力練習有助於減重。

mus·tard [ˈmʌstəd]

名 芥末

» The self-made honey **_mustard_** adds flavor to the chicken hamburger.
自製的蜂蜜芥末醬提升了雞肉堡的味道。

myth [mɪθ]

名 神話、傳說
同 tale 傳說
片 Greek myth 希臘神話

» The **_myth_** of the dragon has its charm.
龍的神話有其魅力。

Nn

na·ive [nɑˈiv]

形 天真、幼稚
反 sophisticated 世故的

» George's sister is so **_naive_**.
喬治的妹妹好天真。

nar·ra·tive [ˈnærətɪv]

名 敘述、故事
形 敘事的

» Students are learning how to write a creative personal **_narrative_**.
學生在學習如何撰寫有創意的個人故事。

nas·ty [ˈnæstɪ]

形 汙穢的、惡意的、使人難受的
片 cheap and nasty 質劣價廉

» He has a **_nasty_** habit of finding faults with others.
他有個愛找人麻煩的討人厭習慣。

ne·go·ti·a·tion [nɪˌɡoʃɪˈeʃən]

名 協商、協議

» The **_negotiation_** between the U.S. and North Korea broke down.
美國和北韓的協商破裂了。

neu·tral [ˈnjutrəl]

名 中立國
形 中立的、中立國的
同 independent 無黨派的

» Swiss remains a **_neutral_** country for years.
瑞士多年來都保持中立國的立場。

☑ **nom·i·nate** [ˈnɑməˌnet]

動 提名、指定

同 propose 提名

» Nick was ***nominated*** as the the director of the association.
尼克被提名為這個協會的理事長。

☑ **nom·i·na·tion** [ˌnɑməˈneʃən]

名 提名、任命

同 selection 被挑選出的人或物

» The ***nomination*** for Best Actress at Oscar was considered a great honor.
提名奧斯卡最佳女主角獎被認為是一項很高的榮譽。

☑ **nom·i·nee** [ˌnɑməˈni]

名 被提名的人

» Tom was the ***nominee*** for the best employee of the year.
湯姆是本年度最佳員工的被提名人。

☑ **non·prof·it** [ˌnɑnˈprɑfɪt]

形 非營利的

» This ***nonprofit*** organization frequently organizes charitable events.
這個非營利組織常常舉辦慈善活動。

☑ **norm** [nɔrm]

名 基準、規範

同 criterion 準則

» Those who do not follow the ***norms*** will be punished.
不遵守規則的人會受到懲罰。

☑ **no·tice·a·ble** [ˈnotɪsəbl̩]

形 顯著的、顯眼的

» The change of the water park is quite ***noticeable***.
這座水上樂園的變化是很明顯的。

☑ **no·ti·fy** [ˈnotəˌfaɪ]

動 通知、報告

同 inform 通知

» ***Notify*** the motorcyle rider's family immediately.
立刻通知這個重機騎士的家人。

☑ **no·tion** [ˈnoʃən]

名 觀念、意見

同 opinion 意見

» The ***notion*** of friendly working environment he proposed seemed to be convincing.
他所提出的友善工作環境的概念是很有說服力的。

☑ **no·where** [ˈnoˌhwɛr]

副 無處地

名 不為人知的地方

» Oliver has ***nowhere*** to live.
奧利佛沒有地方可住。

☑ **nu·tri·ent** [ˈnjutrɪənt]

名 營養物

形 有養分的、滋養的

» The dietician will plan for meals that contain all essential ***nutrients***.
營養師會規劃含有所有重要養分的餐點。

☑ **nu·tri·tion** [njuˈtrɪʃən]

名 營養物、營養

同 nourishment 營養

» Poor ***nutrition*** may cause health problems.
營養不良會導致健康的問題。

Oo

☑ **ob·li·ga·tion** [ˌɑbləˈgeʃən]

名 責任、義務

» We are under the ***obligation*** to get rid of the glitches in the machine for our clients.
我們有義務為顧客排除機器的故障。

☑ **ob·scure** [əbˈskjʊr]

動 使陰暗

形 陰暗的、晦澀的、模糊的

» I had difficulty reading the note in the ***obscure*** room.
我在晦暗的房間裡看不到字條上的字。

ob·serv·er [əbˋzɝvə]

名 觀察者、觀察員
反 performer 表演者、執行者
» The salary of the forest **observer** is quite low.
森林觀察員的薪水很低。

odds [ɑds]

名 勝算、差別
» The **odds** are Peter will be elected as the leader of the study group.
彼德成為讀書會領導者的勝算很大。

of·fer·ing [ˋɔfərɪŋ]

名 供給、提供
» She didn't accept the **offering** from the philanthropic organization.
她沒有接受慈善機構提供的援助。

ol·ive [ˋɑlɪv]

名 橄欖、橄欖樹
形 橄欖的、橄欖色的
» **Olive** oil can help reduce one's risk for heart disease.
橄欖油可以減少罹患心臟疾病的風險。

op·er·a·tion·al [ˏɑpəˋreʃənl]

形 操作的、經營上的
» The plant is fully **operational** after the new machine is installed.
新機器裝設好之後，工廠就全面投入營運。

op·po·nent [əˋponənt]

名 對手、反對者
反 alliance 同盟
» If you're not well prepared, your **opponent** will certainly beat you this time.
如果你不好好做準備，你的對手這次必定會擊敗你。

op·po·si·tion [ˏɑpəˋzɪʃən]

名 反對的態度
同 disagreement 反對
» The implementation of new laws was faced with **opposition**.
新法施行遭到反對。

opt [ɑpt]

動 選擇
» I will **opt** to take the train instead of driving.
我會選擇坐火車，而不是開車。

op·ti·mism [ˋɑptəmɪzəm]

名 樂觀主義
反 pessimism 悲觀主義
» With a note of **optimism** in her voice, we know she has some good news to announce.
帶著樂觀的聲音，我們知道她有些好消息要宣布。

op·tion·al [ˋɑpʃənl]

形 非強制性的、非必要性的、可選擇的
» She registered in three **optional** courses in her junior year.
她大三的時候上了三門選修課。

or·chard [ˋɔrtʃəd]

名 果園
» Let's go to the **orchard** this weekend to pick some lychees.
讓我們這個週末去果園採一些荔枝。

or·gan·ism [ˋɔrgənɪzəm]

名 有機體、生物體
同 organization 有機體
» The biologist claimed that he found the trace extraterrestrial **organism** in the mountain.
生物學家宣稱在山上找到外星生物體的足跡。

☑ **o·rig·i·nal·i·ty** [əˌrɪdʒəˈnælətɪ]

名 獨創力、創舉

同 style 風格

» Juming showed great ***originality*** in his sculptures.
朱銘在雕刻作品中表現出獨創風格。

☑ **out·fit** [ˈaʊtˌfɪt]

名 裝備

動 提供必需的裝備

» The store sells mountain hiking ***outfit***.
這家店賣登山裝備。

☑ **out·let** [ˈaʊtlɛt]

名 逃離的出口、出路、銷路

» She used painting as an ***outlet*** for emotions.
她用繪畫當作情緒的出口。

☑ **out·put** [ˈaʊtˌpʊt]

名 生產、輸出

動 生產、大量製造、輸出

同 input 輸入

» The factory's main revenue comes from the ***output*** of soy-cooked chicken wings.
這個工廠的主要收入來自滷翅膀的生產。

☑ **out·sid·er** [ˌaʊtˈsaɪdəˌ]

名 門外漢、局外人

» In the global village, no one is the ***outsider***.
在地球村裡，沒有人是局外人。

☑ **o·ver·all** [ˈovəˌɔl]

名 罩衫、吊帶褲

形 全部的

副 整體而言

同 whole 全部的

» The ***overall*** situation is within our control.
整體的狀況在我們的掌控中。

☑ **o·ver·head** [ˈovəˌhɛd]

形 頭頂上的、位於上方的

副 在上方地、在頭頂上地

同 above 在上方

» The ***overhead*** projector was not working normally.
投影機無法正常運作。

☑ **o·ver·see** [ˌovəˈsi]

動 監視、監督、管理、看管、眺望、俯瞰

» He is responsible for ***overseeing*** the construction of the new office building.
他負責監督新辦公大樓的建設。

☑ **o·ver·take** [ˌovəˈtek]

動 趕上、突擊

» Remember to check the mirror before you ***overtake***.
超車前記得要檢查一下鏡子。

☑ **o·ver·turn** [ˈovəˌtɜn]/[ˌovəˈtɜn]

名 顛覆

動 顛倒、弄翻

» The tyrant was ***overturned*** by the oppressed people.
暴君被受到壓迫的人們推翻了。

☑ **o·ver·whelm** [ˌovəˈhwɛlm]

動 淹沒、征服、壓倒

» Grandma was ***overwhelmed*** with grief when she learned her grandson died.
祖母聽到孫子死亡的消息時，悲痛欲絕。

Pp

☑ **par·al·lel** [ˈpærəlɛl]

名 平行線

動 平行

形 平行的、類似的

» ***Parallel*** with the department store is a bank.
跟百貨公司平行而立的是一家銀行。

☑ **par·tic·i·pant** [pɑr`tɪsəpənt]

名 參與者

» Every **participant** of the tug-of-war game gets a coupon of NT$100.
拔河比賽的每位參加者將獲得新臺幣100 元的優惠券。

☑ **par·ti·cle** [`pɑrtɪkl̩]

名 微粒、極少量

片 particle physics 粒子物理學

» The **particles** of dusts are floating in the air.
灰塵的微粒漂浮在空中。

☑ **part·ly** [`pɑrtlɪ]

副 部分地

» The story was **partly** true, **partly** made-up.
這個故事有部分是真的，部分是捏造的。

☑ **pas·sion·ate** [`pæʃənɪt]

形 熱情的

» The tour guide is **passionate** about his job.
導遊對他的工作很有熱情。

☑ **pas·try** [`pestrɪ]

名 糕餅

» Puff **pastry** that Diane made this morning was delicious.
黛安今早做的泡芙糕點好好吃。

☑ **patch** [pætʃ]

名 補丁

動 補綴、修補

同 mend 縫補

» The soldier did a wonderful job of **patching** pants.
這名士兵縫補褲子的工作做得很棒。

☑ **pat·ent** [`petn̩t]

名 專利權

形 公開、專利的

同 copyright 著作權

» The lawsuit of the **patent** of the watch has not ended yet.
這場手錶專利權的官司訴訟尚未結束。

☑ **pa·thet·ic** [pə`ðɛtɪk]

形 悲慘的

» The **pathetic** stories of the orphan arouse sympathy of many people.
孤兒的悲慘經驗引起許多人的同情。

☑ **pa·trol** [pə`trol]

名 巡邏者

動 巡邏

» The policemen were **patrolling** around the community at night.
警察夜晚時巡邏整個社區。

☑ **pa·tron** [`petrən]

名 保護者、贊助人

» The **patron** of the music festival is a low-key person.
這個音樂季的贊助人是個低調的人。

☑ **peas·ant** [`pɛzn̩t]

名 佃農

同 farmer 農夫

» The **peasant** rented the land and planted rice.
佃農租了塊地，種了些稻米。

☑ **ped·al** [`pɛdl̩]

名 踏板

動 踩踏板

» My childhood bicycle with **pedals** was no longer there.
我童年時代有踏板的腳踏車，已經不在那裡了。

☑ **pe·des·tri·an** [pəˋdɛstrɪən]

名 行人

形 徒步的

片 pedestrian crossing 行人穿越道

» The **_pedestrian_** crossing is decorated with LED lights.
這個行人穿越道有 LED 燈裝飾。

☑ **pen·e·trate** [ˋpɛnəˏtret]

動 刺入、透過、滲透入

同 pierce 刺穿

片 slowly penetrate 緩緩滲入

» The cream **_penetrated_** into the skin.
護膚霜滲入了皮膚。

☑ **pen·sion** [ˋpɛnʃən]

名 退休金

動 給予退休金

同 allowance 津貼、發津貼

» The **_pension_** reform was objected by the labors.
年金改革遭到勞工反對。

☑ **per·ceive** [pəˋsiv]

動 察覺

同 detect 察覺

» His sadness can be **_perceived_** through his voice.
他的悲傷可以透過他的聲音察覺出來。

☑ **per·cep·tion** [pəˋsɛpʃən]

名 感覺、察覺

同 sense 感覺

» His **_perception_** of the issue is quite different from mine.
他對問題的感知和我很不相同。

☑ **per·form·er** [pəˋfɔrmɚ]

名 執行者、演出者

» The ballet **_performers_** did their best for this performance.
芭蕾舞的演出者為這場演出傾盡全力。

☑ **per·sist** [pəˋsɪst]

動 堅持

同 Inslst 堅持

» Why don't you **_persist_** in what you love and choose the right job?
你為什麼不堅持自己的愛好並選擇合適的工作？

☑ **per·son·nel** [ˏpɝsnˋɛl]

名 人員、人事部門

同 staff 工作人員

» The **_personnel_** department is responsible for planning the year-end party.
人事部負責籌備尾牙。

☑ **per·spec·tive** [pəˋspɛktɪv]

名 透視、觀點

形 透視的

同 position 立場

» The floor plan of the museum was presented in 3D **_perspective_**.
博物館的平面圖是用 3D 透視的方式呈現。

☑ **pes·si·mism** [ˋpɛsəmɪzəm]

名 悲觀、悲觀主義

» **_Pessimism_** can't help anything.
悲觀無濟於事。

☑ **pe·ti·tion** [pəˋtɪʃən]

名 請願、請願書、請求、申請、（向法院遞交的）申請書

動 向……請願、請求、祈求

» The neighbours signed the **_petition_**.
鄰居們在請願書上簽了名。

☑ **pet·ty** [ˋpɛtɪ]

形 瑣碎的、小的

同 small 小的

片 petty things 不重要的小事

» Don't worry about those **_petty_** things.
別擔心那些不重要的小事了。

☑ **phase** [fez]

名 階段

動 分段實行

同 stage 階段

» Consumers' need is our focus in the first *phase* of the project.
客戶需求是我們計劃地第一階段的重點。

☑ **pho·to·graph·ic** [ˌfotəˈgræfɪk]

形 攝影的

» The photographer shares some *photographic* tips on his weblog.
這名攝影師會在自己的部落格上分享攝影的技巧。

☑ **pick·up** [ˈpɪkˌʌp]

名 收集、整理、拾得物、唱機唱頭、檢波器、小卡車

» The *pickup* of the plastic bottles helps with environmental conservation.
塑膠瓶的拾取有助於環境保護。

☑ **pier** [pɪr]

名 碼頭

同 wharf 碼頭

» Let's travel to Taiwan west coast and enjoy the scenery of *piers*.
讓我們旅行到臺灣的西海岸，欣賞碼頭風光。

☑ **pil·lar** [ˈpɪlɚ]

名 樑柱

» The *pillars* of the palace were decorated with elegant flowers.
宮殿的樑柱是用優雅的花朵做裝飾。

☑ **pipe·line** [ˈpaɪpˌlaɪn]

名 管線

» There is a fracture on the *pipeline*.
管線上面有裂縫。

☑ **pi·rate** [ˈpaɪrət]

名 海盜

動 掠奪

» *Pirates* love treasures.
海盜喜愛寶藏。

☑ **pitch·er** [ˈpɪtʃɚ]

名 投手

» The *pitcher* stepped on the mound and stretched a little.
投手站上投手丘，稍微伸展了一下。

☑ **place·ment** [ˈplesmənt]

名 佈置、人員配置、學生分班、定位

» The career *placement* center helps unemployed individuals find job opportunities.
職業安置中心替失業者找工作機會。

☑ **plea** [pli]

名 藉口、懇求

同 excuse 藉口

» The politician's *plea* sounds false.
這名政客的懇求聽起來滿虛假的。

☑ **plead** [plid]

動 懇求、為……辯護

同 appeal 懇求

» His elder sister kneeled on the ground to *plead* for the robber.
他的姊姊跪在地上，向搶匪求情。

☑ **pledge** [plɛdʒ]

名 誓約

動 立誓

同 vow 誓約

» Phoenix's French husband made a *pledge* to love her forever.
菲妮克絲的法國籍老公宣誓要永遠愛她。

☑ **plunge** [plʌndʒ]

名 陷入、急降

動 插入

» Steven **plunged** into the lake.
史蒂文縱身跳入湖裡。

☑ **plu·ral** [`plʊrəl]

名 複數

形 複數的

» "Glasses" is the **plural** of "glass."
"Glasses" 是 "glass" 的複數形。

☑ **po·et·ic** [po`ɛtɪk]

形 詩意的

» To sip a cup of coffee in a café with the ocean view is quite **poetic**.
坐在可享受海景的咖啡店裡喝咖啡是很有詩意的。

☑ **poke** [pok]

名 戳

動 戳、刺、刺探

» To **poke** the water balloons is fun.
戳破水球是好玩的。

☑ **porch** [portʃ]

名 玄關

» Take off your shoes and leave them on the **porch**.
脫下鞋子，把鞋放在玄關。

☑ **port·fo·li·o** [port`folɪ‚o]

名 文件夾、公事包、部長職、投資組合

» The financial advisor recommended diversifying his investment **portfolio**.
財務顧問建議他分散投資組合。

☑ **prac·ti·tion·er** [præk`tɪʃənə]

名 開業者、從事者、實踐者、練習者

» Peter is an experienced legal **practitioner**.
彼得是一位經驗豐富的法律從業者。

☑ **pre·cau·tion** [prɪ`kɔʃən]

名 警惕、預防

» Take **precautions** to avoid the damage brought by the coming violent storms.
採取預防措施，避免即將來臨的暴風雨造成損害。

☑ **pred·a·tor** [`prɛdətə]

名 食肉動物、掠奪者

» Lions are fierce carnivorous **predators** on the African savannah.
獅子在非洲大草原上是兇猛的食肉動物。

☑ **pref·er·ence** [`prɛfərəns]

名 偏好

同 favor 偏愛

» Choosing vegetarian food was a matter of personal **preference**.
選擇吃素是個人的喜好。

☑ **prej·u·dice** [`prɛdʒədɪs]

名 偏見

動 使存有偏見

» Sometimes **prejudice** derives from ideologies.
有時候偏見是由意識形態產生的。

☑ **pre·lim·i·nar·y** [prɪ`lɪmə‚nɛrɪ]

名 初步

形 初步的

» We could come up with a **preliminary** conclusion from the medical research.
我們可以由這個醫學研究得出一個初步的結論。

☑ **pre·ma·ture** [‚prɪmə`tjʊr]

形 過早的、未成熟的

» The information is not verified yet; it's a **premature** conclusion.
這項資訊還未獲得證實；下結論還太早。

☑ **pre·mier** [ˋprɪmɪɚ]

名 首長

形 首要的

同 prime 首要的

» The provincial ***premiers*** will gather for an annual meeting.
省長們會聚在一起開年度會議。

☑ **prem·ise** [ˋprɛmɪs]

名 假定、假設、前提、經營場地、假定作出前提

» The new storefront hasn't decided on the ***premises***.
新店面尚未決定經營場地。

☑ **pre·mi·um** [ˋprimɪəm]

名 獎品、獎金、額外補貼、津貼、酬金、溢價、保險費

» The department store's anniversary sale offers exquisite ***premium*** gifts for reaching a certain spending threshold.
百貨公司週年慶有精美的滿額獎品。

☑ **pre·scribe** [prɪˋskraɪb]

動 規定、開藥方

» Doctors are not allowed to ***prescribe*** opiates for patients.
醫師不能開鴉片類藥物處方。

☑ **pre·scrip·tion** [prɪˋskrɪpʃən]

名 指示、處方

» You can request a ***prescription*** refill in the local pharmacy.
你可以在本地的藥局要求重新配處方藥。

☑ **pres·i·den·cy** [ˋprɛzədənsɪ]

名 總統的職位

» She is devoted to pension reform during her ***presidency***.
她於總統任期當中，致力推動退休金改革。

☑ **pres·i·den·tial** [ˌprɛzəˋdɛnʃəl]

形 總統的

» He announced to run for the next ***presidential*** campaign.
他宣布要參加下一屆總統選舉。

☑ **pre·sum·a·bly** [prɪˋzuməblɪ]

副 據推測、大概、可能、想必

» The sky is filled with bird clouds, so ***presumably***, it might rain later.
天空都是烏雲，所以很可能一會兒會下雨。

☑ **pre·sume** [prɪˋzum]

動 假設

同 guess 推測

» Don't just ***presume*** that everyone on the meeting can get the gist of the presentation.
不要假設會議上面所有人都抓得到報告的重點。

☑ **pre·vail** [prɪˋvel]

動 戰勝、普及

同 win 贏

» This kind of clichéd notions ***prevailed*** in contemporary society.
這種陳腔爛調的想法在當前的社會仍舊十分普及。

☑ **prey** [pre]

名 犧牲品

動 捕食

同 hunt 獵食

» The spider slowly approaches its ***prey*** on the web.
蜘蛛緩緩地接近網上的犧牲品。

☑ **pri·or** [ˈpraɪ&]

形 在前的、優先的

副 居先、先前

» ***Prior*** knowledge of Italian is a must if you'd like to take the course.

» 如果你要修這堂課，你必須先學過義大利文。

☑ **pro·claim** [prəˈklem]

動 宣告、公佈、聲明、表明、顯示、讚揚

» The company formally ***proclaims*** that there is an important event tomorrow, and leaves cannot be taken.

公司正式宣告明天有重要活動，不可以休假。

☑ **pro·duc·tiv·i·ty** [ˌprodʌkˈtɪvətɪ]

名 生產力

» The writer has better ***productivity*** when he composes in the library.

作家在圖書館寫作時，會有比較好的生產力。

☑ **pro·file** [ˈprofaɪl]

名 側面

動 畫側面像、顯出輪廓

» Are you sure this is the ***profile*** of Oscar Wilde?

你確定這是奧斯卡·王爾德的側面像？

☑ **pro·found** [prəˈfaʊnd]

形 極深的、深奧的

» His words has ***profound*** influence on me.

他說的話對我有很深的影響。

☑ **pro·gres·sive** [prəˈgrɛsɪv]

形 前進的

» There is ***progressive*** advance in the country's democratic system.

這個國家的民主制度有漸進的進展。

☑ **pro·hi·bit** [prəˈhɪbɪt]

動 制止、禁止

» Smoking in public places is ***prohibited***.

禁止在公共場所吸菸。

☑ **pro·jec·tion** [prəˈdʒɛkʃən]

名 計畫、預估

» Some experts made a ***projection*** that population on the island will start to decline within a decade.

有些專家預測本島人口十年內會開始減少。

☑ **pro·long** [prəˈlɔŋ]

動 延長

反 shorten 縮短

» Jim's training for the marathon was ***prolonged***.

吉姆的馬拉松訓練延長了。

☑ **prone** [pron]

形 俯臥的、易於……的

» Teenagers are ***prone*** to be addicted to social media.

青少年容易對社群媒體上癮。

☑ **prop·a·gan·da** [ˌprɑpəˈgændə]

名 宣傳活動

同 promotion 促銷活動

» They have a ***propaganda*** campaign for raising environmental awareness.

他們有一個提升環保意識的宣傳活動。

☑ **proph·et** [ˈprɑfɪt]

名 先知

» A ***prophet*** made a prophecy that the third prince would be next King.

先知做了預言說三王子會是下一任的國王。

☑ **pro·por·tion** [prəˈporʃən]

名 比例

動 使成比例

同 ratio 比例

» Old men made up a large ***proportion*** of the village.

老人佔這個村落人口很大的比例。

☑ **pros·e·cu·tion** [ˌprɑsɪ`kjuʃən]

名 告發

» He has brought a **_prosecution_** against the politicians who took bribes.
他已經將收賄政客告發。

☑ **pros·pect** [`prɑspɛkt]

名 期望、前景

動 探勘

同 anticipation 期望

» The **_prospect_** of attending the meetings with my boss was stressful.
跟著我老闆參加會議的前景讓我很有壓力。

☑ **prov·ince** [`prɑvɪns]

名 省（行政單位）

» Qi Baishi, a Chinese painter, was born in Hunan **_province_**.
中國畫家齊白石生於湖南省。

☑ **pro·vi·sion** [prə`vɪʒən]

名 供應、預備、防備、食物、糧食、規定、條款

» The company has **_provisions_** for employee travel benefits.
公司提供員工旅遊的福利。

☑ **pro·voke** [prə`vok]

動 激起

» The controversial editorial article has **_provoked_** much discussion.
爭議的社論文章引起很多討論。

☑ **pulse** [pʌls]

名 脈搏

動 脈搏、脈搏跳動

» The doctor feels the **_pulse_** of pregnant woman.
醫生為孕婦診脈。

☑ **pur·chase** [`pɝtʃəs]

名 購買

動 購買

同 buy 買

» **_Purchase_** of the pearl necklace costs Kevin a large sum of money.
買這條珍珠項鍊花了凱文好大一筆錢。

☑ **pyr·a·mid** [`pɪrəmɪd]

名 金字塔、角錐

片 population pyramid 人口金字塔

» It was said that the **_pyramid_** was built by aliens.
據說金字塔是外星人建造的。

Qq

☑ **qual·i·fy** [`kwɑləˌfaɪ]

動 使具有資格、使合格

» Are you **_qualified_** to take the driver's license test?
你夠資格考駕照嗎？

☑ **quest** [kwɛst]

名 尋求、追求、探索、探求

» The heroic **_quest_** of true self is an ongoing process.
英雄式的真我追尋是不斷持續進行的過程。

☑ **ques·tion·naire** [ˌkwɛstʃən`ɛr]

名 問卷、調查表

» It takes about three minutes to finish the **_questionnaire_**.
完成這份問卷大約需要三分鐘。

quiver [ˈkwɪvɚ]

名 顫抖
動 顫抖

» After the puppy was saved from the fish pond, it *quivered*.
小狗從魚池裡被解救後，顫抖不已。

quo·ta [ˈkwotə]

名 配額、定額、限額

» In the university, there are *quotas* for exchange students.
在大學裡，對於交換生是有限額的。

Rr

rac·ism [ˈresɪzəm]

名 種族、差別主義

» They boycotted the ad which has implication of *racism*.
他們抵制這個有種族歧視含意的廣告。

rack [ræk]

名 架子、掛物架、網架、肢刑架、拷問臺、折磨
動 把……放在架子上、對……施肢刑、使受極大痛苦、盡力使用

» He hung his coats on the coat *rack* by the door.
他把外套掛在門旁的衣架上。

» The guilt *racked* his conscience.
罪惡感折磨著他的良心。

ra·di·a·tion [ˌredɪˈeʃən]

名 放射、發光、輻射

» The suit can protect you from *radiation*.
這套衣服可以防輻射。

rad·i·cal [ˈrædɪkļ]

名 根本
形 根源的、激進的

» He has a *radical* political stance.
他抱持激進的政治立場。

rag·ged [ˈrægɪd]

形 破爛的
同 shabby 破爛的

» The *ragged* quilt was the only covering on the old man.
老人身上唯一的覆蓋物是這條破爛的棉被。

raid [red]

名 突擊
動 襲擊

» The police made a *raid* on the illegal casino.
警方突襲非法賭場。

rail [rel]

名 橫杆、鐵軌

» The train to Hualien went out of the *rail*.
往花蓮的列車出軌。

ral·ly [ˈrælɪ]

名 集合、集會
動 召集
同 gathering 聚集

» The election *rally* will be held next Monday.
選舉大會下星期一舉辦。

ranch [ræntʃ]

名 大農場
動 經營大農場
同 plantation 大農場

» The hotel was near the sheep *ranch*.
這家旅舍就在綿羊農場附近。

ran·dom [ˈrændəm]

形 隨意的、隨機的
反 deliberate 蓄意的

» Several people were injured in the incident of *random* attack.
好幾個人在這次隨機攻擊事件中受傷。

☑ **ra·tio** [`refo]

名 比率、比例

同 proportion 比率、比例

» The ***ratio*** of local and non-local students in this school is 1:10.
這間學校的本地學生和非本地學生的比例是 1 比 10。

☑ **ra·tion·al** [`ræʃənl]

形 理性的

反 absurd 不合理的

» To make a ***rational*** decision, you should verify the information first.
為了做出理性的決定，你應該要先證實這項資訊。

☑ **rat·tle** [`rætl]

名 嘎嘎聲

動 發出嘎嘎聲、喋喋不休地講話

» Anne keeps ***rattling***, which annoyed her sister.
安喋喋不休地講話，惹惱了她的姊姊。

☑ **re·al·ism** [`riəlɪzəm]

名 現實主義

» The artist shifted from ***realism*** to surrealism later.
藝術家從寫實主義轉向超現實主義。

☑ **realm** [rɛlm]

名 王國、領域

» The ***realm*** of the kingdom covers oceans, rivers, and hills.
這個王國的領域包含了海洋、河流和丘陵。

☑ **rear** [rɪr]

名 後面

形 後面的

同 front 前面

» Drivers need the ***rear*** mirrors to predict the changing traffic situation.
駕駛們需要後照鏡，預測變化中的交通狀況。

☑ **re·as·sure** [ˌriəˈʃʊr]

動 使放心、使消除疑慮、給……再保險

» He held my hand to ***reassure*** me.
他握了我的手要我放心。

☑ **re·bel·lion** [rɪˈbɛljən]

名 叛亂

» The ***rebellion*** of the warlord was suppressed in a week.
軍閥的叛亂在一星期之內被鎮壓。

☑ **re·ces·sion** [rɪˈsɛʃən]

名 衰退

» The economic ***recession*** has made many people sent to unpaid leave.
經濟衰退讓很多人被放無薪價。

☑ **re·cip·i·ent** [rɪˈsɪpiənt]

名 接受者、接受的

同 receiver 接受者

» The ***recipient*** of the financial aid expressed his gratitude to the donor.
財務援助的接受者對捐贈者表達感謝。

☑ **re·cite** [rɪˈsaɪt]

動 背誦

» My father asked me to ***recite*** Du Fu's poems when I was young.
當我小的時候，我父親要求我背杜甫的詩。

☑ **rec·om·mend** [ˌrɛkə`mɛnd]

動 推薦、託付

» What brand of milk powder do you **recommend**?
你推薦哪個牌子的奶粉？

☑ **rec·om·men·da·tion**
[ˌrɛkəmɛn`deʃən]

名 推薦

同 reference 推薦

» Professor wrote a **recommendation** letter for me.
教授為我寫了一封推薦信。

☑ **re·cruit** [rɪ`krut]

動 徵募

名 新兵

同 draft 徵兵

» The company is **recruiting** customer representatives.
這家公司在招募客戶服務代表。

☑ **ref·uge** [`rɛfjudʒ]

名 避難（所）

» There's a **refuge** nearby.
附近就有避難所。

☑ **re·gard·less** [rɪ`gardlɪs]

形 不關心的

副 不關心地、無論如何、不顧一切地

同 despite 儘管

» He pursued a career in art **regardless** of his parents' objection.
他不顧父母的反對，走上藝術這一行。

☑ **re·gime** [rɪ`ʒim]

名 政權

片 regardless of 不顧、不管

» The authoritarian **regime** was overthrown by the people.
威權政體被人民推翻。

☑ **re·hears·al** [rɪ`hɝsl̩]

名 排演

同 practice 練習

» The actor spent weeks on the **rehearsal** for the stage play.
演員花了好幾個星期在排練舞臺劇。

☑ **re·in·force** [ˌriɪn`fors]

動 增強、使更結實、加強

同 intensify 增強

» The negative remarks **reinforced** the public's dislike of the politician.
負面言論，讓大眾更不喜歡這位政治人物。

☑ **re·mind·er** [rɪ`maɪndɚ]

名 提醒者、提醒物、提示

» The sticky note on your computer serves as a **reminder**.
你電腦上的便利貼有提醒的作用。

☑ **re·mov·al** [rɪ`muvl̩]

名 移動、移除、清除

» The detergent is very effective in stain **removal**.
這種清潔劑對於移除髒污相當有效。

☑ **ren·der** [`rɛndɚ]

動 給予、讓與

» The residents had to **render** part of their income to the landlord.
居民必須要將一部分的收入讓給地主。

☑ **rent·al** [`rɛntl̩]

名 租用物、租金

形 租賃的、供出租的

» We can negotiate about the month **rental** with the landlord.
我們可以和地主商量每月的租金。

☑ **re·pay** [rɪ`pe]

動 償還、報答

同 reward 報答

» How many working years can you **repay** the student loan?
你要工作多少年才能還清學貸？

☑ **re·pub·li·can** [rɪˋpʌblɪkən]

名 共和主義者
形 共和主義的
反 democratic 民主主義的
» A member of the ***Republican*** Party in the US came to visit France.
美國共和黨員前去法國拜訪。

☑ **re·sem·blance** [rɪˋzɛmbləns]

名 類似
同 similarity 類似
» The ***resemblance*** between these two research articles aroused suspicion of plagiarism.
這兩篇研究文章之間相似之處引發瓢竊的嫌疑。

☑ **res·er·voir** [ˋrɛzɚ͵vɔr]

名 儲水池、倉庫
同 warehouse 倉庫
» They cleaned the ***reservoir*** every year.
他們每年清理這個儲水池。

☑ **res·i·dence** [ˋrɛzədəns]

名 住家
» The ***residence*** of the retired doctor is this old apartment.
退休醫生的住家就是這棟老舊公寓。

☑ **res·i·dent** [ˋrɛzədənt]

名 居民
形 居留的、住校的
» The ***resident*** teachers will help handle this accident.
住校的教師會幫忙處理這起意外。

☑ **res·i·den·tial** [͵rɛzəˋdɛnʃəl]

形 居住的
» Factories are not allowed in the ***residential*** area.
居住區是不可以蓋工廠的。

☑ **re·sort** [rɪˋzɔrt]

名 休閒勝地
動 依靠、訴諸
» ***Resorting*** to fists will never solve the problem.
訴諸於拳頭將永遠不可能解決問題。

☑ **re·spond·ent** [rɪˋspɑndənt]

名 回答的、應答的、感應的、受訪者、被告
» The ***respondents*** answered the reporter's questions one by one.
受訪者一一回答了記者的問題。

☑ **re·sume** [ˋrɛzə͵me]/[rɪˋzjum]

名 摘要、履歷表
動 再開始
» The ***resume*** is to the point, yet not quite professional.
這份履歷表切中要點，但不太專業。

☑ **re·tail** [ˋritel]

名 零售
動 零售
形 零售的
副 零售地
反 wholesale 批發
» The ***retail*** price is usually higher than the wholesale price.
零售價通常比批發價高。

☑ **rev·e·nue** [ˋrɛvə͵nju]

名 收入
» They develop a variety of products, hoping to increase the ***revenue***.
他們發展各種產品，希望可以增加收入。

☑ **re·verse** [rɪˋvɝs]

名 顛倒

動 反轉

形 相反的

» The twin sister's situations of romantic relationship are ***reversed***.
雙胞胎姊妹的戀愛狀況剛好相反。

☑ **rhet·o·ric** [ˋrɛtərɪk]

名 修辭（學）、辯才、花言巧語

» She would not be persuaded by your ***rhetoric*** language.
她不會被你的花言巧語給說服的。

☑ **rib** [rɪb]

名 肋骨

動 支撐、嘲弄

» Jerry fell down from the motorcycle and broke a ***rib***.
傑瑞從機車上摔下來，摔斷了一根肋骨。

☑ **ridge** [rɪdʒ]

名 背脊、山脊

動 （使）成脊狀

» A mountain climber walked on snow covered ***ridge***.
一位登山者走在白雪覆蓋的山脊上。

☑ **ri·dic·u·lous** [rɪˋdɪkjələs]

形 荒謬的

» What the salesman just said sounded ***ridiculous***.
該名業務剛才說的話聽起來簡直就是荒謬的。

☑ **ri·fle** [ˋraɪf!]

名 來福槍、步兵

動 掠奪

» A soldier carried a ***rifle***.
一名士兵帶著一把來福槍。

☑ **rig·id** [ˋrɪdʒɪd]

形 嚴格的

» Mr. Wilson is a ***rigid*** judge.
威爾森先生是位嚴格的法官。

☑ **rim** [rɪm]

名 邊緣

動 加邊於

» The ***rim*** of the cover chipped.
這個蓋子的邊緣裂了。

☑ **ri·ot** [ˋraɪət]

名 暴動

動 騷動、放縱

» The prison ***riot*** in Brazil left dozens of inmates injured.
巴西的監獄暴動，造成數十名受刑人受傷。

☑ **rip** [rɪp]

名 裂口

動 扯裂

» Wolves ***ripped*** the throat out of the victims.
野狼扯裂受害者的喉嚨。

☑ **risk·y** [ˋrɪskɪ]

形 危險的、有風險的、有傷風化的、近乎淫穢的

» Investing in the stock market can be ***risky*** and requires good asset allocation.
投資股市可能有風險，需要良好的資產配置。

☑ **rit·u·al** [ˋrɪtʃʊəl]

名 （宗教）儀式

形 儀式的

同 ceremony 儀式

» The witch live streamed a special blessing ***ritual*** on the Internet.
女巫在網路上直播特殊的祈福儀式。

☑ **ri·val** [ˋraɪv!]

名 對手

動 競爭

同 compete 競爭

» Molly's ***rival*** in singing has much clearer tone.
莫莉在歌唱方面的對手有更清亮的音色。

rod [rɑd]

名 竿、棒、教鞭

同 stick 棒

» The fishing **rod** was broken.
釣魚竿斷了。

Ss

sa·cred [ˋsekrɪd]

形 神聖的

同 holy 神聖的

片 be regarded as sacred 視為神聖

» The pilgrims gather the water from the **sacred** spring.
朝聖者從神聖的泉水中取水。

sad·dle [ˋsædl]

名 鞍

動 套以馬鞍

» The **saddle** of the horse is made of silver.
這匹馬的馬鞍是銀製的。

saint [sent]

名 聖、聖人

動 列為聖徒

» Only **saints** forgive.
只有聖人才會原諒。

salm·on [ˋsæmən]

名 鮭

形 鮭肉色的、淺橙色的

» Brown bears catch **salmons** for food.
棕熊抓鮭魚當作食物。

sa·lon [səˋlɑn]

名 客廳、會客室、交誼廳、沙龍

» This art **salon** invited celebrities to attend the ribbon-cutting ceremony.
這次藝術沙龍邀請名人來參加剪綵儀式。

san·dal [ˋsændl]

名 涼鞋、便鞋

» Hermes, a messenger god, usually wears a pair of **sandals** with wings.
信使神荷密斯通常穿著一雙有翅膀的涼鞋。

scan [skæn]

名 掃描

動 掃描、審視

» **Scan** your ID card and send a copy to me.
掃描你的身份證，寄一份複本給我。

scan·dal [ˋskændl]

名 醜聞、恥辱

同 disgrace 恥辱

» The political **scandal** followed him all his life.
這件政治醜聞一輩子都跟著他。

scar [skɑr]

名 傷痕、疤痕

動 使留下疤痕

» The red **scar** on the pirate's face scared us.
海盜臉上的疤痕嚇壞我們了。

sce·nar·i·o [sɪˋnɛrɪˏo]

名 情節、劇本、事態、局面、方案

» We assumed various **scenarios** to adapt to uncertainties.
我們假設了各種情節以應對不確定性。

scent [sɛnt]

名 氣味、痕跡

動 聞、嗅

同 smell 氣味

» The ant is able to leave certain **scent**.
螞蟻會留下某些氣味。

☑ **scheme** [skim]

名 計畫、陰謀
動 計畫、密謀、擬訂
» Her **scheme** won't work out.
她的陰謀不會成功的。

☑ **scope** [skop]

名 範圍、領域
同 range 範圍
» This question is beyond his **scope** of expertise.
這個問題超出他的專業領域了。

☑ **scram·ble** [`skræmbl]

名 攀爬、爭奪
動 爭奪、湊合
» The passengers **scrambled** to the door.
旅客們爭先恐後地跑到門邊。

☑ **scrap** [skræp]

名 小片、少許、碎片
動 丟棄、爭吵
同 quarrel 爭吵
» These shiny **scraps** of paper were used to decorate the windows.
這些閃亮的紙片用來裝飾窗戶。

☑ **script** [skrɪpt]

名 原稿、劇本
動 編寫
» The actor took the role after he read the **script**.
演員讀過腳本後,決定接下這個角色。

☑ **sec·tor** [`sɛktə]

名 扇形、部門
» The government offers emergency bailout package for private **sectors**.
政府提供緊急救助金給民營部門。

☑ **seg·ment** [`sɛgmənt]

名 部分、段
動 分割、劃分
同 section 部分
» The **segment** of the population in this area increased rapidly.
這個地區人口部分快速增加。

☑ **sem·i·nar** [`sɛmənar]

名 研討會、講習會
» Professor Krashen will attend the **seminar** of second language acquisition.
卡森教授會出席有關第二語言習得的研討會。

☑ **sen·a·tor** [`sɛnətə]

名 參議員、上議員
» The **senator** announced that he would run for the next presidential campaign.
這位參議員宣布他會參加下次總統競選。

☑ **sen·sa·tion** [sɛn`seʃən]

名 感覺、知覺
同 feeling 感覺
» Cooks should learn to open up the possibility of countless taste **sensations**.
廚師應學著打開味覺千變萬化的可能性。

☑ **sen·si·tiv·i·ty** [ˌsɛnsə`tɪvətɪ]

名 敏感度、靈敏度
» Before you give criticism, remember to have **sensitivity**.
當你給出評論前,記得要有敏感度。

☑ **sen·sor** [`sɛnsə]

名 傳感器、感應器
» My grandfather gets up to use the bathroom at night, so we installed a motion **sensor** light to prevent him from falling.
我爺爺半夜會起床上廁所,所以我們安裝了一個運動感應燈,以防止他跌倒。

sen·ti·ment [`sɛntəmənt]

名 情緒

» When you have this kind of **sentiment**, don't hurry to deny it.
當你有這樣的情緒時，不要急於否定。

sen·ti·men·tal [ˌsɛntə`mɛntl]

形 受情緒影響的、多情的
同 emotional 情緒的

» She chose to start a business in her hometown for **sentimental** reasons.
她因為重感情的關係，選擇在家鄉創業。

se·quence [`sikwəns]

名 順序、連續
動 按順序排好
同 succession 連續

» She put the files in alphabetical **sequence**.
她把這些檔案依照字母順序排列好。

se·ries [`sɪrɪz]

名 連續
同 succession 連續

» A **series** of murders of prostitutes shocked the Londoners.
一連串的妓女謀殺事件，震驚了倫敦人。

serv·er [`sɝvə]

名 侍者、服役者
同 waiter 侍者

» Lin's boyfriend used to be a **server** in an Australian restaurant.
林的男友過去曾在澳洲的餐廳當侍者。

ses·sion [`sɛʃən]

名 開庭、會議
同 conference 會議

» The afternoon **session** will begin at 2 P.M.
下午的會議在兩點開始。

set·ting [`sɛtɪŋ]

名 安置的地點、背景

» The **setting** of the TV series is in Northern Ireland.
這部電視影集的場景在北愛爾蘭。

share·hold·er [`ʃɛr,holdə]

名 股東

» Exquisite gifts are given at every **shareholder** meeting.
每次股東大會都贈送精美禮品。

shat·ter [`ʃætə]

動 粉碎、砸破
同 break 砸破

» The glass fell to the ground and thoroughly **shattered** to pieces.
玻璃杯掉到地上，徹底粉碎。

shed [ʃɛd]

動 流出、發射出

» She **shed** tears of happiness.
她喜極而泣。

sheer [ʃɪr]

形 垂直的、絕對的、純粹的
副 完全地
動 急轉彎

» It was a **sheer** accident that he ran into his ex-girlfriend.
他遇見前女友純粹是巧合。

sher·iff [`ʃɛrɪf]

名 警長

» The **sheriff** just caught the gang.
警長剛捉到幫派份子。

shield [ʃild]

名 盾
動 遮蔽

» Captain America uses his **shield** as a defensive equipment.
美國隊長用他的盾牌當作防衛性的裝備。

shiv·er [ˈʃɪvɚ]

名 顫抖

動 冷得發抖

同 quake 顫抖

» The black and white cat was ***shivering*** under the car.
黑白貓在車下冷得發抖。

short·age [ˈʃɔrtɪdʒ]

名 不足、短缺

同 deficiency 不足

» It's hard to bear water ***shortage***.
缺水是難以忍受的。

shove [ʃʌv]

名 推

動 推、推動

» The fans ***shoved*** to see their idol.
粉絲們推來擠去，想見偶像。

shrug [ʃrʌg]

動 聳肩

» Carla ***shrugged*** her shoulders and continued to eat lunch when she heard the news.
當卡拉聽到這則消息時，她聳了聳肩，繼續吃午飯。

shut·tle [ˈʃʌt!]

名 縫紉機的滑梭

動 往返

» A bus ***shuttled*** between the department store and the City Hall MRT station.
公車在百貨公司和市政府捷運站往返。

sib·ling [ˈsɪblɪŋ]

名 兄弟姊妹

» My younger brother is the most mischievous among us ***siblings***.
我弟弟是我們兄弟姐妹中最頑皮的一位。

siege [sidʒ]

名 包圍、圍攻

同 surround 包圍

» The city was under ***siege*** of the rebellion army.
這個城市遭到反叛軍包圍。

skel·e·ton [ˈskɛlətn]

名 骨骼、骨架

同 bone 骨骼

» Dinosaur's ***skeleton*** is huge.
恐龍的骨骼好大。

skull [skʌl]

名 頭蓋骨

» A bullet passed through the man's ***skull***.
一顆子彈穿過男子的頭蓋骨。

slam [slæm]

名 砰然聲

動 砰地關上

» His daughter ***slammed*** the door.
他的女兒砰然一聲地關上門。

slap [slæp]

名 掌擊

動 用掌拍擊

» Mr. Wu ***slapped*** hard on his wife's face.
吳先生用力甩了他太太一巴掌。

slav·er·y [ˈslevərɪ]

名 奴隸制度

反 liberty 自由

» The modern-day ***slavery*** is an issue that deserves more concern.
現代的奴隸制度是需要更多關注的議題。

slot [slɑt]

名 狹槽、職位、電視或廣播的時段

動 在……開一狹槽、把……塞進

» He inserted a coin into the ***slot*** of the vending machine.
他把硬幣投入販賣機的投幣孔中。

☑ **smash** [smæʃ]

名 激烈的碰撞
動 粉碎、碰撞
同 shatter 粉碎

» **Smashed** windows scared the guests inside the hotel.
粉碎的窗戶嚇壞了飯店內的客人。

☑ **smog** [smɑg]

名 煙霧、煙

» Heavy **smog** hovered over London.
很濃的煙霧盤旋在倫敦上方。

☑ **snatch** [snætʃ]

名 片段
動 奪取、抓住
同 grab 抓取

» Mike's physical check-up report was **snatched** by his girlfriend.
麥克的身體檢查報告被他的女友一把搶走。

☑ **sneak** [snik]

動 潛行、偷偷地做

» The two ninjas **sneaked** into the palace.
兩名忍者潛進宮殿。

☑ **sniff** [snɪf]

名 吸氣
動 用鼻吸、嗅、聞
同 scent 嗅、聞

» Helen **sniffed** Jeff's socks and almost fainted.
海倫聞了聞傑夫的襪子，差點昏了過去。

☑ **soak** [sok]

名 浸泡
動 浸、滲入

» Tomato juice **soaked** into the carpet.
番茄汁滲進地毯裡。

☑ **soar** [sor]

動 上升、往上飛、上漲

» The price of houses continues to **soar**.
房價持續上漲。

☑ **sob** [sɑb]

名 啜泣
動 哭訴、啜泣
同 cry 哭

» The woman's **sob** sounded terrifying at night.
這個女人的啜泣聲在晚上聽起來毛骨悚然。

☑ **so·ber** [ˋsobɚ]

動 使清醒
形 節制的、清醒的

» Are you **sober** now?
你清醒了嗎？

☑ **soft·en** [ˋsɔfən]

動 使柔軟
反 harden 使變硬

» **Softened** mochi tastes good.
柔軟的麻糬好吃。

☑ **sole** [sol]

形 唯一的、單一的

» The **sole** objective is to finish the two final reports by the end of June.
我唯一的目標是在六月底前完成兩份期末報告。

☑ **so·lo** [ˋsolo]

名 獨唱、獨奏、單獨表演
形 單獨的

» While Susan was performing the **solo**, the judges were stunned.
當蘇珊在表演獨唱時，評審感到十分震驚。

☑ **so·phis·ti·cat·ed** [səˈfɪstɪˌketɪd]

形 世故的

» The ***sophisticated*** woman would never fall victim to a scam.
世故的女子不會淪為詐騙的受害者。

☑ **soph·o·more** [ˈsɑfəmˌor]

名 二年級學生

» ***Sophomores*** are supposed to be more thoughtful than freshmen.
二年級學生應該要比一年級學生更有思考力。

☑ **sou·ve·nir** [ˌsuvəˈnɪr]

名 紀念品、特產

» If you'd like to travel to Japan, bring me some ***souvenirs***.
如果你想去日本旅遊，帶一些紀念品給我。

☑ **sov·er·eign·ty** [ˈsɑvrɪntɪ]

名 主權

» The ***sovereignty*** of Senkaku Islands remains a controversial issue.
釣魚臺的主權仍是一項爭議。

☑ **sow** [so]

動 播、播種

» Plow the field and ***sow*** the seeds.
犁這塊地，播下這些種子。

☑ **spa·cious** [ˈspeʃəs]

形 寬敞的、寬廣的

» She wants to have a car with ***spacious*** trunk.
她想要有寬敞車廂的車子。

☑ **spar·kle** [ˈspɑrkl̩]

名 閃爍
動 使閃耀

» The diamond is ***sparkling***.
鑽石在閃爍。

☑ **spe·cial·ist** [ˈspɛʃəlɪst]

名 專家
同 expert 專家

» Jane is a ***specialist*** in Children's Literature.
珍是兒童文學的專家。

☑ **spe·cial·ize** [ˈspɛʃəlˌaɪz]

動 專長於

» Mr. White ***specializes*** in marketing strategy.
懷特先生專攻行銷策略。

☑ **spe·cial·ty** [ˈspɛʃəltɪ]

名 專門職業、本行

» She is advised to pursue a career according to her ***specialty***.
她被建議要找本行的工作。

☑ **spec·i·fy** [ˈspɛsəˌfaɪ]

動 詳述、詳載

» The ingredients of the processed food are ***specified*** on the label of the package.
這種加工食品的成份詳細標註在包裝的標籤上。

☑ **spec·i·men** [ˈspɛsəmən]

名 樣本、樣品
同 sample 樣本

» Miller sent many butterfly ***specimen*** to the artist's studio.
米勒送很多的蝴蝶樣本到藝術家的工作室去。

☑ **spec·tac·u·lar** [spɛkˈtækjələ]

名 大場面
形 可觀的、壯觀的
同 dramatic 引人注目的

» The audience applauded for the ***spectacular*** performance.
觀眾為精彩的表演喝采。

☑ **spec·ta·tor** [`spɛktetɚ]

名 觀眾、旁觀者

» The clown was surrounded by **spectators**.
小丑被觀眾圍著。

☑ **spec·trum** [`spɛktrəm]

名 光譜

» They showed a color **spectrum** on the screen.
他們在螢幕上呈現出一個顏色的光譜。

☑ **spec·u·late** [`spɛkjəˌlet]

動 沉思

» She **speculated** about the implications in his words.
她思考他話中的隱含意義。

☑ **sphere** [sfɪr]

名 球、天體、範圍、領域、圈子

» NASA found that sun is not a perfect **sphere**.
美國國家太空總署發現太陽不是完整的球體。

☑ **spic·y** [`spaɪsɪ]

形 辛辣的、加香料的

» Nina dislikes **spicy** food.
妮娜討厭辛辣食物。

☑ **spine** [spaɪn]

名 脊柱、背骨

» Judy fell down from the stairs and hurt he **spine**.
茱蒂從樓梯摔了下來，傷了脊柱。

☑ **sponge** [spʌndʒ]

名 海綿

動 依賴、（用海綿）擦拭

» Use the **sponge** to clean the basin.
用海綿清理臉盆。

☑ **spon·sor** [`spɑnsɚ]

名 贊助者

動 贊助、資助

» The beer brewing company is a **sponsor** of the football game.
這家啤酒釀造公司是足球比賽的贊助商之一。

☑ **spon·sor·ship** [`spɑnsɚˌʃɪp]

名 保證人、資助、贊助、主辦

» The students sought many **sponsorships** to cover the expenses of the event.
學生們尋找了很多贊助來支付活動的開支。

☑ **spouse** [spaʊz]

名 配偶、夫妻

同 mate 配偶

» Being married to a **spouse** with a different nationality may be very challenging.
和不同國籍的配偶結婚可是一件具有挑戰性的事。

☑ **squad** [skwɑd]

名 小隊、班

» A **squad** of soldiers was sent to rescue the hostages.
一小隊軍人被派去救援人質。

☑ **squash** [skwɑʃ]

名 擠壓的聲音

動 壓扁、壓爛

» My garlic bread was **squashed**.
我的大蒜麵包被壓爛了。

☑ **squat** [skwɑt]

名 蹲下的姿勢

動 蹲下、蹲

形 蹲著的

» The boy **squatted** down and observed the marching ants.
小男孩蹲下，觀察著行進中的螞蟻。

☑ **sta·bil·i·ty** [stə'bɪlətɪ]

名 穩定、穩固

» **Stability** in power supply is important for the manufacturing plant.
電力供應的穩定對於製造工廠來說很重要。

☑ **stack** [stæk]

名 堆、堆疊

動 堆疊

同 heap 堆

» Sam signed on a **stack** of books.
山姆在這堆書上簽名。

☑ **stain** [sten]

動 弄髒、汙染

名 汙點

同 spot 汙點

» The blood **stain** is still on his shirt.
血的汙點還在他的襯衫上。

☑ **stake** [stek]

名 椿

動 把……綁在椿上、以……作為賭注

片 the stake 火刑柱

» On the gambling table, Mina **staked** $20,000 on number 13.
在賭桌上，米娜押了二萬美元賭 13 號。

☑ **stall** [stɔl]

名 商品陳列臺、攤位

» The fruits on the **stalls** attract travelers' eyes.
攤位上的水果吸引旅客的目光。

☑ **stance** [stæns]

名 姿勢、站立的姿態、位置、態度、立場

» He adopted a comical **stance** while taking the photo.
在拍照時，他採取了一個滑稽的姿勢。

☑ **star·tle** ['stɑrtl̩]

動 使驚跳

同 surprise 使吃驚

» The lizard was **startled** by the sudden light.
蜥蜴被突然出現的光給嚇了一跳。

☑ **sta·tis·ti·cal** [stə'tɪstɪkl̩]

形 統計的、統計學的

» To prove our presumption is right, we need some **statistical** evidence.
要證明我們的假設是正確的，我們需要一些統計上的證據。

☑ **steer** [stɪr]

名 忠告、建議

動 駕駛、掌舵

» **Steering** the car in the mountain seems to be easy for Bonnie.
在山區內駕駛車輛對邦妮來說似乎是很簡單的。

☑ **ster·e·o·type** ['stɛrɪəˌtaɪp]

名 鉛版、刻板印象

動 把……澆成鉛版、定型

» The **stereotype** of females as family angels should be corrected.
女性當成家庭天使的這種刻板印象應該要糾正。

☑ **stew** [stju]

名 燉菜

動 燉煮、燉

» The chef specializes in **stewing** pig's trotters.
這位主廚特別擅長於燉豬腳。

☑ **stim·u·late** [ˈstɪmjəˌlet]

動 刺激、激勵

同 motivate 刺激

» The government issues consumer voucher to **stimulate** economy.
政府發行消費券來刺激經濟。

☑ **stim·u·lus** [ˈstɪmjələs]

名 刺激、激勵

» The insect reacts to **stimulus** of light.
昆蟲對光刺激有反應。

☑ **stink** [stɪŋk]

名 惡臭、臭

動 弄臭

反 perfume 弄香

» The kitchen **stinks**.
廚房發出惡臭。

☑ **stock** [stɑk]

名 庫存、股票

» The dress of your size is currently out of **stock**.
符合您尺寸的洋裝目前缺貨中。

☑ **stor·age** [ˈstorɪdʒ]

名 儲存、倉庫

同 warehouse 倉庫

» We don't have enough **storage** space.
我們沒有足夠的儲存空間。

☑ **straight·en** [ˈstretn̩]

動 弄直、整頓

» **Straighten** the tablecloth quickly.
趕快把桌布弄直。

☑ **straight·for·ward** [ˈstretˌfɔrwəd]

形 直接的、正直的

同 straight 正直的

» John is a **straightforward** man who helps anyone in need.
正直的 John，會幫助任何需要被幫助的人。

☑ **strain** [stren]

名 緊張

動 拉緊、強逼、盡全力

反 relax 放鬆

片 strain every nerve 竭盡全力

» Jamie tried her best to cope with the **strain** of the job.
婕咪盡全力去處理工作壓力。

☑ **strand** [strænd]

名 濱

動 擱淺、處於困境

» Another whale **stranded** on shore.
另一條鯨魚擱淺在岸邊。

☑ **strap** [stræp]

名 皮帶

動 約束、用帶子捆

同 bind 捆、綁

» **Strap** this box of books.
用帶子把這個書箱捆起來。

☑ **stra·te·gic** [strəˈtidʒɪk]

形 戰略的

» The country has the **strategic** superiority for its special landscape.
該國因為地形的關係而擁有戰略優勢。

☑ **strik·ing** [ˈstraɪkɪŋ]

形 敲擊的、打擊的、惹人注目的、顯著的、突出的

» She always wears eccentric clothing that is **striking**.
她總是穿著引人注目的奇裝異服。

☑ **struc·tur·al** [ˈstrʌktʃərəl]

形 構造的、結構上的

» The **structural** design of the lake café is astounding.
湖邊咖啡廳結構上的設計令人吃驚。

stum·ble [ˈstʌmbl̩]

名 絆倒
動 跌倒、偶然發現
» The robber **stumbled** on a stick.
搶匪因為一支木棍而跌了一跤。

sturd·y [ˈstɝdɪ]

形 強健的、穩固的
同 strong 強壯的
» I need a **sturdy** table.
我需要一張穩固的桌子。

sub·mit [səbˈmɪt]

動 屈服、提交
» **Submit** your report to me before 4 p.m.
下午 4 點前把報告交給我。

sub·se·quent [ˈsʌbsɪˌkwɛnt]

形 伴隨發生的、隨後的
» The **subsequent** episode surprised all of the audience.
接下來的那一集令所有觀眾驚訝。

sub·si·dy [ˈsʌbsədɪ]

名 津貼、補貼、補助金
» I would want to ask how to apply government **subsidies**.
我想詢問如何申請政府津貼。

sub·stan·tial [səbˈstænʃəl]

形 實際的、重大的
同 actual 實際的
» A **substantial** difference between the two clerks is working attitude.
這兩個店員間最大的不同在工作態度。

sub·sti·tute [ˈsʌbstəˌtjut]

名 代替者
動 代替
同 replace 代替
» The **substitute** teacher hasn't arrived yet.
代理教師還沒到。

sub·tle [ˈsʌtl̩]

形 微妙的
同 delicate 微妙的
» The psychiatrist detected the **subtle** change in his client's emotions.
精神科醫師察覺到病人情緒的微小變化。

sub·ur·ban [səˈbɝbən]

形 郊外的、市郊的
» He lives in a mansion in the **suburban** area.
他住在郊區的豪宅。

suc·ces·sor [səkˈsɛsɚ]

名 後繼者、繼承人
同 substitute 代替者
» The **successor** of the Theresa May as the Prime Minister of U.K. is Boris Johnson.
鮑里斯・強森繼任德雷莎・梅伊成為英國總理。

suite [swit]

名 隨員、套房
» The singer stayed in the penthouse **suite** of the luxurious hotel.
歌手住在這間飯店的頂樓套房。

su·perb [sʊˈpɝb]

形 極好的、超群的
同 excellent 出色的
» The child has a **superb** talent in singing.
這個小孩有超群的歌唱才華。

su·per·sti·tion [ˌsupɚˈstɪʃən]

名 迷信
» Dislike of the number of 4 results from certain **superstition**.
不喜歡數字 4 是由某些迷信所造成的。

☑ su·per·vise [ˈsupɚˌvaɪz]

動 監督、管理

同 administer 管理

» The students were taking the tests while the teacher **supervised**.
在教師監督之下，學生們在考試。

☑ su·per·vi·sion [ˌsupɚˈvɪʒən]

名 監督、管理

同 leadership 領導

» She finished the thesis under the **supervision** of the Professor.
她在教授監督下完成這篇論文。

☑ su·per·vi·sor [ˈsupɚˌvaɪzɚ]

名 監督者、管理人

同 administrator 管理人

» My **supervisor** is on a business trip.
我的主管出公差。

☑ sup·pos·ed·ly [səˈpozdlɪ]

副 根據推測、據說、大概、可能

» **Supposedly**, there lives a mysterious old man inside that cave.
據說那個山洞裡住著一個神祕的老人。

☑ su·preme [səˈprim]

形 至高無上的

» The **Supreme** Court will decide if you can win the lawsuit.
最高法院會決定你是否能贏得這個訟案。

☑ sur·plus [ˈsɝplʌs]

名 過剩、盈餘

形 過剩的、過多的

同 extra 額外的

» How will they deal with the **surplus** inventory?
他們要如何處理剩餘的庫存呢？

☑ sur·veil·lance [sɚˈveləns]

名 看守、監視、監督、檢查

» The **surveillance** footage captured unidentified individuals entering the office.
監視錄像中看到有不明人士進入辦公室。

☑ sus·pend [səˈspɛnd]

動 懸掛、暫停

同 hang 懸掛

片 be forced to suspend 被迫要暫停

» **Suspend** what you imagine for a minute.
暫停你現在所想像的。

☑ sus·tain [səˈsten]

動 支持、支撐

同 support 支持

» Your younger sister needs your faith on her to **sustain** her decision.
你妹妹需要你對她的信心，以支持她的決定。

☑ sus·tain·a·ble [səˈstenəbl]

形 支撐得住的、能承受的、能永續的、能維持的

» Wind power and solar energy are **sustainable** energy sources.
風力和太陽能是可持續的能源。

☑ swap [swɑp]

名 交換

動 交換

同 exchange 交換

» The twin sisters played a prank on their parents by **swapping** their identities.
這對雙胞胎姊妹交換身份，對他們的父母惡作劇。

☑ **sym·bol·ic** [sɪmˈbɑlɪk]

形 象徵的

» These **symbolic** icons can be understood by most people regardless of their cultural backgrounds.
這些象徵符號可以跨越文化背景，被大多數的人理解。

☑ **symp·tom** [ˈsɪmptəm]

名 症狀、徵兆

» The medicine could only alleviate the **symptoms**.
這種藥只能夠緩解症狀。

☑ **syn·drome** [ˈsɪnˌdrom]

名 併發症狀、綜合症狀

» A small number of flu patients may develop serious **syndrome** pneumonia.
一小部分流感患者可能會發展成嚴重的綜合症性肺炎。

Tt

☑ **tack·le** [ˈtækl̩]

動 著手處理、捉住

同 undertake 著手處理

片 attempt to tackle 試著去處理

» **Tackle** the problem immediately.
趕快著手處理這個問題。

☑ **tac·tic(s)** [ˈtæktɪk(s)]

名 戰術、策略

» They adopted the shock **tactic** on the battle.
他們在戰場上採用突襲戰術。

☑ **tan·gle** [ˈtæŋɡl̩]

名 混亂、糾結

動 使混亂、使糾結、纏結

» My cat likes to play with a **tangled** ball of yarn.
我的貓喜歡玩纏結在一起的毛線團。

☑ **tempt** [tɛmpt]

動 誘惑、慫恿

» Some youngsters are easily **tempted** by drugs.
有些年輕人很容易被毒品誘惑。

☑ **temp·ta·tion** [tɛmpˈteʃən]

名 誘惑

» The job offering high salary is a great **temptation**.
這份提供高薪的工作是很大的誘惑。

☑ **ter·mi·nal** [ˈtɜˈmənl̩]

名 終點、終站、碼頭

形 終點的

» There's a busy fair near the ferry **terminal**.
在碼頭的附近有忙碌的市集。

☑ **ter·ri·fy** [ˈtɛrəˌfaɪ]

動 使害怕，使恐怖

» That barking dog **terrified** the child.
那隻吠叫的狗使小孩嚇壞了。

☑ **tes·ti·fy** [ˈtɛstəˌfaɪ]

動 証明、作証、聲明、表明

» He was a witness to the incident and was called to **testify**.
他是這起事件的目擊者，因此被傳喚作證。

☑ **tex·ture** [ˈtɛkstʃɚ]

名 質地、結構

動 使具有某種結構、特徵

同 structure 結構

» I was amazed by the melt-in-the-mouth **texture** of the cake.
這個蛋糕入口即化的質地令我驚訝。

☑ theft [θɛft]

名 竊盜

同 steal 偷竊

片 identity theft 身份盜用

» A potential consequence of trusting a phishing email is identity **theft**.
信任釣魚信件內容的可能結果就是身份遭到盜用。

☑ the·ol·o·gy [θɪˋɑlədʒɪ]

名 神學、宗教理論、宗教體系

» The university offers a comprehensive program in **theology**.
該大學提供綜合的神學課程。

☑ the·o·ret·i·cal [ˌθiəˋrɛtɪk!]

形 理論上的

» The scholar proposed a **theoretical** framework in his thesis.
學者在論文中提出一個理論架構。

☑ ther·a·pist [ˋθɛrəpɪst]

名 治療學家、物理治療師

» She arranged an appointment to her son to meet with the language **therapist**.
她替兒子安排了一次和語言治療師的會面。

☑ ther·a·py [ˋθɛrəpɪ]

名 療法、治療

同 treatment 治療

» Taking Chinese herbs is a traditional **therapy**.
吃中藥是一種傳統的治療方法。

☑ there·by [ðɛrˋbaɪ]

副 藉以、因此

» He plans to interview some villagers and **thereby** understand the local culture.
他計畫要訪問村民來了解本地文化。

☑ the·sis [ˋθisɪs]

名 論題、命題、論點、論文、畢業論文

» He is racking his brain over the topic of his graduation **thesis**.
他正為他的畢業論文主題而苦惱。

☑ thigh [θaɪ]

名 大腿

» Take some exercise to relax the strained **thigh**.
做些運動來放鬆緊繃的大腿。

☑ thresh·old [ˋθrɛʃold]

名 門口、入口、門檻

» His test scores are below the **threshold** of admission to the prestigious high school.
他的考試成績未達明星高中的入學門檻。

☑ thrill [θrɪl]

名 戰慄

動 使激動

同 excite 使激動

» Vincent van Gogh's painting gave me a real **thrill**.
梵谷的畫作讓我激動不已。

☑ thrill·er [ˋθrɪlɚ]

名 恐怖小說、令人震顫的人事物

» Stephen King is the master of horror and **thriller** novels.
史蒂芬‧金是恐怖小說的大師。

☑ thrive [θraɪv]

動 繁茂

» The pop music industry continues to **thrive**.
流行音樂產業持續繁榮。

☑ **throne** [θron]

名 王位、寶座

» Princes compete with each other to gain the ***throne***.
王子們彼此競爭以取得王位。

☑ **thrust** [θrʌst]

名 用力推

動 猛推

同 shove 推

» Clark ***thrust*** past the crowd to save a woman.
克拉克推開群眾去救一名女子。

☑ **tick** [tɪk]

名 滴答聲

動 發出滴答聲、標上記號

» The clock stops ***ticking*** at midnight.
這座鐘在半夜即停止發出滴答聲。

☑ **tile** [taɪl]

名 瓷磚

動 用瓦蓋

同 slope 傾斜

» The floor ***tiles*** of the villa were imported from Italy.
這棟別墅的地板瓷磚是從義大利進口的。

☑ **tin** [tɪn]

名 錫

動 鍍錫

» Ancient Chinese people used ***tin*** and copper to make bronze ware.
古代中國人用錫和銅造銅器。

☑ **toll** [tol]

名 裝貨、費用、通行稅

動 徵收、繳費

同 fare 車費

» The electronic system has been installed to collect the highway ***toll***.
已經裝設電子系統來收取高速公路過路費。

☑ **torch** [tɔrtʃ]

名 火炬、引火燃燒、手電筒

» The statue of liberty in New York held the ***torch*** high in the sky.
紐約的自由女神像高舉著火炬。

☑ **tor·ment** [ˈtɔrmɛnt][tɔrˈmɛnt]

名 苦惱

動 使受苦、煩擾

同 comfort 安慰

» The frustration of single-love has ***tormented*** her for almost a year.
單戀的挫折感已經困擾她將近一年。

☑ **tour·na·ment** [ˈtɝnəmənt]

名 競賽、比賽

同 contest 競賽

» He has won the table tennis ***tournament***.
他已經贏得桌球比賽。

☑ **tox·ic** [ˈtɑksɪk]

形 有毒的

同 poisonous 有毒的

» The bottle of paint includes ***toxic*** substances.
這罐油漆含有毒物質。

☑ **trait** [tret]

名 特色、特性

同 characteristic 特性

» Generosity is a popular personality ***trait***.
慷慨是一個受歡迎的人格特質。

☑ **trai·tor** [ˈtretɚ]

名 叛徒

» He feels guilty of being called a ***traitor***.
他因為被叫做叛徒而感到內疚。

☑ **trans·ac·tion** [trænˈsækʃən]

名 處理、辦理、交易

同 deal 交易

» The electronic ***transaction*** was not completed yet.
電子交易還未完成。

trans·for·ma·tion [ˌtrænsfɚˈmeʃən]

名 變形、轉變

» She went through a spiritual ***transformation*** because of the major changes in her life.
她因為生活的改變而經歷了心靈的改變。

tran·sit [ˈtrænsɪt]

名 通過、過境
動 通過

» The ***transit*** passengers had to go through the security check.
過境的旅客也需要經過安檢。

tran·si·tion [trænˈzɪʃən]

名 轉移、變遷

» The ***transition*** words play an important role in the coherence of a composition.
轉承詞在作文的連貫性當中扮演重要角色。

trans·mis·sion [trænsˈmɪʃən]

名 傳達

» Electronic ***transmission*** of information has made cross-region communication much easier.
電子傳輸資訊使跨域的溝通更容易。

trans·par·ent [trænsˈpɛrənt]

形 透明的

» Those shrimps look ***transparent***.
那些蝦看起來呈現是透明的。

trau·ma [ˈtrɔmə]

名 外傷、損傷、心理創傷

» The childhood emotional ***trauma*** may impact a person even until the adulthood.
兒童時期的創傷會影響一個人直到成年。

trea·ty [ˈtriti]

名 協議、條約
同 contract 合約

» The two countries had signed a cultural exchange ***treaty***.
兩國已簽署文化交流條約。

trib·ute [ˈtrɪbjut]

名 致敬、進貢

» Some people visited here to pay ***tribute*** to Princess Diana.
有些人造訪這裡，向黛安娜王妃致敬。

trig·ger [ˈtrɪgɚ]

名 扳機
動 觸發

» The leader's provocative remarks ***triggered*** conflicts between the country and its neighboring nations.
領導者煽動的言論引發該國於鄰國之間的衝突。

trim [trɪm]

名 修剪、整潔、整齊
動 整理、修剪、削減
形 整齊的、整潔的、苗條的
同 shave 修剪

» I need to ***trim*** my hair this afternoon.
今天下午，我需要去整理我的頭髮。

tri·ple [ˈtrɪpl̩]

名 三倍的數量
動 變成三倍
形 三倍的

» If you offer ***triple*** payment, the detective will agree to work for you.
如果你付三倍的錢，那個偵探會答應為你工作。

☑ **triv·i·al** [ˈtrɪvɪəl]

形 平凡的、淺薄的、不重要的

同 superficial 淺薄的

» He likes to make a big fuss over *trivial* things.
平凡因為無關緊要的事而大做文章。

☑ **tro·phy** [ˈtrofɪ]

名 戰利品、獎品

» The champion of the swimming contest could have the *trophy*.
游泳比賽的冠軍可以得到這個獎盃。

☑ **tu·i·tion** [tjuˈɪʃən]

名 教學、講授、學費

同 instruction 教學

» Many college students take part-time jobs in order to pay the *tuition*.
很多的大學生打工是為了付學費。

☑ **tu·mor** [ˈtjumɚ]

名 腫瘤、瘤

» She underwent a surgery to remove the brain *tumor*.
她接受手術移除腦瘤。

☑ **tu·na** [ˈtunə]

名 鮪魚

» Put some *tuna* fish cans into your backpack.
把一些鮪魚罐頭放進你的背包裡。

Uu

☑ **ul·ti·mate** [ˈʌltəmɪt]

名 基本原則

形 最後的、最終的

同 final 最後的

» The Constitutional law is the *ultimate* reference of all legal regulations.
憲法是所有法規的最終依據。

☑ **un·cov·er** [ʌnˈkʌvɚ]

動 掀開、揭露

同 expose 揭露

» The prosecutor *uncovered* the truth behind the bribery scandal.
檢察官揭露收賄弊案背後的真相。

☑ **un·der·go** [ˌʌndɚˈgo]

動 度過、經歷

» The victim of racism talked about the plight he *underwent*.
種族歧視受害者，描述他經歷過的苦難。

☑ **un·der·grad·u·ate** [ˌʌndɚˈgrædʒʊɪt]

名 大學生

» The *undergraduate* cut two classes this morning.
該名大學生今天蹺了兩堂課。

☑ **un·der·line** [ˌʌndɚˈlaɪn]

名 底線

動 畫底線

» *Underline* the complete sentences.
在完整句子下畫底線。

☑ **un·der·mine** [ˌʌndɚˈmaɪn]

動 削弱基礎、逐漸損害

同 destroy 破壞

» The construction of the dam may *undermine* the ecosystem.
建設水壩可能會破壞生態環境。

☑ **un·der·take** [ˌʌndɚˈtek]

動 承擔、擔保、試圖

同 attempt 試圖

» He *undertook* the enormous responsibility of reorganizing the company.
他承擔整頓公司的重任。

☑ un·do [ʌn`du]

動 消除、取消、解開

反 bind 捆綁

» What is done cannot be ***undone***.
覆水難收。

☑ un·doubt·ed·ly [ʌn`daʊtɪdlɪ]

副 無庸置疑地

» ***Undoubtedly***, Emily is the most popular girl in our school.
無庸置疑地，愛蜜莉是我們學校最受歡迎的女孩。

☑ un·em·ploy·ment [ˌʌnɪm`plɔɪmənt]

名 失業、失業率

» The government took measures to lower ***unemployment*** rate.
政府採取措施以降低失業率。

☑ un·fold [ʌn`fold]

動 攤開、打開

同 reveal 揭示

» As the plot ***unfolds***, the viewers came to realize the intricate relationship between the characters.
隨著劇情展開，觀眾漸漸了解角色之間的複雜關係。

☑ un·lock [ʌn`lɑk]

動 開鎖、揭開

» The secret in her mind was ***unlocked*** during the appointment with the consultant.
她心中的祕密，在與諮商師的會談中被揭露出來。

☑ un·prec·e·dent·ed [ʌn`prɛsəˌdɛntɪd]

形 史無前例的、無先例的、空前的

» Under the collective efforts of everyone, this experiment achieved an ***unprecedented*** success.
這個實驗在大家的努力之下取得空前的成功。

☑ up·date [ʌp`det]

名 最新資訊

動 更新

片 fully updated 完全更新

» Login in the website and ***update*** your personal information.
登入此網址，更新你的個人資訊。

☑ up·grade [`ʌpˌgred]/[ʌp`gred]

名 增加、向上、升級

動 改進、提高、升級

同 promote 升級

» The budget will be used to ***upgrade*** the computers in the office.
這筆預算將會用在升級辦公室的電腦。

☑ u·til·i·ty [ju`tɪlətɪ]

名 效用、有用

片 utility bill 水電費單

» The payment of ***utility*** bill can be made by Internet Banking.
水電費帳單可以用網路銀行繳納。

☑ u·ti·lize [`jutəˌlaɪz]

動 利用、派上用場

» The ingredients for the cuisine were fully ***utilized***.
這道菜的食材全都被充分應用。

Vv

☑ vac·u·um [`vækjʊəm]

名 真空、空虛

動 以吸塵器打掃

» My aunt was ***vacuuming*** the carpet.
我姑姑在吸地毯。

☑ **vague** [veg]

名 不明確的、模糊的

反 explicit 明確的

» My memory of my grandfather has been **vague**.
我對爺爺的記憶一直以來都是模糊不清的。

☑ **val·id** [ˈvælɪd]

形 有根據的、有效的

» She gave a **valid** argument in the debate.
她在辯論當中給出有利的論證。

☑ **var·i·a·ble** [ˈvɛrɪəbl]

形 不定的、易變的

» His monthly budget consists of fixed and **variable** expenses.
他的當月預算包含固定支出和變動支出。

☑ **var·i·a·tion** [ˌvɛrɪˈeʃən]

名 變動

» The **variation** in the price is determined by the condition of supply-demand balancing.
價格的變動是由供需平衡狀況所決定的。

☑ **vein** [ven]

名 靜脈

反 artery 動脈

» The nurse has found the **vein** and made an injection for David.
護士找到了大衛的靜脈，也為其打針了。

☑ **ven·dor** [ˈvɛndɚ]

名 攤販、小販

» Authorities urged that street **vendors** should be given a place to peddle their goods.
當局呼籲街道小販應該要有一個地方可以兜售他們的貨品。

☑ **ven·ture** [ˈvɛntʃɚ]

名 冒險

動 以……為賭注、冒險

» They are well-prepared and dare to **venture** into the jungle.
他們準備充份，膽敢進入叢林冒險。

☑ **ven·ue** [ˈvɛnju]

名 犯罪地點、審判地、管轄地、場地

» The concert **venue** has a seating capacity of 5,000 people.
音樂會場地可容納 5,000 人。

☑ **ver·bal** [ˈvɝbl]

形 言詞上的、口頭的

同 oral 口頭的

» The **verbal** abuse forced the girl to do foolish things.
言語暴力讓女孩做了傻事。

☑ **ver·dict** [ˈvɝdɪkt]

名 裁決、裁定、定論、判斷、意見

» The traffic accident has already resulted in a **verdict**.
這起交通事故已經有裁決了。

☑ **ver·sion** [ˈvɝʒən]

名 説法、版本

同 edition 版本

» The students read a simplified **version** of the New Testament.
學生讀的是簡化版的新約聖經。

☑ **ver·sus** [ˈvɝsəs]

介 ……對……（縮寫為 vs.）

» Italy's football team **versus** Brazil's football team, which team will win?
義大利的橄欖球隊對巴西的橄欖球隊，哪一隊會贏？

☑ **ver·ti·cal** [ˈvɝtɪkl]

名 垂直線、垂直面

形 垂直的、豎的

» The coat with the **vertical** stripes matches the white pants well.
有垂直線條的大衣與白色褲子十分搭配。

☑ **vet·er·an** [ˋvɛtərən]

名 老手、老練者

同 specialist 專家

» The **veteran** soldier suffered from post-traumatic stress.
這名資深軍人受創傷後壓力症候群所苦。

☑ **vi·a** [ˋvaɪə]

介 經由

同 through 經由

» The couple contacts each other **via** the communication software.
這對情侶經由通訊軟體相互聯絡彼此。

☑ **vi·a·ble** [ˋvaɪəbl]

形 能養活的、能生育的、有望成功的、切實可行的

» Their proposal appears to be **viable** and has the potential to generate profits.
他們的提議似乎是可行的,並且有可能產生利潤。

☑ **vi·cious** [ˋvɪʃəs]

形 邪惡的、不道德的

片 vicious cycle 惡性循環

» The procrastinators are in the **vicious** cycle of putting off tasks and catching up with the schedule.
拖延者陷入拖延事務以及趕上時程的惡性循環。

☑ **view·er** [ˋvjuə]

名 觀看者、電視觀眾

同 spectator 旁觀者

片 attract viewers 吸引觀看者

» Analyze the data of **viewers**.
分析觀看者的資料。

☑ **view·point** [ˋvju͵pɔɪnt]

名 觀點、看法、見解、觀察位置、視角

» This movie explores family dynamics from a couple's **viewpoint**.
這部電影是以夫妻的觀點來探討家庭相處的方法。

☑ **vin·eg·ar** [ˋvɪnɪgə]

名 醋

» Add a bit of **vinegar** into the iced tea.
加一點醋到冰茶裡。

☑ **vir·tu·al** [ˋvɝtʃʊəl]

形 事實上的、實質上的

同 actual 事實上的

» The **virtual** reality technology has been applied in military training.
虛擬實境的科技已被應用在軍事訓練上。

☑ **vi·sa** [ˋvizə]

名 簽證

» You don't need a **visa** if you'd like to go to Japan.
如果你想去日本,你並不需要簽證。

☑ **vo·cal** [ˋvokl]

名 母音

形 聲音的

» The teacher suffered from **vocal** cord paralysis symptoms after teaching for 25 years.
這名老師教書 25 年之後,受到聲帶麻痺症狀之苦。

☑ **vol·ca·no** [vɑlˋkeno]

名 火山

» The **volcano** is extinct.
這是座死火山。

☑ **vom·it** [ˋvɑmɪt]

名 嘔吐、催嘔藥

動 嘔吐、噴出

» The drunk man ***vomited*** by the street.
醉漢在街上嘔吐。

☑ **vouch·er** [ˋvaʊtʃɚ]

名 票券、證人、保證人、證件、證書、收據

» The company's performance reward is in the form of department store gift ***vouchers***.
公司的績效獎勵以百貨公司禮物券的形式發放。

☑ **vow** [vaʊ]

名 誓約、誓言

動 立誓、發誓

同 swear 發誓

» Carol made a ***vow*** not to go nightclubs.
卡蘿發誓不再上夜店。

☑ **vul·ner·a·ble** [ˋvʌlnərəbḷ]

形 易受傷害的、脆弱的

同 sensitive 易受傷害的

片 vulnerable to 易受影響

» The president of the company is in a position ***vulnerable*** to criticism.
公司總裁的地位容易受到批評。

Ww

☑ **ware·house** [ˋwɛrˏhaʊs]

名 倉庫、貨棧

動 將貨物存放於倉庫中

» We need to help our ***warehouse*** co-workers this afternoon.
我們今天下午需要幫忙倉庫的同事。

☑ **war·rior** [ˋwɔrɪɚ]

名 武士、戰士

同 fighter 戰士

» Avita is a cyborg ***warrior***.
艾薇塔是個半機器半人類的戰士。

☑ **war·y** [ˋwɛrɪ]

形 注意的、小心的

同 cautious 小心的

» Be ***wary*** of the mudslide in the mountain.
小心山裡的土石流。

☑ **weird** [wɪrd]

形 怪異的、不可思議的

同 strange 奇怪的

» It is ***weird*** that the tiger takes the pig as its friend.
這隻老虎竟把豬當成朋友，真是不可思議。

☑ **what·so·ev·er** [ˏhwɑtsoˋɛvɚ]

形 任何的、不論什麼

同 however 無論如何

» Her parents pampered her by offering ***whatsoever*** she wanted.
她的父母給她任何他想要的東西，把她寵壞了。

☑ **wheel·chair** [ˋhwilˏtʃɛr]

名 輪椅

» He was involved in a severe car accident and must spend the rest of his life in a ***wheelchair***.
他遭遇了一場嚴重的車禍，他必須終身坐輪椅。

☑ **where·a·bouts** [ˋhwɛrəbaʊts]

名 所在的地方

副 在何處

同 location 位置、所在地

» The little girl's family is anxious to know the ***whereabouts*** of her.
小女孩的家人急著知道她的下落。

☑ **where·as** [hwɛrˋæz]

連 雖然、卻、然而

» I finished cleaning three rooms, ***whereas*** May finished one.
我打掃了三間房，然而梅卻只完成了一間。

whine [hwaɪn]

名 哀泣聲、嘎嘎聲
動 發牢騷、怨聲載道
» Can't you stop **whining** about your life?
你難道不能停止抱怨你的人生？

wide·spread [ˈwaɪd͵sprɛd]

形 流傳很廣的、廣泛的
同 extensive 廣泛的
» The legend is **widespread**.
這則傳說流傳很廣。

wig [wɪg]

名 假髮
» The judge wears a **wig**.
法官戴一頂假髮。

wil·der·ness [ˈwɪldənɪs]

名 荒野
» To survive in the **wilderness** is challenging.
在荒野求生是件有挑戰的事。

wild·life [ˈwaɪld͵laɪf]

名 野生生物
» To protect the **wildlife** in this area is our duty.
保護這個區域的野生生物是我們的責任。

wind·shield [ˈwɪnd͵ʃild]

名 擋風玻璃
» It is necessary to clean the **windshield** before driving.
開車之前，清理擋風玻璃是必要的。

with·er [ˈwɪðə]

動 枯萎、凋謝
同 fade 枯萎、凋謝
» Flowers grow and then **wither**.
花兒生長，然後凋謝。

wit·ty [ˈwɪtɪ]

形 機智的、詼諧的
同 clever 機敏的
» We were inspired by the old man's **witty** words.
我們受到老人機智話語的啟發。

work·shop [ˈwɝk͵ʃɑp]

名 小工廠、研討會
» Tim taught us how to make paper cutting in a **workshop**.
提姆在研討會中教我們如何做紙雕。

wor·ship [ˈwɝʃɪp]

名 禮拜
動 做禮拜
» Angie **worships** weekly.
安琪每週都做禮拜。

worth·while [͵wɝθˈhwaɪl]

形 值得的
同 worthy 值得的
» It is **worthwhile** to let my son go to the cram school.
讓我的兒子上補習班是值得的。

wor·thy [ˈwɝðɪ]

形 有價值的、值得的
» This is a **worthy** novel.
這是一本值得讀的小說。

Yy

☑ **yacht** [jɑt]

名 遊艇

動 駕駛遊艇、乘遊艇

» Bill's dream is to buy a luxury **yacht** and travel around the world.
比爾的夢想是買艘遊艇，環遊世界。

☑ **yield** [jild]

名 產出

動 生產、讓出

同 produce 生產

» We should work hard to help the company **yield** profits.
我們要努力工作，幫忙公司產出利潤。

LEVEL 6

－ 完勝 108 新課綱 －

進階字彙 LEVEL 6

LEVEL 6 音檔雲端連結

因各家手機系統不同，若無法直接掃描，
仍可以至以下電腦雲端連結下載收聽。
（*https://tinyurl.com/4cuf6999*）

LEVEL 6

進階英文單字，邁向完勝！

Aa

Track 195

☑ **ab·bre·vi·ate** [əˈbrivɪˌet]

動 將……縮寫成

同 shorten 縮短

» The United Nations Education, Scientific and Cultural Organization is ***abbreviated*** as UNESCO.
聯合國教育科學與文化組織被縮寫成 UNESCO。

☑ **a·bide** [əˈbaɪd]

動 容忍、忍耐

同 tolerate 容忍

» Mrs. Su can't ***abide*** her daughter's laziness.
蘇太太無法忍受自己女兒的懶惰。

☑ **ab·o·rig·i·nal** [ˌæbəˈrɪdʒən!]

名 土著、原住民

形 土著的、原始的

片 aboriginal language 原住民語言

» Professor Chou devotes herself in revitalizing the ***aboriginal*** languages.
周教授致力於恢復原住民語言。

☑ **a·bound** [əˈbaʊnd]

動 充滿

同 overflow 充滿

» Her lyrics ***abounds*** in metaphors and similes.
她的歌詞中充滿暗喻與明喻。

☑ **ab·strac·tion** [æbˈstrækʃən]

名 抽象、出神

» The ***abstraction*** in her talk made the whole lecture rather obscure.
她演講中的抽象特色使得整個演講相當難懂。

☑ **a·bun·dance** [əˈbʌndəns]

名 充裕、富足

» The ***abundance*** of rain in this region makes it a suitable place to grow tea plant.
此區域充足的雨量，適合種植茶葉植物。

☑ **a·cad·e·my** [əˈkædəmɪ]

名 學院、專科院校

» Emily plans to apply for the Royal ***Academy*** of Music.
愛蜜麗計畫要申請皇家音樂學院。

☑ **ac·ces·so·ry** [ækˈsɛsərɪ]

名 附件、零件、幫兇、配件

形 附屬的

» The ***accessories*** in this outfit shop are in sale.
這家服飾店的飾品特價中。

☑ **ac·claim** [əˋklem]

名 歡呼、喝采、稱讚

動 向⋯⋯歡呼、為⋯⋯喝采、稱讚、宣佈、擁立

» Everyone **acclaimed** his lively and engaging speech.
大家都為他那生動而引人入勝的演講喝彩。

☑ **ac·cor·dance** [əˋkɔrdn̩s]

名 給予、根據、依照

片 in accordance with 依照

» The guidelines of the association are established in **accordance** with the relevant laws.
本協會的章程是依照相關法令制定的。

☑ **ac·cord·ing·ly** [əˋkɔrdɪŋlɪ]

副 因此、於是、相應地

» Both parties agree with the terms in the contract and will act **accordingly**.
兩方都同意合約的條款，並將採取相應地行動。

☑ **ac·count·a·ble** [əˋkaʊntəbl̩]

形 應負責的、有責任的、可說明的

同 responsible 有責任的

» The director is **accountable** for the execution of the project.
主任負責這個計畫的執行。

☑ **ac·cu·mu·late** [əˋkjumjəˌlet]

動 累積、積蓄

同 gather 聚集

» Mr. Guo **accumulated** a large sum of fortune over the years.
郭先生多年來累積了大筆的財富。

☑ **ac·cu·mu·la·tion** [əˌkjumjəˋleʃən]

名 累積

» Education is not about the **accumulation** of knowledge but cultivation of good attitude in learning.
教育不是在累積知識，而是在發展好的學習態度。

☑ **ac·cu·sa·tion** [ˌækjəˋzeʃən]

名 控告、罪名

» The politician denied the **accusation** of bribery.
政治人物否認了賄選的指控。

☑ **ac·cus·tom** [əˋkʌstəm]

動 使習慣於

» You need to **accustom** yourself to all the school rules.
你必需適應所有的學校規定才行。

☑ **ac·ne** [ˋæknɪ]

名 粉刺、面皰

» The **acne** is a kind of skin problem.
粉刺是種皮膚問題。

☑ **a·cre** [ˋekə]

名 英畝

» The vacation village is said to be more than 500 **acres**.
這個度假村據說超過 500 英畝。

☑ **ad·ap·ta·tion** [ˌædəpˋteʃən]

名 適應、順應、改編

» The new movie **adaptation** of Aladdin was very popular.
阿拉丁的新版電影改編相當受歡迎。

☑ **ad·dic·tion** [əˋdɪkʃən]

名 熱衷、上癮

» His **addiction** to online games has hindered his academic achievement.
他對線上遊戲成癮，影響了學業成績。

☑ **ad·min·is·ter/ ad·min·is·trate**
[ədˋmɪnəstə]/[ədˋmɪnəˌstret]

動 管理、照料

» The CFO **administers** the budget and financing for the company.
財務長管理公司的預算和財經事務。

☑ **ad·mi·ral** [ˈædmərəl]

名 海軍上將

» Nobody dared to disobey the **admiral**'s commands.
沒有人膽敢違抗海軍上將的命令。

☑ **ad·o·les·cence** [ˌædəlˈɛsn̩s]

名 青春期

» Jack was impulsive when he was in his **adolescence**.
青春期的傑克是衝動的。

☑ **ad·vi·so·ry** [ədˈvaɪzərɪ]

形 顧問的、諮詢的、勸告的、忠告的

» The financial **advisory** firm is very professional and helped me a lot of profits.
這家財務諮詢公司非常專業，幫助我獲得了很多利潤。

☑ **aes·thet·ic** [ɛsˈθɛtɪk]

形 審美的、美學的、美的、藝術的

» She always leads the trend, and her **aesthetic** vision is top-notch.
她總是引領潮流，審美眼光更是頂尖。

☑ **af·fec·tion·ate** [əˈfɛkʃənɪt]

形 摯愛的

» Mr. and Mrs. Smith are an **affectionate** couple.
史密斯夫婦是一對恩愛的夫妻。

☑ **af·fil·i·ate** [əˈfɪlɪˌet]

名 成員、成員組織、分會、附屬機構

» The hospital decided to establish a rehabilitation center as its **affiliate**.
醫院決定設立康復中心，作為其附屬機構。

☑ **af·firm** [əˈfɝm]

動 斷言、證實

同 declare 斷言

» They **affirm** that receiving education is a human right.
他們斷言受教育是人權的一種。

☑ **air·tight** [ˈɛrˌtaɪt]

形 密閉的、氣密的

» Some chocolate cookies are kept in an **airtight** jar.
有些巧克力餅乾保存在密閉式的罐子裡。

☑ **air·way** [ˈɛrˌwe]

名 空中航線

» The **airway** is the area of the sky used by airplanes.
空中航線是飛機所使用的飛航區域。

☑ **al·ge·bra** [ˈældʒəbrə]

名 代數

» **Algebra** is about using signs and letters to represent numbers.
代數與使用符號和字母來代表數字有關。

☑ **a·li·en·ate** [ˈeljənˌet]

動 使感情疏遠

同 separate 使疏遠

» Alice tends to **alienate** her half-sister.
愛麗絲刻意疏遠她同母異父的姐姐。

☑ **a·lign** [əˈlaɪn]

動 把……排列、排成直線、使結盟、使密切合作、匹配、調準、校直

» Please **align** the books neatly on the shelf.
請把書本整齊地排列在書架上。

al·lege [əˋlɛdʒ]

動 斷言、宣稱、提出

» He **alleges** that it is a wrong decision.
他斷言這是一個錯誤的決定。

al·li·ga·tor [ˋælə͵getə]

名 鱷魚

» The **alligator** eats fish and birds.
鱷魚吃魚類和鳥類。

al·ti·tude [ˋæltə͵tjud]

名 高度、海拔
同 height 高度

» The **altitude** of Jade Mountain is 3,952 meters.
玉山的海拔高度是 3,952 公尺。

a·lu·mi·num [əˋlumɪnəm]

名 鋁

» Put these **aluminum** bottles in that paper box.
把這些鋁罐放在那個紙箱裡。

am·bi·gu·i·ty [͵æmbɪˋgjuətɪ]

名 曖昧、模稜兩可

» **Ambiguity** in a bilateral contract can cause trouble to both parties.
雙邊協定曖昧不明可能會造成雙方的困擾。

a·mid/a·midst [əˋmɪd]/[əˋmɪdst]

連 在……之中

» The ocean park sits **amid** the town and the ocean.
海洋公園座落於城鎮與海洋之中。

am·pli·fy [ˋæmplə͵faɪ]

動 擴大、放大

» The actor's voice was **amplified** with an electronic device.
演員的聲音用電子設備放大了。

a·nal·o·gy [əˋnælədʒɪ]

名 類似

» The project manager pointed out the **analogy** between the two cases.
專案經理指出這兩個案子之間的相似之處。

an·a·lyt·i·cal [͵ænəˋlɪtɪkl̩]

形 分析的

» Does she adopt a holistic approach or an **analytical** method in this study?
她這個研究是採用整體的方式或分析的方式呢？

an·chor [ˋæŋkə]

名 錨、錨狀物
動 停泊、使穩固
片 weigh anchor 起錨

» It's time to drop the **anchor**.
該是拋下錨的時候了。

an·i·mate [ˋænə͵met]

動 賦予……生命、激勵
形 活的
同 encourage 激發、助長

» We were **animated** by the news that we would all get a pay raise next month.
聽說下個月我們都可以加薪，這使我們感到振奮。

an·noy·ance [əˋnɔɪəns]

名 煩惱、困擾

» The complicated procedure to apply for the document could be an **annoyance**.
申請文件的複雜程序，可能是一件很令人煩惱的事。

an·them [ˋænθəm]

名 讚美詩、聖歌
片 national anthem 國歌

» A group of children are singing the **anthem**.
一群小孩正在唱聖歌。

☑ **an·ti·bi·ot·ic** [ˌæntɪbaɪˈɑtɪk]

名 抗生素、盤尼西林
形 抗生的、抗菌的
同 medicine 藥物
» Some bacteria have evolved to be immune to ***antibiotics***.
有些細菌演變成能對抗生素免疫。

☑ **an·tic·i·pa·tion** [ænˌtɪsəˈpeʃən]

名 預想、預期、預料
» The outcome of the contest was beyond our ***anticipation***.
比賽的結果超出我們的預期。

☑ **an·to·nym** [ˈæntəˌnɪm]

名 反義字
» "Agony" is an ***antonym*** of "joy."
「痛苦」是「喜悅」的反義字。

☑ **ap·plaud** [əˈplɔd]

動 鼓掌、喝采、誇讚
» The students ***applauded*** loudly.
學生大聲的鼓掌。

☑ **ap·pli·ca·ble** [ˈæplɪkəbl]

形 適用的、適當的
同 appropriate 適當的
» The rule is ***applicable*** to all students enrolled this year.
這項規定適用於所有今年入學的新生。

☑ **ap·pren·tice** [əˈprɛntɪs]

名 學徒
動 使……做學徒
同 beginner 新手
» He has been a baking ***apprentice*** for three months.
他已經當了三個月的烘焙學徒。

☑ **ap·prox·i·mate** [əˈprɑksəmɪt]

動 相近
形 近似的、大致準確的
» Can you tell me the ***approximate*** number of participants in the party?
可以告訴我這個派對大約有多少人參加嗎？

☑ **ar·chae·ol·o·gy** [ˌɑrkɪˈɑlədʒɪ]

名 考古學
» He is very interested in ***archaeology***, and often visits historic sites.
他對考古非常感興趣，經常去參觀古蹟。

☑ **ar·chive** [ˈɑrkaɪv]

名 檔案、檔、記錄、檔案保管處、資料庫
» Back office staff are responsible for classifying documents and placing them in the ***archives*** storage area.
後勤人員負責把檔案進行分類並將其存放在檔案保管處。

☑ **a·rith·me·tic** [əˈrɪθməˌtɪk]

名 算術
形 算術的
» I am terrible at ***arithmetic***.
我算術很糟糕。

☑ **as·cend** [əˈsɛnd]

動 上升、登
» Mr. Brown ***ascends*** the stairs slowly.
布朗先生慢慢地登樓。

☑ **as·pire** [əˈspaɪr]

動 熱望、嚮往、渴望、懷有大志
» She ***aspires*** to travel around the world.
她渴望環遊世界。

☑ **as·sas·si·nate** [ə`sæsən‚et]

動 行刺

同 kill 殺死

» The antigovernment activist was **_assassinated_** at the venue of the demonstration.
反政府行動份子在抗議現場被暗殺。

☑ **asth·ma** [`æzmə]

名 【醫】氣喘

» The girl who suffers from **_asthma_** carries an inhaler with her all the time.
有氣喘疾病的女孩，總是將吸入器帶在身邊。

☑ **a·stray** [ə`stre]

副 迷途地、墮落地

形 迷途的、墮落的

» The poor doggie seemed to go **_astray_**.
可憐的小狗似乎迷路了。

☑ **as·tro·naut** [`æstrə‚nɔt]

名 太空人

» Are you sure you'd like to be an **_astronaut_**?
你確定你想成為太空人？

☑ **as·tron·o·mer** [ə`strɑnəmɚ]

名 天文學家

» The **_astronomer_** is famous for his studies of the solar system.
這位天文學家以他對太陽系的研究而聞名。

☑ **as·tron·o·my** [əs`trɑnəmɪ]

名 天文學

» **_Astronomy_** is a scientific field that focuses on the research of universe.
天文學是一門專注研究宇宙的科學領域。

☑ **at·tain** [ə`ten]

動 達成

反 fail 失敗

» He **_attained_** his goal and became a billionaire.
他達成目標，成為一位億萬富翁。

☑ **at·tain·ment** [ə`tenmənt]

名 到達、實現

» The alliance was established for **_attainment_** of the shared goal.
聯盟的成立是為了達成共同目標。

☑ **au·dit** [`ɔdɪt]

名 審計、查帳、決算

» The company conducts an annual **_audit_** of its financial records.
本公司對其財務記錄進行年度審計。

☑ **au·di·to·ri·um** [‚ɔdə`torɪəm]

名 禮堂、演講廳

同 hall 會堂

» Doesn't the **_auditorium_** in our school look magnificent?
我們學校的禮堂看起來不是很富麗堂皇嗎？

☑ **a·vert** [ə`vɝt]

動 避開、移開、防止、避免

» There must be immediate action if something bad to be **_averted_**.
如果要避免不好的事情發生，必須立即採取行動。

☑ **a·vi·a·tion** [‚evɪ`eʃən]

名 航空、飛行

同 flight 飛行

» Jason is looking for an **_aviation_** security job.
傑森在找機場保全人員的工作。

☑ **awe·some** [`ɔsəm]

形 有威嚴的、令人驚嘆的

» The tourists were impressed by the **_awesome_** view at the top of the mountain.
山頂極佳的視野令遊客印象深刻。

☑ **a·while** [əˈhwaɪl]

副 暫時、片刻
反 forever 永遠

» Kevin's daughter waited **awhile** and decided to call the police.
凱文的女兒等了一會兒，決定要打電話給警察。

Bb

☑ **bach·e·lor** [ˈbætʃələ]

名 單身漢、學士
同 single 單身男女

» Jeff attended a **bachelor** party before marriage.
傑夫參加了婚前的單身漢派對。

☑ **back·bone** [ˈbækˌbon]

名 脊骨、脊柱
同 spine 脊柱

» After the examination, Judy found that her **backbone** needed to undergo an operation.
檢查之後，茱蒂發現她的脊椎必需要動手術。

☑ **badge** [bædʒ]

名 徽章

» The **badge** on the retired general reminds him of his past glory.
這名退休將軍的徽章提醒了他過去的光榮事蹟。

☑ **ban·quet** [ˈbæŋkwɪt]

名 宴會
動 宴客
同 feast 宴會

» My father was invited to the **banquet**.
我的父親受邀到宴會。

☑ **bar·bar·i·an** [barˈbɛrɪən]

名 野蠻人
形 野蠻的

» Those **barbarians** attacked Robinson Crusoe.
那些野蠻人攻擊魯賓遜 · 克魯索。

☑ **bass** [bes]

名 低音樂器、男低音歌手
形 低音的

» The **bass** in the musical sounds extremely beautiful.
音樂劇的低音樂器聽起來極為悅耳。

☑ **bat·ter** [ˈbætə]

動 連擊、重擊
同 beat 打擊

» Those houses were **battered** by the giant waves.
那些房子被巨浪連續重擊。

☑ **beau·ti·fy** [ˈbjutəˌfaɪ]

動 美化

» Why don't we place a Christmas tree here to **beautify** the school hall?
我們為什麼不在這裡放聖誕樹來美化學校的走廊？

☑ **beep** [bip]

名 警笛聲
動 發出嘟嘟聲

» The **beep** annoyed me.
那警笛聲讓我很緊張。

☑ **before·hand** [bɪˈforˌhænd]

副 事前、預先
反 afterward 之後、後來

» You'd better prepare some vitamin pills **beforehand**.
你最好預先準備一些維他命藥丸。

☑ **bev·er·age** [ˋbɛvrɪdʒ]

名 飲料

» Sugar-loaded **beverages** can increase the risk of diabetes.
含糖飲料會增加罹患糖尿病的風險。

☑ **bi·lat·er·al** [baɪˋlætərəl]

形 有兩邊的、左右對稱的、雙方的、雙邊的

» The two countries are currently engaged in a **bilateral** trade agreement.
這兩個國家目前正在進行雙邊貿易協定。

☑ **blaze** [blez]

名 火焰、爆發

» The **blaze** of the explosion looks terrifying.
這場爆炸中的火焰看起來很可怕。

☑ **bleach** [blitʃ]

名 漂白劑
動 漂白、脫色
反 dye 染色

» Mike's roommate asked him to buy a bottle of **bleach**.
麥克的室友要求他買一瓶漂白劑。

☑ **blond/blonde** [blɑnd]

名 金髮的人
形 金髮的

» Is it true that the **blond** lady over there is your girlfriend?
在那裡的那名金髮女士真的是你的女朋友嗎？

☑ **blot** [blɑt]

名 污痕、污漬
動 弄髒、使蒙恥（羞）

» The ink **blot** on the T-shirt is hard to wash.
T 恤上的污漬很難洗得掉。

☑ **blunt** [blʌnt]

動 使遲鈍、減弱
形 遲鈍的
反 sharp 敏銳的

» The frustrating experience during the trip has **blunted** his enthusiasm for travel.
旅行中令人挫敗的經驗，削弱了他對旅行的熱情。

☑ **bod·i·ly** [ˋbɑdɪlɪ]

形 身體上的
副 親自、親身
反 spiritual 精神的

» The writer put up with the **bodily** pain and continued to write the novel.
他忍受身體上的病痛，繼續寫這本小說。

☑ **book·let** [ˋbʊklɪt]

名 小冊子

» I recorded English vocabulary in a **booklet** for easy carrying and memorization.
我將英語詞彙記錄在小冊子中方便隨身攜帶背誦。

☑ **bos·om** [ˋbʊzəm]

名 胸懷、懷中
同 breast 胸部

» A red spot is on the **bosom** of the lovely bird.
這隻可愛小鳥的胸部有紅色的斑點。

☑ **bou·le·vard** [ˋbuləˌvɑrd]

名 林蔭大道
同 avenue （林蔭）大道

» When you walk through the **boulevard**, you feel quite relaxed.
當你散步通過這個林蔭大道時，你會感到很放鬆的。

☑ **box·ing** [ˋbɑksɪŋ]

名 拳擊

» Hand your brother a pair of **boxing** gloves.
把這副拳擊手套拿給你哥哥。

☑ **boy·cott** [ˈbɔɪˌkɑt]

名 杯葛、排斥
動 杯葛、聯合抵制
» They **boycotted** the company for that its manufacturing procedure may harm the environment.
他們抵制該公司的產品，因為製造過程會傷害環境。

☑ **brace** [bres]

名 支架、鉗子
動 支撐、鼓起勇氣
同 prop 支撐物
» The dental **brace** could be removed next week.
牙套下星期就可以拿掉。

☑ **bras·siere/bra** [brəˈzɪr]/[brɑ]

名 胸罩、內衣
» The **brassiere** at the night market is cheap but has good design.
夜市的胸罩雖然便宜，但設計的不錯。

☑ **breadth** [brɛdθ]

名 寬度、幅度
反 length 長度
» What's the **breadth** of your box?
你的箱子寬度是多少？

☑ **break·down** [ˈbrekˌdaʊn]

名 故障、崩潰
» He almost had an emotional **breakdown** when he lost the tournament.
他輸掉錦標賽之後，幾乎情緒崩潰。

☑ **break·up** [ˈbrekˌʌp]

名 分散、瓦解
» Sammy tried to help her friend get over a **breakup**.
珊米試圖幫助她的朋友克服分手的難過心情。

☑ **bribe** [braɪb]

名 賄賂
動 行賄
» **Bribing** is illegal.
賄賂是不合法的。

☑ **brink** [brɪŋk]

名 陡峭邊緣
» The reckless youngster risks his life to take a picture at the **brink** of the cliff.
冒失的年輕人，冒生命危險在懸崖旁邊拍照。

☑ **broad·en** [ˈbrɔdn]

動 加寬
同 widen 加寬
» The road was **broadened** last month.
這條路上個月就拓寬了。

☑ **bro·chure** [broˈʃʊr]

名 小冊子
同 pamphlet 小冊子
» The museum offers **brochures** in five languages for the visitors.
博物館提供五種語言的導覽手冊給參觀者。

☑ **broil** [brɔɪl]

動 烤、炙
» I'd like to **broil** some pork chops.
我想要烤一些豬排。

☑ **brook** [brʊk]

名 川、小河、溪流
» We used to swim in the **brook**.
我們以前都在這條小河游泳。

☑ **broth** [brɔθ]

名 湯、清湯
同 soup 湯
» Grandpa is good at making beef **broth**.
爺爺擅長於熬煮牛肉清湯。

☑ **broth·er·hood** [`brʌðɚˌhʊd]

名 兄弟關係、手足之情

» The news reporters are curious about the ***brotherhood*** of Chen family.
新聞記者對陳氏家族的兄弟關係感到好奇。

☑ **bulk·y** [`bʌlkɪ]

形 龐大的、笨重的

» Few people carry a ***bulky*** paper dictionary around; most people use electronic dictionaries or their smart phones.
很少人會把笨重的紙本字典帶在身邊；大多數人用電子字典或者手機。

☑ **bu·reau·crat** [`bjʊrəˌkræt]

名 官僚、官僚主義者

» I can't stand this ***bureaucrat*** style, he doesn't show any flexibility at all.
我最受不了這位官僚的作風，他一點都不知變通。

☑ **by·pass** [`baɪˌpæs]

名 旁道、旁路、旁通管、忽視、回避
動 繞過、繞走、為……加設旁路

» We took the ***bypass*** to avoid traffic jam.
為了避免交通堵塞，我們繞道而行。

Cc

☑ **caf·feine** [`kæfiɪn]

名 咖啡因

» ***Caffeine*** dependence or addiction may have some negative effects on your body.
過度依賴咖啡因或者咖啡因上癮，可能會對你的身體有一些負面的影響。

☑ **cal·cu·la·tor** [`kælkjəˌletɚ]

名 計算機

» This pink Hello Kitty ***calculator*** is lovely.
這臺粉紅色凱蒂貓的計算機好可愛。

☑ **cal·lig·ra·phy** [kə`lɪgrəfɪ]

名 筆跡、書法

» Wang Xizhi is famous for the art of ***calligraphy***.
王羲之以書法藝術聞名。

☑ **cape** [kep]

名 岬、海角

» ***Cape*** No. 7 describes a touching love story.
《海角七號》描寫動人的愛情故事。

☑ **cap·sule** [`kæpsl̩]

名 膠囊
片 time capsule 時空膠囊

» They opened the time ***capsule*** from 1914 and found several precious antiques.
他們打開 1914 年留下的時空膠囊，發現幾樣珍貴的古董。

☑ **cap·tion** [`kæpʃən]

名 標題、簡短説明、字幕
動 加標題

» American viewers prefer watching a movie without the ***captions***.
美國觀眾比較喜歡看電視時沒有字幕。

☑ **cap·tive** [`kæptɪv]

名 俘虜
形 被俘的
同 hostage 人質

» The soldier fell ***captive*** to the enemy.
這名軍人被敵軍俘虜。

☑ **cap·tiv·i·ty** [kæp`tɪvətɪ]

名 監禁、囚禁

» Years of ***captivity*** has made him lose the ability to communicate with others.
被監禁多年後，他失去了和他人溝通的能力。

☑ **card·board** [ˈkɑrdˌbɔrd]

名 卡紙、薄紙板

» You may cut off the **cardboard** and make a telescope.
你可以剪開這張卡紙，製作望遠鏡。

☑ **car·di·nal** [ˈkɑrdənl]

名 紅衣主教、樞機主教、鮮紅色、深紅色
形 重要的、主要的、基本的、根本的、鮮紅的

» She is wearing a **cardinal** suit, which was quite eye-catching.
她穿著鮮紅的套裝相當顯眼。

☑ **care·free** [ˈkɛrˌfri]

形 無憂無慮的
反 anxious 憂慮的

» Jack won't enjoy this kind of **carefree** life on vacation.
傑克不會喜歡度假時無憂無慮的生活。

☑ **care·tak·er** [ˈkɛrˌtekɚ]

名 看管人、照顧者

» Mothers are the major **caretakers** of the baby.
媽媽是嬰兒的主要照顧者。

☑ **car·ton** [ˈkɑrtn̩]

名 紙板盒、紙板

» The milk **carton** should be thrown into the blue trash box.
紙板盒應該要被丟進藍色垃圾箱。

☑ **cash·ier** [kæˈʃɪr]

名 出納員、收銀員

» She takes a part-time job as a **cashier** at the mall.
她在購物中心當兼職的收銀員。

☑ **cas·u·al·ty** [ˈkæʒuəltɪ]

名 意外事故、橫禍、受害者、傷亡人員、急診室

» The authority has not announced the number of **casualties** in the earthquake.
當局還沒公佈地震的傷亡人數。

☑ **ca·tas·tro·phe** [kəˈtæstrəfɪ]

名 大災難

» It is believed that climate change may lead to **catastrophe** for human beings.
氣候變遷可能會為人類帶來大災難。

☑ **ca·ter** [ˈketɚ]

動 提供食物、提供娛樂

» The restaurant offers various dishes that can **cater** to diners with different preferences.
這間餐廳提供不同餐點來迎合不同喜好的用餐者。

☑ **cat·er·pil·lar** [ˈkætɚˌpɪlɚ]

名 毛毛蟲

» All the butterflies used to be **caterpillars**.
所有的蝴蝶都曾經是毛毛蟲。

☑ **cav·i·ty** [ˈkævətɪ]

名 洞、穴

» The dentist didn't say what caused the tooth **cavities**.
牙醫師沒有說明是什麼導致蛀牙的。

☑ **cel·er·y** [ˈsɛlərɪ]

名 芹菜

» Add some **celery** to the bowl of soup.
在這碗湯裡放一些芹菜。

cel·lu·lar [ˈsɛljʊlə]

形 細胞的、由細胞組成的

» **Cellular** biology is the scientific field that studies the structure and function of cells.
細胞生物學是研究細胞結構和功能的科學領域。

Cel·si·us [ˈsɛlsɪəs]

形 攝氏溫度的

» In some areas of Russia, the temperature drops to below -20 **Celsius**.
在俄國的某些區域，氣溫可以降到攝氏零下 20 度。

ce·ment [səˈmɛnt]

名 水泥
動 用水泥砌合、強固

» Most houses in this area are built with **cement**.
這個區域內多數房屋都可用水泥建造。

census [ˈsɛnsəs]

名 人口普查、人口調查、統計數、記錄

» The **census** is conducted to formulate future government policy plans.
進行人口普查是為了研訂未來政府的施政計畫。

ce·ram·ic [səˈræmɪk]

形 陶瓷的
名 陶瓷品

» The bowl is **ceramic**.
這個碗是陶瓷的。

cer·ti·fy [ˈsɝtəˌfaɪ]

動 證明

» Frank was **certified** as a qualified teacher by the university.
法蘭克得到大學證明為一位合格教師。

chair·per·son/chair/chair·man [ˈtʃɛrˌpɝsn̩]/[tʃɛr]/[ˈtʃɛrmən]

名 主席

» Professor Huang was the **chairperson** of the Taiwanese Literature Association.
黃教授是臺灣文學協會的主席。

chair·wom·an [ˈtʃɛrˌwʊmən]

名 女主席

» The **chairwoman** will give a talk at the beginning of the exhibition.
這個女主席會在展覽開始前發表談話。

cham·pagne [ʃæmˈpen]

名 香檳

» They had some **champagne** at the gala.
他們在慶功宴上喝了一些香檳。

chant [tʃænt]

名 讚美詩、歌
動 吟唱
同 hymn 讚美詩

» The **chant** of the cherry blossom is really beautiful.
櫻花的讚美詩真的好美。

char·i·ta·ble [ˈtʃærətəbl̩]

形 溫和的、仁慈的

» The **charitable** organization is raising funds for homeless children.
慈善機構在為無家可歸的孩子募款。

check·up [ˈtʃɛkˌʌp]

名 核對

» Regular financial **checkup** work is part of Fanny's job.
定期的財務核對工作是芬妮的工作之一。

chem·ist [ˈkɛmɪst]

名 化學家、藥商

» The **chemist** specializes in researching the poison of snakes.
這個化學家擅長於蛇毒的研究。

☑ **chest·nut** [ˈtʃɛsnət]

名 栗子
形 紅棕栗色的
» Some squirrels love to gather the **chestnuts**.
有些松鼠喜歡蒐集栗子。

☑ **chili** [ˈtʃɪlɪ]

名 紅番椒
» This dish must be seasoned with **chili** to be flavorful.
這道菜一定要加紅番椒調味才好吃。

☑ **chim·pan·zee** [ˌtʃɪmpænˈzi]

名 黑猩猩
» Jane Goodall is fond of researching the **chimpanzee**.
珍古德喜愛研究黑猩猩。

☑ **chirp** [tʃɝp]

名 蟲鳴鳥叫聲
動 蟲鳴鳥叫
» The birds in this forest were **chirping**.
這座森林裡的鳥在吱吱喳喳的叫。

☑ **cho·les·ter·ol** [kəˈlɛstəˌrol]

名 膽固醇
» High levels of **cholesterol** in your diet may put your health at risk.
飲食中的高膽固醇，會使你的健康產生風險。

☑ **ci·gar** [sɪˈɡɑr]

名 雪茄
» This pack of **cigar** is expensive.
這包雪茄很貴的。

☑ **civ·i·lize** [ˈsɪvəˌlaɪz]

動 啟發、使開化
同 educate 教育
» The child was **civilized** by his parents' disciplinary measures.
小孩因為父母親的紀律措施而被教化。

☑ **clam** [klæm]

名 蛤、蚌
» Lily kept the family secret like a **clam**.
莉莉像蛤一般的保守家族祕密。

☑ **clasp** [klæsp]

名 釦子、鉤子
動 緊抱、扣緊
同 buckle 釦子、扣緊
» The blouse features the gold **clasp**.
這件女性上衣以金釦子為其特色。

☑ **clear·ance** [ˈklɪrəns]

名 清潔、清掃、間隙、出空
» The shop will go on **clearance** of Christmas decorations in January.
商店將在一月份舉行聖誕飾品清倉拍賣。

☑ **cli·max** [ˈklaɪmæks]

名 頂點、高潮
動 達到頂點
» The **climax** of the Lantern Festival was when the main lantern was lit.
燈節的高潮就在點主燈的那一刻。

☑ **clock·wise** [ˈklɑkˌwaɪz]

形 順時針方向的
副 順時針方向地
» Move along the circle **clockwise** three times and jump into circle.
順時針沿著圓繞三圈，然後跳到圈裡。

☑ **clone** [klon]

名 無性繁殖、複製
動 複製
同 copy 複製
» Some people would **clone** a deceased pet for they miss their furry friend too much.
有些人因為太過想念毛小孩而複製他們已過世的寵物。

clo·sure [ˈkloʒɚ]

名 封閉、結尾

同 conclusion 結尾

» The **closure** in an essay usually contains a summary of the content.
文章的結尾通常包含內容的摘要。

co·a·li·tion [ˌkoəˈlɪʃən]

名 結合、聯合、臨時結成的聯盟

» During elections, political party **coalitions** are quite common.
選舉期間政黨聯盟是很常見的。

coast·line [ˈkostˌlaɪn]

名 海岸線

» Walk along the **coastline** of the ocean and you'll see the old ship.
沿著海岸線散步，你就會看到那艘老舊的船。

col·li·sion [kəˈlɪʒən]

名 相撞、碰撞、猛撞

» If the asteroid headed for **collision** with Earth, there will be a catastrophe.
如果這個小行星與地球相撞，將會有大災難發生。

col·lo·qui·al [kəˈlokwɪəl]

形 白話的、通俗的、口語的

» Urban Dictionary offers various **colloquial** usages of words and phrases.
都會字典提供各種口語用法。

com·et [ˈkɑmɪt]

名 彗星

» Halley's **Comet** could be observed from Earth.
哈雷彗星可以從地球觀察到。

com·mon·place [ˈkɑmənˌples]

名 平凡的事

形 平凡的

同 general 一般的

» Poets could turn the **commonplace** into gems by vivid imagination.
詩人可以藉由想像力將平凡的事物化為寶石。

com·mon·wealth [ˈkɑmənˌwɛlθ]

名 全體國民、政治實體、國家、聯邦、協會界、公共福利

» He has a very high status in the **commonwealth** of learning
他在學術界有很崇高的地位。

com·mu·ni·ca·tive [kəˈmjunəˌketɪv]

形 愛說話的、口無遮攔的

» He was a **communicative** person who would quickly tell whatever he knew.
他是個多話的人，很快便全盤托出他所知道的事。

com·pa·ra·tive [kɑmˈpərətɪv]

形 比較上的、相對的

» **Comparative** Literature is an optional course for students in Department of English.
比較文學是英語系學生的選修課。

com·pass [ˈkʌmpəs]

名 羅盤

動 包圍

» The Golden **Compass** was adapted from a novel written by Sir Philip Pullman.
《黃金羅盤》改編自菲力普・普曼的小說。

com·pile [kəmˈpaɪl]

動 收集、資料彙編

同 collect 收集

» Martin Clifton **compiled** an anthology of Shakespeare.
馬丁克理夫頓編撰了莎士比亞的選集。

☑ **com·ple·ment** [ˋkɑmpləmənt]

名 補充物
動 補充、補足
» The two tennis players could ***complement*** each other perfectly.
這兩位網球選手可以完美地互補。

☑ **com·plex·ion** [kəmˋplɛkʃən]

名 氣色、血色
» He used some skin care products to brighten his ***complexion***.
他用一些護膚產品想讓自己的膚色變亮。

☑ **com·pre·hen·sive** [ˌkɑmprɪˋhɛnsɪv]

形 廣泛的、包羅萬象的、全面的
» The curator gave a ***comprehensive*** introduction to the relics in the museum.
館長針對館內文物作了了全面的介紹。

☑ **com·pute** [kəmˋpjut]

動 計算
同 calculate 計算
» The university's ***computing*** center is not far away.
這個大學的計算中心不太遠。

☑ **com·pu·ter·ize** [kəmˋpjutɚˌraɪz]

動 用電腦處理
» The library made efforts to ***computerize*** the illustrations of Russian picture books.
這間圖書館努力用電腦處理俄國繪本的插畫。

☑ **com·rade** [ˋkɑmræd]

名 同伴、夥伴
同 partner 夥伴
» David's ***comrade*** lost his way in the Amazon jungle.
大衛的同伴在亞馬遜叢林中迷了路。

☑ **con·ces·sion** [kənˋsɛʃən]

名 讓步、妥協
» Mutual ***concession*** may be the only way to reach an agreement.
互相妥協可能是達成協議的唯一方法。

☑ **con·cise** [kənˋsaɪs]

形 簡潔的、簡明的
» The final essay for the course's assignment should be ***concise*** and informative.
這堂課的期末文章需要簡短而資訊豐富。

☑ **con·dense** [kənˋdɛns]

動 縮小、濃縮
片 condensed milk 煉乳
» He ***condensed*** his report from 1,500 words to 1,000.
他將報告從 2000 字濃縮到 1000 字。。

☑ **con·fed·er·a·tion** [kənˌfɛdəˋreʃən]

名 同盟、邦聯、結盟、聯合
» A loose ***confederation*** without a shared belief is easily broken.
沒有共同信念的鬆散聯盟很容易瓦解。

☑ **con·gress·man/ con·gress·wom·an** [ˋkɑŋgrəsˌmæn]/[ˋkɑŋgrəsˌwʊmən]

名 眾議員／女眾議員
» The actor participated in the campaign and got elected to be a ***congressman***.
演員參加競選並獲選為眾議員。

☑ **con·quest** [ˈkɑnkwɛst]

名 征服、獲勝

同 submit 使屈服

» The **conquest** of Egypt established the empire's dominant status in north Africa.
征服埃及使這個帝國在北非奠定主宰的基礎。

☑ **con·sci·en·tious** [ˌkɑnʃɪˈɛnʃəs]

形 本著良心的、有原則的

同 faithful 忠誠的

» The assistant is **conscientious** about planning for the details of the event.
助理用心規劃這個活動的細節。

☑ **con·serve** [kənˈsɝv]

動 保存、保護

同 preserve 保護

» It's our duty to **conserve** the historical heritage.
保存歷史遺蹟是我們的責任。

☑ **con·so·la·tion** [ˌkɑnsəˈleʃən]

名 撫恤、安慰、慰藉

反 pain 使痛苦

» The cats and dogs have brought some **consolation** to the patients with depression.
這些貓和狗為憂鬱的病患帶來一些安慰。

☑ **con·sole** [ˈkɑnsol]/[kənˈsol]

名 操作控制臺

動 安慰、慰問

同 comfort 安慰

» Peter **consoled** his wife after the death of their son.
在他們的兒子死去後,彼得安慰他的太太。

☑ **con·so·nant** [ˈkɑnsənənt]

名 子音

形 和諧的

反 vowel 母音

» The **consonant** letters of the word "cat" are "c" and "t".
"cat" 這個字的子音字母是"c"和"t"。

☑ **con·spir·a·cy** [kənˈspɪrəsɪ]

名 陰謀

» The **conspiracy** of embezzlement was revealed by the clerk.
櫃檯員工揭露了盜用公款的陰謀。

☑ **con·ten·tion** [kənˈtɛnʃən]

名 論點、主張、爭論、爭吵、爭奪、競爭

» Healthy **contention** between departments can lead to improved performance.
部門之間的良性競爭可以提高績效。

☑ **con·test·ant** [kənˈtɛstənt]

名 競爭者、參賽者

» The **contestants** had to provide a urine sample for drug test.
參賽者需要提供尿液樣本以進行禁藥檢測。

☑ **con·ti·nu·i·ty** [ˌkɑntəˈnjuətɪ]

名 連續的狀態

» The rain poured in **continuity**, and the children couldn't play outside.
連續下傾盆大雨,小孩不能在外面玩耍。

☑ **con·tra·dict** [ˌkɑntrəˈdɪkt]

動 反駁、矛盾、否認

» We would not trust him for his deeds often **contradict** with his words.
我們不願意再相信他,因為他的行為和他說的話互相矛盾。

☑ **con·vene** [kənˈvin]

動 集會、聚集、召集(會議)、傳喚……出庭受審

» The boss **convened** a meeting of the employees of the factory.
老闆召集工廠員工開會。

☑ **cor·al** [ˈkorəl]

名 珊瑚

形 珊瑚製的

» This pair of earrings was majorly made of the **coral**.
這副耳環主要由珊瑚製成。

☑ **corpse** [kɔrps]

名 屍體、屍首

» The shocking photo of **corpse** on the battlefield reminded people the value of peace.
令人震驚的戰場屍體相片提醒人們和平的價值。

☑ **cor·re·spon·dence** [ˌkɔrəˈspɑndəns]

名 符合、相似之處

同 accordance 符合

» There is no **correspondence** between the two fingerprints.
這兩枚指紋間並無相似之處。

☑ **cos·met·ic** [kɑzˈmɛtɪk]

形 化妝用的

» She spent a quarter of her monthly wage on luxury **cosmetic** products.
她花掉四分之一的月薪買昂貴的化妝品。

☑ **cos·met·ics** [kɑzˈmɛtɪks]

名 化妝品

» Using **cosmetics** containing harmful chemicals may ruin your skin.
使用含有有害化學物質的化妝品可能會損壞皮膚。

☑ **coun·ter·part** [ˈkaʊntɚˌpart]

名 副本、極相像的人、配對物、對應的人

» The high school students in Taiwan are under greater pressure than their **counterparts** in the U.S.
臺灣的高中生比美國的高中生承受更多的學業壓力。

☑ **cou·pon** [ˈkupɑn]

名 優待券

» The food **coupon** is given to you as you are the birthday girl of this month.
這張食物優待券是送給你的，因為你是本月的壽星。

☑ **court·yard** [ˈkortˌjard]

名 庭院、天井

» It's hard to imagine that there's such a beautiful **courtyard** behind the living room.
很難想像在大廳的後面有如此漂亮的庭院。

☑ **cow·ard·ly** [ˈkaʊɚdlɪ]

形 怯懦的

反 heroic 英勇的

» If soldiers fought **cowardly**, they would be punished by the military law.
如果士兵怯戰，他們會被軍法所懲罰。

☑ **co·zy** [ˈkozɪ]

形 溫暖而舒適的

» The room is **cozy**.
這間房間溫暖舒適。

☑ **crack·down** [ˈkrækˌdaʊn]

名 壓迫、鎮壓、痛擊

» The government ordered a **crackdown** on the rioters in the protest march.
政府下令鎮壓抗議遊行中的暴動者。

☑ **crack·er** [ˈkrækɚ]

名 薄脆餅乾

» Don't give the puppy the **crackers** you're eating.
不要給小狗你正在吃的薄脆餅乾。

☑ **cram** [kræm]

動 把……塞進、狼吞虎嚥地吃東西

» The monkey ***crammed*** the bananas into his mouth.
這隻猴子往嘴裡塞進香蕉。

☑ **cramp** [kræmp]

名 抽筋、鉗子
動 用鉗子夾緊、使抽筋

» Most swimmers would warm up themselves before getting into the pool to prevent leg ***cramp***.
大部分游泳者進到泳池之前會暖身以預防腳抽筋。

☑ **cra·ter** [ˈkretɚ]

名 火山口
動 噴火、使成坑

» The Bolsena lake was in the ***crater*** of an ancient volcano.
博賽納湖在古代火山的火山口。

☑ **cred·i·ble** [ˈkrɛdəbl̩]

形 可信的、可靠的

» Is the source of the news ***credible***?
這個新聞的來源可靠嗎？

☑ **croc·o·dile** [ˈkrɑkəˌdaɪl]

名 鱷魚

» The ***crocodiles*** were killed and made into purses.
鱷魚被殺死並製成皮包。

☑ **cross·ing** [ˈkrɔsɪŋ]

名 橫越、橫渡

» The ferry aids the ***crossing*** from Northern Ireland to Scotland or England.
渡輪對從北愛爾蘭到蘇格蘭或英格蘭的橫渡有所幫助。

☑ **crunch** [krʌntʃ]

名 踩碎、咬碎、嘎吱的聲音、危機、關鍵時刻
動 喀嚓喀嚓地咬嚼、嘎吱嘎吱地碾或踩、壓過

» The ***crunch*** of autumn leaves delights the little boy.
秋葉被踩碎所發出的嘎吱聲讓這個小男孩感到開心。

☑ **cub** [kʌb]

名 幼獸、年輕人

» Around the ***cubs*** is their mother.
在幼獸旁邊總是伴隨著牠們的母親。

☑ **cu·cum·ber** [ˈkjukʌmbɚ]

名 小黃瓜、黃瓜

» It is suggested putting some slices of ***cucumber*** on your face.
建議把一些小黃瓜切片放在你臉上。

☑ **cul·ti·vate** [ˈkʌltəˌvet]

動 耕種

» The soil in this area is suitable to ***cultivate*** tea plants.
這個地區的土壤適合種植茶葉植物。

☑ **cu·mu·la·tive** [ˈkjumjəˌletɪv]

形 累增的、累加的

» The ***cumulative*** effect of inhaling chemical fumes can be harmful to human body.
吸入含有化學物質的煙霧，長期累積，會對身體有不好的影響。

☑ **curb** [kɝb]

名 抑制器
動 遏止、抑制
同 restraint 抑制

» Should parents ***curb*** the spending of children?
父母應該抑制小孩的花費嗎？

☑ **cur·few** [ˋkɝˌfju]

名 晚鐘、戒嚴、宵禁

» Complying with the **curfew** regulations is important to avoid breaking the law.
遵守宵禁規定以免觸法很重要。

☑ **cur·ry** [ˋkɝɪ]

名 咖哩粉

動 用咖哩粉調味

» Cindy loves the **curry** fried rice.
辛蒂喜歡咖哩炒飯。

☑ **cus·tom·ar·y** [ˋkʌstəmˌɛrɪ]

形 慣例的、平常的

» It is **customary** for Muslim women to wear hijabs.
穆斯林女性習慣穿頭巾。

☑ **cyn·i·cal** [ˋsɪnɪkl̩]

形 憤世嫉俗的、悲觀的、挖苦的、冷嘲的

» Sarah's **cynical** outlook on relationships made it difficult for her to trust others.
莎拉對人際關係憤世嫉俗的看法使她很難信任別人。

Dd

☑ **daz·zle** [ˋdæzl̩]

動 眩目、眼花撩亂

名 耀眼的光

» The sad little boy looked at the **dazzling** ocean.
悲傷的小男孩看著眩目的海洋。

☑ **deaf·en** [ˋdɛfən]

動 使耳聾

» The music is so loud that it **deafens** me!
音樂太大聲讓我都要聾了！

☑ **de·duct** [dɪˋdʌkt]

動 扣除、減除

» After **deducting** rent, I don't have much money left, so I want to find ways to earn more.
扣除房租後，我剩下的錢不多，所以我要找賺更多錢的方法。

☑ **ded·i·ca·tion** [ˌdɛdəˋkeʃən]

名 奉獻、供奉

» Mr. Jackson was presented an award for his **dedication** to music industry.
傑克森先生獲頒獎項表揚他對音樂產業的奉獻。

☑ **deem** [dim]

動 認為、視為

同 consider 認為

» Jamie Oliver is **deemed** one of the most successful chefs in the modern time.
傑米奧利佛被認為是現代最成功的廚師之一。

☑ **de·fault** [dɪˋfɔlt]

名 不履行、違約、拖欠、缺席、不參加、棄權

動 不履行、拖欠不出場、不到案、棄權

» In the competition, I had to sadly **default** due to a player's injury.
在比賽中，由於一名球員受傷，我不得不遺憾地棄權。

☑ **de·fect** [dɪˋfɛkt]

名 缺陷、缺點

動 脫逃、脫離

» She suffers from congenital heart **defect**, so she could not do intense exercise.
她有先天性心臟病，所以她不能做激烈的運動。

☑ **de·fi·ance** [dɪˈfaɪəns]

名 反抗、挑釁、蔑視、藐視、挑戰

» He has a bad temper and frequently acts in ***defiance***, which causes conflicts with his classmates.
他脾氣不好，經常挑釁與同學發生衝突。

☑ **de·fin·i·tive** [dɪˈfɪnətɪv]

形 決定性的、最終的、最後的、限定的

» The boxing match was fierce, and Michael's victory was ***definitive***.
拳擊比賽非常激烈，而 Michael 的勝利是最終的結果。

☑ **den·tal** [ˈdɛntl̩]

形 牙齒的

» Brushing and flossing are important for ***dental*** care.
要照顧好牙齒，刷牙和使用牙線很重要。

☑ **de·plete** [dɪˈplit]

動 用盡、使減少、耗盡……的資源、使空虛

» He ***depleted*** the company's resources just to complete this project.
他耗盡了公司的資源只是為了完成這個項目。

☑ **de·prive** [dɪˈpraɪv]

動 剝奪、使……喪失

» People under the rule of a dictatorial system are ***deprived*** the right of speech.
在專制制度統治下的人被剝奪言論自由。

☑ **de·scent** [dɪˈsɛnt]

名 下降、下坡

» There is a sign by the road warning drivers about a steep ***descent*** ahead.
路旁有個標語在警告駕駛前方有陡峭的下坡。

☑ **de·spise** [dɪˈspaɪz]

動 鄙視、輕視

同 scorn 輕視

» Linda ***despised*** her ex-boyfriend and left him.
琳達鄙視她的前任男友，而離開了他。

☑ **des·tined** [ˈdɛstɪnd]

形 命運註定的

» The tyrant claimed that he was ***destined*** to be a sovereign.
暴君宣稱他命中註定要成為君主。

☑ **de·tach** [dɪˈtætʃ]

動 派遣、分開

同 separate 分開

» The booster ***detached*** from the space shuttle.
推進器由太空梭分離了。

☑ **de·tain** [dɪˈten]

動 阻止、妨礙、拘留、扣留

» The journalist was ***detained*** for three months before the international human right organization intervened.
在國際人權組織介入前，這名記者已被拘禁三個月。

☑ **de·ten·tion** [dɪˈtenʃən]

名 滯留、延遲、挽留、拘留

» He was hold in ***detention*** by the police for drunk driving.
他因酒駕而被警方拘留。

☑ **de·ter** [dɪˈtɝ]

動 使停止做、威攝住、使斷念

» Severe penalty is deemed as an effective method to ***deter*** crime.
嚴刑被視為遏止犯罪的有效方式。

☑ **de·ter·gent** [dɪˈtɝdʒənt]

名 清潔劑

» Mrs. Smith recommends the brand of ***detergent*** with the icon of a superman.
史密斯推薦這個有超人圖案的清潔劑。

☑ **de·vour** [dɪˈvaʊr]

動 吞食、吃光

同 swallow 吞嚥

» Some natives were amazed when they saw the sun be ***devoured***.
有些當地土著看到太陽被吞食時，他們是驚訝的。

☑ **di·a·be·tes** [ˌdaɪəˈbitiz]

名 糖尿病

» Type 1 ***diabetes*** is often treated with insulin injection.
第一型糖尿病常是以注射胰島素來治療。

☑ **dic·tate** [ˈdɪktet]

動 口授、聽寫、下令

» The doctor ***dictated*** the proper ways of attending the patient.
醫生口述照顧病人的適當方式。

☑ **dic·ta·tion** [dɪkˈteʃən]

名 口述、口授、命令

» We ***defied*** that dictation from the brutal leader.
我們違抗了殘暴領導者的命令。

☑ **dic·ta·tor** [ˈdɪkˌtetə]

名 獨裁者、發號施令者

» The ***dictator*** was overthrown for his despotism.
獨裁者因為過於專制而被推翻。

☑ **dic·ta·tor·ship** [dɪkˈtetəˌʃɪp]

名 獨裁者的職位、獨裁國家、獨裁政府、專政

» The country's rulers exercised absolute power and a harsh ***dictatorship***.
這個國家統治者行使絕對權力及嚴酷的獨裁統治。

☑ **die·sel** [ˈdizl̩]

名 柴油引擎、狄塞爾內燃機

» ***Diesel*** engines are commonly used in various types of trucks.
柴油引擎普遍用於各種類型的貨車。

☑ **dif·fer·en·ti·ate** [dɪfəˈrɛnʃɪˌet]

動 辨別、區分

» The morals of the fables teach people to ***differentiate*** between good and evil.
寓言的啟示，教導人們要區辨善惡。

☑ **di·plo·ma·cy** [dɪˈploməsɪ]

名 外交、外交手腕

同 politics 手腕

» Her experience in international ***diplomacy*** makes her a suitable candidate for the Minister of Foreign Affairs.
她豐富的國際外交經驗，使她成為外交部長的合適人選。

☑ **di·rec·tive** [dəˈrɛktɪv]

名 指令、命令

» The company issued a new personnel ***directive***: Peter will be promoted to manager.
公司發佈了一項新的人事指令：Peter 將被提升為經理。

☑ **dis·a·ble** [dɪsˈebl̩]

動 使無能力、使無作用

» The alarm system in the house was ***disabled*** by the burglar.
家中的防盜系統被小偷破壞了。

☑ **dis·as·trous** [dɪzˈæstrəs]

形 災害的、悲慘的

同 tragic 悲慘的

» The ***disastrous*** typhoon left hundreds of people homeless in this area.
這次慘烈的颱風，造成此區域數百人無家可歸。

dis·be·lief [ˌdɪsbəˈlif]

名 不信、懷疑
反 belief 相信

» Jimmy was cynical and cherished the *disbelief* of humanity.
吉米憤世嫉俗，對人懷抱著不信任。

dis·card [dɪsˈkɑrd]

名 被拋棄的人
動 拋棄、丟掉

» *Discard* old beliefs and you'll have a new life like a newborn baby.
拋掉舊的信念，你會像個新生兒般的過著新生活。

dis·charge [dɪsˈtʃɑrdʒ]

名 排出、卸下
動 卸下

» The water pollution was caused by the waste water *discharged* from the factory.
水污染是工廠排放的污水導致的。

dis·ci·ple [dɪˈsaɪp!]

名 信徒、門徒
同 follower 跟隨者

» The *disciple* follows his master faithfully.
信徒忠實跟隨著他的師父。

dis·ci·pli·nar·y [ˈdɪsəplɪnˌɛrɪ]

形 訓練上的、訓育的、懲戒的

» Physical punishment was considered an inappropriate *disciplinary* measure.
體罰被視為是不妥當的紀律措施。

dis·clo·sure [dɪsˈkloʒɚ]

名 暴露、揭發

» The company has limited *disclosure* about the components in its products.
公司對於其產品的成分只揭露一部分。

dis·com·fort [dɪsˈkʌmfɚt]

名 不安、不自在、不適
動 使不安、使不自在

» The *discomfort* caused by the new pair of shoes made her unable to focus on the job.
因為新鞋子帶來的不適感，使她無法專注於工作上。

dis·creet [dɪˈskrit]

形 謹慎的、慎重的

» *Discreet* analysis is needed before we could make any inference from the survey.
從這問卷調查推論出結論，我們需要做謹慎的分析。

dis·grace [dɪsˈgres]

名 不名譽
動 羞辱
同 shame 羞恥

» If you cheat in the contest, you will bring *disgrace* to your school.
如果你在比賽中作弊，將會給學校帶來羞辱。

dis·may [dɪsˈme]

名 恐慌、沮喪
動 狼狽、恐慌

» To our *dismay*, the field trip was cancelled because of the typhoon.
令我們沮喪的是，校外教學因颱風而取消了。

dis·pens·a·ble [dɪˈspɛnsəbl]

形 非必要的、可有可無的

» Those decorative props were regarded *dispensable*.
那些裝飾的道具被視為是可有可無的。

☑ **dis·pense** [dɪˋspɛns]

動 分送、分配、免除

同 distribute 分配

» Kitchen Soups in America **dispensed** food to the homeless people in the 19th century.
在十九世紀時，美國的粥廠為街友分送食物。

☑ **dis·pos·a·ble** [dɪˋspozəbl]

形 可任意使用的、免洗的

» The woman advocates for replacing **disposable** diapers with reusable ones.
這位女士提倡用可再次使用尿布取代免洗尿布。

☑ **dis·pos·al** [dɪˋspozl]

名 分佈、配置

片 at your disposal 任你使用

» Once you get connected to the Internet, lots of online learning resources are at your **disposal**.
只要連上網路，大量的線上學習資源任你使用。

☑ **dis·pose** [dɪˋspoz]

動 佈置、處理

同 arrange 安排、佈置

» The government official monitored how the factory **disposed** the waste.
政府官員監控工廠處理廢料的作業方式。

☑ **dis·sent** [dɪˋsɛnt]

名 不同意、異議、不信奉國教

» During the meeting, he **dissented** from the planning department's proposal.
開會時，他對企劃部門的提議提出了異議。

☑ **dis·trac·tion** [dɪˋstrækʃən]

名 分心、精神渙散、心煩不安

» The **distraction** caused by the smartphone may hinder your academic performance.
智慧型手機造成分心，可能會使你的學業表現變差。

☑ **dis·tress** [dɪˋstrɛs]

名 憂慮、憂傷、苦惱

動 使悲痛

片 a distress signal 求救訊號

» The lad showed obvious signs of **distress**.
少年顯露出明顯憂傷的特徵跡象。

☑ **dis·tur·bance** [dɪˋstɝbəns]

名 擾亂、騷亂

» The noise from the traditional market was the **disturbance** that kept us from concentrating on our work.
傳統市場噪音的干擾令我們無法專心工作。

☑ **di·ver·si·fy** [daɪˋvɝsəˏfaɪ]

動 使……多樣化

» The teacher tried to **diversify** in class activities to motivate students to learn.
老師試圖讓教學活動多樣化來激勵學生學習。

☑ **di·ver·sion** [dəˋvɝʒən]

名 脫離、轉向、轉換

» Some drivers complained about the traffic **diversion** during the festival.
節慶期間交通改道引起一些駕駛的抱怨。

☑ **di·vert** [dəˋvɝt]

動 使轉向

» The plane was ***diverted*** to another runway.
飛機被引導轉向到另一個跑道。

☑ **div·i·dend** [ˋdɪvəˌdɛnd]

名 被除數、紅利、股息、彩金

» Stocks with regular ***dividends*** provide passive income.
定期分紅的股票提供了被動收入。

☑ **doom** [dum]

名 命運

動 注定

» He was ***doomed*** to failure for he never thought twice before making a decision.
他從來不會想清楚再做決定，註定要失敗的。

☑ **dor·mi·to·ry/dorm**
[ˋdɔrməˌtorɪ]/[dɔrm]

名 學校宿舍

» Not every student is lucky to live in the ***dormitory***.
學生並不是都很幸運的可以住在學校宿舍。

☑ **down·ward** [ˋdaʊnwəd]

副 下降地、向下地

反 upward 上升地

» The jeep flew ***downward***.
這輛吉普車向下飛奔。

☑ **down·ward/down·wards**
[ˋdaʊnwəd]/[ˋdaʊnwədz]

副 下降地、向下地

» Alice walked to the window and looked ***downwards***.
愛麗絲走到窗戶邊，往下看。

☑ **doze** [doz]

名 打瞌睡

動 打瞌睡

» Grandpa is ***dozing*** off in front of the TV.
爺爺在電視機前面打瞌睡。

☑ **dras·tic** [ˋdræstɪk]

形 激烈的、猛烈的

同 rough 劇烈的

» The local government may take ***drastic*** measures to curb emission of harmful fumes.
當地政府會採取激烈手段來減少有害氣體的排放。

☑ **draught** [dræft]

名 氣流、通風、草稿、草圖、拉、牽引起草

» The ***draught*** from the air outlet kept blowing directly onto my head, which was very uncomfortable.
出風口的氣流一直吹到我的頭上，讓我感到非常不舒服。

☑ **dress·er** [ˋdrɛsə]

名 梳妝臺、鏡臺

» The silver comb on the ***dresser*** is given by Aunt Debbie.
梳妝臺上的銀色梳子是我的黛比姑姑給的。

☑ **dress·ing** [ˋdrɛsɪŋ]

名 服飾、藥膏、裝飾

片 window dressing 粉飾的門面

» The ***dressing*** of the model attracts girls' eyes.
模特兒的服飾吸引了女孩們的眼光。

☑ **du·al** [ˋdjʊəl]

形 成雙的、雙重的

同 double 成雙的

» The tennis ***dual*** match will be held in Europe this year.
網球雙打比賽今年會在歐洲舉行。

☑ **du·bi·ous** [ˋdjubɪəs]

形 曖昧的、含糊的

» The wording in the official press release script was rather ***dubious***.
官方新聞稿中的說法相當模糊。

du·ra·tion [djʊˋreʃən]

名 持久、持續

» The **_duration_** of the course can vary from two years to four years.
這堂課可以持續兩年到四年。

dusk [dʌsk]

名 黃昏、幽暗

同 twilight 微光、朦朧

» The **_dusk_** market (the afternoon market) sells snacks, daily utensils, and clothes.
黃昏市場賣小吃、日常用品和衣服。

dwarf [dwɔrf]

名 矮子、矮小動物

動 萎縮、使矮小

反 giant 巨人

» The little **_dwarves_** used their wit to defeat the giant.
小矮人用機智打敗了巨人。

dwell [dwɛl]

動 住、居住、詳述

» The brown bear **_dwelled_** in the cave.
棕熊住在山洞裡。

dwell·ing [ˋdwɛlɪŋ]

名 住宅、住處

同 residence 住宅

» The architect used seashells and stones to build the **_dwelling_** near the beach.
建築師用貝殼和石頭建造了靠近海邊的住宅。

Ee

ec·cen·tric [ɪkˋsɛntrɪk]

名 古怪的人

形 異常的

» The **_eccentric_** man has a habit of hoarding cartons in his house.
這個古怪的人習慣在房子裡囤積紙箱。

e·clipse [ɪˋklɪps]

名 蝕（月蝕等）

動 遮蔽

同 cover 遮蓋

» Ancient Chinese people thought the **_eclipse_** was the moon devoured by a dog.
古代的中國人認為月蝕現象是月亮被狗吞食。

ed·i·ble [ˋɛdəbl̩]

形 可食用的

» A Japanese farmer has cultivated a kind of banana with **_edible_** peels.
一名日本農夫種植出皮可以食用的香蕉。

ed·i·to·ri·al [ˌɛdəˋtorɪəl]

名 社論

形 編輯的

» The **_editorial_** staff of the magazine conducted a survey on its subscribers.
雜誌編輯群針對訂戶進行一項問卷調查。

e·lec·tri·cian [ɪˌlɛkˋtrɪʃən]

名 電機工程師

» The **_electrician_** is fixing the light.
電機工程師正在修電燈。

☑ **el·e·vate** [ˈɛləˌvet]

動 舉起

同 lift 舉起

» His comments *elevated* men and hurt women.
他的評論舉高男人的地位，傷害了女人。

☑ **em·i·grant** [ˈɛməgrənt]

名 移民者、移出者

形 移民的、移居他國的

同 immigrant 外來移民

» The *emigrants* have to apply for identification for long-term residence in the area.
移民者需要申請身分證件才能在此區域長久居住。

☑ **em·i·grate** [ˈɛməˌgret]

動 移居

» Since she was employed by a Canadian company, she decided to *emigrate* to the foreign country.
因為受到加拿大公司的雇用，她決定要移居至該國。

☑ **em·i·gra·tion** [ˌɛməˈgreʃən]

名 移民

» *Emigration* may bring both opportunities and challenges.
移民會同時帶來機會和挑戰。

☑ **en·cy·clo·pe·di·a** [ɪnˌsaɪkləˈpidɪə]

名 百科全書

» He is so knowledgeable that we nickname him as a walking *encyclopedia*.
他是如此博學多聞，以至於我們暱稱他為行走的百科全書。

☑ **en·deav·or** [ɪnˈdɛvə]

名 努力

動 盡力

同 strive 努力

» The *endeavor* of the designer turned the negative outcome to be positive.
設計師的努力使負面結果成為正面。

☑ **en·dow·ment** [ɪnˈdaʊmənt]

名 捐贈、捐贈的基金、財產

» That new charity project has numerous *endowments*.
那個新的慈善企劃有許多的捐款。

☑ **en·dur·ance** [ɪnˈdjʊrəns]

名 耐力、忍耐

» The severe pain was beyond *endurance*.
劇痛令人難以忍受。

☑ **en·hance** [ɪnˈhæns]

動 提高、增強

同 improve 提高、增進

» Several strategies are applied to *enhance* students' learning efficiency.
已實施幾項策略來增進學生的學習效率。

☑ **en·hance·ment** [ɪnˈhænsmənt]

名 增進

» The managerial team put emphasis on *enhancement* of employees' work efficiency.
管理團隊強調增進員工的工作效率。

☑ **en·light·en** [ɪnˈlaɪtṇ]

動 啟發、教導

» Can you *enlighten* me on the theme of the lecture?
您可以指點我一下這個演講的主題嗎？

☑ **en·light·en·ment** [ɪnˈlaɪtṇmənt]

名 文明、啟發

» The *enlightenment* of Buddha about the truth of life is the foundation of Buddhism.
佛祖受到有關人生真諦的啟發，是佛教信仰的基礎。

☑ **en·rich** [ɪnˈrɪtʃ]

動 使富有、使豐富

» The culture of the community has been *enriched* because more immigrants moved in.
社區的文化因為外來移入者的加入變得更加豐富。

☑ **en·rich·ment** [ɪnˋrɪtʃmənt]

名 豐富

» The school offers various ***enrichment*** courses.
學校提供各種豐富的課程。

☑ **en·roll** [ɪnˋrol]

動 登記、註冊

同 register 註冊

» Ryan ***enrolled*** in the master program in this September.
賴恩今年九月註冊碩士課程。

☑ **en·roll·ment** [ɪnˋrolmənt]

名 登記、註冊

» The ***enrollment*** is part of the administrative procedure for the school staff.
註冊是學校職員管理程序的一部分。

☑ **e·qual·ize** [ˋikwəlˌaɪz]

動 使相等、使平等、使劃一、使……均衡

» ***Equalizing*** resource distribution avoids sparking disputes.
均衡分配資源可以避免引發爭端。

☑ **e·quate** [ɪˋkwet]

動 使相等、視為平等、等同

» Teachers ***equate*** cheating with dishonesty.
教師們把作弊視為不誠實。

☑ **es·cort** [ɛsˋkɔrt]/[ˋɛskɔrt]

動 護衛、護送

名 護衛者

» Fanny's boyfriend ***escorted*** her home.
芬妮的男友護送她回家。

☑ **es·teem** [əsˋtim]

名 尊重

動 尊敬

» Does Willie care about the public ***esteem*** for him?
威利在乎大眾對他的尊敬嗎？

☑ **e·ter·ni·ty** [ɪˋtɝnətɪ]

名 永遠、永恆

» Diamond is often considered as a symbol of love lasting for ***eternity***.
鑽石常被視為是永恆之愛的象徵。

☑ **e·vac·u·ate** [ɪˋvækjʊˌet]

動 撤離

同 leave 離開

» Residents of the village were ***evacuated*** before the typhoon hit.
颱風來襲之前，這個小鎮的居民被撤離。

☑ **ev·er·green** [ˋɛvɚˌgrin]

名 常綠樹

形 常綠的

» The pine tree is one kind of ***evergreen*** plants.
松樹是一種常青樹。

☑ **e·voke** [ɪˋvok]

動 喚起、引起、召

» This movie ***evokes*** many of my past memories.
這部電影喚起了我許多過去的回憶。

☑ **ex·am·i·nee** [ɪgˌzæməˋni]

名 應試者

» The ***examinees*** are writing the test paper nervously.
應試者很緊張地在寫考卷。

☑ **ex·am·in·er** [ɪgˈzæmɪnə]

名 主考官、審查員

» The **examiner** walked around the classroom.
主考官巡視教室。

☑ **ex·cel** [ɪkˈsɛl]

動 勝過、突出

同 outdo 勝過

» My younger sister **excelled** at chess.
我妹妹擅長下西洋棋。

☑ **ex·cerpt** [ˈɛksɝpt]/[ɪkˈsɝpt]

名 摘錄

動 引用

» The writer used an **excerpt** of Analects to illustrate his ideas.
作者摘錄論語的一段話來說明他的想法。

☑ **ex·cess** [ɪkˈsɛs]

名 超過

形 過量的

» The **excess** of pressure almost drove Jack crazy.
過多的壓力快把傑克逼瘋了。

☑ **ex·clu·sion** [ɪkˈskluʒən]

名 排斥、排除在外、被排除在外的事物

» The classmates get along well with each other, and there is no sign of **exclusion** among them.
同學之間相處融洽，沒有出現相互排斥的現象。

☑ **ex·empt** [ɪgˈzɛmpt]

形 被免除的、被豁免的

» He was **exempt** from participating in the game due to a foul he committed.
由於他犯規，他被免除參加比賽的資格。

☑ **ex·ert** [ɪgˈzɝt]

動 運用、盡力

同 employ 利用

» We will **exert** all out efforts to create good reputation for the corporation.
我們盡力為公司創造良好的名聲。

☑ **ex·pen·di·ture** [ɪkˈspɛndɪtʃə]

名 開支、費用、消費額、用光、經費

» The **expenditure** for this employee gathering will be fully funded by the employee welfare fund.
這次員工聚會的經費將由員工福利基金全額資助。

☑ **ex·pi·ra·tion** [ˌɛkspəˈreʃən]

名 終結、期滿

» The **expiration** date is specified in the label on the packaging.
產品有效期限有在包裝的標籤上寫明。

☑ **ex·pire** [ɪkˈspaɪr]

動 終止

» The contract has **expired** at the end of the last month.
這個合約到上個月底就終止了。

☑ **ex·tract** [ˈɛkstrækt]/[ɪkˈstrækt]

名 摘錄

動 引出、源出

» She put an **extract** of her favorite novel in her blog post.
她從喜愛的小說中摘錄出一句話放在她部落格裡。

☑ **ex·tra·cur·ric·u·lar**
[ˌɛkstrəkəˈrɪkjələ]

形 課外的

» The **extracurricular** activities took up most of his time after school.
他放學以後大部分的時間都花在課外活動上。

☑ **eye·lash/lash** [ˈaɪˌlæʃ]/[læʃ]

名 睫毛

» How amazingly long the girl's **eyelashes** are!
這個女孩的眼睫毛長得令人吃驚！

☑ **eye·lid** [ˈaɪˌlɪd]

名 眼皮

» Jill experienced the twitching **eyelids** in the morning.
吉兒今天早上眼皮在跳。

☑ **eye·sight** [ˈaɪˌsaɪt]

名 視力

» It is vital that a pilot should have good **eyesight**.
飛行員有好的視力是很重要的。

Ff

☑ **fa·ble** [ˈfebl̩]

名 寓言

同 legend 傳說

» I used to love **fable** in my childhood.
我童年時很喜歡寓言故事。

☑ **fac·tion** [ˈfækʃən]

名 黨派、當中之派系

» The legislator quit a political party because of conflicts between petty **factions**.
這位立法委員因為派系之間的衝突而退黨。

☑ **Fahr·en·heit** [ˈfærənˌhaɪt]

名 華氏、華氏溫度計

» It's important to keep warm while climbing the mountain under zero **Fahrenheit** degree.
在華氏零度以下爬山，保暖是件重要的事。

☑ **fal·ter** [ˈfɔltɚ]

動 支吾、結巴地說、猶豫

同 stutter 結巴地說

» Ginnie **faltered** when the policeman questioned her.
當警察質詢她時，金妮支吾其詞。

☑ **fa·mil·i·ar·i·ty** [fəˌmɪlɪˈærətɪ]

名 熟悉、親密、精通

» **Familiarity** breeds contempt.
熟悉會滋生蔑視。

☑ **fas·ci·na·tion** [ˌfæsəˈneʃən]

名 迷惑、魅力、魅惑、迷戀

» My five-year-old daughter has a **fascination** for barbie dolls.
我五歲的女兒對芭比娃娃十分著迷。

☑ **fea·si·ble** [ˈfizəbl̩]

形 可實行的、可能的

» The plan they proposed sounds **feasible**.
他們提出的計畫聽起來是可行的。

☑ **fee·ble** [ˈfibl̩]

形 虛弱的、無力的

同 weak 虛弱的

» Grandma is **feeble**.
祖母虛弱無力。

☑ **fem·i·nine** [ˈfɛmənɪn]

名 女性

形 婦女的、溫柔的

反 masculine 男性、男子氣概的

» Crying is usually deemed a **feminine** quality.
哭泣通常被視為一種女性的特質。

☑ **fer·til·i·ty** [fɝˋtɪlətɪ]

名 肥沃、多產、繁殖力

片 fertility rate 生育率

» The declining **fertility** rate reflects the youngsters' lack of confidence in economic development.
下降的生育率，反映出年輕人對經濟發展缺乏信心。

☑ **fer·ti·liz·er** [ˋfɝtəˌlaɪzɚ]

名 肥料、化學肥料

» My uncle uses natural **fertilizer** while growing the vegetable.
我伯父種蔬菜時會使用天然的肥料。

☑ **fi·an·ce/fi·an·cee** [ˌfiənˋse]

名 未婚夫／未婚妻

» Irene's **fiance** works as a bank manager.
艾琳的未婚夫是銀行經理。

☑ **fin** [fɪn]

名 鰭、手、魚翅

» It's cruel that some people cut the shark's **fin** and throw the shark into the ocean.
有些人殘忍地切掉鯊魚的鰭，再將鯊魚放回海裡。

☑ **fi·nite** [ˋfaɪnaɪt]

形 有限的、限定的

» We must complete this task within the boundaries of **finite** resources.
我們必須在有限資源內完成這項任務。

☑ **fire·crack·er** [ˋfaɪrˌkrækɚ]

名 鞭炮

» The **firecracker** is dangerous.
鞭炮是危險的。

☑ **fire·proof** [ˋfaɪrˌpruf]

形 耐火的、防火的

» The apartment is furnished with **fireproof** materials.
這間公寓是用防火材質裝潢的。

☑ **fish·er·y** [ˋfɪʃərɪ]

名 漁業、水產業、養魚場

» The **fishery** has Its difficulty of gaining more advanced fish raising technique.
漁業很難獲得更先進的養魚技術。

☑ **flake** [flek]

名 雪花、薄片

動 剝、片片降落、使成薄片

同 peel 剝

» The **flake** ice machine is out of order.
製作雪花冰的機器故障了。

☑ **flaw** [flɔ]

名 瑕疵、缺陷

動 弄破、破裂、糟蹋

同 defect 缺陷

» Although the jade bracelet has some **flaws**, it is still quite valuable.
這只手鐲雖然有些瑕疵，但還是有價值的。

☑ **flour·ish** [ˋflɝɪʃ]

名 繁榮、炫耀、華麗的詞藻

動 誇耀、繁盛

反 decline 衰退

» The commerce of this island country started to **flourish** in the 19th century.
這個島國的經濟十九世紀時開始走向繁榮。

☑ **flunk** [flʌŋk]

名 失敗、不及格

動 失敗、放棄

同 fail 失敗

» The lazy student **flunked** the math test.
這個懶惰的學生，數學考試不及格。

☑ **foe** [fo]

名 敵人、仇人、敵軍

同 enemy 敵人

» The **foe** is coming.
敵軍就要來了。

☑ **folk·lore** [ˈfokˌlor]

名 沒有隔閡、平民作風、民間傳說、民俗

» The origin of vampire is related to with **folklore**.
吸血鬼的起源與民間傳說有關。

☑ **for·mi·da·ble** [ˈfɔrmɪdəbl̩]

形 可怕的、難應付的

» He was quite nervous before the tennis match against the **formidable** opponent.
和這位難應付的對手進行網球比賽之前，他很緊張。

☑ **for·mu·late** [ˈfɔrmjəˌlet]

動 明確地陳述、用公式表示

同 define 使明確

» He **formulated** a hypothesis for the scientific research.
他清楚陳述這個科學研究的假設。

☑ **for·sake** [fəˈsek]

動 拋棄、放棄、捨棄

同 abandon 拋棄

» The **forsaken** baby was rescued by the volunteers.
志工救回了棄嬰。

☑ **forth·com·ing** [ˌforθˈkʌmɪŋ]

形 不久就要來的、下一次的

» Thousands of athletes from around the world will participate the **forthcoming** Summer Olympics.
數千名來自世界各地的運動員將會參加下一次的夏季奧運。

☑ **for·ti·fy** [ˈfɔrtəˌfaɪ]

動 加固、強化工事

» They adopted a firewall system to **fortify** against cyber attacks.
他們採用一個防火牆系統來強化對抗網路攻擊。

☑ **fowl** [faʊl]

名 鳥、野禽

同 bird 鳥

» The **fowl** painting was sold last weekend.
野禽的繪畫上個週末賣了出去。

☑ **frac·ture** [ˈfræktʃə]

名 破碎、骨折

動 挫傷、破碎

同 crack 破裂

» It took the patient three months to heal the bone **fracture**.
病人花了三個月時間，骨折才痊癒。

☑ **fra·grance** [ˈfregrəns]

名 芬香、芬芳

» The **fragrance** of flowers smells relaxing.
花的香味聞起來很放鬆。

☑ **fra·grant** [ˈfregrənt]

形 芳香的、愉快的

» The clothes **fragrant** bags are placed in your room.
衣服芳香袋放在你的房間。

☑ **fran·tic** [ˈfræntɪk]

形 狂暴的、發狂的

» The scientist went **frantic**.
這名科學家發狂了。

☑ **freak** [frik]

名 怪胎、異想天開

形 怪異的

» The gifted child was regarded as a **freak** for he seldom interacts with his peers.
這個天賦異稟的孩子，因為很少跟同儕互動而被認為是個怪胎。

free·way [ˈfriˌwe]

名 高速公路

» Take the **_freeway_** and you'll arrive at the farm in 30 minutes.
走這條高速公路，你就可以在 30 分鐘內抵達農場。

fric·tion [ˈfrɪkʃən]

名 摩擦、衝突

同 conflict 衝突

» Leaders of the two countries are trying to reduce **_friction_** between the two sides.
兩國的元首正試圖減少雙邊的衝突。

fume [fjum]

名 蒸汽、香氣、煙

動 激怒、冒出（煙、蒸汽等）

同 vapor 蒸汽

» The giving off of the toxic **_fumes_** caused the death of the woman.
釋放有毒的煙霧導致這名女子死亡。

fu·ry [ˈfjʊrɪ]

名 憤怒、狂怒

同 rage 狂怒

片 provoke fury 激怒

» The daughter's **_fury_** led her to burn her father's house.
女兒的憤怒使她燒毀了她父親的家。

fuse [fjuz]

名 引信、保險絲

動 熔合、裝引信

» The **_fuse_** might have been blown.
保險絲很有可能斷了。

fuss [fʌs]

名 大驚小怪

動 焦急、使焦急、小題大作、過分講究

» Why did you make such a **_fuss_**?
你為什麼如此大驚小怪？

Gg

gal·lop [ˈgæləp]

名 疾馳、飛奔

動 使疾馳、飛奔

同 run 跑

» The famous Chinese painting presents **_galloping_** horses.
這幅有名的國畫呈現出飛奔的馬匹。

gang·ster [ˈgæŋstɚ]

名 歹徒、匪徒

» The **_gangster_** threatened the old lady with his knife.
這名歹徒用刀子威脅老太太。

gar·ment [ˈgɑrmənt]

名 衣服

» The women fashion **_garments_** are mainly exported to Korea.
這些女性流行服飾主要外銷到韓國。

gauge [gedʒ]

名 標準、標準規格、測量儀器、大小、程度、範圍、容量

動 估計、判斷、量、測

» I **_gauge_** that it will take me approximately 10 minutes to reach your house.
我估計需要大約 10 分鐘才能到達你家。

gay [ge]

名 同性戀

形 快樂的、快活的

反 sad 悲傷的

» I heard that Daniel is a **_gay_**.
我聽說丹尼爾是同性戀。

ge·o·graph·i·cal [ˌdʒɪəˈgræfɪkḷ]

形 地理學的、地理的

» The National **_Geographical_** Magazine introduced ocean creatures in this issue.
國家地理雜誌這期介紹海洋生物。

☑ **ge·om·e·try** [dʒɪˋɑmətrɪ]

名 幾何學

» **Geometry** is related to the study of space and lines.
幾何學與空間及線條的研究有關。

☑ **gla·cier** [ˋgleʃə]

名 冰河

» The bottle of mineral water came from the **glacier**.
這罐礦泉水來自冰河。

☑ **glam·or·ous** [ˋglæmərəs]

形 富有魅力的、迷人的、令人嚮往

» Most people aspire to have a **glamorous** mansion and a luxurious car.
大多數人嚮往擁有一座華麗的大房子和一輛豪華的汽車。

☑ **glam·our** [ˋglæmə]

名 魅力

» I was impressed with the **glamour** of the movie star.
我對電影明星的魅力感到印象深刻。

☑ **gleam** [glim]

名 一絲光線

動 閃現、閃爍

» The sales representative smiled with a **gleam** of confidence.
這名業務代表笑了，笑容中閃現著一絲自信。

☑ **glide** [glaɪd]

名 滑動、滑走

動 滑行

» Nick's dream girl **glides** into the dancing room.
尼克的夢幻女孩腳步輕盈地走進舞蹈教室。

☑ **glit·ter** [ˋglɪtə]

名 光輝、閃光、華麗

動 閃爍、閃亮

同 sparkle 閃爍

» The diamond apple shines brilliantly with a **glitter**.
這顆鑽石蘋果閃爍著華美的光芒。

☑ **gloom** [glum]

名 陰暗、昏暗

動 幽暗、憂鬱

同 shadow 陰暗處

» Some beasts seemed to hide itself in the **gloom**.
黑暗中似乎有隻野獸藏身其中。

☑ **goal·keep·er** [ˋgol͵kipə]

名 守門員

» John received the top honor for the best **goalkeeper**.
John 獲得了最佳守門員的最高榮譽。

☑ **good·will** [ˋgʊd͵wɪl]

名 善意、友好、親善、誠意、信譽、商譽

» When acquiring a company, the consideration of **goodwill** is also a key factor.
在收購公司時，商譽的考慮也是一個關鍵因素之一。

☑ **go·ril·la** [gəˋrɪlə]

名 大猩猩

» The zoo worker pretends to be a **gorilla**.
動物園的工作人員裝作大猩猩。

☑ **gos·pel** [ˋgɑspḷ]

名 福音、信條

» To spread the **gospel** is a Christian's duty.
傳福音是基督徒的工作。

grape·fruit [ˋgrep͵frut]

名 葡萄柚

» These **grapefruits** are sour.
這些葡萄柚是酸的。

graze [grez]

動 吃草、畜牧

» The sheep in the farm are **grazing**.
農場裡的綿羊吃著草。

grease [gris]

名 油脂、獸脂

動 討好、塗脂、用油脂潤滑

» Here are some methods to help you remove the chain **grease**.
這裡有些方法可以幫你去除鏈條油脂。

groan [gron]

名 哼著說、呻吟

動 呻吟、哼聲

同 moan 呻吟

» The old man **groaned** because of severe stomachache.
這個老人家因為嚴重的胃痛而發出呻吟聲。

growl [graʊl]

名 咆哮聲、吠聲

動 咆哮著說、咆哮

同 snarl 咆哮

» The **growling** lion has scared the monkeys away.
獅子的咆哮聲把猴子嚇跑了。

grum·ble [ˋgrʌmbl̩]

名 牢騷、不高興

動 抱怨、發牢騷

同 complain 抱怨

» **Grumbling** can't solve the problem.
發牢騷仍然無法解決問題。

Hh

hack·er [ˋhækɚ]

名 駭客

» The **hacker** who paralyzed the internal network of the company was a teenager.
癱瘓公司內部網路的駭客原來是一名青少年。

hail [hel]

名 歡呼、冰雹

動 歡呼

同 cheer 歡呼

» They **hailed** for the candidate's victory in the campaign.
他們為候選人勝選而歡呼。

ham·per [ˋhæmpɚ]

動 阻礙、牽制、妨礙、束縛

» Adverse weather conditions **hampered** flights, grounding them all.
惡劣的天氣條件阻礙了航班飛行，導致所有航班停飛。

hand·i·cap [ˋhændɪ͵kæp]

名 障礙、不利條件、讓步賽、殘障

動 妨礙、使不利、使殘廢

» Standing in the headwind is a significant **handicap** for his badminton game.
他站在逆風處對他的羽球比賽來說是一個重大障礙。

hand·i·craft [ˋhændɪ͵kræft]

名 手工藝品

同 craft 工藝

» The **handicraft** bag is designed by an aboriginal artist.
這手工藝製成的袋子是由原住民藝術家所設計的。

☑ **ha·rass** [ˈhærəs]

動 使困擾、不斷騷擾

同 bother 打擾

» They complained about the salesperson who **harassed** them through phone calls and emails.
他們投訴那個用電話和電子郵件騷擾他們的業務員。

☑ **ha·rass·ment** [ˈhærəsmənt]

名 煩惱、侵擾

» The sexual **harassment** case was made public by the journalist.
這樁性騷擾案件被記者揭露。

☑ **hard·en** [ˈhɑrdn̩]

動 使硬化

» Don't let your heart be **hardened**.
不要讓你的心變硬。

☑ **har·mon·i·ca** [hɑrˈmɑnɪkə]

名 口琴

» The **harmonica** is expensive.
這支口琴很貴。

☑ **har·ness** [ˈhɑrnɪs]

名 馬具

動 裝上馬具、利用、治理

» The servant has prepared the **harness** for the prince.
僕人已經幫王子把馬具準備好了。

☑ **haunt** [hɔnt]

名 常到的場所

動 出現、常到（某地）

» The piano bar was one of Jackie's son's **haunts**.
這個鋼琴酒吧是傑奇的兒子常去的地方。

☑ **head·phone(s)** [ˈhɛdˌfon(z)]

名 頭戴式耳機、聽筒

» My daughter is fond of the **headphone**.
我女兒喜歡這個頭戴式耳機。

☑ **health·ful** [ˈhɛlθfəl]

形 有益健康的

片 healthful diet 健康飲食

» Doing exercises is **healthful**.
做運動是有益健康的。

☑ **heart·y** [ˈhɑrtɪ]

形 親切的、熱心的

反 cold 冷淡的

» Mrs. Wu is a **hearty** teacher to students.
吳老師對學生來講是位親切的老師。

☑ **hedge** [hɛdʒ]

名 樹籬、籬笆

動 制定界線、圍住

片 trim the hedge 修剪樹籬

» The red robin sits on the **hedge** and sings happily.
紅色知更鳥停在樹籬上，開心地唱著歌。

☑ **height·en** [ˈhaɪtn̩]

動 增高、加高

反 lower 放低

» The magic show **heightened** the party atmosphere.
魔術表演增加了派對的氣氛。

☑ **hem·i·sphere** [ˈhɛməsˌfɪr]

名 半球體、半球

» The seasonal cycle of the northern **hemisphere** is opposite to that of the other.
北半球的季節循環是南半球的相反。

he·ro·ic [hɪˈroɪk]

名 史詩
形 英雄的、勇士的
反 cowardly 懦弱的

» The **heroic** epic described the hero's journey to hell.
英雄史詩描寫了英雄的地獄之旅。

he·ro·in [ˈhɛroɪn]

名 海洛因

» The man was accused of smuggling **heroin** to Japan.
這名男子遭控走私海洛因到日本。

het·er·o·sex·u·al [ˌhɛtərəˈsɛkʃʊəl]

名 異性戀者
形 異性戀的
反 homosexual 同性戀

» A **heterosexual** should try to understand how a homosexual feels.
異性戀者應該要試著理解同性戀者的感覺。

hi·er·ar·chy [ˈhaɪəˌrɑrkɪ]

名 階級制度、統治集團、僧侶統治

» Many countries have long advocated the slogan of 'breaking down the class **hierarchy**'.
很多國家一直宣導著「打破階級制度」的口號。

hi·jack [ˈhaɪˌdʒæk]

名 搶劫、劫機
動 劫奪

» The event of **hijacking** an airplane showed the neglect of the security of flight.
劫機事件透露出飛航安全的疏失。

hoarse [hɔrs]

形 （嗓音）刺耳的、沙啞的

» Mark practiced singing the high-key song so many times and thus had **hoarse** voice.
馬克練習好多次唱這首音準高的歌，因此聲音沙啞。

ho·mo·sex·u·al [ˌhoməˈsɛkʃʊəl]

名 同性戀者
形 同性戀的

» **Homosexuals** have the right to love and get married.
同性戀者有權利戀愛和結婚。

hon·or·ar·y [ˈɑnəˌrɛrɪ]

形 榮譽的
片 honorary degree 榮譽學位

» The entrepreneur received an **honorary** degree from the prestigious university.
企業家獲得著名大學的榮譽學位。

hos·pi·ta·ble [ˈhɑspɪtəbl]

形 善於待客的、好客的
同 generous 慷慨的

» The host family were **hospitable** to the exchange student.
接待家庭對這位交換生很熱情好客。

hos·pi·tal·i·ty [ˌhɑspɪˈtælətɪ]

名 款待、好客

» The host showed her **hospitality** to the foreign visitors.
主人款待外國訪客。

hos·pi·tal·ize [ˈhɑspɪtəlaɪz]

動 使入院治療

» She was **hospitalized** for severe chronic heart failure.
她因為嚴重的慢性心臟衰竭而住院。

hos·tel [ˈhɑstl̩]

名 青年旅社

» Many backpackers like the **hostel**.
很多的背包客喜歡青年旅社。

hov·er [ˈhʌvə]

名 徘徊、翱翔
動 翱翔、盤旋

» The eagles **hovered** above the temple.
老鷹在寺廟上方盤旋。

☑ **hu·mil·i·ate** [hjuˈmɪlɪˌet]

動 侮辱、羞辱

» She felt **humiliated** when the client refuse to read her proposal.
顧客拒絕看她的提案，讓她感覺受辱。

☑ **hunch** [hʌntʃ]

名 瘤

動 突出、弓起背部、隆起

同 bump 凸塊

» She tends to **hunch** her shoulders when she feels nervous.
她感覺緊張的時候會聳起肩膀。

☑ **hur·dle** [ˈhɝdl̩]

名 障礙物、跨欄

動 跳過障礙

» She overcame the **hurdles** and became a famous actress.
她克服許多障礙並成為一位名演員。

☑ **hybrid** [ˈhaɪbrɪd]

形 雜種的、混合而成的

名 雜種、混血兒、混合源物、合成物、混合詞

» She is very beautiful and has a **hybrid** appearance.
她非常漂亮，看起來有混血的外貌。

☑ **hy·giene** [ˈhaɪdʒin]

名 衛生學、衛生

片 personal hygiene 個人衛生

» Keeping good personal **hygiene** is important for preventing epidemic diseases.
保持好的個人衛生對防止傳染病很重要。

☑ **hyp·o·crite** [ˈhɪpəˌkrɪt]

名 偽君子

» The **hypocrite** always wears a fake smile on his face.
偽君子的臉上總是掛著假笑。

Ii

☑ **ice·berg** [ˈaɪsˌbɝg]

名 冰山

» The ship almost crashed onto the **iceberg**.
船幾乎要撞到冰山。

☑ **il·lu·mi·nate** [ɪˈlumənˌet]

動 照明、點亮、啟發

» The streetlamps **illuminated** our way home.
街燈照亮了我們回家的路。

☑ **imminent** [ˈɪmənənt]

形 逼近的、即將發生的

» An **imminent** typhoon requires us to promptly put in place typhoon preparedness measures.
颱風即將逼近，我們要及時做好防颱措施。

☑ **im·per·a·tive** [ɪmˈpɝətɪv]

名 命令

形 絕對必要的、極重要的

» It is **imperative** that students should have media literacy.
學生有媒體識讀的能力是很重要的。

☑ **im·pe·ri·al** [ɪmˈpɪrɪəl]

形 帝國的、至高的、皇帝的

同 supreme 至高的

» This **imperial** palace was reserved quite well.
這座皇宮保存的很好。

im·plic·it [ɪmˈplɪsɪt]

形 含蓄的、不表明的

反 explicit 明確的

» We failed to interpret the **implicit** message in the remarks of our Japanese client.
我們沒能夠理解日本客戶言論中隱含的訊息。

im·pos·ing [ɪmˈpozɪŋ]

形 顯眼的

» The singer is known for her **imposing** outfits in public occasions.
這位歌手以在公開場合搶眼的穿著著名。

im·pris·on [ɪmˈprɪzn̩]

動 禁閉

» The captive was **imprisoned** in the dungeon.
俘虜被監禁在地牢中。

im·pris·on·ment [ɪmˈprɪzn̩mənt]

名 坐牢

» The murderer was sentenced to life **imprisonment**.
殺人犯被判終身監禁。

in·cline [ɪnˈklaɪn]

動 傾向

名 傾斜面

» The building **inclined** after the earthquake.
這棟大樓在地震之後傾斜了。

in·clu·sive [ɪnˈklusɪv]

形 包含在內的

反 exclusive 排外的

» People of all ethnic groups should be welcomed in an **inclusive** society.
兼容並蓄的社會，應該要歡迎各個種族背景的人。

in·cur [ɪnˈkɝ]

動 招致、帶來、蒙受、遭遇

» His continued silence will only **incur** more trouble for him.
他繼續保持沉默只會為他招致更多麻煩。

in·dif·fer·ence [ɪnˈdɪfərəns]

名 不關心、不在乎

反 concern 關心

» My son showed **indifference** to his testing performance, which worried me.
我的兒子對考試成績漠不關心，我很擔心。

in·dig·nant [ɪnˈdɪgnənt]

形 憤怒的

» Phil's friend was bullied, and he became quite **indignant**.
菲爾的朋友被霸凌，他變得十分憤怒。

in·duce [ɪnˈdjus]

動 引誘、引起

» The coupon **induces** customers to buy expensive products.
這張優惠券引誘消費者購買昂貴的產品。

in·dus·tri·al·ize [ɪnˈdʌstrɪəlˌaɪz]

動 （使）工業、產業化

» **Industrialized** countries develop quickly.
工業化的國家發展快速。

in·fec·tious [ɪnˈfɛkʃəs]

形 能傳染的

» Their passion for music is **infectious**; that's why people love to go to their concerts.
他們對音樂的熱情是有感染力的；這也是為什麼人們喜歡去他們的演唱會。

in·fer [ɪnˈfɝ]

動 推斷、推理

同 suppose 假定、猜想

» The detective **inferred** that the murderer is an acquaintance of the victim.
偵探推斷兇手是受害者認識的人。

☑ **in·flict** [ɪnˋflɪkt]

動 給予、使遭受、加害、強加、加以

» Don't **inflict** your distorted thoughts on me.
不要將你的扭曲思想強加給我。

☑ **in·hab·it** [ɪnˋhæbɪt]

動 居住

» The cranes often **inhabit** near wetland.
鶴通常居住在溼地附近。

☑ **in·hab·it·ant** [ɪnˋhæbətənt]

名 居民

» The **inhabitants** of the community have a consent to keep the surroundings clean.
社區的居民同意共同維護環境整潔。

☑ **in·jus·tice** [ɪnˋdʒʌstɪs]

名 不公平

反 justice 公平

» They protested the **injustice** in the salary system.
他們抗議薪資體系中的不公平。

☑ **in·land** [ˋɪnlənd]

名 內陸

副 在內陸

形 內陸的

» The **inland** earthquake is shocking.
內陸的地震是令人吃驚的。

☑ **in·nu·mer·a·ble** [ɪnˋnjumərəbl]

形 數不盡的

» **Innumerable** pearls and gold coins are hidden in the cave.
數不盡的珍珠和金幣藏在山洞裡。

☑ **in·quire** [ɪnˋkwaɪr]

動 詢問、調查

» The detective investigated the murder case by **inquiring** the suspects.
偵探藉由詢問嫌疑犯調查謀殺案。

☑ **in·sis·tence** [ɪnˋsɪstəns]

名 堅持

» His **insistence** in the pursuit of his goal is the main reason for his success.
他堅持追求目標是成功的主因。

☑ **in·stinc·tive** [ɪnˋstɪŋktɪv]

形 本能的、天生的、直覺的

» He was bullied, and all his defensive actions were **instinctive**.
他被霸凌，所有的防禦行為都是本能的。

☑ **in·take** [ˋɪnˌtek]

名 吸收、攝取、引入口、入口、通風口

» To have strong bones, it's important to increase your calcium **intake**.
要擁有強壯的骨骼，增加鈣質攝取很重要。

☑ **in·tel·lect** [ˋɪntəˌlɛkt]

名 理解力

片 superior intellect 理解力

» His superior **intellect** made it possible for him to skip a grade.
他高人一等的理解力，使他能夠跳級就讀。

☑ **in·ter·pret·er** [ɪnˋtɝprɪtə]

名 解釋者、翻譯員

» The **interpreter** of the conference did a good job.
會議的翻譯員做得不錯。

☑ **in·ter·sec·tion** [ˌɪntɚˈsɛkʃən]

名 橫斷、交叉

» The trucks crashed at the ***intersection*** of two highways.
卡車在兩條高速公路交叉處相撞。

☑ **in·ter·vene** [ˌɪntɚˈvin]

動 介入

» The U.N. ***intervened*** to resolve the regional conflicts.
聯合國介入調停地區衝突。

☑ **in·ti·ma·cy** [ˈɪntəməsɪ]

名 親密

» She felt a ***intimacy*** with her parents after the trip.
在這次旅行之後,她感覺與父母更加親近。

☑ **in·tim·i·date** [ɪnˈtɪməˌdet]

動 恐嚇

» The bandit ***intimidated*** the bank clerks to hand out the money.
搶匪恐嚇銀行行員要交出錢來。

☑ **in·to·na·tion** [ˌɪntoˈneʃən]

名 語調、吟詠

» His son's ***intonation*** of reciting the poem is beautiful.
他兒子朗誦詩歌的語調很優美。

☑ **in·trigue** [ɪnˈtrig]

名 陰謀、詭計、密謀、私通、情節
動 耍陰謀、施詭計、激起……的好奇心

» This book narrates the ***intrigue*** of the struggle for the throne.
這本書敍述了爭奪王位的陰謀。

☑ **in·trude** [ɪnˈtrud]

動 侵入、打擾、把……強加
同 interrupt 打擾、打斷

» My parents like to ***intrude*** their opinions on me.
我父母喜歡把意見強加給我。

☑ **in·trud·er** [ɪnˈtrudɚ]

名 侵入者

» The dog barked to alert its owner of the ***intruder***.
狗狗吠叫來提醒主人有入侵者。

☑ **in·val·u·a·ble** [ɪnˈvæljəbl]

形 無價的

» His advices were ***invaluable*** for they were derived from his life experience.
他的建議是無價的,因為是根據他的生活經驗得來的。

☑ **in·var·i·a·bly** [ɪnˈvɛrɪəblɪ]

副 不變地、一定地、總是

» My mom always ***invariably*** supports and respects my decision.
我媽媽總是支持和尊重我的決定。

☑ **in·ven·to·ry** [ˈɪnvənˌtorɪ]

名 物品的清單、存貨
動 製作目錄

» We checked the ***inventory*** right after the client placed an order.
顧客下訂單之後,我們馬上就檢查了庫存。

☑ **i·ron·ic** [aɪˈrɑnɪk]

形 譏諷的、愛挖苦人的

» The Net celebrity is known for his ***ironic*** comments on political events.
這位網路名人以諷刺政治事件而著名。

☑ **ir·ri·ta·ble** [ˈɪrətəbl]

形 暴躁的、易怒的
同 mad 發狂

» Our boss tends to be ***irritable*** in the morning.
我們的老闆早上特別容易發脾氣。

☑ **ir·ri·tate** [ˈɪrəˌtet]

動 使生氣、刺激

» Your abrupt visit may ***irritate*** the manager.
你突然造訪,可能會讓經理生氣。

☑ **isle** [aɪl]

名 島

同 island 島

» Some people are dreaming of buying a small **isle** and live there.
有些人夢想著要買一座小島，住在島上。

☑ **itch** [ɪtʃ]

名 癢

動 發癢

» My leg **itch** was caused by the mosquito bites.
我的腿發癢是蚊蟲咬造成的。

☑ **i·vy** [ˋaɪvɪ]

名 常春藤

片 be covered in ivy 布滿常春藤

» The **ivy** on the house became quite scary at night.
這間房子上的常春藤在晚上變得相當可怕。

Jj

☑ **jade** [dʒed]

名 玉、玉石

» The **jade** bracelet shines in the darkness.
這只玉鐲在暗處閃著光芒。

☑ **jan·i·tor** [ˋdʒænɪtə]

名 管門者、看門者

» The **janitor** of the university didn't allow the cars to enter the campus.
看門者不允許汽車進校園。

☑ **jas·mine** [ˋdʒæsmɪn]

名 茉莉

» **Jasmine** perfume is my auntie's favorite.
茉莉香水是我阿姨的最愛。

☑ **jin·gle** [ˋdʒɪŋgl̩]

名 叮鈴聲、節拍十分規則的簡單詩歌

動 使發出鈴聲

» Christmas **jingles** delight our ears.
聖誕詩歌很悅耳。

☑ **jock·ey** [ˋdʒɑkɪ]

名 賽馬的騎師、騎士、駕駛員、操作者

動 騎馬、欺騙、耍手段使、哄騙

» He is the most outstanding **jockey** of recent times, always winning races.
他是近期最出色的賽馬騎師，總是贏得比賽。

☑ **jol·ly** [ˋdʒɑlɪ]

動 開玩笑、慫恿

形 幽默的、快活的、興高采烈的

副 非常地

反 melancholy 憂鬱的

» Judy's uncle has **jolly** disposition.
茱蒂的舅舅有著快活的性情。

☑ **joy·ous** [ˋdʒɔɪəs]

形 歡喜的、高興的

同 cheerful 高興的

» The **joyous** atmosphere in the parade made the child smile.
遊行歡樂的氣氛讓小孩微笑。

☑ **junction** [ˋdʒʌŋkʃən]

名 連接、接合、交叉點、聯軌站、匯合處

» This convenience store is at the **junction** of two counties.
這家便利商店位於兩個縣市的交叉點。

Kk

kin [kɪn]

名 親族、親戚
形 有親戚關係的
同 relative 親戚

» Mr. Scott is her **kin**.
史考特先生是她的親戚。

kin·dle [ˈkɪndl̩]

動 生火、起火

» **Kindle** the fire and BBQ some sausages.
起火，烤些香腸。

knowl·edge·a·ble [ˈnɑlɪdʒəbl̩]

形 博學的

» Professor Liang is **knowledgeable**.
梁教授博學多聞。

Ll

lad [læd]

名 少年、老友

» The **lad** is full of energy.
少年人活力充沛。

land·la·dy [ˈlændˌledɪ]

名 女房東

» The **landlady** is old, yet pretty strong.
女房東雖然年紀大，但滿強壯的。

land·slide [ˈlændˌslaɪd]

名 山崩

» The **landslide** happened so suddenly.
山崩發生的如此突然。

lat·i·tude [ˈlætəˌtjud]

名 緯度
反 longitude 經度

» The flower exhibition was organized by **latitude** and altitude of the flowers.
花卉展會依據花的經緯度做規劃。

lav·ish [ˈlævɪʃ]

形 非常慷慨的、浪費的、鋪張的、極其豐富的、大方的、奢華的

» She hosted a **lavish** 18th birthday party at a luxurious hotel.
她在一家豪華酒店舉辦了一場奢華的 18 歲生日派對。

lay·man [ˈlemən]

名 普通信徒、門外漢

» He is a **layman** of the electronics industry.
他是電子產業的門外漢。

lay·out [ˈleˌaʊt]

名 規劃、佈局、版面設計

» The real estate agent showed the interior **layout** of the apartment.
房地產銷售員給我們看公寓的室內平面圖。

lease [lis]

名 租約、租契、租賃、租賃權、租賃期限

» I want to terminate the **lease** on this house before it expires.
我想在這房子租約到期之前終止租賃。

leg·is·la·tor [ˈlɛdʒɪsˌletɚ]

名 立法者

» The **legislator** is supposed to keep the constituents' opinions in mind.
立法者應該記得選民的意見。

length·y [ˈlɛŋθɪ]

形 漫長的

» Some students dozed off during his **lengthy** speech.
有些學生在他冗長乏味的演講中打瞌睡。

les·bi·an [ˈlɛzbɪən]

形 女同性戀者的

» She openly acknowledges her identity as a **lesbian** and hopes for acceptance from her family.
她公開承認自己是個女同性戀者，希望得到家人的認同。

☑ **less·en** [ˈlɛsn̩]

動 減少

同 decrease 減少

» **Lessening** the number of students of a class increases the teaching efficiency.
減少一個班級的學生人數增加教學效率。

☑ **lethal** [ˈliθəl]

形 致命的、危險的、毀滅性的

» Being stung by a hornet should be treated promptly, or there can be a **lethal** risk.
被虎頭蜂叮咬應迅速處理，否則可能有致命的風險。

☑ **li·a·ble** [ˈlaɪəbl̩]

形 可能的、易於……的、負法律責任的、應付稅的

同 probable 可能的

» The landlord is **liable** to pay taxes on the income earned from the lease.
房東需要繳納因為租約收入產生的稅金。

☑ **lib·er·ate** [ˈlɪbəˌret]

動 使自由、釋放

同 free 使自由

» The political prisoner was **liberated**.
政治犯獲釋。

☑ **lib·er·a·tion** [ˌlɪbəˈreʃən]

名 解放

» People gathered to celebrate the **liberation** of the slaves.
人們聚集慶祝奴隸的解放。

☑ **lieu·ten·ant** [luˈtɛnənt]

名 海軍上尉、陸軍中尉

» **Lieutenant** Liu demanded bribes.
劉姓海軍上尉索賄。

☑ **life·long** [ˈlaɪflɔŋ]

形 終身的

» **Lifelong** learning is encouraged.
終身學習是應該鼓勵的。

☑ **light·en** [ˈlaɪtn̩]

動 變亮、減輕

» The whole room is **lightened**.
整個房間變亮了。

☑ **limp** [lɪmp]

動 跛行

» Even though Ted had an accident, he **limped** to attend my class.
雖然泰德出了場意外，他仍舊跛著腳來上我的課。

☑ **lin·er** [ˈlaɪnɚ]

名 定期輪船（飛機）

» He worked as a sailor on an ocean **liner**.
他的工作是遠洋客輪上的水手。

☑ **lin·ger** [ˈlɪŋgɚ]

動 留戀、徘徊

同 stay 停留、逗留

» Don't **linger** on the hall.
不要在走廊上徘徊。

☑ **lin·ing** [ˈlaɪnɪŋ]

名 襯裡、內襯、內層、襯裡布、加襯、砌襯

» This piece of clothing is **lining**, making it softer and warmer.
這件衣物有內襯，使其更柔軟和保暖。

☑ **li·ter** [ˈlitɚ]

名 公升

» The capacity of the pot is five **liters**.
這個壺的容量是五公升。

lit·er·a·cy [ˈlɪtərəsɪ]

名 讀寫能力、知識

» Computer *literacy* is one of the requirements for the position.
電腦知識是這個職位的要求之一。

lit·er·al [ˈlɪtərəl]

形 文字的

» You can check the dictionary for the *literal* meaning of the word.
你可以在字典中查到這個字的字面意義。

lit·er·ate [ˈlɪtərɪt]

名 有學識的人
形 精通文學的、識字的
同 intellectual 知識分子

» The old man asked someone *literate* to explain the terms in the contract for him.
老人請一位識字的人解釋合約的條款給他聽。

live·stock [ˈlaɪvˌstɑk]

名 家畜

» Jason lost all of his *livestock* in the plague.
傑生在這場瘟疫中損失了所有的家畜。

liz·ard [ˈlɪzəd]

名 蜥蜴

» The snake ate a *lizard*.
這條蛇吃了蜥蜴。

lock·er [ˈlɑkə]

名 有鎖的收納櫃、寄物櫃
片 locker room 更衣室

» The gold coins are in the *locker*.
金幣放在收納櫃裡。

lodge [lɑdʒ]

名 小屋
動 寄宿

» Some painting tools are left in the *lodge*.
有些作畫的工具留在小屋裡。

loft·y [ˈlɔftɪ]

形 非常高的、高聳的

» Chinese painters worshipped *lofty* mountains.
中國畫家們敬仰高山。

log·o [ˈlogo]

名 商標、標誌

» The *logo* of the movie company looks like a goddess.
電影公司的商標看起來像一位女神。

lone·some [ˈlonsəm]

形 孤獨的
同 lonely 孤獨的

» *Lonesome* nights await tired travelers.
孤獨的夜晚等待疲憊的旅客。

lon·gev·i·ty [lɑnˈdʒɛvətɪ]

名 長壽

» Some people who live to 100 shared the secret to their *longevity* in the book.
有些百歲人瑞在這本書中分享他們長壽的祕訣。

lon·gi·tude [ˈlɑndʒəˌtjud]

名 經度
反 latitude 緯度

» The map shows clear *longitude* and latitude.
這張地圖秀出清楚的經緯度。

lo·tion [ˈloʃən]

名 洗潔劑、化妝水

» The *lotion* smells good.
這罐化妝水聞起來真好。

lot·ter·y [ˈlɑtərɪ]

名 彩券、樂透

» The shallow news reporting about the *lottery* needs improvement.
這膚淺的樂透新聞報導需要改進。

lo·tus [ˈlotəs]

名 睡蓮

» Some carps are swimming under the **lotus**.
有些鯉魚在睡蓮下方游著。

loud·speak·er [ˈlaʊdˌspikɚ]

名 擴音器

» The head of the village uses a **loudspeaker** to speak to all the villagers.
村長用擴音器對著全部的村民講話。

lu·cra·tive [ˈlukrətɪv]

形 賺錢的、有利可圖的、合算的

» This new research and development project appears to be **lucrative** and worthy of the company's investment.
這個新的研發項目看起來是有利可圖的，值得公司的投資。

lull·a·by [ˈlʌləˌbaɪ]

名 搖籃曲

» Mother often hummed **lullaby** beside me when I was a kid.
當我還是小孩時，母親時常在我身邊哼唱搖籃曲。

lu·nar [ˈlunɚ]

形 月亮的、陰曆的

» The **lunar** calendar shows that tomorrow is the last day of the year.
陰曆顯示出，明天就是這一年中最好的一天。

lure [lʊr]

名 誘餌
動 誘惑
同 attract 吸引

» The luxurious life in the cosmopolitan area is a great **lure** for many young people.
大都會的奢侈生活對很多年輕人來說是很大的誘惑。

lush [lʌʃ]

形 青翠的

» The cattle are grazing on the **lush** meadow.
牛隻在青翠的草原上面吃草。

Mm

mad·am/ma'am [ˈmædəm]/[mæm]

名 夫人、女士

» **Madam**, may I serve you?
夫人，我可否為您服務？

mag·ni·fy [ˈmægnəˌfaɪ]

動 擴大
同 enlarge 擴大

» When the weak points are **magnified**, it's time to break the relationship.
當弱點被放大時，就是中斷關係的時候了。

maid·en [ˈmedn̩]

名 處女、少女
形 少女的、未婚的、處女的

» Ophelia is one of the well-known **maidens** in Shakespearean plays.
歐菲莉亞是莎劇裡最有名的少女之一。

main·land [ˈmenˌlænd]

名 大陸

» Check the timetable of ferries which travel from **mainland** to Kinmen.
查一下從大陸到金門的渡輪時刻表。

ma·jes·tic [məˈdʒɛstɪk]

形 莊嚴的

同 grand 雄偉的

» The **majestic** Buddha sculpture arouse believers' inner respect.
莊嚴的佛像引發信徒內心的敬意。

maj·es·ty [ˈmædʒɪstɪ]

名 威嚴

» The **majesty** of the general is said to scare the evil spirits away.
將軍的威嚴據說可以把邪靈嚇走。

man·u·script [ˈmænjəˌskrɪpt]

名 手稿、原稿

» The **manuscript** of Einstein is exhibited in the museum.
愛因斯坦的手稿展示在博物館中。

ma·ple [ˈmepl̩]

名 楓樹、槭樹

» The autumn **maple** tree leaves while traveling in Canada are impressive.
在加拿大旅遊時看到的秋天楓葉令人印象深刻。

mar [mɑr]

動 毀損

» The statue of Venus was **marred** by the tourists.
維納斯的雕像遭到觀光客破壞。

mar·gin·al [ˈmɑrdʒɪnl̩]

形 邊緣的

» The **marginal** people need more opportunities to be accepted by society.
邊緣人需要更多被社會接納的機會。

mar·tial [ˈmɑrʃəl]

形 軍事的

同 military 軍事的

» The village headman decided to strengthen the **martial** arts training.
村長決定加強軍事演練。

mar·vel [ˈmɑrvl̩]

名 令人驚奇的事物、奇蹟

動 驚異

同 miracle 奇蹟

» The audience **marveled** at the seal's performance.
觀眾對海豹的表演感到驚奇。

mas·ter·y [ˈmæstərɪ]

名 優勢、精通、掌握

» She was admired for her **mastery** of AI technology.
她因為精通 AI 科技而受到尊敬。

me·di·ate [ˈmidɪˌet]

動 調解

» To **mediate** between the two sides takes time.
調解這兩方的紛爭要花點時間。

me·di·e·val [ˌmidɪˈivəl]

形 中世紀的

» The protagonist is a **medieval** knight.
故事主角是一個中世紀的騎士。

med·i·tate [ˈmɛdəˌtet]

動 沉思

» She **meditated** on the choice of her career path.
她思考職業生涯的問題。

med·i·ta·tion [ˌmɛdəˈteʃən]

名 熟慮

» The decision was made after much **meditation**.
這是深思熟慮過後的決定。

☑ **mel·an·chol·y** [ˋmɛlənˌkɑlɪ]

名 悲傷、憂鬱

形 悲傷的

同 miserable 悲慘的

» The **melancholy** youngster recorded her miserable experience on her weblog.
憂鬱的年輕人在網誌上記錄她悲慘的境遇。

☑ **men·tal·i·ty** [mɛnˋtælətɪ]

名 智力

» The question is rather difficult to persons of average **mentality**.
這個問題對智力普通的人來說相當困難。

☑ **mer·chan·dise** [ˋmɝtʃənˌdaɪz]

名 商品

動 買賣

同 product 產品

» The tax is applied to foreign **merchandise**.
這種稅是加諸在外國商品上。

☑ **mer·maid** [ˋmɝˌmed]

名 美人魚

» Starbucks café uses the **mermaid** as its logo.
星巴克咖啡店用美人魚當作商標。

☑ **mi·grant** [ˋmaɪgrənt]

名 候鳥、移民

形 遷移的

» The **migrant** birds flew down and took a rest beside the river.
遷徙的候鳥飛下來，在河邊休息。

☑ **mim·ic** [ˋmɪmɪk]

名 模仿者

動 模仿

» The comedian is famous for **mimicking** the politicians.
這位喜劇演員以模仿政治人物出名。

☑ **min·gle** [ˋmɪŋgl]

動 混合

同 blend 混合

» Annie likes to drink the **mingling** of the pudding with honey and milk.
安妮喜歡布丁混合著蜂蜜和牛奶一起喝。

☑ **mi·rac·u·lous** [məˋrækjələs]

形 奇蹟的

» It was **miraculous** that the girl survived the air crash.
那名女孩在空難中奇蹟生還。

☑ **miscellaneous** [ˌmɪsɪˋlenjəs]

形 混雜的、五花八門的、各式各樣的

» We found a box of **miscellaneous** family photographs.
我們發現了一盒各式各樣的家庭照片。

☑ **mis·chie·vous** [ˋmɪstʃɪvəs]

形 淘氣的、有害的

» The **mischievous** child played a trick on his sister.
頑皮的孩子對他的妹妹惡作劇。

☑ **mis·tress** [ˋmɪstrɪs]

名 女主人

» The **mistress** of the mansion is hospitable.
這棟大宅院的女主人滿好客的。

☑ **mo·bi·lize** [ˈmobəˌlaɪz]

動 動員

» The school **mobilizes** the students to clean up the campus after the typhoon hit.
學校動員學生，在颱風過後清理校園。

☑ **mod·er·ni·za·tion** [ˌmɑdənəˈzeʃən]

名 現代化

» My grandparents were amazed by the **modernization** of the urban area.
我祖父母對都市區的現代化感到很驚訝。

☑ **mod·ern·ize** [ˈmɑdənˌaɪz]

動 現代化

» **Modernized** transportation sometimes is not that convenient at all.
現代化的交通有時並不是那樣的便利。

☑ **mo·men·tum** [moˈmɛntəm]

名 動量、衝量、氣勢、衝力、動力、推動力

» This team has a strong sense of **momentum** when they take the field, and it feels like they are certain to win.
這個球隊在出場時氣勢強大，感覺一定會獲勝。

☑ **mon·arch** [ˈmɑnək]

名 君主、大王
同 king 君主

» Heaven, Earth, **Monarch**, Parents, and Teacher belong to traditional Chinese ethics.
天、地、君、親、師屬於傳統中國倫理觀。

☑ **mon·e·tary** [ˈmʌnəˌtɛrɪ]

形 金融的、財政的、貨幣的、幣制的

» New **monetary** measures aimed at stabilizing the economy during the recession.
新的貨幣措施目的在經濟衰退期間穩定經濟。

☑ **mo·not·o·ny** [məˈnɑtənɪ]

名 單調

» The **monotony** in his work actually makes him feel secured.
工作的單調性質反而使他有安全感。

☑ **mon·strous** [ˈmɑnstrəs]

形 奇怪的、巨大的
同 bulky 龐大的

» The **monstrous** building was criticized by local residents.
這個奇怪的建築物被當地的居民所批評。

☑ **mood·y** [ˈmudɪ]

形 情不穩的、喜怒無常的、悶悶不樂的、鬱鬱寡歡的

» He has a **moody** temperament and is hard to get along with.
他的脾氣喜怒無常難以相處。

☑ **mo·rale** [məˈræl]

名 士氣

» To boost **morale** of the staff, the boss decided to increase the year-end bonus.
為了提振員工士氣，老闆決定增加年終獎金。

☑ **mor·tal** [ˈmɔrtl̩]

名 凡人
形 死亡的、致命的
同 deadly 致命的

» Sometimes goddess's love for **mortals** caused tragedies.
有時女神對凡人的愛而造成了悲劇。

☑ **moth·er·hood** [ˈmʌðəˌhʊd]

名 母性

» **Motherhood** is a gift from God to children.
母性是上帝賜給小孩的禮物。

☑ **mot·to** [ˈmɑto]

名 座右銘
同 proverb 諺語

» My **motto** is "Love more, judge less."
我的座右銘是「多關愛、少批判」。

☑ **mound** [maʊnd]

名 丘陵、堆積、築堤

» The fireman found a fire ant **mound** nearby.
消防員在附近發現了一個火蟻丘。

☑ **mourn** [morn]

動 哀痛、哀悼、服喪、為……哀痛、向……誌哀、悲哀地說

» The whole people is **mourning** for those killed during the terrorist attack today.
全國人民都在哀悼今天死於恐怖攻擊的罹難者。

☑ **mourn·ful** [`mornfəl]

形 令人悲痛的

» The music creates the **mournful** atmosphere on the funeral.
音樂在喪禮上創造了悲傷的氣氛。

☑ **mow** [mo]

動 收割

» **Mow** the rice.
收割稻子。

☑ **muse** [mjuz]

名 深思、靈感來源

» Dora Maar, a French photographer, served as Picasso's **muse**.
法國攝影師朵拉 · 瑪爾曾經是畢卡索的靈感來源。

☑ **mus·tache** [`mʌstæʃ]

名 髭、小鬍子

» His **mustache** makes him look more like a man.
他的髭鬚讓他看起來更像個男人。

☑ **mute** [mjut]

名 啞巴
形 沉默的
同 silent 沉默的

» I set the TV in **mute** mode.
我把電視設定在靜音模式。

Nn

☑ **nag** [næg]

名 嘮叨的人
動 使煩惱、嘮叨
同 annoy 使煩惱

» Stop **nagging** at me.
不要再對我嘮叨了。

☑ **nar·ra·tive** [`nærətɪv]

名 敘述、故事
形 敘事的

» Students are learning how to write a creative personal **narrative**.
學生在學習如何撰寫有創意的個人故事。

☑ **nar·ra·tor** [næ`retə]

名 敘述者、講述者

» The first person **narrator** makes the story appear more intimate to the audience.
第一人稱的敘事者，使故事對觀眾來說更有親切感。

☑ **na·tion·al·ism** [`næʃənəlɪzəm]

名 民族主義、國家主義

» She studies how the **nationalism** is represented in the literary works.
她研究國家主義如何表現在文學作品裡面。

☑ **nav·i·gate** [ˈnævəˌget]

名詞 動 控制航向

同 steer 掌舵

» Frank has mastered the ***navigating*** skill of ships.
法蘭克已經掌握了船隻的掌舵技巧。

☑ **nav·i·ga·tion** [ˌnævəˈgeʃən]

名 航海、航空

» The glitches in the ***navigation*** system were considered the main cause of the air crash.
導航系統出錯，被認為是導致空難的主因。

☑ **near·sight·ed** [ˈnɪrˌsaɪtɪd]

形 近視的

» She is ***nearsighted***.
她近視。

☑ **nick·el** [ˈnɪkḷ]

名 鎳

動 覆以鎳……

» ***Nickels*** can be used to make coins.
鎳可使用來做錢幣。

☑ **nos·tril** [ˈnɑstrəl]

名 鼻孔

» The performer imitates a pig's facial expression with flared ***nostrils***.
表演者模仿有著大鼻孔的豬隻。

☑ **no·ta·ble** [ˈnotəbḷ]

名 名人、出眾的人

形 出色的、著名的

同 famous 著名的

片 particularly notable 特別引人注目

» My friend devoted herself to zither playing and became a ***notable*** musician.
我的朋友致力於古箏演奏，並成為著名的音樂家。

☑ **no·to·ri·ous** [noˈtorɪəs]

形 聲名狼藉的

» He is ***notorious*** for his offensive remarks.
他因為冒犯人的言論而惡名昭彰。

☑ **nour·ish** [ˈnɝɪʃ]

動 滋養

» We should ***nourish*** our spirits with positive thoughts.
我們可以用正面的思想來滋養心靈。

☑ **nour·ish·ment** [ˈnɝɪʃmənt]

名 營養

» Her inspiring talk was a ***nourishment*** of my soul.
她激勵人心的談話是滋養我靈魂的養分。

☑ **nov·ice** [ˈnɑvɪs]

名 初學者

» The ***novice*** of computer programs learns fast.
這個電腦程式的初學者學得很快。

☑ **nu·cle·us** [ˈnjuklɪəs]

名 核心、中心、原子核

同 core 核心

» Dr. Lawrence researched the structure of atomic ***nucleus***.
勞倫斯博士研究過原子核的結構。

☑ **nude** [njud]

名 裸體、裸體畫

形 裸的

同 naked 裸的

» The ***nude*** model was instructed to remain the same posture.
裸體模特兒被要求要保持同一姿勢。

☑ **nur·ture** [ˈnɝtʃɚ]

名 養育、培育

動 培育、養育

» Nature and ***nurture*** are both important for the mental development of a child.
天性和教養，對一個孩子的心理發展都是很重要的。

Oo

o·a·sis [oˋesɪs]

名 綠洲

» The **oasis** is real.
這個綠洲是真的。

oath [oθ]

名 誓約、盟誓
同 vow 誓約

» Take the **oath** by putting your hand on the bible.
把手放在聖經上宣誓。

oat·meal [ˋotˏmil]

名 燕麥片

» One benefit of eating **oatmeal** is improving digestion.
吃燕麥片的好處之一是改善消化。

o·blige [əˋblaɪdʒ]

動 使不得不、強迫

» He is **obliged** to compensate for his mistakes.
他不得不彌補自己的錯誤。

ob·sess [əbˋsɛs]

動 迷住、使著迷、纏住、使窘困、使煩擾、念念不忘

» I was deeply **obsessed** by the moving performance of the protagonist in this movie.
我深深著迷於這部電影中主角感人的表演。

ob·sti·nate [ˋɑbstənɪt]

形 執拗的、頑固的

» She is very **obstinate** about punctuality.
她對守時很固執。

oc·cur·rence [əˋkɝəns]

名 出現、發生
片 frequency of occurrence 出現的頻率

» Some of the pictures of supernatural **occurrences** are incredible.
有些靈異事件的照片真是不可思議。

oc·to·pus [ˋɑktəpəs]

名 章魚

» The **octopus** attacked the lady who wants to eat it.
章魚攻擊那位想吃牠的小姐。

o·dor [ˋodə]

名 氣味
同 smell 氣味

» The durian has strong **odor**.
榴槤有強烈的氣味。

off·shore [ˏɔfˋʃor]

形 近岸的、近海的、國外的、離岸的、向海的

» The company decided to establish an **offshore** branch to expand its market.
公司決定建立海外分支以擴展市場。

of·fer·ing [ˋɔfərɪŋ]

名 供給、提供

» She didn't accept the **offering** from the philanthropic organization.
她沒有接受慈善機構提供的援助。

op·er·a·tive [ˋɑpərətɪv]

形 操作的、運行著的、從事生產勞動的、有效的

» The **operative** machines in the factory run 24 hours a day to increase production output.
工廠裡的機器每天 24 小時運轉，以提高產量。

☑ **op·press** [ə`prɛs]

動 壓迫、威迫

» Some employees were ***oppressed*** for their ethnic background.
有些員工因為他們的種族背景受到壓迫。

☑ **op·pres·sion** [ə`prɛʃən]

名 壓迫、壓制

» The record of political ***oppression*** was eliminated from history.
政治壓迫的紀錄被從歷史中刪去。

☑ **or·deal** [ɔr`diəl]

名 嚴酷的考驗

» Writing the project report was an ***ordeal*** for Mike.
寫專案報告對麥可來說是個嚴酷的考驗。

☑ **or·der·ly** [`ɔrdəlɪ]

名 勤務兵
形 整潔的、有秩序的

» She gave a presentation in a ***orderly*** manner.
她做了一次條理分明的報告。

☑ **or·gan·i·zer** [`ɔrgən͵aɪzə]

名 組織者

» The ***organizer*** of the carnival activity is from Japan.
這次嘉年華活動的組織者來自日本。

☑ **o·ri·ent** [`orɪənt]

名 東方、東方諸國
動 使適應、定位
同 adapt 使適應

» The newcomer of the company needs time to ***orient*** herself.
公司的新人需要時間適應。

☑ **o·ri·en·tal** [͵orɪ`ɛntl]

名 東方人
形 東方諸國的

» The ***oriental*** rugs are here for sale.
這裡的東方地毯可供販賣。

☑ **o·rig·i·nate** [ə`rɪdʒə͵net]

動 創造、發源

» It is generally believed that pizzas ***originated*** from Italy.
一般相信披薩源自義大利。

☑ **or·na·ment** [`ɔrnəmənt]

名 裝飾（品）
動 以裝飾品點綴
同 decoration 裝飾品

» Aunt Mary used to love the jewel box with the ***ornament*** of shells.
瑪麗姑姑以前喜歡這個有貝殼裝飾品的珠寶盒。

☑ **or·phan·age** [`ɔrfənɪdʒ]

名 孤兒院、孤兒

» Send some Christmas gifts to the ***orphanage***.
送一些聖誕節禮物到孤兒院去吧。

☑ **or·tho·dox** [`ɔrθə͵dɑks]

形 正統的、傳統的、習俗的、規範的、通常的

» I want to break away from the ***orthodox*** and do something different for this event.
我想擺脫傳統，為這個活動做一些不同尋常的事情。

☑ **ounce** [aʊns]

名 盎司

» Use digital scale to measure the ***ounces*** of flour you need.
用電子秤去測量你所需要的麵粉盎司份量。

☑ **out·break** [`aʊt͵brek]

名 爆發、突然發生

» The measles ***outbreak*** in the U.S. raised public concern.
美國麻疹爆發引起大眾擔憂。

☑ **out·go·ing** [ˋaʊtˏgoɪn]

形 擅於社交的、外向的

» **Outgoing** people seem to be more popular.
外向型的人似乎比較受歡迎。

☑ **out·ing** [ˋaʊtɪŋ]

名 郊遊、遠足

» The kids look forward to going for an **outing** during the spring break.
小朋友期待春假時去郊遊。

☑ **out·law** [ˋaʊtˏlɔ]

名 逃犯

動 禁止

» Accommodating the **outlaw** will make you the accessory of a crime.
收容逃犯會使你成為犯罪的幫兇。

☑ **out·look** [ˋaʊtˏlʊk]

名 觀點、態度

同 attitude 態度

» The book has changed my **outlook** on life.
這本書改變我對人生的態度。

☑ **out·num·ber** [aʊtˋnʌmbɚ]

動 數目勝過

同 exceed 超過

» In my class the girls **outnumber** the boys two to one.
我班上女生比男生多，比例為二比一。

☑ **out·rage** [ˋaʊtˏredʒ]

名 暴力、暴行、憤怒

動 施暴

» Some public figures expressed **outrage** at the under the table deal.
有些公眾人物對這次黑箱作業的協定表達憤怒。

☑ **out·ra·geous** [aʊtˋredʒəs]

形 暴力的、蠻橫的

» Many people were astonished by the **outrageous** remarks of the politician.
許多人對這個政治人物蠻橫的言論感到震驚。

☑ **out·right** [ˋaʊtˏraɪt]

形 毫無保留的、全部的

副 無保留地、公然地

» There is an **outright** contradiction between his words and his deeds.
他的言行完全是相反的。

☑ **out·set** [ˋaʊtˏsɛt]

名 開始、開頭

» There has been a problem with the project from the **outset**.
這個計畫一開始就有問題了。

☑ **out·skirts** [ˋaʊtˏskɝts]

名 郊區

同 suburb 郊區

» Mrs. Huang drives to the **outskirts** of the city to meet a friend.
黃太太開車到城市的郊區去跟一個朋友見面。

☑ **out·ward(s)** [ˋaʊtwɚd(z)]

形 向外的、外面的

副 向外

反 inward 向內

» Spreading the notion of management **outwards** takes time.
把這類管理的想法往外散播需要時間。

☑ **o·ver·do** [ˏovɚˋdu]

動 做得過火

同 exaggerate 誇張

» Gill's boyfriend **overdid** it by traveling to Hawaii with his ex-girlfriend.
姬兒的男朋友做得太過份了，竟然跟前女友一同去夏威夷旅行。

o·ver·flow [ˌovəˈflo]

名 滿溢

動 氾濫、溢出、淹沒

同 flood 淹沒

» **Overflowing** champagne tower arouse some exclamations from the guests.
溢滿的香檳塔讓賓客驚呼連連。

o·ver·hear [ˌovəˈhɪr]

動 無意中聽到

» I **overheard** the manager said the director of our department would be her son.
我無意中聽到經理說我們部門的主任是她的兒子。

o·ver·lap [ˌovəˈlæp]

名 重疊的部份

動 重疊

» His duties **overlap** with mine.
他的職務和我的職務相重疊。

o·ver·work [ˌovəˈwɜk]

名 過度工作

動 過度工作

» **Overwork** caused the burn out of the employees of marketing department.
過度工作讓行銷部門的員工精疲力盡。

oys·ter [ˈɔɪstə]

名 牡蠣、蠔

» Can **oysters** feel pain?
牡蠣會感受到痛苦嗎？

o·zone [ˈozon]

名 臭氧

» The hole in the **ozone** layer is getting bigger.
臭氧層的洞愈來愈大了。

Pp

pack·et [ˈpækɪt]

名 小包

同 package 包裹

» Children received the red **packets** happily.
小孩子開心地收下紅包。

pad·dle [ˈpædl̩]

名 槳、踏板

動 以槳划動、戲水

同 oar 槳

» Riding the swan **paddle** boats is a good way to enjoy the lake view.
乘坐天鵝踏板船是個享受湖景的好方法。

pa·per·back [ˈpepəˌbæk]

名 平裝本、紙面本

» I like **paperback** novels because they are easy to carry.
我喜歡平裝小說，因為它們攜帶方便。

par·a·dox [ˈpærəˌdɑks]

名 似是而非的言論、矛盾的事

» Colin's argument sounds like a **paradox**.
柯林的辯詞聽起頗為矛盾。

par·a·lyze [ˈpærəˌlaɪz]

動 麻痺、使癱瘓

» He was **paralyzed** from the waist down after the car accident.
車禍之後，他腰部以下癱瘓。

par·lia·ment [ˈpɑrləmənt]

名 議會

同 congress 美國國會

» The British **parliament** is made up of two chambers.
英國國會是由上下兩個議院組成。

☑ **pas·time** [ˈpæsˌtaɪm]

名 消遣

同 recreation 消遣

» Carl's **pastime** activities include table tennis playing and doll clothes weaving.
卡爾的消遣活動包含打桌球以及編織娃娃的衣服。

☑ **pa·tri·ot** [ˈpetrɪət]

名 愛國者

» The **patriot** will fight for his country if necessary.
愛國者會在必要時候為自己的國家作戰。

☑ **pa·thet·ic** [pəˈθɛtɪk]

形 悲慘的

» The **pathetic** stories of the orphan arouse sympathy of many people.
孤兒的悲慘經驗引起許多人的同情。

☑ **pea·cock** [ˈpiˌkɑk]

名 孔雀

» The white **peacock** looks elegant.
白色孔雀看起來很優雅。

☑ **peb·ble** [ˈpɛbl]

名 小圓石

» The road to the park is paved with **pebbles**.
通往公園的路是用小圓石鋪成的。

☑ **peek** [pik]

名 偷看

動 窺視

» **Peeking** satisfied human being's strange desire.
偷窺滿足人類奇怪的慾望。

☑ **pend·ing** [ˈpɛndɪŋ]

形 待決的、懸而未決的、未定的、迫近的

» This **pending** case has been negotiated multiple times, but the two sides still cannot reach a consensus.
這件懸而未決的案子經多次協商，但雙方仍無法達成共識。

☑ **pen·in·su·la** [pəˈnɪnsələ]

名 半島

» The DMZ on Korean **peninsula** was open to tourists.
朝鮮半島的非武裝地區開放給觀光客參觀。

☑ **perch** [pɜtʃ]

名 鱸魚

動 棲息

» The snowy owl was **perching** on the tree.
雪鴞棲息在樹上。

☑ **per·il** [ˈpɛrəl]

名 危險

動 冒險

同 danger 危險

» The Named **Perils** of this insurance policy include fire or lightning.
這張保單「提及的危險」包含火和雷擊。

☑ **per·ish** [ˈpɛrɪʃ]

動 滅亡

同 die 死亡

» The dinosaurs **perished** because of several possible reasons.
由於多種可能的原因，恐龍因此滅絕了。

☑ **per·mis·si·ble** [pəˈmɪsəbl]

形 可允許的

片 legally permissible 法律上允許的

» Taking a nap at noon is **permissible**.
中午小睡片刻是被允許的。

☑ **per·se·vere** [ˌpɝsə`vɪr]

動 堅持

» He **persevered** with his research despite shortage of the financial support.
儘管缺乏金錢援助，他還是堅持進行研究。

☑ **per·sis·tence** [pə`sɪstəns]

名 固執、堅持

同 maintenance 維持

» When you run a marathon, **persistence** is more important than speed.
跑馬拉松的時候，堅持比速度更重要。

☑ **per·sist·ent** [pə`sɪstənt]

形 固執的、堅持不懈的

» The old man is **persistent** in his political stance.
老先生堅持他的政治立場。

☑ **pet·rol** [`pɛtrəl]

名 汽油

» The price of **petrol** fluctuates with the world situation.
油價會隨著世界局勢波動。

☑ **pe·tro·le·um** [pə`troliəm]

名 石油

» Saudi Arabia has great revenue from exporting crude **petroleum**.
沙烏地阿拉伯靠著出口原油獲得收益。

☑ **phar·ma·cist** [`fɑrməsɪst]

名 藥劑師

» He is a licensed **pharmacist**.
他是一位有證照的藥劑師。

☑ **phar·ma·cy** [`fɑrməsɪ]

名 藥劑學、藥局

» You can fill the prescription in the **pharmacy** in your neighborhood.
你可在附近的藥局配藥。

☑ **pi·an·ist** [pɪ`ænɪst]

名 鋼琴師

» The **pianist** falls in love with a poet.
鋼琴師愛上了詩人。

☑ **pick·poc·ket** [`pɪkˌpɑkɪt]

名 扒手

» Poor children were trained to be **pickpockets**.
貧窮的孩子被訓練成扒手。

☑ **pil·grim** [`pɪlgrɪm]

名 朝聖者

» More than 30,000 **pilgrims** followed the goddess Matsu on a pilgrimage to Peikang.
超過 3 萬名的香客跟隨媽姐的進香旅程來到了北港。

☑ **pim·ple** [`pɪmpl̩]

名 面皰；青春痘

» **Pimples** often bring trouble to the youngsters.
青春痘經常給年輕人帶來煩惱。

☑ **pinch** [pɪntʃ]

名 掐、少量

動 掐痛、捏

同 squeeze 擠、擰

» **Pinch** me, this isn't a dream, is it?
快捏我，這不是夢吧？是夢嗎？

☑ **plague** [pleg]

名 瘟疫

» The spread of **plague** during the Black Death killed 20 million people in Europe.
黑死病期間瘟疫的蔓延在歐洲造成兩千萬人死亡。

☑ **plan·ta·tion** [plɛn`teʃən]

名 農場

同 farm 農場

» The **plantation** in Brazil made Robinson Crusoe rich.
巴西的農場讓魯濱遜‧克魯索變得有錢。

☑ **play·wright** [ˈpleˌraɪt]

名 劇作家

» George Bernard Shaw was an Irish *playwright*.
蕭·伯納是愛爾蘭藉的劇作家。

☑ **plow** [plaʊ]

名 犁
動 耕作
同 cultivate 耕作

» Grandpa used to *plow* the field of rice when he was young.
爺爺年輕時曾經耕種過稻田。

☑ **pneu·mo·nia** [njuˈmonjə]

名 肺炎

» The doctor diagnosed that the old man contracted *pneumonia*.
醫生診斷老人是得到了肺炎。

☑ **po·lar** [ˈpolɚ]

形 極地的、北極的、南極的
同 arctic 北極的

» *Polar* bears intruded into human houses to look for food.
北極熊闖進民宅覓食。

☑ **pon·der** [ˈpɑndɚ]

動 仔細考慮
同 consider 考慮

» We have to *ponder* over the long-term consequences when making a decision.
我們做決定的時候要考慮長期的影響。

☑ **po·ny** [ˈponɪ]

名 小馬

» Be careful when you ride the *pony*.
騎小馬時要小心點。

☑ **pop·u·late** [ˈpɑpjəˌlet]

動 居住

» The area is *populated* by both aborigines and immigrants.
有原住民和外來移民者居住在這個地區。

☑ **por·ter** [ˈportɚ]

名 搬運工

» The *porters* will come to move these boxes.
搬運工會來搬這些箱子。

☑ **pos·ture** [ˈpɑstʃɚ]

名 態度、姿勢
動 擺姿勢

» He adjusted his sitting *posture* before taking the picture.
他在拍照前調整了一下坐姿。

☑ **po·tent** [ˈpotn̩t]

形 有效力的、有效能的、強有力的、有權勢的 有影響的

» He was annoyed that his graduation thesis never came up with a *potent* argument.
他對自己的畢業論文提不出強有力的論點感到氣惱。

☑ **poul·try** [ˈpoltrɪ]

名 家禽
同 fowl 家禽

» When Thanksgiving is coming, some *poultry* will suffer.
當感恩節即將來臨時，有些家禽就會受苦。

☑ **preach** [pritʃ]

動 傳教、說教、鼓吹

» Do some actions rather than *preaching*.
做出一些行動來，而不要只是說教。

pre·cede [prɪˋsid]

動 在前

同 lead 走在最前方

» She **preceded** me as the Chief Financing Officer.
她是在我之前擔任財務長的人。

pre·ce·dent [ˋprɛsədənt]

名 前例、判例

» There is no **precedent** for such criminal case.
沒有這種犯罪案件的判例。

pre·ci·sion [prɪˋsɪʒən]

名 精準

同 accuracy 準確

» The **precision** of the weather forecast has been questioned.
這個氣象預報的準確性遭到質疑。

pred·e·ces·sor [ˏprɛdɪˋsɛsə]

名 祖先、前輩

» The **predecessors** have established the conventions.
前輩們已經建立了常規。

pre·hi·stor·ic [ˏprihɪsˋtɔrɪk]

形 史前的

» **Prehistoric** fossil heritage in Kenya can date back to more than 100 millions years ago.
肯亞的史前化石遺產可以追溯到一億多年前。

pre·miere [prɪˋmjɛr]

名 初次上演、首映、女主角

» The film's **premiere** exceeded expectations and was quite a sensation.
這部電影的首映超出了預期，引起了相當大的轟動。

pre·side [prɪˋzaɪd]

動 主持

» He was designated to **preside** the opening ceremony.
他被指定要來主持開幕典禮。

pres·tige [prɛsˋtiʒ]

名 聲望

» The **prestige** of the institute is a merit for the graduates.
這個研究所的聲望對畢業生來說是種優勢。

pre·ven·tive [prɪˋvɛntɪv]

名 預防物

形 預防的

» The government took **preventive** measures of the typhoon.
政府進行颱風的預防措施。

pre·view [ˋpriˏvju]

名 預演、預習

動 預演、預習、預視

» Remember to **preview** Lesson 12, kids.
孩子們，記得預習第 12 課。

price·less [ˋpraɪslɪs]

形 貴重的、無價的

同 invaluable 無價的

» Friendship is **priceless**.
友情無價。

pri·va·tize [ˋpraɪvəˏtaɪz]

動 使私有化、民營化

» The government decided to **privatize** some state-owned enterprises to improve competitiveness.
政府決定私有化一些國有企業以提升競爭力。

probe [prob]

名 探針、探子、針探、探查

» The school decided to carry out a **probe** into the bullying incident at the school.
學校決定對校園霸凌事件進行調查。

pro·ces·sion [prəˋsɛʃən]

名 進行、行列

» On the day of the funeral **procession**, it was raining.
在葬禮進行的當天，天空下起雨來。

☑ **pro·fi·cien·cy** [prəˈfɪʃənsɪ]

名 熟練、精通

» A certificate of language **proficiency** is required for applicants of this position.
語言能力證明是求職者必備的條件。

☑ **pro·hi·bi·tion** [ˌproəˈbɪʃən]

名 禁令、禁止

» The **prohibition** has been lifted.
這項禁令已被解除。

☑ **pro·pel** [prəˈpɛl]

動 推動

» They invented a new type of mechanically **propelled** vehicle.
他們發明了一個新型的機械推動車。

☑ **prose** [proz]

名 散文

» We studied the **prose** works of William Wordsworth in English class.
我們英文課時，研讀了華滋華斯的散文。

☑ **pros·e·cute** [ˈprɑsɪˌkjut]

動 檢舉、告發

» He was **prosecuted** for embezzling.
他被告發盜用公款。

☑ **pro·spec·tive** [prəˈspɛktɪv]

形 將來的、預期的
同 future 未來的

» He gave some advices to his **prospective** son-in-law.
他給準女婿一些建議。

☑ **pro·to·type** [ˈprotəˌtaɪp]

名 原型、樣板、標準、模範

» The company has prepared a lot of **prototypes** for salesmen to propose and use.
公司準備了許多樣板供銷售人員提出和使用。

☑ **prov·erb** [ˈprɑvɝb]

名 諺語

» A famous English **proverb** goes like this, "A picture is worth a thousand words."
有個著名的英國諺語是這樣說的：「一張照片勝千言。」

☑ **pro·vin·cial** [prəˈvɪnʃəl]

名 省民
形 省的

» The **provincial** government will move its office to a new building.
省政府將要把辦公室遷到新大樓。

☑ **pro·vi·sion·al** [prəˈvɪʒənḷ]

形 臨時的、暫時性的、暫定的

» We lack the manpower for this large-scale event, so we need to find some **provisional** work-study students.
這次大型活動我們人手不足，所以需要找一些臨時工讀生。

☑ **psy·chi·a·try** [saɪˈkaɪətrɪ]

名 精神病治療、精神病學

» The treatment of mental illness involves **psychiatry** and psychological aspects.
精神疾病的治療涉及精神病學和心理學方面。

☑ **psy·chic** [ˈsaɪkɪk]

形 精神的、心靈的、超自然的、通靈的

» He has always believed that he possesses **psychic** powers and fantasizes about being able to fly.
他一直相信自己擁有超自然的能力，並幻想能夠飛翔。

psy·cho·ther·a·py [ˌsaɪkoˈθɛrəpɪ]

名 精神療法、心理療法

» She has been receiving **psychotherapy** to prevent a recurrence of depression.
她一直在接受心理治療，以防止抑鬱症的復發。

pub·li·cize [ˈpʌblɪˌsaɪz]

動 公布、宣傳、廣告

» The drama competition has been **publicized**.
話劇比賽已經廣為宣傳。

puff [pʌf]

名 噴煙、吹
動 噴出、吹熄

» My old uncle **puffed** up the stairs.
我那年邁的叔叔氣喘吁吁地上了樓。

punc·tu·al [ˈpʌŋktʃʊəl]

形 準時的

» The professor is always **punctual** for the seminars.
教授總是準時參加座談。

pu·ri·fy [ˈpjʊrəˌfaɪ]

動 淨化
同 cleanse 淨化

» The gadget is used to **purify** water for drinking.
這個工具是用來將水淨化以供飲用。

pu·ri·ty [ˈpjʊrətɪ]

名 純粹

» The **purity** of gold is expressed in carats.
黃金的純度是用克拉計算的。

Qq

quake [kwek]

名 地震、震動
動 搖動、震動

» Some scientists could predict the coming of **quakes** from animal behaviors.
有些科學家可以從動物的行為預測地震的來臨。

qual·i·fi·ca·tion [ˌkwɑləfəˈkeʃən]

名 賦予資格、證照
同 competence 勝任

» She passed her **qualification** for the Olympic gymnastic competition.
她獲得了奧林匹克體操比賽的資格。

Rr

ra·di·ant [ˈredjənt]

名 發光體
形 發光的、輻射的、洋溢著幸福的

» The bride wears a **radiant** smile on her face.
新娘臉上帶著幸福的微笑。

ra·di·ate [ˈredɪˌet]

動 放射、流露
形 放射狀的

» He **radiated** confidence as he delivered his speech.
他演講時流露出自信。

ra·di·o·ac·tive [ˌredɪoˈæktɪv]

形 放射性的

» The proper management of **radioactive** waste from nuclear power plants is essential to avoid endangering future generations.
核發電廠排出的放射性廢物要妥善處理，不然會危子孫後代。

☑ **rad·ish** [`rædɪʃ]

名 蘿蔔、小蘿蔔

» My grandmother's homemade *radish* cake is both fragrant and delicious.
我祖母自己做的蘿蔔糕又香又好吃。

☑ **ra·di·us** [`redɪəs]

名 半徑、半徑範圍、周圍、範圍、輻射狀部分

» I dislike him greatly and hope he doesn't appear within a 2-meter *radius* of me.
我非常討厭他，希望他不要出現在我 2 米的範圍內。

☑ **rap** [ræp]

名 叩擊、敲擊、拍擊、饒舌音樂、饒舌歌曲、罪責、責備

» He is a renowned *rap* artist, deeply loved by young people.
他是一位知名的饒舌歌手，深受年輕人喜愛。

☑ **rash** [ræʃ]

名 疹子
形 輕率的

» She has a *rash* whenever she takes in alcohol.
她只要一喝酒就會起疹子。

☑ **rat·i·fy** [`rætəˌfaɪ]

動 批准、認可

» The new drug for treating cancer has been *ratified* for market approval.
用於治療癌症的新藥已經獲得市場批准。

☑ **re·al·i·za·tion** [ˌrɪələ`zeʃən]

名 現實、領悟

» He has a growing *realization* that health is invaluable.
他逐漸領悟到健康是無價的。

☑ **reap** [rip]

動 收割

» Sometimes, we don't *reap* what we sow.
有時候，我們做了耕耘，卻未必會有收穫。

☑ **reck·less** [`rɛklɪs]

形 魯莽的、胡亂的
同 rash 魯莽的

» Recent *reckless* killing of pigs was horrifying.
近來對豬隻的濫殺令人震驚。

☑ **reck·on** [`rɛkən]

動 計算、依賴
同 count 計算

» Have you *reckoned* the rising percentage of our company's stocks?
你計算出我們公司股票的漲幅了嗎？

☑ **rec·on·cile** [`rɛkənˌsaɪl]

動 調停、和解

» The official *reconciled* the dispute between the local organizations.
官員調解了兩個當地組織之間的紛爭。

☑ **rec·re·a·tion·al** [ˌrɛkrɪ`eʃənḷ]

形 娛樂的、消遣的

» Do you do *recreational* activities with your family?
你會和家人一起從事休閒活動嗎？

☑ **re·dun·dan·cy** [rɪ`dʌndənsɪ]

名 過多、冗餘、重複、多餘物、冗語、贅詞、裁員、解僱

» The market is very sluggish, and many companies are implementing staff *redundancy*.
市場非常不景氣，很多公司都在進行裁員。

☑ **reef** [rif]

名 暗礁

» The coral **reef** under the sea has been investigated before.
這塊海底下的珊瑚礁以前曾被探勘過。

☑ **ref·e·ree** [ˌrɛfəˈri]

名 裁判者
動 裁判、調停

» The main purpose of taekwondo **referee** is to make sure fair play.
跆拳道裁判的主要功能是確保比賽的公正性。

☑ **ref·er·en·dum** [ˌrɛfəˈrɛndəm]

名 公民投票、請示書

» **Referendum** is a manifestation of direct democracy.
公民投票是直接民主的一種體現。

☑ **re·fine** [rɪˈfaɪn]

動 精鍊、提煉
同 improve 改善

» The crude oil is **refined** at the plant.
原油在這間工廠裡面提煉。

☑ **re·fine·ment** [rɪˈfaɪnmənt]

名 精良

» He was praised for the **refinement** of his final report.
他因為期末報告品質精良而受到表揚。

☑ **re·flec·tive** [rɪˈflɛktɪv]

形 反射的

» This dress is made of **reflective** fabric.
這件洋裝是反光布料作成的。

☑ **re·fresh(ment)** [rɪˈfrɛʃ]

動 使恢復精神

» Drink some coffee and get **refreshed**.
喝些咖啡，恢復精神。

☑ **re·fresh·ment(s)** [rɪˈfrɛʃmənt(s)]

名 清爽、茶點

» The honey cakes are prepared as the **refreshment** of afternoon tea.
蜂蜜蛋糕準備好當下午茶的茶點。

☑ **re·fute** [rɪˈfjut]

動 反駁
同 oppose 反對

» Jessica firmly **refuted** what her opponent argued.
傑西卡嚴正反駁她的對手所說的。

☑ **re·ha·bil·i·tate** [ˌrihəˈbɪləˌtet]

動 恢復原狀、修復、使恢復、使復職

» After a severe car accident, she is now making diligent efforts to **rehabilitate**.
在一場嚴重的車禍後，她現在正在努力康復。

☑ **re·hears·al** [rɪˈhɝsl]

名 排演
同 practice 練習

» The actor spent weeks on the **rehearsal** for the stage play.
演員花了好幾個星期在排練舞臺劇。

☑ **reign** [ren]

名 主權
動 統治
同 rule 統治

» The Dragon Queen will **reign** the Seven Kingdoms.
龍后將會統治七國。

☑ **re·joice** [rɪˈdʒɔɪs]

動 歡喜
反 lament 悲痛

» Beatrix's little readers **rejoiced** when they read her animal tales.
碧雅翠絲的小讀者們欣喜若狂閱讀她的動物故事。

☑ **re·lay** [ˈrile]/[rɪˈle]

名 接力（賽）
動 傳達

» The runner dropped the baton by accident in the **relay** race.
接力賽時，跑者不小心弄掉了接力棒。

☑ **re·lent·less** [rɪˋlɛntlɪs]

形 殘酷的、無情的、持續的、堅韌的、不懈的

» He always acts cold and ***relentless***, but he is actually very kind.
他總是表現得冷酷無情,但實際上他非常善良。

☑ **re·li·ance** [rɪˋlaɪəns]

名 信賴、依賴

» We placed complete ***reliance*** on our consultant.
我們完全信任我們的顧問。

☑ **re·li·ant** [rɪˋlaɪənt]

形 依賴的、信賴的、可靠的、依靠的

» Nowadays, people are highly ***reliant*** on 3C products in their daily lives.
如今,人們在日常生活中高度依賴 3C 產品。

☑ **rel·ic** [ˋrɛlɪk]

名 遺物

» More than 100,000 ***relics*** of the cargo ship from Song Dynasty were discovered.
超過 10 萬件來自中國古代宋朝的遺物被發現了。

☑ **re·main·der** [rɪˋmendɚ]

名 剩餘

同 remain 殘留

» The ***remainder*** steak can be made into delicious dishes.
剩餘的牛排可以做成美味的菜餚。

☑ **rem·i·nis·cent** [͵rɛməˋnɪsn̩t]

形 回憶往事的、懷舊的、提醒的、發人聯想的

» The restaurant's nostalgic decor is ***reminiscent*** and brings back many memories for everyone.
餐廳懷舊的裝潢勾起大家很多的回憶。

☑ **re·nowned** [rɪˋnaʊnd]

形 著名的

同 famous 著名的

» You will know more ***renowned*** pianists other than Beethoven and Mozart after taking the course.
上完這堂課之後,你就會認識貝多芬和莫札特以外其他的著名鋼琴家。

☑ **re·pro·duce** [͵riprəˋdjus]

動 複製、再生

» Tim's artworks were not easy to ***reproduce***.
要複製提姆的藝術作品恐怕不太容易。

☑ **rep·tile** [ˋrɛptaɪl]

名 爬蟲類

形 爬行的

» Dinosaurs could be classified as ***reptiles*** in some ways.
恐龍在某些方面來講,可以被歸為爬蟲類。

☑ **re·sent** [rɪˋzɛnt]

動 憤恨

» Emily ***resents*** her best friend because she told a terrible lie.
愛蜜莉憎恨她最好的朋友,因為她撒了一個可怕的謊。

☑ **re·sent·ment** [rɪˋzɛntmənt]

名 憤慨、怨恨

同 irritation 惱怒

» Andrew's stepfather became the object of his ***resentment*** for imperfect life.
安德魯的繼父成為他怨恨不完美人生的對象。

☑ **re·side** [rɪˋzaɪd]

動 居住

同 dwell 居住

» My grandparents **reside** in the mountain.
我的爺爺奶奶奶居住在山裡。

☑ **re·si·stant** [rɪˋzɪstənt]

形 抵抗的、反抗的

» Many people were **resistant** to the new law.
許多人反對這項新法律。

☑ **re·spec·tive** [rɪˋspɛktɪv]

形 個別的

同 individual 個別的

» They have to report to their **respective** supervisors.
他們必須各自向主管匯報。

☑ **res·to·ra·tion** [ˌrɛstəˋreʃən]

名 恢復、重建

» The **restoration** of the regime was objected by many citizens.
復辟政權受到許多公民反對。

☑ **re·strain** [rɪˋstren]

動 抑制

» Your younger brother is hot tempered and can hardly **restrain** his anger.
你的弟弟脾氣暴躁，很難控制憤怒。

☑ **re·straint** [rɪˋstrent]

名 抑制

» The government took necessary measures to **restrain** smuggling cigarettes.
政府採必要措施抑制菸品走私。

☑ **re·tort** [rɪˋtɔrt]

名 反駁

動 反駁、回嘴

» When Andy opened his mouth to **retort**, his father held up his hand to silence him.
當安迪張開嘴要反駁時，他的父親舉起手要他安靜。

☑ **re·trieve** [rɪˋtriv]

動 取回、（獵犬）銜回

» The hound helped its owner **retrieve** a lost wallet.
獵犬幫主人銜回弄丟的錢包。

☑ **rev·e·la·tion** [ˌrɛvəˋleʃən]

名 揭發

同 disclosure 揭發

» The prime minister resigned after the **revelation** of the scandal.
醜聞被揭發後，首相便辭職。

☑ **re·viv·al** [rɪˋvaɪvl̩]

名 復甦、恢復

» The medical staff were surprised by the patient's speedy **revival**.
醫療團隊對這個病人快速恢復感到驚訝。

☑ **re·vive** [rɪˋvaɪv]

動 復甦、復原、恢復生機

同 restore 復原

» Kim's fortune is going to **revive**.
金即將時來運轉。

☑ **re·volt** [rɪˋvolt]

名 叛亂、反叛

動 叛變、嫌惡

同 rebel 叛亂

» The people **revolted** against the nation's military service system.
人們奮起反抗國內的徵兵制。

☑ **re·volve** [rɪˋvɑlv]

動 旋轉、循環

» Since childhood, Jenny's life has **revolved** around piano contests.
自從兒童時期起，珍妮的日子總圍著鋼琴比賽轉。

☑ **rig·or·ous** [ˋrɪgərəs]

形 嚴格的

» Few people survived the **rigorous** training for pilots.
很少人能撐過嚴格的飛行員訓練。

☑ **rip·ple** [`rɪpl̩]

名 波動

動 起漣漪

» The **ripples** of the lake result from the jumping of the carp.
湖水的漣漪由鯉魚的跳躍造成。

☑ **ri·val·ry** [`raɪvəlrɪ]

名 競爭

» There is fierce **rivalry** for the chance to join the delegation.
參加代表團的機會競爭激烈。

☑ **roam** [rom]

名 漫步

動 徘徊、流浪

同 wander 徘徊

» Jack **roamed** around different European countries while taking pictures.
傑克漫遊在不同歐洲國家時，一路照相。

☑ **ro·bust** [ro`bʌst]

形 強健的

反 weak 虛弱的

» The batman looks **robust**.
蝙蝠俠看起來強健。

☑ **ro·tate** [ro`tet]

動 旋轉

» The Earth **rotates** around its own axis.
地球以地軸旋轉。

☑ **ro·ta·tion** [ro`teʃən]

名 旋轉、輪替

» The **rotation** of the Sun is not easily detected.
太陽的輪替不容易觀察。

☑ **roy·al·ty** [`rɔɪəltɪ]

名 貴族、王權、權利金、版稅

同 commission 職權

» She claimed that she is related to **royalty**.
她宣稱和王室有關聯。

☑ **rub·bish** [`rʌbɪʃ]

名 垃圾

同 garbage 垃圾

» The **rubbish** was drifted to the beach.
垃圾漂流到海邊。

☑ **rug·ged** [`rʌgɪd]

形 粗糙的

反 smooth 柔順的

» The **rugged** landscape didn't stop the runner.
粗糙的地形並沒有阻擋這名跑者。

☑ **ruth·less** [`ruθlɪs]

形 無情的、殘忍的、毫不留情的、堅決的

» The **ruthless** dictator uses force to suppress protesting people.
無情的獨裁者使用武力來鎮壓抗議的民眾。

Ss

☑ **sa·lute** [sə`lut]

名 招呼、敬禮

動 致意、致敬

同 greeting 招呼

» **Salute** the general.
向將軍敬禮。

sal·vage [ˈsælvɪdʒ]

動 救助、營救、搶救、挽救、打撈

» Here was a fire, and residents risked their safety to **salvage** their personal belongings.
發生了火災，住戶冒著風險搶救他們的個人物品。

san·i·ta·tion [ˌsænəˈteʃən]

名 公共衛生

» Good public **sanitation** system is fundamental for preventing epidemic diseases.
好的公共衛生系統對防治流行病來說是很重要的。

sav·age [ˈsævɪdʒ]

名 野蠻人
形 荒野的、野性的
同 fierce 兇猛的
片 increasingly savage 更加野蠻

» The **savage** beast is wounded.
這隻具野性的野獸受傷了。

sce·nic [ˈsinɪk]

形 舞臺的、佈景的、風景的

» Enoshima is a **scenic** spot in Tokyo.
江之島是東京的一處景點。

scorn [skɔrn]

名 輕蔑、蔑視
動 不屑做、鄙視
同 contempt 輕蔑

» Vincent's **scorn** on the new manager is clearly shown on his face.
文森對新任經理的鄙視，清楚地表現在他的臉上。

scrap [skræp]

名 小片、少許、碎片
動 丟棄、爭吵
同 quarrel 爭吵

» These shiny **scraps** of paper were used to decorate the windows.
這些閃亮的紙片用來裝飾窗戶。

screw·driv·er [ˈskruˌdraɪɚ]

名 螺絲刀

» The **screwdriver** is a useful tool used to insert or remove screws.
螺絲刀是用來置入或移除螺絲的有用工具。

scroll [skrol]

名 卷軸
動 把……寫在捲軸上、（電腦術語）捲頁

» The **scroll** of Chinese painting has been delivered to your residence.
這幅國畫卷軸已經送到你的住處。

scru·ti·ny [ˈskrutənɪ]

名 仔細檢查、監視、選票的復查

» The election officials requested a **scrutiny** of the ballots due to controversy in the vote count.
選舉官員因選票計算引發爭議，要求對選票進行復查。

sculp·tor [ˈskʌlptɚ]

名 雕刻家、雕刻師

» Jay McDougall is a contemporary wood **sculptor**.
傑・麥克杜格爾是位當代的木雕師。

sea·gull/gull [ˈsigʌl]/[gʌl]

名 海鷗

» The **seagulls** fly around in a circle.
海鷗圍成一個圈飛行。

se·duce [sɪˈdjus]

動 引誘、慫恿
同 tempt 引誘

» They **seduced** me into making investment in the start-up company.
他們慫恿我投資那家新創公司。

se·lec·tive [səˈlɛktɪv]

形 有選擇性的、對……很挑剔

» He is **selective** about the people he associates with.
他對來往的對象很挑剔。

☑ **se·rene** [sə`rin]

形 寧靜的、安祥的

反 furious 狂暴的

» The **_serene_** atmosphere in the small town makes me feel calm.
小鎮的寧靜氣氛讓我覺得平靜。

☑ **ser·geant** [`sɑrdʒənt]

名 士官

» A **_sergeant_** should fulfill his duties.
士官理應履行自己的職責。

☑ **serial** [`sɪrɪəl]

形 一連串的、連續的、連載的、分期償還的、序列的

» Unexpectedly, there is a **_serial_** killer residing in a separate section of my house.
沒想到，我的鄰居是個連續殺人犯。

☑ **ser·mon** [`sɝmən]

名 佈道、講道

同 detect 察覺

» The **_sermon_** of the priest moved the audience to tears.
牧師的講道讓聽眾感動落淚。

☑ **serv·ing** [`sɝvɪŋ]

名 服務、服侍、侍候、一份（食物、飲料等）

» Check the label on the package for the calories in a **_serving_**.
看一下包裝上面說每份含有的熱量是多少。

☑ **set·back** [`sɛtˌbæk]

名 逆流、逆轉、逆行、挫折

» He didn't give up pursuing his career despite the **_setbacks_**.
儘管有挫折，他還是沒有放棄追求事業。

☑ **shab·by** [`ʃæbɪ]

形 衣衫襤褸的

反 decent 體面的

» **_Shabby_** clothes didn't dim the girl's inner nobility.
破舊的服飾並沒有讓這個女孩內心的高貴失色。

☑ **sharp·en** [`ʃɑrpn̩]

動 使銳利、使尖銳

» I need to **_sharpen_** these pencils.
我必需要削這些鉛筆。

☑ **shav·er** [`ʃevɚ]

名 理髮師

» The **_shaver_** has good shaving skills.
這名理髮師有好的理髮技巧。

☑ **short·com·ing** [`ʃɔrtˌkʌmɪŋ]

名 短處、缺點

同 deficiency 不足

» Everyone has his **_shortcoming_**.
每個人都有自身的缺點。

☑ **short·sight·ed** [`ʃɔrtˌsaɪtɪd]

形 近視的

» Harry Potter is a **_short-sighted_** boy.
哈利波特是個有近視問題的男孩。

☑ **shred** [ʃrɛd]

名 細長的片段

動 撕成碎布

» The **_shreds_** of dresses and shirts are placed in the basement.
洋裝和襯衫的碎布放在地下室。

☑ **shriek** [ʃrik]

名 尖叫

動 尖叫、叫喊

同 scream 尖叫

» A boy **_shrieked_** and threw the toys around.
小男孩放聲尖叫，亂丟玩具。

☑ **shrub** [ʃrʌb]

名 灌木

同 bush 灌木

» In the mountain behind our house are some flowering **shrubs**.
屋後的山裡有些開花的灌木。

☑ **shuffle** [`ʃʌfl]

動 拖著腳走、混亂、拖曳、攪亂、慢吞吞地走、推諉、洗牌

» He didn't sleep well last night, so he **shuffled** along with a lack of energy while walking.
他昨晚沒睡好，所以拖著腳走路很沒精神。

☑ **shut·ter** [`ʃʌtɚ]

名 百葉窗

動 關上窗

片 behind shutters 在百葉窗後方

» The **shutter** was down.
百葉窗是關上的。

☑ **sim·plic·i·ty** [sɪm`plɪsətɪ]

名 簡單、單純

» **Simplicity** in the design of the exterior is a feature of the mobile gadget.
外殼的簡約設計，是這種行動裝置的特色。

☑ **sim·pli·fy** [`sɪmpləˏfaɪ]

動 使……簡易、使……單純

反 complicate 使複雜

» The children are reading a **simplified** version of Shakespeare scripts.
小朋友在讀簡化版的莎士比亞劇本。

☑ **si·mul·ta·ne·ous** [ˏsaɪml`tenɪəs]

形 同時發生的

» Special equipment is needed for the **simultaneous** interpretation.
同步口譯需要應用特殊的設備。

☑ **skep·ti·cal** [`skɛptɪkl̩]

形 懷疑的

» I was **skeptical** about his proposition.
我對他的主張存疑。

☑ **skim** [skɪm]

動 掠去、去除、略讀

名 脫脂乳品

» She **skimmed** through the applicants' resumes.
她快速略讀過求職者的履歷。

☑ **slang** [slæŋ]

名 俚語

動 謾罵、說俚語

» The Urban Dictionary collects the meaning of colloquial **slang**.
都會字典收錄口語中俚語的意思。

☑ **slash** [slæʃ]

名 刀痕、裂縫

動 亂砍、鞭打

同 cut 砍

» The slave was **slashed** by the brutal master for no reason.
奴隸被無情的主人鞭打。

☑ **slaugh·ter** [`slɔtɚ]

名 屠宰

動 屠宰

片 cruelly slaughtered 殘酷的屠殺

» There must be some ways to reduce the **slaughter** of animals.
一定有方法可以減少屠宰動物。

☑ **slay** [sle]

動 殺害、殺

同 kill 殺

» The Japanese soldier **slew** the woman.
日本兵殺了該名女子。

☑ **slop·py** [`slɑpɪ]

形 不整潔的、邋遢的

同 neat 整潔的

» The puppy looked **sloppy**.
這隻幼犬看起來邋遢。

☑ **slum** [slʌm]

名 貧民區

動 進入貧民區

» Some children from the **slum** peddled their handcrafts to the tourists.
有些來自貧民區的孩童向觀光客兜售手工藝品。

☑ **slump** [slʌmp]

名 下跌

動 暴跌

» The value of the restaurant has **slumped**.
這間餐廳的價值突然下跌。

☑ **sly** [slaɪ]

形 狡猾的、陰險的

反 frank 坦白的

» What does that **sly** smile mean?
那抹詭笑是何用意？

☑ **smug·gle** [ˈsmʌgl̩]

動 走私

» The man tried to **smuggle** a tiger cub to Mexico.
這名男子企圖走私幼虎到墨西哥。

☑ **sneak·er(s)** [ˈsnikɚ(s)]

名 慢跑鞋

» Why don't you put on these **sneakers**?
為什麼你不穿這雙慢跑鞋？

☑ **sneak·y** [ˈsnikɪ]

形 鬼鬼祟祟的

» The **sneaky** shoplifter tried to steal some valuable items but got caught on the spot.
鬼鬼祟祟的小偷想要從店裡偷值錢的物品，但是被當場抓到了。

☑ **sneeze** [sniz]

名 噴嚏（聲）

動 打噴嚏

» She **sneezed** a lot because caught a cold.
她因為感冒，所以一直打噴嚏。

☑ **snore** [snor]

名 鼾聲

動 打鼾

» My roommate **snored** like a piglet.
我室友的打鼾聲像隻小豬。

☑ **so·cia·ble** [ˈsoʃəbl̩]

形 愛交際的、社交的

» The director at the sector of public relation is a **sociable** person.
公關部門的主任是個善於社交的人。

☑ **so·cial·ism** [ˈsoʃəlˌɪzəm]

名 社會主義

» The book is about the pros and cons of **socialism**.
這本書是關於社會主義的優、缺點。

☑ **so·cial·ist** [ˈsoʃəlɪst]

名 社會主義者

» Lenin, the leader of the Soviet Union, is a **socialist**.
蘇聯的領導者列寧，是一位社會主義者。

☑ **so·cial·ize** [ˈsoʃəlˌɪaɪz]

動 使社會化、交際

同 civilize 使文明、使開化

» Children learn to **socialize** with others when they go to the kindergarten.
小孩上幼稚園的時候學習和他人交際。

☑ **so·ci·ol·o·gy** [ˌsoʃɪˈɑlədʒɪ]

名 社會學

» We watched a documentary on the **sociology** class.
我們在社會學課堂上看了一部紀錄片。

☑ **sol·emn** [ˈsɑləm]

形 鄭重的、莊嚴的

同 serious 莊嚴的

» Ted's **solemn** face shows he is willing to consider the contract we offered.
泰德嚴肅的臉顯示他願意考慮我們所提供的合約。

☑ **sol·i·dar·i·ty** [ˌsɑləˈdærətɪ]

名 團結、休戚相關

» She sought cross partisan **solidarity** to resolve the issue.
她尋求跨黨派的團結來解決這個問題。

☑ **sol·i·tar·y** [ˈsɑləˌtɛrɪ]

名 隱士、獨居者

形 單獨的

同 single 單獨的

» The **solitary** lives alone beside the lake.
隱士獨自一人生活在湖邊。

☑ **sol·i·tude** [ˈsɑləˌtjud]

名 獨處、獨居

» The volunteer pays regular visit to the old lady who lives in **solitude**.
志工固定去拜訪獨居的老太太。

☑ **soothe** [suð]

動 安慰、撫慰

同 comfort 安慰

» His words **soothed** those grieving the loss of a loved one.
他的話安慰了那些因失去摯愛而哀痛的人們。

☑ **sor·row·ful** [ˈsɑrəfəl]

形 哀痛的、悲傷的

» I felt **sorrowful** when I heard that my best friend had an accident.
當我聽見我最好的朋友出車禍時，我覺得很悲傷。

☑ **sov·er·eign** [ˈsɑvrɪn]

名 最高統治、獨立國家

形 自決的、獨立的

» It takes time to a country with the **sovereign** status.
要成為有獨立地位的國家需要時間。

☑ **space·craft/space·ship** [ˈspesˌkræft]/[ˈspesˌʃɪp]

名 太空船

» The **spacecraft** cruises to Mars.
太空船航行到火星去。

☑ **span** [spæn]

名 跨距

動 橫跨、展延

» She accumulated a fortune of three million dollars over a short **span** of two months.
她在短短兩個月內累積了三百萬財富。

☑ **spar·row** [ˈspæro]

名 麻雀

» The **sparrows** are chirping in the morning.
麻雀在早上吱吱喳喳叫。

☑ **spec·ta·cle** [ˈspɛktəkl]

名 奇觀

» The waterfall was a wonderful **spectacle**.
這條瀑布可說是奇觀。

☑ **spi·ral** [ˈspaɪrəl]

名 螺旋

動 急遽上升

形 螺旋的

同 twist 旋轉

» The man installed a **spiral** ladder in his house.
男子在自己家中裝設了螺旋梯。

☑ **splen·dor** [ˈsplɛndɚ]

名 燦爛、光輝

» The *splendor* of the morning sun is unforgettable.
晨曦的光輝難以忘懷。

☑ **spokes·per·son/ spokes·man/ spokes·wom·an**

[ˈspoksˌpɝsn]/[ˈspoksmən]/[ˈspoksˌwʊmən]

名 發言人

» The chief party *spokesperson* resigned after the scandal broke out.
政黨發言人在醜聞爆發後辭職。

☑ **spon·ta·ne·ous** [spɑnˈtenɪəs]

形 同時發生的、自發的、不由自主的

» The *spontaneous* smile of the infant may indicate that she is drowsy.
寶寶自發的微笑可能代表她很睏。

☑ **sports·man/ sports·wom·an**

[ˈspɔrtsmən]/[ˈspɔrtsˌwʊmən]

名 男運動員／女運動員

» The *sportsmen* and *sportswomen* stayed in the Athletes' Village.
男運動員和女運動員就待在選手村。

☑ **sports·man·ship** [ˈspɔrtsmənˌʃɪp]

名 運動員精神

» The *sportsmanship* includes some principles on fairness, ethics, and respect.
運動員精神包含公平、倫理學和尊敬等方面的原則。

☑ **spot·light** [ˈspɑtˌlaɪt]

名 聚光燈
動 用聚光燈照明

» One of the *spotlights* was broken.
其中一個聚光燈壞了。

☑ **spur** [spɝ]

名 馬刺
動 策馬、飛奔

» The *spur* was used to encourage the horse to run faster.
馬刺用以鼓勵馬匹跑快一點。

☑ **sta·bi·lize** [ˈstebəˌlaɪz]

動 保持安定、使穩定

» The managerial team took some measures to *stabilize* the finances of the company.
管理團隊採取了一些措施來穩定公司的財務狀況。

☑ **stag·ger** [ˈstægɚ]

名 搖晃、蹣跚
動 蹣跚
同 sway 搖動

» The baby *staggered* after the other children.
寶寶在其他小朋友後面搖搖晃晃的走著。

☑ **sta·ple** [ˈstepl]

名 釘書針、主要產物
動 用釘書針釘住、分類、選擇
同 attach 貼上

» An announcement of office renovation was *stapled* on the bulletin board.
辦公室整修的公告被釘在公告欄上。

star·va·tion [stɑrˈveʃən]

名 饑餓、餓死

同 famine 饑餓

» Some children died of *starvation* in the drought-stricken area.
乾旱地區有些小孩死於饑餓。

states·man [ˈstetsmən]

名 政治家

» *Statesmen* deserve respect.
政治家值得尊敬。

sta·tion·ar·y [ˈsteʃənˌɛrɪ]

形 不動的

» The captivated soldiers were asked to remain *stationary*.
遭俘虜的軍人被要求保持不動。

sta·tion·er·y [ˈsteʃənˌɛrɪ]

名 文具

» What is your monthly expense on *stationery*?
你每個月花多少錢買文具呢？

stat·ure [ˈstætʃɚ]

名 身高、身長

» The basketball player is a man of large *stature*.
這名籃球選手的身材高大。

statute [ˈstætʃʊt]

名 法令、法規、成文法、章程、規則、條例

» The company *statute* is the fundamental guideline for the company's operation.
公司章程是公司運營的基本準則。

step·child [ˈstɛpˌtʃɪld]

名 前夫（妻）所生的孩子

» Angela gets along with her *stepchild* very well.
安琪拉跟前夫所生的孩子相處的很好。

step·father [ˈstɛpˌfɑðɚ]

名 繼父、後父

» Stanley got married and became the *stepfather* of a boy.
史丹利結婚了，變成一個小男孩的繼父。

step·mother [ˈstɛpˌmʌðɚ]

名 繼母、後母

» Angela is a *stepmother*.
安琪拉是後母。

stim·u·la·tion [ˌstɪmjəˈleʃən]

名 刺激、興奮

» Extroverts tend to pursue *stimulations*.
外向者喜歡追求刺激。

strait [stret]

名 海峽

» The relation between the two sides of the Taiwan *Straits* is complex.
兩岸的關係是複雜的。

stran·gle [ˈstræŋgl̩]

動 勒死、絞死

» A white dolphin was *strangled* to death by fishnet.
一隻白海豚被漁網勒斃。

stray [stre]

名 漂泊者

動 迷路、漂泊

形 迷途的

» The group of explorers *strayed* into an unknown jungle.
一群探險者誤入了一個未知的叢林。

stride [straɪd]

名 跨步、大步

動 邁過、跨過

同 step 步伐

» The length of *stride* made her a winner of the race.
大跨步讓她成為賽跑中的贏家。

☑ **stroll** [strol]

名 漫步、閒逛

動 漫步

片 after-lunch stroll 午後散步

» Take a *stroll* in the park is relaxing.
在公園裡漫步是很悠哉的。

☑ **stun** [stʌn]

動 嚇呆

» The monkey was *stunned* at the sight the leopard.
一看到花豹，猴子嚇呆了。

☑ **stut·ter** [`stʌtɚ]

名 結巴

動 結結巴巴地說

同 stammer 結結巴巴地說

» Laura made a mistake and *stuttered* to explain.
蘿拉犯了錯，結結巴巴地解釋。

☑ **styl·ish** [`staɪlɪʃ]

形 時髦的、漂亮的

同 fashionable 時髦的

» That *stylish* carpet is hung outside.
那條漂亮的地毯掛在外面。

☑ **sub·jec·tive** [səb`dʒɛktɪv]

形 主觀的

同 internal 內心的、固有的

» Give objective reasoning instead of *subjective* opinions in your essay.
在你的文章裡要寫客觀的推論而不是主觀意見。

☑ **sub·or·di·nate** [sə`bɔrdənɪt]

名 附屬物

形 從屬的、下級的

同 secondary 從屬的

» Our company offers bailout for our *subordinates*.
我們公司提供援助給子公司。

☑ **sub·scribe** [səb`skraɪb]

動 捐助、訂閱、簽署

同 contribute 捐助

» She *subscribed* the newsletter of her favorite brand company.
她訂閱喜愛品牌公司的通訊刊物。

☑ **sub·scrip·tion** [səb`skrɪpʃən]

名 訂閱、簽署、捐款

» Our *subscription* to the magazine expires this December.
我們訂閱這個雜誌到今年十二月為止。

☑ **sub·si·dize** [`sʌbsə͵daɪz]

動 給……津貼、補助、用錢買通、向……行賄

» The company provides various *subsidies* as part of employee benefits.
公司提供各種津貼作為員工福利。

☑ **suc·ces·sion** [sək`sɛʃən]

名 連續

» The economy has been growing four quarters in *succession*.
經濟連續四季成長。

☑ **suc·ces·sive** [sək`sɛsɪv]

形 連續的、繼續的

同 continuous 繼續的

» The company has increased its investment in South East Asian countries for three *successive* years.
這間公司連續三年增加對東南亞國家的投資。

☑ **suf·fo·cate** [`sʌfə͵ket]

動 使窒息

同 choke 使窒息

» Several victims *suffocated* in the fumes during the big fire.
大火中有數名罹難者是被煙嗆窒息的。

☑ **suit·case** [ˈsutˌkes]

名 手提箱

» The **suitcase** is made of real leather.
這只手提箱是用真皮製成的。

☑ **sum·mon** [ˈsʌmən]

動 召集

» Several students were **summoned** to the teacher's office.
幾個學生被召集到教師辦公室去。

☑ **su·per·fi·cial** [ˌsupəˈfɪʃəl]

形 表面的、外表的、粗略的

反 essential 本質的

» Toby has **superficial** knowledge of Korean.
托比略懂一點韓文。

☑ **su·per·in·ten·dent** [ˌsupərɪnˈtɛndənt]

名 監督人、監管者、主管、負責人、警長

» For caution, the **superintendent** must be present when signing contracts.
為謹慎起見，簽訂合約時必須有主管在場。

☑ **su·pe·ri·or·i·ty** [səˌpɪrɪˈɔrətɪ]

名 優越、卓越

» We all agree to the **superiority** of the new project over the old one.
我們都同意新的計劃比舊的計劃好。

☑ **su·per·sti·tious** [ˌsupəˈstɪʃəs]

形 迷信的

» The **superstitious** woman hung a Taoist charm at her door.
這名迷信的婦女在門上貼了一張符咒。

☑ **sup·ple·ment** [ˈsʌpləmənt]/[ˈsʌpləˌmɛnt]

名 副刊、補充

動 補充、增加

» She offered some **supplement** materials for students.
她提供一些補充教材給學生。

☑ **sup·press** [səˈprɛs]

動 壓抑、制止

同 restrain 抑制

» He **suppressed** his anger and left without a word.
他把怒氣壓抑下來，不發一語離開。

☑ **surge** [sɝdʒ]

名 大浪

動 洶湧

» There's a **surge** of shoppers into the department store.
潮湧般的購買者湧入百貨公司。

☑ **sur·gi·cal** [ˈsɝdʒɪkl̩]

形 外科的、外科醫生的、外科手術引起的

» During the **surgical** procedure, an emergency blood transfusion was required due to excessive bleeding.
在手術過程中，因為大出血而需要緊急輸血。

☑ **sur·name** [ˈsɝˌnem]

名 姓、別名、外號、綽號

» In this region, the majority of the population has the **surname** Chen.
在這個地區，大多數人口都姓陳。

☑ **sur·pass** [səˈpæs]

動 超過、超越

同 exceed 超過

» Don't work hard to please others; do it to **surpass** yourself.
不要為了討好別人而努力；要為了超越自己而奮鬥。

☑ **sus·pense** [səˈspɛns]

名 懸而未決、擔心

同 concern 擔心、掛念

» The viewers were left in **suspense** when they finished the episode.
觀眾看完這一集之後留下懸念。

☑ **sus·pen·sion** [sə`spɛnʃən]

名 暫停、懸掛

» His was kept in **_suspension_** from the school team because of his misbehavior.
他因為不當行為而被暫停參加校隊活動。

☑ **swamp** [swɑmp]

名 沼澤

動 陷入泥沼

同 bog 沼澤

» The alligators await their preys in the **_swamp_**.
鱷魚在沼澤等待獵物。

☑ **swarm** [swɔrm]

名 群、群集

動 聚集、一塊

同 cluster 群、組

» A **_swarm_** of bees are attacking the man.
群蜂攻擊該名男子。

☑ **sym·bol·ize** [`sɪmbə͵laɪz]

動 作為……象徵

» A yellow rose **_symbolizes_** friendship, joy, and caring.
黃玫瑰代表友情、歡樂、和關懷。

☑ **sym·me·try** [`sɪmɪtrɪ]

名 對稱、相稱

同 harmony 和諧

» The **_symmetry_** in the arrangement of the painting is pleasing.
這幅畫中對稱的安排令人感到愉悅。

☑ **sym·pa·thize** [`sɪmpə͵θaɪz]

動 同情、有同感

同 pity 同情

» I **_sympathize_** with Cathy, who doesn't sleep well at night.
我同情凱蒂,她夜裡常常睡不好。

☑ **sym·pho·ny** [`sɪmfənɪ]

名 交響樂、交響曲

» The **_symphony_** is powerful.
這首交響曲很有震撼力。

☑ **syn·o·nym** [`sɪnə͵nɪm]

名 同義字

反 antonym 反義字

» Can you think of a **_synonym_** of "honesty"?
你可以想到「誠實」這個字的同義詞嗎?

☑ **syn·thet·ic** [sɪn`θɛtɪk]

名 合成物

形 綜合性的、人造的

同 artificial 人造的

» The **_synthetic_** fabric is effective in heat dissipation.
這個合成織品有好的散熱效果。

☑ **syr·up** [`sɪrəp]

名 糖漿

片 cough syrup 止咳糖漿

» Children love **_syrup_**.
孩子們喜歡糖漿。

Tt

☑ **tan** [tæn]

名 日曬後的顏色、曬成棕褐色

形 棕褐色的

» Jeff looks strong with deep **_tan_**.
傑夫看起來強壯,有深褐色的肌色。

☑ **te·di·ous** [ˈtidɪəs]

形 沉悶的

» He thought life of an accountant would be ***tedious***.
他認為會計的生活會十分沉悶。

☑ **tel·e·com·mu·ni·ca·tions**
[ˌtelɪkəˌmjuːnɪˈkeɪʃnz]

名 電信學、電信

» The merger of ***telecommunications*** companies can enhance operational efficiency and competitiveness.
電信公司的合併可以提高運營效率和競爭力。

☑ **tell·er** [ˈtɛlə]

名 講話者、敘述者、出納員

» The bank ***teller*** is quite friendly.
這名銀行出納員還滿友善的。

☑ **tem·po** [ˈtɛmpo]

名 速度、拍子

同 rhythm 節拍

» They had to up the ***tempo*** in order to finish this project.
他們必須加快節奏，才能完成這個項目。

☑ **ten·ant** [ˈtɛnənt]

名 承租人、房客

動 租賃

同 landlord 房東

» The ***tenant*** needs to pay the rent on the 15th of each month.
房客每月 15 號都要付房租。

☑ **ten·ta·tive** [ˈtɛntətɪv]

形 暫時的

» To find a part-time job is a ***tentative*** plan.
找兼差的工作是暫時的計畫。

☑ **ter·race** [ˈtɛrəs]

名 房屋的平頂、陽臺

動 使成梯形的

» The ***terrace*** of the house is painted in blue.
這棟房子的陽臺漆成藍色。

☑ **tex·tile** [ˈtɛkstaɪl]

名 織布

形 紡織成的

同 material 織物

» It is a leading company of the ***textile*** industry.
它是紡織產業的龍頭。

☑ **there·af·ter** [ðɛrˈæftə]

副 此後、以後

同 afterward 以後

» The couple lived happily ***thereafter***.
這對夫妻從此過著幸福快樂的日子。

☑ **ther·mom·e·ter** [θəˈmɑmətə]

名 溫度計

» The automatic digital ***thermometer*** can be used to measure baby temperature.
自動數位溫度計可以用來測量寶寶的體溫。

☑ **tilt** [tɪlt]

動 傾斜、刺擊

同 pierce 刺穿

» Jay's head ***tilted*** to one side, looking at Nicole curiously.
傑的腦袋傾向一邊，好奇地看著妮可。

☑ **tip·toe** [ˈtɪpˌto]

名 腳尖

動 用腳尖走路

副 以腳尖著地

» The thief ***tiptoed*** to enter the bedroom.
小偷用腳尖走路，進入臥房。

☑ **tire·some** [ˈtaɪrsəm]

形 無聊的、可厭的

» Did you feel ***tiresome*** of the TV programs?
你覺得電視節目無聊嗎？

☑ **to·ken** [ˈtokən]

名 表徵、代幣
同 sign 象徵
» The gift is nothing, just a **token** of our friendship.
這份禮物沒有什麼，只代表我們的友誼。

☑ **tor·na·do** [tɔrˈnedo]

名 龍捲風
» A damaging **tornado** hit Luxembourg last month.
破壞力強的龍捲風上個月侵襲盧森堡。

☑ **tor·rent** [ˈtɔrənt]

名 洪流、急流
片 torrents of rain 傾盆大雨
» A lad was drowned in this **torrent**.
一名少年在急流中溺斃。

☑ **trade·mark** [ˈtredˌmɑrk]

名 標記、商標
同 brand 商標
» Triumph is a **trademark** of underwear.
黛安芬是內衣商標。

☑ **tran·script** [ˈtrænˌskrɪpt]

名 抄本、副本
片 academic transcript 成績單
» He printed a copy of academic **transcript** for the last semester.
他印了上學期的成績單。

☑ **trans·mit** [trænsˈmɪt]

動 寄送、傳播
同 forward 發送
» The broadcast satellite could **transmit** the signals from the TV station to the TV viewers.
廣播衛星可以將電視臺的信號傳送給觀眾。

☑ **trans·plant** [ˈtrænsplænt]/[trænsˈplænt]

名 移植手術
動 移植
» The kidney **transplant** surgery may last for three hours.
腎臟移植手術大約需要三小時。

☑ **trea·sur·y** [ˈtrɛʒərɪ]

名 寶庫、金庫、財政部
» Tax revenue was the main source for the national **treasury**.
稅收是國庫的主要來源。

☑ **trek** [trɛk]

名 移居
動 長途跋涉
» The hikers **trekked** for 8 consecutive hours yesterday.
登山者昨天連續跋涉八個小時。

☑ **tri·fle** [ˈtraɪfl]

名 瑣事
動 疏忽、輕忽、戲弄
» Ruby often argued with her sister for **trifles**.
露比常和姐姐因為瑣事爭吵。

☑ **tril·lion** [ˈtrɪljən]

名 百萬的平方、一兆、百萬的立方、大量
» **Trillions** as a unit are astronomical figures for the average person.
對一般人來說，兆的單位是天文數字。

☑ **trop·ic** [ˈtrɑpɪk]

名 回歸線
形 熱帶的
» The **Tropic** of Cancer passes through Taiwan.
北回歸線經過臺灣。

☑ **trout** [traʊt]

名 鱒魚

» The ***trout*** jumped energetically.
這隻鱒魚活蹦亂跳。

☑ **trus·tee** [trʌsˋti]

名 受託人、理事、董事、扣壓財產的管理人

» The ***trustee*** oversees assets for the trust's beneficiaries.
受託人監督信託受益人的資產。

☑ **tuck** [tʌk]

名 縫褶

動 打褶、把……塞進

» Greg ***tucked*** the shirt into his pants nervously.
葛列格緊張地把襯衫下擺塞進褲子裡。

☑ **tur·moil** [ˋtɝmɔɪl]

名 騷擾、騷動

同 noise 喧鬧

» The country is in a ***turmoil*** as heated protests against the legal pact continued.
隨著反對法案的激烈抗爭行動持續進行，國家處於混亂中。

☑ **twi·light** [ˋtwaɪˏlaɪt]

名 黎明、黃昏

同 dusk 黃昏

» The traveler set off in the ***twilight*** of dawn.
旅人在黎明微光中踏上旅程。

☑ **twin·kle** [ˋtwɪŋkḷ]

名 閃爍

動 閃爍、發光

» Stars in the night sky are ***twinkling***.
夜空的星星閃爍著光芒。

Uu

☑ **u·nan·i·mous** [jʊˋnænəməs]

形 一致的、和諧的

» We had a ***unanimous*** agreement on this issue.
我們對這個議題有一致的看法。

☑ **un·con·di·tion·al** [ˏʌnkənˋdɪʃənḷ]

形 無條件的、絕對的

» Parents' devotion to their children is an absolutely ***unconditional*** love.
父母對子女的奉獻是絕對無條件的愛。

☑ **un·der·es·ti·mate** [ʌndɚˋɛstəmɪt]/[ʌndɚˋɛstəˏmet]

動 低估

» Don't ***underestimate*** your opponent.
不要低估你的對手。

☑ **un·der·neath** [ʌndɚˋniθ]

介 在下面

同 below 在下面

» A ruler is ***underneath*** the table.
一把尺就在桌下。

☑ **un·der·pass** [ˋʌndɚˏpæs]

名 地下道

» The thief was hiding in the ***underpass***.
小偷躲在地下道。

☑ **un·der·way** [ˋʌndɚˏwe]

副 在進行中的

» The construction of the new office building is ***underway*** and is expected to be completed by January next year.
新的辦公大樓正在建設進行中，預計將在明年一月完工。

☑ **u·ni·fi·ca·tion** [ˏjunəfəˋkeʃən]

名 統一、一致、聯合

» The ***unification*** of two schools for the joint fair has garnered significant popularity.
兩校聯合舉辦聯展廣受好評。

☑ **u·ni·fy** [ˈjunəˌfaɪ]

動 使一致、聯合

同 combine 聯合

» The small companies were **_unified_** into an enterprise.
這些小公司被聯合成為一個企業。

☑ **unveil** [ʌnˈvel]

動 展示、揭開 ...... 的幕

» The fashion designer will **_unveil_** the new collection during the fashion show.
這位時裝設計師將在時裝秀期間推出新系列。

☑ **up·right** [ˈʌpˌraɪt]

名 直立的姿勢

形 直立的

副 直立地

同 erect 直立的

» It seemed weird to see a dog stand **_upright_** like a man.
看到狗像人一樣直立起來，似乎很奇怪。

☑ **up·ris·ing** [ˈʌpˌraɪzɪŋ]

名 起義、暴動、上升、起立、起床

» The people staged an **_uprising_** march to fight for freedom of speech.
人民發動了一場起義遊行，以爭取言論自由。

☑ **up·ward(s)** [ˈʌpwəd(z)]

形 向上的

副 向上地

同 downward 向下

» Walk **_upwards_** and you'll be there soon.
往上走，你很快地會到那裡。

☑ **ur·gen·cy** [ˈɝdʒənsɪ]

名 迫切、急迫

» This is not a matter of some **_urgency_**.
這是相當緊急的事情。

☑ **ush·er** [ˈʌʃɚ]

名 引導員

動 招待、護送

» The guard **_ushered_** the customer to the parking lot.
警衛護送客人到停車場。

☑ **u·ten·sil** [juˈtɛnsl]

名 用具、器皿

同 implement 用具

» They had a sale on cooking **_utensils_**.
他們辦了餐具的拍賣會。

☑ **ut·ter** [ˈʌtɚ]

形 完全的

動 發言、發出

同 complete 完全的

» What she **_uttered_** was a lie.
她所說的話全是謊言。

Vv

☑ **vac·cine** [ˈvæksin]

名 疫苗

» The medical scientists were developing a **_vaccine_** for Ebola virus.
這些醫藥學家在發展伊波拉病毒的疫苗。

☑ **va·ni·lla** [vəˈnɪlə]

名 香草

» She made **_vanilla_** pudding for her kids.
她做香草布丁給小孩吃。

☑ **van·i·ty** [ˈvænətɪ]

名 虛榮心、自負
同 conceit 自負

» He wanted to marry that rich girl purely for **vanity**.
他純粹是因為虛榮心，而想要娶那個有錢的女孩。

☑ **va·por** [ˈvepɚ]

名 蒸發的氣體
同 mist 水氣

» Stay away from the poisonous **vapor**.
遠離有毒氣體。

☑ **veil** [vel]

名 面紗
動 掩蓋、遮蓋
同 cover 遮蓋

» The girl covered in **veil** looks mysterious.
以面紗蒙面的女孩看起來好神祕。

☑ **vel·vet** [ˈvɛlvɪt]

名 天鵝絨
形 柔軟的、平滑的、天鵝絨製的
同 soft 柔軟的

» The green **velvet** dress suits Betty.
這條綠色天鵝絨洋裝很適合貝蒂。

☑ **ver·sa·tile** [ˈvɝsətl̩]

形 多才的、多用途的
同 competent 能幹的

» The **versatile** actor made his debut in a TV commercial.
這位多才多藝的演員是在電視廣告中首次亮相。

☑ **vet·er·i·nar·i·an /vet**
[ˌvɛtərəˈnɛrɪən]/[vɛt]

名 獸醫

» He makes sure that his pet receives good medical care by a certified **veterinarian**.
他確保他的寵物可以獲得合格獸醫的醫療照護。

☑ **ve·to** [ˈvito]

名 否決
動 否決
同 deny 否定

» The president has promised to **veto** the bill.
總統已承諾否決該議案。

☑ **vi·brate** [ˈvaɪbret]

動 震動

» Your cellphone is **vibrating**.
你的手機在震動。

☑ **vi·bra·tion** [vaɪˈbreʃən]

名 震動

» The baby was petrified by the **vibration** of the floor.
寶寶被地板的震動嚇到。

☑ **vice** [vaɪs]

名 不道德的行為
形 副的、代替的
反 virtue 美德

» The **vice** minister will give a speech on the conference.
副部長會在研討會上致詞。

☑ **vic·tor** [ˈvɪktɚ]

名 勝利者、戰勝者
同 winner 勝利者

» The **victor** in the contest will have a golden trophy.
比賽的勝利者可以得到金色的獎盃。

☑ **vig·or** [ˈvɪgɚ]

名 精力、活力
同 energy 精力

» Billy completed the job with **vigor**.
比利活力十足地完成這份工作。

☑ **vig·or·ous** [ˈvɪgərəs]

形 有活力的
同 energetic 有活力的

» Grandma is 85, and is still **vigorous**.
奶奶 85 歲了，還是很有活力。

☑ **vil·la** [ˈvɪlə]

名 別墅

» The billionaire lived a luxury **villa**.
億萬富翁住在豪華別墅裡。

☑ **vil·lain** [ˈvɪlən]

名 惡棍

同 rascal 惡棍

» The **villain** pretends to be good.
惡棍假裝是好人。

☑ **vine** [vaɪn]

名 葡萄樹、藤蔓

» The fox looks at the grapes on the **vine**.
狐狸看著葡萄樹上的葡萄。

☑ **vine·yard** [ˈvɪnjəd]

名 葡萄園

» These wine grapes were from a local **vineyard**.
這些釀酒用的葡萄是來自本地的葡萄園。

☑ **vi·o·lin·ist** [ˌvaɪəˈlɪnɪst]

名 小提琴手

» The **violinist** with the pianist will give us a great show tonight.
小提琴手搭鋼琴家，將在今晚呈現精采的表演。

☑ **vir·gin** [ˈvɝdʒɪn]

名 處女

形 純淨的

» Some people said **virgin** complex is a myth.
有些人說處女情結是一種迷思。

☑ **vi·tal·i·ty** [vaɪˈtælətɪ]

名 生命力、活力

» The dolphin in the sea that we saw during the voyage were full of **vitality**.
我們在航行期間看過的海豚充滿活力。

☑ **vo·ca·tion** [voˈkeʃən]

名 職業

同 occupation 職業

» He chose computer engineering as his **vocation**.
他選擇電腦工程作為自己的職業。

☑ **vo·ca·tion·al** [voˈkeʃənl]

形 職業上的、業務的

同 professional 專業的、職業上的

» Students of the **vocational** high school are expected to take an internship before graduation.
職業學校的學生需要在畢業之前去實習。

☑ **vow·el** [ˈvaʊəl]

名 母音

反 consonant 子音

» The **vowel** letter of "can" is "a."
"can" 這個字的母音字母是 "a"。

Ww

☑ **wag** [wæg]

動 搖擺

名 搖擺、搖動

» The puppy is **wagging** its tail happily.
這隻小狗開心得搖著尾巴。

☑ **wal·nut** [ˈwɔlnət]

名 胡桃樹

» A squirrel was in this **walnut**.
有隻松鼠在胡桃樹上。

☑ ward [wɔrd]

名 行政區、守護、病房
動 守護、避開
同 avoid 避開

» He was in the cancer **ward**.
他在癌症安寧病房。

☑ ward·robe [ˈwɔrdˌrob]

名 衣櫃、衣櫥
同 closet 衣櫥

» She thought the fur coat would not fit in her **wardrobe**.
她認為這件毛皮大衣不適合放在自己的衣櫃中。

☑ war·rant [ˈwɔrənt]

名 授權、批准、授權令、逮捕狀、搜查令、委託書、證書、諾言

» The police need a search **warrant** to enter the suspect's home for a search.
警方需要搜查令才能進入嫌疑人的家進行搜查。

☑ war·ran·ty [ˈwɔrəntɪ]

名 依據、正當的理由保證、擔保

» The **warranty** period of the air conditioner is one year.
冷氣機的保固期是一年。

☑ wa·ter·proof [ˈwɔtɚˌpruf]

形 防水的
同 resistant 防……的

» The **waterproof** coating spray can be applied to your shoes.
這種防水保護層噴霧可以用在你的鞋子上面。

☑ wea·ry [ˈwɪrɪ]

形 疲倦的
動 使疲倦

» **Weary** mothers need to know how to take care of themselves.
疲倦的母親必需知道如何照顧自己。

☑ wharf [hwɔrf]

名 碼頭
同 pier 碼頭

» There will be one more deep water **wharf** here.
這邊會再多一個深水碼頭。

☑ whis·key/whis·ky [ˈ(h)wɪskɪ]

名 威士忌

» He likes his **whiskey** neat.
他喜歡純威士忌。

☑ whole·sale [ˈholˌsel]

名 批發
動 批發賣出
形 批發的、大批的、成批的

» The batch of children's clothing was sold out in **wholesale** price.
這批童裝以批發價賣出。

☑ whole·some [ˈholsəm]

形 有益健康的
反 harmful 有害的

» Yogurt is a kind of **wholesome** food.
優格是有益健康的食品。

☑ wid·ow/wid·ow·er [ˈwɪdo]/[ˈwɪdəwɚ]

名 寡婦／鰥夫

» Mary used to be a happy **widow**.
瑪麗以前是個快樂的寡婦。

☑ with·hold [wɪðˈhold]

動 阻擋、壓制、隱瞞、押住、扣住、收回、保留

» I cannot **withhold** the truth from my best friend any longer.
我不能再對我最好的朋友隱瞞真相。

☑ woe [wo]

名 悲哀、悲痛
同 sorrow 悲痛

» The letter is surely full of a mother's **woe**.
這封信的確滿溢母親的悲痛。

☑ **wood·peck·er** [ˋwʊdˌpɛkɚ]

名 啄木鳥

» The ***woodpecker's*** beak is strong.
啄木鳥的鳥喙強而有力。

☑ **work·force** [ˋwɝkˌfors]

名 勞動力、工作力、工人、勞動人口

» The declining youth ***workforce*** is causing a shortage of entry-level labor.
年輕就業人口的減少導致基層勞動力短缺。

☑ **wres·tle** [ˋrɛs!]

動 角力、搏鬥

同 struggle 奮鬥

» The shopkeeper was ***wrestling*** with the robber when the police arrived.
警方趕到時，店老闆正在跟搶匪搏鬥。

☑ **wrin·kle** [ˋrɪŋk!]

名 皺紋

動 皺起

» Uncle Tom has ***wrinkles***.
湯姆舅舅有皺紋。

Yy

☑ **yearn** [jɝn]

動 懷念、想念、渴望

» She ***yearned*** for a chance to study abroad.
她渴望有機會出國唸書。

☑ **yo·ga** [ˋjogə]

名 瑜珈

» They attended the ***yoga*** class together.
他們一起去上瑜珈課。

☑ **yo·gurt** [ˋjogɚt]

名 優酪乳

» Taste this bottle of strawberry ***yogurt***.
嚐嚐這罐草莓優酪乳。

Zz

☑ **zoom** [zum]

動 調整焦距使物體放大或縮小

» The camera **zoomed** in to focus on the leaving train.

鏡頭拉近，聚焦在離去的火車。

語研力 *E092*

征服考場「高中英單」得分王

作　　者	凱信英研所講師團隊
顧　　問	曾文旭
出版總監	陳逸祺、耿文國
主　　編	陳蕙芳
執行編輯	翁芯俐
美術編輯	李依靜
法律顧問	北辰著作權事務所

印　　製	世和印製企業有限公司
初　　版	2024 年 01 月
出　　版	凱信企業集團 - 凱信企業管理顧問有限公司
電　　話	（02）2773-6566
傳　　真	（02）2778-1033
地　　址	106 台北市大安區忠孝東路四段 218 之 4 號 12 樓
信　　箱	kaihsinbooks@gmail.com

定　　價	新台幣 499 元／港幣 166 元
產品內容	1 書

總 經 銷	采舍國際有限公司
地　　址	235 新北市中和區中山路二段 366 巷 10 號 3 樓
電　　話	（02）8245-8786
傳　　真	（02）8245-8718

國家圖書館出版品預行編目資料

征服考場「高中英單」得分王／凱信英研所講師團
隊合著. – 初版.– 臺北市：凱信企業集團凱信企業
管理顧問有限公司, 2024.01
　面；　公分
ISBN 978-626-7354-13-1(平裝)

1.CST: 英語 2.CST: 詞彙

805.12　　　　　　　　　　　　112018188

凱信企管

用對的方法充實自己，
讓人生變得更美好！

凱信企管

用對的方法充實自己，
讓人生變得更美好！

凱信企管

**用對的方法充實自己，
讓人生變得更美好！**

凱信企管

用對的方法充實自己，
讓人生變得更美好！